漫潮

郑冰／著

作家出版社

序

我的妈！我是憋着一肚子气从赵总编的办公室里出来的，气死我了。气得我浑身发抖，喘不上气来，肚子发胀，只想放屁。

我看了一下手机的时钟，已是下午四点多了，这是患有颈椎病的人一天里最难受的时段，头疼、头晕、心烦，浑身哪儿都不对劲儿，稍有不顺心不顺眼就可能火冲脑门大发脾气。我本来是个与世无争的人，绝对是好脾气的男人，可是这个倒霉颈椎病经常把我搞得火气很大，难以自控。

我喘着粗气走到街上，不知道去哪里。马路上车不多，人也少。春天的阳光也熬过了漫长的冬天，开始散发出刺眼的热火。

我像踢足球射门一样，一脚踢飞了一个挡我去路的矿泉水瓶，那还有一半水的瓶子在空中翻了几个跟头后，砸在了一辆停靠在马路边的小汽车上，这辆车竟然好像比我火气还大，马上发出急促的嘟嘟声。

我想骂人，可是骂谁呢？骂谁也不能骂赵总编，虽然这股火是他点起来的。赵总编叫赵振海，是我的同门师兄，也毕业于大连师范大学中文系。大连师范大学的简称是大师大，这名字多牛啊。当然啦，我们都是学霸。他比我大五六岁，我大一的时候，他已经读研了。十几年前我被美女老婆胁迫，从《妇女视界》杂志辞职后下海经商，因被人忽悠染上赌瘾，输光了家产，被美女老婆强制离婚。我跌到了我人生的谷底。我爱说的口头禅"我的妈"，就是在这个时期不知不觉地养成的。离婚后不久，我得了一种奇怪的病，浑身起疙瘩，奇痒难忍，夜夜睡不着瞪眼到天亮，经常头疼得想撞墙，还胸闷气短得好像下一秒就要死了。现在可以确诊是荨麻疹和焦虑症，可是那时候走遍大连的大小医院，访遍名医，都无法确定我得了什么病。喝中药上吨，吃西药上万，折腾了有一年多，最后吃了一种含有激素的药，才使我活过来，可是体重长了有八十斤，我们家祖上三代都没有胖子，可我胖成了一头肥猪。我的妈，惨透了。

就在我失魂落魄的时候，浑天一道雷电闪，菩萨派来了赵总编。他把我拉回了杂志社，干起了老本行。赵总编是我的恩人啊，我怎能骂他？可是，他也太损了。两个小时前，他把我约到他的办公室，交给我一个"非常重要、非常伟大又非常艰巨"的任务。他不温不火地说："海星啊，你很有才华啊，当年在大师大你可是中文系的明星啊，那时的你风华正茂、风流倜傥，你的爱情诗歌，经常被发表、被转载、被朗读、被颁奖，你被誉为情诗王子，别说咱们中文系的美女，连音乐系、美术系、英语系的系花都对你青睐有加。最后你把当时的校花孙可心给弄到手，你都不知道有多少人要和你决斗啊。你当年那真是风光无限啊。可是你现在完全没有了当年那独领风骚的劲头。自从我当了总编，我就惦记着你，顶着很多压力，把你招回了杂志社。可是你这两年的工作怎么样？别人都怎么说你，你知道吗？什么眼高手低、不务正业、好高骛远、自作聪明、自命不凡……还有更难听的我就不说了。现在我经过很长时间的思考，给咱们杂志社确定了一个选题，来做一个大文章。可是由谁来完成呢？我纠结了很长时间。我在咱们杂志社几个骨干之间权衡了半天，最后决定由你来完成这个选题。"

我早就听得不耐烦了："选题？什么选题？"

"你先别着急，听我说完。这个选题，非常重要、非常伟大又非常艰巨，一旦完成并发表，将会对当今中国社会产生巨大的影响，甚至会影响到国家的决策和社会的稳定。"

"我的妈，什么选题这么伟大啊？这么伟大的选题还能轮到咱们这个小破杂志社？还能轮到你我？新华社、《人民日报》、《光明日报》都干什么去了？你快说，我性子急啊。"赵总编看着我，用两个手指头慢慢地把一张 A4 纸推到我的面前。我拿起来，看到上面一行漂亮的手写大字：

当代中国社会单身女人现象的调查与启示

我抬头看了赵总编一眼，然后又低头迅速地连看了三遍，浑身不由自主地打了三个寒战。我急促地说："我的妈！赵兄，你这是什么意思？你是说让我来写？"

赵总编笑着点点头。

"我的妈！这么重要的任务为什么给我啊？我不务正业，我眼高手低，你不怕我耽误了你的大事？"

"我的确反复考虑过，就你最合适。"

"为什么？为什么？"我语速很快。"因为你是单身男人，"赵总编加重了口气，"因为你有女人缘，因为你是中文系的高才生，还有最重要的是，因为你骨子里的善良。""赵总编，赵兄，"我真的火了，"你，你也太那个什么了吧。我单身不假，你让一个单身男人打进单身女人的内部，去调查单身女人，会让单身女人们怎么想？会让亲朋好友们怎么看我？""怎么看？用单身男人的视角去探寻单身女人的世界，是再合适不过了。再说，在这个过程中，说不定你还会爱上一个优秀的单身女人，从而结束你和她的单身生活。这不也是一件两全其美的大好事吗？""赵总编，赵兄，我，我不适合。我干不了！我干不了！"我扬着手，几乎是喊着，这是我第一次用这样的口气和他说话，"俗话说，寡妇门前是非多。你让我蹚这个浑水，不是害我吗？"

"单身女人不是洪水猛兽，吃不了你。我反倒觉得她们很优秀、很善良、很要强。你看咱们杂志社的这几个，哪个不优秀？哪个不善良？哪个能吃人？你不要怕。"

"你知道我这些年几乎没有接触过女性。我有个毛病，一见陌生女人就脸红。而且我这人不爱管闲事。我——"

"好了，好了，不要再说了，就这么定了。"赵总编的右手向我摆了一下，"我相信你的才华一定会通过这个选题得到全面的展示，你证明了自己，也给我争了面子。我给你八个月，不，十个月的时间，你不用上班，十个月后你给我交一个完美的答卷。然后你一炮走红，成为媒体的明星，成为单身女人们的男神，再然后，你带着你美丽的单身女友出国度蜜月，费用我给你出，怎么样？"

"赵兄，我想知道你为什么选这么一个倒霉的选题？"

"这个选题很伟大啊，怎么能说倒霉呢？"赵总编很不高兴，在我们杂志社是没有人敢跟他这样说话的。他的眼睛快速地眨了几下："我是基于两个方面考虑的。一是，现实生活中的单身女人越来越多。就拿咱们杂志社来说吧，单身女人占了女性员工的三分之一还多。我们周围的亲朋好友中也有许多许多这样的女人。导致她们单身的原因不尽相同。这就要你去调查研究，走进她们的世界，倾听她们的故事，从中找出她们共同的生活生存规律，并加入我们的深层思考。然后，向社会和有关决策领导呼吁，关怀、关心、关照单身女人们，让她们得到应有的精神生活和物质生活的愉悦，并给所有单身女人进行心灵的抚慰，给她们指明人生的大道。"我嘲笑地说："赵总编，赵兄，你真是活菩萨啊，那些单身女人听了，都会感激涕零，排着队为你献身啊。你太伟大了。""你听我说完。"赵总编摆手示意我坐下，"第二个原因是功利的。你也知道，咱们杂志社已经转企了，国家再也不给我们任何资金经费了，我们全靠自办发行养活几十口子人。现在，杂志的市场很不好，导致了我们杂志社今年的广告塌方式地下滑。更可怕的是由于手机和网络媒体的发达，纸媒的生存空间更小了。如果再这样下去，明年我们差不多就该关门歇业了。但是，如果我们做好了这个单身女人的选题，就可以在社会上产生轰动效应，我们搞个连载，再搞个互动，吊起观众的胃口，发行量肯定能够上涨，明年我们就够吃够喝了。一个好的创意可以救活一个企业的。"

"我的妈！可是，赵总编，赵兄，我我我不行啊。"我几乎是哀求。

"陈海星同志。"赵总编突然严厉起来，"男人不能说不行，你不知道吗？你一个单身男人更不能说不行！你一定行，必须行。你都四十二三了吧？你看你，要事业没成功，要老婆没养住，要房子是你父辈遗留的，我都替你脸红。你看你胖的，有二百多斤了吧？一看你这身材就知道你的生活态度。你还不争气，破罐子破摔啊？"

在我们杂志社也就是赵总编敢这么呲愣我，揭我的疮疤，要不我早就火了。我知道他这是激将法，我就忍着。"其实这个选题我也能写，孙诚也能写，谁都能写。谁写谁火。我让你写是对你的信任，也是给你一个机会。你不要辜负我的期望，你要让那些对你说三道四的人闭嘴。"赵总编站了起来，我也站了起来。他走过来扶着我的肩膀往门外走。"好了。你回去吧。你还有什么需求可以随时随地告诉我，我会尽力协助你。另外，一定要立足大连，放眼全国。起点要高，眼界要远，视野要宽。你切记，我们的课题是中国的，不是大连的。一定要有高度。里面的实例最好是全国性的，不要拘泥于大连。你先别急着下笔，当你心里有了五十个单身女人的故事再落笔，才会写出好东西。"赵总编几乎是把我推出他的办公室的。我就这样莫名其妙、稀里糊涂地上了贼船。俗话说，上贼船容易，下贼船难。我烦啊我。

站在大街上，我都不知道去哪儿。

在这个世界上，我除了有一个同父异母的妹妹，就再也没有亲人了。二十二年前生父和继母在一次车祸中不幸罹难，我是和小我十岁的妹妹海月相依为命啊。多亏还有赵总编，这个亦兄亦友的活菩萨，帮我度过了我人生中最艰难的时期。今天接了这个倒霉差事，尽管我满腹牢骚，说归说，骂归骂，但对赵总编交给的事，我必须全力以赴地完成。可是怎样完成？从哪儿下手？太难了。

此时的我感到心烦意乱头晕目眩，颈椎、后脑勺和肩部的疼痛组团一起袭来，令我难以招架。我摇晃了几下脑袋，耸了几下肩。我抬头看见西斜的太阳好像也在嘲弄我，它耀眼的光线刺激了我爱过敏的鼻子，我突然急促地打了三个响亮的喷嚏，把路过我身边的一对老夫妇吓得直捂头，我的眼镜也飞落在了地上。我正哈腰捡眼镜，有一辆送外卖的电动车从我身前飞驰而过，把我吓了一身冷汗。

我的火气终于爆发了："你个彪子。你眼瞎啊！"

那个快递哥回头喊了一句："你才眼瞎呢！"

我想追上去打他几拳，他一加速跑远了。

烦死啦，烦死啦。

我去哪儿呢？

☙ 一

我几乎是下意识地走进了这家叫心满意足疗店的，每当颈椎难受的时候我就会来到这里。当我泡脚的时候，技师就会给我按摩颈椎、敲打后背，然后就是脚部和腿部的按摩。你可别说，经过这么一通折腾，颈椎疼带来的浑身的不舒服就缓解多了，一天奔忙的疲劳感也减轻了，心情也随之变好了。

"陈大哥来啦。"女老板热情地把我送到一个座位上。"哟，陈大哥，看你今天的气色不太好，谁惹乎了你了？"女老板一边扶我坐下一边说，"这年头多赚钱，少生气。今天新来了一个技师，人长得漂亮，手法也不错，你要不要试一试？"

"可以可以。"我脱下外套，半躺在这个座位或者说床位上。我打开手机，在微信朋友圈的写字板上写道：

> 重要启事：本人因工作需要，急需单身女人的故事。请诸位亲朋好友将你们知道的有关单身女人的故事和信息，用打电话、发微信、发邮件或面谈的形式告诉我。陈海星跪求！

发，还是不发，这是个大问题。我正在纠结的时候，新来的技师端着一盆热水来到了我的面前，热水升腾着一团蒸汽在她的面前弥漫着，她像戴了一个神秘面纱。她把热水盆轻轻地放在了我的脚下，她示意我往前一点，我一起身不小心手指碰在了手机的发送键上。我的妈。瞬间，我的这个启事传遍了朋友圈。

正当我琢磨着要删除这条内容的时候，手机铃响了，是我妹妹海月打来的。

"哥啊，怎么着，想通了，要给我找嫂子啦？那也用不着打广告啊，弄得满世界的都知道。"

"不是啊海月，是赵总编让我发的，他让我完成一件非常重要的工作。"

"那你要什么条件啊？我都问你 N 次了。"

我有个毛病，一着急就磕巴："不是，不是找对象，是是是找单身女人。"

"哦，你要的条件就是单身女人呗，这个条件也太低了。对呀哥，你的确要走出家门多和女性接触。你知道吗，男人和女人接触时，身上会产生一种叫荷尔蒙的激素，这种荷尔蒙可以让男人年轻而有活力。你一天到晚憋在家里，你就死门子了。"

"我的妈，海月，唉，一时半会儿说不清楚，等晚上吃饭时再说。"

现在的确有不少朋友，看了一半微文还没弄明白原意就发表感言，让人哭笑不得。

挂断了电话，我扫了一眼朋友圈，可毁了，已经铺天盖地地来了很多回信，有点赞的，有献花的，有发鬼脸的，有发几个字评论的。

新来的按摩师完成了颈椎和后背的按摩和拍打，她坐在了我的面前，在给我擦干了脚后，开始给我做足底按摩了。

我的妈，我第一次见到这样的足疗师，那脸蛋那气质那身段怎么看也不像个足疗师。单身男人的我，心里有一股热流在涌动，我想这股热流可能就是海月说的荷尔蒙。

足疗开始了，我假装看手机，两眼却越过手机偷偷地看着这个有些拘谨的足疗师，她那忧郁的神态使她更多了一层神秘感。

她的手指在我脚上轻轻地按动了，随即两行泪水流了出来。这让我心里一震。

"怎么了？你哪里不舒服？要不要换一个人？"

"没有，没事的。"

我走南闯北少说也被五六十个足疗师按摩过，可是流着泪按摩的还是第一次见到。也许是做记者编辑的职业习惯，我对她的流泪很感兴趣。

"你是哪里人？"

"河南人。"

"河南什么地方？"

"驻马店的。"

我为了让她松弛，套起了近乎。

"我老家也是河南。"其实我老家是山东。

她泪水模糊的眼睛突然睁大了，她看了我一眼。

"你老家是河南哪里？"

"你知道吗？全世界所有姓陈的人都是河南人，老家在焦作的陈家沟。"我真佩服我的聪明。我只知道太极的故乡是焦作，焦作有个天下习武人都知道的陈家沟。我不用寻根就找到祖宗了。就这样，那个足疗师不再流泪了，可是脸色还是阴沉的。我认定她这里一定有故事，可能是很精彩的故事。

四十五分钟很快就过去了。结账时女老板问我她做得怎么样，我的回答很重要，可能决定她的去留。其实她做得并不太好，力度不太够，点位也不太准，可怜香惜玉的我违心地说她做得不错。

我带着身体的轻松和心里的疑惑离开了心满意足疗店。

虽然离妹妹海月召集的聚会时间还有一个多小时，我没地方去就先来到这里。这是位于老虎滩渔人码头的一个会所，在最南边的一栋临海高楼里。居高临下可以看到大海、堤岸、码头、港湾、渔船、游艇。海月说是今晚请了一个领导和几个至爱亲朋一起研究她的个人大事。

说到海月的个人大事，我就难过自责得想跳海。三十多岁了，绝对超级美女，竟然与相亲相爱的丈夫失联长达五年。五年啊！她的故事说来话长，我真不愿提起，一提起就感觉心中有一把火要把我的五脏六腑都给烧焦了。

我走出楼堂来到海边，看到海面上有一大群飞翔起舞的海鸥，我多想是它们中的一员，自由自在，无忧无虑。落潮了，有一些海鸥站在刚刚露出海面的礁石上，像是要晾干被海水打湿的羽毛，那深褐色的礁石历尽沧桑千疮百孔，像是在展演它们传奇的故事。在不远的浅水处有一对鸳鸯，它们亲昵地紧挨着。我小时候就听我妈说，鸳鸯是成对生活的，如果死了一只，另一只也会死掉。它们不像我们人类，可以移情别恋，可以改嫁另娶。你看，真的是这样。看着它们幸福地相亲相爱，我突然想起了我的妈妈爸爸。

我本来有个美满的家，爸爸妈妈姐姐和我还有奶奶。爸爸是画家，在大师大当教授。妈妈是医院的护士。那时我们一家人在一起总是和和睦睦其乐融融。我听妈妈说，爸爸和妈妈是在山东的一个村子里认识的，妈妈当年还救过爸爸的命。妈妈的那双手可不一般，会打针，我从小有病了都是妈妈给打的针，她会施展一种魔法，打针一点儿也不疼，真的，很多小朋友生病了要打针都点名要找我妈；她的针线活儿做得也好，我和姐姐的很多衣服、帽子、手套都是她做的；妈妈还会理发，据她说她们村里的一百二十三个老少男人的头发都是她理的，我的头发也是她理的，直到我上学第一天，同学们都笑话我的头型是农村头，就是电影《小兵张嘎》里胖墩的那个头型，你说同学们能不笑吗？一开始爸爸的头发也是妈妈给理的，后来爸爸去了大学当了老师，才不用妈妈理发的。

记不得从什么时候开始，爸爸和妈妈开始拌嘴吵架了。爸爸说妈妈，你能不能把你那山东腔改一改？妈妈说她想改但是改不了，没听说吗乡音无改鬓毛衰。再说了，大连有很多山东人，都在讲山东话，很亲切嘛。爸爸说他们没有共同语言。妈妈反击说，没有共同语言？当年你得了阑尾炎，俺一个山村赤脚医生把你救活了，以后你就天天缠着俺，给俺画人体穴位图，陪俺赶夜路出诊，俺们有说不完的话，怎么现在就没有共同语言了？爸爸还说周围的人都在笑话你，说你太土了，土得都掉渣了。妈妈指着爸爸鼻子说，你嫌乎俺土，当初为什么要娶俺？有一天半夜下着大雨，东村二大爷的儿子来敲门说他媳妇难产，你给俺打着伞背着药箱，俺打着手电筒，俺们俩摸着黑到了二大爷家，你帮俺助产，使产妇生下了个大胖小子。都下半夜了俺们才回去。在路上，俺俩脚底一滑摔到山坡下。俺俩不顾满身满脸的泥水，拥了一起。现在你风光了，嫌乎俺了？没门儿！爸爸又说妈妈的穿衣打扮太卡乎（土气）了。妈妈说当初你妈提溜着一只老母鸡到俺家提亲，你怎么不说俺卡乎？你们家用一袋子地瓜干和那只老母鸡就把俺熊（骗）到你家了。当时俺们村就俺一个赤脚医生，多闪（牛气）啊，俺整天背着药箱走门串户，多展样（骄傲）啊，俺们村三十八个小伙儿都对俺眉来眼去，俺家的门槛都被说媒的给踩破了，俺不点头俺爹也没办法。爸爸又说妈妈不懂浪漫。妈妈气愤地说，俺把你救活了以后，你躺在炕上画了一个男孩儿举着一朵花，才打动了俺的心。后来你又画了一辆自行车，上面是一个小伙儿带着一个背着药箱的姑娘，后面还有两只飞翔的蝴蝶，又让俺感到还是城里人有文化，懂得浪漫，俺才不顾俺爹的强烈反对同意跟你好的。俺爹说城里人和咱们不是一道人，早早晚晚他们会回城的。你把俺领到了你们家，把俺的被褥放在炕上就算结了婚。可是你们家比俺家还穷，你们家住的房子是别人家放粮食和柴火的仓库，别说自行车了，就连一把像样的水壶都没有。你再嫌乎俺，俺就带着两个孩子回沂蒙山，反正俺在城里住也不得劲。

　　就这样，他俩的每一次交战，都以妈妈的胜利而告终。当然，我和奶奶都向着妈妈。奶奶常对爸爸说，没有王桂云就没有你小子的今天。我七岁那年刚上学几天，我奶奶就突然去世了。妈妈说是让爸爸给气死的。没有了奶奶，他们吵得更厉害了。吵到最后爸爸经常不回家住，妈妈领着我都找到爸爸学校去了。爸爸的火气更大了，他提出了离婚。本来我们家爸爸对姐姐特别好，妈妈喜欢我，平时我们家总是分成两派，爸爸和姐姐一伙，妈妈和我一帮。但是他们离婚时，爸爸死活要我，说是男孩儿可以为他们陈家传宗接代。我永远不能忘记与妈妈分别的前一天，那是我们家最后的晚餐。妈妈的眼泪几乎就没停过，她不时地给我夹菜，姐姐也流了泪，唯有我稀里糊涂地吃着，爸爸没回来。吃完晚饭妈妈给我洗了个澡，当时我都八岁了，不太情愿让妈妈看小鸡鸡，妈妈是知道的，可是她还是有意没意地摸了两下。她给我洗完澡，又把我的衣服里里外外地洗了一遍。

平时我和姐姐也很亲，她总是让着我，吃东西时她把大的给我，小的自己吃。我作祸（闯祸）了，她怕妈妈回来打我，就帮我打圆场，背黑锅。我在外面受了欺负，她会拿起家里的小铁锹冲过去，跟比她大的男孩儿拼命，吓得那些熊孩子再也不敢欺负我了，一见我姐就躲得远远的。

那天晚上妈妈与我睡在一张床上，她一会儿摸摸我的头，一会儿亲亲我的脸，我实在太困了，就推开妈妈的手睡着了。

第二天一早，妈妈把我叫醒，一桌子早餐已经摆在餐桌上了。妈妈做的都是我爱吃的甜食，我爱吃甜食的习惯就是我妈给惯出来的。因为她小时候家里穷，一年里只有过年的时候才能吃上一块糖，我妈就想，将来有了孩子，一定让他们多吃糖，吃个够。说来也怪，我姐不爱吃糖，可是我爱吃糖，我满足了妈妈的愿望，妈妈也就天天下班给我带糖回来吃。吃得我所有的牙都黑乎乎的，现在更是有很多大大小小的洞。我狼吞虎咽地吃完了饭，提上书包就跑，妈妈突然大声地叫住了我，她眼里闪着泪花，拉着我的手说："海星，你都八岁了，一定要知道自己该干什么，不该干什么，好好学习，多多看书。读书的人就聪明，读书的人就会被人尊敬。爱读书的孩子，长大一定有出息。"这时，同学小明在外面喊："海星，走啊！"妈妈还想说，我就烦了："我知道啦妈。"我甩开妈妈的手撒腿就跑。等放学回来才知道，妈妈领着姐姐已经永远地离开了这个家。我看到妈妈和姐姐的衣物都没有了，甚至墙上的全家福照片也没有了，联想到昨晚和今天早晨妈妈的一举一动，我才恍然大悟。我疯了似的向爸爸哭喊了起来："我要妈妈！我要姐姐！"爸爸紧紧地抱住我，直到我精疲力竭地瘫倒在地。爸爸说："妈妈和姐姐去妈妈的老家山东了，海星，你也是小小男子汉了，要学会懂事，有很多事你以后会懂的。""就怪你！就怪你！我讨厌你！"我抱着妈妈给我新买的十几本书哭得昏天黑地，爸爸给我做的饭也让我给摔了一地。天黑了我也不开灯。过了很长时间，我听到爸爸的哭声，我的心突然软了下来。我打开灯，打开门，看到爸爸在客厅的地上坐着喝酒。我知道爸爸从来不喝酒，今天反常了，幽暗的光线里，爸爸瘦弱的身体在发抖，一撮头发散落在他的眉头上，我突然发现他那么可怜，他一定很心疼姐姐的。

　　一连好几天我都没有平息下来。每天早晨爸爸都起来给我做早餐，这可是稀奇的事，他平时要比我起得晚多了；每天放学回家都看到爸爸在画画，这也是少见的，他以前经常回来得很晚；从来不洗衣服的爸爸也给我洗衣服了；爸爸突然变了个人，让我有点不适应了。有时我看到爸爸笨手笨脚的样子感到很可笑。有一次我感冒了，爸爸连夜背着我去了儿童医院，下半夜才回来。还有一次爸爸感冒了，他怕传染我，在家里也戴着口罩。爸爸总想让我也学画画。可是我就听妈妈的话，读书才有出息，在家就书不离手，就是不学画画。爸爸拿我没办法。我那时已经显示出文学方面的才华，诗歌、散文都写了好多。爸爸看了直点头。他不再要我学画画了。我爱看电影，好的电影要看好几遍。原来看电影是我们全家的集体活动。妈妈和姐姐走后，看电影只有我和爸爸了。有一天爸爸带我去看一个新电影，一个大个子的年轻漂亮的阿姨坐在了爸爸身边。我一眼就认出来了，在爸爸的画集里有她，而且是好几幅，都是光着上身的。爸爸让我叫她傅真阿姨。别看我只有九岁，我看懂了一切。傅真是爸爸的模特，比爸爸要小十多岁。我爸爸那时可是我们城市的名人，年近四十的他很多作品在全国获奖、在北京展出，是在全国美术界小有名气的美术家。前几年，爸爸从区文化馆被破格招进了大师大，那真是风光无限啊。傅真是全国有名的美术模特，凭借独特的气质、姣好的身材和相貌，博得了很多美术家的推崇。不知道从什么时候开始，他俩好上了。

　　单亲家的孩子早成熟。我一看我爸对她那个笑眯眯的眼神就知道这个女人将来肯定是我的后妈。我才不要这个倒霉后妈呢。就是她破坏了我们的家，把我们一个好好的家给弄成两半；就是她让我失去了母爱，让我姐失去了父爱。我哪能接受这么个妖精一样的女人？魔鬼一样的后妈？我就经常作索（捉弄）她，有一次在她包里放了个鸡蛋，她提溜着包一走，鸡蛋肯定能碎，鸡蛋清鸡蛋黄就会把她包里的东西全都搅得稀巴烂。又有一次我在她鞋壳里放了个摁钉儿，她刚穿上鞋就啊的一声被扎了。我躲在厕所里偷着乐。反正我恨她，也不想见她。但是说实话，这个傅真是真能忍受，她不但没有向我爸告状，反而每次来我家，都要给我带一些我喜欢的甜食或小人书，我渐渐地不再恨她了。后来才知道就是因为她喜欢男孩儿，爸爸才忍痛割爱把姐姐给了妈妈，我才有了今天的命运。我不知道应该是感谢她，还是记恨她。

傅真的到来，令我们死气沉沉的家有了生气。她聪明活泼，性格开朗，爱大声说话，说话时眉飞色舞手舞足蹈的很风趣。她走路的速度很快，都带着风。开始我很讨厌她的做派，后来不知不觉地又喜欢上她了。她再来我家，我也不跑了。傅真是中国和俄罗斯的混血，所以长得有点像老外，皮肤白皙，身高腿长，胸大腰细，钩鼻子凹凹眼，眼球还有点发蓝，她一头金黄色的波浪长发，一会儿披在肩上，一会儿又扎在头顶，很是迷人。傅真爱看书学习，对电影、文学、美术、音乐都有一定的研究和独到的见解。她经常和我爸讨论艺术的问题，而且总是比我爸还有见地，我爸都说不过她。我有点服她了。

有一次她来了，看到我在看《简·爱》，她坐在我的身边说："海星啊，你才九岁，看这本书好像有点早。我怕你看不懂。明天我带一本《鲁滨孙漂流记》给你看。这本书比较适合你这个年龄。"第二天傅真果然带来了《鲁滨孙漂流记》。我一下就被这本书吸引住了。从此，我再看见傅真就有笑脸了。爸爸看到了我的变化，暗自高兴。

有一天我在看书，偷听到他们在厨房的对话。傅真说："可毁了。俺妈不同意咱俩的事。说我一个黄花大闺女，一结婚就当了后老婆、后妈，你亏不亏啊？怎么？找不着了？""毁了。毁了。"我爸有些紧张。"我妈还说我邪门了，专门找岁数大的。上一个对象大我八岁，是个军官，她就坚决不同意，一口气给格娄黄了（拆散了），现在又找了一个更大的，还带着孩子。你说她心里能愈齐（舒服）吗？""是啊。我完全理解。何况你又那么优秀。换谁妈也会这样的。"傅真叹了一口气说："我妈说我不要走她的老路。她就是当年不顾家里的反对，找了一个大她十几岁的艺术家，后来得知也是有家室的。你知道吗？我爸是白俄罗斯人，'二战'前他和很多艺术家、商人流亡到中国的。他是个大提琴家，有一米九的个儿，拉大提琴像玩儿似的。他爱喝酒，是那种每天必喝、每喝必大的主。当时全国到处都在打仗，只有大连被苏联红军占着挺安宁。他就和几个音乐家朋友，从上海来到了大连。正好赶上大连文工团的成立。文工团团长叫田风，是个留过洋的艺术家，他回老家变卖了家产收购了几十件西洋乐器，运回大连，组建了一个管弦乐团。他把我爸和他的几个音乐家朋友叫去当首席，还兼着老师带学生。我爸爱喝酒也能惹事，没有哪个女人能喜欢他。可是我爸偏偏喜欢上了我妈，一个劲地追。我妈当时是跳舞蹈的主要演员，追求她的人老鼻子了，都是比较优秀的。后来经过接触，我妈发现我爸虽然爱喝酒，但是人长得很帅，而且很幽默、很善良。我妈跟我爸说，只要戒酒，马上结婚。我爸真行，为了爱情就愣是把酒给戒了。"我爸和傅真阿姨的对话虽然与我有距离，可是我像是听故事，还是很感兴趣。爸爸说："可见爱情可以改变一个人。"傅真说："后来我爸因为什么不开心的事又开始喝酒了，喝完酒就撒酒疯。我妈实在受不了就和他离了婚。我妈一个人把我拉扯大。我爸后来得了肝硬化，不久就死了。"爸爸说："真是一个传奇故事。不过我听说，很多母女俩的命运都是一模一样的复制。我有个亲戚，老太太年轻时天天害怕丈夫有外遇，果然就有了，她就天天打架，把丈夫打跑了。她的女儿和她如出一辙。现在一个老女人和一个小女人住在一起。但愿你不要重复你妈的悲剧。"傅真说："怎么会呢？"他们的对话一会儿声大，一会儿声小，我听得挺费劲。

半年以后的一天，我放学回家，看到爸爸在床上躺着，傅真在厨房给爸爸做饭。爸爸的脸色有点苍白。我害怕极了，"爸爸，你怎么啦？"爸爸笑了一下说："没事，我下午去献血了。""献血了？给谁献血？"我急了。"啊，是给傅真阿姨的姥爷。""傅真阿姨的姥爷怎么啦？""那个爷爷动手术了，需要输血。恰好我的血型与那个爷爷的相匹配，我就给他输了血。"傅真阿姨为爸爸端上了一碗热气腾腾的红枣八宝粥，那又甜又香的气味随着傅真高大的身躯从厨房飘进了卧室，灌满了所有空间。看到爸爸喝得高兴的样子，我也馋得直流口水。爸爸接连喝了两碗。傅真阿姨把剩下的半碗给了我，我几乎是一口气喝下的。傅真阿姨说看来你们爷儿俩都爱喝，那我以后就经常做给你们喝。

第二天傅真阿姨满面春风地来了，她一进门就不顾我还是一个未成年，和爸爸来了一个大拥抱。她说："我的大宝贝，谢谢你，你的这四千毫升的血价值连城啊！你挽救了姥爷的生命，也感动了我妈。她改变了对你的看法，同意我跟你好了！"他俩又拥抱了起来，而且时间很长。我第一次看到了西方小说里才有的男女拥抱，我不好意思地拿着一本书，到厕所去了。

过了几天，爸爸神秘地对我说："海星，你喜不喜欢傅真阿姨？"我说："还行。""什么叫还行？喜不喜欢？"我故意拖延了大约三分钟，才在爸爸的催促下勉勉强强地点点头。"那我问你，让傅真阿姨到咱们家来住你愿不愿意？"我好像猜到了爸爸的想法，就又故意拖延着不回答。"你说啊？愿不愿意？"我突然想起了妈妈和姐姐。小时候家里幸福的情景闪现在我的眼前，我再也控制不住压抑多时的情绪，我大声说："不愿意！"我哭着跑到了大街上，外衣也没穿。大连春天的风吹得我直哆嗦，我也不知道往哪里去，就是一个劲地跑。爸爸追了出来，他喊着我的名字跟在我后面跑。大约跑了十五分钟，我跑不动了，爸爸追了上来，他好像比我还累，气喘吁吁地一句话也说不清楚，他拉住我的胳膊，把我抱在怀里，我们爷儿俩哭在了一起。他脱下自己的衣服给我披上，他自己的身上只有一件汗衫。我们俩默默无声地往回走，快到家的时候爸爸才想起来他出门忘记了带钥匙，把我们都锁在了门外。爸爸是从邻居家的阳台爬回家的。那可是四层楼啊！我的妈，我现在想起来都后怕。但是那一天爸爸没有埋怨我。

还是傅真聪明，她的几个举动就化解了我的怨恨。几天后是周末，傅真拿着一个足球和一双球鞋来到我们家。我本来想躲出去的，可是看到我梦寐以求的足球，特别是那双红色的阿迪达斯球鞋就别提多高兴了。我五岁生日的时候我妈给我买过一个小足球，我和小明第一天玩，就把一楼邻居的玻璃给打碎了，是我爸费了好大劲才给镶上的。他没收了那个惹是生非的足球。过了几天，我在我家床底下找到了那个足球，我和小明玩上了马路，那时候车很少，但还是有一辆车把我给剐倒了，把那个倒霉的足球也给轧爆了，我伤了腿又没了足球，哭了好几天。从此就再也没有了足球。傅真阿姨真懂我的心。我抱着足球和球鞋，好像得了大奖。傅真看到了我的表情，有些得意，这是她预期的效果。她对我说："海星，我会像你妈妈一样爱你的。"我看到她眼里含着晶莹的泪珠。我也哭了。她抱着我的头说，"我对不起你妈，海星，你长大了就会明白，这就是生活。"我接受了傅真，我长大以后经常琢磨她的这句话。

不久，爸爸与傅真结婚了，傅真那天特别漂亮，很像俄罗斯的网球大明星莎拉波娃。我们站在舞台上，我在中间，他俩一边一个，有一个男的给主持。他血能白话，把我们三个都给白话哭了，把下面的来宾也都白话得眼泪巴叉的。我是因为想起了我妈才哭的，我本来想跑出去的，但是怕爸爸和傅真不高兴，我就忍了。结婚的场面很是壮观，好像有两百多人参加。那时候没有百元大钞，光是收到的彩礼钱，爸爸和傅真就数了好一阵，还收到十几幅字画，摆了一地。

从此傅真搬进了我们家。她不愿睡在我妈原来的位置上，把我的房间和他俩的房间做了对换，我住进了朝南的房间。

从此我有了这个后妈。

❷ 二

我妹妹海月来了，她打断了我的思绪。风风火火地，隔着老远就能听到她那爽朗的说笑声和嘎嘎作响的脚步声。我在海月身上看到了傅真，漂漂亮亮的，高高大大的，直来直去的。

一共进来了四个人。海月，海月的闺蜜默凡和她的丈夫吴天奇。海月指着另一个中年男人说，"这是市里的领导李伟力。"

我们握手落座。李伟力笑着说，"你爸和你都是名人，我都知道。"

"现在的领导可不好当，属于高危行业。"我说。

"还好，我退休了，自由了。在家看看书，写写字，陪小孙子玩儿。"

李伟力没有一点官架子，也是学中文出身的他，谈起文学头头是道。

默凡是海月的小学和中学同学，她们从小就情同手足形影不离。如果说海月是大家闺秀，那么默凡就是小家碧玉。她俩一个高一个矮，一个直爽一个含蓄，一个大气一个精细。默凡开了一个婚庆礼仪公司，生意一直不错。吴天奇是个有背景的人，具体干什么我也不知道。大家说说笑笑地在等一个重要客人。

大约过了半个小时，门开了，重要客人终于到了。原来是赵振海赵总编。赵总编与李伟力握手寒暄了几句，对大家说："接到海月的邀请，哪能推辞。其实我还真有一个活动，我去点了个卯就来这儿了。抱歉，抱歉。"

海月上来抱着赵总编的肩膀说："谢谢啊，亲哥。"

海月帮赵总编把外套脱下来，放进了衣帽间。虽然开春了，但是大连还是寒气很浓。

大家落座了。赵总编挨着我坐，他低声对我说："海星啊，下午交给你的那件事，的确很重要，你要上心啊。用心做才能做好。另外注意保密。这个创意一般人想不到，可是所有人都能做得到。"

晚宴开始了，我们在海月的张罗下推杯换盏，气氛热烈。酒过三巡，大家都有了一些醉意。

海月终于提起了正事："请大家来，是想请大家一起帮我出出主意。"

默凡也跟着一唱一和："是啊，这事都五年啦。海月这五年可不容易啊。"

李伟力皱着眉头问："到底怎么回事？"

"海月的丈夫失踪五年啦。"我早就沉不住气啦。

吴天奇也抢着说："或者说海月与她丈夫失联五年啦。"（不久前一架马来西亚的航班与地面失去联系，简称失联，失联一词很时髦。）

李伟力看到大家都很激动，抬起右手在空中停着。"你们先别激动，慢慢说，先说说海星和海月是什么兄妹关系？"

赵总编一直默不作声，终于开了口："还是我说吧。"他把身体向李伟力的位置转了一下："海月说我是她亲哥，一点儿不假。她家的大事小情我都知道。海星大了海月十岁。他俩同父异母。海星八岁时，他的父母离婚。九岁那年，他的父亲，就是那个大名鼎鼎的画家陈嘉海与倾国倾城的美女傅真结为连理。后来他们的爱情结晶海月降生。"

赵总编真不愧是中文系的高才生、杂志社的主编，也不愧是我和海月的大哥，他滔滔不绝如数家珍地把我们家的那些陈芝麻烂谷子的事都掏了出来，他讲得绘声绘色，简明扼要。李伟力听得津津有味。我的思绪也被拉回到了从前。

傅真和爸爸结婚后就搬进了我们家。可是我从来就没有叫过她一声妈。好像她也不计较。傅真有洁癖爱干净。我一进门，她就让我洗手。我一出厕所，她就喊我冲洗。家里的旧报纸、旧衣服、破胶鞋、爸爸画画用完的瓶子罐子板子画笔都让她给扔了。有一天我放学回来，远远地就看见我家的楼下很热闹，在一群人的注目下，一个大箱子被扔了下来，这个可怜的家伙从四楼随风而下，把泥地打了一个坑，竟然没有散架。我一看，那不是我妈妈给我装衣服的箱子吗？人群一阵骚动，有人开始抢这个箱子了。我拼命扑过去，压在箱子上。"这是我家的箱子，我妈妈的箱子。谁也不许动。"我的话音未落，我家窗户上有人在大声叫喊："大家让开啊！小心。"我抬起头，看到满脸通红，满头大汗的傅真。傅真看到了我的表情，她迟疑了一下，就把头缩了回去。一会儿她跑下来了。她拉起了我。"海星，我知道你喜欢这些东西，可是旧的不去新的不来，也该换换了。""我不要新的，我就要这些。""海星，你回家看看，我给你买什么了。""我什么也不要。"我又上了那个彪劲了。"是你做梦都想要的电视机。"这句话击中了我的要害。我从破箱子上一骨碌爬起来就往家跑。啊！家里大变了样。所有的家具都是新的，床、大衣柜、写字台、床头柜都是我从未见过的，很高级，很美观。门口竟然还有了鞋柜和穿衣镜。厕所里安装了一个坐便器，我坐在上面看书更舒服了，我现在总爱坐在坐便器上看书的毛病就是那个时候养成的。最重要的是，我梦寐以求的电视机摆在一个矮矮的柜子上。原来傅真阿姨得了一笔稿费，是一个日本记者拍的她的写真集在海外出版发行了。我马上被电视机吸引住，忘记了刚才还发飙。要知道电视机对我有多重要。我们楼里几十户人家，只有小明家有电视。他家刚买电视的时候，全楼都排着队去看。后来小明他奶奶不干了，以身体不好需要休息为由，把我们挡在了门外。小明每天在上学的路上眉飞色舞地讲昨晚电视播放的节目，什么《聪明的一休》《加里森敢死队》《霍元甲》，把我眼馋得像一只盯着小鱼的猫。现在终于有了电视，我的心情别提多高兴。明天的上学路上，我也可以像小明一样讲电视里的故事了。

不久我看到傅真的肚子一天天地鼓了起来。爸爸对我说，傅真阿姨怀孕了，你要当哥哥了，你不要惹她生气。我大概知道了。我点了点头。又过了几个月，爸爸和傅真从铁路医院抱回来一个小妹妹。爸爸给她起名叫陈海月。他抱着她，走到窗前，望着天空自言自语地说："海阳，海星，海月，我海上天空的宝贝都全了。"他一提海阳，让我想起了姐姐，我不顾电视里的紧张情节，眼泪还是流了出来。

海月的到来给我们家带来了欢乐，可是也给我带来了烦恼。我感到爸爸更喜欢海月。他一回到家里，看都不看我一眼就直奔海月去了，又是亲又是啃，又是说又是笑，让我好不嫉妒。我就开始伺机作索（捉弄）她。有一次我趁着她熟睡了打她一巴掌就跑，还有一次把她的尿布放在她嘴上，更过分的是我在她的身下放一把瓜子皮。其实，傅真知道都是我干的，她什么也没说。终于有一天，爸爸看见我把一个苹果丢在海月头上，砸得海月放声大哭，他火冒三丈，狠狠地在我后背打了一巴掌，打得我直咳嗽。这是爸爸第一次打我。傅真保护了我，说海星还小不懂事，长大了他会喜欢这个妹妹的。傅真怕我被冷落，总是特意关照我。她说，虽然你不叫我妈，我也要像亲妈一样对你好。我能感到她对我是真心的。

我和海月一天天在长大，我已经感到了做哥哥的责任，我们已经是难舍难离的亲兄妹了。我大海月十岁，我处处呵护她。我出去玩就带着她，她像一个假小子跟在我们后面跑啊闹啊。爸爸让海月继承他的事业，从小就教海月画画，海月画画很有天赋，画得有模有样。海月七岁的时候，傅真阿姨让海月学了大提琴，说这是她的梦想，她的白俄罗斯爸爸就是把大提琴带到大连的人。海月不太喜欢拉大提琴，傅真却一直强迫她练琴。可是傅真经常有事不能陪着她上大提琴课，我看出了她的为难，就自告奋勇担起了陪海月上课的事。真是有缘，教海月拉大提琴的老师竟然就是海月姥爷的学生的学生。

十年后，我已经在大师大读大二了，海月也上了三年级。十岁的海月像极了傅真，无论长相、性格还是身高，都是小一号的傅真。她在她们班级甚至全年级都是鹤立鸡群。有一天我陪海月上大提琴课，在少年宫的楼道里，一个女老师拦住了我们，她问海月几岁了，我告诉她说十岁了，她说十岁长得这么高、这么漂亮应该学模特，那老师喜出望外地说，她免费让海月学模特，她将来肯定能成为大明星。为这件事全家开了个会。爸爸坚决不同意，说海月应该学美术将来做艺术家。傅真倒是赞同海月学模特。傅真说，学模特可以让女孩儿有高雅的气质和健美的体魄，再说也不影响学画。海月说她不愿学大提琴，说对弦调音太累手，背着琴也太沉。我也同意海月学模特。就这样三比一，海月放弃了已经学了三年的大提琴，专心致志地学起了模特。海月刚学了一个多月就在模特班里出类拔萃了。不仅是老师，就是那些陪着孩子来的爸爸妈妈爷爷奶奶姥爷姥姥也对海月赞不绝口。"别看人家孩子来得晚，可是人家的天赋就是高，你一点儿牙啃儿（办法）都没有。""没挡了，这个女孩儿就是模特的料。"海月也信心满满，她很喜欢走模特的这种感觉。每天晚上吃完饭，就是海月的表演时间，我把桌子椅子都搬到一边，腾出了一个空间，海月就没完没了地有模有样地走来走去，惹得爸爸和傅真都看着喜笑颜开。

时间让我渐渐地淡忘了远在山东的妈妈和姐姐。尽管我和姐姐经常通信，可是我大学的生活节奏和环境使得我对这种亲情渐渐淡漠了，我的视线里更多关注的是年轻美貌的女同学。爸爸在我上大学第一天就严厉告诫我，大一、大二期间不许谈恋爱，一旦发现，轻则挨打，重则停交学费。因为谈恋爱是很耗费精力和银子的，弄不好还会影响爸爸在学校的名声。我觉得爸爸说得对，就不敢越过这条线。十九岁正值青春期，对异性的兴趣和渴望很强烈，可是我只能眼睁睁地看着那些赏心悦目的女同学被那些不三不四的男同学追逐着。漂亮的女同学就这么几个，狼多肉少，学校里还经常发生为了争夺漂亮女同学而爆发的战斗。我心里不服，暗自发狠，等到大三看我的吧。越是在这样的状态下，越能激发一个人的潜能。我的爱情诗歌就是在这时候流淌出来而一发不可收拾的。因为暗恋一个叫孙可心的校花，我写了这首《吻》。

吻
我疯狂地吻你
从你的额头
吻到你的脚趾
虽然有一层玻璃
我闻不到你的气息
我还是梦一样地陶醉
只奢望你给我一个
甜美的微笑
我的天地就会流淌
两行泪雨

那时候校园里流行弹吉他，很多女同学都喜欢会弹吉他的男同学。我就买了一把吉他，突击练习，我很快就弹得有声有色了。因为梦想和孙可心亲近，我为她写了一首歌曲《爱的旋律》。

海风在吹
海浪在追
我的琴声在飞
碧波伴奏
鸥鸟齐舞
今夜属于谁
星空的月
水中的影

乐与魂在天地间低徊

天上的泪

地上的水

微笑中的你最美

不需要誓言

更没有邀会

一切都在旋律中悠然陶醉

任凭那风雨把阳光撕碎

那首恋曲早已在心中

深深地 Copy

Love's Melody

爱的旋律

和生命一样珍贵

　　这是在当时很有影响力的一首校园歌曲，很多人都在唱，很多人都喜欢。有了成功的经验，我一发不可收拾，几乎每天都会写一首诗歌，写完了诗歌我就以星海的笔名寄给北京的《青年诗摘》，大连的《棒棰岛文艺》，学校的《诗词园地》等，既在全校、全市、全国有了点名气，又收获了不少稿费。在班里我有一个最要好的同学叫汪远，我和他好像上一辈子就有交情，一见面就很亲切，我俩住一个屋的上下铺。我在下铺，他在上铺。我在他那里没有秘密。后来，就是他知道了星海是我的笔名，并将这一内情通报了出去，一时间我成了大师大的明星。同学们，特别是女同学对我那是狂送秋波。我很快就收到了十五封类似情书的诗歌，字里行间都能看到她们对我的仰慕和喜爱。这个该死的大二好像特别漫长。我早就打算好了，暑假要去一趟山东，看看我离别多年的妈妈和姐姐。我跟汪远说，开学就是大三了，我可以谈恋爱了，我争取把那几个让我心动的美女都谈一遍。汪远说，你就吹吧你，你见了女孩子就脸红，还敢泡嬷儿。我说你等着瞧吧你。

就在我的脸上露出得意微笑的时候，赵总编的娓娓叙述也到了一个我人生的重要转折点。

"海星和海月的父母是在一次交通事故中罹难的，就是二十多年前大连的一个旅行团在台湾出了车祸，造成了三死九伤的那次。"

李伟力十分惊讶地说："啊，是那次事故，我知道，我们秘书处也参与了善后的处理工作，那时候我还是一个副处长。记得有一个大连的著名主持人也在那次事故中身亡。"

"对对对，他是我的好朋友，很有才华，为人也好，事业正在上升的时候，太可惜了。"吴天奇也插话进来。

这个话题对于我和海月来说太沉重、太悲伤了。

爸爸和傅真要去台湾旅游了。他们经常结伴出游，对我来说已经习以为常。台湾是他们非常渴望的一个目的地。特别是傅真，她说她特别想去台湾的"故宫博物院"观赏，爸爸说他想看看阿里山的姑娘。傅真心很细，真的比我妈心细多了。她让我们三顿饭都到马路对面的小餐馆去吃，和那家老板也说好了，已经在那里留了一些钱。她还让她的一个朋友，经常来给我们洗衣服。临行前，她叮嘱海月一定要听哥哥的话，自觉练画、走猫步（模特的基本步法），少吃零食，不许打游戏。送他们去机场的车来了，我和海月都出来送他们。傅真蹲在海月身前，她望着海月说，妈妈最放心不下的就是你。说着她竟然流出了眼泪。爸爸看了说："出去旅游，又不是生死离别，你看你还动情了。"傅真对我说："海星，你是哥哥，要细心地照顾妹妹啊。"傅真把她的一个蓝色纱巾送给了她的朋友，她说："这个纱巾我非常喜欢，从不舍得戴，送给你吧。看见它就看见了我。"爸爸说："你彪说六道（胡说八道）什么？"他们的车开走了，我和海月都有一种奴隶翻身得解放的感觉。我们俩回家就一边吃着雪糕一边打游戏，一直打到天亮。那时两岸还没有直航，爸爸他们走的是一个非正规的旅游渠道，就是绕道香港，从香港办一个临时的赴台通行证去往台湾。这种旅行程序国家并不承认，都是旅行社的私下运作。就在这个非法旅行团在台湾旅游的第三天，在从台北去往高雄的高速公路上，载着十二个大陆大连人的巴士，因雨天超速行驶与停在应急车道的一辆大货车追尾，造成了这起轰动一时的交通事故。有三个人在这次事故中罹难。其中就有爸爸和傅真。真倒霉。这可是大陆人在台湾的第一次大事故。由于两岸关系复杂，我和海月与赴台处理善后事宜的政府工作人员，以及其他遇难、受伤人员家属等五十多人一周后才赶到台北。海月非要见妈妈爸爸最后一面，我们一起走进了停尸间。那惨相把我的心都撕碎了。傅真躺在那里像睡熟了一样，很安详。台湾的工作人员对我说，这个女士一定是明星，她比台湾的明星林青霞、胡慧中还要漂亮，真的太可惜了。海月扑在她的身上哭得死去活来，我流着泪叫了她一声妈妈。这是我第一次也是最后一次叫她妈妈。出殡的时候，由于很多记者在拍照和录像，弄得我眼泪没有痛痛快快地流出来，我抱着海月站在爸爸和傅真残缺不全的遗体前，默默发誓："爸爸，傅真妈妈，我一定会把海月抚养成人，你们在九泉之下瞑目吧。"

我现在回想傅真和我们分别前说的那些话，还有她送给朋友的纱巾，好像她冥冥之中有预感。世界上的确有许多无法解释的事情。

"失去了父母，海星和海月的生活发生了巨大变化。后来的海月是海星既当哥又当爸又当妈地给抚养长大的。真不容易啊！"赵主编还在动情地讲述。这时的海月和默凡已是泪人。默凡用餐巾给海月擦着眼泪边抽泣着说："是啊，海月那时候已经崩溃了。整天失魂落魄无精打采的，我就每天陪着她，安抚她。海星哥白天在学校上课，晚上回来做饭洗衣服，周末还要陪海月去少年宫学模特。"

是啊，我既要完成学业，又要照顾妹妹，容易吗我？好在旅行社和保险公司赔付了一笔五十多万的补偿金和抚恤金，才使我们的生活有了保障。看着银行卡上的那一串让人心跳的数字，我的心很沉痛。我好像看到了爸爸和傅真那亲切的面容。特别是傅真阿姨，我越来越喜欢她了。她美丽、大气、热情、纯真。她在我眼里就是女神。我后悔没有在她活着的时候叫她一声妈妈。这也可能是她的最大遗憾。多亏了收了傅真纱巾的那位阿姨，经常来我家给我们洗衣服，收拾家，做饭，使我减轻了不少压力。这期间有一个人我要好好感谢，那就是汪远。汪远真够意思，他就像我的影子，一直徘徊在我的前后左右，帮我出主意，替我跑腿办事，陪我聊天散心，给我钱物。我实在过意不去，就说："哥们儿，让你受累了。没什么好回报你的，等海月长大了，把她嫁给你吧，她嫁给你我放心。"汪远哈哈大笑："别彪啦，海月是你妹妹，也是我妹妹。"

　　这么一折腾，暑假很快就过去了，我去山东看妈妈和姐姐的计划又一次落空了。我给姐姐写信把家里发生的大事告诉了她，她回信让我处理好这些后事，照料好妹妹，先不要来山东。

　　开学了，终于大三了，我可以谈恋爱了。这使得积压在我心头的阴云一下子就散开了，爱情的阳光也随即照亮了我这个被爱情遗忘的人。我的恋爱处女作很成功。虽然没有按计划把所有令我心动的女生都谈一遍，可我把我们学校的校花孙可心给拿下了。我一步到位，直奔校花。孙可心的校花绝非浪得虚名，首先是漂亮，那种天生丽质的出水芙蓉般的美丽，再是气质好会打扮，同样一件衣服她穿着就显高雅华贵。为了拿下孙可心我真的动了一番脑筋。还是汪远帮我想了一个好办法。他拿着发表我的诗《吻》和《爱的旋律》的《青年诗摘》找到了孙可心，他问她你看过这两首诗吗？孙可心看了一遍说："我不仅看过，还能背诵还会唱呢。"汪远告诉她，"这是一个叫陈海星的人为你而写的。你知道吗？"她愣了半天，然后有些激动地说："我想见见他。"就这样孙可心主动约见了我。不骗你，这个汪远可以给我作证。也许孙可心是被我的文采所动，也许是被我爸爸在学校的影响力所动，尽管我爸爸不在了，可是他的离去恰恰把我推到了学校流言蜚语的风口浪尖上，我就是那个风流倜傥的画家陈嘉海的儿子，同样是风情万种的诗人。我那时候一米七八的个儿，才一百二十多斤，虽然眼睛长得有点小，但是很迷人，就像现在很多韩国的明星。据说孙可心甩掉了一个省级领导的儿子，走到了我的身边。孙可心第一次和我走在学校的马路上，几乎引起了全校的轰动。有的同学惊讶地说，看啊每周一哥又换哥了。有的人嫉妒地说，那个男的也不配她啊。有的不怀好意地说，看看下一个倒霉的是谁？也有很多女同学向我投来异样的眼神。除了汪远，周围的几个要好的同学都反对我和孙可心交好。他们说像孙可心这样水性杨花的女孩儿你也敢要？你脑子进水了啊？你知道她和多少男孩儿上过床？她的确是漂亮或者说美艳，但那是花瓶，光好看没有用。我说我才不彪不傻呢，我也没想和她结婚生子白头到老，就是谈谈玩玩，不行啊？我就是要证明我陈海星才是大师大的一哥。怎么的？就这样孙可心走进了我的生活。其实我不是个争强好胜的人，可是不知为什么我对孙可心有一种强烈的占有欲。

　　和孙可心的第一次约会，是在离学校较近的一个咖啡屋里。孙可心很健谈，她曾经作为学校辩论团的一员参加过华人高校辩论会，取得了亚军。她说："你的诗歌，我很喜欢。《吻》的朦胧意境，《爱的旋律》的优美深沉，看得出你是一位有品位有深度的诗人。我听说很多诗人内心世界都很孤独，是吗？"我没有回答，只是微笑地看着她。她的确是美丽动人，一颦一笑、一举一动都有一种难以抗拒的魅力。"英国有位获得过诺贝尔文学奖的作家奈保尔说，你是诗人，你就一定爱哭，当你看一朵小花开放的时候，也会感动得流泪。是吗？"我还是没回答，我在看着她，就像欣赏一幅优美的图画。她说："我万万没想到我喜欢的这两首诗歌是为我而写的。我太感动了。这比给我什么样的礼品都让我激动。我会在心里保存一辈子的。"就在我们聊得正欢的时候，突然来了个大个子，一把抓起了我的胳膊，恶狠狠地说："你个臭彪子，我们老大的女人你也敢碰。你找死啊？""我没碰她，我们就是吃吃饭。"我天生不会打架，被大个子吓坏了。"老虎，你住手，是我约他来的，关你什么事？我什么时候是你老大的女人了？你给我松手！"看得出来，孙可心不是好惹的。大个子还是凶狠地把着我，另一只手举起来要打我，这时突然有一个人冲了过来把大个子给抱住了。"老虎，你干什么？"我定神一看，原来是刚毕业不久的师兄赵振海。对了，就是现在我对面侃侃而谈，痛说我们家世的这位赵总编。赵振海可不是等闲之辈，他的祖辈里有文人，血脉里流淌着文豪的血。赵振海研究生毕业后去了大连报业，先是当记者，后来当上了总编。现在正当我危急的关头，他见义勇为挺身而出，把我从凶神恶煞的老虎口里给拯救了出来。赵振海把老虎给拉走了。我虽然是第一次谈恋爱，但绝不是新手。别忘了我小时候就看了《红楼梦》，还有《安娜·卡列尼娜》《复活》《静静的顿河》《红与黑》《简·爱》《茶花女》等等，哪一本里没有爱情的情节？哪一本里没有性的描写？不然我也不能写出那么好的情诗。我和孙可心聊得很开心。咖啡厅几乎没人了。分手的时候到了，孙可心含情脉脉地用英文朗诵起了我的诗《吻》，原来她早就把这首诗翻译成了英文。我听不懂英语，只见她那性感的双唇吐露出令人陶醉的声音，动人的双眼闪着一种迷人的光彩。

她被我的诗征服了。我被她的美丽征服了。从此我们开始了交往。我有时竟然亦真亦幻地想，这是真的吗？从此，我成为孙可心的最后一哥，一直到毕业，她都没有再和别的男同学有染。这个不是我吹，汪远可以作证，因为我一直雇用汪远在暗地里监视着她。这起码可以说明两个问题：一是我的魅力和能力拿住了她，起码在大师大当时的男生里出类拔萃；二是孙可心不是传说中的那样水性杨花，她是很有修养和深度的。

毕业后，我本想考研的，可是孙可心坚决不同意，她说研究生、博士都是没有能力的人去考的，你的写作水平已经登峰造极了，哪个教授敢教你？我觉得她说得有道理。再就是我为了兑现我对爸爸和傅真阿姨的承诺，好好地照顾海月。海月也成为我生活中的一个比较大的负担，她耽误了我很多的时间。毕业后，我也选择了去大连报业，一是那里有我的很多校友，比如赵振海；再是当记者工作比较随便，社会地位也挺高。当时，正好市妇联与大连报业联合开办了一个杂志《妇女视界》，我被分配到了那里。孙可心以她的英语优势，去了一个省级外贸单位。毕业的第二年，我和孙可心就结了婚。后来我才知道，孙可心家里的生活条件非常好，父亲是海军学院的教授，母亲是个医生，她家的家教很正统也很严格。汪远拿了硕士文凭后留校当了老师，他也结婚了。我们都有了家，来往就少了很多。最令我欣慰的是，我妹妹海月在中国魅力模特大赛（大连赛区）上力拔头筹一举夺冠。这时的海月，虽然只有十五岁，但是身高已经达到一米七六，比傅真还要高出一厘米。经过几年的刻苦训练已经显露出明星的风范。

"海月十五岁那年在大连市的模特大赛上夺得了她模特人生的第一个冠军。"赵总编继续着他的演讲,"那时候,我还是一个记者。我真的不知道她是海星的妹妹。我给她写了一篇报道。在全市产生了影响。我在报道中写道,改革开放以来大连市已经搞过很多次模特大赛了,这次的冠军陈海月的含金量最高。后来她又在全国的模特大赛上也斩金夺银取得了好成绩。我们媒体一直关注着她。后来海星给我打电话说谢谢我,我才知道海月是海星的妹妹。"

我终于按捺不住了,我端起一杯酒:"赵总编,谢谢你把海月给捧红了,你真是我们的亲哥。海月,来,我们敬赵兄一杯。"

我们喝下这杯酒后,李伟力有些激动地说:"海星啊,你们家的故事很有意思,拍成电视剧肯定好看。"

我说:"下面的事,有一些细节可能赵总编也不知道,还是我来说吧。"

海月的命运应该说掌握在我手里。由于早年没有了父母,都是我把她拉扯大,所以海月对我是言听计从。我可以说既是哥哥,又是爸爸。记得海月十三岁的时候,很叛逆,天天给我惹麻烦,不是上课开小会让老师请我去挨一顿批,就是和男同学玩得很晚才回来,搞得我很烦躁,我还不舍得打她、骂她。要知道我除了照顾她,还要完成自己的学业。有一天我实在忍不住了,就想了个办法。正好是清明,我带着她来到父亲和傅真阿姨的墓前,当我把鲜花放在墓碑上的时候,我突然放声大哭了起来。"爸爸,傅真妈妈。我们来看你们了。爸爸,我难啊。我受不了了。"所有的痛苦、怨愁、纠结都随着眼泪奔涌了出来。海月一开始还矜持着,后来比我哭得还厉害。从那以后,海月好像懂事了,几乎再也不给我惹麻烦了。她的学习成绩也上来了,模特的训练也更认真了。得了第一个冠军后,海月成了小明星,接着又参加了全国的超级模特大赛,也获得了好成绩。当时就有深圳的公司和海月签约,要把海月带到深圳,我死活不同意,硬是把海月给带了回来。当年的大连夜总会很兴旺,几乎所有的夜总会都有模特表演这个节目。有朋友来找我,请海月出台参

加演出，我坚决不同意，我说海月还小，她还要上学读书呢。海月也来
找我说由于她经常参加训练和比赛，学习进度跟不上了，即便拼命地学，
也考不上大学，不如在模特方面继续发展。关键是孙可心也来当说客，
女孩儿家学习好有什么用？没听说吗？学得好不如嫁得好。海月她现在
已经不可能在学习上有所发展了，莫不如扬长避短走她的模特。说来也
怪，孙可心的话总是能左右我的决策。海月就这样几乎放弃了学业，签
约了一个大连的公司，走上了职业模特的 T 型台。那时候的海月克隆了
傅真的几乎所有的优点。这下我可展样（骄傲）毁了，出门逛街左手是
出水芙蓉的孙可心，右手是沉鱼落雁的陈海月，走在天津街和青泥洼桥，
那个回头率旋啦（很多）。

在夜总会里，海月认识了她后来的丈夫时晓菲。时晓菲几乎每天晚
上都要去国际俱乐部夜总会。他喜欢上了海月。每天给她献花。献花是
一种打赏的方式。有时一晚上海月都能收到两千多的打赏。海月把这些
钱都交给了我。我接过钱既高兴又害怕，不知是福还是祸。后来我知道
是时晓菲送的，我就调查了时晓菲的背景。他父亲是退休老干部，他是
做国际贸易的，公司在人民路，家住在七七街小广场附近。我找到时晓
菲对他说，我和海月早年失去父母，海月的大事小情我都要管。听说你
经常送海月回家，还经常给数额不菲的小费，你们两个走得有点近。记
住，海月还未成年啊。时晓菲说：你放心，你是呵护海月的，我是保护
海月的，我们的目标一致。后来我才知道，这个叫我哥的时晓菲比我还
大两岁。从此海月的事，我基本上没有上过心。

"你可别说，很多细节我还真不知道。"赵总编说道。

李伟力兴奋地说，"我想知道，你和孙可心到底为什么离了婚？"

我犹豫了一下，"我的妈。这件事是我一生的痛，我都不好意思说
啊。"

要说我离婚的事，就要先说我辞职的事。我辞职完全是由孙可心一
手策划导演的。她在外贸已经工作三年多了，除了熟悉了业务，更是利

用自己的颜值和语言优势结交了一批国际国内的客户，有的都成为好朋友。她坚决要我辞去杂志社的公职，下海开办一个以我的名字注册的公司，然后利用她的人脉关系，把生意拉到我们公司来做。当时，在是否辞职的问题上我犹豫不决。主要是舍不得我的文学。辞去公职我倒是不太在乎，因为我本来就是崇尚自由的人，不愿被约束，何况天天上班，忙忙叨叨的，工资还那么低，何苦来呢？孙可心真是有一流的忽悠口才，"现在是全民经商的年代，谁下海早，谁就能捞到第一桶黄金，下海晚的只能捞到黄泥。连我爸这样的老革命都看明白了，他都支持我经商。其实，现在下海经商已经晚了，你看我们单位的那些领导和业务人员，早就拿着国家的钱，干自己的事，而且是把企业的业务都拉到自己家去了。现在企业都快黄了，他们家里的公司却很兴旺。再说了，你写的那些诗歌有什么用？我记得你说过，你从写诗那天到现在，发表了有几十首，所有稿费加在一起不过三万多，靠这个过日子你能养活我？另外我告诉你，就算你写诗写得好，你能超过李白杜甫白居易李商隐，近代的伟大诗人就一个——毛泽东，现代的诗人什么北岛、海子、汪国真、席慕蓉，他们都把诗词写绝了，绝不给后人留一点空间。你能超过他们？你是有才华，在杂志社也就写点报道、评论，算什么文人？挣那么点鼻咯子工资，到了社会上都不好意思说。所以趁着年轻，趁着现在的政策好，赶快干点正儿八经的事。我们要是挣到了一百万就游历中国，要是挣到了一千万就周游世界。你还可以继续完成你的文学梦。有了钱，咱可以出诗集，想出几本出几本。"就这样，我听从了孙可心的话，大脑一热，辞了职下了海，成立了自己的公司。我辞职那天也费了好多事，杂志社的总编那时候是周大姐，她人很善良，一再问我想好了吗？今天不给办理，回家想好了再来。赵振海那时候在晚报，是个部门的主任，他也不同意我下海。

"是啊，我是强烈反对海星辞职的。"赵总编说，"我对海星说，辞职可是个大事，不能轻易作出决定。男人三件大事：上学时选好专业，工作时选好职业，结婚时选好老婆。一定要考虑好了再作决定。钱多了是好事，但是人活着还是应该有信仰的。我们这个世界除了苟且的生活，还有诗和远方，没有诗和梦想的世界会多么黯淡无光。我们共同的信仰就是文学，你是为了诗歌而生的。不要枉费了上天对你的恩赐。你家有个孙可心赚钱就行了，你的性格不适合经商，弄不好会被水呛着的。"赵总编今天讲起这些话也是掷地有声的。

赵振海说得对，其实我根本就不懂做生意，我是学文科的，从小就喜欢文字，而对数字一窍不通，一看成串儿的数字就晕。公司的事几乎都是孙可心暗箱操作的，不能让别人知道，甚至连个会计都没有。我每天到公司就是看报纸，看电视，陪人吃饭。那时我们公司的业绩蒸蒸日上，账户上的数字天天都在增加。我爱死孙可心了，又漂亮又能干，上哪儿能找到这样的媳妇？我真的把她看成女神了。汪远骂我吃软饭，我说管它什么饭，能吃饱就行。我能看得出来，孙可心很爱我，虽然赚了不少钱，可是她并不铺张显摆，倒是在我身上花了不少钱。虽然有时候对客户有点过分热情，我很吃醋但又能理解。唉，这叫舍不得老婆套不住狼。汪远经常说要我小心点，"孙可心经常出国与客户谈判，而且总能胜出，除了谈判技巧，不加点颜色能行？特别是她与那个姓郭的台湾老板走得很近，你看那个郭老板色眯眯的熊样，一看见孙可心就晕船了。你别彪，当你感觉挺展样的时候，小心赚了钱丢了老婆。"我火了："你别胡逼咧咧。我心里有数。孙可心真的不是那样的人。"

我下海的那一年，开始出事了。2002年的日韩世界杯，由于中国队的参加，成为我们球迷的盛会。汪远约我们组团去韩国为国家队加油。那时我既有时间又有钱，当然不能错过，我们一行十一个人踏上了去韩国的旅程。在这十一个人中，除了汪远还有一个人我认识，他外号叫老虎。对了，就是当年我和孙可心第一次约会时，那个要打我的大个子。老虎是个专业级的足球守门员，当年我们学校的校长喜欢足球，就招了一批足球特长生，这一下我们大师大的足球队可牛啦，真是打遍天下无敌手。老虎就是在这个背景下上了大学。老虎这人很爽快，他也认出了我：

"还记恨我吗？那天我喝多了，失礼了。不好意思啊，抱歉啦！"老虎有一米九的个子，我矮了老虎整整大半头，我抬头望着他："那事我早就忘啦。没事，没事。不过你凭你的条件不干专业太可惜了。你现在做什么？""在一个朋友的公司里，当一个部门经理。""也不错嘛。我也自己做了个公司，以后还要多多关照。"就这样，我和老虎成了朋友。在韩国期间，老虎推荐我玩个游戏。就是在某场比赛前，押某一球队的胜平负。我对这个游戏很感兴趣。我第一次押的是中国队输，果然输给了巴西，我赢了一万。第二次押的中国队平，结果输了一万。第三次我押的是中国赢，结果又输了一万。一万元对我来说就是一块钱。后来我就玩大了。我猜中了四分之一决赛和半决赛，赢了十八万。虽然国家队输得很惨，我却凯旋。回国后，老虎又来找我，他说意甲、英超的比赛也有博彩，问我感不感兴趣。我在韩国尝到了甜头，就答应他可以玩。我本来就是个球迷，对意甲、英超不敢说了如指掌，也是如数家珍。我旗开得胜连续赢了四场，得了八十万。我的妈。太刺激了。接下来就惨啦，竟然连输七场输了一百四十万。真是邪了门了，我看好的强队不是输就是平。

这时候，汪远劝我到此为止，不要陷得太深，可是我已经着了魔，很快又输了八十万。孙可心看到了银行账户的变化，来逼问我，我说是借给一个朋友了。她没有多想。那些日子，为了赌球我几乎放弃了一切。白天浏览和足球有关的报纸，研究各个球队的球员状态、战术打法等，晚上熬夜看比赛。但是无论如何还是输多赢少，直到输光了账户上的所有资金，我才像做了一夜噩梦惊醒了。孙可心发疯似的问我："把钱借给谁了？"我吓得躲在洗手间插了门不敢出来，她就在门口用上万元高跟鞋的鞋跟砸门，把鞋砸坏了，把门也砸坏了。我向孙可心发毒誓说明天肯定有钱到账，才逃过一劫。第二天，我向老虎的公司借了二百万。孙可心看了才放过了我。可是她冻结了账户。为了还债，我又开始赌球，结果可想而知，越陷越深。我还不上老虎公司的债，老虎追债就找到了孙可心。孙可心哪能受得了这个，对着我就是一阵狂风暴雨。我的妈。我吓得躲到了旅顺汪远他姑姑家，不敢回来。孙可心答应了老虎由她清还所有债务。那时候，我惨透了，手机不敢全天开，孙可心的来电绝对不敢接。孙可心就用短信骂我，把我骂得臭狗屎都不如。

有一天孙可心又发来一个文件，我一看吓得差一点儿就晕过去。

离婚起诉书

我赶紧又搬救兵。汪远来了，我们俩研究了半天。汪远说，"你个彪子。这回你可死定了。我去找孙可心做做工作看看。"汪远走了。我就在院子里来来回回地走，不吃不喝走了五个钟头。到了晚上，汪远打电话来说："没有救了，你个倒霉穴儿。孙可心是铁了心了。没救了。"

我们离了婚。走出民政所的门，孙可心墨镜后面的双眼里流下了两行泪水。我真的不舍得她，我也哭了。

就这样我被赶出了家门，还好，我还有家，那是我爸爸留下来的那套在昆明街四楼的房子。当初孙可心买了新房子，还差一点儿把它给卖了，我不同意，说卖不了几个钱，还不如留着，也是对父母的一个念想。现在看好像是有先见之明，给我自己留了后路。我有大半年没回来了。我看着这熟悉的一切，就像看到了爸爸妈妈和傅真。我的眼泪流了下来。我和孙可心离婚的消息，就像中央电视台播发了新闻一样，全世界都知道了。我的妈。外面不知道内情，以为孙可心甩了我，傍了大款。我都没有机会解释。谁承想孙可心后来真的与一个比她大十八岁的台湾老板郭太峰好上了。这让我很惊讶，也让汪远这样的人更加得意他们以前的猜测和评价是对的。

"这个谜底终于揭开了，原来是这样啊。"赵振海恍然大悟道，"海星，我们都冤枉了孙可心。"

"真是人生如戏。"李伟力听得津津有味，"那个赌博集团后来被打掉了，总部设在马来西亚。这个事我很清楚，当时大连参赌人员有近百人，都输得很惨，有的一贫如洗，有的妻离子散，有的家败人亡。黄赌毒，猛于虎啊。"

"是啊，这个教训太惨痛了。我追悔莫及啊。输了钱，还可以赚，但是失去了孙可心，这是我一生最大的悲剧。"我几乎是哽咽着说的。

"和孙可心还有联系吗？"赵振海问。

"有，我们有时就打个电话，我感觉她应该是世界上最优秀的女人，美丽、善良、聪明。唉，我肠子都悔青了。"我使劲地摇摇头。

"她那么聪明，为什么和一个大她十八岁的男人在一起？"赵振海问。

"孙可心不喜欢与她差不多年龄的男人在一起，因为她的智商情商都太高，一般男人在她眼里都是小屁孩儿。而比她大一些的男人，经验、阅历都很多，容易和她交流。我也一直感到奇怪，孙可心并不是非常喜欢郭太峰，也许这里面还有文章。孙可心一直想出国定居，也许是用郭太峰做个跳板？"

"这个郭老板有多少钱？"吴天奇问。

"具体有多少我也不知道，但是肯定不少。他过去主要做贸易的，现在他在大连做房地产。他人很聪明，也很有学识。"我说。

"可心姐为你还了债，还为你背了黑锅。你真对不起她。"海月也憋不住了。

"海月，我还是想听听你的故事。"李伟力把身子转向了海月。

"我的故事太稀奇了，说了你都不相信。"海月继续讲她的故事。

我和菲哥一直保持着比较正常的关系，尽管他天天给我献花，送我回家，尽管有些流言蜚语，他的确没有任何过格的举动。直到我过十八岁生日那天，他才当着很多朋友的面，向我求爱。那个生日宴会搞得很令我难忘。

海月讲着，我的脑际里也开始回放着电影。

海月那天没回家，她把女人好多的第一次都献给了时晓菲。这让我非常地羡慕嫉妒恨。这个混蛋艳福真不浅啊。从那天起，海月几乎没来家住过。时晓菲对海月非常好，他几乎把海月宠上了天。他也很尊重我，经常约我和他们一起吃饭或者参加什么活动。我和孙可心离婚后，海月看到我失魂落魄的样子，也经常救济我。我得了那个倒霉病都是海月陪我走遍了大连的所有医院，在我身上花了有十几万。我的心病和身病使得我几乎断绝了与世人的交往，我天天宅在家里闭门思过。海月曾多次对我说："哥，你能不能挺起来！真正的男人应该是在哪里跌倒就在哪里爬起来。跌倒了不可怕，可怕的是爬不起来。"

时晓菲停止了海月的模特表演，给她成立了一个时尚设计公司，让海月发挥她绘画的天赋，设计女人用品。海月继承了父亲的基因，在造型设计、色彩搭配等方面显露出超人的才华。海月大显身手，许多她设计的产品都十分抢手。

时晓菲喜欢玩儿车，家里有了五辆豪华车。他还喜欢聚会，几乎每晚都和一些朋友喝酒唱歌。时晓菲的聚会当时在大连都有名。他的朋友多，每天都有新朋友加入他的聚会。海月也经常喊着我参加。

不久，上任《妇女视界》杂志总编的赵振海，把我又招入了杂志社，干起了老本行。俗话说好马不吃回头草，但是这可是一根救命的稻草啊。那时候，所有人都以为我赔了夫人又赔了钱，有的可怜我，有的看笑话。赵振海说："干什么的就干什么，你一介书生，数钱都数不明白，硬要下海经商，怎么样？差点儿没呛死。这次领导让我来《妇女视界》，也是费了一番心思。这个杂志的总编过去都是女的，这次换个男的，也是想变个花样。我把你找回来，一是用你的才华做点事，二也是让你能够振作起来。"就这样我走出了家门上班了。

海月还在继续讲她的故事。

在我二十三岁那年，我和菲哥结婚了。在幸福而平静地生活了几年后，我的生活发生了变故。菲哥大脑一发热，非得要盖个大酒店，而且还是五星级的。他把这几年赚的钱都拿了出来，又从银行贷款了几个亿，轰轰烈烈地在老虎滩盖起了他的海之梦大酒店。当大酒店楼体基本盖好的时候，他的资金链发生了断裂，他的大酒店真的成了海之梦，变成了烂尾楼。后来我才知道他挪用了盖楼的资金在越南投资了一个加工厂。银行起诉了他，法院也传唤了他，他的几个入股的朋友也跟他闹翻了脸。菲哥陆陆续续地变卖了四辆车和两处房子，还银行的利息。那段时间他东躲西藏，坐卧不宁。该他倒霉，当时美国的经济形势不好，他出口美国的商品受到打压。有一天菲哥对我说："看来扛不住了，我想去国外躲一躲。"那时我刚发现已经怀孕了。我说："要去我们一起去。""不行。"菲哥说，"在国外生活一定非常艰苦，我做好了最坏的准备了。你有孕在身，哪能让你们跟我受罪。我躲一阵子就回来。我有个朋友跟我一样，出去躲了些年，回来就没事了。""那么你准备去哪里？""我还没定，可能是加拿大。""当初我就和你说，不要头脑发热，投资要谨慎，够吃够喝有地方住就行了，你就是不听。""你现在说这些还有什么意义吗？""有，无论到什么时候，做人要低调，做事要量力而行。"我们吵得很厉害。不几天，菲哥不辞而别了。又过了几天，家里突然闯进来一伙人，他们大呼小叫杀气腾腾的，房间里的一切都在颤抖，我被这个场面吓得直哆嗦。一个满脸横死肉、满胳膊都是刺青的家伙走到我的面前："告诉你，时晓菲欠了我们六百多万，已经一年多了。欠债还钱，天经地义。可是他迟迟不还。他人呢？""他出差了，不在家。"我装作镇静道。"去哪儿了？""我不知道。""如果有他的消息，赶快告诉我。你告诉他，赶紧还钱，不然的话，卸他一条腿，完后再送他进监狱蹲一辈子。"那个人留下一张名片，就领着那伙人走了。我瘫倒在地上，感到天棚倒塌了砸在了我的头上，赶紧打了110报警，然后给我哥打了电话。警察很快就来了。他们问询了情况，有个警察看着那张名片说，那伙人是讨债公司的，大都是一些有过前科的人，他们刑满释放后，无所事事，就纠集在一起成立了这个公司。警察说，如果他们有过分的行为你就报警。

大家听得入神，都被海月的故事拉进到那个时空。

我看到大家个个都紧张得透不过气来，就缓了一下口气说："来，大家喝口酒，压压惊。"我站起身与大家碰杯，然后一饮而尽："下面的故事我来讲。"

我的妈，我接到海月的电话就飞过来了。我看到海月一直在流泪，心里很难过。我安抚着海月："没事啊，不要怕。有哥在。现在是法治社会，他们不会对你怎么样的。"然后我第一次像个指挥官一样地说："先还债。海月，把你家值钱的东西都卖了，能还多少是多少，再救人，想办法找到他。"第二天，海月按照名片上的电话号码联系上了那个人，那个横死肉这一次不那么凶了。他拿出时晓菲签字的借据给我们看，海月说这是时晓菲的字体。横死肉看了家具说，都是现代的家具值不了几个钱，沙发和床加一起算十五万，那辆卡宴凑合着也就五十万，金银首饰也就一百万，总共一百六十五万。时晓菲的家里也很着急，他爸爸亲自出面，用他退休的积蓄还了五十万，海月一狠心把他们住的房子也搭上了，居然还有二百八十五万的债。身心交瘁的海月拿着几大箱子服装回到了我们小时候的家。还亏了有这个家，我的妈。现在，我们兄妹俩，在各自经历了一场大富大贵的黄粱美梦之后，又回到了原地。也许这就是命运。也许是个轮回。因为还有欠债，那伙人还在敲诈，压得海月喘不过气来，她在家里唉声叹气，晚上睡觉做噩梦。我实在看不下去，就跟海月说，把咱爸咱妈的抚恤金拿出来还债吧。海月不干，她流着泪说："那是爸爸妈妈的命换来的，那是我们兄妹后半生的依靠，不能动，咱俩不是都说好了，准备换个房子吗？"我说："如果你垮掉了，要这些钱有什么用？我们用钱买你的平安，这钱必须拿出来。"海月流着泪把父母的五十万抚恤金也还了债。说实在的我一点儿也没心疼这些钱。我从一开始就没觉得这些钱是我的。我建议海月打掉那个生不逢时的孩子。我说："你只要不生孩子，你就是个姑娘，生了孩子你就是女人。姑娘与女人在择偶的时候，可是不一样的，你要想清楚。"可是海月的脾气像她妈，一根筋。时晓菲的父母和默凡也鼓励她生下这个孩子。就这样海月生了一个男孩儿，时晓菲的父母是中年得子，四五十岁时才生的时晓菲，现在终于有了孙子，他们别提有多高兴啦。海月的月子是在他们家过的，在他们老两口的精心照料下，海月母子俩都很健康。只是海月思念着时晓菲，经常以泪洗面。孩子满月后，时晓菲的父母把孩子和海月留在了他们的身边。

李伟力吸了一大口烟，眼睛眨了几下，一股浓浓的青烟从他的口中缓缓地吐出来。李伟力说："也就是说，还欠别人两百多万。"

"对，但是利息很高，每天都在涨。"海月说，"最后实在没办法，我找到我的前嫂子孙可心。我俩一直处得很好，有句话叫老嫂比母，嫂子真是这样。虽然与我哥离婚了，我们的交往少了，可是她还没听我讲完就说，海月，你说还差多少钱？就这样，是可心姐给还了两百多万，我才感到压在头上的那座大山没了。"海月擦着眼泪说。

我接过话茬："借给菲哥钱的是个担保公司，挣的就是利息。当年我就是在老虎的那个担保公司贷的款，这方面我比较清楚。"

"现在时晓菲已经上了通缉令的名单。"海月说，"警察找过我好几次，他们说如果有了时晓菲下落，一定要报警，否则就是犯包庇罪，要判刑的。不过五年来的确没有一点儿时晓菲的音信。我也不知道该怎么办。"

李伟力有些激动地说："海月，你无怨无悔地等了时晓菲五年，说明你是个有情有义的好女人，时晓菲应为你感到欣慰了，孩子也四岁了吧？"

"是啊，很健康，奶奶爷爷照看得非常好。"

"海月，希望你也不要在时晓菲的问题上陷得太深，你陷得越深会越痛苦。"李伟力又点了一根烟。"给他家生了个男孩儿，等了他五年，已经够意思了。人生的道路还很漫长，不一定非要在这条坎坷的路上走到底，毁了一生。再说了，时晓菲现在已是个在逃的罪犯，他给国家和社会造成了巨大的损失，他的下场不会好的。你还幻想他会回家吗？如果他一下飞机，就会被捕入狱。在国外他也是过着提心吊胆、度日如年的日子，是死是活还不知道。你没有必要再等下去了。赶快把这一页翻过去，开始新的生活。"李伟力发自肺腑的话令大家都很感动。其实，类似的话我也说过。

"只有一个办法可以挽救时晓菲。"李伟力吐了一口烟。

"什么办法？"海月急切地问。

"把那栋楼给卖了。算没算过那栋楼现在价值多少？"李伟力问。

"银行说他们给卖，但是一直没有人接盘。"

吴天奇一直是今晚最冷静的，他站起身说："我们可以主动找买家啊。我估计现在应该价值四五个亿。如果有买家，你一转手不仅还上了银行贷款和朋友入股的钱，还能剩余不少。"

大家兴奋起来。

"海月，我建议这件事由吴天奇来帮你运作。"赵总编说，"他的社会关系多，他的见识也多。"

"我同意。"我举起右手说。

"我看行，不知道吴天奇肯不肯呢？"海月看着吴天奇。

"天奇，你表个态。"默凡拉了几下吴天奇的衣角，"海月海星这么信任你，你就干吧。"

"我再考虑一下，毕竟是好几个亿的大项目。"

赵振海看了一下手表："不知不觉已经快到十点了，明天我还要出差，我们以后有空再聊。我们请李书记给收个杯。"

李伟力拿起酒杯，若有所思。

"今天听了海星、海月兄妹的故事，就像看了一部好莱坞的大片。电影来自生活，生活就是电影，祝大家各自演好自己的角色，把握好自己的命运，愿好人一生平安。"

我这才缓过神从我们家的大片中出来。

赵总编在酒店门口又叮嘱我："别忘了使命啊，单身女人。"

一提起单身女人我就打了一个寒战。

我的妈啊！

● 三

今晚聚会的时候，我的手机一直在不停地振动，开始是在桌子上振，后来在我口袋里振，振得我大腿都发麻。有来电的长振，有邮件的小振，有微信的微振。我知道肯定都是有关单身女人的。看来我的启事得到了回应。回到家我一看，我的妈，差不多有二三十条。

我在笔记本电脑上建了文件夹"单身女人的故事"。我想如果采访了二十六个单身女人，用完了二十六个英文字母，我就再也不听了。

我打开微信里的一条留言，边听边做了编辑记录，编号为A。

> A女。
>
> 居住地：大连。年龄：55岁。职业：无。
>
> 她是地地道道的美女。年轻时是很多小伙儿青睐的对象。在一次旅行中，认识了一位学美术的外地男青年。他们很快就坠入爱河，并且在大连闪婚。后来，A女士生了一个女儿。女儿一岁的时候，他们离了婚。原因是两地生活，感情疏远，其实是她丈夫在外地早就有了新欢。A女士独吞了苦果，再也没嫁，含辛茹苦把女儿拉扯大。A女士一直和父母生活在一起，几年前她送走了多病缠身的父亲，现在又伺候着瘫痪在床的母亲。几十年如一日，连出去和同学、朋友聚会的时间都没有。原本活泼开朗的她，现在由于很少与社会交往，已少言寡语，面无悦色，白发苍苍，老气横秋。不幸的是几个月前，A女士被查出得了子宫癌。她不敢告诉母亲，她不知道该怎么办。

写完这些文字，我心头很酸：太可怜了，太悲催了，真的很令人感叹。我应该去采访她一下。

朋友圈里一个老同学发来的故事也吸引了我："海星啊，我这个故事绝对真实，太令人感叹了，你肯定会感兴趣。"

> 我表姐今年62岁。生性要强，能说能干。年轻时辞掉公职，跟随丈夫去日本打工。凭借表姐的吃苦耐劳家里有了一些积蓄。十年后，全家返回国内。她丈夫起花心有了外遇，而后离婚。表姐把儿子培养到大学毕业。可是她儿子并不省心，办公司亏光了表姐准备给他买房的钱。为了儿子，年过半百的表姐，四处漂泊，为人打工。可怜啊！可悲啊！

看了后心情很沉重，打上编号 B。

躺在沙发上没有一点儿睡意，继续浏览手机，突然看到孙可心的一条微信：

知道明天是什么日子吧？晚上过来。

我一想，我的妈，毁了！是孙可心的生日，本来就手头拮据，还要给她一份生日礼物，她又是那样高富贵地爱挑剔。烦死了！不去。我刚想编一个谎回复，发现孙可心又来了一条微信：

千万不要带礼物！带礼物就不要来。

我破涕为笑了，还是孙可心理解我，她是最懂我的女人，我爱死她了，我真的永远也不会恨她，我知道她内心是喜欢我的。这几年，她也没少接济我。虽然每每收到她的钱物我开始都要假装拒绝，可是最后都接受了。

第二天上午都十点多了，我还赖着不起床。楼下的琴声已经响了一个多钟头了。现在不用上班了，又自由了，可是每天早晨九点整，楼下的钢琴声就会像闹钟一样把我吵醒。我得说一说这个钢琴的事。那是前年的一天早晨，可能也就八点左右，一阵钢琴的声响把我惊醒。我原以为是谁家里放的音乐，可是我听了一会儿就知道了，这是有人在弹钢琴，更确切地说是在练钢琴。再仔细听，就在我家的楼下。我想起来了，前几天楼下那家搬走了，又有人家搬进来了。钢琴弹奏的是音阶和琶音。这个我懂。海月小时候拉大提琴的时候，老师告诉她每天拉琴的第一件事，就是要拉奏音阶和琶音，而且要拉得很慢。我当时还不明白，就感到很纳闷，直接拉有旋律的曲子多好啊？老师说，就像运动员在比赛之前做的热身活动一样，演奏音乐也要热身的。拉奏音阶和琶音是演奏曲子的基础。我听楼下的琴声不像一个初学乍练的新手在弹奏，倒像一个成熟老到的演奏家在热身。一连三天，都是从八点开始弹琴，把我的生活节奏打乱了，我要崩溃了。

我写了一个字条，用不干胶贴到了楼下的门上。

你好，因家里有孕妇要休息，请再晚一些弹琴。
谢谢。

可是到了下午，我路过那家，在门上我看见了我上午写的字条被换成了一个稍大的字条。

非常抱歉。给您添麻烦了。我是刚搬来的。你说几点可以弹？

我回家拿来笔，在空白处写道：

上午十点。

第二天，我发现小字条又换了。

十点有点晚。九点行不行？

真是太可笑了，怎么弹个琴还带讨价还价的？
我写道：

可以。

就这样，钢琴声每天九点整准时响起，我也就九点准时醒，但是起不起床另说。快两年了，我也习惯了，这钢琴声就成了我生活中的背景音乐了。

我洗漱完，一边吃早餐，一边看着刚刚收到的姐姐的来信。

海星，近来好吧！我和妈妈都挺好的，不要挂念。你给妈妈寄来的衣服不太合适，颜色太艳了，妈妈说她穿不出去，以后就不要买了。临沂这地方和大连的气候不一样，每到春秋换季妈妈都会哮喘。你自己也要多保重。千万不要多喝酒。前天，我们一个朋友的丈夫喝酒过量死在了厕所里。可吓人了。

另外，你以后不要再打钱还房贷了，我已经都还上了。你赚钱也不容易，攒钱娶个媳妇吧。以后记着，不要娶漂亮的媳妇，对你好的、能干活的媳妇才是好媳妇。咱妈说媳妇是用来过日子的，不是给别人看的。

媳妇是用来过日子的，不是给别人看的。妈妈的这句话应该成为所有男人择偶时的座右铭。我总是尽快给姐姐回信，我知道妈妈会急着得到我的音信。

亲爱的妈妈、姐姐，你们好！

来信收悉。

给你们的手机为什么不用？有了手机我们的联系就更方便了，姐姐你要学一学争取早些用上，到那时你们就会感到我们的距离有多近。

妈妈要多出门晒晒太阳，老憋在家里容易生病。不要舍不得花钱，该吃该穿的不要亏待自己。上个月的房贷钱没给你们，是因为我有点困难。没想到姐姐已经还上了。姐姐也该考虑谈婚论嫁了。这个世界上根本没有什么白马王子，差不多就行了。时光流逝得很快，不要荒废青春。

我非常想念你们，打算今年寒假去看看你们。

我来到邮局，买了信封和邮票，把那封信装进信封，贴上邮票，投进了绿色的邮箱。我的心好像与这封信一起进了这个大腹便便的邮箱。这种邮箱已经越来越被网络的邮箱所取代，现在它几乎就是个摆当。我想总有一天它会和报纸杂志一起被扔进历史的垃圾箱。如果世界上没有了邮箱，没有了报纸杂志，我会感觉很悲哀的。

回想起上次见到她们，就像是在昨天。

2002年，韩日世界杯之前，在和妈妈姐姐分别十五年后，我来到山东临沂，终于见到日思夜想的她们。妈妈苍老了许多许多，满头的白发，岁月的皱纹布满了她的眼角和额头，年轻时她那闪着神光的小眼睛也蒙上了一层薄雾。她没有再婚，而是在家伺候姥姥、姥爷和姐姐。那时姐姐还没有男朋友，她也苍老得像是四十多岁的女人，除了还有一口大连话，外表就是一个标准的农家女。我极力克制着，才没有让泪水流出来。真没想到她们的变化会这么大。妈妈悄悄告诉我："你姐高中毕业没考上大学，在一个小学当老师。学校有个男老师喜欢你姐，两个人就好上了。好了两年多那个男老师提出要结婚，可是你姐嫌人家穷，盖不起房子，就和人家分了手。那个人要强，很快就找了另一个女老师，不久他们结了婚。后来那个人辞职自己干了小商店，现在自己买了房子和汽车，对老婆也非常好，人家很幸福。其实你姐也挺喜欢那个人的，那个人大高个，又聪明又憨厚。现在你姐后悔极了。总想着人家，看谁都不顺眼。是个愁啊。"

现在回想起来，妈妈和姐姐的性格都变了。妈妈年轻时山东话说得震天响，那笑声五里地外都听得见。姐姐小时候和我有说有笑，我们在一起有说不完的话，每天睡觉都是妈妈严厉制止才能让我们闭嘴、闭眼、闭灯的。现在她们变得不愿说话，少有笑脸。可见父母的离异，改变的不仅是一个人的性情和命运。

我问我妈还恨爸爸吗，她笑着说："早就忘了，何况他都不在了，后悔当初没听你姥爷的话。不听老人劝，吃亏在眼前，这都是命啊。我现在信佛了，想得开了。"

我把孙可心的照片给妈妈看，她看了直摇头："儿子，这样的媳妇你养得了吗？记住了，媳妇是用来过日子的，不是给别人看的。"我妈就是这样，没有多少文化，但经常能说出很经典的句子。

虽然山东省在全国属于经济状况比较好的省份，但是受自然环境和交通的制约，临沂是山东最贫穷的地区，看到妈妈她们的生活现状不太好，那时也正是我好过的时候。我一激动，给妈妈在镇子上买了一套房子，孙可心现在都不知道。交了三万首付，每月还贷两千。怕妈妈担惊受怕，我偷偷告诉姐姐，我每月寄两千过来。可是在我落魄以后，这两千的还贷钱成了我的一块心病。

在妈妈的家里住了三天，我就感到水土不服。山区干燥的气候、妈妈家燥热的土炕、天不亮公鸡的啼鸣、半夜狗狗们的狂叫等等，都令我难以适应。

临别时，我的眼泪实在憋不住了。我说："妈，等我混好了，我把你和姐姐都接到大连，我给你们养老。"

妈妈苦笑了一下说："俺再也不想去大连了。"

妈妈把一个口袋交给我，里面是八个煮鸡蛋和五个我最爱吃的烤地瓜。姐姐用自行车把我带到汽车站。等了有十五分钟，汽车来了，我流着泪不敢看姐姐一眼。汽车开动了，我看到姐姐在擦眼泪。我真想放声大哭，可是嗓子眼像被一个地瓜堵得不敢喘气。

所以现在一想到妈妈和姐姐就想哭。

已经是下午了，颈椎病又来捣乱了。想到那个流着眼泪给我按摩的女足疗师，我突然加快了脚步。

心满意足疗店是一家小店，总共才有四个按摩师和五个小房间。昨天的那位新来的技师，应我的钦点又坐在了我的面前。今天她没流泪，但还是有些拘谨和羞涩。她面无表情，目无光泽，机械地做着按摩的手法。看着她，我的两只眼睛像两只探照灯，要穿透她的心。我是这里的常客，在这里仅次于在我家里。这里的人都知道我的习惯，她们总要打开电视机的。这一次我关掉了电视机。

"我说老乡啊，你叫什么名？"

过了有十五秒她才小声地说："俺叫黄燕。"

"黄燕？听说过有黄鹂，好像没有黄色的燕子啊？"我的玩笑一点儿都不好笑。黄燕还是很矜持。

"你好像有心事啊，你是什么时候来大连的？"

"来大连三个月了。"

"大连好不好？"

"好。"

"怎么个好法？"

"干净，哪里都挺干净，没有自行车和电动车，和我到过的一些城市不一样。"黄燕一直在低头看着被她揉搓的我的脚。

"你都去哪里玩了？"

"老虎滩、付家庄。"

我喜欢跟按摩师聊天，不过这一次是"别有用心"的。

"你家门口有黄河吗？"

"没有黄河，有淮河。"

"淮河是黄河的支流吗？"

"这个？我不知道。"

"你原来是做什么的？"

她微微地笑了一下，一层淡淡的红晕瞬间布满了她的脸颊，她没有回答。

"你那天为什么哭呢？"

她默不作声，恨不能把头埋在我的脚下。

突然，我的手机响了，是汪远打来的。他说，才看到昨天我发的求征单身女人故事的微信。他说他有一个十分精彩的故事，一定要我请他吃饭才能告诉我。我想到今晚孙可心的生日聚会，何不带着汪远一起去，免得我有些尴尬，就说："那好，我今晚就请你吃大餐。你来接我。五点半。心满意足。"

黄燕还没有打开心结，看来这还要一个过程。她越是这样，越说明她的故事一定很有意思。

汪远来了，我们坐着出租车在下班高峰的车流里缓缓地向付家庄爬行。车上，我把昨天下午接到的课题和晚上的聚会向汪远都说了。汪远现在大师大当老师，虽然我们见面少了，但是彼此间都有一种默契，也许就是心心相印。

汪远对我要做的这个单身女人的报告很感兴趣，他说："这个选题太好了。单身女人的问题已经成为一种社会现象。这个报告做好了，你就功成名就了。你也该出货了。"

汪远骨子里是很清高的，他是很少能对一件事情马上做出赞赏的。他习惯于否定和反问，让我吃了很多苦头。

我笑道："连你都认可了，看来这个文章必须得做了。说说你的好故事吧。"

"着什么急，吃完大餐再说。"

"你别装个大尾巴蛆了，快说吧。"

汪远说这是他老婆刘力坤的表妹方元的故事。

方元大学毕业后，分配在一所小学，教语文。那是八年前的事了。学校有两个年轻的男老师同时看上了方元。一个是音乐老师，弹得一手好钢琴；一个是体育老师，踢得一脚好足球。方元喜欢音乐，音乐多浪漫多优雅啊。而体育棒子一身臭气，粗腿大脚，四肢发达，头脑简单，她自然接受了音乐老师。后来他们结了婚，生活很美满。可是在孩子两岁的时候，方元发现丈夫与一个比他大的有钱女人好上了，那个女人的孩子跟他学琴。方元虽然提出了严正警告，但是音乐老师还是没有收手。方元为了报复丈夫，就跟体育老师好上了。音乐老师知道了，有一天在体育器材库房里把他俩堵了个正着。音乐老师向体育老师大打出手。其实他根本就不是体育老师的对手，但是他下手狠，抡起一把椅子把体育老师打伤，现在还卧床不起。体育老师的家人起诉了音乐老师，可是法官判了音乐老师胜诉，体育老师因是第三者插足惹起的争端而被判败诉，音乐老师赔偿了体育老师三万元后再无责任。然后音乐老师提出与方元离婚。离婚后，他和那个有钱女人结了婚，那个女人让他辞了职，给他开了个琴行。方元带着孩子一直陪伴在体育老师身边。她为医治体育老师，花完了所有积蓄。可是体育老师仍没有好转。

"我的妈，现在呢？"我对这个故事很感兴趣。

"现在方元的生活很是窘迫。我们也经常接济她。可是杯水车薪啊。

我们都劝说方元放弃体育老师，反正他们也没结婚，体育老师还有父母可以照顾他。可是方元对体育老师一往情深，说体育老师是因为她才遇到的灾难，她不能舍弃这个男人。"

"我的妈，现在呢？"我有些迫不及待了。

"据说方元谈了个男朋友，比她大十几岁。方元的条件是必须带着体育老师和孩子一起嫁过去，对方不同意，就黄了。"

"我的妈，现在呢？"我还追问。

"方元为了赚钱，在家里开办补习班，一些上课听不懂的孩子就去她家里补习，也赚了一些钱，现在很多老师都在这么干。可是后来有家长举报了她，学校换了她的教师岗位。她现在学校食堂做饭。太可怜了。"

汪远平时就善于讲故事，那表情、动作配合着语气，把这个本来就生动的故事讲得有声有色，把我的眼泪都讲出来了。

这个故事应该是编号 C。

四

孙可心发来微信：

到哪儿啦？

孙可心和我离婚不久，就和那个台湾商人郭太峰勾搭到了一起。我的妈，为了这事我气得好几天都睡不着觉，睡着了就做噩梦。有一次梦到孙可心一丝不挂地在一张巨大的蜘蛛网上行走，有个魔鬼一样的蜘蛛精在看着她笑。

本来就没了工作，现在又被离了婚，我就像丢了魂的丧家之犬。我几乎没有了经济来源，连吃饭都成了大问题。孙可心跟郭太峰好的消息，令我雪上加霜，我越想越上火，越上火就越想，就得了那个倒霉病，差一点儿丢了命。多亏了海月和时晓菲帮我渡过了难关。那时孙可心跟郭太峰去了美国，有一次她跟海月联系才得知我病了，让海月给我送来了两万块钱。她给我发信息说：

> 你这个病就是上天对你的惩罚，你只有接受这个惩罚才能过了这一关，安心受罚吧，别无选择。

孙可心给了个甜枣又打了我一巴掌，但是我心里别提多激动多感动了，她的钱和她的话都是治疗我心病的良药。说实在的，我真的就好多了。但是我怎么也想不明白孙可心到底中了什么邪，她为什么要和郭太峰搅和在一起？我就在电话里和她吵。她听了我带着火气的话，反而安静地说：“咱俩已经离婚了，我的事和你没有任何关系了，OK？你还是把你自己的事弄好吧。”我说：“我是为你担心，怕你被骗。”她说：“No，他骗我？你别瞎操心了。”“那他占你的便宜，他都快六十了。”“没有谁占谁的便宜，你太 old 了。”“你找谁都行，我就是看他不顺眼。”“老郭这个人，虽然很狡猾，但是也有他优秀的地方，他的修养、学识、见地不是一般人能比的。你是嫉妒人家才看不顺眼。”“你知道社会上都怎么议论你？我怕你被唾沫星子淹死。”“No，爱说什么就说什么。我也不能挨个地解释。我行我素，我就是我。我从小到大都是在骂声中长大的。我已经习以为常见怪不怪了。”“可是我——”“海星，你还没长大，等你长大了，你就明白了，OK？”“可是我已经三十好几了。”“就你这样的心态，到八十岁也长不大，赶快长大吧，别瞎操心管闲事，OK？”

就这样，我和孙可心没少吵架。她也知道我是为她好，所以没有和我翻脸。我们还是无话不说的好朋友。孙可心说：“我知道你现在最缺的就是钱，但我也不能再养着你了，你得想办法，既然写诗不赚钱，那就写赚钱的，OK？写什么赚钱？”我说：“当然是电视剧剧本了。”“那就写电视剧剧本呗。”“我不会写。”“No，就凭你，不会写？你说出这句话丢不丢人？你还是大师大的高才生？”“真的，写诗歌跟写电视剧剧本是完全不同的两个职业，就像厨师和面点师，就像木匠和瓦匠。你叫茅台酒厂做个可乐试试？""我就不信了。你最瞧不起的那个孙诚都能写，你写不了？你是没饿着。"

就这样，在孙可心的逼迫和鼓励下，我开始写电视剧剧本了。写了半年多，什么大纲、分集提纲和剧本都写出来了，打印出来有半尺厚。我先后发给了五六个电视台，但是都没有回音。我偷偷地拿给孙诚看。孙诚是庄河农村的孩子，大师大毕业后留在了大连，进了报业集团，他一口庄河大连话，开始很不自信，见谁都点头哈腰的，谁都瞧不起他，就我还搭理他，他有点感激我，这小子写东西有点灵气，这几年先是给大腕儿当枪手，后来也自己写剧本。孙诚看了我的剧本直摇头，他撇着嘴说，电视剧剧本不是这么写的。怎么写？他含糊其词地说了半天我也没听懂。

不久，孙诚找到我，让我帮他写十集的剧本，一集给八千块，大纲都写好了，大纲就是骨架，我的任务就是添肉。我激动得一宿没睡着觉。我拉开架势，夜以继日地干，大约用了二十天写完。我特别自信地感觉我可能就是第二个郝岩（大连报业集团的记者，全国著名的编剧）了，肯定比孙诚强多了，我从来就没瞧得起他。我把文稿给了孙诚。过了两天孙诚约我见面，他把我的六十多页的文稿一下摔在桌子上，气愤地说："海星，我上一次已经和你说了，剧本不是这样写的，应该接地气，所有的对话都是我们日常生活中的语言，电视剧就是肥皂剧，一定要婆婆妈妈。对不对？你看你写的，所有的人都在朗诵诗歌，所有的人都是一个腔调，这怎么拍？再说我已经把每一集的高潮和悬念都设计好了，你跟着走就行了，结果你把高潮点都弄反了，悬念也不悬了，你这样剧本拍了谁看？你浪费了我二十多天的时间，我怎么向老板交代啊？"孙诚扔下两万块钱气哼哼地走了。我呆呆地看着这厚厚的文稿和两沓人民币，豆大的汗珠流了下来。我自从发胖以后就特别爱放屁和出汗。那天没有屁，净是汗。从此我就再也没敢动电视剧剧本。

按照孙可心发的位置图，我们来到付家庄。这是个独栋别墅，环境优美，背山面海。走到了门口，我突然犹豫了，汪远看出了我的心思。

"你要是个男人，就大大方方地走进去。"

我鼓起全身的勇气按了门铃。大门打开了，一个菲律宾女佣在笑脸相迎。汪远用英语和她对话，她很礼貌地把我们引到屋里。我让汪远走在前面，我跟在后面，用手遮着半个脸。我从手指缝里看到大厅里已经有十几个人，我装作若无其事的样子走进大厅。我低着头，看着地上的方砖，我感到所有的来宾的眼神都像针尖一样刺向我。孙可心满脸灿烂地迎接我们。我和孙可心离婚后，虽然也偶尔见面，但都是匆匆而过。我现在是只丧家之犬，只有夹尾巴的份儿。今天是她的节日，她是主角。人逢喜事精神爽，真是这样，她今天非常漂亮，应该说是惊艳。今晚是鸡尾酒会，大家都站着拿着酒杯，有的聊天，有的碰杯，有的在吃东西。唯有我感到非常尴尬，像一个被阉割的太监，脱光了衣服在澡堂里一样。我和汪远在最边缘的摆着一个大鱼缸的角落里坐着。

郭太峰也精神焕发，他先讲话：

"大家好！今天是孙可心小姐的生日，向诸位莅临晚宴的亲朋好友表示深深的谢意，祝可心小姐生日快乐！青春永驻。祝大家度过一个美好的夜晚。"

我一看郭太峰就来气，还叫上可心了，那可心是你叫的？你个臭彪子，虽然不是抢走了我的老婆，但是你用我用过的我最心爱的东西，你他妈就等于在我心头上插了一把刀子，气得我把一块还没嚼烂的牛肉狠狠地吐在了地上。

生日快乐歌响起来了，大家围拢了过去，我没有看到孙可心切蛋糕，只听见一阵阵欢闹声，我真后悔，不应该来。

汪远说："你抬起头来，来，干杯。"我和汪远干了一杯红酒。我的心情好了一些，我敢抬头搜索来宾了，有认识的，也有很多不认识的。

有一个钢琴师在弹奏着大家都熟悉的旋律，人们互相敬酒攀谈，场面很是热烈，唯有我和汪远格格不入。

郭太峰端着酒杯走到我的面前，皮笑肉不笑地说："海星，欢迎你的到来。听说你又干了老本行，好啊。我们永远是朋友，有什么困难来找我，不要客气。我现在在旅顺做房地产项目，你需要房产，我可以打折给你。"

　　我点点头，没说话，可是心里在骂：去你妈的！少来这套，我要饭也要不到你家。孙可心的欲望可强啊，累死你这个老混蛋。我举杯和他干了一杯酒。汪远也和郭太峰寒暄了几句干了一杯。看着郭太峰春风得意的样子，我在想象孙可心跟他在一起的情形，我憋屈极了，我狠狠地把半杯红酒泼洒在了鱼缸上。

　　孙可心来了，她已经和所有的来宾都干了一杯。她端着红酒杯向我们走来，脸色红润得像晚霞，美极了。我最了解她了，她一激动就刹不住，现在已经喝多了，那笑眯眯的眼神，所有男人见了都会心跳。

　　她先和汪远干了一杯，然后转向我："你给我什么礼物啊？"

　　我想说什么，可是还没开口，她眯着眼睛冷冷地说："你必须给我礼物，否则你好意思出这个门吗？"

　　"可是我没有准备，你——"我的妈，我有些不知所措。

　　"你有，来。"她向我使了一个只有我能看懂的眼神。她的头微微地向右边点了一下，她转身走了。少顷，我起身跟在她的后面。她绕过人群，向二楼走去。我尽量拉大距离。我知道孙可心有个毛病，喝多了就想做爱。我的妈，难道今天在她的生日宴会上，在为她举办生日宴的男朋友的家里，她也敢撒野？她敢，就她敢，她敢我就敢，我勇敢起来，一直低着的头抬了起来，一直含着的胸也舒展开了。

　　到了二楼的一个门口，孙可心示意我跟她进去。我进去后，她轻轻地关上门，打开灯。我正在发蒙，她突然一只手搂住我的头，我们接吻了起来，非常地热烈，好像久别重逢的情人。她感到了我的激情。她放开我，关掉灯，我们熟练地脱下衣服。毕竟是老夫老妻，动作熟练，配合默契，一场人类最伟大最圣洁的活动，在几分钟内顺利完成。孙可心一句话也没说。钢琴的乐音和嘈杂的人声掩盖了孙可心的叫声。可我心里在喊，郭太峰你个臭彪子，看看老子怎样玩你的女人？她是爱我的，她是爱我的，她永远是我的，她永远是我的。

　　我们迅速地穿好衣服，孙可心示意我先出去，我小心地开开门，走了出去。走下楼梯时，恰巧与郭太峰走了一个对脸，他开始有些诧异，马上又皮笑肉不笑地向我点头。我高傲地昂着头，像打了一场胜仗的英雄，一种得意的微笑挂在脸上。

在回家的路上，汪远兴奋地说："我真服了孙可心，这事只有她能干得出来。你说郭太峰知不知道？"

"我想他可能看出来了，不过他一点牙啃儿（办法）都没有。一是没有把柄，二是他给不了孙可心的需求，他心里明镜似的，自认倒霉。"

手机的提示音响了一下，孙可心发来了微文：

谢谢你的礼物

我的脸红了，发了一个蜡烛蛋糕。

孙可心又回信：

不争气

孙可心的这三个字包含了指责、爱怜和无奈。

孙可心就是孙可心，和她在一起都不知道下一分钟会发生什么事情。她的率真、多变、固执，她的灵机一动、突发奇想等等，永远是你无法适应的、不可预测的。我想起我们毕业后的一次谈话：

"我们还能保持多久？这是我每天早晨都会对自己说的话。"

"你说呢？"孙可心的心，有时清澈见底，有时深不可测。

"我不知道，但你一定要提前一个月告诉我。我这个人心理素质不好，一旦突然失去你，可能接受不了而特别痛苦，甚至可能干出荒唐的大事来。"

"陈海星啊陈海星，你还不了解我？其实，从我们第一天相处，我就做好了随时离开你的准备。但是，由于你的善良、才学和纯真吸引了我，我才没有走出这一步。另外说，我视野里的优秀男人都试过了，虽然各有千秋，但还是你比较适合我。"

"我怎么适合你？"

"首先，因为我们有共同的爱好和兴趣，我们就会有永远也聊不完的共同语言。文学的、艺术的、哲学的、东方的、西方的、世界的、中国的。最重要的是，你永远都没有主见，而我一切都要说了算。你不拘小节，我做事完美。你整天诗情画意，活得懒散无序，我喜欢生活浪漫，活得超脱严谨。"

我正在想着，汪远突然冒出一句：

"你老实说后不后悔？"

我沉默了一会儿："孙可心是个绝好情人，但她绝不是个好老婆。我妈就说过，找老婆是用来过日子的，不是用来给人看的。"

"这是至理名言啊，你妈真有文化。"

"现在世界上像孙可心这样的女人挺多。她们太感性，太浪漫，好像生活在电影里，根本不会考虑生活是过日子。"

"有一首诗，我记得，'琴棋书画诗酒花，往日天天不离它，而今七件全变也，柴米油盐酱醋茶。'忘了是哪个朝代谁写的了。"

"可见，不论哪个时代，人类生活的需求都是一样的。"

"汪远，你今天讲的方元的故事很有意思。我想见见这个方元。"

"好的，我给你联系联系。"

自从接了赵总编的课题后，我每天上午在钢琴声响的伴随下，整理来自微信、短信和邮件的单身女人的故事。下午出门采访或其他活动。方元的故事，编号为 C。

我想我自己妈妈和姐姐的故事，不也是非常典型的单身女人的故事吗？我含着眼泪把她们的故事写在了文档里，编号是 D 和 E。

● 五

下午两点半，约好汪远的老婆刘力坤带我去方元的家。

刘力坤比汪远大一岁，俗话说女大一穷到底，当初我还真的反对过，可是在这之前我已经搅黄了汪远的好几个女朋友了，这一次就真的不好意思了。说起来我真对不起汪远，他对我真是一心一意、两肋插刀，特别是在孙可心的事上，他操碎了心，帮我牵线搭桥，给我看门放哨，替我暗中监视，做我婚礼伴郎。我对他的回报，也就是一个空头支票，等海月长大了嫁给他。在大学期间有五六个女同学给汪远写过情书。汪远都拿给我看了，我俩没有秘密。有两个女同学已经跟他拉手了，都让我以颜值较差为由给搅黄了。我说，我领着校花孙可心，你怎么也得领个系花、班花吧？也不能差得太多了是不是？汪远也觉得我说得有道理，所以毕业时还是单身。也不知道他怎么认识了刘力坤，背着我就和人家上床了，等我看见想搅黄，人家已经生米做成熟饭了。我的妈。汪远也想分手，可是这个刘力坤愣是挺着个大肚子跟汪远结了婚。他俩一直很别扭，孩子都十几了，还经常闹离婚。

刘力坤说方元现在学校的食堂工作，她负责学校食堂午餐的菜品。每天一大早上班，择菜、洗菜、切菜、炒菜，忙得一塌糊涂，下午刷洗餐具，大约三点才能回到家。

方元的家两室一厅，体育老师侯大明住在一间朝阳的房间里。侯大明很壮实，浓眉大眼的他，一看就是个淳朴厚道的人。虽然卧床多年，还能看出来他年轻时运动员的底子。家里的电视机一直是打开的，侯大明正看得聚精会神。

刘力坤给侯大明带来了几份体育的报纸和一袋樱桃。刘力坤介绍了我的身份和来意。

我握着侯大明的手说："你很幸福啊，有个好女人伺候你。"

"谢谢陈老师。"

方元回来了，她带来了学校食堂的饭菜。她熟练地抱起侯大明的上半身，给他喂了起来。我想帮忙，方元说不用。我这时候才仔细端量了方元。她戴着一副黑边的眼镜，眼镜后面有一双善良的眼睛，圆圆的脸上挂着汗水，齐耳的短发使她显得很干练。她发力抱起侯大明时，脖子和胳膊上都绷起了青筋。估计有一米六的身材，但是瘦得有些皮包骨了。才三十几岁的年龄，已经有不少白发混杂在黑发里。

"大明还在做康复吗？"

"早就停了，都是我每天给他做。"

"有没有好转？"

"有一点儿，这只手指能动了，但还是没有劲儿。"

"你工资有多少？"

"本来我的工资有五千多，这不犯了错误，被打到食堂去了。工资降了两千。学校已经对我仁至义尽了。我等于惹了两个大祸。一个是由于我的原因，音乐老师和体育老师大打出手，结果两败俱伤，一个打残了，一个打跑了。学校失去了两个业务骨干，校长都疯了。另外，我在家开补习班的事让家长不小心发微信给捅出去了，本来学校应该开除我的，但考虑我的实际情况，才网开一面的，我挺满足的。"

"不容易啊。"我说，"三千块钱养活三口人挺难的。"

"可不是嘛，我除了生活费用，还要还房贷。这个房子是我和音乐老师结婚时合买的，每个月要还两千多的贷款啊。所以我开了托管班。有几个孩子放学后父母不在家，我就把他们接到我家，在这待着安全，顺便我也给他们补习数学、语文，家长们都挺高兴的。"

"一个孩子给你多少钱？"我问。

"不多，一个月三百，五个孩子一千五，这一千五对于我来说太重要了。"

"你这个办法挺好，既解决了家长的后顾之忧，又有了一些收入。应该推广。"

"我这也是被逼的。"

我摸着大明的手说："大明这人一看就是厚道人。"

"是啊，大明是个很善良的人，不然那次打架也不会吃亏的。"方元一边收拾家一边说。

"以后你们准备怎么办？"我问方元。

"朋友们都撺掇我起诉我那个音乐老师，是因为他出轨在先。法院判决也不公平，说一切都是我们造成的，我们败诉，只赔偿了我们三万。"

"这帮混蛋王八蛋。"我气愤地骂道，"那你们上诉了没有？"

"没有，因为打官司需要钱，现在很多法官认钱不认理，我们打不起。"

"方元老师，你是不是还有一个儿子？"我问道。

"在他姥姥家，我忙不过来，是我妈妈给带的。陈老师，你坐着，我去接孩子们了。"

方元和刘力坤走了，家里只剩下我和侯大明。

"侯大明，你对这件事怎么看？后悔吗？"

"我不后悔，我很幸福。"侯大明断断续续地说。

"你几岁开始踢球的？"我和侯大明有共同语言。

"八岁，一年级的时候。我跑得快，被体育老师看好了，让我参加校队。后来去了四十八中。有一次比赛让沈阳一个队的后卫把我腿踢断了。没办法，考大学，上了体育系，后来当了老师。"

"啊，是这样，你父母呢？"

"他们都退休了，身体都不太好。"侯大明的眼睛湿润了，"本来指望我给他们养老送终的，可是我这样了，我妈也常来照看我，我很对不起他们。"

我感到我触碰了人家的伤痕，我就转移了话题。

方元他们回来了，在她的身后呼呼啦啦进来了五个小学生。

方元招呼他们每人都喝了些热水，两个女孩儿安静地在看书，三个男孩儿说着闹着跑着跳着让人心烦。

从方元家出来，我的心里很沉重。

就是从今天起，我对写这个调查报告真正有了些兴趣。原来，我们的社会有那么多的因为不公平、不道德造成的悲剧、苦难。我一介书生，一个记者，虽然无法改变世界，我自己的生活都一塌糊涂，但是应该让这些令人心动、心碎的故事公之于众，让更多善良的人们为她们做些什么，让那些不善良的人们也得到社会的谴责和他们内心的自责。

晚上我约海月出去吃饭，海月见我满脸的阴沉，就心疼地说："怎么了哥？"

"我想喝酒，想骂人。"

"哥，你怎么变了。过去你特别随和，随和得像小麻雀，谁都能欺负你。怎么单身女人的故事让你长性格了？"

"不是啊海月，你哥现在就想喝酒。过去不抽烟、不喝酒还是单身，朋友们都笑话我。现在有心事啦，烟我抽不了，可以借酒消愁啊。"

"别忘了，借酒消愁愁更愁。好吧我陪你喝。"

酒菜上来了，海月说："来，亲爱的老哥，干一杯。"

一声老哥，把我的眼泪给叫下来了。我有个毛病，激动的时候、着急的时候、打架的时候说不出话。这也可能与单亲家庭有关，也许小时候得过自闭症造成的。

"老哥，你头上有白发了。"

"唉，岁月不饶人啊，四十多了。"

"才四十就敢喊老了？说说心里话吧，向老妹吐吐冤仇，想骂谁？"

"其实也没有什么，就是最近听了几个单身女人的故事，心情有些压抑。"

"你这是文人的境界。"海月一边往我酒杯里倒酒一边说，"脆弱的心灵，灵敏的神经，轻轻的一根头发丝都可能点起你的诗情画意。"还是海月最了解我。

"我怕我写完这个调查报告会崩溃的。"

"所以你要调整心态，你不但是个听者，更是个记者。记者需要理智、冷静、大度，而不是你这样婆婆妈妈地感情用事。你要感觉自己是个医生，医生见到病人，如果只顾同情、可怜而痛哭流涕，谁来治病救人？你看人家医生，不管见到什么情况都面不改色心不跳。所以需要同情，更需要理智。"

我紧盯着海月，突然像发现了新大陆。

"我才发现，我的妈！"

"发现什么了哥？"海月忽闪着两个大眼。

"你也是。"

"是什么？"

"单身女人。"

"我才不是呢。"

"那你丈夫呢？"

海月的脸阴沉了。

我很害怕海月的这种表情。我赶紧转移话题。

"那栋楼有没有进展？"

"吴天奇已经跟银行的人沟通了，他们说为了这件事他们的一个副行长都给处分了，现在还悬而未决。"

"悬而未决好啊，我们可以按照我们的方案推进啊。"

"这几天吴天奇一直在跟银行的人交涉，银行方面也希望有人接盘。"

"估算了没有？我就关心这个。"

"还没细算，大概能卖上七八个亿。"

"那么多？我们发财了海月。"我笑出了声。

"没有这么乐观的，买家要砍价的，银行肯定要拿走本息的。还有那几个股东的钱，我可是一点儿也不敢奢望，只要还菲哥一个清白就行。"

"催着吴天奇点，抓紧啊。"

我好像看到了一张藏宝图，好像看到了藏宝图背后那金灿灿的宝藏。

"海之梦大酒店，海之梦。"我自言自语道，"时晓菲给这个酒店起的这名字有玄机啊。"

六

楼下的钢琴声很有规律，九点整准时响起，到十一点半准时结束。下午两点开始，断断续续地到晚上八点才停。上午弹音阶、琶音和练习曲，下午弹钢琴曲子。我本来就很喜欢钢琴的声音，所以几年来我已经被培训成了钢琴迷。我听到喜欢的曲子就写个字条：

你好，今天下午弹的什么曲子？真好听。

完后我可以看到答案。这几年我总共写了有百儿八十个字条，也就是说我与弹钢琴的人进行了很多交流。就这样我现在能听出巴赫、莫扎特、贝多芬、肖邦的作品特点了。可是下午三点半以后，我就不愿意听了，都是学琴的孩子和老人弹的，绊绊磕磕的一点儿意思也没有。

手机响了，我一看竟然是孙诚打来的。几年前写剧本的不快早已淡忘了。我一直以为孙诚是不愿给我编剧应得的那十万块，而故意贬低我写的剧本的。所以，这件事在我心里一直有个结，好在我这人不记仇。

"海星，我这儿有个单身女人的故事，很有意味。她是个眼科医生，叫鞠梦楠，是我老婆的好朋友，她人特别善良，也很漂亮，就是比较孤僻，难以接触。具体的情况是这样的——"

F女：

居住地：大连。年龄：36岁。职业：眼科医生。

幼年父母离异。由于那时住房困难，父母离婚仍同住一个单元房里，父母各住一个房间，同用一个厕所和厨房。离婚不久，父亲找了一个女朋友，经常领到家里过夜。那时的建筑质量非常简陋，与父亲房间一墙之隔的这边，母亲和她能够清晰地听到那边的声响。父亲与他女朋友做爱的声音让年幼的她感到很是奇怪。她推着装作睡熟的妈妈，妈妈你听，那个阿姨好像哭了，是不是爸爸欺负她了？妈妈说不要听，捂上耳朵。她感到妈妈在流泪。可是，那个阿姨的叫声越来越大，即便她用被子蒙住头，也能听到。就这样，几乎每天晚上她都能听到。后来她才知道事情的原委。母亲怕给她的心灵带来影响，出去租房子住了。母亲一直未嫁。F女，美丽、善良、性感，从中学开始就有很多男生追求她，但是童年时期父亲给她造成的心理阴影，使她视性为恶，至今也还没有交过男朋友。

这是一个令我心寒的故事。我想这个女医生应该得到心理医生的治疗，否则她可能永远无法走出这个阴影。有可能的话，我去做她的心理医生。我让孙诚给我引见，他说要接近鞠梦楠很难，因为她有男人恐惧症，不愿与男人接触。她的故事就像长在心口的伤疤，不愿让人们看到。孙诚说他老婆因几年前得了眼疾，被鞠梦楠给治好了，她们也成了好朋友。

我豁出去了，我主动找她。在这个周末，估计鞠梦楠应该是休息，我就给她打电话，可是打了一上午她就是不接。

我设了一个饭局，让孙诚和他老婆带着鞠梦楠一起来，可是鞠梦楠说不愿与陌生人聚餐，就给拒绝了。我的妈，真有性格。

我这个人也有个犟脾气，你越是躲躲闪闪的我越是感兴趣，你越是朦朦胧胧的我就要探个真底。你有你的性格，我有我的性格。你孤傲，我圆滑；你冷漠，我热情。就不信这个劲，我这块海绵还吸不了你的水？

我多聪明啊，立马想到一个计谋，这可是一个苦肉计。

第二天早上我开始实施，我想用香皂水眯了眼睛。可是说来也怪，平时洗头洗脸经常无意中眯了眼，眯得眼睛疼痛难忍，现在我要故意眯眼，却怎么也眯不了。我折腾了足足半个小时，满脸香皂沫，满身大汗，放了好几个屁，才好不容易眯上了右眼。我高高兴兴地捂着右眼来到了眼科医院，指名道姓地挂了鞠梦楠大夫的门诊。我推开门，看见一个女大夫戴着口罩正在为患者看眼睛。

"你好，你是鞠梦楠大夫吗？"

"是啊。"她看了我一眼。

"啊，是就好，是就好。"

"挂号了吗？"

"挂了，挂了。"

"把本子放在这儿，在门口等着。"鞠梦楠指了一下她桌子上的一排小本子。

"好的，好的。"我走了进来，在她面前站着，用一只眼打量了她，慢慢地把本子放在了那桌子上。

过了半个多钟头，轮到我了，我睁一只眼闭一只眼地坐到了鞠梦楠的对面。这时的鞠梦楠竟然摘下了口罩看着我。尽管只有左眼在看，我还是清晰地看到了她的真面目。我突然想起一个人，林黛玉，对，就是电视连续剧《红楼梦》中的林黛玉，就是她。一张美丽的愁容，一张凄美的面孔，一副高雅的仪态。我发挥自己诗人的特长，用尽所有美好的词汇，都难以描述她的容颜和气质。

"你怎么了？"鞠梦楠的声音也很像林黛玉，一种弱不禁风的温柔。

"啊大夫，我昨晚喝酒了。"

"白酒吧，吃的什么菜？"

"啊，是湘菜。全都是辣的。"

"我来看看。"

说着，鞠梦楠戴上口罩向我靠近，她的脸和我的脸几乎是要接吻的距离了，她停下了。她用手轻轻扒开我的右眼，仔细地观察了有十秒才松开手。我闻到了她的气息，一种淡淡的香气。我看到了她眼睛里有一种像小绵羊小白兔一样的温纯。我感觉到她的手柔美如水，一股电流唰的一下传遍我的全身。

"没大问题，你一定是喝了度数高的白酒，又吃了辛辣的菜品，刺激了胃口，引起了眼部充血。"

"可是很难受啊。"我在背台词。

"来，我给你清洗一下。"

"太好了。"我一高兴，给说出去了。

她摇了几下我椅子边的摇把，我的身体就顺着座椅躺下了。

这下更好了，我们俩一个在上，一个在下，她同样以要接吻的距离为我洗眼。她那细嫩的手在我眼上、脸上轻柔地摩挲着。洗完了右眼，她刚要把我摇起来，我说："大夫，我左眼也不舒服，你也给洗一下吧。"

我听人说，善良的人最容易受骗上当。鞠梦楠又为我的左眼洗了一遍，我陶醉地闻着她的气息。

一连三天，我都重复着这个早晨眯眼然后去医院洗眼的流程。鞠梦楠一步步地走进了我的心里，尽管她封闭了她的心灵，但我还是看到了她的善良和纯真。

第三天，洗完了眼睛我走到门口，想到我明天不能再来了，弄不好鞠梦楠会看穿我的苦肉计。我伸出右手：

"谢谢你啊，鞠大夫。辛苦了。"

"以后少喝酒，少吃辣，明天不要来了。"鞠梦楠摘下口罩，也伸出右手。我看到她白皙的脸上泛着红晕，有了一丝微笑。那个表情太惊艳了。我们的手握在了一起。我的左手也趁机放在了她的手背上，并且轻轻地摸了几下。鞠梦楠像过了电一样把手抽了回去。我浑身也好像有一股超高压电流从头到脚地上下窜动了一通。

坐在回家的出租车上，我回味着鞠梦楠的手。手掌柔软，五指细长，手背细嫩。我打开手机搜索看手相。那里说手掌柔软是心地善良，性情温和；五指细长是四肢匀称，手背细嫩是身体皮肤白皙。手是人的第二张脸，相由心出，美丽的人都有一双漂亮的手。善良的人都有一双柔软的手。

我的妈，我喜欢上或者说爱上鞠梦楠了，我才发现我喜欢的女人类型了，林黛玉，没错。当年和汪远一起看电视连续剧《红楼梦》，汪远说他喜欢王熙凤，我说我喜欢林黛玉。为此我们还进行了一场激烈的辩论。汪远说他喜欢王熙凤的美艳和高冷，我说我喜欢林黛玉的姣美和柔情；他说他喜欢王熙凤的霸气和果敢，我说我喜欢林黛玉的善良和忧郁。他说我喜欢林黛玉就注定了我悲剧的结局，我说你喜欢王熙凤就要承受终身"妻管炎"的命运。我一再叮嘱自己，爱上鞠梦楠就是爱上林黛玉，汪远说得对，肯定是悲剧的结局。我从孙可心那里出来，已经够悲剧了，难道还要一个贾宝玉式的结局？明明知道是悲剧，就不要拉开它的帷幕。可是，这一次我能做自己的主吗？我的理智能战胜情感吗？打住。必须打住。可是，我还是打不住。鞠梦楠的眼睛、气味和她娇媚的脸、温柔的手都深深地吸引着我。一个西方文学大师说，如果你想到一个人就会傻傻地微笑，说明你喜欢她或者爱恋她了。我做了多次试验，一想到她，我的脸上就会出现傻傻的微笑。我甚至照着镜子看我那种微笑的确有点傻。

我约到汪远一起喝茶。

"哥们儿，我现在遇到难题了。"

"又有什么难题？你的事儿就是多。"汪远用一种蔑视的眼神看着我。

"我——"

"少来那个哩哏儿愣，有话快说，有屁快放。"

"我喜欢上了一个女人。"我第一次这么羞涩地和汪远说话，当年看上孙可心我都没有这么紧张。

"你看你个没出息的熊喷（丑态），和我还扭扭捏捏的。这次又看上谁了？"

"我——是——是一个眼科大夫。"

"你小子的好色之心，是死灰复燃啊。"

"汪远，我和你说真格的。你还记得咱俩为了《红楼梦》而吵得差点儿翻脸吗？"

"好像记得，怎么了？"汪远喝了一口茶。

"你还记得那天咱俩为什么争论吗？"

"好像是为了林黛玉和王熙凤吧。"

"那个眼科大夫就活生生一个林黛玉，简直神了。这么说吧，我被她弄得已经神魂颠倒了。"

"看你那个彪样，脑子又进水了是不是？都他妈四十多岁了，还玩浪？你就找她直接说不就完了吗？"

"不是玩浪，这把是真格的，我现在喜欢鞠梦楠比当年喜欢孙可心还要强烈十二倍。"我把茶杯重重地放在桌子上，茶水四溅。我有这个毛病，一激动就爱搞个动静，为这个事海月和孙可心没少骂我。

我把我用苦肉计和鞠梦楠的三次医院相见，讲给了汪远听。汪远看到我这么动情，他也认真了起来。

"这个鞠梦楠三十五六岁了，没结婚，性格有点孤僻，我很难和她接近，你帮我想想办法。"

"我有什么办法？"汪远也有点激动。

"你正经点好不好？"我要发火了，"我感到这是我一生中唯一的真正的恋爱。你一定得帮我，就像当年你帮我泡孙可心。我知道你，写东西不行，一肚子猴，出歪点子有一套。"

"有这么求人的吗？你不是通过孙诚和他老婆认识的鞠梦楠吗？就让他们请她出来聚一聚，不就认识了？"

"我的妈，这一招我用过了，鞠梦楠挺熊的，她不来，不好使。"

"我有办法了，我大姐和眼科医院于院长是中学同学，把于院长请出来，让鞠梦楠作陪，我就不信她鞠梦楠连院长的面子都不给？她想不想混了？"

"太好啦！有困难，找汪远，干净，一点儿灰都没有。"

果然，于院长来了，鞠梦楠也来了，孙诚和他老婆也来了。

鞠梦楠一进门就认出了我。

"哎？你的眼睛好了吗？"

"好了，好了，多谢鞠大夫啊。"我们的手又握在了一起。这一次，我有意识地延长了时间。她的手还是柔软得让人心动。

汪远向我使了一个眼色，这是表示赞同的意思。我得意地笑了一下。

汪远的大姐吣了八三（咋咋呼呼）地介绍我们大家互相认识。大姐有意识地把我和鞠梦楠安排在一起坐。孙诚向我介绍他老婆，我一看吓了一跳。以前听说过孙诚找了一个母夜叉，今天眼见为实，果然名不虚传。小小的眼睛、两道八字眉像是两个活廊子（蟑螂）趴在眼睛上，涂着通红的大嘴唇，鼻子就像一个大蒜头，染了黄色的短寸头，头发丝直直地向上立着；五短的身材，竟然还有一个啤酒肚。真是奇葩。那孙诚是打灯笼找的啊？我还听说孙诚也不太喜欢她，经常在外面拈花惹草，弄得满城风雨。为了这个，孙诚也没少挨他老婆的打骂。

上了四道菜后大姐说："一道菜落座，两道菜唠嗑，三道菜倒酒，四道菜开喝。"大家哄然大笑起来。

汪远说:"还有个说法,现在经济滑坡,兜里钱都不多,纪委说来就来,没有菜也开喝。"大家又大笑起来。我注意到鞠梦楠笑的时候用手背挡着嘴。

"我有两个弟弟,一个是汪远,一个是陈海星。"大姐站着说,"他俩是大学同学,一天到晚黏黏糊糊地在一起,像同性恋似的。都四十多岁了还像小孩儿似的,没大没小没有正经。海星前几天得了红眼病,是鞠梦楠大夫给精心治疗好的。这不是吗,海星非得要感谢一下鞠梦楠大夫。于院长是大连乃至辽宁最好的眼科专家,鞠大夫又是他的学生和部下,孙诚和他媳妇也是鞠大夫的好朋友,没有外人,都是亲人。来,干一杯。"

汪远他家都有能说会道的基因,大姐一番话,我眼泪都快出来了。我一仰脖,一杯红酒就下了肚。结果我一看,就我和大姐还有汪远干了,其他人谁也没干。

"你们太不像话了啊,你们怎么都没干?不行。"汪远说。

于院长说他不喝酒,因为要经常做手术,他抿了一小口。孙诚说他要开车,孙诚老婆也喝了一小口。鞠梦楠根本就没喝。

"孙诚,你装什么装?谁让你开车来的?脑子有病?开车来也不要紧,我给你找代驾啊。"在我强有力的劝说下,孙诚喝干了。

"我的这位老弟。"大姐用手指了我一下说,"才华横溢啊,是报业集团的名记。"大家都笑了,汪远笑的声最大。鞠梦楠又用手背挡着嘴笑。"大家别误会,名记是记者的记,你们别误会啊,他还是著名的作家、诗人。那诗歌写得是远比李白杜甫,近比北岛海子,把大师大的校花都给征服了。"

大家一片议论。

"海星,你把你的作品集子赠给大家。"大姐指着我说。

我赶紧从包里拿出我的诗歌集,递给了一左一右的于院长和鞠梦楠。

"你签名了吗?"大姐问。

"签了,签了,在家就签好了。"我感到我脸有点发烧。

　　"大姐过奖了，我哪敢比李白杜甫。"我顺势看了一眼鞠梦楠，她在微笑着翻看我的诗歌集，她那个神情比在眼科医院的她还要优美十倍。太动人了。

　　大姐又接着讲："他爷爷是老革命，他爸爸是著名的画家，他可是名门之后，书香门第啊。"

　　"陈老师，为什么不子承父业也做画家呢？"于院长问我。

　　"小时候我爸也让我学画的，可是当时我就喜欢看书，有点叛逆。有很多和我一样的例子。比如大画家赵望云，他的儿子赵季平就是作曲家。"

　　"虽然你们没有做画家，但是你继承了父亲的文艺基因，必定能成大器。"于院长说。

　　"陈老师也写小说吗？"于院长又问。

　　"想写来着，可是写不了。"我说。

　　"不都是文学创作吗？能写诗写不了小说？"于院长问。

　　汪远抢过话题："诗歌创作和小说创作完全是两个行业。"

　　"是吗？"鞠梦楠瞪大了眼睛问。

　　"是的。"孙诚说，"就像牙科和眼科，就像油画和国画，就像冰箱和彩电。"

　　"文学创作分为三个层次：第一个层次是小说，第二个层次是散文，最高的层次是诗歌。"汪远说。

　　"哦，是这样。"于院长说。

　　"从精练精致的程度上讲是这样。"孙诚说。

　　"其实文学的最高境界是诗意的。"我说。

　　"诗情画意嘛，所以你的诗情就是画意。"于院长说，"陈老师你妈妈是做什么的？"

　　"这个？这个？"我不知怎么回答。

　　"海星有两个妈。"汪远给我解围，"一个亲妈，一个后妈。"

　　我听见孙诚的老婆小声对鞠梦楠说："他父亲和他后妈一起去台湾旅游遇车祸死了。"有些女人就是爱多嘴，就是看不出火候。我看到鞠梦楠的脸上流露出惋惜的表情。我不知道鞠梦楠听了这个信息会有什么感觉。

大姐看出来我的窘样："下面让海星给大家敬一杯酒。"大姐的主持人当得就是好。

"尊敬的于院长，尊敬的鞠大夫。"我刚说了两句，被大姐打断了。

"你不用这么正经，不是说了吗，都是亲人，你就按照亲人的感觉来说，重来一遍。"

大姐这么一说，我还真就不会了，大家一片笑声，也算给我解了围。

"于院长，久闻大名，能和你攀上亲人真是三生有幸啊。鞠大夫，非常感谢啊，你把我的眼睛弄得很舒服。"大家又哈哈大笑起来。鞠梦楠的脸比红酒也差不多了，她用手背挡着嘴。

"我都想天天去让鞠大夫给弄一次。"我把心里话说出来了。

"我也想去。"汪远举起右手说。

大家的笑声更热烈，我干了一杯。

"大姐，真是我的好大姐，我有一个姐姐在山东，可是大姐胜过我的亲姐。大姐本来有汪远这么个弟弟了，还不嫌乎我，也把我看作弟弟，让我也感到了做弟弟的幸福，有姐姐真好，谢谢大姐。"我又干了一杯。

"海星你少喝点，这酒挺贵啊。"大姐笑着，又给我倒了一杯。

"孙诚是我的同事，是我在我们编辑部能说心里话的几个哥们儿之一。听说孙诚正在写电视连续剧的剧本，而且有什么卫视看好了要投拍。了不起啊。但愿你成为第二个郝岩。"

大家又开始议论起来。汪远告诉于院长，郝岩也是报业集团的记者，由于这几年创作了好几部在全国有影响的电视连续剧剧本，而被报业集团奖励了一个工作室，成为专业编剧。

"这个孙诚的媳妇叫什么名来着？"我有点尴尬。

"她的名字好听又好记，叫夏华。"孙诚说。

"夏华？瞎话？虾滑？"我笑着说。夏华的脸上掠过一丝不高兴。

"我叫夏华，夏天的夏，中华的华，我是夏天生的，那时候有个口号叫振兴中华，我爷爷就给我起了这个名。夏华倒过来说是华夏，中华大地的意思。"

夏华一看就是个心直口快的主。

"好啊，夏天的中华，敬你一杯。"我又干了一杯。

"汪远嘛，我就不敬了。"

"为什么不敬？就差一个了。"夏华嚷起来。

"汪远是我的影子，我俩形影不离，我都烦死他了，有事没事总缠着我，都结婚当爸爸了，还这么没出息。"

"哎，海星，谁缠着谁呀？什么大事小事难事坏事破事都找我，什么好事都在我面前吹牛，失恋了找我，挨打了找我，结婚了找我，离婚了还找我。你烦不烦啊？"汪远的那个表情比小沈阳还逗。

大家又大笑起来。

"对了，我海星老弟，现在还单身呢。"大姐真懂我的心，"有意者请到我这里报名。"

我的妈，我看了一眼鞠梦楠，恰巧她也在看我，我的眼神马上离开了。

我打了一圈，喝了六杯，有点晕乎了。

这时候，菜上齐了，大姐又招呼大家多吃菜，她忙乎着给于院长夹了一只大虾。我效仿她给鞠梦楠也夹了一只大虾。

过了有几分钟，大姐又发话了："下面请于院长敬酒。"

大家鼓起掌来。

"抱歉啊，我不喝酒，今天感谢老同学汪梅的引荐，认识了几个好朋友。如果有眼睛方面的问题，我和鞠梦楠大夫都会给大家保驾护航，希望大家都有一双健康的明亮的眼睛。"

碰杯的声音和着我跳动的心。

我一直惦念着身旁的鞠梦楠。

"来，鞠大夫，我敬你一杯。非常感谢啊。"

"不要客气了，你这是最简单的治疗，没费什么事。"这是我听到的鞠梦楠说得最多的一串话。她的脸上又泛起了红晕。她举起的杯子里是浑浊的西瓜汁。

汪远走过来了，他笑着举着杯。

"我也来敬鞠大夫一杯。"

我们三个酒杯碰在一起。

"鞠大夫果然像海星说的比林黛玉还像林黛玉，认识你很高兴。"

鞠梦楠笑着说："我哪敢比林黛玉？"

我心里在骂汪远，这是我早就合计好的话，让你这小子给抢先了。

"大家静一下。"大姐又发话了，"汪远，你回去坐。现在秩序有点乱，还不到自由活动时间。下面请美丽的鞠梦楠小姐敬酒。"主持人就是有风度。

掌声又响起来了。

鞠梦楠慢慢地站起身。她放下西瓜汁，拿起了红酒杯，她的脸比红酒还红。

"我，我祝大家健康快乐！我开车就少喝一点。"说完她举起那一大杯红酒，在嘴边抿了一下。然后她用餐巾在嘴边轻轻地沾了几下。

大家在汪远的鼓动下一哄而起，叮叮当当的声音又响起了。

我先和鞠梦楠碰了杯，我看着她的眼睛，她看着我的酒杯。我转身又和于院长碰杯。然后我做了一个夸张的动作一饮而尽。

"下面开始自由活动，单个敬、集体敬随意，打一圈更好。"

大姐又一次把气氛推向了高潮。

我的妈，我喝多了，我想趁着我还清醒做一件大事。

"鞠大夫，我能加你的微信吗？"

鞠梦楠犹豫了一下，还是如了我的愿。我正在浏览着鞠梦楠的微信，突然一只酒杯挡在了我的眼前，我一看是孙诚，旁边站着夏华。

"孙诚，我得感谢你让我认识了鞠大夫。"

"咱俩不用客气，真的。"

我笑着对夏华说："第一次见面，以后还要多多关照。"

"早就听说过海星，孙诚经常说到你。"

我们三个碰杯后都干了。

夏华挺着啤酒肚，举着啤酒杯站在我身边，又和我喝了三杯，我们说了一些没心没肺的话。

夏华跟每个人都喝了三杯，肚子更大了，孙诚拦都拦不住，气得他跑到阳台抽烟去了。

场面很热闹，大家互相敬酒，酒话连天，酒气冲天。我也许是有意在鞠梦楠面前表演，谁敬的酒我都喝，一喝就是一杯。喝完最后一杯，我趴在了桌子上，天旋地转的只想吐。

大姐发话了。

"今天高兴啊，天下没有不散的筵席，世间却有永远的朋友，我们杯中酒，干了！"

大家都起身喝干了，然后穿衣拿包互相寒暄着往外走。

到了大门口，大姐大声说：

"汪远，你负责送于院长。"

"好的。"汪远拉着于院长走了。

"海星，你负责送鞠大夫。"

"是，保证，完成，任务。"我想幽默一下，可是嘴巴不听使唤。

"你都喝成这样了？算了，不用你送了。"大姐说。

"不行，我能，送。"

"那就让鞠大夫送你吧。"

"是，保证，完成，任务。"说着我就挽起了鞠梦楠的胳膊。鞠梦楠下意识地拒绝了一下，我哪能放过大姐给的好机会，我使劲地挽住了她那瘦弱的胳膊。

鞠梦楠开着车上了路，车里放着小提琴协奏曲《梁祝》，我坐在副驾驶的位子上脑子昏昏沉沉的。《梁祝》那优美的旋律让我的心里荡起了一圈一圈的涟漪。我眯着眼睛看着前面，只见每一盏路灯都放射出无数的光线，电线杆和树木飞速地向后闪去。

我有些感触地说："我要是作曲家一定写一部大提琴协奏曲《红楼梦》。这些作曲家怎么没人写这个啊？"

鞠梦楠把音乐的音量调得小了一些："不是有电视剧《红楼梦》的歌曲吗？写得太好听了。"她按了几下按键，音箱里传来了《红楼梦》的歌曲《枉凝眉》。

"鞠大夫，我觉得这个歌曲是为你写的。"

"我？我哪敢当啊？"

我还想说什么，可是又找不到合适的话题。依鞠梦楠的性格，她的车子一定开得很稳的。可是我胃里的食物和酒液在翻江倒海。我想吐，一着急又找不到车窗的开关，没等打开车窗，就狮子大开口地吐了起来。鞠梦楠皱着眉头把车子停到了路边，她把我搀扶下车，我蹲在路边继续吐着。后面的事我就不知道了。

我的妈，我醒来的时候，已是第二天的中午了，钢琴的声响一直在我梦里。海月和汪远在我的身边。

"海星啊海星，你演砸了，看给你嘚瑟的，你逞什么能？显你能喝？"汪远劈头盖脸地一顿骂，"你把人家鞠梦楠的车给吐得都要报废了。"

我眨眨眼，使劲回忆着。

"人家鞠梦楠本来就是干净人，那车让你给作索毁了。"

"哥，你怎么啦？没出息。"海月也说我。

我这才渐渐地回过神来。

我的妈，完啦完啦，这下可毁了，大姐用心良苦导演的一台好戏，让我给演砸了。

◦七

我还有个心事，一直像迷雾中的一束灯光一样吸引着我，那就是女足疗师黄燕的故事，越隐秘越深邃的东西越有吸引力。我给心满意足疗店打电话，预约了她。

这是第四次了，前三次都没能撬开她的金口玉嘴，这次我动了一番脑筋。首先要拉近距离，再则产生好感，进而取得信任。

黄燕坐在了我对面，这次她已经不再矜持了。

我从包里拿出一个食品包递给她："我们老家的小红枣，尝一尝。"

"陈家沟的？不要，我们老家也有，老板不让要客人的东西。"

"已经和你们老板说好了，你可以破例收下。"

黄燕没有接，我把那食品包放在了座椅旁的小桌子上。

"黄燕，你知道吗，我们河南人在全国的名声并不好。"

"是吗？我不知道，为什么呢？"黄燕第一次睁大眼睛看着我。

"主要是因为从河南走出的人太多。这里面肯定有很多很多勤劳善良的人，但就是因为有几个耍小聪明的人，为了生存和利益而不择手段，他们到处用欺骗、欺诈的手段获得钱财，从而得罪了全国人民。比如南方的一些公司企业招工启事上就明明白白写着河南人一律免谈。"

"啊！这么严重。那些人都怎么骗的呢？"

"反正五花八门，不过，现在河南人的名声好多了，主要是大多数河南人还是遵章守法的，聪明能干的，比如说你、我。哎，黄燕，你那天给我按脚怎么流泪了呢？"

"哎呀，没什么。"

"不对，肯定有什么。"

黄燕沉默了一会儿，我一直在看着她。

"我，不愿说。"

"没事，和我说说，也许我能帮助你。你知道我是干什么的？"

"老板说你是作家。"

"对了，我就是替老百姓鸣不平的。"

"算了吧，你们作家才怕事呢。"

"作家和作家不一样，就像咱俩和那些到处行骗的河南人一样吗？"

黄燕的眼睛眨巴了几下，我知道她在犹豫。

"你在大连有亲人吗？"

"有，有个弟弟，在海军当兵的，复员后在他班长开的诊所里干。"

"亲弟弟？"

"是啊。"

"从今后，你把我当亲哥哥。大连的河南人比较少，咱俩可以相依为命，互相帮助。"

"大作家，你那相依为命用得不太对吧？"

"我是作家我能不知道？大概就是这个意思，相依为命。"我又大笑了起来。黄燕也笑了。

"你同意了就叫我一声哥，不同意就拉倒。"

黄燕又矜持了起来，脸上泛起了红色。

"也好，白捡个哥，哥。"

"太好了，又多了一个妹妹。黄燕妹，现在可以说了吧？"

黄燕的心理防线已经被我攻克了。

"其实我不是足疗师，我是个豫剧演员，我是俺们县剧团的头牌花旦。"

我震惊得几乎要从座椅上跳起来。

"什么什么？豫剧演员？头牌花旦？我的妈，我一看你就知道你不是一般战士。太好了，那我们也算是同行，文学艺术嘛，都是搞文艺的。我是作家，也是记者，如果你的故事有意思，我可以写成书，然后拍成电视连续剧，让更多的人认识你。"

豫剧是我国的一个重要剧种，最著名的代表人物和作品，就是常香玉老先生和她演出的《花木兰》。那个"刘大哥说话理太偏，谁说女子不如男"已是家喻户晓的经典唱段。这些我是知道的。

黄燕瞪大了眼睛，使劲地看着我，她脸上的那张面具被她撕掉了。

"那好，如果我的故事真的能拍成电视剧就好了。我的气就出了，我的怨愁也能让更多我们家乡的人知道。那些崇拜我的戏迷知道了我的遭遇，他们就会理解我同情我的。这样的话，我死了才会闭上眼睛。"

"这么具有戏剧性？你讲吧，黄燕，正义一定能战胜邪恶，善良的人一定会得到保护。"

"其实我是个直爽的人。"

"是啊，千万不要在心里纠结怨愁，一吐为快。"

"好的，俺说。"

黄燕一口气讲了两个多小时，我加了两个钟才听完。

她出生在一个家境比较贫寒的农民家庭。十一岁那年，她被招进了县豫剧团的学员队，十六岁开始登台演戏，并很快成为头牌。县城里有个土豪叫彭大鹏，四十多岁了，已经结了婚并有两个女儿，但财大气粗的他竟使出各种招数追求黄燕，都被黄燕拒绝了。黄燕那时有个男朋友叫王仁，是剧团拉大弦的，黄燕很喜欢这个老实巴交的琴师。彭大鹏追求黄燕不成，旱路不成走水路，就打了黄燕她爹的主意。她爹收了彭大鹏十万元的礼金，便一口答应把黄燕嫁给他。黄燕不从，她爹一气之下心脏病发作，彭大鹏又拿出五万多才救了她爹的命。黄燕这才勉强同意了。她向彭大鹏提出两个条件，一是他必须离婚后再谈婚事；二是结婚后不能马上要孩子。彭大鹏都答应了。结婚那天，黄燕坐在接新娘的车上给王仁发了个信息：王仁，俺今天结婚了。也许是命运，也许是缘分，俺做了别人的新娘。不要难过，找个爱你的你爱的女人结婚吧。如果有奇迹，如果有来生，俺还愿意做你的新娘。王仁回了几个字：祝你幸福！黄燕看到王仁的回信，心都要碎了。在婚礼上黄燕见到德才兼备的县文化局局长周天伦才知道彭大鹏根本就没离婚。黄燕就大闹洞房，几天几夜都不吃不睡。

　　黄燕很无奈地对我讲："陈老师，我们都知道有很多年轻夫妇，结婚好多年都没有孩子，可是俺结婚的第五天实在撑不住了，在俺昏昏沉沉的时候，彭大鹏强奸了俺，该俺倒霉，俺竟然怀上了宝宝。孩子生下来了，是个男孩。彭大鹏高兴得都放鞭炮了，他给儿子起名叫彭小鹏。孩子刚满月，俺就闹着离婚，不，应该是分手。一直闹了三年多，这期间俺自杀了四次。一次是割腕，一次是跳井，一次是喝农药，一次是跳淮河。其实每一次自杀都可以让俺真的死去，但是俺的真正目的是分手，不是真的死，所以俺发挥了俺演员的能耐，特意在有人的时候大哭大闹，彭大鹏拿俺也没办法，终于同意放俺走。俺给儿子喂了最后一次奶，就含泪离开了彭大鹏的家。彭大鹏把俺的手机还给了俺。有了自由，俺走在大街上，吸着新鲜的空气，俺问自己，俺去哪儿呢？回家？不可能，俺爹肯定不能接受俺，再惹他生气，病倒了那可没有人买单了。上班？俺能让同事们笑话死，特别是那些女演员，她们本来就嫉妒俺。对了，找王仁去。他是爱俺的，他不会嫌弃俺。俺打电话给他，手机里说这是个空号。俺往剧团里打电话，剧团办公室的人说王仁已经辞职了。俺蒙了。俺想那就直接去他家找他，王仁家俺认识，小时候俺去过几次，在距离县城大约二十里的王家村。在去王仁家的路上俺想，王仁接纳了俺，俺们就私奔去市豫剧团，凭着俺俩的业务能力，都可以在那里站住脚。到了王仁家，俺重重地敲门，过了几分钟大门打开了，出来了一个大肚子的女人。俺问：'这是王仁家吗？他在家吗？''王仁不在家。他出车去了。''出什么车去了？'俺有点纳闷。'他开卡车给人运货去了。''你是——''俺是他媳妇。'俺眼前突然一黑，打了一个晃。俺什么也没说，扭头就走，走得飞快。俺走到淮河边，望着流淌不息的河水，俺的眼泪也像河水一样流。俺想这次俺可要真的自杀了。俺黄燕的命咋就这么苦？俺想起俺的弟弟黄山，从小到大俺总是护着他，俺俩最好了，他前年当兵去大连当了海军，在舰艇上做医务兵，今年复员后，在他老班长开的中医理疗所里当了按摩师。俺想俺死之前应该给弟打个电话，让他知道他苦命的姐姐多么悲惨，让他给俺烧烧纸，让俺的灵魂能安息。黄山听了我的哭诉说，姐，你冷静一下，你有活路，有我在你就有活路。要我说，你来大连，你学足疗，现在城市里很多人都喜欢做足疗。我说给人按脚丫子？这是你姐俺一个头牌花旦干的活吗？黄山说：姐，你就委屈一下。反正在大连也没有人认识你，足疗师的收入很高，干好了一个月差不多能拿到五六千块。大连这个地方太好了，空气好不冷不热的，有海有山景色美，大连人也好，不欺负外地人，你来看看就知道了。我说叫你说得天花乱坠，好吧，黄山，俺信你一次。就这样俺来了大连。"

回到家已经半夜十一点多了，黄燕的故事让我一直在回味。我打小脑子就好使，看书不敢说一目十行，但几乎是过目不忘。黄燕的故事就像在我大脑里输入的数据，我没有记录，更没有录音，却一字一句都打在了电脑上，记在了单身女人档案里，编号G。

● 八

钢琴声又把我叫醒了。

已经五年了，虽然下午或者周末经常能看到进进出出那家的学琴的孩子和家长，我竟然还不知道楼下的钢琴师到底是谁，是男人？是女人？是老人？是年轻人？现在社会邻里之间就是这样。但从那优美的琴声，还有我们交流的字条上漂亮的字迹来看，我能想象出楼下的钢琴师，一定是个温文优雅、美丽大方的年轻女士。就像鞠梦楠一样。

鞠梦楠，我在心里一遍遍地呼唤着她的名字，我是不会轻易放过她的。想起她我不再傻傻地微笑，眼前好像是她那凄美的林黛玉般的神情。我突然感到我是在暗恋她。暗恋？暗恋是很苦涩的，我曾经有过一次。那是我大二的时候。有一天在学校足球场看足球赛。球踢得实在是很没有意思，我精神一溜号，在茫茫人海里发现了一个美丽动人的女同学，和那些吇了八三的女同学不一样，她很安静，她戴着一顶大圆边的紫色帽子，戴着一个大框的墨镜，穿着一身紫红色的休闲装，我还以为是外国留学生。我问汪远她是谁，汪远看了半天说不知道。我像丢了魂似的跑到那个美女的周围看着她，不如说是欣赏她。后来汪远帮我打听到她叫孙可心，是英语系的。她经常在校园里高傲地走着，身边肯定有男同学像苍蝇一样地围着。有一次在学校食堂我看见了她，她在里面，我在外面，我们中间只隔着一个大玻璃窗，这是我第一次近距离地看着她，我光顾着看她了，一头撞在玻璃上，把头撞出一个大包，让汪远他们几个笑话了我好几天。为了她我写了《吻》这首诗。那个隔着玻璃吻她的感觉，就是暗恋。现在，我又在暗恋了。我就不相信，她一个大龄女人，我还搞不定？有什么了不起的？

我勇敢地给鞠梦楠发了微信：

鞠大夫你好。我为我昨晚的表现向你道歉。本来就不胜酒力，却奋不顾身地喝。喝坏了自己算倒霉，可是把你的爱车给弄得一团糟，让我追悔莫及。我想为了表达我的真诚，我要为你的爱车做一次里里外外的大清洗，洗去我的晦气，请你给我一个机会。

等了一天，终于等来了鞠梦楠的回信：

　　陈作家你好，千万不要当回事，没事的，我已经清洗过了。为了健康，请您以后不要多喝酒。

我一看就急了：

　　鞠大夫，我一定要为你的爱车做一次清洗，否则我会坐卧不安，寝食不宁。我明天到医院找你。

鞠梦楠很快就回信：

　　千万不要来啊，明天我休息。

我一看就更急了：

　　你家在哪儿住？

鞠梦楠没有回信，我连续追问了七次，她都没回信。我知道她是不想让我再接近她了，那可不行，我打电话给孙诚，要来了夏华的手机号码。

打通了电话，说明了来意，可是夏华很不友好地说："没有鞠梦楠的准许，我是不会告诉你她家的地址的，何况像你这样实在不靠谱的男人。"

我的妈，我一听就火了："告诉你夏华，你不要随便呲愣（斥责）人，这件事我是很认真的，而且我是个很靠谱的人。不信你可以问问孙诚，问问赵振海。你要还是鞠梦楠的朋友，就把她家的地址告诉我，我是在帮助她。你难道不知道她有自闭症吗？她多可怜啊！她妈妈大半生都是单身，难道你还忍心让她也重复她妈妈的命运，孤苦伶仃地过一辈子吗？"我说着都要流泪了。

"拉倒吧，海星，你别黄鼠狼子给鸡拜年啦，你那个小算盘我还不知道？你们男人都是一个熊样。"夏华的嘴的确像传说的那样厉害。

"夏华夏华，我提醒你，我是陈海星，不是孙诚。"我有点急眼了。

"孙诚怎么了？就是比你强。"

"我的意思是咱俩刚认识不久，你可能不了解我。"

"你拉倒吧，陈海星，谁不了解你。你一个写不出什么东西的大作家，一个专门为女人写诗的诗人，一个著名交际花的前夫，一个输光了家产的赌徒。"

"夏华，我告诉你，你可以叫夏华，但是不能说瞎话，不能侮辱我的人格。"

"你要是有人格就不会去赌博了，你要是有人格就不会嫖娼了。"

我发疯似的叫喊着："你个神经病，更年期，满嘴瞎话，我不和你谈了。"我挂断了手机。

手机又响了，我就知道肯定是夏华，我连看都不看就把手机放到了衣兜里。我在心里说，孙诚啊孙诚，你怎么这么倒霉，找了这么个魔鬼老婆。你太可怜了。她哪一点值得你爱她？她留一个假小子头，穿一身男不男女不女的服装，两只眼眯一条缝，去年去韩国割了拉皮，弄得秃噜反账（不利索）的，整天戴个茶色眼镜，她和孙诚一起进门，人家肯定以为是孙诚他弟呢。

手机一个劲地响，我的心里像塞进了一个癞蛤蟆。

我掏出手机准备关机，一看来电显示是孙诚。

"喂，海星啊，我是孙诚，刚才夏华来电话说你在电话里骂了她，是吗？"

"我的妈，孙诚啊孙诚，我真替你感到悲哀。你在哪儿找了这么个老婆？他骂我赌徒、嫖客，她说话太狠了，不给自己留后路啊。"

"我就知道是这样，她就是这么个脾气，从来不吃亏，你敬她一尺，她敬你一丈。你触犯了她，她会记你一辈子，真的。"

"可是我没得罪她啊。"我有点迷糊了。

"那天我们喝酒，你介绍每一个人，到她的时候你不知道她的名字，就让她很尴尬。她自我介绍叫夏华，你顺嘴说了句瞎话、虾滑，当时让她无地自容啊。大家分手的时候，她和你道别，你却缠着鞠梦楠，没理她，然后你又吐了鞠梦楠一车，鞠梦楠是她的闺蜜啊。所以你让她很反感，真的。"

"我的妈，我说瞎话和虾滑纯是开玩笑，我哪知道她这么小心眼儿啊。我的妈，倒血霉了。"

"你也别太当回事，她这个人得顺毛捋梭（抚摸），你打个电话认个错，她也就会放过你了，真的。你听我的，别和女人治气。"

依我的脾气，我是不会再搭理夏华的。惹不起还躲不起吗？我整整想了一天才想通。我的目标是鞠梦楠啊。夏华只是块敲门砖。没有这块敲门砖还真敲不开鞠梦楠的门。只要能达到目的，掉点价也认了。我厚着脸皮拨通了夏华的手机。一连打了五次，都没人接听。我知道她这是在报复我。我只好发信息：

> 夏华你好，我知道你一定还在生我的气，我向你道歉。首先是那天我们聚会，我把你的夏华说成了瞎话和虾滑，这是对你的极大不尊。我酒后失礼吐了鞠梦楠大夫一车，给鞠大夫添了大麻烦。昨天由于我的不冷静，造成了对你的人身侮辱。我昨天一天都坐卧不安。我哪像个男人，我心胸太狭窄了，我就是一个脑子长包的彪子。望你看在孙诚的面子上，原谅我一次。就这一次。

我昧着良心给夏华发了这么个检讨书。没想到很快就收到了夏华的回信：

　　你以为我是三岁孩子吗？你这么轻描淡写地说这么几句没心没肺的屁话就能平了我心头的气愤吗？多余啦。（五个愤怒的表情）

太他妈气人了，我恨不能扇她两个血耳根子（嘴巴子），给你个好脸不要，你算什么玩意儿？咳，求人就要看人脸子，还得做深刻的检讨啊，我的妈：

　　夏华，真没想到我对你伤害这么大。我愿接受你的责骂、批评甚至罚款。让我下跪我也没有怨言。我骨子里有一种傲慢。我是单亲家庭的孩子，缺少教育。我从小养成了自私自利的心态。我经常拿取笑别人当乐事。我是赌徒，把老婆都赌没了。你骂我骂得对，骂得好。给我傲慢的心灵上泼了一盆凉水，让我清醒地看清了自己的真面目。我感谢你。还是请你原谅我。

夏华很快回信了：

　　你个彪子，那天你吐得鞠大夫车里一片狼藉，听说你还放了个大屁。这满地满座满玻璃都是脏物，这还不算恶心，关键是车里的那个倒霉味，呕吐和放屁的味儿，搅和在一起，都三天了还没散发完，鞠大夫一闻就想吐。你说你真是缺德到家了。她把四个车门都打开在海边吹了一天也不行。最后发现，你吐到玻璃窗里面了，洗不到，够不着。你说你是不是个丧门星。你就是个不咬人硌硬人的苍蝇。

我恨不能扇她两个血耳根子，你骂我什么都行，就是不能骂我是苍蝇，我有这么恶心吗？我是苍蝇，你他妈就是蚊子，又咬人又硌硬人。

我决定再也不和夏华联系了，立马把她从手机里给删除了，气死我了。

◦ 九

大连的春天很漫长，五月份了，在家里还要穿长袖的衣裳。今天上午钢琴声没响，不知怎么回事，没有了钢琴声我还真不得劲了。

我上网查看了一些有关女人的资料。我从书柜里找出二十多年前看过的托尔斯泰的《安娜·卡列尼娜》和福楼拜的《包法利夫人》，这都是世界经典名著里写女人最好的作品，我要再看一遍。打开《安娜·卡列尼娜》刚看了五六页，手机提示音响了。

孙可心发来微信：

明天上午十点三十分大连站发车，拿身份证取票。

我问：

去哪儿？干什么？

回信：

别问。

这是我做梦才能看到的，我的妈，我像中了大奖一样，我再也没有心思看书了。眼在书上，心却在高铁上。

晚上约了汪远和几个朋友喝酒，席间我悄悄地把孙可心发给我的信息给汪远看，就像一个男孩儿在炫耀他的新玩具。

汪远说："你俩真是一对生死冤家，小心郭老板啊。"

我从鼻子里"哼"了一声，我噘着嘴说："我才不怕他呢。在他家里我都敢撒野。怎么的？我就想让他知道孙可心的心里只有我。"

一想到孙可心，我的眼睛就湿润，她是我的女神。

汪远说："听说孙可心的生意越做越大，已经干房地产了。"

我说："好像是和郭老板一起做的。她吃不了亏。"

我们都喝了不少。

散席后，我乐呵呵地往家走。大约三站地，不打车了，初夏的大连夜晚，海风清爽，空气清新，心情也好，走一走也挺舒坦的。我在想这次旅行，一定很浪漫、很激情。这种事只有孙可心能干得出，在一个异域他乡远离故土的地方，我们无拘无束可以玩得更潇洒。郭太峰你个彪子，让你做梦都想不到，我给你戴了个大号的绿帽子。

我竟然唱起了歌：

> 只是因为在人群中多看了你一眼
> 再也没能忘掉你容颜
> 梦想着偶然能有一天再相见
> 从此我开始孤单思念

很长时间了我就喜欢这首歌，这明明是我的歌，写的是我的事，怎么让李健这个小子给抢了先机，我要起诉他剽窃了我脑子里的东西。

在一个没有红绿灯的路口，我还差几步就过马路了，突然一辆小轿车没打转向灯就拐弯朝我冲了过来，我的妈，我赶忙后退，吓出一身冷汗。我向那远去的车尾喊道：

"怎么不打转向啊！"

谁知那车停了，从车上下来一个满身酒气的年轻人，问我骂什么？我说我没骂，就是说你为什么不打转向灯。他没等我说完，上来就是一拳，打得我眼镜横飞，两眼冒金星，鼻孔蹿血，我倒在了路边，那年轻人骂骂咧咧地上车开走了。我赶忙抓起眼镜戴上，看了一眼那辆车的车牌号。我马上给汪远打电话，好在他也刚出酒店不远。

电话还没打完，就听前边不远处一声巨大的撞击声，我知道肯定是撞车了。

汪远很快就来了，他把我扶了起来，怒气冲冲地问我：

"谁打的？"

我指了指那边说："开车的。"

"什么车？"

"辽 B2B——后面没看清。"

"2B？我看你就 2B，一个四十多岁的男人让人家打成这样。"汪远把我拖到马路牙子上坐下。

虽然还是头晕眼花，但一种好奇的心理使我勉强地站起来："走，那边刚才撞车了，我们过去看看热闹。"

汪远说："你都这个熊样了，还有心思看热闹？"

汪远扶着我走到了车祸现场，我的妈，一片狼藉的景象，让我俩都不寒而栗。汪远突然说："你看，比亚迪。辽 B2B——那个小子伤得不轻，你看是他吗？"

我得意地说："看见了吧？汪远，告诉你，我绝对是圣贤，谁得罪我谁就得倒霉。"

我走到受伤的年轻人跟前："年轻人，做人要低调啊。记住了，以后再也不要随便动手出拳，因为你打的可能是圣贤名贵，知道吗？作孽是会得到报应的，知道吗？"

那个年轻人呻吟着，痛苦的表情和汗珠充满了他的脸。他看了我一眼，点点头。汪远想抱起他，我制止道："不能动，可能导致二次受伤。"

一辆警车呼啸着开过来了。

第二天上午我早早就起来了，我在镜子里看到了面部变形的我，鼻子比原来大了一大圈，眼角下发乌。我想起孙可心曾经给我买过一个墨镜，还是什么大牌子的，我好几年没戴了。我翻箱倒柜地找了半天，才从一个装充电器和耳机的抽屉里找到。我匆匆忙忙地赶到大连站，取了票上了高铁，竟然是观光车厢。超大的沙发座椅能伸展出一张床让人躺下休息，舒适的空间只有六个座位。每一个座位旁边都是一个大窗户，一路风景尽收眼底。听乘务员说，前几天王健林去哈尔滨就坐在这里，我冷笑了一下。马上就要开车了，孙可心还没到。她是磨叽大王，迟到是正常的，不迟到是不正常的。我焦急地走到站台，远远地看到孙可心快速地向列车前部的车厢走来。她戴着一个大太阳镜，穿一身淡蓝色的风衣。我们进了车厢，她和我并排坐着。车开了，车厢里除了我俩还有一对老夫妻，听口音是哈尔滨人。孙可心摘下太阳镜，仔细地看着我的脸，她带着心疼和愤怒的口气说：

"No，你这是怎么弄的？这么大的人，又惹是生非，谁打的？"

"昨晚。是辽B2B——给打的，我没惹乎他，他打完我就撞车了。"

"谁？2B？2B是谁。我看你才二呢，你这么个熊样跟我出来干什么？本来就大腹便便的腻歪人，这又破了相，丢死人了，你离我远点啊。"

孙可心再也没和我说话，她接了几个电话，看看微信，看看报纸，看看风景，还有一个小时是闭目养神，她心里好像很烦躁。也许孙可心是想找这个机会向我倾诉她的心事的。

"你去哈尔滨有事？"我问道。

孙可心脸朝着窗外："没有事。"

"那去干什么？"

"去玩儿。"孙可心看了我一眼，"所以，你破坏了我的好心情。"

"我的妈。"

"No，我不是你妈，你以后能不能不说我的妈？俗气到家了。"

"你以为我愿意吗？那个小子是酒驾，喝了点马尿开个破车就不知道自己是谁了，他打了我后没开出三百米就撞车了，你说我是不是挺神的？"

孙可心看了我一眼就气哄哄地又把脸转向了车窗外。

到了哈尔滨车站，下了高铁，孙可心在前面走，我在后面跟着。到了售票处的无人售票机前，孙可心要了我的身份证，她麻溜地取了两张车票，我在后面站着不敢吱声。她把我的身份证和一张车票塞给了我转身就走了。我紧紧地跟在后面，像一个生怕走丢的男孩。她带着我检票、进站、上车、入座，我们又坐上了刚才的那列高铁。也巧，我们又坐在了来时的座位上。

高铁启动了，车厢里只有我们俩，我看到她一脸的愁云。

我说："我的妈，这就回去了？"

过了好一会儿，她说："Yes。"

这种事只有孙可心能做得出来。

一直到大连，我们俩再也没说一句话。

我恨死那个辽 B2B——的彪子了，坏了我的好事，不得好死，怎么没撞死你。

走出大连站，我们又要分手了，我突然想起我们拿到离婚证明后，我流着泪跟在她的后面，她头也不回地上了一辆出租车扬长而去，我六神无主地在马路上游荡，恨不得有辆车能撞死我。

虽然我和孙可心已经解除了婚姻关系，但是我还是她最好的朋友，我们毕竟不是因为感情破裂而分手的。我们彼此太熟悉了，我们曾经是这个世界上最亲密的人。她的一个手势、一个眼神、一个表情，我都知道她在想什么、要干什么。我孤独寂寞的时候就会想起她，我很怀念与她在一起的那些日子。很多珍贵的东西，只有你失去的时候才感到它的价值。

看着她渐渐远去的背影，我的眼里又滚动着泪水。

赵总编把我招到他的办公室，我一进门吓了一跳，好好的一个大房间，靠墙边夹了一道水泥墙，有一扇窗户正好有一半在水泥墙里。赵总编解释说是超标了，最近有规定，每个级别都有办公面积的标准。我想调侃几句，他一摆手把我的话给噎了回去。

赵总编让我坐下，给我拿了一瓶矿泉水。他那标志性的微笑，给人一种亲切感和安全感。

"海星啊，我告诉你，我们这个项目要火啊。我最近向报业集团和市妇联领导做了汇报，他们都很兴奋。集团领导要求我们一定要把这个项目做好、做大、做实。"他低头看着写字台上的一个笔记本说："做好是项目本身的角度要新颖，内容要充实，事件要真实，故事要感人。做大是立意大、影响大、反响大。做实是落实到人，限时完成。妇联的林主席更是把我们看作是单身女人的知心朋友，希望我们的报告能在社会上产生巨大的影响，对单身女人的精神世界是种抚慰。这些话很重要，你最好做一下笔记。"

我看到我面前放着几张 A4 纸和一支笔，我指了一下太阳穴："我能记住，不用记。"

"好吧，你汇报一下你的工作情况。"

"赵总编，说实在的，我一开始真的不愿接这个差事，可是碍于你的情面不好意思推托。现在我采访了几个单身女人后，我发现这些单身女人是我们这个社会最孤独、最压抑、最悲凉的群体。我被每一个故事都深深地打动了，我为每一个单身女人而感叹。不瞒你说，我现在已经陷进单身女人的世界了。"

"好好，太好了。这是能够完成这个项目的最好状态。你只有走近她们、怜悯她们、喜欢她们，才能写好她们的故事。但是你不要诗性发作，感情用事。你要高屋建瓴、以点带面，找到她们的共性问题和独特原因。有几个问题你可以由浅入深地调查研究。比如她们对自己的评价，对她们这个群体的评价，就一句话概括。比如她们夜晚想什么？节假日想什么？"赵总编说着从椅子上慢慢地站起来。

"一定不要陷得太深，要进得去，走得出。我了解你，你太善良，太单纯，感情太脆弱，一旦陷进去怕你出不来。"赵总编真是太了解我了。"另外，你的这个报告在文学文体上要有突破。如果你能做到既是报告文学，又像长篇小说，既有真实故事，又有文学渲染，既是新闻政论，又是学术研究，那就成功了。"

"哎呀我的妈赵总编，你的这些要求太难了，简直和登月工程有一拼了。"

"好了，好了，你只管大胆地往前走，我给你铺路架桥，创造条件，扫平道路。我对你充满信心，不过你要减肥啊。"这时候他已经走到了我的面前，他用手指捅了捅我的大肚子。我这人就怕胳肢，被他弄得咯咯笑了起来。

"怕胳肢的人善良啊。"赵总编笑着说。

他的手机振动了，他一看屏幕，脸上的笑容立刻化作了阴云。他犹豫了一下，还是接听了，只听见里面有个女人火刺棱地讲个没完。他终于有机会了，就插话说："夏华夏华，你消消气听我说，孙诚是我的部下，没有错，可是我也不能二十四小时地跟着他，对不对？他的私生活我也不好管得太多，我只是他的行政领导，对不对？那个女的是谁，我还真不知道，我在开会，啊，我们以后再说。"

赵总编挂了手机，眼睛眨了几下。

我说："是夏华打来的？孙诚又出事了？"

赵总编点了点头。

"我已经找孙诚谈话了，他的问题有点难，这叫请神容易送神难啊。"

"这个孙诚真有瘾啊，他好像有四五个了吧？"

我撇撇嘴摇摇头，走出了赵总编的办公室。

我又陆陆续续收到了许多朋友传来的单身女人的故事，其中有一个我不敢相信是真的。

H女：

居住地：西安。年龄：32岁。职业：模特。

20岁到北京发展。认识了第一个丈夫，婚后很幸福。丈夫因诈骗罪被判无期徒刑，房子车子一律被没收。在其孤独落魄时，第二个男人出现，他们恩爱有加。那男人开了一家饭店，生意火爆，收入颇丰。突降灾难，丈夫在一次打斗中被人杀死。第三个男人也是救H女于危难之中。后来知道除了她，那男子还有三个老婆。为了养护四个女人和她们的一群孩子，男子走上贩毒的不归路，被警方逮捕判了死刑。已经有了两个孩子的她，最后靠组织卖淫维持生活。现在已经被警方逮捕。

一个女人有这么坎坷的命运，让人难以相信，我以为是朋友编的故事，可是他拿出了央视法制节目的录像，让我目瞪口呆。我很想采访她一下，究竟是什么原因让她结识的都是一些惹是生非的男人。

❽ 十

今天下午楼下的钢琴声传来了巴赫的赋格曲，前几年我就不爱听巴赫，死气沉沉的没有好听的旋律，忙忙叨叨的十个手指都不够用，可是听的时间长了，仔细品品，还是巴赫的东西有嚼头，是那种很纯净的、没有丝毫功利的、近乎宗教的高冷。高冷的东西是不容易被人们接受的，一旦接受了会上瘾。

我一听巴赫的音乐就会感到孤独，一孤独就会想起孙可心，一想起孙可心就想流泪，一流泪就想起当年孙可心问我的一个问题，诗人都爱哭。我想起十几年前，我们结婚的场景。那时我们才刚毕业一年多。汪远总是在我身后出馊主意。他说，他预计我和孙可心分手的日子临近了。汪远的话我一般都会在意，我也为这个事很担惊受怕。那时候要是失去孙可心，我可能真的会跳楼的。汪远说那你就赶紧结婚啊。我就按照汪远的路数催着孙可心结婚。可是，孙可心根本就没想过结婚。我就以种种借口逼着她就范，孙可心可不是容易被说服的主，她主意定了，就不可更改，谁说也没有用。还是汪远厉害，他帮我编了一个故事，我就对可心的爸爸妈妈说我们杂志社要分房子，是最后一批经济适用房，只要我结了婚就有我的份。可心的爸爸妈妈信以为真，就对可心说，你们早晚都得结婚，不如现在结了了份心思，还得一套房子。何乐而不为？可心对我说，结婚可以，但是不能要孩子，因为她一是不喜欢孩子，二是工作挺忙的。我说，只要你同意结婚什么条件我都接受。就这样我们急匆匆地结婚了。汪远当我的伴郎，海月当孙可心的伴娘，我们举行了婚礼。赵总编做我们的证婚人，他的证婚词可以成为教科书，被所有人称赞。婚后孙可心搬进了我们家，睡在了原来我妈妈的位置上。两年后，孙可心在植物园附近买了一处大房子，我们搬了进去。

想到这里我下意识地摸了一下我身旁的那个位置，虽然已经好长时间空空荡荡的，但好像还有我妈妈和孙可心的气息和温度。我又流泪了，我觉得我真可怜，身边没有妈妈和老婆的男人，就像生活里没有了太阳和月亮，暗淡寒冷，孤独恐慌。

手机振动了一下，把我从黑暗中拉回到现实。我拉开窗帘，阳光像瀑布一样泼洒进来。我一看是孙可心约我与她喝茶，晚上我们跟海月一起吃饭。我的妈。人真的不扛想，一想就来了。我的心竟然突突地跳了起来。

我打车来到高尔基路的一个叫万和祥的茶楼，孙可心说她经常在这里会友聊天，这里的茶特别好。

我虽然生活中有些稀里马哈（不严谨），可是对于约会还是很守时的。特别是对孙可心的邀约，我更是要认真对待，我准时到了。

我等了二十多分钟孙可心才到。她的不守时我是深受其害的。记得我们结婚登记的时候，她迟到了一个多小时，我的妈，吓得我以为她反悔不干了。还有我们婚礼后的第三天，要去新马泰旅游度蜜月。她在家里慢慢腾腾地收拾东西，用了一小时化妆、半小时熨衣服、二十分钟装东西，在我的一再催促下，她才出了门，可是走了一半，她突然想起来手机和手表没带，等我们回家里拿了再到机场，飞机舱门已经关闭。我们失去了这次旅游的机会。可是孙可心蛮不讲理，先是大闹机场，然后又把责任推到了我的身上，说就是因为我一个劲地催促，才导致她忘了手机和手表。她气急败坏地在我腿上、胳膊上掐了三个大紫豆子，把我疼得直叫唤。我的妈。我有口难辩，只好陪她到大连的新开路、马栏子、太原街走了一圈，她还不算完。

还没等孙可心坐好，我就先说话了。

"你知道我在写一个报告吗？"

孙可心看了我一眼，马上皱起了眉头。

"你看你，怎么又胖了？太腻歪人了。"

孙可心就是这样，挑我的毛病好像是她的天职，她看到我无奈的表情，一脸的乌云很快就散去了。

"Yes，你在微信朋友圈里发了消息，是写单身女人的吧？"

"是啊，这是赵振海的大策划，很有见地。一旦发表，功成名就。"

"你做事总会有目的性。"孙可心看着我，"这会让你失去了纯真和激情，你知道吗？世界上有很多文艺大师的经典作品，都是在一种纯真的心态下完成的，完全没有功利的目的，没有预定目标，只为自己的热爱和表达。因为在没有功利欲望的状态下，人的本性、本能都会把内在的潜能激发起来，才能创作出上佳的作品。否则，患得患失，思前想后，瞻前顾后，很容易使得自己迎合某种口味，而迷失方向，失去作品最高尚的纯真。OK？"

"可心啊可心，你真可我的心。"我抓着她的手，有些激动地说。

孙可心把她的手轻轻地从我的手中抽出："记住，爱好是最好的老师，OK？爱好是成功的基础，只有喜爱才能做好，所以就叫爱好。你如果因为喜爱而做，就能做好，但如果为了完成一个任务不得不去做就可能被动走偏。"

这个世界上敢教训我的只有孙可心，我就爱听她说话，我就服她，即便是我明明知道她的话是错的，我也会认同。我端着茶杯看着她，欣赏着她。

"有很多幸福的女人，当初找对象不看男人外表，也不看男人家庭，就看我喜不喜欢。往往这样的婚姻都是幸福而稳定的。而那些注重男人长相和家庭背景的女人，她自己就不是用心去爱这个男人，也不会得到男人的心，所以悲剧就可能发生。"一边听，我一边在想，完美女人的要素有三个，一是美丽，二是聪明，三是善良，这个孙可心是最接近完美的女人。

"我们家邻居柳伯伯是我爸他们学院的副院长，他有三个女儿。她们三个就比赛看谁找的对象好。老大找的是个最帅的男生，老二找的是另一个副院长的儿子，老三找的是一个司机。后来，柳伯伯退休了，那个最帅的男生跟老大离婚了，又找了一个小他二十几岁的。那个副院长的儿子当官了，也和老二离了，跟一个一直追求他的女生好了。唯有那个司机后来复员了，但一直和老三过着，很幸福。这就和写作品是一样的。老大、老二都有功利的目的，结果都失败了。而老三就喜欢司机的那个憨厚劲，就成了。这就是我一个朋友说的，最美的婚姻是嫁给爱情。我告诉你，我爸他们学院简直就邪了门了。Oh，my god。有段时间传播离婚病毒，就像多米诺骨牌，噼里啪啦一个接一个地离婚。都是那帮当了官、升了职的人，看不上自己的老婆了。你要写单身女人，就去他们学院，那里的寡妇成群结队。我爸看不惯，给学院领导打报告。可我爸一个退休干部的话没人听。"孙可心喝了一口茶。

"是啊，不仅是你爸爸的学院，很多单位都有类似的离婚病毒。而且有些家庭也有这种病毒。我听汪远说，有个家庭有三个弟兄，都结婚生子了，可是离婚病毒一来就都离了，我们应该研究一下这个病毒。"

你看看，我和孙可心就是能泡在一起聊在一块儿，有共同语言的夫妻一般是不会离婚的，我俩是个特例。

"Good，你研究吧，这正好是单身女人单身的诱因之一。你研究好了，就能找到病因。将来政府会按照你的报告去制定法律，什么样的情况不能离婚，想离也不允许，否则要承担巨大的惩罚，比如罚款、降职、坐牢；什么样的情况必须离婚，像有家庭暴力的、吸毒的、赌博的。"孙可心话里有话地看着我。

"赌博"两个字孙可心说得轻松，可像触动了我的神经。"赵振海的动议就有这个意思。不过能不能引起政府的重视是另外一回事。有学者说，离婚率高是社会进步的体现。我就不明白，怎么社会进步了，就以女人的单身为代价？"

孙可心有点激动："有专家预测，未来社会可能没有家庭，男女之间只要喜欢就在一起，不必结婚，这不是和动物一样了吗？"

"不对，动物也是有爱的。你看见鸳鸯了没有？我特意观赏了鸳鸯的生活，非常感人。还有我看过的一个报道，一只狗狗被车轧死了，另一只狗狗趴在它的身边，不离不弃，直到所有的车辆都停下了，那只狗狗把死去的同伴叼到马路边。它们的举动比我们某些人强多了。"

"有些所谓专家学者，捕风捉影，异想天开，根本就没有做调查研究和切身体会就发表言论。所以，赵总编让单身的你去写单身女人太英明了。Very good。"

说来说去还是落到我这里。

"可心，你和郭老板还好着吗？"

"No！我都说了好几次了，以后咱俩在一起不要谈论他，记住了？OK？别扫我的兴。"

我看出孙可心真的不高兴了，我就转了话题，说起了海月的儿子。

海月来了，风风火火的。孙可心把我们带到了三楼，进了一个房间。

一进门，还没落座，海月从皮包里拿出一大摞现金放进孙可心的包里。

"可心姐，都五年了，才还了你一百万，还有一百八十多万呢。我都愁死了。我真没脸见你。"海月说着眼泪就要下来了。

"看你说的，咱们都是一家人，说哪儿去了。再说，我也不着急用钱。"

"跟你要卡号你不给，给你微信转账你也不收，害得我拿着这么多现金满场跑。"海月抱怨。

"No no no，我就不想要这个钱。你们过得不容易，我想帮你还来不及呢，哪能落井下石。"

海月跑过来抱着孙可心，亲了她的脸颊。

"嫂子，不，可心姐。谢谢你。"

海月看了我一眼，我很尴尬地笑了一下。

一个女服务员进来，拿着一个菜单给孙可心看。孙可心一摆手说："不用看，按照三千的标准上。"

我的妈，太任性了。

海月坐在我和孙可心中间，她左手拉着孙可心的手，右手拉着我的手说："多么希望咱们还是一家人。"

孙可心把手收了回去："也许就是缘分吧，你哥哪儿都好，就是有时候犯浑，对自己没有要求，想和我和好，首先要减肥，减到一百三十斤的时候再来找我。OK？"孙可心看着我。

"这也太难了吧，我现在二百一十斤，要我减八十斤，我的妈。"我摇摇头。

"你再这样的话，以后我们不要见面了。"孙可心脸色严厉起来，"别说我烦胖子，现在社会很多人都歧视胖子。有专家认为，胖子发胖的主要原因是自我管理能力差，自己都管理不好自己的人，能完成比较重要的工作吗？所以现在很多公司招聘启事里都有一条，胖子免谈。"

"可心姐说得对。"海月兴奋地说，"我最近发现中国古典四大名著里，有三大名著里面都有主要人物是胖子，《三国演义》里的张飞，《水浒传》里的李逵，《西游记》里的猪八戒。"

"《红楼梦》里也有。"孙可心笑了。

"是吗？我不知道。"海月站起身。

"贾元春啊，后来她嫁给了皇帝，整天就胡吃海喝，把自己吃了一身病，最后就死在这个肥胖上。"孙可心狠狠地看了我一眼。

"那就对了，我们总结一下啊。"海月走到我身后，两手扶着我的双肩说，"这些胖子都有一个共同的特点，不守纪律，失于管理，我行我素，肆意妄为。他们的命运也因这些特点而注定成为悲剧人物。他们到处惹是生非，贪图吃喝玩乐，不计后果，违反军纪，最终都不可避免地是可悲的结局。"

"Yes，是这样。"孙可心也兴奋了，"为什么这四个大作家都拿胖子开涮？是偶然的吗？"

"肯定不是。"海月说，"可见胖子现象不是现在才有的，古时候就有。"

我感到血压在升高，一直冲到了脑门："可是你们知道我发胖的原因是吃了激素，不是自我管理问题。"

"那么你自我管理的能力怎么样？"孙可心收起了笑容。

我两只手一直搓着手机，把手机都搓出了汗。

"还有，可心姐，我哥现在又多了一个毛病。"

"什么毛病？"孙可心睁大了眼睛看着海月。

"张口闭口我的妈，我的妈，俗不可耐。"海月有些气愤地说。

看到我真的生气了，孙可心安抚我说："海星，你也别生气，我俩都是你的亲人。OK？只有亲人才跟你说这些的。别人才不会管你的。"

我垂头丧气地不吭声。

"哎，哥哥，嫂子。告诉你们一个大事。"海月脸色严峻地来回看了我们俩一眼。我和孙可心都瞪起了眼睛看着她。

"默凡也烦了。"

"怎么了？"我和孙可心同时问。

"她丈夫有外遇了。"

"我的妈，什么时候的事？"我问。

"都快有半年了。"

"我感觉他俩挺相爱的。"我说。

"七年之痒啊。"海月说。

"怎么发现的？"孙可心问。

"女人的第六感觉，一开始默凡还是猜疑，后来在手机上看到了他们两个人对话的微信了。"

"我的妈，那怎么办？"我着急地问。

"要是我就开打了。"海月大声说，"默凡的性格比较面（软），她说她已经发出信号了，表示她知道了，让吴天奇回心转意。"

"发出什么信号了？"孙可心问。

"她给他买了一块豆腐、一条皮带。"海月一脸很无奈的表情。

"这能表示什么信号？"孙可心不解。

"我的妈，什么意思？"我笑着说。

"默凡说，吴天奇他妈讲过一个故事。说是有个人家的女婿，与邻居家的姑娘眉来眼去，丈母娘就买了一堆豆腐，做了四个菜，每个菜的上面不一样，有白菜、有萝卜什么的，下面都是豆腐。吃饭时，女婿说，妈，怎么底下都一样啊？丈母娘说，对呀，上面是摆当，底下都一样。女婿好像听明白了。第二天，丈母娘家的驴子看见邻居家的马，发情了，丈母娘就让女婿拿着他的皮带，去打那个驴子。女婿一边打，丈母娘一边骂，看你还敢不敢有花心，打死你个色鬼。"

我和孙可心都笑得前仰后合。

"所以说，吴天奇看了豆腐和皮带就会想起那个故事。"海月笑着说。

"可是，结果呢？吴天奇有没有收敛？"孙可心问。

"默凡说，有所收敛。"

"知不知道对方是谁？"我问。

"知道，一个年轻的公司职员。挺漂亮的。"

"默凡的这种做法，只能起到警告的作用，要是不从根本上解决问题，故事还会延续，事故还会发生。"孙可心说。

"我赞同嫂子的说法。我也这么劝她的。"海月说，"可是她家是浙江人，小家碧玉，不敢与他翻脸。我说我替你去骂他。她吓得直作揖，说求求你了海月，千万千万不要把这层窗户纸捅破。我也无奈。"

"现在这样的事很多，离婚率居高不下，人们的情感太脆弱，悲哀啊。"孙可心说着摇摇头。

"等我写完这个调查报告，就会找到答案。"我说。

"哥，你还是要把自己给调查清楚，并且有一个解决方案。"

"海星，你表个态。"孙可心说。

我低头沉默了一会儿，本想反驳她们，可是我知道我的抵抗是没有好结果的，不如让她俩高兴。我抬起头来。

"今天虽然被开了批判会，被点出了两大缺点：肥胖和我的妈，但是能和我最亲的人在一起，还是很开心。至于这两大缺点，我不是不想改，我能改得了吗？先说肥胖。是吃激素的原因，我在网上看到有很多这样的事例，当然也有我生活不规律的原因。我会认真对待的，减肥从现在开始。至于我的妈，我尽量少说一点。可能一时半会儿改不了，请你们包涵。"

"行，哥，有了缺点不可怕，改了就是好同志。"海月说。

"再给你一点儿时间，下一次见面再这么胖，我扭头就走。OK？"

孙可心这是最后通牒了。

⚫ 十一

黄燕发来微信：

> 哥，我有要紧事要跟你谈谈，快点来啊。

我注意到，黄燕把陈大哥的陈大给省略掉了，这说明她跟我很亲近了。

傍晚，我来到心满意足疗店。

黄燕迫不及待地说："哥，我们豫剧团的关团长今天上午打来电话，说要我回去演出一场，有人出了五万元要看剧团演出的《花木兰》，而且点名要我出演。关团长说，五万元对团里来说很重要，说我现在还是团里的演员，虽然三年多没上班，关团长还给我保留了编制。如果我愿意上班更好，团里随时欢迎我。"

"好啊！这是好事。你怎么想？"

"我很纠结，《花木兰》是我的拿手好戏，我做梦都在演戏，我也想回去看看我儿子，看看我娘。可是，我怕彭大鹏和我爹，他们如果看见我，会不会又把我给扣下？"

"我想不会，当初放你走是彭大鹏同意的。就算他给了高额的彩礼钱，可你也为他家生了儿子，你们已经扯平了。你既然那么愿意演戏，那就再过把瘾。再说，你是县里的名人，你的演出会告诉关心你的人，你很好。现在是法治社会，我就不信他彭大鹏就这么无法无天？"

"哥，你说得有道理。那我求你陪我一起去。"黄燕说得很坚决。

"我的妈，我陪你去？"我立马坐了起来。

"是的，而且要扮演我的丈夫。"

"我的妈，这个不行，我可是有原则的。"

"哥，只有这样我才能去，求你啦。"

"我再想一想。"让我写稿作诗写文章都不在话下，可是让我演戏，假扮一个丈夫？"我的妈，我不是拒绝你，我怕演不好，演砸了。"

"没事的，哥，就凭你这么聪明你会演好的。你什么也不用说，就微笑着跟着我就行。"

我想这样做既成人之美也会获得更多的信息，我答应了黄燕。

我发现黄燕的河南口音减少了，大连普通话多了，她已经入乡随俗了。

第二天上午，我俩就坐上了飞往郑州的飞机。下了飞机又转乘高铁，下了高铁又坐了两个钟头的公共汽车，到了下关县城已是傍晚。

这一路黄燕很少和我说话，她总在小声地叽咕着念白、哼哼着唱腔，手、脚、眼睛都配合着念白和唱腔有韵律地动着。我问她不会忘了吧。她说这部剧别说是木兰的演唱和道白，就是全剧的所有唱腔和道白以及伴奏音乐，她都能倒背如流。我感到很吃惊。

我俩在一家面馆简单吃了点面，就走进了剧团排练场。

黄燕推开了门，不知道谁喊了一声，排练场里响起一片掌声和呼喊声，有三四十个人，都向我们涌过来。黄燕没想到剧团的同事们还这么喜欢她。她泪流满面地与所有的演员、演奏员握手拥抱。黄燕看见了王仁。他还是有些腼腆的样子。黄燕和他握了一下手。

"你不是开大货了吗？"

"哦，出了事又回来了。"

"出了什么事？"

"我撞了一辆车。嗐，以后再说吧。"王仁的话几乎是在嗓子眼儿说的，你不仔细听都听不到。

"哎黄燕，这位是谁啊？"一位年纪稍大的演员大声问道。

"啊，忘了给大家介绍，这是我老公陈海星，是作家。"老公？我的脸感到发热。大家又欢腾起来，纷纷夸赞我长得儒雅，一看就不是一般人。有个年轻的男演员马上从网络上搜索到了我的简历，他大声念了起来，周围的人都听得很兴奋。大家议论道，黄燕就是有能耐，把大城市的作家都给弄到手啦。

关团长来啦，他笑得很开心，他大声说："欢迎黄燕回家！"

大家又欢呼起来。

关团长接着说："这次演出很重要，这部戏是我们豫剧的经典，我们团好长时间没有演出了，今晚、明天全天排练，后天下午演出，希望大家打起十二分精神，好好排练，完成演出。"

排练开始了，锣鼓敲响了，令人热血沸腾。我想起了紧锣密鼓这个成语。音乐奏响了，凄美悲壮得让人热泪盈眶。特别是有个老师傅在离我很近的地方，非常卖力地敲着一个大鼓，那鼓声让我的心跳不知不觉地跟着它的频率加快，紧张得我都喘不过气来。我第一次听到了黄燕的演唱。尽管我曾经几次三番恳求黄燕唱一段豫剧给我听，可是她都以不愿唱、嗓子不好为由婉拒了。黄燕往那儿一站，一开口，就得到了一阵掌声。关团长和导演都在频频点头。排练经常停顿，不是黄燕忘了词，就是乐队出了错。但是大家都很认真。排练一直到十点半才结束。

关团长在团里的食堂为我们接风。几个团领导和骨干都参加了。黄燕想让王仁也参加，王仁推说有事就回家了。食堂虽然简陋，但是菜品很丰富。由于明天还要排练，关团长要大家速战速决。他们每人敬了我一杯酒，我一个鸡腿还没吃完就溜到桌子底下去了。关团长给我喝了一种饮料，我才清醒过来。他说这是彭大鹏他爹研究出的一种中医药品，专门解酒护肝的，很管用。他还说彭大鹏准备把这个饮料推向市场。一提彭大鹏黄燕就不高兴。关团长看出来了，就转移了话题。我终于把那个鸡腿给吃完了。

深夜十一点半多了，关团长宣布散局。

关团长给我俩安排了县里最好的酒店，他和一个女的副团长一直把我们送进房间才离去。

关上门，房间就成了我和黄燕的二人世界，我的妈。好在我有预案，跑到大堂前台又开了一个房间。黄燕说哪有丈夫和妻子不在一个房间的？让人家一看就露馅了。我说我睡觉打呼噜，不是一般的响，影响你休息，你明天怎么排练？而且咱俩有言在先，绝不同房同床的，黄燕无奈地应从了我。

一连排练了几天。这天晚上，县文化局周天伦局长请我们吃饭，关团长作陪。我见到了传说中的周天伦，当他知道我是黄燕的作家丈夫时，他有些惊讶。"黄燕还是很有福气的。"果然是才子，周天伦谈吐中温文尔雅，举止上风度翩翩。黄燕的眼一直盯着周天伦。我知道她心里一直有他。周天伦也劝说黄燕重回舞台，他也为她的现状而遗憾和不平。

边吃边聊了一个多钟头。黄燕在大家的赞美中完全像一个名角了。

周天伦对黄燕说："你知道彭大鹏现在怎么样吗？"

"我不想知道，我一听'彭大鹏'三个字就想吐。"黄燕眼里顿时冒起了火。

"我想知道他现在的情况。"我对这个话题感兴趣。黄燕放下筷子拿出了手机看着。

"彭大鹏跟黄燕结婚前的确和他老婆闹过离婚，可是他老婆说你离婚我就抱着两个女儿跳淮河，彭大鹏无奈就欺骗了黄燕。后来彭大鹏又看上了一个电视台的女主持，又闹离婚，他老婆看着这日子也没法过，就要了一大笔钱财离婚了。现在的老婆就是那个主持人。"周天伦吸了一口烟说，"不过据我所知，彭大鹏一直还留恋着黄燕。"

关团长说："当初彭大鹏把黄燕拘禁后，周局长为了挽救黄燕四处奔波。到县委、县政府领导那里呼吁，到公安局报案，找彭大鹏当面打架，彻底得罪了彭大鹏。彭大鹏还扬言要弄死周局长。"

"谢谢周局长。"黄燕眼里闪着泪花，"我和陈老师也说了，永远不会忘记周局长的恩典。"

我也重重地点头。

周天伦微笑着点了一根烟。

"哎黄燕，你在大连干什么？"

"啊，我在一家戏校当老师，教孩子们毯子功。"黄燕好像早有准备，对答如流。

"但是不当演员还是非常可惜啊，是我们县的一大损失啊。明天的演出会有很多父老乡亲来观看。你要卖力啊。"

"放心吧，周局长。戏比天大。你会看到当年的那个黄燕。"

"哎，老关，明天给谁演出？"周天伦问关团长。

关团长迟疑了一下："给彭大鹏的大鹏集团。"

我看见周天伦和黄燕的脸瞬间都拉长了。

"早知道我就不回来了，我躲都躲不开呢，明天我不演了。"黄燕把脸转向一边。

"黄燕，你是咱团里的人。"关团长早就有应对预案，"你三年多没上班，我都力排众议保住了你的编制。这次要是你再不演出，我也就没办法了。事到如今，团里已经收了人家的钱，五万啊，可不是小数目。人家明天是集团的庆典，领导、嘉宾、观众都组织好了，好几万人啊。我们也排练了好几天了。"

"那可以让王小云演，没有我的这几年不都是她在挑大梁吗？"

"可是彭大鹏指名道姓地要你演。没的商量。"

"我就不演，就不演。什么编制不编制的，我也不要了，我明天就回大连。"黄燕站起来大声说，手机啪的一声掉在地上，两行眼泪流了下来。

我俯下身捡起了手机，用餐巾擦了几下。

所有人都不知所措，眼看着就僵在这儿了。

这时周天伦把手里的香烟掐死在烟缸里，慢慢地站起来。他扶着黄燕的肩膀说："演戏是演员的天职。戏比天大。这些你是知道的。我们演戏除了给观众带来愉悦，也会给人们以启迪。明天不仅是大鹏集团的庆典，也是我们下关县群众的节日。明天会有上万人到场观看。从这一点来说，我们还应该感谢彭大鹏。从情感上说，我也讨厌彭大鹏。可是，不能因为我们个人的问题，让上万观众空欢喜一场。这些戏迷是冲着你来的。你这三年的消失，不知让多少人为你操心、为你祈祷。所以黄燕，明天你必须演，而且还要演好。让喜欢你的观众看到，那个豫剧小天后黄燕又回来了。"

"是啊，黄燕。"我说，"个人感情问题不能和工作混在一起。你既然回来了，就应该义无反顾地演出。"

"黄燕，你是角儿，全团三四十号人甘当绿叶，众星捧月。没有你的这三年，剧团虽然也能演出，可是观众还是更喜欢你。我们走到哪里都有人问，黄燕哪儿去了？豫剧小天后哪儿去了？你的离去的确是剧团的损失。就连彭大鹏也承认。你要想你是为豫剧而演，为观众而演，为剧团而演。"

黄燕擦干了眼泪，举起酒杯："周局长，关团长，你们放心，明天我会全力以赴的，我干了。"

大家都兴奋起来，又喝了几杯。

我们又讨论了一些文学问题，可以看出周天伦在文学上很有造诣。

回到酒店，排练了一天的黄燕真的很累了，洗个澡就早早睡了。我没有睡意，就一个人到街上溜达。我打开手机边走边听着音乐。我喜欢音乐，特别是喜欢钢琴曲，我的收藏夹里有好多音频。在贝多芬钢琴奏鸣曲《月光》的优美音乐中，我看到了一辆辆大货车气势汹汹地上了高速公路。我看到一位老人牵着三只大狗，后面还跟着四只小狗，他们组成一个纪律严明的团队，逍遥自在地穿过马路，向我的位置走来。我掏出一百元钱递给了那个老人，他看了我一眼，接过钱，然后又出发了。我又看见一对年轻的夫妇吃力地推着一辆装满烧烤器具的平板车从我身边经过。我看见一只猫咪突然跑上马路，一辆小汽车戛然而止，我吓得一身冷汗。这里的夜晚很清爽，夜空里的星星很明亮。

天蒙蒙亮了，有了些睡意，我才回到酒店的房间。

第二天中午吃过饭，我就跟随剧团的车到了演出地。五月的河南已是盛夏，中午的太阳喷着火。在县第一中学的操场上，搭起了一个舞台。我的妈。也许是好长时间没有这种搭台唱戏了，从四面八方聚集而来的观众，用人山人海来形容一点儿不为过。据说为了维持秩序，保障安全，全县的警察都出动了。

下午三点半庆典活动开始了。一个女主持人走上了舞台。她的讲话声从舞台两侧的扩音喇叭中传出来，但在几万人的喧哗声中，显得势单力薄，而且扩音喇叭总有一种吱吱啦啦的电流声让人心烦。关团长说，这个主持人是县电视台的女主播，彭大鹏现在的女人。我这才端详起这个女主播。虽然满身名牌，满脸笑容，但却遮挡不住骨子里冒出的土气俗气。彭大鹏上了台，他有意识地大声宣讲，使得扩音喇叭更加混沌，一个字也没听清楚。我打量着彭大鹏，我脑海里回放着黄燕和他的故事场景，我不寒而栗。今天唱的会是哪一出？鸿门宴？还是捉放曹？

一阵紧锣密鼓的急急风和呜里哇啦的喇叭声，演出开始了。说来也怪，刚才还嘈杂的操场，顿时鸦雀无声了。想必这些老百姓都喜欢豫剧，更喜欢黄燕。离别舞台多年的黄燕出场了。她的一唱一念一招一式，都精准到位，得到了满堂的喝彩和掌声。这时的黄燕真的很美。

我注意到坐在我前面不远处的彭大鹏目不转睛地盯着黄燕。他不时地带头鼓掌叫好。

演出结束了。在观众浪潮般的掌声和欢呼声中，演员们谢幕。黄燕站在中间，尽管她的衣服几乎都被汗水湿透了，浑身还散发着热气，但是幸福和喜悦的神情还是挂满了脸庞。这时一个矮个子的胖女人抱着一个小男孩走上了舞台，在黄燕面前停下。我看见黄燕突然激动起来，她抱起小男孩，吻着小男孩，眼泪从她的眼睛里流了出来。不用说，那是黄燕的儿子。彭大鹏和十几个领导嘉宾走上了舞台，他们与演员们一一握手。彭大鹏走到黄燕跟前时，伸出的手被黄燕拒绝了，黄燕抱着孩子转身去了后台。

关团长带着我来到后台，他叫住正准备换服装的黄燕："晚上去牡丹楼，彭大鹏请客，一定去啊。"

黄燕的脸马上乌云密布："今天演出太累了，我要回去休息，不去了。"关团长还想说什么，黄燕扭身走了。我站在关团长旁边也很尴尬。

关团长对我说："那就劳驾陈作家了，帮我做做工作，毕竟人家出了不少钱，怎么也得给个面子。"

"那我试试。不过这个工作不好做啊。"

那个矮个子胖女人对我说："你是黄燕的丈夫吧？我是孩子的大姑，你说说黄燕，让她去吧，都是自家人，热闹热闹。"

黄燕说过彭大鹏家就大姑姐对她还不错。大约过了十几分钟，教室的门开了，黄燕抱着孩子出来了。

黄燕把她的背包交给我，她对孩子大姑说："好几年没演戏了，我太累了，回酒店休息一会儿。现在快六点了，晚上七点准时到牡丹楼。"

　　胖女人和我笑了一下，抱着孩子走了。黄燕一直盯着他们，直到他们走远了。她的脸上又挂满了泪珠。

　　回到房间，黄燕一边麻利地收拾东西，一边说："我们现在就走。我知道彭大鹏这个人是不会算完的，还会缠着我。"

　　我们很快就收拾好了行李，走出了宾馆，一辆黑色轿车停在那里，我们坐了进去。这是周天伦的车，周局长在后排坐，黄燕坐在了他的旁边，我坐在了副驾驶的位置上。

　　汽车启动了。

　　"听说演出很成功啊？"周局长问。

　　"还行，毕竟离开舞台好几年了，有点紧张。"黄燕说。

　　"今晚不是有个宴会吗，你不参加？"

　　"我才不去呢，我一看彭大鹏就烦。"

　　"咳，现在我们有很多领导干部被大款富豪给绑架了。"

　　"周局长，你还是别惹彭大鹏了，他心狠手辣，什么事都干得出来，别为了我毁了你的前程。"黄燕说。

　　"彭大鹏他作恶多端还逍遥法外，我一再控告没人敢管，你们说这是什么世道？"周局长愤愤不平地说。

　　"我告诉你，周局长，有句话说人在做，天在看，举头三尺有神明。"我愤愤不平地说，"每个人都脱离不了因果报应，不是不报，时候未到。多行不义必自毙。"

　　"我咒彭大鹏不得好死！明天就被车撞死。"黄燕咬着牙说。

　　车停了，这是一个离县城不远的长途汽车站。

　　就要分别了，周局长拉着黄燕的手说："真希望你通过这次演出能够重返舞台，不要荒废了自己。"

　　周天伦又拉着我的手说："我一看就知道你俩不是真夫妻，陈先生的戏演得不错，起码保护了黄燕。以后希望你们俩能弄假成真，成为真正的夫妻。到那时我去大连给你们祝福。我看出来了，黄燕很喜欢你的。虽然陈先生是大城市的大作家，我们黄燕是小县城的小演员，但是有缘千里来相会，有情人终成眷属。"

我被周局长弄得满脸发烧："周局长你放心，黄燕在大连挺好的，至于结婚嘛，还要看缘分了。"

黄燕微笑着看着与她最贴心的、也是她最信服的两个男人的对话。临别了，黄燕扑在了周局长的怀里，她的眼泪浸湿了周局长的衣服。

晚上八点多，我们到了黄燕的家，见到了黄燕的父母和妹妹、妹夫。当他们知道我是黄燕的丈夫时都睁大了眼睛。黄燕拿出了给他们带来的礼品，一件件地摆了一炕。

黄燕的父亲身体不好，像一头过气的狮子，已经没有了脾气。

在厨房里，我听到黄燕妈妈对黄燕说："燕子，你结婚了也不告诉家里一声，让俺们高兴高兴。"

黄燕悄声说："娘，俺们没有结婚。这是为了对付俺爹和彭大鹏才这么说的。"

"啊，我说嘛，燕子，这个男人不一般。你看他那个脸盘、那个眼神，一看就是干大事的，一看就是好人，他是干什么的？"

"他是作家。"

"作家是干什么的？"

"作家就是坐在家里写书的。"黄燕妹妹插了一句。

"啊！"黄燕妈妈吃惊地偷看我一眼。

我们一起吃了黄燕妈妈和妹妹做的晚饭。黄燕的妹夫陪我喝了几杯酒。晚上我们来到黄燕妹妹家。她家离妈妈家不太远，是新盖的房子，很干净。我和黄燕的妹夫睡一个屋，黄燕姐妹俩睡一个屋。

我有个毛病，换地方就睡不着，躺了有一个多小时，我起身看着手机，听着黄燕妹夫打了一夜的呼噜。

公鸡打鸣了，天亮了，我才睡着。

黄燕姐妹俩在客厅唠唠叨叨地说着话，我迷迷糊糊地睡了一上午。

傍中午我们又来到黄燕妈妈家。吃过午饭，我们该走了。黄燕拎着提包，我拉着行李箱走出了大门。黄燕一直瘪着嘴，嘴角微微地颤抖着。车子发动了，黄燕打开车窗哇的一声哭了起来。她跳下车跪在妈妈的面前，和妈妈妹妹抱在一起放声大哭。我赶忙跳下车扶起了黄燕，费了很大劲才把她弄到车上。

♟十二

在郑州开往北京的高铁上，黄燕闭着眼，她的头靠在我的肩上，我们像真正的夫妇或情人那样，据说这是女人有了安全感的一种表现。

我们对面坐着一个年轻的母亲和她年幼的儿子。儿子哭了，声音很响亮，母亲用一个奶嘴塞在儿子的嘴里，儿子不哭了。她抱着儿子哼唱起了歌曲，就是我小时候妈妈对我唱的那首《摇篮曲》。我长大了才知道，这首伟大的歌曲竟然是我们大连歌舞团的作曲家郑建春根据东北民歌填词改编的。今天的心情就是不好，尽管那年轻母亲的嗓音有点干，唱得还有些跑调，但《摇篮曲》那优美舒缓的旋律竟然使我鼻子酸酸的。那儿子在母亲的怀里睡着了，年轻母亲的眼里充满幸福。我想起我的母亲，我闭着眼想着她圆圆的脸庞和单眼皮的眼睛，想着她一双粗糙的手和有点弯曲的双腿，不知不觉两行泪水流淌了下来。我想起一首赞美母亲的诗：

> 你伟大因为你是母亲
> 你的儿子
> 就是你的最好作品

我突然有了一个主意，我擦干净了脸上的泪水，推醒了黄燕。
"我改变行程了，河南与山东临近，我要到临沂去看看我的妈妈。"
"中，哥，我愿意陪你去。"
"好，谢谢你啦。"
"谢个啥？你为我付出得可太多了。哎，哥，如果你妈妈问我是谁，那我咋说嘞？"

我的脑子迅速地转动着。

"你就是我老婆。"我低声地说。

"中，太好了！哥，咱俩可是打成平手互不欠债了。"黄燕的脸上总算云散日出了。

说实在的，妈妈在我心里好像只是一个符号了。也许分别得太久，也许相隔得太远，也许我混得也不好。上次看她还是2002年，转眼十三年了。

黄燕打开手机地图，我俩看着，选择出一条最佳的路线。在高铁济南站，我和黄燕下了车，换乘开往临沂的列车。我给姐姐打了几次电话，里面都说这是一个空号。我心里犯起嘀咕。那部手机是我几年前在大连买了邮寄给姐姐的，可是她一直就抵触着不用，我写了好几封信劝她，她才勉强在那边办了个卡。通了几次话后就总是关机。我知道姐姐的心里很苦。也许她要关闭心灵的窗口，把自己封闭起来。

来到了镇上的妈妈家。对，就是十三年前，我给她们买的那套五十平方米的房子。这是个一楼的房子，临街的玻璃上写着"祖传秘方 正骨按摩"。我感到不对劲。我快步开门进去，一个身有残疾的中年男人说，这房子三年前就已经被他买下了。

"三年前？毁了，我的妈。"我差点儿哭出来，可见这三年又发生了很多事情。黄燕看到我焦急的样子，吓得都不敢说话。

我们俩又来到妈妈的老家王家庄。

我敲了几下门，一个老爷子开门探出头来。

"找谁啊？"

"叔叔您好，我找陈海阳。"

"你是谁呀？"

"我是她弟弟。"

"哎呀，海阳上山啦。"

"上山啦？"

"是啊，她有个朋友开了个养老院，她去做什么义工去啦，走了快有两三年了。"

"我的妈！那我妈妈呢？"

"你娘也去啦。"

我蒙了大约十秒，黄燕在我腰上捅了一下我才回过神来。我连声谢谢都忘了说，就拽着黄燕走到了街上。在一个面馆里，我们落座。还不到饭点，我们也不饿，我要了两瓶矿泉水，我打开一瓶递给了黄燕，另外一瓶我几乎是一饮而尽。我那马上要开锅的胸膛，终于被冰凉的矿泉水给降温了。

我打114要来了十二个养老院的电话号码，逐个地打。在打到第八个的时候，终于有了我妈和我姐的下落。黄燕像我的秘书一样又打开地图，我们细心地找到了那个位置。我和黄燕一人吃了一碗打卤面就匆匆上了路。

临沂是个好地方，这里的山叫蒙山，这里的水叫沂水。蒙山有点险，沂水有点甜。有个电影歌曲《谁不说俺家乡好》，唱的就是沂蒙。沂蒙在抗战期间是八路军的根据地。有个舞剧叫《沂蒙颂》，讲的就是发生在临沂的故事，红嫂就是临沂的女人；解放战争期间，临沂地区的孟良崮，更是有粟裕大战张灵甫的传奇战役。身为临沂的二分之一后代，我也感到一种自豪。望着这里的山山水水，就像闻到了母亲身上的味道。

我和黄燕下了长途汽车，又打了一辆三轮车才来到这里。夕阳红养老院在临沂郊县的一个山坡上，一个四合院似的红砖瓦房建筑。挂在大门口的夕阳红养老院的标牌已经变旧发黄了。一只大黄狗站在门口尽职尽责地向我们狂叫着。我天生害怕狗，而这种有些野性的黄狗更是让我心惊胆战。正在我们进退两难的时候，有一个中年妇女推着一辆自行车走到了门前，只见自行车的后座上堆满了东西。

我大声说："大姐你好，这是夕阳红养老院吗？"

那只狗叫得更凶，我没听见那女人的回答。我上前几步帮着她扶着自行车。

"有个叫陈海阳的在吗？"

"我就是。"她说着抬头看了我一眼。

"姐？姐，我是海星啊。"我几乎是哭着说出来的。

我姐抬起头仔细地打量着我，又看看黄燕，她的眼里也泛动着泪珠。

"海星？你怎么来了？"

"我来看看你们啊。咱妈呢？"

"咱妈——"

"我的妈！咱妈怎么样？"我胆小的毛病又来了，瞬间猜测了好几个答案。

"咱妈不让我告诉你。"

"她没事吧？"

"没事。"

"只要她健在就好，她在哪里？"

"你别问了。"姐指着黄燕问，"这是你媳妇？"

"是是，姐，我叫黄燕。"黄燕抢着说。

"不是那个了？我弟弟有能耐啊。进去吧。"

我发现我姐的大连海蛎子口音还挺重的，乡音难改啊。

我帮我姐提着几个塑料袋的物品，黄燕拿着我们的行李，我姐拉着拴狗的绳子，我们一同走进了院子。

院子里有几个老人在晒太阳，有两个老人在下棋。我姐把我们领进一间屋子，给我俩倒了两杯水。这时我才看到比我大两岁的姐姐已经白发苍苍了。

"你们在这儿歇一会儿，我去给老人们做饭。"

姐姐一阵风地走了，我端着水杯来到院子里。

"大爷大娘，你们认识王桂云吗？"我问那几个晒太阳的老人，老人们看着我没有作声，可能他们的听力智力有了障碍。我又问那两个下棋的老人。

"大爷，你们认识王桂云吗？"

有一个老人抬头看了看我，眼睛眨了几下，他指着我姐姐工作的厨房说：

"就是她娘？"

"是啊。"

"出家了。"老人的音调很低。

"什么什么？去哪儿了？"我急切地追问。

另一个老人用脚踢了一下说话的老人："别瞎说。"

"大爷，你瞎说也行，我妈去哪儿了？"

"将！"老人不再搭理我，继续下棋。

我的妈，出家了？出家了？我怀疑我听错了，我跑到姐姐的厨房，里面有两个人在忙活着。我大声地几乎是喊着说："姐，咱妈到底去哪儿了？"

姐姐一直在洗菜，连头都没抬。

"你不说我就自己去找。"我气哼哼地跑回了房间。

"黄燕，我们走。"我拿起行李就往门口走，黄燕还在发蒙。"走啊！你看什么？"黄燕让我喊得打了一个冷战。

走到大门口，那条大黄狗凶猛地狂叫着挡住了我们的去路。我倒退了两步。黄燕倒是很淡定。她做了一个下蹲捡东西的动作，那大黄狗后退了几步。我姐来了，她走到大黄狗跟前按住了它的头。大黄狗不叫了。她对我俩说："吃了饭，住一宿，明天再去吧，那里挺远的。"

开饭了。我们三人围在一个小炕桌上。三菜一粥，热气腾腾的，可我却没有胃口。

"这是什么时候的事？"我问姐姐。

姐姐吃了一口菜："已经有两年多了。"

"我的妈，你怎么不告诉我？"我带有责怪的口气说。

姐姐咬了一口玉米饼子说："咱妈不让。"

大约有一分钟，我们都没有说话。

"姐，咱妈和咱爸怎么认识的，你知道吗？"

姐姐倒是挺有胃口，她又盛了一碗粥，呼呼啦啦地喝了几口，她才细声细气地说起来。

我听咱妈说过，以前咱爷爷在大连是个当大官的，但在"文革"的时候被打成日伪特务，受到红卫兵的批斗，被打断了腿，后来他带着全家下放到咱们王家庄的。咱爷爷解放前就是从这里走出去当八路的。爷爷来了没几年就死了。奶奶和爸爸一待就是八年。咱奶奶得了类风湿病不能下地。咱爸那时候都二十二三岁了，精瘦精瘦的，由于是日伪特务的儿子，没有人敢嫁给他。有一天，咱爸得了急病，肚子疼得直打滚。那时咱妈是赤脚医生，她来到咱家，一看就知道是阑尾炎。阑尾炎发作如果不及时开刀切除的话，会有生命危险的，要去县里的医院，得走四五个钟头的山路。咱奶奶对咱妈说，姑娘，我这儿子就交给你了，你死马当活马治。咱妈从来没做过这样的手术，听奶奶这么说就壮着胆子动手术了。她先用白酒把咱爸给灌醉了，然后把切菜刀消了毒，开了刀，切除了阑尾。用缝衣服的针线缝了刀口。

咱爸得救了，咱妈成了明星，她是全国赤脚医生第一个做阑尾炎手术的，到处作报告。咱爸和咱妈也成了朋友，后来结了婚，生了我和你。五年后"文革"结束了，咱爷爷被平反了，咱奶奶接到通知就带着咱爸咱妈和我俩都回了大连。那时我四岁，你才两岁。回大连后，咱爷爷的一个朋友也是老革命，看到我们孤儿寡母的挺可怜，就想帮助我们。他问咱爸会什么，爸爸说会画画。那个爷爷看了爸爸的画很高兴，就安排咱爸去了市里的群众艺术馆工作。把咱妈也安排到了医院当护士。后来我才知道，那个帮咱们的爷爷是市委书记。那个爷爷说咱爷爷是地下党，小鼻子（日本）统治时期和国民党时期在大连和沈阳做了很多工作，立了大功。那时候生活就好了，吃的穿的都不愁了。咱们在山东的时候真是吃了上顿没下顿。后来，咱爸画画出了名，就看不上咱妈了。咱妈一口山东腔，也不会打扮，一看就是农村人，哪配得上咱爸这样的文化名人？他们离婚后，咱妈带着我回到老家，她一直没有埋怨咱爸，只是说后悔当初没有听咱姥爷的话。咱姥爷当时坚决不同意咱妈嫁给咱爸，他说他们是城里人，和咱不是一路人，你虽然救过他的命，那是他的造化，也是你一个赤脚医生的本分。咱妈回来后，还做她的赤脚医生。有一次也是给人家做一个阑尾炎手术，结果出了事故，那个人死了。那家人闹到了县里，咱妈受到处分，不让她再做赤脚医生了。咱妈不服，说是出了事故是因为那家人意见不统一，没有配合好。咱村里的乡亲们也联名写了信，为咱妈鸣不平，他们在信里说咱妈如何如何辛苦，如何如何不计报酬，如何如何救了好几个乡亲的命，如何如何治好了很多人的病。可是县里又派来了一个卫生学校毕业的年轻人取代了咱妈。没办法，咱妈只好咽下这口气，还赔了人家三千块钱，那时的三千顶现在的好几万，咱姥爷有点文化，卖了房子还债。咱妈说，都是命不好，好心没得到好报。当初第一个阑尾炎手术救了咱爸的命，可是最后落了个被休的下场；现在最后一个阑尾炎手术死了个人，打了吃饭的饭碗。咱妈天天在家哭：老天爷啊，你为什么这么不公平，我救了那么多人，做了那么多好事，你为什么让我落得这样的下场？用现在的话讲咱妈都抑郁了，像祥林嫂一样到处问，到处说。后来遇到一个尼姑，就是皈依在佛教寺院里的女人，她讲了几句话，就把咱妈给说服了。她说，你不要纠结现在的处境，你的福报一定会有的，但不一定是在现在，也许在晚年，也许在你的后代身上。咱妈听了后心里一下子就亮堂了，从此就解脱了，不再哭了。后来咱妈拜那个尼姑为师，信佛教了。咱妈经常说要出家皈依佛门，我不同意，可是有一天早晨，咱妈收拾好东西说她要去找她的师父去了，就头也不回地走了。我哭着说要送她，她说不用，这里还有那么多老人呢。我问她去哪里，她说去莲花寺。她嘱咐我一定不要告诉任何人，特别不要告诉你。在那里她会得到幸福的。

"莲花寺在哪儿？"我着急地问。

"我问了很多人，都说不知道。"姐姐摇摇头。

第二天一早，我就告别了姐姐，和黄燕一起又上了路。

我的心就像压了一座沂蒙山，一股气在嗓子眼儿里憋着。走了五天，我和黄燕走遍了方圆百里的二十几个大大小小的寺院，没有妈妈的一丝信息。这几天晚上我们都是在寺院里过夜的。我和黄燕挤在一张很窄的床上，两个人都没睡好。

第六天的早上，黄燕对我说："哥，我们回去吧，这样找下去多会儿是个头？你还要写文章，我还要按脚挣钱呢，你妈去了寺院，是她最好的归宿。她喜欢那里，那里没有任何烦恼，这不是你最希望看到的吗？

你还不放心？"

"不是，黄燕，我总感觉，自己的妈妈出家皈依了佛门，好像作为子女很没面子，有能耐的儿子是不会让他的母亲出家的。"

"哥，你是文化人，应该懂得多，出家有什么不好？我听说寺庙拯救了很多人。有些人遇到了麻烦或者烦心事，要么自杀了结，要么出家放下。有了寺院很多人就有了归宿。不是很好吗？咱妈去了那里，有了信仰，没有了烦恼，肯定会健康长寿的。"

"我的妈，黄燕，这是我认识你以来，你说得最让我信服的话。好吧，听你的，我们回大连。"

我俩从寺院出来，搭上一辆三轮电动车往车站走。

电动车在坑坑洼洼的山路上行驶着。我的心也像这颠簸的路。昨夜的小雨让路面上到处是积水，就像我心里流的泪。

在一个类似华容道的沟壑里，我让司机停了车。我跳下车，环视着这陡峭的山崖。这个崖壁简直就是一座纪念碑，它沧桑的面容就是碑文。

黄燕也下车站在了我的身边，她紧张地挽着我的胳膊。她张着嘴吃惊地看着。

"哥，咱们走吧，我害怕。"

◉十三

回到大连已是第二天早上，还是在大连心里比较踏实，在河南在山东的这些天，心里从来就没安稳过。

海月来电话说海之梦大酒店是一笔糊涂账，吴天奇已经搞清楚了，除了债务还有股权的问题，就像一团乱麻没有头绪，我们只有放弃了。

我的妈，我的海之梦也破碎了。

电子信箱里又积攒了一些邮件，有二十多个单身女人的故事在里面等着我呢，我把几个有特点的做了编辑登记。

I女。居住地：沈阳。年龄：58岁。职业：教授。

年轻时与大学同班同学恋爱，毕业后一同留校。I女当老师，她的男朋友做管理工作。结婚后十年一直比较正常。十年后，丈夫出轨，找了一个小他十多岁的女孩儿。I女大怒，离婚。又一个十年后，I女还在单身，但她在事业上取得了极大的成功，她的发明专利卖了几千万，成为学校的第一富婆。而她的离婚丈夫又换了一个小他二十岁的。I女其实一直关注着离婚丈夫，为了报复，她找了一个小自己近二十岁的学生结婚。小丈夫掌管了家里的财务大权，他整合了资金，变卖了几处房产，开办了公司。几年后小丈夫也出轨了，I女大怒，离婚后，I女单身至今。

下午四点左右的时候，我的手机响了，是方元打来的，我赶紧接听。只听方元在那边哇哇地大声喊叫。我吓了一大跳，我说："方元，你小点声，慢一点，我什么也没听清楚。"

方元还是没有控制音量和语速，我浑身一震，我的妈，我大概听明白了，侯大明，就是那个体育老师自杀了。

我说："方元，你一定要坚强，要挺住，我马上过去。"

我和汪远一起来到方元的家，家门口有四五个人在里进外出地忙乎，主要是清理大量的血迹。

方元躺在床上，是她的表姐刘力坤把我们迎进家的："我妹心脏病犯了，大夫不让她动弹。"

我握着方元的手，她想起身，我按住了她。

"不要起来，不要激动，你好好休息。

"我的妈，这之前有没有先兆。"

"有，他经常说他拖累了我，给我添麻烦了。还说我年轻，应该找一个健康的男人好好过日子，享受生活。"方元的两行眼泪流了下来，"他是一个非常善良的人。不然的话，那天打架吃亏的就不会是他。他为了不给我添麻烦，平时很少喝水，吃得也不多。他是为了我，才走出这一步的，我对不起他。"

方元已经泣不成声了，我的嗓子眼儿又被塞了一个类似烤地瓜的东西。

"我能想象出他这样做要下多大的决心。"方元接着说，"我怕他出意外，也做了一些防范，可是谁知道他悄悄藏了一个打点滴的瓶子，趁我不在家就把瓶子在床沿上给打碎了，完后就——"方元又哭了起来。

我走到侯大明的遗像前，给他点了三根香，给他鞠了三个躬。我看着那张阳光的憨厚的脸，我说："兄弟，你解脱了，祝你一路走好！"

第三天一大早，侯大明出殡了，我和汪远夫妇一起送了侯大明最后一程。

来给侯大明送行的人不多，有学校的几个领导和同事，有十几个他的同学和朋友。我问侯大明踢足球的同学：侯大明是什么样的人？他们你一言我一语，比刚才的悼词说得还好。侯大明很善良，不愿和别人争执，踢球时就很少犯规，教练就经常骂他，说他太面。平时做人做事总是替别人着想，不愿给朋友添麻烦。再说那天那个弹钢琴的和他打架，我们搞体育的一只手也能把那弹钢琴的打趴下，可是那个弹钢琴的下死手啊。我们几个不算完，法院不讲理，我们也不讲理，一定给侯大明报仇，一定整死弹钢琴的那个彪子。

侯大明死了，可是侯大明的故事还没完。

过了大约一个多月，汪远约我见面，说是有好消息告诉我。

"太好玩了，那个音乐老师的琴行，三更半夜被人给砸了，太好玩了。"

我一听就兴奋起来："我的妈，太好了，谁干的？"

"一个戴着面具的人，先砸碎了大玻璃窗，然后进到琴行里面，不管什么乐器、电脑、钢琴，见什么砸什么。第二天音乐老师哆哆嗦嗦地报了警。警察来到琴行，看了琴行的监控录像，说看不清脸，没办法。音乐老师拿出了一封信，说是那个蒙面人留下的。"

汪远拿着那封信的复印件给我看。

人民警察同志你们好！

给你们添麻烦了！

我是体育老师侯大明，这个琴行是我砸的，我侯大明明人不做暗事。当初我和音乐老师同时毕业，同时被小学录取，又同时看上了语文老师方元。可是音乐老师用不正当的竞争手段得到了方元，我也就退出了竞争。但是他竟然不珍惜方元，在外面五马六混。他们的婚姻已经名存实亡。方元这才和我有了交往。我们俩很相爱，方元准备跟音乐老师离婚和我结婚。可是音乐老师找我打架，凭我体育老师的体格打他三个都没问题，但是音乐老师下死手，用椅子砸在我的颈椎上，致使我半身瘫痪。我起诉到法院，法官收了音乐老师的钱，昧着良心做了不公正的判决，判我败诉。方元无怨无悔地伺候我了三年，一个月前，我不忍心方元把青春时光为我消耗了，我自杀了。对，已经死了。我虽然不在人世了，但我咽不下这口气，所以我跑出来，砸了音乐老师的琴行。如果你们警察还有一点做人的良心，就同情我，不要查下去了，这也算我和音乐老师打平了。其实，哪能算平局呢。如果要查，请到乔山公墓长青园第四十四排十四号找我，我随时恭候。另外请转告那个混蛋音乐老师，此次打砸活动绝不是最后一次，我反正在阴间也挺寂寞，高兴了我就一个月砸一次，不高兴那就不好说了。

我和汪远笑得都蹲在了地上。

"我的妈，这帮体育棒子还挺有创意。我想知道派出所的警察什么态度。"

"那个派出所所长和我姐夫是朋友，我听他说，办案警察看了这封信后，都对侯大明特别同情，对音乐老师很反感。看来不是所有搞音乐的人都高尚。该砸。音乐老师吓得够呛，第二天就关门搬家了。这个案子也就不了了之了。"

"砸得好！大快人心！"我激动地说。

"还没完呢，音乐老师又报警说，每天晚上都收到恐吓电话，打电话的人说他是侯大明，吓得音乐老师关了手机，点着大灯，也不敢睡觉。"

"我的天，这帮体育棒子还没完没了啊。"

"是啊，看来非要整死音乐老师不可，听说那个音乐老师已经抑郁了。他的学生家长也都知道了，都不让孩子跟他学了。家长说得好，一个没有道德的老师，怎么能教出好学生！"

后来我听说，那个大音乐老师十岁的女人也离开了他，音乐老师失踪了。我和汪远分析他也许是去了外地，远离侯大明；也许是抑郁发作，步侯大明的后尘了。不管怎样说，恶有恶报，我相信世上总有一种无形的正义力量在保护着善良。

这个事件给方元的心理造成了巨大的伤害。她说，远离男人，远离烦恼。

太悲壮了。

又有两个单身女人的故事被录入册。来自四面八方亲朋好友的各种单身女人的故事积累了十几个，我从中选取了比较有特点的这两个。

J女。居住地：北京。年龄：52岁。职业：不详。

高中时暗恋一男同学。本来理科优秀的她，跟随着那个男同学考上天津的一所文科大学。平时他们称兄道弟，男同学谈恋爱她当灯泡，男同学结婚她当伴娘。她对他的爱恋深深埋藏在心里，而始终没有迈出那一步。直到他病危，其妻离他而去，她才表达爱意并无怨无悔地为他送终。那一年，她38岁。至今未嫁。

K女。居住地：天津。年龄：45岁。职业：商人。

年轻时爱上自己的姐夫，并与姐夫有染。其姐开始还打闹，后来无奈默许。姐夫因经济犯罪被判刑入狱。其姐离婚远嫁，扔下一女孩。K女抚养女孩视如己出，无怨无悔地等待姐夫出狱的那一天。

我要是著名编剧，这每一个故事都可以编成一部精彩纷呈的电视连续剧。可惜我只会写诗歌、写散文、写报道、写入党申请书（在大学时写过）、写离婚诉状（给一个朋友写过）、写工作总结（给赵总编代写过一次，赵总编不太满意），不会编剧讲故事。这些故事太精彩了，应了那句话，生活是最好的编剧。

海月的儿子过生日，我拿着一个足球来到她婆婆家。

时天语四岁了，我这个当舅舅的真的不称职，对孩子的关心爱护很不够。前几次过生日我都躲过了，这一次我要表现一下。我在商场转了半天，想买一个能变身组合的变形金刚，一千多，太贵了；想买个单车，五百多，太贵了；想买双球鞋，三百多，太贵了；最后花了五十二块钱买了一个足球，我想男孩儿都喜欢这个。

海月的公公婆婆很热情地招呼我，时天语没有嫌乎我的礼薄，拿着足球跑了。我问海月："默凡来不来？"

"她病了，不能来。"

"什么病？很严重吗？"

"是宫颈癌。"

我吓了一跳："我的妈，是不是让吴天奇给气的？"

"肯定是，你想默凡的性格那么内向，能不上火吗？"

"我的妈，吴天奇什么反应？"

"哥，你还别说，这个吴天奇打从知道默凡得病后，就像换了一个人，对默凡那是百分百地呵护。他带她去了好几个医院，说砸锅卖铁也要把默凡的病治好。他已经带默凡去北京了，前天走的。我明天也去北京照顾默凡。"

"我的妈，没想到他吴天奇还真是个汉子。"

海月贴近我，小声地说："哥，你真行，你就带那个足球来了？这孩子没有叔叔、姑姑、姨姨，就你一个舅舅，你还这么抠门，不怪汪远哥说你。"海月真的不高兴了。

"我的妈，我不是那个——"

"你没钱说一声，我不挑你，可我公公婆婆会怎么看你？你怎么也得给我长长脸吧？"海月转身走了。

"我的妈，海月。"

海月转身又回来了："我是你妹妹海月，不是你妈，你现在总爱说我的妈我的妈，多俗啊，哪儿像个知识分子，简直就是个家庭妇女。"

"我的妈，我——"

我知道我有抠门的毛病，这是从我妈那里遗传来的。我妈过日子那是精打细算，一分钱也能掰成两半花。为了她的抠门，没少和我爸吵架。记得有一次，我爸的老师来了，我爸留他中午在家吃饭，那时候还没有下馆子吃大餐的条件，我妈炒了四个菜，没有肉不说，一个韭菜炒鸡蛋里就放了一个鸡蛋。客人走后，我爸看到厨房里有一盆鸡蛋，就火冒三丈，说你留着这些鸡蛋抱小鸡啊？对别人抠门，对自己更吝啬。我妈的衣服几乎都有补丁。我有时看不过说她两句，她回我说，孩子，都是因为我们穷怕了，三年自然灾害的时候，我们老家饿死了很多人啊。所以我就潜移默化地继承了她抠门的美德。

海月转身去了厨房。时天语满头大汗地跑了进来，他把足球踢到了我的脚下。我想秀一秀脚法，好歹小时候也玩过足球，结果我头重脚轻，两只脚一拌蒜重重地摔倒在地上。"轰"的一声，惊来了时天语的奶奶和海月。

奶奶说："海星啊，你这吨位要小心啊，我家地板可经不起你啊，哈哈哈。"

海月心疼地说："要不要紧？以后一定要小心啊，你已经不如从前了。"她伸手来拉我，竟然没有拉动。

我龇牙咧嘴捂着屁股站起来，我想现在的我肯定狼狈极了。

这时手机响了，这个电话来得太好了，这个给我打电话的人一定是我的恩人。果然是赵总编打来的，他要我后天参加一个有关单身女人的活动。

● 十四

上午十点，在望海酒店的会议室，举行一个单身女人俱乐部的成立大会，我准时来到会场。这件事我很感兴趣，赵总编一再发微信叮嘱我要重视这个会议，要利用这个平台接触更多的单身女人，一定会有很大的、很意外的收获。

会场既不隆重，也不热烈，反倒有点悲凉和凝重。

一条蓝色的横幅上写道：

大连干枝梅俱乐部成立大会

不算我，总共有十一个会员、三个领导、两个记者和一个工作人员参加。我注意到十一个单身女人的脸上挂满了凄美的微笑。

第一个发表祝词的是市妇联的领导。

赵总编代表《妇女视界》编辑部祝词，他还特意提到我正在调研写作的《中国当代单身女人现象的调查与思考》。他指着我兴奋地说：

"我给大家介绍一下，这位就是正在进行这个项目的陈海星。"

我站起来向大家点点头。

赵总编接着说："我让大家认识陈海星，是希望大家能够支持我们的这个项目。你们的故事可以讲给他听，你们的心声可以向他倾诉，你们的诉求可以通过他向有关领导和全社会表达。"

赵总编特别会煽情，说得十一个单身女人的脸上都开了花。会场的气氛终于有了热度。我感到满脸发烧，头皮发痒，好在一副眼镜遮蔽了我尴尬的神情。

干枝梅俱乐部的发起人兼会长齐雅娟代表会员讲话。齐雅娟的名字我早有耳闻，她是一个成功的企业家，也是一个热心公益事业的人士。一张圆圆的脸，写满了坚强，目光里有一种和善和自信，一头直直的短发，由于抹了摩丝而有型有角闪闪发亮。

"感谢市妇联，感谢《妇女视界》，我们这些单身女人终于有了自己的家。我们是干枝梅，不需要绿叶的陪衬，一样在寒风中傲然怒放。我们是散落在人间的珍珠，一旦串联起来就会成为价值连城的项链。我们是出水的莲花，洁身自好，出淤泥而不染。姐妹们，单身是孤单，但不是寂寞。单身不代表失败，我们还有善良的心和崇高的追求。有人说单身是一种不幸，我们说我单身我优秀。"

十一个单身女人站起来热烈地鼓掌。她们每个人的眼里都闪着晶莹。

赵总编和其他领导嘉宾也都激动地鼓着掌。齐雅娟走到每一个姐妹面前与她们击掌鼓劲。

主持人说："刚才齐雅娟的发言像一团火，点燃了大家的热情，也道出了单身姐妹们的心声。下面请陈海星老师为大家讲话。"

我的妈，我没有一点儿心理准备，我又感到满脸发烧，头皮发痒。十一个单身女人坐下了，我像落潮后的礁石，傻傻地站着，挠了挠头皮，扶了扶眼镜。

我站了有十秒，甚至更长。

"大家好。"我紧张得声音有点发颤，"听了齐会长的发言，我和大家一样感动、激动。她今天的讲话真是太好了，让我感受到了这样一个特殊群体的能量。我接到写这个有关单身女人的调查报告，已有几个月了。说实在的，开始我是非常抵触、厌恶的，也找不到感觉。经常感到困惑、迷惑。可是，一旦我走进单身女人的世界，听了你们的故事，读你们的心灵，越发感到这是一个应当给予关注的人数众多的弱势群体。我经常为你们的故事而感动，为你们的命运而不平，为你们的艰辛而哭泣。我已经是你们最可靠的、最知心的朋友了。"

热烈的掌声又响起了，我看到十一个单身女人的眼里都噙满了泪水。赵总编和其他领导的眼睛也都湿润了，赵总编向我频频点头。

"不好意思啊，在这几个月里，我曾经为一个单身女人扮演过丈夫，我为一个单身女人的男朋友送行，我还为单身女人捐过款。我爱过一个单身女人，我也被一个单身女人爱过。但是我深知自己的使命，就是把你们那些可歌可泣可悲可怜的故事让更多的人知道，将你们这个可敬可爱可亲可信的群体让全社会关切。我要让所有的人都知道，单身女人是一种社会现象。有人说单身女人现象是社会进步的表现。我说这是胡说八道。难道我们社会发展了，就应该让一些女人单身？让她们的身心受到伤害？"

又是一阵响亮的掌声，我看到所有的单身女人的脸上泛起了红光。我忘了是哪位大作家说的，女人高兴的时候和做爱的时候最美丽。

"我想对大家说的是，你们从来就没有失败，落潮正是涨潮时。你们从不孤单，我们的社会还有爱。"我终于讲完了，赵总编伸出大拇指。

齐雅娟激动地抢过主持人的话筒说："今天在座的十一个单身女人，是十一颗火种，我们散布到社会的所有角落，组织串联起更多的单身女人，让她们心有所依，身有所靠，力有所使。大家聚合在一起就会产生强烈的化学反应，从此不再孤单，不再气馁，不再忧郁。我们虽然是被阳光遗忘的角落，但是我们会用自己的能量发光、发热，照亮我们的世界。姐妹们，加油啊！"

十一个女性站起来，手拉手地欢呼着。我看到赵总编和几个领导、记者都在擦眼泪。我也站了起来，和着她们呼叫的节拍舞动着双手。

我被齐雅娟拉进了"干枝梅俱乐部"的微信群，成为唯一的男性群友。

齐雅娟发了群里的第一个留言：

　　大家好，我们有了"干枝梅俱乐部"就有了组织，有了这个群就有了家。我建议每个周六下午是俱乐部活动日，具体的活动地点和内容会提前用微信通知。

我在微信群里发了第一个微文：

　　大家好，非常高兴非常荣幸加入"干枝梅俱乐部"。为了把单身女人报告写得更好，我必须了解掌握大量的、翔实的单

身女人故事。所以烦请大家把你们的故事用微信或其他方式讲给我听。非常感谢！（六个作揖）

我的这个微文一发，竟然惹了麻烦。一部分人表示支持，答应稍后将用微信简短地发给我，也有人说她的故事很长，愿意当面讲述；而一部分人表示这都是个人隐私不想泄露，还有就是不愿再触摸已经长好的伤疤。正在我非常尴尬的时候，齐雅娟站了出来：

　　姐妹们，陈老师是我们干枝梅最好的朋友，是我们单身女人的代言人，他在做的是一件功德无量的善事，我们应该理解和支持他的要求。当然也不是命令大家必须这样，还是采取自愿，但是无论如何都应该感谢陈老师。（笑脸）

我马上呼应：

　　谢谢齐雅娟会长，我不敢说是在做功德无量的事，但起码是好事、善事。我无意触摸大家心里的那块伤疤，只是想通过我的呼吁让社会关注、关怀你们的群体。感谢大家理解。（笑脸）

齐雅娟又发话：

　　我今天开会忘说了一句话，我们单身女人不能依赖政府、社会。自己的问题主要还要自己来解决。陈老师说得好，我们心里的伤疤不要怕触摸，也许阳光会把疤痕抚平。（笑脸）

齐雅娟的话刚落地，就得到一片点赞。有个叫哪吒的风火轮的发文：

雅娟姐，你是什么文凭？说话有理有据有板有眼（抓狂）给力。（拳头）

齐雅娟回文：

我是高中文化，基本上是没文化（鬼脸）没考上大学（流泪）但是愿意看书。（笑脸）

有个叫月牙的说：

我今天特别激动（流泪）我单身十多年了，也可以说从来都是单身，今天好像结婚了似的，有家了。（笑脸）感谢雅娟姐，感谢陈老师（作揖）我开了一个小饭店，我今天就请大家吃饭。有响应的举手。（勾引）

齐雅娟说：

我同意。你请客，我买单（笑脸）。有个条件：陈老师必须参加。（鲜花）

马上有个叫大海孤雁的发文：

陈老师去，我就去！（色）（抓狂）

孤帆独药说：

陈老师不去，我就不去！（色）（抓狂）

独钓寒江雪说：

> 陈老师去不去？（笑脸）

不上钩的鱼说：

> 我打赌，陈老师肯定不能去。（抓狂）

我一看这个情况就毫不犹豫地表态：

> 我参加，必须的。（笑脸）从今天起我称大家为干姐妹。

月牙说：

> 刚才我打探到陈老师和我们一样，也是单身，太好了。
> （五个拥抱的表情）

晚上的聚会是在一个叫"船奇海鲜"的小饭店举行，今晚来了九个干姐妹。

那个叫月牙的女人，原来是个长得很漂亮、打扮很时髦的女人。她穿了一件红色的外套，大气又优雅，她个子高挑，身体的线条很优美，她走在街上肯定会有极高的回头率。她忙前跑后高兴得像个孩子。齐雅娟把几瓶红酒摆在了桌子上。我打量着每一个干姐妹，她们都很兴奋，这喜气洋洋的气氛就像真的要结婚一样。

大家就座后，我问："你们哪位是'哪吒的风火轮'？"

齐雅娟把食指放在唇边，示意大家不要说话。然后对我说：

"陈老师你猜，猜对了我们一起喝，猜错了你自己喝，怎么样？"

我的妈，九个女人一哄而起，把我吓了一跳。九个姐妹除去齐雅娟和月牙，让我七选一？这难度也忒大了吧？但看到大家兴高采烈的样子，我只能接受这个不平等条约。

我环视了一下，胆胆怯怯地指着一位染着红头发的戴金丝边眼镜的姐妹说："是你吧？"

大家又一哄而起：

"错！"

就这样我一直猜到第六个她们才说：

"恭喜你，答对了。"

我喝了五杯，终于猜对了。然后喝了四杯猜对了'独钓寒江雪'，又然后喝了三杯猜对了'不上钩的鱼'。这时我已经喝了一瓶半红酒。宴会还没开始，一口菜也没吃，我就喝醉了，我的妈。我用最后一点清醒明白了，干姐妹们是在捉弄我，我哭笑不得，好在我喝多了以后就知道笑。还是齐雅娟大气，她笑着说：

"陈老师，实在对不起，我们刚才是玩了个游戏，没想到你也太实诚了。也好，起码证明陈老师是个实在人。为了公平，为了表示我们干姐妹对陈老师的尊敬，我干一瓶。大家干一杯！"

又是一哄而起。

我的妈，我又喝大了。继上次为了在鞠梦楠大夫面前逞强喝大了后，我又一次喝大了。不过这一次我没有丢人现眼。我说要去厕所，这是我喝多了的标志，月牙和独钓寒江雪搀扶着我去了厕所。可是到了厕所门口，她俩犯难了，因为我根本就站不住，我迷迷糊糊中听月牙说："算啦，让陈老师上女厕所吧。你在门口把着，我扶陈老师进去。"我说："不行，我必须去男厕所。"我的嘴根本不听使唤，呜噜呜噜地连我都没听见。月牙把我扶进女厕所。我站在从来都是女人蹲着的便盆前，很绅士地尿了一大泡，那一泻千里的爽快，使我忘了在女厕所。我痛快完了，提上裤子，可是忘记了拉上拉链就回身。我突然看见月牙就在我的身后。我想吐，月牙扶着我趴在洗手的水池上吐了有半个小时，把一辈子的酸甜苦辣都吐出来了。我发现呕吐和撒尿一样，也是一件很痛快的事。

虽然我付出了好几天头晕目眩的代价，但是我得到了干姐妹们的信任和好感，值了。

"干枝梅俱乐部"的微信群里每天都有干姐妹的问候和祝福，我孤独的心灵也有了一种从未感到过的温暖。尽管我劣迹斑斑，可是我一直把自己当作诗人，那种为世界呐喊、为社会担当、为人类忧患的诗人。我深信，真正的诗人都是有缺失的，真正的诗人都是孤独的，一个圆满的人是写不出好的诗词的。这种孤独是孤芳自赏，是孤傲自恋。我在这个世界上，从来就没有真正融入一个集体或者团队中，无论在幼年、少年还是青年，不管在学校、杂志社还是公司，我总是自命不凡，狂妄自大，目空一切；我喜欢孤鹰傲天，独狼撒野，单打独斗。现在我终于有了一种归属感，一种无法拒绝的诱惑、一种不能自拔的主动，我深深地陷到"干枝梅俱乐部"的巢穴中。我感到我喜欢上了这群人，就像我喜欢上了已经为她们做了档案的那些单身女人。这种喜欢是心理的，绝不是生理的。这种喜欢是真诚的，绝不是虚假的。这种喜欢是无私的，绝不是功利的。即使我现在放弃写作这个单身女人的调查报告，我也会无怨无悔地成为她们的好朋友。

那天晚上是月牙和齐雅娟把我送回家的。她们用我的手机给海月打电话，海月给了她们我家的地址。海月生完孩子以后，就搬进婆婆家。齐雅娟她们把我送回家后，让月牙拿走了我的钥匙，她可以随便进出我的家。

第二天上午，钢琴声刚响了一会儿，月牙送来了小米粥和茶叶蛋。月牙把我扶起来喂我小米粥喝，她说酒后喝小米粥对胃特别好。

我很喜欢这种被人关爱的感觉。我妈妈曾经使我有这种感觉，傅真阿姨也使我有这种感觉。可是孙可心没有让我有这种感觉，我总是像一个哥哥或者爸爸一样娇惯她。我想起一句话，对于男人来说，如果他在老婆那里有了做儿子和当弟弟的感觉，那就是幸福的成功的婚姻。

月牙给我喂完饭，说她有事就走了，我又睡着了。不知过了多久，突然一声汽车的鸣笛把我惊醒了。我的妈，迷蒙中我还以为是在黄燕家县城的宾馆。又是一声鸣笛后，汽车的轰鸣停止了，我很讨厌这种素质低下的鸣笛。我不会开车，如果有一天我有了车，一定把喇叭给卸了。我爬起来，站在窗口要看看这是哪个彪子在硌硬人，我想开窗骂他几句。只见车门大开，齐雅娟带着几个干姐妹下来了。我的妈。我不知是紧张还是高兴，手忙脚乱地叠了一下被子，抄起一把剃须刀赶紧刮了两下。

齐雅娟她们一出车门就大声地说说笑笑，像一群要下水的鸭子，欢畅地呱呱叫着。月牙第一个进来的，她提着给我送饭的保温盒出现在门口，紧接着齐雅娟手提一包水果，不上钩的鱼捧着一束康乃馨，独钓寒江雪、孤帆独药等干姐妹们像一股春风热浪，一下子把和我一样昏昏沉沉的家给激活了。她们看到了我像小丑或者乞丐的造型。刚剃了一半的胡子，乱蓬蓬的头发，被汗打黄了的背心，没来得及拉上拉链的裤子，更糟糕的是我穿了两只不一样的袜子和脏得不能再脏的拖鞋，我真想找个饭盒钻进去。五个干姐妹没有笑话我，她们放下手里的东西，开始收拾我。月牙给我剃胡子，不上钩的鱼给我梳头，独钓寒江雪、孤帆独药拉开架势打扫卫生，齐雅娟把那束康乃馨摆放在餐桌上。

我像一个刚洗完澡的小狗狗，坐在椅子上任凭她们摆弄。

齐雅娟微笑着说："陈老师，非常抱歉，我们把你灌醉了。"

"没事，没事，我喜欢。"我估计我现在是有模有样了。

齐雅娟口气一转："陈老师你也太不扛折腾了，才喝这点酒就这样了，我们吓坏了，万一有个三长两短，谁给我们写报告啊？你现在可是我们的头号保护对象啊。"

"不敢当，不敢当。"

月牙大声说："我们单身女人不容易，他们单身男人也不容易。看来没有女人的家不叫家啊。"

独钓寒江雪和孤帆独药在我的床底下发现了六双半袜子、五个裤衩、三只拖鞋、三件秋衣、两条秋裤，还有一个破枕头、一床旧被子。这些衣物都是我多年的积累。独钓寒江雪和孤帆独药像缴获了战利品，她们抱着拖着它们送进了洗衣机或垃圾桶，我感到脸在发烧。

我苦笑着对齐雅娟说:"我最不愿意洗衣服了,海月给我买的洗衣机,我根本就不会用,衬衣和外衣脏了我就送到洗衣店去,我们男人都不爱洗衣服。"我为自己解嘲。

齐雅娟大声对干姐妹们说:"以后陈老师就是我们共同的责任,大家轮流着照顾陈老师,让陈老师得到有家的温暖。"

大家一片赞同声。

"是啊,陈老师,你别不好意思。我们虽然是单身,但也都曾经风流过。你看好了哪个姐妹,你就告诉我。咱们肥水不流外人田,近水楼台先得月。"齐雅娟很认真地说。我两只手在拧着、搓着一个橘子,把那个橘子皮都搓破了。我不知道这是玩笑话还是真心话,真的没法回答。

"大家辛苦了,休息一下。"我赶忙把水果送给每一个干姐妹。

月牙说:"陈老师,你还没答应我们啊?"这个月牙和我已经很熟了。我摘下眼镜,面对一片花蒙蒙的人头说:"好的,我会考虑的,干姐妹优先。不过我有一个请求。"

"还有什么请求?"干姐妹里数月牙最敢说话了。

"这个问题是个大问题,就是你们每一个干姐妹都要把你们的婚姻或恋爱的故事讲给我听,这对我写这个报告很重要。"

"没问题,我带头。"齐雅娟站起身说。

几个干姐妹都大声嚷着表示没问题,这一下午我一直被烤着的脸,总算凉了下来。

齐雅娟说:"陈老师,你想什么时候听?"

"当然越快越好啊。"

"那就换个地方,我们向你倾吐衷肠。"齐雅娟就是有领袖气质,"走,去我家食堂。"

● 十五

我被大家簇拥着来到齐雅娟说的她家食堂，其实就是昨天开干枝梅俱乐部成立大会的那个酒店，食堂其实就是会所，在酒店的顶层，一半是厅房，一半是阳台。

我们大家在游览了会所之后，各自找到自己的位置在茶座的周围就座。干姐妹早就被这里的一切给震慑住了，在我家的那种一窝雀的叫声没有了。从这里的一切可以看到她们的会长的一切，她的品位，她的喜好，她的性情。

齐雅娟亲自表演茶艺，她将茶壶里热气腾腾并散发着香气的水，浇在一排小茶碗上。

"这一泡是水，二泡是茶，三泡四泡是精华。"齐雅娟一边熟练地摆弄着一边讲演着。

我们终于喝上了茶水。

我发现齐雅娟是个完美主义者，我还发现女人中的完美主义者容易单身。

"齐会长，这茶很香啊，开始讲故事吧？"

"不着急，再喝几杯。"

齐雅娟的手在倒着茶，可是她的眼睛告诉我，她心里的故事开始涌动。

喝到第四泡了，一直盯着茶具的齐雅娟才抬起头。

我出生在一个教师家庭。爸爸妈妈都是老师，一个教英语，一个教语文。我从小就又学英语、又看大书。那时我们七零后还不兴学英语，但是我还没上小学就开始学英语了。我七岁前就已经会背两千多个英语单词，我十岁前就看完了很多中国和世界的文学名著。十一岁就上中学了。十三岁时我的第一篇散文就在《海燕》杂志上发表了。十六岁我就参加高考了。比正常学生提前了两年。谋事在人，成事在天。可是天有不测风云，阴差阳错，鬼使神差，高考前一天，我突然拉肚子并出现过敏反应，都是吃海鲜惹的祸。我妈为了让我不耽误高考，给我吃了双倍的黄连素和扑尔敏，结果导致我昏睡不醒。上午马上要考试了，我还迷迷糊糊，我妈一着急又想了一个办法，就是喝咖啡，咖啡可以提神嘛。我家有一瓶跑船的亲戚送的咖啡，平时没人喝，这下可派上了用场。我妈一口气给我喝了五杯，我醒了，兴奋了，眼睛锃亮。进了考场不到半个钟头，就不行了，先是心跳过快，跳得你根本坐不住，浑身发热，大汗淋漓，然后心脏就渐渐地不跳了，我感到世界的末日来临了，甚至出现了幻觉。

监考老师看到我脸色苍白，口吐白沫，赶快叫来了救护车。等我被抢救了过来，高考已经结束。我妈被大夫狠狠地教训了一顿：你差一点儿要了你女儿的命啊！我爸气得和我妈天天吵架，最后离了婚。我跟了我爸。经过两三个月的疗养，我才恢复了正常。在爸爸的监督下，我投入了复读，准备明年的高考。我文科是强项，理科稍微弱一些，我爸就托人把我插在一个理科好的班里。老师为了照顾我这个小其他学生两岁的女生，给我安排和班长腾远雷做老对儿。

后来，我不知不觉和腾远雷好上了。腾远雷很帅，大高个，踢足球、打篮球样样都好，学习也是班里的前三名。是他先看好我的，他主动和我说话，帮我做作业，放学和我一起走，后来他竟然约我看电影，给我送礼品。他脑子聪明，说话幽默，很益墨人（招人喜欢）。我完全被他给吸引住了，我对学习渐渐失去了兴趣，上课不好好听讲，下课不完成作业，心里总想着他。

很快一年就过去了。不用问，我的高考成绩很差，连个二本也没录取。而腾远雷考上了上海复旦。在码头，我送他坐船去上海的时候，他很动情地说："等着我，等我毕业回来就和你结婚。"轮船启动了，我望着远去的腾远雷哭得一塌糊涂。这边我爸和我妈又打得不可开交，互相埋怨、指责。我妈说，你总说我不好，差点儿要了女儿的命。你好？你把女儿弄彪了，倒退了三年。我得了"恐高症"，一提高考就想跳楼。我爷爷也是教师，他看我那么痛苦，就说条条大路通罗马，不见得非要上大学才能成功。

就这样，我十七岁就开始找工作了，我的第一份工作是旅行社的导游。凭着我的英语和语文的强项，导游工作让我做绝了。信不信，我迷住了一个博物馆的领导。他说我是他见到的国内最好的导游，相貌漂亮，气质大方，英语流利，讲解到位。你想不想去北京？到国家博物馆，就是人民大会堂对面的那个，做讲解员？我说我没想过，他说那么你就想一想，他留给我一个电话。我回家和爸爸妈妈开了一个会。那时我爸妈已经复婚了。他们支持我去北京，说北京的发展空间大，国家博物馆那是国家级的，肯定是有北京户口的。

我没有了主意就给腾远雷打电话。他不同意我去北京。他说去北京人生地不熟的还受人管制，当讲解员没有什么前途，在大连等着他。我就听了腾远雷的话，没有给北京打电话，失去了这个机会。腾远雷大三的时候，我发现他对我有些冷淡，回信少了，信中的爱字也少了，甚至两个月没来信。我就突然袭击去了上海。当我见到腾远雷的时候，他已经和一个上海女孩好上了，而且根本就不理会我。我想狠狠地教训他一下，可是我下不了手，我想打那个上海女孩一顿，当我看到她像我一样地单纯，我也恨不起来她。

我不知道该怎么办。我拿着一个酒瓶子，在南京路上一边喝一边溜达，那个南京路实在太长了，五个钟头才走到头。有个小流氓想调戏我，让我拿酒瓶子追得他到处跑。我喝多了，披头散发地坐在一个商场门口大声唱歌，被警察带到了派出所。他们给我家里打了电话，帮我买了船票，把我送到码头。

回到大连，我渐渐地忘记了腾远雷，开始了新的生活。后来我自己干旅行社，干大了又吞并了几个小的旅行社，后来接了一家要倒闭的四星级酒店。经过我的苦心经营，只用一年的时间就让那个酒店起死回生，转亏为盈，就是这里。开酒店和做公司都很难，我都闯过来了。爸爸妈妈着急我的婚事，亲戚朋友都给我介绍对象，可是我总是用腾远雷的标准去看对方。说实话，真的没有一个比腾远雷强的。我就和腾远雷置气，一定要找个比腾远雷强的，一直到现在，我还在找。这就是我的人生故事。我现在想想也挺后悔，你和腾远雷置什么气？其实有很多优秀的男人，也许没有腾远雷个高，长得没有腾远雷帅，但是他们肯定都比腾远雷的品质好。这个腾远雷害得我好苦啊。我的贞洁，我的青春，我的人生最美好的时段，都在他的阴影里匆匆走过，留给自己的是孤独和迷茫。

两行泪水从齐雅娟的眼里流出，她坚毅的脸上第一次出现了女人的柔软，干姐妹们也都擦眼抹泪。我强忍着才没有让在眼眶里打转的眼泪流出来。

"生活使我们必须坚强，女汉子都是被逼出来的。"月牙气冲冲地说。

我也激动地说："是啊，看着齐会长这么刚强，没想到这女汉子的背后的泪水这么苦涩。"

我想这应该是我单身女人档案的L女。

"喝茶，喝茶。"齐雅娟擦干了泪水笑着说。

"真是不好意思，我触碰到了你们心里的伤疤，不过我还是希望大家都敞开心扉，把你们心里的苦水都倒出来，从此后甩掉这些包袱。"

"月牙，你说说。"齐雅娟指着月牙说，"这里数你对陈老师最殷勤了。"

"你们的故事都很感人，我的故事平淡无味，一点儿意思也没有，陈老师听了会倒胃口。"月牙看着大家说，"还是你们讲吧，那个大海孤雁，你讲，一看你的面相就知道你的故事肯定有意思。你曾经被评为大连好人，好像是你离婚后照料原来的婆婆，你讲。"这就是月牙的性格。

"好好好，早晚也得讲，刚才齐会长的故事让我想起了我的故事。我想起托尔斯泰的一句话：不幸的家庭，各有各的不幸。"大海孤雁很有讲故事的欲望，"我没有齐会长的文采，但是讲我的经历的确像揭了内心的伤疤。很疼啊！疼也得讲，讲出来了心里能舒服些。"

大海孤雁的眼睛已经泛起泪晶。

我叫顾艳，微信名是谐音。父母都是工人，我小时候学习不太好，高考落榜，只好到我爸工作的化工厂上班，当个一般的工人。我们车间有个姓温的女师傅，她对我特别好，一直关照我。温师傅在车间负责管理仓库，有点小权力，经常给我点毛巾、手套、胶布等一些家用品，开始我还挺纳闷她为什么对我这么好，后来她说她想让我做她的儿媳妇。我爸跟她都是老工友，很熟，她就找我爸提亲，我爸就同意了。我和她儿子见了面，感觉不错。她儿子叫范金海，长得挺好的，见人就脸红，性格挺温和的，还是一家制药厂的技术员，我心里挺喜欢，就答应和那男孩谈了。范金海的父亲早年因公去世，他家哥儿四个，生活很困难，全指着我婆婆又上班，又在家给人加工衣服、缝抹布赚点钱养活四个男孩。后来四个孩子长大都工作了，三个哥哥都已经结婚了。范金海和他三哥经常来我家帮我妈干活，换煤气罐、买粮、买煤等体力活，都让他们给包了。

谈了一年多，我们就结婚了，婆婆和范金海对我都很好，一年后我生了一个男孩。因为他三个哥哥都是女孩儿，他家人很高兴，虽然家里不是很富裕，但是有了宝宝家里更加温暖。突然有一天，有个工友很神秘地告诉我，说我丈夫没有工作，而且脑子有点问题，他们家在骗我。我根本就不相信，我说不可能的，他天天上下班，月月交工资啊。那个工友说你千万不要问他，你去跟踪他看看。我半信半疑，就跟踪了范金海。

我发现他的确没有上班，他早晨拿着饭盒出门，直接去了劳动公园。我悄悄地跟在后面，他溜溜达达地转了一大圈，然后看几个老头下棋，一直看到中午。又一天我发现他从家里出去，也没有去上班，而是去了秋林公司，在里面转了一上午，中午他吃了自己带的盒饭，下午还在一个长椅上睡了一觉。平时他都是每个月的10号开饷，那天我又请了假跟踪他。他出去转了一圈，中午回家里吃的饭。那时为了看孩子，我婆婆提前退休了。傍晚范金海回来了，带回了一些海鲜，笑着给我一个信封，说是开饷了。

我拿着信封，眼泪一下涌了出来，我把信封狠狠地摔在了他的身上。我哭着抱着孩子跑回了娘家。我妈一听我被骗了，火冒三丈，太欺负人了，没有工作找什么媳妇？拿我们当彪子耍啊？当天晚上我爸妈领着我就去了婆婆家。婆婆哭着给我们赔不是，范金海吓得跑了出去。婆婆说，亲家，对不起，消消气，我也不容易啊。他爸丢下我和四个儿子走了，我又当妈又当爸地把四个儿子拉扯大。实在不容易。我家的老四最老实，最听话，小时候营养不良身体不太好，我就惯着他，长大后找不到工作。老大和老二是我天天到他爸生前的工厂闹，一直闹到书记那里才解决的。老三顶替我，可是老四我真没有招了。我就想了这么个熊趟（歪点子），糊弄了你们，也是没有办法啊。婆婆泣不成声地讲着，爸爸被感动了，可是我妈死活不干，明天就去离婚，不然我就报警，让民警把你家老四抓起来。我婆婆看我妈不依不饶的，就同意明天离婚。我婆婆说，离婚行，能不能把孙子留给我们，他是我们家唯一的男孩。我妈说行，那时候我不知道为什么，一点儿主意也没有，完全听从我妈的。

第二天，办完了离婚手续，我妈陪着我到婆婆家拿东西，婆婆说给孩子再喂一次奶吧。我流着泪给孩子喂了奶。婆婆说，我们家对你不薄，你什么时候想孩子就回来看看，俺家老四太老实，不会说话，你别怪他，他是相当喜欢你的。我妈说现在还说这些有用吗？她就拉我走，我放下孩子，拿着东西走出了婆婆家。婆婆抱着孩子，一直把我送到电车站。办完离婚我就没见范金海，这时候我看见他远远地看着我在流泪。电车来了，我妈拉着我上了车，这时儿子突然大哭了起来。婆婆也哭着喊，想孩子就回来啊！我哭着从车窗里看着我的儿子。

就这样我离开了这个温暖的家。离婚后我感到没脸上班就辞了职，在我三姨开的饭店里当收银员。有一天，一个制药厂的工友来吃饭，看见我她就激动地说，你知不知道，范金海离婚后精神失常了，天天在大街上跑来跑去喊着你的名字。我吓了一大跳，赶紧向三姨请假去我婆婆家。我在路口看见了范金海，他笑呵呵地快步走着，嘴里不停地叽咕着。我走近他，他看见了我，他说，大姐，你来了，完后就跑了。我的泪水止不住地流。我走进我曾经的家，我温馨温暖的家。家里没有人，我看着这熟悉的一切，我的心在颤抖。看到儿子的小被子和玩具，我抚摸着，泪水洒在了上面。婆婆抱着我儿子回来了，儿子已经会走了。婆婆有些惊喜，她让儿子叫我妈妈。儿子看着我，不说话。我说，宝宝，我是你妈，叫妈妈。我想抱一抱儿子，可是他扑在婆婆身上，不认我。

我看到温师傅的头发全白了。我拿出三百块钱，放在桌子上说，温师傅，给孩子的，辛苦你了。我转身就走了，温师傅在后面怎么叫我，我也没回头，眼泪一个劲地流。后来我经常去他们家看看他们，每次都留点钱给温师傅。我常常想，温师傅命真苦，年轻时死了丈夫，辛辛苦苦把四个儿子拉扯大，老了本该享清福，可是老四又彪了（精神病），还要看孙子，真可怜。后来温师傅病倒了，是脑溢血，瘫痪在床。我知道这个状况心里很纠结，我想了一宿，第二天就辞去了三姨饭店的工作，来到婆婆家，伺候她和老四还有我的儿子。我妈坚决不同意我去，她说老四彪了，你也彪？你们都离婚了，你没有任何责任和义务，你可以把儿子领回来，妈帮你伺候孩子。他家还有三个儿子，怎么说都轮不到你，你趁着年轻赶紧再找一个，过几年就不好找了。

我这次特别有主意，我说，就算他家欺骗了我们，可是我一点儿也没感到有什么损失，反而在他家我感到很幸福。现在好了，离了婚，丈夫彪了，婆婆瘫了，孩子没人管。是谁造的孽？把我们好好的一家给毁了，好在我爸同情我、支持我。我就搬到了婆婆家去了。我天天给婆婆接屎接尿，喂药喂饭，把范金海也给圈了起来，他听我的，他一直叫我大姐。儿子不用说已经认了我这个妈。虽然很劳累，生活很拮据，可是我感到了那种温馨。

婆婆口齿不清，但意识还清醒。她看到我劳累，就劝我休息一会儿，我还叫她妈。我说不累，妈，是我欠你们家的，我是来还债的。何况我在这里感到高兴。婆婆的那三个儿子都是好男人，三个嫂子也都通情达理，他们说好了，每家每月给我们一百元钱，隔三岔五三个嫂子也来帮我照料婆婆。市里评选大连好人，我们街道的领导就推荐了我，给我发锦旗，发奖金，上了报纸和电视。

我婆婆三年后去世了，范金海的病情加重，住进了第七人民医院。这时，婆婆的房子要办产权证，三个哥哥都同意把房子给我和范金海。我办完了产权证就把房子给卖了，卖了九万块钱，我给了第七人民医院，我希望范金海一直在那里住着，医院的医生护士都知道我们家的事，都非常同情我，也佩服我。我卸了两个沉重的包袱，领着儿子回到了娘家。

　　这时我已经三十多了，尽管家人、亲戚朋友都忙乎着给我介绍对象，可是我一直到现在快五十岁了还单着。我经常想，我该恨谁呢？恨婆婆骗了我？恨那个好心的告密者？恨拆散我们家庭的妈妈？我的心早就碎了八瓣儿，眼泪都流干了，肠子都悔青了。如果那时候，就是有了孩子以后，温师傅和范金海把实情告诉我，我一定会原谅他们的。有人说，健康的家庭比健全的家庭更重要，但我只希望有个健全的家庭。这就是我的婚姻故事，你们大家都不要哭了，我早就不哭了。

　　是啊，我们这些观众一直在流泪，月牙更是哭得一塌糊涂。我想起一个大艺术家说的话，好演员就是让观众流泪，而自己不哭，顾艳就是个好演员，她的故事简直就是一部电视连续剧。

　　"没想到顾艳的故事这么感人、动人。"齐雅娟说，"真实的故事就是能打动人，顾艳，你放心，这里就是你的家，我们大家都开开心心地度过人生的下半场。陈老师，你还想听谁讲？"

　　"今天就到此为止，其他人的故事暂时就不听了，就像好东西吃得太多了不好消化，吸收不了。"我激动地说，"你们俩的故事，已经让我感到深深的心痛，好长时间没有正儿八经地哭一场了。我相信这两个故事还有我以后要听的故事，都可以编成电视连续剧。依我看我们以后成立一个公司专门卖故事，肯定发大财。"大家的脸上终于都有了笑容。

　　"大家别忘了发展会员啊。"齐雅娟大声说，"你们是骨干是火种，一人至少发展五个。陈老师你要发展十个，你的单身女朋友多嘛。记住，我们发展会员是不收会费的，目的是让更多的单身女人有个温馨的家。我现在正在物色地方，建个会所，让我们的干枝梅俱乐部有个固定的活动空间。然后，我们可以让大家各自发挥所长，让每个人都找到自己合适的位置。"

　　大家的脸上又露出了微笑。

　　我心里酸酸的，泪水还在里面流淌着。

○十六

今天上午的钢琴声又没有响。

我中午出门，在马路对面的拉面馆吃了一碗面就往家走。在楼梯口看见一个八十多岁的老太太，她把一个挺大的纸壳箱放在楼梯的第一磴上在喘粗气。助人为乐是我的美德。我妈在我小的时候就教育我，一定要帮助有困难的人，她也是热心肠，总愿意帮助接济人。

我走上前说："阿姨，我来帮你拿。"

那个阿姨看了我一眼，可能是看我太胖，她犹豫了一下。

我搬起了箱子往楼上走去。这个箱子还挺沉的，起码有三十多斤。我一边走一边问。

"阿姨，你家是几楼？"

"三楼，301。"

哦，我有些惊喜。

"你就是弹钢琴的？钢琴就是你弹的？"我也气喘吁吁。

"是啊，给你们添麻烦了。"

"没事，我挺喜欢钢琴的。"

"你家住在几楼？"

"四楼，401。"

"哦，我们是楼上楼下，影响你休息了你就说一声。我原来住在寺儿沟，有个邻居她就是不喜欢琴声，她说一听琴声就烦，总来提意见，我就搬到了这里。这里的邻居还不错。这邻里之间一定要互相关照，互相理解。"

"是啊，阿姨。"阿姨趴在扶手上喘着粗气。

"有一个邻居经常给我写字条，咨询我一些问题。"

"阿姨，那个邻居就是我。"

"哎呀，真有意思，是你啊。"

"阿姨，真应该好好谢谢你。你是我没见面的老师。"

"不用谢，不烦就好。弹钢琴对于我来说，就像吃饭睡觉一样，是一辈子的事。没有好的邻居哪行？你愿意听的话就下楼来听，弹琴的人希望有人爱听，就像高山流水遇知音。"

上岁数的女人就是爱唠叨，但是我一点儿也不烦。

三楼到了，阿姨打开了门，我在门口迟疑了一下。

"不用脱鞋，进来吧。"阿姨说，"我家总有孩子来上课，他们脱鞋不方便，我就不让他们脱鞋。"

我把箱子放在了地上，直起了腰，喘着粗气。

家里很干净，那台陪伴了我好几年却未曾谋面的钢琴就摆在客厅里。

走到钢琴跟前，我打开了琴盖，随意地弹了几个琴键，几个美妙的声音响了起来。

"阿姨你是哪里的钢琴家？"

"我可不是钢琴家。"

"你弹得真好听。"

阿姨大笑了起来："喜欢就好。"

"阿姨，你的儿女是不是也弹琴啊？"

"啊，我没有儿女。"

"为什么？"

"我没结过婚。"

"啊？"

无意中又发现了一个单身女人，是惊讶？还是惊喜？

"那你为什么没结婚呢？"我现在的脸皮越来越厚了，要是在以前，打死我我也说不出口的。

阿姨笑了笑，摇了摇头，没回答我。

"阿姨您高寿？"

"八十五。"

"啊，不像，真年轻。"

"老了！'文革'下乡住牛棚弄了一身病，关节炎、气管炎、心脏病，唉。"

"阿姨你多保重，有什么需要我帮忙的就吱声啊。"

我离开了阿姨的家。

齐雅娟发来了微语，她提醒我发展会员。我首先想到的是鞠梦楠这个让我心动、心跳、心闹的眼科大夫。还有那个可爱、可敬、可怜的方元老师。当然还有专门给我添乱的黄燕。

找鞠梦楠还要先找孙诚和夏华，一提夏华我的心就打战，还是给孙诚打吧。

"孙诚，我跟你说，我最近经历的和听说的故事太精彩了，你还憋在家里编剧？我告诉你，别瞎扯啦，生活才是最好的编剧，要不要听听？"

"好啊，我正在写一个都市剧，正需要这样的情节素材呢。"孙诚挺兴奋。

"行行行，我这里是都市家庭故事大全，酸甜苦辣咸一应俱全，你想都想不到，不过你得先帮我一个忙。"

"什么忙？"

"你要让我接近鞠梦楠，让她接我的电话。"

"你等等，我告诉你，鞠梦楠现在很麻烦，她妈妈被查出得了肺癌，而且是晚期，刚做完手术。她经常要陪护她妈妈的。"

"我的妈，那太好了。"

"什么太好了？人家妈妈病重你说太好了？什么意思？"

"哎呀，我的意思是这个机会太好啦，我可以以探视、护理她妈妈的名义接近她。"

"不，我说海星，你到底是什么目的？是想和她谈恋爱呢，还是想获取一些单身女人的信息？"

我犹豫了一会儿："孙诚，我实话对你说，开始我是想从鞠梦楠那里得到一些信息的，可是后来我发现我喜欢上她了。你就成人之美嘛，我把我知道的单身女人的故事告诉你，咱俩做个交换，怎么样？"

"行行行，我联系一下，明天我们一起去探视一下老人。"

孙诚真够意思。

第二天，我和孙诚一起来到了医院。推开门，我们悄悄地走进去。

病房里有两个老人，一个靠门的，一个靠窗的。在门口的这位老人坐在床上，看见我就笑眯眯的。我认定这肯定是鞠梦楠的妈妈。我把带来的一束鲜花放在了老人的床头，一把抓住老人的手："阿姨，您好，我来看您了。"

"你是？"老人有点发蒙。

"我是鞠梦楠的朋友。"我有点激动地说。

"谁？谁的？"老人耳背。

"鞠梦楠的朋友。"我提高了一点儿嗓门。

"啊，曲美兰的朋友，谢谢你们啊。"

说实在的，我听得清楚老人说的是曲美兰，可是我以为老人家发音不准确，我满怀深情地和老人握手。我拿了一把椅子，坐在了老人的旁边，孙诚也和老人家问候了一句。

"阿姨，对不起，我来晚了，看你气色还不错，你要坚强啊。"我背诵着从昨天到今天鼓捣出的词儿。

"没什么，我都习惯了，这是第三次了。"老人还挺乐观的。

靠窗的老人翻了个身，她看着我，也微笑了一下。靠窗的老人比这个老人更年轻一些，也更漂亮一些。

大约过了十分钟，鞠梦楠推门进来了。她没有看清我们，径直向靠窗的老人走去。我正在愣神，靠窗的老人说："又是你一个人来的，什么时候两个人来啊。"

"鞠梦楠大夫。"我从椅子上跳起来。

两个老人都蒙了。

鞠梦楠对我说："真是巧了，这个阿姨是你什么人？"

"我——"我的妈，毁了。

孙诚到底是聪明人，马上反应过来了。

"哦，梦楠，是这样的，我们以为这位阿姨是你妈，搞错了。"

"妈，这是夏华的老公孙诚，这位是大作家陈老师。"

"阿姨好。"我和孙诚几乎同时问候着。这时我才仔细端详了鞠梦楠妈妈。老人家那个清秀，白净，慈祥。敢情鞠梦楠长得像她妈妈。年轻时也是大美女啊。鞠梦楠的爸爸真是瞎了狗眼，这么好的女人他竟然还不满足？

"谢谢你们啊。"老人家眼里有点湿润。

"夏华经常来，夏华真有福，有你这么个好丈夫，鞠梦楠经常在家提起你，说你有才华，脾气好。"老人把脸转向我说，"这个陈老师一看就是好人。"

"阿姨，现在社会上说谁是好人就是骂他。"孙诚说。

"不能这么说，好人有好报，我看谁不顺眼就不愿看谁，看谁顺眼谁就是好人。"

"谢谢阿姨，我的确是好人，就是有点傻，经常吃亏。"

"吃亏是福嘛，坏人占了便宜，身后是骂名，我看还是做好人的好。哎，你们说，这好男人都哪儿去了？怎么不到我们家里来？我女儿都快四十了还单身呢，你们替她找找看，有没有合适的，我就这么一个心思了，否则我死了都闭不上眼啊。"

鞠梦楠打断了她妈妈的话："妈，别老是说这些了，那是缘分没到。"

"我就不明白缘分是什么？缘分在哪里？我女儿这么优秀，为什么缘分就没到呢？差哪儿啦？"

"阿姨，别激动，你现在要好好养病，缘分的事我来做。"这句话可能是我一生中最恰到好处的一句话。孙诚和鞠梦楠分别向我投来了不同的眼神。

孙诚看出了门道，坐了一会儿就离开了，这是懂事的人，接下来就是我的时间了。

我先是和鞠梦楠一起把老人家的身体给挪了个位置，使得她的身体处于半躺半坐的状态，接着我又去打了一暖瓶的开水，然后我又打开手机给老人家读了几条有意思的消息。

老人家的气色好多了："陈老师，和你在一起真高兴，时间不早了，你回去吧，一会儿要堵车了，我这儿也没有什么事了，梦楠在就行了。"

"阿姨，我没有事。"我说。

"你回去吧，你家人等你回去吃饭呢。"

"阿姨，我没有家，也没有家人。"

"啊？你这么优秀怎么没有家呢？"老人家有些惊讶。

"阿姨，我离婚了。"

"啊，那太好了。"老人家说话声突然大了起来。

鞠梦楠说："妈，你怎么了？人家离婚了，你说太好了？"

"是啊，离婚了，别人的缘分就来了。"老人家微笑着看了我和鞠梦楠一眼。

"妈，你好好休息吧。少说话。"

门开了，夏华来了，我的克星来了，我的心开始颤颤的了。

夏华大声嚷嚷道："阿姨，怎么样？我看你精神头比昨天好多了。"

"这不陈老师来了，我就高兴了。"

"陈老师？陈海星，你怎么来了？哪阵风把你给吹来了？"夏华就是这个臭德行。

"啊，我来看看阿姨，是和孙诚一起来的，他有事先走了。"

"你也该走了，别磨磨叽叽的啊。"

"是啊，我也正想走呢。"我对老人家说，"阿姨，你保重，我过几天再来看你。"

"你可别来了。"夏华的话真让我难以接受。

"陈老师，我还真希望你能来，你来我高兴。"老人家说。

"好的，阿姨，我会来的。"

我刚转身，门开了，进来了一对五十多岁的男女，女的对靠门的老人说："妈，这是谁送的花？真漂亮。"

老人指了指我说："是曲美兰的朋友。"

那个女人拉着我的手说："谢谢啊，兄弟。"

我的妈，我傻笑了一下头也不回一直走了出去。

我离开了医院，心情不错。虽然把鲜花送错了人，虽然让夏华给窝囊了一下，最重要的是博得了鞠梦楠妈妈的好感，有戏。有时候拿下女朋友她妈，比拿下女朋友更重要。当年我爸就是用献血的行动拿下了傅真的妈妈，可是，夏华的到来可能给我添乱。这个丧门星满嘴瞎话，信口开河，鞠梦楠和她妈妈会不会相信她的话？我的心又被一片乌云给投上了阴影。

第二天上午，一宿没睡好的我，带着一身疲倦和忧虑，早早来到了医院。

昨天我的那束鲜花是我精心挑选讨价还价来的，没想到稀里糊涂地送错了人。今天我又提着一个精心挑选讨价还价来的果篮来了。

我鼓足勇气，推开了门，我缓缓地走到老人家的床前。

"阿姨，你好。"我小声小气地说。

"谁呀？"老人家没有睁眼。

"我，阿姨，我是陈海星。"

"是陈老师？"老人家睁开了眼睛，她用一只眯了一条缝的眼睛看着我。

"阿姨，已经九点了，你还想睡？"

"不是，我昨晚没睡好。"

"没睡好？为什么？"

"我和鞠梦楠吵架了，把我气的。"

"阿姨，你现在不能生气上火，你要平心静气地休养。为什么吵架啊？"

"为了你。"

"为了我？"

"是啊，昨天你走了以后，夏华就一个劲地埋汰你，我就不愿听在背后说别人的不是。"

"是吗？她说我什么了？"

"说了不少，我看不过去。我说我看着陈老师这人挺好的，我都七十多了，谁好谁坏我还看不出来？"

"夏华说，现在的人不能看表面。有的人，当面人五人六的，背后男盗女娼。当面是人，背后是鬼。我说我怎么也想象不出陈老师能做什么坏事。咱们都善良一些，不要在背后说别人的不是。搬弄是非。陈老师，说实话，我挺看不惯这个夏华的，那个打扮不男不女的咱不说，她就爱说瞎话。她妈也真会给她起名。我就是不喜欢她。她看我不高兴就走了。"

"走了就好。"

"好什么啊？夏华走了，我对梦楠说，我看陈老师这人不错，知书达理的，慈眉善目的，挺益莫人。我就喜欢这样的男人，一看就知道肯定对女人好。梦楠不愿听。我说，相由心生，只有好人才有好面相，你们俩挺般配的。鞠梦楠火了，妈你看他好，你嫁给他吧，说完就出去了。我就憋着一股火，我们俩一晚上没说话。"

"阿姨，你说得对，好人有好相，好人有好报，有情人终成眷属。我这个人虽然能力有限，但绝对是好人，至于我在我们圈子里的口碑，你可以去访一访，我这个人从来不使坏。"

"陈老师，我相信你，人无完人，谁没有点短处，一个人有七成的好就是好人。陈老师，我拜托你了，我看出来了，你喜欢梦楠。"阿姨在我耳边悄悄地说，"我告诉你，我女儿绝对是好女人，都快四十了还是处女，这一点你上哪儿找去？她心地善良，从小到大没和任何人有争执、翻过脸。心灵手巧，什么家务活都会干。她还特别喜欢孩子，尽管她没有孩子，可是我们家的芭比娃娃能摆一床，喜欢孩子的人就善良。如果你们俩能成亲，我死了就能闭上眼了。"阿姨断断续续地说着，两行热泪缓慢地流出，顺着耳朵滴在床上。我赶忙拿起毛巾给她擦拭。

"好的阿姨，我听你的，我是喜欢鞠梦楠，我寻觅已久，鞠梦楠就是我喜欢的那种女人，我会追求她的。"

"那就好，那我就放心了。"

这时，门开了，一个女人走了进来。那女人有四十岁左右，打扮得十分花哨，好像做过整容。她对靠门口的老人家说："妈，怎么样？听俺姐说昨天我的朋友来看你了？还送了鲜花？"她说话声很大，整个房间都嗡嗡作响。

那个老人指了指我。

"你是？"花哨女人对我笑着。

我的妈，我的脸又发烧了。"啊，昨天我弄错了，把你妈妈当作这个阿姨了。"我指了一下鞠梦楠的妈妈，这肯定是曲美兰。

"哦，是这样，我想我是不会有男朋友来送花的。"曲美兰微笑着把那束鲜花交给了我，我没有接。

我说："就放在阿姨那里吧，没关系的，算我送的。"

"不行，还是物归原主吧。"曲美兰把花束放到了鞠梦楠妈妈的床头柜上，看她那样子是个有故事的单身女人。

两个老人你看我，我看你，还在发蒙。

我中午才离开医院，心情就像中午的阳光一样很灿烂。

我没有忘记干枝梅俱乐部的事，我给方元打了一个电话，邀请她加入干枝梅俱乐部，我简单地一说方元就同意了。我的下一个发展目标是鞠梦楠，可是我又不敢给她挂电话，就发了一个微信，把干枝梅俱乐部的事简单说了一下，她很快就回信了：

> 陈老师你好，感谢你的好意邀请，我对这件事不感兴趣。

我碰了一鼻子灰，也是意料之中的，有文化有专业的单身女人更有个性。我想这也许是个暗示，她依了她妈妈，要和我好？有门儿，晚上我又收到了她的信息：

> 陈老师，感谢你对我妈妈的关照。为了让她心情更好，请你不要再来了。

我的妈。这是当头一棒啊。

我能想象到夏华把我说得一无是处，鞠梦楠全都信了。我发现过去谎言说一百遍就是真理，现在谎话一句就是真理。特别像鞠梦楠这样单纯的人，更容易轻信别人。我能想象到母女俩为了我见面就掐，不欢而散。

我几乎是含着泪给鞠梦楠回了信：

> 好的，只要你们快乐就好。

我美好的心情，瞬间像一个气球一样爆裂了。鞠梦楠妈妈充满期待的眼神、慈祥温和的面容定格在我的眼前，久久不能散去。我敢肯定我不去看她，她比我更难受，我真不舍得让她伤心，我在她那里得到了母爱的温暖。我八岁失散了妈妈，二十岁失去了后妈，我多羡慕有妈妈的人啊。我特别喜欢看到母亲与儿子在一起的场景，比如大男人推着老母亲，比如小男孩儿牵着妈妈的手，等等等等，每每看到这些我就想流泪，我多想是那个推着老母亲的大男人，多想是那个牵着妈妈手的小男孩儿。鞠梦楠的妈妈喜欢我，我喜欢她的女儿，这是人间的真爱啊。爱一个人为什么这么难？阿姨保重吧，我天天为你祈祷，你在一天我就有希望得到鞠梦楠，我默默地流泪了。

我走在夜色里，只有我的身影在我面前徘徊，空荡荡的内心里荡漾着一股激流，这是心灵流的泪。

今晚的月亮格外圆，在一层淡淡的薄云后，她羞涩地看着我，就像鞠梦楠一样，远远的冷冷的一副凄美的脸庞。我想起早年看过的一个故事，大哲学家苏格拉底和他的学生在月色下散步。学生问苏格拉底，哲学的最高境界是什么？苏格拉底说你在月亮上看到了什么？学生看了一会儿月亮说，看到了孤独。大师说那就对了。哲学的最高境界就是孤独。宗教的最高境界就是解除这种孤独，让心灵有个安身的家。我现在就是哲学家的境界。有人说，悲情出诗人。几乎所有的经典艺术作品都是悲剧的。美术的、戏剧的、音乐的、文学的都是这样。悲悯是一切艺术的至高境界，因为所有的人生都是悲剧的。我陷在一片悲情里，四面悲歌。我无力自拔，也无力抗争，更无力改变。

我得找个人骂一骂，出出气。

"汪远，你个彪子。"汪远成了我的出气筒，"你死哪里去了？"

"我在外面洗桑拿，你过来啊？"

"你挺潇洒啊，还有心情洗桑拿，可我都烦得要死。"

"我也有烦心的事，烦了就洗桑拿，洗了就不烦了。你有什么可烦的？都是你自己找的。"不等汪远说完，我就打断了他的话："我羡慕嫉妒恨死你了，你看你上完学、读完研、留校工作、结完婚有个男孩儿，一步一步不温不火的，顺顺利利的，你说我怎么就是不顺啊？"

"上天是公平的，其实你什么都比我强。有个画家的爸爸，有一大笔遗产，找了个天下第一美女做老婆，有个天下第二美女的妹妹。大家都一样，其实每个人的好运都是一个煤气罐，你是开着大火烧水，用得快。我是小火慢烧，所以用的时间长，不要悲催。我当初还曾经羡慕嫉妒恨死你了呢，你在大学期间就搂着美女睡觉了，我给你望风放哨，那时候你想到我的感受了吗？十年河东十年河西，风水轮流转，不能好事都是你的，对不对？话又说回来了，你怎么知道我就幸福呢？我也烦着呢。"

"去你妈的，我心情不好，你就这样对我？你今晚别想睡觉了，我能搁搂死你，让你潇洒。"

黄燕的电话打进来了。

"哥，你在哪儿呢？你快来吧。我这几天心烦得都吃不下饭。"

"你烦什么？不是好好的吗？"

"好什么？见面再说。"

哎呀，这个世界怎么了？好像所有的人都在烦。

⚇十七

我走进了心满意足疗店。

"哥，你可来了，看来这两天心情不错，又交桃花运了吧？也不理我。"黄燕给我端来了泡脚水。

"别逗啦，我心情才不好呢。"

我脱了袜子，一点点把脚伸进热水里。

"有人欺负你了？哪个王八蛋敢欺负我哥？"黄燕在我背后为我揉背。

"是个女的，我同事的老婆，总在背后说我坏话。"

"我去搂她。"黄燕狠狠地打了我后背一掌，把我痛得直龇牙，"告诉你，哥，这些天我一直在压腿练功，一身武艺正没地方使。我哥是最善

良的男人，没有一点儿缺点，她瞎了狗眼了她。哥，你别生气，好男不
和女斗，身正不怕影子斜，你心不是挺宽的吗？咱不生气，生气不走运。"

我没有回答她。

"哥，我和你说真格的，我想在外面租个房子，搬出去住。"

"在这儿住不是挺好的吗？"

"好个屁。"黄燕的语速很快，"两个人睡一个屋，那个东北来的胖女
人睡觉打呼噜，吵得我睡不好觉。另外，我这次回老家，感觉自己又是
女人了。哥，你也看到了，我是大腕儿演员，有几万人的粉丝，虽然我
的身价不能和刘涛、杨幂她们比，可我就是我们县的刘涛、杨幂。我们
县有五六十万人，我就是一县之星。现在我想开了，我要得到女人应该
得到的一切，哥你说对不对？"

"对对对，我早就说了，你应该演戏，舞台才是你的天地，你在舞台
上才能实现自己的价值。"

"我也想演戏，可是一想到彭大鹏，我就一身冷汗，还是在这里待一
段时间，等彭大鹏死了我再回去。"

"彭大鹏死了，你就老了，搬出去住一个月得多少钱？"

"两室一厅的四千多，一室一厅的两千多，我想咱俩住，一室一厅就
够了。"

"等等，黄燕，你说什么？咱俩住？"

"是啊哥。"

"我的妈，咱俩怎么能住一起呢？"

"哥，你别装个正人君子了，男才女貌，咱俩是天生的一对。"黄燕
说着把脸贴在了我的脸上。

我推开黄燕："不行，黄燕，咱俩是兄妹，不能那样。"

"谁说的，告诉你，你不同意我就赖上你，明天我就租房子去。"

"黄燕，黄燕，我求求你了，这是万万不可以的。我在大连好歹也算
是个名人，万一被曝光，我就身败名裂了。我的妈。"

"曝光怎么了？我们都是单身，都是真心相爱，难道作家和演员相爱

不行吗？"

黄燕做完了后背的按摩，坐到我面前开始用毛巾给我擦脚。

我看着黄燕的脸说："咱俩这也不是明媒正娶，正经夫妻，我的妈，我们这是什么？说好听了是男欢女爱，说不定哪天派出所把我们当男盗女娼给抓去，那样就惨了。"

"那咱俩就来个明媒正娶。我们戏曲演员旺夫啊。你现在是有点名气，也就在大连这点地方，将来我会让你闻名全国，真的哥。"

足底按摩开始了，黄燕的第一下按得有点重，我的脚下意识地往回收了一下。

"你轻点按啊，温柔一点，今天你的火气有点大，手头有点硬。"

"你说行不行？"

我闭着眼睛摇摇头。

黄燕了解我，一旦我是这种状态，她就不会再说话了，按脚的力度也减小了。

黄燕还会施一种魔法让我入睡，她会用手指在我的脚背轻轻地划，划几下后你就会感到一种麻麻的感觉在扩散，当扩散到大腿的时候你就睡着了。

我进入了梦乡。

突然，我被叫声吓醒了，我一睁眼，是黄燕拿着手机在叫。

"哥，你看，出大事了。"

"我的妈，怎么啦？天塌啦？"

"你看，是我们县剧团微信群里发的。"

河南省下关县文化体育局局长周天伦嫖娼被捉　生活作风腐败被双开

接下来是两张周天伦与女人睡觉的照片。

周天伦身为党员干部，长期以来生活作风腐败，与多名女演员、女干部发生和保持不正当的关系，在群众中产生极坏的影响。出差期间又多次嫖娼，当地公安部门接到群众举报将其现场抓获。另外还有吞占国家财产，收取贿赂，违反八项规定的行为等。下关县委决定给予开除党籍、开除公职的处分。

黄燕激动得手都在颤抖。"天哪！天哪！这是为什么？"黄燕叫喊着，"我就不相信周局长是腐败分子，我打个电话确认一下。"

黄燕擦了一把额头上的汗，打电话给她们剧团的关团长，得到了肯定的答复。

"哥，我敢肯定是彭大鹏他们搞的鬼、下的套，这个彭大鹏因为周局长保护我坏了他的好事，就怀恨在心伺机报复。可怜周局长啊，多么好的领导啊。"黄燕的眼泪流了下来。

我接过黄燕的手机一边看一边说："我也相信周局长是个正直的人。可是现在这个社会，有很多是坏人得势当道，好人窝囊被陷害。"我指着照片说："你看，你看。那两张照片有问题。"

"有什么问题？"黄燕赶紧趴到我身边。

"这照片明显是摆拍的。"

"摆拍的？"

"是啊，我们假设一下啊。警察要进宾馆的房间一定要敲开门啊，我们都知道宾馆的房间除了有明锁还有一个插销，这个插销是在外面打不开的。我们都看过一些电视报道，警察要进入房间，都要以送餐、修理管道、维修电话为由骗开房间，然后一拥而进，把犯罪嫌疑人控制住的，而这两张照片上的两个人，明显是摆了个造型。这里面肯定有问题。"

"哥，你真厉害，我没看出来。"

"再说了，现在公安局办案都要保护嫌疑人或罪犯的个人隐私，我们经常看到抓到嫌疑人都给他们用头套遮住脸，怎么周天伦的正面照片就这样公之于世了？这是对他人格的侮辱。"

"你说得对，哥，我们那个倒霉地方。我早就听说彭大鹏他家祖辈就是做药的，什么火药、中草药、蒙汗药，什么都做，他爸爸都八十多了，现在还在研究药，他家还有制药的工厂和鞭炮厂。这次周局长肯定是喝了蒙汗药被他们任意摆弄的，这个彭大鹏不得好死。"黄燕气得嘴唇都发青了。

"给周局长打个电话，慰问一下。"我说。

黄燕给周天伦打了几遍电话那边一直关着机。

"那就发信息，表达我们对他的关切，也鼓励他不要被打倒。"黄燕按照我的想法给周天伦发了大约一百字的信息，我们俩这才感到有些心安。

黄燕的微信朋友圈里热闹了，绝大部分的演职人员，都对周天伦的事发表了议论，有的说周天伦是文人，即便犯点男女关系的错也有情可原，现在都什么年代了还整人；有人表示可惜、可悲；也有个别人幸灾乐祸。

黄燕单独给王仁发了微信，很快王仁就回信了：

> 这次周天伦的事很突然，很奇怪。我和大家都认为就是彭大鹏捣的鬼。可怜周天伦被革职，他老婆也和他离婚了。听说纪检的人在审讯周天伦时逼着他承认他和你的不正当关系。周天伦最后承认了。

黄燕一下跳起来，"这些混蛋、王八蛋，操他八辈祖宗。"

店长开门进来了："怎么了黄燕，骂谁呢？"

"没事，没事，骂一个她老家的人，一个坏人。"我说。

"小点声，还有其他客人呢。"店长说完走了。

我开始安慰黄燕："不要太激动，你刚才还劝我，身正不怕影子斜，我相信党和政府会还给周天伦一个清白的。"

黄燕哇哇地哭着。

海月发来微信：

> 哥，明晚有空？请你吃饭，聊聊我的烦心事。

啊！我的妈，又是烦心事。

你也烦啦？什么事？

海月回：

明天见面再说。

海月烦什么呢？

孙诚来电话了。

"海星，求你一件事，我遇到麻烦了，烦死了。"

"你也烦了？"

"是啊，烦死了，真的。"

"什么事呀？"

"今天夏华可能会给你打电话，问你昨天是不是和我在一起，你一定要说是的，记住啊，从昨天下午到晚上九点都是在金沙松骨洗澡打牌的。那里是地下室，信号不好，啊，记住啊，别说左皮了。"

"你这是什么情况？"

"哎呀，这不有个女孩儿，非要跟我学编剧，后来我俩就编到一块儿了，现在甩也甩不掉，夏华发现了，经常查岗。麻烦你了，给我挡一下，啊，求你了。"

"我的妈，你烦不烦啊？你好像以前就有一个女朋友，让她丈夫把你打了一顿，现在怎么又搞上一个？记吃不记打？这世界上漂亮的女人多了去了，你弄得过来吗？"

"烦啊，没办法，不过这个女孩儿没结婚也没有男朋友，现在我要甩掉她，就得给她三十万，你说烦不烦啊。"

"烦死你，你活该。"

烦啊烦，这世界怎么了？

● 十八

不管怎么烦，一提到干枝梅，我心里就有一种愉悦感。这干枝梅就是冬天里的奇葩，不惧寒冷，迎风绽放。

在我的游说下，有七个单身姐妹加入了干枝梅俱乐部，其中就有方元和黄燕。今天是干枝梅俱乐部的第一次正式活动。前几天，齐雅娟在微信群里就发布了活动通知。我数了一下，加上我推荐的七个姐妹，现在群里已经有五十多个姐妹了。

今天是周末，从上午九点开始，楼下的钢琴声就持续传来。我不愿起床，继续躺着。忽然又听到有二胡的声音夹杂在钢琴声响里。钢琴声停了，这时的二胡声更明晰了。我仔细听听，是从楼上传来的。楼上住的是老王，我跟他和他老婆都很熟，老王爱喝酒，有时喝多了回来晚了他老婆就骂他一顿，弄得满楼风雨，有好几次老王很晚回来竟然敲了我家的门。没想到这俗气的老王还会这一手。我对从事音乐热爱音乐的人都高看一眼，我认为他们是与上天对话的人。不过从此我就要被楼上的二胡声和楼下的钢琴声包夹着，就像汉堡中间的那块鸡肉了。今天，钢琴阿姨弹的是贝多芬的《月光奏鸣曲》，很是令人惆怅，而楼上老王的初次亮相并不精彩，吱吱呀呀的不成个调，让人心烦。

下午一点大家在老虎滩桥头集合，然后走滨海路去星海广场，我怕迟到，早早就到了。

方元来了，黄燕说她下午办理租房子的事不能参加。

齐雅娟拿了一面崭新的绿色大旗站在桥头，一群海鸥在她和旗子的周围飞翔着，玩耍着。我和已经熟悉的会员们打招呼，她们都面带笑容，身着休闲装，带着她们新发展的姐妹集聚在那个大旗的下面。我的心情好极了。就像那些海鸥，所有的烦恼都飞走了。

人齐了，浩浩荡荡有三四十人，齐雅娟说了几句话，大队伍出发了。

不上钩的鱼走在我的旁边。

"陈老师，我认识你。"

"是吗？"

"你也知道我。"她说。

"是吗？"我仔细看了她几眼，我摇摇头。

"你还记得那个音乐老师吗？就是和体育老师打架的那个。"

"记得，记得，那个体育老师自杀了，音乐老师的琴行被砸。"

"对啦，那个音乐老师有个女朋友，拿钱给他开了琴行。"

"对对对，我记得。"

"他的那个女朋友就是我。"

"你？"

"对，我。"

"哎呀我的妈啊。"我震惊地叫了起来，方元在我后面吓了一跳。

"陈老师你怎么了？"

"没什么，没什么，我俩在聊一个人，很有意思。"

这世界就是这么小，这生活就是这么巧，这个事件的当事人，怎么就这么寸，走在了一起。

我帮大家回忆一下：方元毕业分配在一所小学，小学里有音乐老师和体育老师两个年轻人，他俩既是同事又是好朋友，两个人几乎同时看好了方元。方元二选一挑选了有浪漫情调的音乐老师。结婚后，音乐老师与学生家长——一个单身女人好上了。方元发现了，为了报复他，与体育老师又好上了。音乐老师气急败坏对体育老师大打出手，用椅子把身高体壮的体育老师打成了瘫痪。法院判体育老师败诉。方元与音乐老师离婚。音乐老师的学生家长与他同居并为他开了一家琴行。方元照料半身不遂的体育老师。后来体育老师割腕自杀，音乐老师的琴行被砸，并天天担惊受怕。音乐老师的女朋友离开了他，他精神崩溃不知去向。

现在，音乐老师的前妻和女朋友，体育老师的女朋友，也就是这个事件的两个女主角，都在我的身边。这个事件还有很多谜底，看来今天就要揭开了。

"我的妈，你可以把你的故事讲给我听吗？"

"可以，可以，我就是要讲给你听的。"

我回头喊方元："方元，我要喝口水。"

"好的，来啦。"我喝了方元递来的矿泉水。我指着方元对不上钩的鱼说："你知道她是谁吗？"

不上钩的鱼看了方元一眼，摇摇头。

"她叫方元，就是那个音乐老师的前妻，那个体育老师的女朋友。"

"哎呀我的妈啊。"不上钩的鱼也大叫了起来，又把方元吓了一跳。

我对方元说："来来来，方元，太巧了，你来听听不上钩的鱼讲故事，和你有关系的。"

"和我有什么关系？"

"你听，你听。"

滨海路的木栈道不算宽，我们三个人并排走着，不上钩的鱼在中间，我和方元在她的一左一右。

我叫于琪，不上钩的鱼是我的微信名。我出生在部队大院，我爸爸是个军官。我从小就有优越感，高中毕业我考上一所部队的医学院。毕业后我不愿上班就一直赋闲在家，无所事事。爸爸妈妈说，不行就找个对象结婚吧。我爸爸的一个下级看好我了，他天天来我家帮我妈干活，陪我爸下棋。他叫路宁昆，是南方人，长得又瘦又小，精明强干，很会说话。我妈我爸都挺喜欢他的。他经常陪我看电影，逛天津街。他很会来事，心也细，咱们北方男人做不到的，他都能做到。第二年我们就结婚了。我们住在我爸家里，后来我们有了一个宝宝，生活虽然平淡，但也很舒心。有经营头脑的路宁昆看到了商机，就从部队复员，自己做起了生意。他首先把部队系统的小卖部都给承包了，统一进货，价格也稍微低一点，第一年就赚了十多万。接着他又承包了一个卖五金交电的商场，也赚了不少钱。路宁昆的胃口越来越大，以后又干了什么，赚了多少钱，我都不知道。钱多了，路宁昆也变了，一开始是经常出差，回家比较少，后来就越来越少了。我开始还信任他，以为他忙生意，后来我妈提醒我，他是不是在外面有人了？我还不信。有一天我的一个女同学来我家告诉我，她亲眼看见路宁昆和一个年轻女人逛商场，还看到他们很亲热。我这才恍然大悟。我火冒三丈，抄起一个鞋拔子就往路宁昆的办公室跑。我看见什么砸什么，一面砸一面骂，直到派出所的民警来了，我才住了手。不久我们就离了婚，路宁昆给了我一百万和一处房子。后来路宁昆也没得好，投资做股票赔了个底朝天，得了肝癌。我儿子六岁的时候，我托朋友找到一个音乐老师教孩子弹钢琴。那个音乐老师比我小了有十岁。他教得不错，很有耐心。逐渐地我发现音乐老师对我有好感，他请我吃饭，给我儿子的课时也加长了。我不知道他是已婚的，就主动与他交往。有一天，他很紧张地约我出来，告诉我说他出大事了。他说他老婆与一个体育老师勾搭成奸被他抓了现行，他把他打成了重伤。

"啊，我的天，原来是你啊？"方元大喊了起来。

于琪一只手拉着方元的胳膊说："方元老师，你先别激动，等我讲完了，我任你发落，你就是把我从这个悬崖上推下去我也认了。"

我也拉住方元的胳膊："方元，你别激动，于琪敢当着你的面讲，就说明她没有怕你的地方。"

于琪的故事就像这滨海路蜿蜒起伏，我听得入神。这时我们已经走了一个多小时，我浑身像开了锅一样热气腾腾的，口干舌燥的我一直在喝水。

方元也喝了一大口水："好吧，于琪，你接着讲。"

于琪挽着方元的胳膊说："音乐老师把体育老师打伤了，体育老师住了院，音乐老师感觉很解气，我对音乐老师说你也太狠了。他说，体育老师在我们学校的体育器材仓库里与我老婆做爱，谁能受得了这个？"

"没有的事，他胡说八道，我们不会这么没有理智。"方元又叫了起来。

我赶忙制止她："方元，你先别激动，让于琪讲完。"

方元铁青着脸，肌肉都在颤抖。

这时候，我们已经落在了大队人马的后面。

于琪一把拉住方元的手："方元老师，我先说个对不起，讲完了算总账。你要是恨我，我就自己跳下去。我再重复一遍，我真的不知道音乐老师是已婚的，他是骗我的。我得知他是已婚后，非常气愤。我就是被别人插足的受害者，我特别痛恨第三者插足，所以我是不会主动与音乐老师示好的。我得知他有家庭，我的肺都要炸了。我对音乐老师一顿臭骂，我说我最恨欺骗我的人，我也最恨插足别人家庭的人。他苦苦哀求，说他肯定和方元离婚。他说他今天走到这一步都是为了我。我说你现在要做的就是尽最大努力把体育老师给治好。我还说，我不希望他和方元离婚，这样对方元和孩子都会有伤害，我知道这离婚女人的滋味。他说他与方元的婚姻已经破裂了，打成这个样子，方元也不会原谅他。方元给他戴了绿帽子，他在学校也没法待了。不久他辞了职，又离了婚。后来他说想开个琴行，从我这里借了十万。我一直不知道体育老师瘫痪在床，我以为就是打伤了，养一养就好了。直到体育老师自杀后，琴行被砸了，我才知道体育老师和方元的磨难。警察们看了那封信，都很同情体育老师，说这个案不好破，就给搁下了。这时候，音乐老师每天晚上都接到自称是体育老师打来的电话，怪声怪气的很吓人。他是用公用电话打来的，警察也破不了案。音乐老师成宿半夜睡不着觉，一天到晚疑神疑鬼，最后终于崩溃了。他离开大连去了南方。我又回到了原点。我再也不敢找男人了。所以，方元，如果我对你有伤害，我真的不是故意的。你要恨我，我现在就跳下去。"

这段路是燕窝岭。因为有一个婚礼广场，招来不少新人和他们的亲友。这里有鲜花小路、露天舞台、浪漫餐厅、停车场、小卖店等，是滨海路的一个驿站。过往的行人和车辆都要在这里驻足小憩，大海在一百米开外的山崖下面，这里也是观海看天的好地方。

方元一直在哭泣，于琪也哭了起来，她俩牵着手走着，这时我们与大队伍已有了一百多米的距离。

"这个混蛋不得好死，于琪姐，我听明白了，我不恨你，你也是受害者。"

我看到前面干枝梅的大旗在婚礼广场上迎风烈舞，几个姐妹在向我们招手。

"就等你们三个了，加油啊。"月牙喊着。

我实在走不动了，方元和于琪一边一个搀扶着我。我的脚后跟疼得厉害，膝盖也像转筋了一样地疼。我咬牙坚持着，终于与大部队会合了。

"姐妹们，咱们在这里休息一会儿。前面有个佛堂，我们去朝拜一下，信佛的可以上香拜佛，不信佛的可以观赏，很值得一看。"齐雅娟招呼着。

大队人马慢慢来到了佛堂门前，我们立马感觉到一种神圣和神奇的气场。

这是一个搭建在山崖和海上的平台，苍松翠柏在四周肃穆着，好像把一切歪风邪气屏障在外；海水在一百多米深的脚下滚动着，像沸腾的开水。云彩在不远的天边飘浮着，太阳在云彩里面仿佛是面戴纱巾的新娘，羞红了脸。

有个三十多岁的女人热情地把我们请了进来。刚才还心情愉悦的女人们，立马被这里的一切给震慑住了。只见在昏暗的光线里，大大小小的几百尊佛龛，错落有致地布局在几个厅堂里。这些佛龛有上千年泥制的、木刻的、石雕的，有上百年陶制的、铜制的、彩绘的。有慈祥和蔼的佛祖，有慈眉善目的观音菩萨，有喜笑颜开的大肚子弥勒佛，有凶神恶煞的哼哈二将，等等等等，每一尊都栩栩如生活灵活现。

那个女人在为我们做着讲解。

"佛教其实不仅是宗教，它更是一种教育，它教育的核心因果报应，就是让人们一心向善。如果所有的人都有一颗善良的心，那么我们的世界就不会有战争、杀戮、犯罪、污染和腐败。佛教是教给人们快乐的一门学问。没有欲望的人就快乐，放弃欲望的人就快乐，看淡功利名誉的人就快乐。快乐的人就会健康，健康快乐的人就会带给周围的人快乐。"

这是我第一次听人讲解佛教，让我这个对佛教陌生的人茅塞顿开。

大家慢慢地走着，仔细观看每一个佛龛的细节。齐雅娟和几个姐妹在为一尊佛像敬香。我和方元走在那位讲解员的前后。我有预感，这也是一个有故事的单身女人。因为有些情节写在脸上。

"请问老师，你怎么看女人出家？"这是方元问的，吓了我一跳，莫非方元也有出家的想法？不过我对这个问题太感兴趣了。

"出家的确是一种排解烦恼、远离麻烦的方式，但是我个人是不鼓励出家的。"

"为什么？"月牙问。

"在俗家我们也可以通过修炼修行排解烦恼，可以抵达智慧的彼岸。有很多人出家，其实是一种逃避、躲避、封闭。有很多出家人并没有真正逃脱烦恼，放下心中的那个结。所以，他们身在佛门，其实内心还很痛苦，很纠结。因此，放下才是根本。"

"老师讲得好，敢问您的尊姓大名？"我问。

"我叫侯天真。"

"这个佛堂是谁的？"

"我叔叔的。"

我还想问个问题，就听月牙抢着说："侯天真，我能问你一个问题吗？"

"可以。"

"你必须回答啊。"

"好的。"

"你是单身吧？"

月牙的提问，让所有人都感到不安，侯天真的脸上也有些不悦，她没有马上回答月牙的问题，而是引领着大家走出了佛堂。

强烈的阳光使得大家都睁不开眼，所有的人都用手捂着眼，有的人戴上了墨镜，有的人用纱巾裹着头。

月牙走到侯天真身边。

"这个问题有点难？"月牙说。

侯天真看了一眼月牙："不难，我是单身。"

"怎么样？我一眼就看出来了。"月牙沾沾自喜地说，"太好了，侯天真，来加入我们的干枝梅俱乐部吧，这里都是单身女人。"

侯天真环顾了一下众多的姐妹。

"这有点意外啊，我没有思想准备，我要想一想，我还要征求一下我叔叔的意见。"

"不用征求了。"这时齐雅娟发话了，"你叔叔是我二哥，他听我的，你跟我们走吧"。

齐雅娟说着就拨通了电话并按了免提键。

"二哥你好，我现在在你的佛堂呢。"

"是吗，今天怎么有空了？平时请你都请不来。"

"今天路过这里，就顺便进来了。你的侄女非常热情地接待了我们，还给我们做了讲解。你知道我们有一个干枝梅俱乐部吧？"

"是不是你说的那个单身女人的组织？"

"对对对，就是，我想让侯天真加入，你没有意见吧？"

"没有意见，一切按齐天大圣的指示办。"侯天真的叔叔也是爽快人。

原来我们齐会长是齐天大圣，这个太牛了，大家七嘴八舌地议论。

"齐天大圣会长，加入咱们的俱乐部有什么要求吗？"侯天真问道。

"加入我们的俱乐部就两个条件，一个必须是单身女人，一个是必须讲出你的爱情和婚姻的故事。"齐雅娟兴奋地说。

"那没问题，我还准备写小说呢。哎，我发现咱这里面怎么有位先生？"侯天真发现了我。

"我也是单身，我是——"我的妈，我还没说完，就引来一片笑声，我想我的脸一定像西边天空的云彩一样红得稀里哗啦。

"是这样，侯天真。"齐雅娟兴高采烈地说，"这是作家陈老师，他奉命潜伏在我们这里收集我们的故事情报，准备写一部关于单身女人的调查报告。当然，陈老师是标准的单身男人。"

又是一片笑声，我发现了，这女人们的笑声很是刺耳，四五十个女人的笑声可以胜过一河沟癞蛤蟆的叫声，可以和喷气机起飞时的轰鸣声相媲美。

"谢谢你，侯天真。"我有些拘谨地说，"今天听了你对佛教的讲解，让我对佛教有了新的认识。不瞒你说，我母亲就是出家的。"

"她在哪儿？"

"在山东老家。"

侯天真兴奋地说："哦，陈老师你是作家，我以后肯定会拜你为师。我有个梦想就是想把我的故事写成小说。"

"好好好，我写小说不行，我们可以切磋。"

刚才在佛堂有限的光线里我没有看清侯天真的真面目，现在灿烂的夕阳下看侯天真，我看得有点心跳了。这是一个不算美丽但很有女人味的女人。什么是女人味？我认为是四个字"秀外慧中"。秀外就是外表的美丽，包括五官、肤色和身材；慧中是她的内心世界的善良、充实、贤惠。善良是本性，充实是学识和修养，贤惠是一种生活习惯和态度。我一直把喜欢、追求和拥有有女人味的女人当作我的毕生最大的快乐追求。当然如果无法拥有，只是喜欢和追求有时也是很苦闷的。孙可心，很秀外，但是不太慧中，她太强势，如果再温柔一点就慧中了。黄燕，不太秀外，也不太慧中，毕竟是演员，没读过多少书。鞠梦楠才是秀外慧中的标本，百分百的秀外慧中，所以她是我做梦都想得到的女人。眼前的这个侯天真，起码百分之九十成色的秀外慧中，这么好的女人怎么能单身呢？

我伸出右手想和侯天真握手，可是侯天真双手合十向我行了个佛礼。

一直到四点多我们才完成了这次徒步活动，我累得两腿发软，里里外外都湿透了。

月牙说："陈老师一看就是不怎么活动的，出汗了小心着凉啊。"

我的手机响了，是海月打来的。

"哥，你能不能早点儿过来啊？我们想打滚子（扑克的一种打法），三缺一啊。"

"我的亲妹妹，我不会打啊，你找别人吧。"

"我今天要和你们几个亲人研究事，不想让更多的人知道。你就来吧，我和你一帮，我教你。"

"那我得回家换换衣服，我现在一身臭汗。"

"好好好，快点儿啊。"

月牙总在我的身边左右晃着，我就知道她有事。大队伍解散后，她对我说："陈老师，你去哪儿？"

"我回家呀。"

"我也去。"

"我的妈，你去干吗？"

"帮你洗衣服，收拾家，这是齐会长的指令。"

"不用了，昨天我妹妹已经找小时工给收拾完了，哪好意思劳驾你。"

"那我请你吃个饭。"

"不行，今晚我妹妹请客，让我作陪。你看，这是她刚才打来的电话。"我拿着手机给她看了一眼。

月牙一脸的沮丧，我已经走出去十几步了，她还站在原地呆呆地看着我。我走到马路上，正好来了一辆出租车，我坐了上去。我回头看了月牙一眼，她点了一支烟，嘴里吐着圈。

出租车启动了，我回头看着月牙，她一脸失落的表情看着我坐的车，她很快就消失在了视野里。

我看着右侧的那一片碧波粼粼的海。

落潮了，礁石又显露了出来。

☺ 十九

我进到万宝海鲜坊的房间时，海月、默凡和吴天奇已经在一个小方桌四周就座了。一大摞扑克牌整整齐齐地码在方桌中央。

我和默凡拥抱了一下。

"看你气色不错啊，比上次看到你还好，现在怎么样？"

默凡说："还好，做了手术和化疗，现在只能听天由命了。"

我说："好人有好报，上天有眼。"

"海星哥还信这个呀？都是自我安慰，骗人的。"吴天奇笑着说。

"吴天奇我告诉你。这个因果关系绝对是真理。"我的嗓门很大，海月示意我小点声。我接着说："前几天电视里有个节目就叫佛教是科学。一个中科院院士和一个佛教界的人士说得头头是道。而且是上升到科学的层面，绝不是迷信和信仰的问题了。很多科学的问题和科学解释不了的问题，在佛教里都可以找到答案。相信吧，好人有好报，这是因果报应。懂吗？"

吴天奇笑着看着我。

"海星哥的话从来都是真理，我信。"默凡很认真地说。

"好了，打牌。"海月的语速很快。

默凡和吴天奇坐在了对家，我和海月一帮，坐在了她的对面。海月说："哥，你会打升级的吧，其实打滚子就是在那个基础上的一种玩法。"

"打升级我会，当年上大学时汪远教给我的，我们在宿舍经常玩。你不是挺烦的吗？怎么还有心情玩牌？"

"嗐。"海月叹了一口气，"越是心情不好，就越是要玩，不然真的要憋死了。"

"我打得臭你别骂我啊。"

"不会的，我哪舍得骂我亲哥。"

开始打牌了，我的手气不错，几把牌都抓得挺好，这一次抓了三个大画（大王）。海月高兴极了："哥，三个大画就可以随意要主，太厉害，以后打牌我带着你啊。"

吴天奇说："有这个规律，越是不太会打的人越能抓好牌。"

"是吗？"我看着吴天奇。

"还有个定律是情场得意，赌场失意；情场失意，赌场得意。"默凡说。

"这怎么讲？"我有点发蒙。

"情场，包括婚姻、家庭、艳遇、婚外恋等。"默凡一面打牌一面说，"如果情场得意了，他在赌场上就可能失意，而像你这样独身的，既没有家庭，又没有情人的，一般赌场都能赢。"

"你看，你今天多兴啊。哥，你去买彩票吧，肯定行，我们这一局是输定了，交了。"默凡把剩余的十几张牌扔在了桌子上。

"海星太兴了，看来情场失意啊。"吴天奇一边洗牌一边说。

"我宁可让我哥输了牌局，也不愿让他情场失意。"海月看了我一眼。

"还是亲妹妹知道她哥的心。"我苦笑了一下。

才打了三把牌，我和海月就赢了第一局。我上了一趟厕所，第二局就开始了。这回我的手气就不那么好了，海月也抓得不太好。她嘟嘟囔囔地不停地骂着："这是什么破牌？全都是电话号码、一条龙，哥你不该去厕所啊。"

如果手里有一把好牌，即使你牌技差也可能会打败对方。可是牌技差又没有好牌，那就是必输无疑了。我很认真地出牌，出每张牌都犹豫不决，海月就不耐烦地嚷："不会出，就调主。""有滚子就出啊。""对方调主你就要出副。你们三个一伙啊？""不要会过，拿大的毙。"

"看来你们说得都不对，什么越是不会打的越抓好牌，什么得意定律，也许今晚有艳遇？"我出了一张牌。

"打些什么破牌，你留着小画（小王）干什么？下崽啊？"海月大嗓门地叫嚷，把我吓了一跳。

默凡说："海月你叫唤什么？刚刚不是你们赢了吗？咱哥不会打，你耐心点好不好？"

"不打啦。"海月把牌摔了，桌子上、地上一片狼藉。我知道海月心里一定很烦，向亲哥撒撒娇。

牌局不欢而散，酒局就要开始，海月让服务员打开了一瓶红酒。我猜不到海月的烦心事，海月不知道我也有烦心事。

海月亲自给大家倒酒，我们都竖着耳朵准备听海月的烦心事。

"你们都是我的亲人，我烦死了。"海月说着眼泪就下来了。

"海月，先别哭，说出来给我们听听。"我说。

"吴天奇和银行经过一番交涉得出结论，海之梦大酒店就是个海之梦，时晓菲也死定了，我怎么办？继续死等下去？时晓菲的爸爸妈妈身体都不好，我还不舍得伤害他们。他们有病有灾的也都是我忙乎。前几天全家都感冒了，我自己都爬不起来，还要伺候两个老人和一个孩子。你们说，这以后可怎么办？我的命怎么这么苦啊？"海月的眼泪在眼眶里直打转。

"是啊，海月从小娇生惯养的，她哪是伺候人的人啊？"默凡给海月递了几张餐巾纸，自己也抹着泪。

"真没想到，海月的命这么苦。海星，我们得给海月做主啊。"吴天奇说。

我没有马上表态，心里却波涛汹涌的。

"其实用不着离婚，婚姻法上说夫妻二人只要两年没有同居，就可以视为离婚，何况你们这都五年了。"吴天奇把脸转向我说，"海星，你说话啊？"

我还是没说。

"我现在死的心都有，活着一点儿意思也没有，我约莫我不自杀也要得癌症。我是个多么乐观、多么浪漫的人啊，为什么让我这样？为什么？"海月有点声嘶力竭了，她把拧巴的餐巾拍在了桌子上。

我的妈，我心里很乱，我站起身，走到窗口，看着窗外。窗外的马路对面是劳动公园，那是我们小时候经常去游玩的好去处。这时候，有不少吃过晚饭的中老年人走进了那里，一场大型多场景露天联欢晚会就要开始了。

"世界多美好啊？"我自言自语的。

海月也站在了我的身边，她扶着我的胳膊。我看了她一眼，她眼里的泪水已经干枯，水蒙蒙的眼睛更加美丽。她羡慕地看着走进公园的每一个人，男人、女人、老人、孩子。这些人中有拿着音箱、拿着扇子、拿着剑的，有穿着运动装和彩色演出服的。他们多么幸福啊？其实人们并不都追求奢华的生活，对有些人来说，能吸一口新鲜的空气，能跟着欢快的音乐跳个舞，能在一个鸟语花香的空间里走一会儿，都是一种幸福。

"我真羡慕他们，无忧无虑，自由自在。"海月自言自语的。

"我们海月就是太善良了。"默凡说。

"离婚吧，这是最好的选择，到时候了。"这算是我的祝酒词，我举起了酒杯，我让酒在酒杯里旋转起来，如果放大了就是一个鲜血激荡的漩涡。

四个人的碰杯声很响亮。

回到家，我开始整理这几天听到的单身女人故事。虽然当时没有笔记、没有录音笔等，但是凭借我的超人记忆力，这几个故事都在我脑际里有深深的刻痕，就像黑胶唱片被刻满了圆圆的纹迹。梳理记录这些故事，就像唱机的机头放在了旋转的唱片上。所有的情节、细节、对白、语气甚至哭泣都原原本本地被我记录了下来。

齐雅娟的故事编号为：M

顾艳的故事编号为：N

于琪的故事编号为：O。

还有海月，应该是 P 女。

我不敢想，接下来的采访还有什么故事能更令我感动、悲伤和震撼。我已经对听单身女人的故事由原来的感兴趣，变为现在的很上瘾。什么事情干到上瘾是一种很高的境界。什么事情干到痴迷是一种至高的境界。还好，我离痴迷还有一段距离。我可不愿意为了这种事干到痴迷。痴迷了我就彪了，疯了。

电子信箱里又有邮件传来。是我一个沈阳的朋友发来的。

我马上编号整理。

Q 女。居住地：辽宁铁岭。年龄：35 岁。职业：无。

这是一个现代版白毛女的故事。Q 女从小没有了母亲，由父亲和奶奶抚养长大，其父做生意欠了朋友王某五十万无力偿还。王某看好了 Q 女，说可以用 Q 女抵债。其父不顾 Q 女有男朋友，将 Q 女许给王某。王某有家室，就将其锁在一个住宅里，随意蹂躏，致使 Q 女多次怀孕流产。最后 Q 女精神崩溃，被王某放出，身怀六甲的她流落街头。民政部门将其救助，公安部门得知情况后，已经将王某和 Q 女父亲拘留候审。Q 女生下孩子，但以后的生活仍没有着落，现在精神病院疗养。

一个摄影家朋友发来的故事，很有传奇色彩。他为了证明人物和故事的真实性，还附加了一张女人的照片。照片中的女人满脸沧桑，欲哭无泪的表情，简直就是那幅著名的油画作品《父亲》的女人版。他说这是他听长海县的朋友讲述的故事。他们正在准备拍一部电视剧。

　　R 女。居住地：大连长海县。年龄：55 岁。职业：无。
　　R 女是长海县渔家妇女。19 岁那年嫁给同村青年大海。大海有个弟弟叫小海。大海、小海一同出海打鱼，R 女深情相送，因为每一次出海分别都可能是永别。三天后，海上狂风骤起，暴雨倾盆，波浪滔天。R 女和所有的渔家妇女都在岸边为亲人们祈福。雨过天晴，千疮百孔的渔船回来了，渔民们缓缓走下船，唯不见大海。小海告诉嫂子，大海为了挽救这艘渔船掉到海里了，他们寻找了两天也没有找见。R 女悲痛欲绝。生活还要继续。半年后，婆婆对小海说，你嫂子既贤惠又能干，长得也漂亮，你也到了结婚的年龄，不如娶了她。R 女也无奈，因为海岛上的寡妇很多，找个男人也不易，就答应了婆婆与小海结了婚。谁知结婚不久大海回来了。原来他在海上漂流了几天被一个韩国的渔船给救了。渔船载着他去了韩国。由于语言不通，无法和家里联系，大海养好了伤就往回赶。在海上漂游了几个月才遇到了山东的渔船，最后好不容易才回到家。全岛人都视大海为妖魔。面对已经与弟弟结婚的妻子，大海选择了离家出走。R 女心中只有大海，她不顾婆婆和小海的劝阻踏上寻夫之路。她边打工边找遍长海县所有海岛，直到现在已经找了三十年，仍不见丈夫的踪影。R 女说只要还有一口气就找下去。

　　我含着眼泪整理完这两个故事，心里激荡着一股热流。我先后给提供故事的朋友发了微信，表示衷心的感谢。我很想见见这两个女人。她们虽然身世不同，生活的不公让她们的心灵和身体伤痕累累，但是她们都有自己的梦，并为了这个梦而活着。
　　汪远来电话说马上过来，都不容我问个为什么。我的妈，我一看表都晚上十点半了。记得十年前的一天晚上,也是三更半夜,也是不容回问。那次是因为他和他老婆吵了架,说是他老婆背着他,把他辛辛苦苦得来的准备买房子的三十万元钱的稿费,借给了他小舅子做生意。当他想买房子用钱时,才知道钱已经不在了,小舅子做生意被骗,三十万元打了水漂。汪远火冒三丈,一通机关枪扫射。他老婆也不是善茬子,一通迫击炮还击。"我们家把我这么个大闺女都给了你,花你三十万怎么了?我还给你们家生了儿子,就是奖励我也不多。"汪远平时那狡辩的能力在他老婆面前不好使了,一气之下摔了电视机遥控器离家出走。那天汪远来我家不久,他老婆的电话跟着就来了。汪远直摆手,不让我说他在这儿,我顺从他撒了谎。我们俩唠了大半夜,天快亮了才睡。我把他安置在海月的床上。汪远闻了一下枕头,面带喜色地说:"今晚能睡个好觉。"我在他后背上狠狠打了一巴掌:"老色狼。"我在想,今晚汪远又为什么而来呢?

汪远来了,手里拎着一袋子酒和下酒菜。

我们俩仿佛又回到了十年前的那个夜晚。我还没来得及问,我的电话就响了。不用猜,是汪远老婆打来的。和那次一样,汪远使劲摆着手;和那次一样,我撒谎骗了他老婆。

汪远喝了一大杯啤酒。

"这一次又为什么?"我看着气得整个脸都肿胀的汪远。

"还能为什么?还是那三十万。"汪远又喝了一杯。

"我的妈,都这么多年了,怎么又提起来那三十万了?"

"十年前,就是因为她把钱借出去了,我的买房子计划落空了。现在我又想买房子了,可是一看房价,涨了五倍。我看好的中南路的房子,十年前是六十五万,现在两百多万了。现在我手里就有五十万,加上把现在住的房子卖了五六十万,也还差一百多万,这还不算装修的费用。要是贷款的话,每个月要还八千。你说我能不生气、能不发火吗?"

"我的妈,这么一算还真挺吓人的。"

"要不是这个老娘儿们,我早就搬进豪宅了,而且现在就是卖了也大赚啊!没法过了,我要和她离婚,气死我了。"汪远又喝了一杯酒。这会儿工夫他已经喝了两瓶了。

我想起宁拆一座庙，也不拆一桩婚的古训，我开导汪远说："找老婆，赚钱都是靠缘分的。你就是这个命，你就认了吧。其实你和刘力坤过日子挺幸福的，她很贤惠，比孙可心强一百倍。她还给你生了个儿子，又把儿子培养得那么好。你知足吧。没必要非得要住豪宅。刘力坤顾家也是正常的，哪个媳妇不顾家？"

"你闭上你那个狗嘴，我不听你这一套，这次我绝不能迁就她。上一次我听了你的话，后悔了 N 年，现在是时候离婚了。"

"千万别离婚，就是有个仙女勾引你，你也别离婚。"

"少来这一套，再过下去，我就要疯了。"

"离婚了就能好吗？"

"能，肯定能，其实我最近挺忙的。我的《俄罗斯与中国文化的比较》的论文已经得到了教育部的扶持基金，并且得到了俄罗斯文化部门的高度评价。你等着看吧，我要一炮打响了。"

"太好了，你也该出成绩了，别婆婆妈妈的跟老娘儿们较劲。"

"不是我和她较劲，我根本就不搭理她。她在家一发火，我扭头就走，洗桑拿。"

"我的妈，原来你动不动就洗桑拿是为了报复你老婆？你真有出息，你们俩就不能好好地交流吗？"

"没法交流，我这张神辩的嘴都说不过她，谁也说不过她。"

"现在哪有一点儿毛病都没有的女人，你就将就点、宽容点，保全一个家。"

"我忍受不了，长痛不如短痛，快刀斩乱麻。趁着我还年轻，她还年轻，我们都可以各自再组成新的家庭。"

"现在社会是男的容易找到超值的女伴，可是女的要找到合适的就难了。"

"你跟她讲去，让她知道知道那些单身女人的故事。"

"你能不能善良点？"

"你对她善良，她珍惜你吗？我就要让她过一过单身的生活，尝一尝单身的滋味。"

"汪远，你太坏了，我告诉你，我学坏就是你的事，是你领我去的韩国，在那里是你给我找的日本小姐来我的房间，对不对？也是在那里，我被老虎给沾上了赌球，我今天这么倒霉就是和你有关。"

"你拉倒吧。"汪远讲话的技巧之一是用气势压倒对方，"那次去韩国，我带去了好几个人，别人怎么不找小姐？别人怎么不赌球？还是你自己挡不住诱惑，你这个人从来就稀里马虎的没有准主意，意志薄弱，你活该你。"

"你个彪子，我的人生让你弄得稀碎，就怪你。"

"你倒霉，谁让你一天到晚摽着我，我不好你干什么还找我？"

就这样我们俩喝了十二瓶啤酒，汪远最后竟然又哭了起来。

和上次一样，我把他安置在海月的床上。汪远摇摇晃晃地走到海月的床前，闻了一下枕头，他一改刚才的怒色，面带喜色地说："今晚能睡个好觉。"和上次一样，我在他后背上狠狠打了一巴掌："你个老色狼。"

汪远有个特异功能，不睡则已，躺下就着，睡着了就打呼噜。汪远的呼噜声很有穿透力，隔着一面墙都搅得我很闹心。还记得在大学宿舍时，睡在我上铺的他，吵得我睡不着，我就在白天准备了一摞子书，他晚上一打呼噜我就扔一本书，有一天竟然扔了二十多本书。后来汪远让我打得受不了了，他替我想了一个好办法，他给了我一个随身听，又给我准备了几盘录有轻音乐的磁带，晚上一上床我就戴上耳机听音乐，听一会儿就睡着了。我爱听音乐的习惯就是那时候养成的。后来我很快就学会了弹吉他，也是得益于晚上无休止地听轻音乐。

我在想，在我身边又要有两个女人成为单身了，都是悲剧啊。我想起一句老话，天要下雨，娘要嫁人，是谁也阻止不了的。我又想起一句名言，一切都是最好的安排。海月离婚了就可以寻找新的伴侣，不是最好的安排吗？汪远离婚了就没有烦恼了，也是最好的安排。也许离婚不都是坏事。

天已经亮了，我才睡着。

❨二十

今天上午楼下的钢琴声没有响，楼上的二胡声成了真正的独奏。老王拉的是《二泉映月》，这下我可听得仔细了，可是又有好几个地方他拉得和我印象中的不一样，有点别扭。我在想钢琴阿姨为什么没弹琴呢？

黄燕打来了电话，语调里听得出一脸的笑容。

"哥，我们的房子已经租好了，我已经搬进来了。你啥时过来？"

我注意到了"我们的房子"，我的妈，怎么成了我们的房子？

"我现在很忙，赵总编急着要我的稿子。"

"那你晚些时候来也行，我把被褥和洗漱的东西都准备好了，从今晚开始，我们就在这里开始我们浪漫的生活。"

"今晚不行，我有事。"

"那就明天啊，哥。"黄燕有些哀求，又有一点儿耍娇。

"我明天出差去北京。"

"去北京？太好了，我也去，我还没去过北京呢。"

"不行，赵总编也去，我们去开会。"

黄燕那边不作声了。

一会儿，黄燕给我发来了微信。

哥，没想到你这么讨厌我，我太失望了！绝望了！我把你当作这个世界上最亲的人啊。我感激你为我所做的一切，我今生今世就是希望有一个你在我身边让我依偎。你知道单身女人的滋味吗？每当我看到一对夫妻从我对面走来，我就拿我和那个女人比，一百个起码有九十个不如我。不论脸蛋儿、个头、身材，几乎我都比她们强多了，我差哪儿了？哥，你要是不要我，我就找别人。找不到好的，就降低标准，哪怕是个民工、保安，只要爱我就行。我害怕黑天，害怕孤独，哥，求你了。

（九个哭泣的脸）

黄燕很是激动，但是我早就给自己定了规矩，绝不和自己不爱的女人做爱，否则就是动物。一旦做爱，必须相爱，一旦相爱，至死不改。

我给黄燕回信道：

> 黄燕妹，你的心情我最理解，你们的境遇我最了解。我是包括你在内的单身女人的好朋友。我有自己的原则，否则就不可能完成书写单身女人报告的伟大使命。你是个好女人。我相信你一定会找到相爱的人。

黄燕马上就回了信：

> 哥，那你今晚陪我看电影，晚六点二七广场华辰影院见。先吃饭后看电影，不见不散。

我连续发了几条信息，想推掉看电影，可是黄燕那边不回信，看来我必须得去了，我想了一个两全其美的办法。

中午我又出去吃拉面了，回来的时候又遇到了楼下的钢琴阿姨。

"阿姨你好，出门了？上午没听到你的钢琴声，我还挺不习惯呢。"

"啊，我去医院了。"

"哪里不舒服？"

"心脏病，这几天有点难受。"

"不要紧吧？"

"说要紧也要紧，说不要紧也不要紧，医生让我安支架，我侄女说，现在支了架，十年后失效了就更危险，可是我外甥支持我安支架。我也不知道听谁的对，你说呢？"

"这个嘛，我不懂。那你平时要小心点，有需要我的就告诉我一声，我一般都在家。"

"你是做什么的？"

"我是记者，也算是个作家。"

"哦——了不起，我爱看书，把你的作品给我看看。"

"好的，一会儿我就回家取。"

我拿着我的诗歌集和散文集来到301，阿姨在等我，我站在钢琴旁想用钢琴当写字台，给阿姨签个名。

"阿姨，你叫什么名？"

"我叫华沐，中华的华，沐浴的沐。"

"这个名字太洋气了，你这个年纪叫这个名，说明你家一定很有文化。"

"还行，我爸是个传教士，从上海来的大连，我小时候在上海学的钢琴。"

"阿姨，你年轻的时候一定很漂亮，追求你的男人一定不会少，那你为什么不结婚呢？"

阿姨笑了笑，摇摇头。

我看打不开她的嘴，就道别了。我想肯定又是一个令人心碎的故事，我一定要听。反正她就在楼下，我会有机会的，不着急。

晚上六点我准时来到影院门口，黄燕比我来得早，她满脸的喜悦，像见到情人似的扑入我的怀抱。

"哥，我都好几天没见到你了，想死你了。"

"注意影响啊，黄燕。"

"注意什么影响，又不是接吻做爱。"她特意大声说。

"看什么电影？"

"看什么电影不重要，重要的是这种感觉。"她眼里放着一种得意的光彩。

"黄燕，你的口音里还有一股河南味儿。"

"又嫌我土气了是不是？你们大连海蛎子味儿就好？走，先吃饭去。"

黄燕拉着我就要走，我挣开了她的手。

"黄燕，等一等。"

这时我看见方元从公交车上下来了,我迎了上去。

"来,我介绍一下,这是方元老师。"

方元像要出席一个音乐会一样穿得很正式。脖子上的粉红色纱巾很耀眼。黄燕愣了一下,脸上立马出现了失望的表情。

"这是黄燕,河南的豫剧演员。"

方元伸出右手,但是黄燕一转身走了。

"哎,黄燕,黄燕,别走啊,我的妈,不看电影了?"我赶忙追了过去。

黄燕把电影票狠狠地摔在地上头也不回地走了,我低头去捡电影票,这时突然来了一阵风把两张电影票吹上了天空。我对着黄燕的背影喊:"你现在能耐大了,还会呼风唤雨了。"

我回头看到方元一脸无辜地站在原地,又一阵风吹来,她的粉红色纱巾飘了起来,铺在她的脸上。

黄燕走远了。

我像一个追泡泡的孩子一样,追着电影票,终于在一个墙角把那两张调皮捣蛋的电影票抓获了。我气喘吁吁地回到方元身边。

"多不好意思啊,人家买的电影票请你的。"方元说。

"没事,别听她的,走,咱们先吃饭,我请你吃手切牛肉。"我强装笑脸地对方元说。

方元跟着我走进与电影院一道之隔的牛肉火锅店。

刚坐好还没点菜,我突然想起还不知道电影开演的时间,我看了电影票又看了手机的时间显示,我一下站了起来。

"我的妈,到点了,看完电影再吃吧。"

方元一直显得有点不自在,我俩走进电影院,我在前,她在后,一看就不是夫妻或情侣。

方元说:"我已经有二十多年没看电影了,上一次看电影好像看的是《秋菊打官司》,那时我才十六岁。没想到后来我也打上了官司,而且比秋菊更惨。今天是什么电影?"

"什么潘金莲。"

"潘金莲拍成电影啦？那书都不让看，电影怎么演？三级片？现在中国这么开放了？我都不知道。"

看电影的时候，我俩谁也没说话。看到最后，范冰冰演的那个单身女人得知她离婚的丈夫被大货车轧死的消息号啕大哭，方元也在抹泪。

看完电影往外走，方元说："陈老师，你看我这命，上一次看的是《秋菊打官司》，二十年后看的是《我不是潘金莲》，都是怨女抗命。"方元苦笑着直摇头。

"啊，我的妈，这么巧。方元，我发现你最近胖了不少，更好看了。"

"是啊，长了十多斤，可能是没有了侯大明，我的生活轻松了。"

出了电影院，就近找了一家面馆，我们吃了一碗面。

"你儿子怎么样？"

"挺好的，亏了我妈，她现在也搬到我这里了。开始我妈不敢住，说这是凶宅。我就劝她说，我家这个房子离学校很近，便于接送孩子。再说了，侯大明人那么善良憨厚，他怎么会让你担惊受怕呢，就这样慢慢地我妈也就适应了。"

"好啊，那你爸呢？"

"我妈和我爸在我十岁的时候就离婚了。"

"我的妈，为什么？"

"性格不合呗，两个人老吵架，咳。"

"那你妈再没找？"

"有个叔叔喜欢我妈，我妈嫌他有两个女孩儿，就没有接受他。那个叔叔很憨厚，也很可怜，那段时间他经常来我家，后来就不来了。听我妈说他找了一个外地农村的女人。"

"这都是故事啊，你妈为什么嫌乎他有两个女孩儿？"

"我妈说，他家两个，我家一个，怕我吃亏。"

我摇摇头："你妈还是太爱你了。"

出了面馆，我和方元上了一辆出租车。在大约五分钟的车程里，我们谁也没说话。我先到的家，下车后我与方元道别，方元在车窗里向我挥手，我看到她眼里有晶莹的水珠。

我自责对她的关心不够，这是为了黄燕才约她出来的。方元生性要强，她的心理很难摸透。汪远曾把我和方元往一块掺和，让我骂了他一顿。

手机响了，我一看吓了一跳。我的妈，是汪远的老婆刘力坤打来的。我估计没有什么好事。

"海星啊，汪远和你在一起吗？"手机里刘力坤大声嚷嚷着。

"没有啊。"

"那你知道他在哪儿吗？他好长时间都没回家了。"

"啊。"我灵机一动，"他最近帮我写一个文件，天天加班，累得够呛。"

"帮你写文件？就凭你还用他帮？不对吧？"

"是啊，这个文件太大了，我一个人干不了，才让他帮忙的。"

"你们在哪儿写文件？明天我去看看。"

"我们在旅顺租了一个农家院，那里挺安静，我们在这里写。"

"拉倒吧，你别拿我当彪子了，你以为我那么好熊吗？告诉你海星，俺家汪远真不是个东西。就为了十年前的那三十万，一直跟我打了十年，你想抗战才打了八年。这十年我是怎么过来的你知道吗？你去问问方元，我真赶不上她一个单身女人过得潇洒。你说一个大男人不好好出去赚钱，净在家婆婆妈妈地跟我叽歪，烦不烦死了。俗话说，家丑不可外扬。我拿你不当外人，你给评评理，我辛辛苦苦操持这个家，哪能受得了这个。"还没说完，她咳嗽了起来。

我趁机说："刘力坤，你也心宽一些，别——"

"你还嫌我心不宽？从结婚到现在，我都忍耐了十多年了，什么人受得了，我都磕磕（很无奈）的了。他在家就是板着个脸，给你个斜眼，你一点儿牙啃都没有。这不是吗，跟我提出离婚了。我说你少拿离婚吓唬我，谁怕你？"还没说完，她又咳嗽了起来。

"你们俩怎么像干碗儿碗儿似的（过家家的游戏），孩子都这么大了，一点儿都不珍惜。"

我还没说完刘力坤又接上了："哎，海星，你这句话说得对，你去对汪远说去，他怎么就不珍惜呢？孩子都哭着说想爸爸了。"

刘力坤哭了起来，然后她又咳嗽了几声："我都叫他给气得肺气肿了，天天咳嗽。海星，你和汪远是好兄弟，他听你的，你劝劝他，回来吧。我那个丧门星弟弟倒腾信用卡被抓起来判刑了，他也得到惩罚了，他汪远还抓着不放，天天骂他。"

"好了好了，刘力坤，你消消气，我一定替你狠狠地骂他，劝他回家。好不好？"

刘力坤咳嗽了几声挂了电话。

我马上给汪远打电话。

"对不起，你拨打的号码是空号。"里面传来一个女人温柔的声音，我赶紧找到汪远的微信，发现十天前他留给我一个新的手机号码。我没太在意就给忘了，我拨打过去，通了。

"汪远，你小子搞什么名堂，藏猫猴啊？你躲得了初一，躲得了十五吗？你一个大男人就应该有男人的样。"

"你少来这一套，要不你试一试。你也得疯了。"

"不行，我是你的兄弟，必须对你负责任。"要说服铁齿铜牙的汪远那是太难了，"我和方元陪你去见刘力坤，我就不信，你们俩就没有救了？我不希望人间又多一个单身女人。"

汪远同意了，方元也很乐意，刘力坤也不反对，我们四个人坐在了一起。

我主持了今天的四方会谈。

"今天在座的我们四个人都是亲人，亲人要说掏心窝子的话，你们两个太不像话，为了一些鸡毛蒜皮的事就要离婚？"刘力坤想说话被方元拦住了。"我就不信，孩子都这么大了，看在孩子的面子上就不能将就将就吗？"我喝了一口水。"我们今天就是要解决问题，我希望你们俩各自检讨，互相谅解，而不是互相指责。今天谁也不许发火，谁要是发火，"我停顿了一下说，"就别怪我不客气。"我也不知道我不客气是什么样。

我指着方元说："方元你讲一讲。"

方元按照我俩提前约定的分工说："你们俩老大不小了，孩子都这么大了，还争死扒命地互不相让，我都替你们脸红。你们想想你们谈恋爱的时候，多么浪漫，多么纯真啊。我记得你们第一次见面，力坤姐是让我陪着她去的。那时候汪远哥穿着一个工作服棉袄，挺土气的。力坤姐有些犹豫。我说看人不要看外表，这个人还是很内秀的，将来说不定能成教授。力坤姐才答应了你。你现在还不算功成名就，就是功成名就了也要包容迁就力坤姐。力坤姐的确有毛病。"方元把脸转向刘力坤，"力坤姐，你也是毛病。你心直口快说话带刺，从不考虑别人的感受，容易刺伤人，但是为了这个家，也奉献了全部青春。我希望你们俩都心平气和地好好谈谈。"

方元不愧是老师，语气平和且击中要害，又能让人接受。

我接着说："方元和我对你们可以说是苦口婆心了，你们两个要是再不知趣，那就不可救药了。首先你们都要放弃原有的对对方的成见。人无完人，是个人就有缺点。我们不能一天到晚总是盯着别人的缺点，而忽略了别人的优点，今天我们主要讲一讲你眼里对方的优点。"我看了在我左右坐着的汪远和刘力坤一眼："好不好？汪远你先说。"

"说什么？"汪远脸上有一种轻蔑的微笑。

"说一说刘力坤的好处。"我看着汪远。

汪远直瞪瞪地看着茶杯里冒出的热气，没有作声。

"你说啊，汪远。"我的语气加重了。

又过了两分钟，汪远还是没说。

"汪远哥，你想想，女人生孩子多么不容易啊。"方元有些动情，"十月怀胎，一朝分娩。那是从死亡线上走了一回啊。"

汪远终于发话了："我就是不爱听这样的话。你们女人总是拿为男人生过孩子，当作敲诈男人的借口。那孩子是不是为我们男人生的，要等我们老了才能知道。如果孩子对我好，给我养老送终那才是为我们生的。否则的话就是否则。"

我大声说："汪远，你这是什么态度？我们陪你玩啊？我们吃饱了撑的？"

"我可以明确地讲不能将就了，我已经将就了十年了，这十年我度日如年啊，我都崩溃 N 次了。"汪远大声喊着。

刘力坤也不甘下风："不就是十年前那三十万吗？你还有完没完？"

"那三十万只是一个导火索。如果一个人总是生活在阴暗的、龌龊的、窝囊的环境里，会是什么心情？你们知道吗？反正这个家我进不去门。"汪远说。

刘力坤说："进不去拉倒，你以为我和儿子欢迎你吗？你经常说出差就走了，一去好几天。你在家一天到晚就知道看书看报看电视看手机，家里的活一点也不干，你看看有没有你这样的男人？"

"我怎么没干，什么刷碗倒垃圾我还少干了吗？"

"刷碗倒垃圾那叫干活吗？你还能说出口，你也不嫌丢人？你看人家老爷们儿扛煤气罐、扛面袋子、装修房子、接送孩子，还有天天做饭的。你刷个碗倒个垃圾还有脸说。"

"他们是工人，我是老师嘛。"

"你算什么老师？人家那个谁比你年龄还小，都是教授了，你呢？"

"她那是走后门的，我是副教授。"

"你看你教授还是个副的，还有脸说，一天到晚像个人似的，忙忙叨叨地挣这么几个鼻咯子钱。"

"我有挣大钱的机会，你不让我去啊！"

"就你这个熊样，下海还不淹死你。这些年要是没有我，你早就饿死了。当年你念研究生，是我供的你。我连一件衣服都不舍得买，挣的工资都贴给你了。"

"你还少往你家里划拉吗？"

"我生完孩子刚满月就上班了。我抱着孩子上下班，坐车，倒车，下雪天我摔了好几次跤，下雨天我湿透了，可是我的孩子完好无损。你这个没良心的混蛋！"刘力坤的手指头几乎点到了汪远的鼻子上。

方元拉起了刘力坤就往外走，刘力坤一边走一边骂着："你不想好了，我也饶不了你。"

"海星，你看见了吧，我一点儿也不来玄（夸张）吧，这就是刘力坤，你根本就说不过她。"汪远很是得意。

"我的妈，原来我中了你的计了，我不但没有说服你们，反而被你下套让刘力坤表演了一把。你真是个好导演，我服了，我服了你们两口子了。"

我和汪远回到家里，我们又唠到下半夜四点。我嘴皮子都磨破了，唾沫星子都能装一啤酒杯子，我能想到的词句、典故都用上了，怎么说也白费。看来他是铁了心了。

汪远又喝多了，又哭了起来："告诉你，陈海星，你去告诉那群单身女人，不是男人都想离婚，不要什么事都赖男人。一个男人要离婚是要下很大很大的决心的。男人中肯定有无赖、混蛋、杂碎，但我肯定不是。"

这时突然有人敲门："大哥，小点声，我们明天还上班啊。"

"滚！有能耐搬走！"汪远大声吼着。

我冲着汪远说："汪远你不能这样说话，邻里邻居的。"

我走到门口对外面说："对不起啊。"

我转头夺过汪远手里的酒杯说："我最烦耍酒疯的男人，这是他潜意识中的粗暴和无能的表现。你要是再这么耍，我再也不跟你喝酒了。你也别在我家里避难，爱上哪儿上哪儿，丢人啊，还教授呢。"

"副教授。我要是教授了，我就不喝酒了。我发誓。耍酒疯就是让他们的不公平给气的。"汪远大声嚷嚷着。

又过了半个小时，又喝了几瓶，我们都喝大了。

这时就听楼梯上和楼道里有很多人的脚步声，接着有人敲门，是敲我家的门。

"开门，开门，里面的人开门。"

我吓坏了，两个腿肚子直哆嗦。

我一看汪远却睡着了，呼噜声惊天动地。

● 二十一

第二天上午九点多了，钢琴声和二胡声遥相呼应地传到我的梦里。很长时间了，我的脑海里有一架机器，它会把这两种完全不同的乐器，同时演奏出完全不同的乐曲，分离搅拌成鲜美的果汁，或混搭成一幅现代美术作品。音乐在持续，我的机器也在工作着。

我坐在被窝里看微信，这已经成为我每天早晨的规定动作。因为每天早上都有至少八九个干姐妹和朋友给我发问候的图片或小视频，我都要一一回复，还有我被十几个朋友拉进各种群里，每天早上也都很热闹，我也要点赞或发表感言，这个过程至少得有一个多小时。

齐雅娟打来了电话。她的声音里总是有种让人愉快的语气。我起身走到窗前。

"陈老师，我有个想法，就是每个周末干枝梅俱乐部的活动除了健走还要搞个讲座，以丰富大家的生活，开阔大家的眼界，增加大家的知识，坚定大家的信心。这个周末是讲座的第一次，就请你给大家讲，讲什么都行，你来定。"

我说："还是请赵总编、素素他们讲吧。"

"你是我们姐妹的知心朋友，也是我们大家的男神，这第一次讲座，你讲最合适，不要推诿了，我们大家都非常喜欢你。"

"那好，我要想一想。"

"陈老师，我想这个讲座不要太正规，最好是那种聊天一样的，让大家有一种亲切感和互动感。因为很多姐妹或多或少都有点忧郁症，她们的精神世界现在还很灰暗，如果我们的讲座能给她们点亮一盏灯，照亮她们的视野就好了。"

"齐大姐，你说得太好了，我会尽力的。我想第一次讲座能不能从心理的角度去指引她们迷失的方向，点拨她们麻木的穴位，就是现在常说的心理干预。我做一把心理医生，直接疏通她们心里的脉络。因为从我接触的很多姐妹身上，我看到了她们消极人生、怨天尤人、孤芳自赏、好罐子破摔等等心理不健康的表现。"

"太好了，陈老师，我们现在就需要这样的光源，照亮我们的心灵。我们太爱你了，很多姐妹都向我表达了对你的喜爱。你要做好心理准备，下一步可能有胆子大的姐妹，就要向你发起攻势了，到那时你可能就应接不暇了，哈哈哈。"齐雅娟爽朗地笑起来。

"陈老师，你脸红了是不是？哈哈哈，没事，到时候我给你把关，做你的挡箭牌，那就周日下午见。我还要告诉你一个好消息，我已经把原来的会所改造成了一个能容纳百儿八十人的空间，可以开会、聚餐、喝茶、打牌、K歌、打乒乓球、看电影等等，功能可全啦。以后我们的活动都可以在那里搞，就叫干枝梅俱乐部。你有空就带朋友过来喝茶吧，把那里当作自己的家。"

"太好了，我会经常去的。"

"陈老师，你家放的音响吗？什么音乐？怎么有点乱啊？"

"啊，是楼下的钢琴和楼上的二胡在时空对话。"我大笑起来。

"我说嘛，不搭调，挺热闹。"

有的人总给你带来好心情，多和这样的人在一起肯定会增寿的。

汪远也醒了，他跑到卫生间长长地撒了一泡尿，喝了一大杯矿泉水，然后回到床上躺着。

我倚在门框上看着他说："你昨晚发什么疯？你知不知道你差点儿被警察抓走？我的妈，要不是我拿出身份证、工作证和我写的书给他们看，你现在就在派出所住了，你还想躺在海月的床上？美得你。"

汪远这才起来，他看了看房间，闻了闻被子，他傻傻地笑了。

孙诚这个王八蛋开车把我拉到一个叫金沙松骨的洗浴中心，一进到这里孙诚就把手机调到飞行模式。在孙诚的导演下，我们俩脱了自己的衣服，换上浴服来到休息厅。我俩躺在各自的床位上，让一个领班用我的手机给我们拍了好几张照片。完后孙诚说："海星，这几张照片你留着，万一夏华打电话问你我们在哪儿，你就发一张，千万不要都发了，节省点发，懂了吗？”

其实我懂了，可我就不愿意撒谎，即使是对夏华这样我比较烦的人。

"我不懂。"

"哎呀，就是——"

"你累不累呀？这戏都演到这样了，日子还怎么过？"

"哎呀海星，没办法啊。"

我站起身，指着孙诚的下部说："都该把你们给骗了，我就不信管不住它？"

"海星，你不懂，累归累，烦归烦，还是挺有意思的，要不怎么会有拈花惹草这个词语呢？要不怎么会有情人呢？"

"去你妈的，混蛋。"

"哎，海星，你是个文人，不兴骂人呀。"

"对你们这群混蛋流氓骂都是轻的。要我制定法律，一旦发现有你这样的，一律骗了，斩草除根，不留后患。"

"海星，你也太狠了。话又说回来，没有了我们这群流氓，那些馋嘴女人怎么办？你不要把罪责都强加在我们头上，没有她们的勾引，我们能流氓吗？"

"哎，你们还有理了是不是？肯定是你们这些混蛋流氓引诱在先的。"

"海星，我问你，是先有鸡，还是先有蛋？"

"当然是——这是个谁也解不开的世界难题，跟这个没有关系。"

"你说我们是鸡，还是蛋？"

"你们当然是蛋，一群混蛋、王八蛋。"

"海星，你别冲动，你在韩国还找小姐呢，那你是不是混蛋、王八蛋？"

"那和你们是两码事。那些小姐就是吃这碗饭的，我给了钱，属于合情合理合法的。而你们这些混蛋专门找良家妇女，有的混蛋还专门找处女，你们逼良为娼，你们丧尽天良啊这是。"

"海星你别装了，你他妈的就是流氓。"

我实在没话说了，一抬屁股，一个响亮的大屁把孙诚吓得身子直往后仰。

"海星你看。"孙诚指着不远处穿得比较少的一个年轻女人说，"那个女的怎么样？"

我戴上眼镜仔细看了一下："挺好的，怎么了？"

"这里有二三十个这样的女人，都是单身，每个人都有故事。"

"她们在这里干什么？"

"你别装，你真的不知道？"

"不知道，因为我手头一直比较窘迫，不敢跟她们瞎扯。"

"不是，她们就是按摩或者叫松骨，只按摩不卖身，都是良家妇女，每个人都有一本辛酸血泪史。你采访一下她们，肯定有收获，我已经采访了好几个了。"

我想起了黄燕，她们和黄燕一样，只不过黄燕在做足疗，她们在做松骨。

"这我就知道了。"

又有一个穿着那样的女人从我身边走过，我一直目送她走出我的视野。

"看出什么来了？"孙诚不怀好意地说。

"有故事。"

我的手机响了一下提示音。

"哎，孙诚，这手机有信号啊？"

"咳，海星，没信号就不让你来了，求求你了。"孙诚连连做乞求合十的动作，一脸的苦笑。

⚭ 二十二

赵总编约我聊一聊单身女人报告的事。我说，到齐雅娟的会所吧。在干枝梅俱乐部聊单身女人的事不是很恰当嘛。

赵总编答应了。

干枝梅俱乐部装饰一新，潺潺的流水声由远而近，很多热带植被、树木使得我们产生了错觉，以为置身于南方。齐雅娟在外面有事，她安排人接待了我们。在大厅的尽头是一个大阳台，一把大阳伞下，我和赵总编面对面坐着，海风吹来了，大阳伞在呼呼作响。

"海星啊，我还是要催你尽量早一些拿出这个报告，纸媒的日子不好过啊，听说电视台也停发奖金了，我现在就指着你这个报告一炮打响，然后我们可以用里面的故事拍系列网络电视剧。投资不太大，肯定有反响。"

"太好了，赵总编，我可以负责任地说，这里面的人物之繁多、故事之真实、情节之感人都是高满堂、郝岩、孙诚他们这些大编剧垂涎三尺的，梦寐以求的，挖空心思也编不出来的。我们能拍一千集。"

我把这些天听到的故事简单地叙述了一下，说到动情处几度哽咽。赵总编的眼里也闪着泪花。

"海星啊，我发现你人变了，变得有些婆婆妈妈，变得有点软心柔肠，你过去可是没心没肺啊。这是好现象，说明你走到她们心里去了，成为她们的朋友、兄弟、亲人，什么形式的作品创作都需要这样的境界。我对你充满希望，还有没有什么困难？"

"没有什么大的困难，现在有了齐雅娟的干枝梅俱乐部，我的工作更加顺利方便了。就是有个别姐妹想和我处朋友，我有点儿招架不住。"

"哎，有意思。"赵总编身体向前倾了一下，眼睛也亮了。

"说心里话，我也喜欢她们，主要是同情，还没有达到爱恋的程度，我是不会轻易接受的。"

"好，海星，你自己把握，反正你是单身男人，只要不胡来，可以考虑一个你喜欢的，这是人之常情嘛。"赵总编把话题一转，"海月的情况怎么样？"

"吴天奇已经打听清楚了，海之梦大酒店的股权有纷争，卖不了，时晓菲死定了。"

赵总编摇着头说："海月的命真苦，过去有红颜薄命一说，现在我看再加一个红颜苦命。"

"红颜苦命？太好了，这个定义太准确了，我要写进我的报告里。"

齐雅娟来了，侯天真也来了，她们满面春风地老远就打招呼。

"赵总编来了，我说今天我们这儿蓬荜生辉嘛，有贵客到。"齐雅娟笑着说。

"你这个大阳伞哪有蓬荜生辉？"赵总编站起身说。

"是不是打扰你们谈话了？"齐雅娟示意赵总编坐下。

"没有，我们谈的都是单身女人的事，你们来参与更好。"赵总编说。

"有你们这些朋友支持，我们干枝梅俱乐部一定会做好。"

"好像还少一个牌匾一类的东西。"我说。

侯天真说："已经找书法家给写了，正在制作呢，陈老师的心真细啊。"

齐雅娟一边沏茶一边说："现在会员已经有三百多了，还有不少外地的。有了网络平台，会员每天都在增加。赵总编帮我们想想，我们将来怎么办？万一会员发展到了一千、一万，我们怎样管理？怎样安排活动？"

"我有个办法，除了网络和微信群的沟通，能不能利用我们的《妇女视界》做一个平台。"赵总编端着茶杯说，"我给你们开一个专栏，报道你们的活动，刊载你们的故事，你们每一个姐妹都可以在这里表达自己的心声。这样的话，一举两得，我们的杂志也有救了。"

赵总编说得兴奋，我和齐雅娟听得也高兴。

"赵总编不愧是创意大师，你的这个单身女人报告就很精彩，再有了这个杂志专栏就锦上添花了。赵总编，你准备给我们多大篇幅？"

"这要看你们的情况而定，另外我可以在封面、封底给你们打广告。"

"赵总编，你要我们做些什么回报呢？"

"很简单，让我们的杂志你们姐妹们人手一份。"

"行，我们干枝梅俱乐部先包你一千份。"齐雅娟就是爽快。

"好好好，今天我不虚此行啊。"

汪远来了，是我在微信上招呼来的。

彼此介绍认识后，汪远坐在了我的旁边。

齐雅娟兴致勃勃地说："我们下一步要展开抱团取暖项目，目前有三个项目在策划。一个是想办一个学校，利用我们姐妹里有特长的人，搞技术培训。比如厨艺、太极拳、瑜伽、京剧、声乐、器乐、插花、美术等，不求挣大钱，但求有快乐。再是想开一个面馆，叫面食界，把天下所有的面食都在我们这里集合，有大连的蚬子面、海鲜面，山东的打卤面，河南的烩面，西安的羊肉面，甘肃的牛肉面，朝鲜的冷面，意大利的通心粉等等，还加工各种月饼、油饼、花卷、玉米饼子、煎饼、大馒头等，这些产品可以送到超市里卖，也可以在网络上卖，肯定会有不错的效益。第三个项目是想搞一个足道康健中心。我经常做足疗，陈老师好像也经常做。现在的人由于看电脑、看手机、开车、打牌等等，身体越来越不舒服，做足疗可以缓解这种亚健康状态。足疗已经超越了原来的概念，现在发展到以足疗为主，覆盖全身的新的调理按摩理念。我们这三个项目从投资到管理，再到技术人员、服务员全部都是我们干枝梅俱乐部的会员。"

"太好了，齐大姐，你这三个项目肯定都能火，你真是一个做生意的好手。"我用崇拜的眼光看着齐雅娟。

赵总编激动地站起身："齐会长真是这个社会有胆识、有担当、有责任感的企业家。如果说海星正在做的调查报告是为单身女人呐喊呼吁，那么齐会长的这三个项目就是实实在在地为单身女人做好事。我们《妇女视界》全力以赴提供合作平台。"

齐雅娟兴奋地站起身："我一直认为我们女人真的不比男人差，特别是单身女人，已经没有退路了，只能勇往直前了。"

赵总编转向我说："海星啊，你听，这是单身女人的宣言，所以你的这个调查报告写不好都对不起她们。一部好的调查报告一定要有理有据。什么是理？理就是理论。什么是据？据就是真实事实。所以，你一定要在调查实际情况的基础上产生一种理论思维的论点，以理服人。另外，你搜集整理的故事一定要有典型性的新闻价值，还要满足读者的猎奇心理，要有令人心酸、心碎、震撼的故事情节和使人反思、深思、叩问的深度。所以大有文章可做。"

"我也是这么想的，我已经有所思考，正好你们都在，我想和你们探讨几个问题。"我指着汪远说，"这个汪远是我的死对头，从我俩认识起他就一直和我作对。我说天是蓝的，他非要说是绿的，还噼里啪啦地说得有理有据，说到最后我们俩都信了天是绿的。"

齐雅娟和侯天真笑得前仰后合，赵总编正好喝了一口水，一下笑喷了出来，咳嗽了几声。

我没笑，我接着说："但是一个论点的确需要反面的论证，所以我需要汪远这样的诡辩家。"

汪远的脸上露出一种得意的笑容："不敢当，不敢当。"

"哦，汪远还有这两下子？"赵总编惊奇地看着汪远。

"是啊，他特能狡辩。当年我们学校代表中国大陆与新加坡的大学进行辩论会，最后取得了总冠军，多牛啊，央视都播了。你知道我们学校的三个辩手有谁吗？"

"有谁？那时我已经毕业了，如果我在校的话，应该有我。"赵总编说。

"三个辩手是：孙可心和汪远，还有一个你们不认识。"

"孙可心是谁？"侯天真问。

"孙可心是我们陈大作家的前妻。"汪远带点讥讽。

"齐大姐，赵总编，我可惨了。"我装作有点哭腔，"我最亲密的两个人都是中国最能狡辩的人，他们没理搅三分，有理不让人。我的妈，你说我活得多不容易啊。"

"好了好了，你别彪了，赶快进正题，说你的论点。"汪远总是扫我的兴。

我收起了哭容，看了侯天真一眼，我发现她看我看得入神。

"我最近一直在想一个问题，婚姻到底是什么？我查阅了一些资料，也上网搜了一下，只有《现代汉语词典》有这种解释：因结婚而产生的夫妻关系。钱锺书说婚姻是座围城，城外的人想冲进去，城里的人想逃出来。但是我认为，婚姻是一桩买卖。"我说到这里故意停顿一下，喝了一口茶，观察了一下大家的反应。

"有意思，有意思。"赵总编和齐雅娟有些兴奋，汪远两只小眼睛眯缝着在思考。

"在爱情或感情产生之前的男女两个人，其实就是两个商品。首先是相识，就像我们要买一个商品，通过广告——征婚启事、媒介——红娘介绍或自由恋爱——一见钟情，看到了自己倾心的商品；然后通过接触、试探、交流、交往甚至调查，打探对方的真实情况。这期间一切的要素都很重要，都是讨价还价的砝码。比如相貌、身高、学历、家庭、性格、工作、特长、爱好等等。所谓的谈恋爱阶段是相互了解，讨价还价的阶段。这个阶段很重要，经过一番观察、体验、比对、权衡，双方达成交换协议。成交，也就是领取结婚证明。在远古时期，没有货币，所有的商品都是等价交换的。结婚证明就是等价交换的一纸合同。"

"有道理。"齐雅娟频频点头。赵总编眼镜后的眼睛很深邃。汪远好像不赞同我的观点，要不是赵总编和齐雅娟在，他早就开始辩驳了。我示意他不要打断我说话。

"好了，下一步，有了合同，这个合同是合法性的、永久性的。两个商品既是互换，又是融会，男女组合成为家庭，互相呵护，互相利用，互相使用，互相帮扶，互相爱恋，互相包容，互相欣赏，因此产生了良好的效益，可能有了后代，也可能是发了家致了富。我需要特别阐述的是，情感也是必须要交换的。我们经常说的相濡以沫、相敬如宾等等都是感情交换的形容。然后有几种可能发生。一是俩人求大同存小异，继续履行合同、维护合同，合作得非常好。一是有一方发现对方暴露了缺点，不能容忍，终结合同。还可能是一方看到了比这更好的商品，见异思迁，撕毁合同，离婚分手。还可能是有一方的市值增加了，而对方反倒下降了。比如，男人当官了，或生意做大了，而女人变老了，也可能出现撕毁合同的现象。”

“有道理，有道理。”齐雅娟微笑着给大家倒茶。

“因此，我认为，钱锺书只说了一半。还有一半是，从城里出来的其实还想进去，只不过是要换个房子，从城外进来的也还可能想出去。据我了解，没有真正独身主义的男女。他们或她们的独身，是因为没有找到货真价实的可以等价交换的商品。他们或她们曾经被欺骗被欺凌，或其他原因导致恋爱或婚姻失败，从而患了一种婚姻恐惧症。”

除了汪远的眼神在望着远方，大家都频频点头。

我接着说：“现在全世界的学者有个共识，就是地球的唯一能源是太阳。那么人类生存的唯一目的是什么？”我环视着大家，他们面面相觑。我对汪远说：“你知道吗？”汪远没有回答，还是用那种藐视一切的眼神看着我，大家都很期待这个答案。

我喝了一大口水慢慢地说：“是繁衍后代。要繁衍后代就要做爱。”

汪远摆摆手表示不同意。齐雅娟和赵总编几乎同时说他们以前看过这个说法。侯天真的脸上出现了红晕，她低头看着自己的鞋子。

我拿着水杯示意齐雅娟倒水，侯天真眼疾手快给我的水杯里倒满了茶水。我有些得意地说：“婚姻就是让做爱合法化，以规范和固定做爱对象，禁止原始社会的那种乱象的发生。因此，婚姻是人类生存唯一目的的通行证。当然，未婚同居、一夜情、强奸等乱象，一直在挑战着合法婚姻。”

“你这是对婚姻的一种解读、解释。那么你的主题是什么？你到底想说明什么问题？”汪远终于憋不住了，还算给我面子。

“接着刚才说，如果没有合同的商品，或者被撕毁合同的商品就是单身女人，我们只说单身女人。所以说一纸婚姻把女人分为了两类。婚姻就像一道墙，墙里的是拿到合同的，墙外的是没有拿到合同的。这道虚拟的墙非常高大、非常残酷，很多女人一生都没有逾越过。也有很多女人在墙里待了若干年，被撕毁合同打回墙外。”

"这个比喻很到位。"齐雅娟又在倒茶，我喝了一大口，舌头舔了一下嘴唇。

"其实不论在什么年代，吃亏的、受苦的、遭遇不公的大多是女人。远了说在封建社会，一夫多妻制，男人可以纳妾，我们看过电影《大红灯笼高高挂》，那是典型的一夫多妻制，所以造成了很多的人间悲剧。"

"有一个单身女人曾经含着眼泪对我说，陈老师，你知道我们单身女人的滋味吗？我们白天可以光鲜亮丽，可是到了晚上，万家灯火中只身孤影，独居一隅，有病有难，无人问津。我们也是风情万种的活物，我们正值年轻多情，谁来抚慰我们孤独的心灵。"我说得很动情。

齐雅娟的眼里闪动着泪花。"是啊，真是这样，不怕你们笑话，有时候真想到外面随便找一个男人，管他是什么人都行。那个滋味是女人最可怕的最恐怖的。"

齐雅娟喝了口茶接着说："咱们都是过来人，说实在的，我现在好多了，可能是老了，年轻时，真的不好过啊，上来那一阵闹心啊。侯天真应该有体会。"齐雅娟指了一下侯天真。只见侯天真的脸腾地就红了。齐雅娟看出了侯天真的尴尬，赶紧转移话题。

"还有就是孤独，那种孤独的滋味是你们不可想象的。我永远忘不了，有一年春节的前几天，下了一场大雪，我从酒店出来得挺晚，我的车也给冻住了，只好往家走，道上一跐一滑的，我又冷又怕，还打不着出租车，我就坐公交车往回走。车里人不多，对面坐着个扫大街的女的，岁数比我大一点，扫雪刚回来，浑身上下没有一件值钱的衣服，穿个掉色的羽绒服，戴一副大破手套，满身上下又是冰碴又是水。我穿的貂皮大衣，戴着狐狸围脖，她羡慕得直看。也巧我们俩一起下的车，结果她丈夫在车站接她，帮她拍打身上的冰和水，当时又飘起了雪花，她丈夫给她撑着一把伞，用胳膊架着她往家走。我看到这里眼泪一下就出来了。平时我们都瞧不起人家扫大街的，嫌人家穷，嫌人家脏，但是人家有个心疼她的丈夫。多幸福啊。我一个人流着泪往家走，几次险些滑倒。突然看见有只很小的流浪狗在墙根看着我，它冻得浑身发抖，那个眼神里有一种乞求。我俯下身，摸着它的头说，孩子，咱俩的命一样苦啊。我都哭出了声。我把它抱起来，用大衣给它裹起来，抱回了家。我感觉我们人群中的单身女人就是流浪狗。因为流浪狗看着有主人的狗的眼神，就是我们单身女人看着挽着老公胳膊女人的感觉。还有一次，我半夜突然发烧又拉肚子，就想找个人陪我上医院。我拿起手机，翻了半天找不出一个能陪我上医院的人。找这个人吧，怕人家老婆多想；找那个人吧，人家有老公可能已经入睡了。我那个泪啊，我蹲在厕所里哇哇地哭。"

侯天真流泪了，她抓了几张餐巾纸递给了齐雅娟，自己也抓了两张在擦眼泪。我的眼泪也流了出来，赵总编和汪远也泪眼蒙眬。

"所以我有钱了就想救助单身的姐妹们和流浪狗，我现在已经圈养了八十多条流浪狗，在大连湾有我的一个基地。我发起成立干枝梅俱乐部，就是让我们的单身姐妹抱团取暖，在我们困难的时候相互关照。按照陈老师说的，我们是被婚姻这面高墙挡在外面的群体，如果做散兵游勇就会自暴自弃，只有团结起来我们才能渡过难关。"

"齐会长，说到这儿了我问你，你们这些姐妹是不是还有结婚的愿望？"赵总编很认真。

"应该说我们大多数姐妹肯定都有这个想法，但是许多人已经感到没有希望了，太难找了。"齐雅娟说。我又看了侯天真一眼，她低着头，还在看她的鞋子。我喜欢安静有涵养的女人，喜欢有些羞涩的凄美的女人。鞠梦楠属于这种，侯天真也属于这一种。

赵总编问道："为什么难找呢？我们国家的人口统计报告说我国的男性多于女性啊？"

"这个问题，我还真研究过。"我把身体向前倾了一下，"一个国外的科研机构经过多年调查发现了一个定律。他们叫 ABC 定律。说是男人和女人都分为 ABC 三个层次，A 是优，B 是良，C 是差。结果他们发现，A 男不喜欢找 A 女，因为都优秀的话，女人会更胜一筹，A 女肯定都是比较强势的女人，A 男根本驾驭不了。所以他们把目标对准了 B 女。B 女一般是学历和修养差一些，但是她们可能比 A 女长得更漂亮，更会打理家务，这正是 A 男需要的。因此 A 男找了 B 女。B 男一看 A 男都不敢找 A

女，我们更驾驭不了，B女又被A男给抢走了，只好退而求其次去找C女。现在就剩下A女和C男了。A女这么优秀怎么能看得上C男呢？C男一看A男、B男都不敢碰A女，我们就更不能碰A女了。就这样，社会上的单身一族基本是A女和C男。A女基本上都是高智商、高学历、高工资、好颜值、好工作的城市女人。C男大部分在农村，一般是游手好闲、品质恶劣、有作案前科、身体不好的或性格怪诞的男人。当然这是一个大概的情况。"

赵总编有些激动："我比较认可这个理论。"他转向齐雅娟说："但是你们A女也不能坐以待毙啊。你们要降低身价，降低标准。不能什么门当户对啊！什么郎才女貌啊！什么等价交换啊！"

"你说得对，赵总编。我们已经降低标准了，可是真的没有目标啊。你看我们干枝梅几百个姐妹，就陈老师这么一个男人，可我们这狼多肉少也不够用啊，哈哈哈。"齐雅娟爽朗地大笑起来。

我的妈，这次脸红的是我。

汪远也不怀好意地笑着。

我又看了一眼侯天真，她的脸上出现了一丝苦笑。她对我来说也是一个谜。

"侯天真，什么时候听你的故事啊？"

"看你的方便，随时恭候。"侯天真看着我说。

"你不是想当作家写小说吗？那就多看小说，熟读唐诗三百首，不会作诗也会吟。"

侯天真笑着点点头。

"陈老师，麻烦你给我开个名著的目录。"

"不用，所有的名著我家里几乎都有，下次见面我给你带几本。"我说。

"那太好了，谢谢陈老师。"侯天真笑着说。

齐雅娟的秘书来了，告诉她酒宴已经准备好了。齐雅娟领着我们来到餐厅的一个包间。我感觉到侯天真对我有了一种莫名的吸引力，我下意识地就坐在了侯天真的旁边。我近距离地看着侯天真的侧脸，发现她的左耳朵上有个挺大的痦子。我听说痦子长在哪里是有说道的。

不知道侯天真的这个痦子，有什么玄机。

⦿ 二十三

干枝梅俱乐部的微信群好不热闹，有介绍新人的，有表示欢迎的，有发红包的，有调侃的，有发各种表情的，有转发各种消息的。人一多就热闹，特别是女人多了就更热闹。

齐雅娟发言：

> 姐妹们大家好，我对新加盟的姐妹表示热烈的欢迎，但有几个问题需要大家注意。一、大家最好用实名，那些微信名时间长了记不住，容易引起麻烦和误会。二、大家不能随意拉人入群，要先入会再入群。入会很简单，我们已经建立了以区为单位的二级分会，各分会的负责人名单已经发在了群里，请想入会的姐妹找你所在区的分会长填写一个表，由俱乐部工作人员录入档案后，再把你拉入我们的群。三、我发现有个别的姐妹把一些商品直销广告也转发在群里了，这个不好，我们是一个阳光、快乐、向上的集体，请不要让铜臭味玷污了大家的心气。

月牙跟着说：

> 以后谁再发商业广告就把谁踢出去，你以为这是早市啊？

立刻就有至少二十多个人点赞支持。

齐雅娟马上回应：

　　请大家说话都要和气一些，这是我们姐妹们的家，对家里人要亲切。要知道很多姐妹生活得很窘迫，发广告、做生意都是生活所迫。我们可以再建一个群，专门推介商品以及经营理念和成功经验。告诉大家一个好消息，我们俱乐部正在筹划建立三个商业项目，一个是培训学校，一个是超级面馆，一个是足道康健中心。欢迎姐妹们对号入座，各显其能，具体计划会在不久告诉大家。还有一个好消息，我们的会所也建好了，就在望海大酒店的17层，吃喝玩乐一应俱全，欢迎大家去家里坐坐。周日下午的讲座就在那里搞。

　　一片点赞支持的表情，我都数不过来，看得都晕。

　　转眼来到周日，下午一点，干枝梅俱乐部的绿色大旗又在迎宾路上飘扬。旗下百儿八十个休闲装束的女人，浩浩荡荡地出发了。我注意到我们的队伍又扩大了，许许多多陌生的面孔，洋溢着愉悦的微笑。除了我，还有三个干姐妹带着父亲，六个干姐妹带着儿子，今天一共有十个男性参加了干姐妹的活动。

　　于琪和方元走在最前面，她们轮流打着旗子。这一对"冤家"已经成为好姐妹，她们一边走一边说说笑笑的，很开心。

　　齐雅娟和我走在一起，我身后紧跟着的是月牙。

　　齐雅娟说："陈老师，今天我们大约要走两个小时，然后就听你的讲座，准备好了吗？"

　　"准备好了。"我回答。

　　"陈老师，今天你讲什么内容？"月牙在后面大声说。

　　我回头说："是单身女人的心理疏导。"

　　"哎呀，没想到我们陈老师还是心理医生啊。"月牙大声嚷道。

　　我慢走了两步，和月牙并排走着。

　　"什么时候听你的故事啊？一定很精彩吧。"

　　"陈老师，你说的这个精彩是什么意思？是悲剧？是喜剧？还是感动？"

我看到月牙有点认真的样子，我才发现我的这个精彩好像有问题。

"我们单身女人的故事都是悲剧，怎么能谈得到是精彩呢？"

"我的妈，是啊，我用词不当，应该说很感动。"我有点尴尬，一个搞文学的人，让一个普通女人给挑了毛病。

"感动，好像也不对。"月牙的性格就是这样直来直去，我已经适应了。

"人家的命运那么悲苦，那么曲折，你说感动？对吗？"

精彩肯定不对，感动也不准确，我才意识到这个问题挺棘手。

"那要我听了你的故事，才能表达我的心情。你今天讲，好不好？"我总算给自己找了一个理由。

"陈老师，我的故事，必须我单独讲给你听，而且必须是咱俩边喝酒边讲。"月牙开出的条件不算高。

"行行行。"月牙已经把我给吸引住了。

今天走的速度有点快，才走了半个钟头，我的身上已经又开了锅了，满头、满身都升腾着热气，膝盖和脚后跟又疼了起来。

齐雅娟向前面大声喊着："前面慢点走啊，哎，方元，你要累死陈老师啊？"

月牙这时候已经开始搀扶我了。月牙有意识地用身体靠着我，其实我最希望侯天真能搀扶我，可是她在哪儿呢？我几次回头都没看见她，我挎包里还有给她带来的《茶花女》和《简·爱》。

队伍行走的速度慢了下来。

齐雅娟回头对我说：

"陈老师，你是不是从来不锻炼身体啊？"

我气喘吁吁地说：

"上周还跟你们走滨海路呢。"

"陈老师你这身体不行，没有好身体，我们这么多姐妹你应付得了吗？"月牙大嗓门喊着，立马是一阵山呼海啸般的笑声，把在树林里歇息的一群麻雀都给吓得呼的一声四处逃散。

走了一个小时，我实在走不动了，我的妈，我浑身都湿透了，就像刚从桑拿房里出来一样。我两条腿都瘫软得站不稳。我告诉月牙，再这么走下去，我就没有力气讲课了。月牙和顾艳在和齐雅娟商量后，打车把我送到了干枝梅俱乐部。

我坐在一个沙发上，月牙给我扇着扇子，顾艳给我端来一杯温水，她说刚刚运动完了不能喝冰水，也不能在空调下，容易着凉。看得出，顾艳的心很细。我从衣兜里掏出一块巧克力吃着。

"陈老师，你要少吃甜食，你这么胖了要注意啊。"顾艳说。

"好好好，就喜欢这口，慢慢改。"

过了半个多钟头，姐妹们都陆陆续续地来了，她们都走过来向我问候。

月牙问我感觉怎么样，我说："在干枝梅里太好了，我就是皇帝。"我笑了。

月牙嘲笑地说："拉倒吧陈老师，你还皇帝？这么多美女你一个也不敢动，有你这样的皇帝？人家皇帝有三宫六院七十二嫔妃。何况你还是单身男人呢，胆小没有皇帝做。"她趴在我耳边悄悄地说："孤男寡女两厢情愿，干柴烈火熊熊燃烧，法律管不着，谁开心谁知道。"

顾艳一把拉起了月牙："有什么见不得人？大声说。"这时候我的周围聚了起码有三十多个姐妹。大家也起哄，那声音在室内更是拢音，整个天棚都嗡嗡作响，我的耳边就像吹来一阵风，呼呼作响。

我的讲座在干枝梅姐妹的热烈掌声中开始，六七十个姐妹坐得很悠闲，有十几个人为了离我近一点竟然坐在了地上。在一片熟悉的和陌生的面孔里我看见了侯天真，她向我挥挥手微笑了一下。男人们有个特点，愿意在女人面前逞能、显摆，就像孔雀开屏，我自信今天的讲座一定会成功。

在齐雅娟的开场白后，我站了起来。

"姐妹们，大家好，感谢齐雅娟会长，我们干枝梅的讲座第一期让我开讲，这是对我的信任，也是我的荣幸。我首先为大家朗读一首我新写的诗：《干枝梅的咏叹》。"

我打开手机，播放出精心挑选的音乐，这是一首作曲家郑冰创作的交响诗《绿》。我喜欢这个作品，它温暖的旋律像一片绿野，在风中摇曳着呈现出勃勃生机，厚重的音响像披着绿色衣装的山脉，层峦叠嶂，显露出生命的顽强。

没有绿叶的陪衬

　　我依然精彩亮相

历经风霜雨雪

　　我傲然在四季绽放

虽然太阳离我遥远

　　可我只需要一丝光芒

也许梦醒时枕边还有泪痕

　　我早已穿越了黑夜的长廊

不与牡丹争奇斗艳

也没有月季的芳香

我用坚强书写我的梦想

　　我用微笑抚慰心灵的创伤

当寒冬大地一片苍茫

　　我就独显风华孤芳自赏

当酷暑季节一轮骄阳

　　我又焕发神采吐露芬芳

有人感受温暖赞美太阳

　　我更喜欢陪我走过寂寞的月亮

我从来不是一花独放

　　我们的姐妹一瓣瓣一朵朵一簇簇

　　　　笑傲在每一条枝干上

当朝霞如火

　　我会披上艳丽的盛装

　　　　在人生的舞台展露最美的模样

姐妹们的心被我激荡起来了，她们都站起来为我鼓掌欢呼，我也很激动。以这样一首配乐诗朗诵开场，出乎所有姐妹的意料，也为我的讲座博得了头彩。然后就是我给赵总编、齐雅娟和汪远他们说的有关婚姻的话题，最后我又把 ABC 定律讲解了一番。我看到齐雅娟在不住地点头，她喜欢在听别人说话时频频点头表示肯定和尊重。有心理学家说这是一种高情商的表现，她会使演讲人更为自信。

我看了一下手机，一个多小时过去了。

齐雅娟说："陈老师休息一会儿吧，方元陪陈老师上厕所。"话音没落，坐在我跟前的月牙一个高窜起来抢着说："我陪陈老师去。"

月牙搀扶着我走进了厕所。

我走出男厕所的时候，月牙嘴里吐着一缕烟，她把手里的烟头在垃圾桶上按灭，扔进了垃圾桶。

我们回到了大厅，大厅瞬间安静了下来。

我喝了一口水，开始了下半场的演讲。

"我注意到一个现象，在我们的干枝梅姐妹的微信群里，大多数姐妹的微信名体现了大家的一种心态和处境，大家看啊：月牙，多凄凉啊。"

姐妹们哄笑了起来，大家的目光都集中在月牙那里，月牙回头看着大家，做了一个鬼脸。

"还有大海孤雁，茫茫大海一只孤雁，多悲凉啊。还有什么不上钩的鱼、孤舟蓑笠翁、野火烧不尽、独钓寒江雪、小草、依男、影子、野花、小路弯弯、在睡一方、色茫茫、嫩苗、独唱高手、没有梦、回忆的笑、不眠夜、一窟狡兔、受伤的猫，等等等等，简直就是一伙可怜巴巴的受伤的猫。"

又是一阵哄笑。

"是的，我们干姐妹无论身体和心理的确都受过很大的伤害，这种伤害像魔鬼一样将我们狠狠地打倒在地，从此我们好像就比别人矮了一头，像一只断了线的风筝没有了归属，像一条流浪的狗狗没有了家园。从此我们整天抚摸着伤口，满脸苦大仇深，一头沧桑雪发，我们理不清，剪不断，想不通，整天在问为什么。我们怨天尤人，骂老天不长眼让我遭受苦难，骂男人像毒蛇不长心肝。有的像祥林嫂一样絮絮叨叨向所有人倾诉自己的不幸；有的羞于见人，把自己封闭起来。还有的姐妹好罐子破摔放荡不羁，误入歧途；还有的姐妹甘当小三儿，屈人膝下，制造麻烦。林林总总，千姿百态。可以肯定地说，婚姻是否幸福，男人是关键。但是我们今天不谈男人，分析解剖一下我们自己。我们婚姻的失败都是男人的责任吗？有没有我们自身的原因？肯定有的。我在做了深入调查研究以后，发现导致我们姐妹婚姻失败的有以下几种类型：一种是温柔纵容型。这一类姐妹天生性情温柔，是理想主义者，凡事都想得很美好，很懂得浪漫，对男人体贴入微，对男人的缺点毛病看之任之。这样一来长此以往地纵容，助长了男人的坏习惯，以至于把你的温柔看作是可以欺负和背叛的不值钱的东西。我认识一个姐妹就是这样，温柔美貌的她和一个船员结了婚，由于和丈夫分多聚少，很珍惜自己的男人，对丈夫恭敬有加逆来顺受，因此滋长了她丈夫对她的轻视。她丈夫辞去船员工作声称要做生意，她把家里的几万元积蓄都拿出来，那时候万元户是凤毛麟角。直到她丈夫要与她离婚，她才恍然大悟，她丈夫骗走了家里的积蓄另有新欢了。她一个人带着孩子过了二十多年，去年才找了一个比她大二十多岁的老头同居了。这是一个典型的温柔型。遇到不知道珍惜你的丈夫，你的悲剧就要上演。"

姐妹们又有议论。

"还有一种表现是强势毁婚型。就是我们的姐妹在家里很强势，大事小情都说了算。这种女人其实对丈夫很好，对家庭也有责任心。现在社会上有句话叫女人不狠，地位不稳。这句话说对了一半。对于很爱你的丈夫，你厉害强势，他宠着你、顺从你，你的地位就很稳。但是也有一些我们的姐妹，眼高手低，总觉着自己哪儿都好，看不起自己的丈夫，他们有一点儿毛病或犯一点儿小错，你马上就会放大一百倍地谴责他，让他抬不起头。我认识一个北京的姐妹，就是很强势，把她丈夫管得像孙子，骂得鸡狗不如。终有一天丈夫受不了了，提出离婚。离婚后不久她丈夫就找了一个小他十几岁的女人结了婚。咱这姐妹就受不了了，她把家搬到前夫家的附近，天天盯着他们。回到家里就生闷气，吃不香睡不着，得了忧郁症。有一天她看见前夫和他妻子又出门上街了，就赶紧出门尾随前夫，结果精神恍惚被一辆汽车给撞死了。这是真事。惨痛的教训。丢了丈夫又赔了命。因此有些男人是被我们逼走的，有些苦酒是我们自己酿造的。所以，女人太狠地位也不稳。"

姐妹们有些议论。

我喝了一大口水，月牙马上起身又给我倒上了茶水。

"我们姐妹们现在的命题是怎样阳光地生活，让我们重新走进男人的世界，让男人走进我们的世界。我们生存的这个世界是由男人和女人组成的。男人和女人是一枚硬币的两个面。不可或缺，相依相存。人类要生存要繁殖要延续，必须是男人与女人携手完成的。缺一不可。我们试想一下，如果这个星球上只有男人或者只有女人会是什么景象？"

姐妹们又有议论。

"男人喜欢女人，女人离不开男人都是天经地义的。因此，我们不要小看了自己在这个社会上的价值。我们每个人都是可以创造奇迹的。我们每个人也都是一个奇迹。男欢女爱不仅是一种精神活动，也是人类繁衍的手段。有一位大哲学家说，人类生存的唯一目的就是繁衍后代。试想一下，我们人类来到这个世界已有上万年，经历了无数的天灾人祸，甚至多次面临灭绝。很多很多的人死去，只有很少的人存活下来，这些人都是人类历史的幸运儿，而我们就是这些幸运儿的后代。也正是有了这些幸运的男人和女人，我们人类才得以延续。所以我们每个人来到这个世界上，都有一种让我们人类繁衍的责任和使命。因此，我们要把我们优秀的基因传给我们的后代，让我们人类的未来更加美好和精彩。男人的大门和爱情的大门从来都是敞开的，只要我们肯迈开双脚，就会走进去。千万不要自暴自弃，千万不要做丁克一族。"

干姐妹热烈的掌声使我更加自信。

"下面是我的有问必答时间。我回答大家的提问。"我的话音刚落，月牙就举起了手，我示意月牙提问，月牙忽地一下站起来说："陈老师，你觉得你们男人喜欢我们女人什么地方？"

一阵哄笑声。

我的妈，这个问题太难回答，这个月牙真烦人，我赶紧开动脑筋。

"是这样的，男人们的审美取向不同，每个人有每个人的喜好。有的可能喜好女人脸蛋长得漂亮，有的可能喜好女人身材出众，但是终究还是喜好心地善良的女性。因为，再漂亮的脸蛋、再出众的身材也会变老，唯有善良美丽的心灵是永恒不变的、纯洁保鲜的。"

月牙点着头和姐妹们一起鼓掌。

有位岁数稍大一点的姐妹说："陈老师，据我观察，好男人在哪个层面上都有。有很多功成名就的企业家、艺术家、大领导也都是和糟糠之妻白头到老。但是也有不少男人，又熊又不老实，又穷又不肯干，还一身臭毛病，没挣回家几个钱，还抽烟喝酒骂老婆、打孩子。"

我说："对对对，有人说男人分三种：有能力、好脾气的为上等男人；有能力、坏脾气的和好脾气、没能力的是中等男人；没能力又坏脾气的为下等男人。所以我们在选择男人的时候，一定要慎重。"

有一位年轻的姐妹问道："陈老师，现在有一句话说是宁肯在自行车后座上笑，也不在宝马车里哭，你怎么看这个问题？"

我想了想说："其实，我们的人生就是一次旅行，男人就是一辆与我们平行的车，都去同一个方向。我们都会选择搭乘男人这辆车同行。因为这样行走比较快，也不会寂寞。但是问题是这辆车适不适合你，你坐得舒不舒服？有些姐妹感到不舒服立即叫停下车，有些姐妹能忍耐继续前行。这都没有错。问题是下车的姐妹后不后悔？坐车的姐妹能忍耐多久？坐车就舒服吗？如果那是一辆破车，动不动就抛锚了、没油了、车上很脏，你能忍耐吗？总之，还是看自己的感觉。"

顾艳举手问："男人们是怎么看单身女人的？"

"这个问题提得好，刚才说过，男人中分为上中下三种。一种是结过婚的，生活比较安逸稳定，对单身女人不闻不问，没有什么感觉。一种是有偏见的，他们会就个别单身女人的问题强加给所有单身姐妹，对你们这个群体另眼看待。还有一种就是我现在的观点，是同情、关怀、理解单身姐妹的。依我看，我们不要左顾右盼患得患失，只管把自己做好。

你要让自己由里及表地健康美丽。胖一点的减减肥，瘦一点的多吃些，我们要挺起腰板，抬起头颅，让最好的自己出现在男人的世界里。人的面容是健康的晴雨表，健康的人脸色红润、神采奕奕，相反不健康的人，面容憔悴，脸色焦黄。人的眼睛是心灵的窗口，自信的人、善良的人都会通过眼睛放射出友善温和的光芒；相反不自信的人，眼光忧郁，没有神采；邪恶的人眼睛里有一股令人战栗的光色。人的身材是性情的体现，身材匀称的人，是自律性很强的人，因为她能够掌控自己，相反自律性不强的人大都是胖子，像我这样。"我做了一个亮相的动作。

姐妹们的笑声又响亮起来。

"所以我们要自信、自强、自律、自立，久久呼唤，必有回响，种菜有吃，栽柳成荫，幸福属于有追求、有梦想的人。即使我们没有得到回应，我们也无怨无悔，因为人生除了爱情，还有亲情和友情；除了家庭，还有事业和爱好。退一万步讲，单身也有单身的好处，一不用为另一半操心，万一你的丈夫是个不省心的主，你会被他消耗掉所有的能量。我有个朋友，夫妻感情很好，可是丈夫染上了赌球的坏毛病，半年就输光了几百万的家产，妻子替他还了债，离了婚。我还有个朋友爱喝酒，天天喝，天天醉，喝多了回家就耍酒疯，打老婆、骂孩子、摔东西。和这样的丈夫在一起，还不如单身的好。二不会因和他吵架生气上火，你以为有丈夫的女人就幸福吗？我有个朋友，夫妻俩天天吵架，为了什么？全都是一些鸡毛蒜皮的小事，互不相让，一吵架就闹离婚，你说上不上火？现在大部分已婚女人生活在没完没了的争吵、猜疑中，她们忍耐着、坚守着，内心的苦楚、忧郁不比我们少。三是我们一个人吃饱了全家不饿，我们想吃什么就吃什么，想干什么就干什么，不用商量。我们可以任性地玩儿，唱歌、跳舞、旅游、聚会；任性地花钱，想买什么就买什么，不用看任何人的脸色。所以我们可以骄傲地说，我单身，我任性。我单身，我优秀。我单身，我快乐。"最后这几句，我几乎是喊出来的。

干枝梅姐妹们心中的烈火被我点燃了，她们的脸上都泛起了红晕。

"有人说，生活是我们的一面镜子，你哭它就哭，你笑它就笑，当然还是笑比哭好。有句名言叫人生苦短，什么意思？就是人生苦，人生短。人生苦，我们一降生就用哭声宣告我们来了；我们离世的时候，亲朋好友为我们而哭得死去活来。在我们一生中，陪伴我们最多的是苦难。有难以抵挡的病魔折磨，有不可预料的天灾人祸。所以有个叫释迦牟尼的人，用了毕生去探寻人生的快乐。最后他创立了一个教人快乐的团伙——佛教，他留给世界的快乐秘籍是：做好事，少欲望。我们的生命按照平均八十岁算，每个人最多也就三万多天。如果我们现在是四十岁的话，我们的生命也只有一万五千多天。我们应该珍惜这每一天，要使每一天都活得有意义。所以要做好事和少欲望。做好事是为了来生。善良的人，做好事积德的人，死后会上天堂，我相信天堂的存在。除了佛教，天主教和伊斯兰教也有这样的学说。少欲望是为了今世。没有欲望的人就快乐。看淡了名利，看破了红尘，你就会一身的轻松。我们何不走出自己为自己营造的壁垒，忘却所有的苦难忧愁，打开心灵的窗户，让阳光洗尽心灵的疮痍，用最美好的自己拥抱每一天。有人把女人的离婚和单身情况叫落潮。要知道，落潮也很美，除了露现的礁石，还有彩带一样的海草和黄金般的沙滩。落潮总有涨潮时，落潮就是涨潮的开始。让我们用微笑和自信迎接我们人生又一次涨潮的到来吧。"

干枝梅姐妹们激动地站起来，热烈地鼓掌。月牙流着泪忘情地拥抱着我。

掌声和欢呼声持续了有两分多钟，我像一个指挥家面对着热血沸腾的观众频频地谢幕。这个镜头我在维也纳新年音乐会上看到过。

有三十多个姐妹排着队要跟我合影，我都满足了她们。

活动结束了，走了一个多小时，讲了一个多小时，我现在连说话的力气都没有了。

月牙扶我往外走，她边走边在我耳旁悄声说："陈老师，你不是想听我的故事吗？"

我说："是啊，我等得花都谢了。"我闻到了月牙嘴里的烟味。

我看到侯天真在远处向我摆了几下手，我赶紧示意她过来，我把《茶花女》和《简·爱》给了她，她惊喜地接过来："谢谢陈老师。"我还想说什么，月牙拉了我一下："今天是星期天，明晚到星期八酒吧，听我讲。"月牙做了一个鬼脸。

我的手机响了，我一看是夏华打来的，手机还显示有四个夏华的未接来电。我就知道没有好事，可是为了鞠梦楠我还真不能得罪她。

"我说陈海星，你如实告诉我，你昨天下午在哪儿鬼混？"

谁见过夏华这样不讲理的？啊？就像我欠她似的，会不会说话？

"我昨天下午？"我想起前几天孙诚的嘱咐，"啊，在一个洗浴中心，和孙诚一起洗澡、打牌。"

"在哪个洗浴中心？说！"

你说这个彪子怎么还审问上我了，我哪知道什么洗浴中心啊？

"对不起，我正在开会啊，咱们明天再说，明天再说。"

我也效仿起赵总编，把她给打发了。

我的妈，我比孙诚还紧张，你说你孙诚自己的事一团糟，还把我给搅到里面去了。烦不烦你？我想起与孙诚在金沙松骨照的照片，本应该发给夏华的，我没有发。

回到家里，继续整理单身女人档案，下午讲座时提到的那个强势女人，应为 S。

干枝梅群里很热闹，姐妹们纷纷发表讲座感言，我发现了几个文笔不错的姐妹，我估计她们可能是教师或具有高学历。

夏华又发来微语，追问那些破事，我没搭理她。

⏳ 二十四

来到月牙说的星期八酒吧，门口有个广告词很有意思：

三百六十五天　天天向上
二十四小时　时时不息
星期八酒吧　你永远的家

月牙早就到了，她在大门口迎接我，挽着我的胳膊进了一个包间，就像一对情人。这包间狭小得只能对面坐两个人，中间有一张小桌子。

我说："在外面不是挺好的吗？"

"我们的事很私密呀，不能让别人知道，听话，啊。"

我在月牙的摆布下坐下。

"陈老师，你想喝什么？"月牙微笑着，在这昏暗的光线下显得很美丽，我有些认不出她了。

"喝普洱吧。"

"不行，说好了的，喝酒，不喝到一定的时候我是不会讲故事的。"月牙有点撒娇。我喜欢爱撒娇的女人，所有的男人都喜欢爱撒娇的女人。

"好吧，我知道今天这是鸿门宴，来吧，白的？黄的？还是红的？"我给自己壮着胆。

"我不喜欢白的，太冲，红的又太贵，咱们喝黄的吧。"月牙说着按了一下一个按钮。一个服务生好像就在门口，马上敲了一下门。月牙大声说："拿一箱啤酒，要大连冰爽，凉的和常温的各一半。再拿两个凉菜，一个果盘。"门外说："好的，稍等。"

月牙用她的右手把我的左手拉在她的面前。

"陈老师，你相信看手相吗？"

"半信半疑，将信将疑。"

"毕竟是搞文学的。"她的眼里突然有了一点狡诈的光色，"我先看看你的财路。"

她仔细地看着我的手心，两个睫毛长长的，忽闪忽闪的很漂亮。我对女人的眼睫毛有点研究。我小的时候发现我像我妈是单眼皮，几乎没有眼睫毛，稍有个风吹草动就容易眯眼，长大后戴了眼镜才有了些安全感。后来我发现我姐像我爸是双眼皮，有了眼睫毛，不但不怕风还挺好看。再后来我又发现傅真阿姨的眼睫毛更长，更漂亮，我妹妹海月的眼睫毛就像她。现在我突然发现一阵春风吹过，满大街都是长长的眼睫毛，让我们的世界漂亮了许多，让我们男人的心跳加快了。可是后来我在电视上看到有很多女人，因为做了双眼皮手术失败而毁容，把美容院和整容师告上了法庭，我才知道这个眼睫毛和双眼皮是可以造假的。后来我又在电视购物上看到假眼睫毛可以以假乱真。这使得我更加怀念傅真阿姨和她的眼睫毛，我为我们的世界少了一双真实的美丽的眼睫毛和双眼皮而深深遗憾。这月牙的眼睫毛是真还是假？

"你的财路分为三个阶段，青年时期还不错，青年后期也就是现在不太好，中老年会扶摇直上。"她说得很认真。

月牙看了我一眼，我微笑着。

"我再来看看你的情感线。"她的脸几乎贴在了我的手上，"你的情感线也分为三个阶段：青年时期交了桃花运；青年后期孤家寡人；中年时期会结识一个姓岳的女人，你和她结合会非常幸福美满。"

"姓岳的？"

敲门声又响起了，我赶忙打开门，服务生把凉菜、果盘摆放在了桌子上。又来了一个服务生把一箱啤酒放在了桌子前，啤酒瓶发出了咣咣的清脆响声。

月牙麻溜地起开瓶盖，给两个杯子都倒满了啤酒。

"来，陈老师干一杯，为了你的宏伟大业和幸福晚年。"月牙举起了酒杯。

"来，为了你的故事。"我的酒杯碰到了她的酒杯，我们一饮而尽。

"你刚才说姓岳的女人是怎么回事？"我擦了一下嘴边的啤酒沫说。

"我姓岳啊。"月牙一双美丽的眼睛直直地看着我，看得我有些害怕。

"我叫岳雅，岳飞的岳，文雅的雅。"月牙又举起了酒杯。

"月牙，岳雅，啊，我知道了，是谐音。"

我俩又干了一杯。

"陈老师，我看手相准不准？"月牙有些诡异的表情。

"以前的都比较准，以后的我不知道。"我吃了一口凉菜。

月牙突然笑了起来："哈哈哈，陈老师，其实我根本就不会看手相。来，再干一杯，一半凉的，一半常温的；一半真的，一半假的，正好。"

我俩的酒杯又咣的一声响。

"这酒过三巡是不是该讲故事了？"我看着月牙的脸。

"早呢，陈老师，我还没喝到时候。"

"我的妈，那就喝。"我有个毛病，平时不敢喝酒，但是喝到一定的时候胆量就比酒量大多了。

"陈老师，我发现你总爱说我的妈，为什么？"

"是吗？好像很多人都爱说我的妈。"

"是，也有人说。但是你说得挺频的。"

"我妹妹也说过我的这个毛病，说我俗，还让我改。可我是下意识随口说的，根本没意识到。我也想过，这是为什么呢？可能是我有恋母情结。西方人信奉天主，所以他们常说我的天，Oh my god。而我妈就是我的信仰，所以我就下意识地说我的妈。有没有道理？"

"有道理，有道理。你这么信仰你妈？你妈一定很厉害啊。"

"那是。我妈会打针、拔罐、刮痧、针灸，还给我爸做过阑尾手术，厉害吧？我妈会做饭、炒菜、腌萝卜、渍酸菜、摊煎饼，厉害吧？我妈还会剃头、做衣服、打家具、脱煤坯、盖小房，厉害吧？我妈会讲故事、唱民歌、演吕剧、敲锣鼓，厉害吧？我的妈！反正我妈无所不会，无师自通，心灵手巧，嘴一份子，手一份子。她就是我的神，我的妈。"

"我的妈啊！你妈也太厉害了。"月牙吃惊地张着嘴。

"所以我就不想改。说我的妈有什么不好？我就不改，我还感觉很自豪，比说我的天好多了，是不是？"

月牙点点头。

"你妈，她现在哪儿？"

"我妈？我妈现在山东老家。"

"在山东老家？为什么？"

"说来话长，今天不说她，说你。"

我俩又喝了三杯，我起身说："我去方便一下。"

月牙用一条腿拦住我。

"你是听我讲故事呢？还是去厕所？"

"当然是，"我停顿了一下说，"上厕所。"我用力推了推她的腿，她把腿放下了，我跑去了厕所。

我有个特异功能，一喝啤酒就要去厕所，基本上是喝一瓶去一次，所以我不怕喝啤酒。

"你喝到时候了吧？"我一进包间的门就故意大声说。

"现在正好，开始。"月牙两只眼睛睁得大大的，停顿了几秒。

我从小到大都有一种优越感，没办法，天生丽质。在我十六岁上高一的时候，一个姓郎的英语老师喜欢上了我。他让我当英语课代表，我经常去他的办公室送作业，帮他批卷，他给我补课，他说我的语感很好，将来会去外交部当翻译。我也很喜欢他。他长得不算帅，但是挺精神。他讲课很幽默，同学们都爱听他的课。他平时很讲究穿衣打扮，小头梳得一丝不苟，我们同学都叫他浪老师（浪是美的意思）。后来我俩亲昵了起来。再后来我发现我已经不能自控了。我没有拒绝他的任何一个要求，我想这也许就是恋爱，和一个你喜欢的老师恋爱很刺激啊。我在女生里就是胆子比较大的，发育比较早的。直到我怀孕三个月的时候，我妈才发现。我被逼无奈出卖了他，我说不是他的错，是我喜欢他。我妈狠狠地打了我一个耳光，这是我妈第一次打我。第二天我妈领着我做了人流，在家休息了三天我就去上学了。在上第三节课之前，看到外面有警灯在闪，我们都趴到教室的窗子上往外看，我看到浪老师戴着手铐被押上了警车。在上警车前，他向我们班的窗口望着，他好像看见了我。我眼泪流了出来。一会儿，班主任来了，她说，郎老师偷了学校的东西被警察抓走了，大家不要惊慌，照常上课。我回家就向我爸哀求，我爸在区检察院工作，就利用他的人脉为浪老师说情。可是法院还是以强奸未成年少女罪判了他十二年。依据是，多次强奸未成年少女，并致其怀孕，而且态度恶劣，拒不认罪。我听了后哭得死去活来。

月牙大哭起来，我也泪流满面。

我一直没有从悲痛里走出来，天天做他的梦，做跟他学英语、听他讲笑话的梦。这时学校里传开了浪老师是因为强奸我而被判刑的消息，我更崩溃了。

月牙用纸巾使劲擤着鼻子，我把一大堆沾着月牙眼泪和鼻涕的餐巾纸扔进垃圾桶里。月牙又按了那个呼叫服务生的按钮，不等外面敲门她大声说："再来一箱啤酒。"

月牙点了一支烟，吸了两口，她的情绪渐渐平静了。

那个学校没法待了，我爸给我转了一个学校。可是我已经没有心思上课学习了，成绩也一再下滑，高考考得一塌糊涂。我爸我妈怕我彪了，也不敢强求我。我妈一看我发愣就骂浪老师，都是那个死丧门星给弄的，不得好死。我就不愿听，妈，我告诉你，你再骂浪老师一句别说我不客气。我妈说，哎哟，小样儿，你翅膀硬了是不是？你胆肥了是不是？敢和我梗梗（犟嘴、示威）。我摔上门头也不回地离家出走了，我也不知道去哪儿，我坐上2路车到了老虎滩，就想跳海死了。可是我没有那个胆量。晚上海边的风特别大，我又饿又冷又害怕。半夜了我爸和几个警察才找到我。我还劲儿劲儿地不想回去。我爸说女儿你别闹了，你妈都气病了。咱们回家吧。

从此我和我妈不怎么说话。我发誓一定混个人模狗样的给她看看。我跟着几个没考上大学的女同学去了深圳。都说深圳是改革开放的前沿，一定有很多机会。在深圳的一家酒店，我们几个同学分别被录取为收银员、礼仪、打字员、秘书什么的。大连女孩长得漂亮身材也好，在那里很吃香。我们工作的那家酒店是深圳的一家五星级酒店，是香港人投资的。总经理是个法国人，叫马赛克。陈老师你别笑，就是叫马赛克，他人长得血帅，有一种贵族的气质和风度，他是管理酒店的专家。他也很幽默，见了我总会给我一个飞眼。他很喜欢我，不久就让我做了他的秘书。我还得感谢浪老师，是他教我的英语在这儿发挥了作用。我们姐妹们都很崇拜马赛克，见了他就像见了刘德华一样。虽然马赛克和我爸同岁比我妈还大两岁，但是我想如果找个这样的老公也不错。

有一天下班了，我们将要分手，他突然抱住我和我接吻了。从此我们就几乎同居了。我和马赛克好了一年以后我才告诉家里。我给我爸打电话说我谈恋爱了，对象是个法国人。我爸挺高兴，他告诫我不要和人家任性，不要耽误工作。我就不愿和俺妈说话，一说话她就批评我。两句话上不来俺俩就得吵架。听说谁家都是这样。女儿和爸爸好，天天和妈妈吵。有一天打电话俺妈问我他叫什么名，我说叫马赛克。俺妈说，马赛克不是厕所的瓷砖吗？他怎么叫这么个倒霉名？我腾一下就火了，俺俩就开始吵。我一直没敢说马赛克的真实年龄，我知道俺妈这一关肯定过不去。过完春节我们放了几天假，我就带着马赛克回到大连。俺爸跟朋友借了一辆宝马从机场把我们接回家，俺妈做了一桌子菜。还有俺姨、俺叔都来了。哎，俺姨和俺叔他俩是一家，都是教师，是俺爸和俺妈做的媒。也就是说，俺爸的弟弟和俺妈的妹妹是两口子。明白了吗？陈老师。

月牙看出来了我的惊喜，我们又干了一杯。我起身说："不好意思，去方便一下。"月牙哈哈大笑起来，其实我早就想去厕所了，因为月牙讲得太精彩，我找不到空隙。

接着讲，陈老师，你都不知道，俺妈一见马赛克就没给他好脸子看。她问马赛克多大了，马赛克用英语说四十六，这老外就是实诚，我告诉他好几次了，让他说三十六，他就是不会撒谎。我刚想说三十六，俺姨也是英语老师，她随口就翻译说四十六。俺妈一听，把筷子一摔，岳雅，你找了个爹来家？比我还大两岁，你说让我叫他哥还是叫他女婿？让他叫我妈还是叫我妹？我拉着马赛克就往外走。俺姨抱住俺妈，俺叔拉住我，俺爸拦在门口。马赛克一脸的无辜。俺姨说，姐你太不像话了，岳雅出去两年才回来，就算错了也要让客人吃顿饭，何况人家还是外国友人。俺叔也劝俺妈。俺姨用英语对马赛克说，抱歉，我姐更年期，说话有些过分，请你不要在意。用了半个多小时才平息了这场风波。我都叫俺妈科了（无奈）。大家又坐了下来。好在马赛克比较随和，他不太计较俺妈的言行。他说男人大女人二十几岁在西方都很正常，可能你们中国人还不习惯。他说他有个女朋友找了一个比她小二十五岁的丈夫。

我说："我的妈，会不会是现任法国总统马克龙？"
月牙说："对对对，有可能。"

我们在大连待了两天就回去了，临走俺妈狠歹歹（恶狠狠）地说，告诉你岳雅，这个女婿我不能要，你还觉得挺展样是不是？走在大街上不怕人家笑话？再说了，将来有了孩子，是叫他爸爸还是叫他爷爷？我现在身体不好，心脏老是扑腾扑腾地跳，有时候突然又不跳了，血压也高，你想叫我多活两年就和他拉倒。我也心疼俺妈，打归打，吵归吵，她毕竟生我养我了一场，我是流着泪离开家的。回到深圳，我继续和马赛克住在一起，可是过了没有半个月，俺妈来了。她大闹酒店把我和马赛克骂得狗血喷头，最后自己心脏病犯了，这才老实了。

也许性情暴烈的人都容易得心脏病。我的脸上出现一丝无奈的微笑。月牙讲得绘声绘色，有点气喘吁吁。

马赛克很同情俺妈，他当即表示立即和我断绝来往。我也向俺妈发誓一定与马赛克分手，她这才回了大连。几天后，我辞了职，到了另外一家酒店应聘工作了。那时候特别好找工作。特别是我这样长相好，会英语，又干过大堂副理的，都抢着要我去。

"我的妈，我都为你冒汗了。"
我们又干了一杯酒。
月牙又点了一支烟。

找到新的工作后，我才给家里打电话告诉他们我和马赛克分手了。我没好气地说，妈，你的心脏现在可以好好地跳了。没想到半年后的一天，我突然接到爸爸的电话说妈妈去世了，死于心脏病。原来是我妈被人家忽悠买基金赔了三万，就受不了啦，和人家打架气死了。她就是爱打架，什么都吃，就是一点儿亏不吃。我赶紧往回赶，给她送了最后一程。

说实在的俺妈去世我没怎么掉眼泪，我还是有些记恨她。大约一年后俺叔来电话说俺爸病了，是脑溢血。我在回大连的飞机上哭了一道。我哭俺妈，尽管俺俩打打闹闹，我毕竟是她身上掉下的肉。记得小时候她把好东西都留给我和俺爸吃，她不舍得买一件好衣服，俺姨和俺叔结婚那天，她翻箱倒柜，因为找不到一件像样的衣服急得都哭了。她脾气不好可是心眼好，她们单位有个孤老棒子（无儿无女的孤独老人）老太太是扫卫生的，很多人都瞧不起她。可是就俺妈拿她当人看，连续好几年大年三十，俺妈都把她领到俺家来过。那个奶奶很感激。俺妈死的时候数她哭得最厉害。完后我又开始哭俺爸。我说爸啊，你千万别有事啊。我就你一个亲人了，没有了你我怎么活啊。

我终于看到俺爸了，他已经昏迷不醒。大夫说他即使将来苏醒过来可能也是植物人。我每天给他按摩，给他唱歌，给他读报纸，在爸爸身边守候了整整一百天，俺爸终于醒过来了。大夫说是奇迹。可是俺爸不能说话，下半身没有知觉。叔叔拿出一个银行卡给他看，他点点头指指我。叔叔早就拿到了这个卡，可是不知道密码。我想了半天，突然想起了俺妈活着的时候，曾经打电话给我，说她有个银行卡密码是我的生日。我和俺姨一起去了银行的柜员机，输入了我的生日后就进入了。打开查询余额一看吓了一跳。那里面竟然有三十二万七千五百。我当时就哭了，原来爸爸妈妈省吃俭用攒了那么多钱是想买房子的，可是房子还没买他俩就这样了。

我到深圳辞了职，回到大连专心照料爸爸。我把原来三楼的房子给卖了，又添了十多万买了一个一楼的房子。这样方便让俺爸出去晒太阳。这个房子是两室一厅，我就用临街的那间开了一个小超市。我和俺爸住在另一间。那时候我已经二十三岁了，邻居的男孩，路过买东西的人都对我眉来眼去的，俺姨、俺叔也张罗着给我介绍对象，可是因为有了浪老师和马赛克的标杆，一般人我是看不上的，也有的一看我爸爸的情况就转身而去了。爸爸躺了十五年才去世，把他送走了，我也老了，现在我已经三十八了。

"你不老，三十八是最好的年龄。你长得年轻，我第一次见到你，以为你就三十出头，真的。"我长长地叹了一口气说。

我看到月牙的眼里一直有眼泪在涌动，现在的她很温柔。

我们又干了一杯。

"谢谢月牙，岳雅，谢谢你的故事和啤酒。"

"怎么样，陈老师，我的故事是精彩呢，还是感动呢？"

"很精彩，很感动，很难忘。"

"你想知道我以后的故事吗？"

"还有后传？"

"有，我不死，我的故事就在继续，不过我的故事里出现了新的男主角，想不想知道是谁？"

"不想知道。"我猜到了会是我。

"不想知道我也要告诉你，那个男主角是陈海星。"

我的妈，月牙已经喝大了，有一种女人喜欢酒后吐真情，这时候谁也拦不住她要说话。

月牙又点了一支烟。

"陈老师，我感谢你能听我的喻叨（说得太多），趁着我还没喝大，我多说几句。你知道吗？自从我二十一岁那年和马赛克分手至今再也没和男人上过床。你知道二十一岁到三十八岁是女人最美好的年龄，我的好时光都白白荒废了。"

月牙喝了一杯酒说："告诉你陈老师，女人和女人不一样，单身女人和单身女人也不一样。有几种情况，绝大多数姐妹都像我这样，安守本分，宁缺毋滥，洁身自好。但也有的姐妹干脆就破罐子破摔，你懂吗？"

我点了点头。

"还有的专门当情人，今天跟这个混，明天跟那个玩儿，不太自律，但也情有可原。我真可怜她们，好好的女人谁不想有个家？谁不想家里有个男人？"

我听得很认真，虽然又有一泡大尿在膀胱里窜动，我咬牙憋着。

"真的，陈老师，我很同情我们单身姐妹做的任何事，我有一个姐妹，她在澳门，你懂吗？"

我点点头，我有些惊恐。

"我差一点儿就跟她去了。那还是在深圳的时候，她劝我一起去澳门，说那里赚钱很容易，像我这样漂亮的身材好的女孩儿天天有人抢。我没听明白，我说我在酒店做大堂副理很舒心，很适合我，我就没有动心。十年后是别人告诉了我她在澳门做什么，而且一干就是十年。那些当小三儿的姐妹呢，整天逢场作戏，提心吊胆，因为她靠的那些男人都是有家室的，万一弄不好轻则被人家打一顿，重则名声扫地。你看没看过网上发的，情人被打的视频。其实大部分是受了男人的忽悠，什么将来和你结婚，什么给你买个房子，加上孤独和生理上的需要，就豁上了，结果造成了悲剧，给心灵上还没愈合的伤口上又来了一刀。其实我们单身姐妹大部分都很优秀，不论长相、身材、修养等等都不比已婚的女人差。"

月牙突然把话锋一转，变得温和起来："哎，陈老师，我看上了一个男人，是我理想的那种，我终于找到了。"

我估计到月牙说的是我，我就站起身说："对不起，上厕所。"就跑了出去。月牙的声音在背后追着我跑："陈老师，你上厕所的频率也太高了，今晚这是第七次了吧？"

"六次，就六次。"

"我的妈，六次还少吗？"月牙受我的影响也开始说我的妈了。

我站在小便池前，迷迷糊糊地听见与男厕所一墙之隔的女厕所那边传来了女人呕吐的声音，那翻江倒海的气势，那舍我其谁的声势非月牙莫属。我的妈，我转头出去招呼服务员。来了两个男服务员，我说你们回去，找女服务员来，快点儿啊，要出人命啦。一会儿，一阵风地跑来了三个女服务员。她们从女厕所里把月牙架了出来，月牙的嘴里一直在念叨着陈老师。我搀扶着月牙往包间走，想起在滨海路上，月牙拖着我走了很长一段路。

月牙断断续续地说："陈老师，你喝多了的时候最想谁？要说实话。"

我真的想了一下，好像想的是孙可心，可是我口是心非地说："想你啊。"

"这就对了，男人喝多了想谁就是爱谁。"

我的妈，我一听糟了，上了她的套了。

月牙接着说："陈老师，你知道吗？女人睡不着觉的时候想谁就是爱谁。"

"是吗？"

"自从我认识你以后，睡不着觉想的都是你。"

"我的妈，月牙，都十点多了，咱们该撤了。"

"好，撤。"月牙做了一个勾引的表情，"我们一起——"

"我的妈，我送你。"我有点急了。

"陈老师，你又开始装了，我就不信，就凭我这魔鬼身材，吸引不住你。"

我去结了账，回来时，看见月牙趴在桌子上，嘴里还在念念叨叨。我想拖她起来，可是牛高马大的月牙，哪是我能左右的。

我给齐雅娟打了个电话，过了一会儿，齐雅娟和她的司机来了，我们一起把月牙送回了家。

尽管喝得天昏地暗，可是我的正事还没忘，月牙的故事编号应为 T。

回到家里，我头疼得难以入睡。我回味着月牙的故事，回忆着我们认识以来的许多事。反正也睡不着，天马行空地遐想。我又想起了鞠梦楠。我喜欢她温柔如水的样子，我认为女人第一可爱之处就是温柔，这种温柔是一种品位、品质。还有她医生的职业使得她文静、文雅。还有她那林黛玉般的凄美神态，也是我喜欢的。还有燕窝岭的侯天真，她的自然大方善良纯真都是令我心动的。她知书达理、充满活力也是难能可贵的。只是我现在还没有走进她的心里，听她的故事。

人喝多了的时候想真情，就像酒后吐真言。孙可心怎么样了？我孤独的时候、喝多了的时候就会想起她，我是真心爱她的，她是我爱的第一个女人。不论到哪一步我都不会恨她，尽管她前不久发了几张和郭太峰在台湾的合影照片，让我恶心了好几天。

海月的事，我明天就该和她公公婆婆摊牌了，否则我对不起海月，对不起爸爸和傅真。现在我特别特别怀念傅真。她活着就好了，我就不会那么累了，我的世界会是另一种状态。海月肯定不会嫁给时晓菲，也就不会有那么多的磨难；我也不会下海经商，不会去赌博，不会家败人散。这个世界太不公平了，为什么让爸爸和傅真这么早就离开我们？我哪能担负得起养护海月的重担？两行泪水慢慢地流淌在脸上，从耳边流向枕头。

看来今晚又要失眠了，反正也睡不着，起来吧。打开电视，央视的体育频道是滑雪项目的转播，电影频道是一部香港早期的电影，都没有兴趣。我拿起手机，在微信里找到了孙可心，我想写什么呢？

还是找汪远吧：

你还没死吧？给我回话。

● 二十五

大连的夏天很舒服，白天的太阳被海风吹得不那么毒辣，晚上出门，你能感到天上仿佛有个巨大的空调在吹着冷气，凉爽得很。

海月约我到东港吃饺子，当然少不了默凡，没听说过吃饺子还有排队的。我们是晚上六点多到的，还就真的排了半个多小时。我们三个人要了四盘饺子，当然我吃得最多。不怪我能吃，这里有一种海胆饺子，那个面皮筋道透明，那个海胆馅儿鲜美可口，真是好吃极了。海月看着我的吃相直摇头。

"哥，你不是发毒誓要减肥吗？"

"好好好，从明天开始一定减肥，一定。"我是真心的。

吃完饺子，我们在周围的威尼斯水城漫步。许许多多欧洲古典风格的别墅或造型别致的建筑被一条河道分为两侧，一只小船载着几个客人穿过拱桥，在水面上穿行。海月和默凡不停地在拍照，我长得胖，也不帅，从来不愿照相，我当起了她俩的摄影师。

默凡去过意大利的威尼斯，她说威尼斯是一座水上的老城，老的建筑、老的街道都被海水浸透了上百年。比起威尼斯城，咱的这个威尼斯水城显得更精致、更洁净、更现代。

从威尼斯水城出来，我们来到海边，这里沿着海岸线铺设了一条很长很长的木栈道，有很多人速度很快地走在这条道上。这里还是钓鱼人的天堂，有上百条鱼竿林立地架在护栏上。在木栈道的旁边，有百米宽的空间，是一座狭长的带状公园，绿油油的植被，美艳艳的鲜花，把公园装饰得像个童话乐园。

在附近居住的市民带着孩子和小狗狗在这里玩耍。有的孩子骑着单车在跑。小狗狗们更是撒欢地嬉戏着。很多操着各种口音的外地人在拍照，在游玩。有人钓上鱼来了。人们围拢过去。有个老者说，这么小的鱼就别钓了，让它好好生存吧。钓鱼人把那条小鱼又扔进了海里。

"这是什么时候建好的？我怎么不知道？这么大的事也不通知我一声？"我大声对海月和默凡说。

"有几年了，哥。"默凡说。

"我哥是宅男，天天憋在家里，很少出去转转。"海月说，"这是有了干枝梅才走了两趟滨海路。"

"是啊，看来我是吃大亏了。"我突然有了新发现，我指着西面一个巨大的光色璀璨的现代建筑说，"那是什么建筑？"

"那是国际会议中心，里面有个在全国也数得着的大剧院。"默凡说。

"真壮观啊，大连的变化真大！"我感叹地说。

"哥，以后咱们每周游览一次大连，海月负责召集，我负责开车。"默凡说着。

一提到车，海月就不高兴了。

默凡拉着海月的手说:"是啊哥,你看我们周围的女人几乎都有车了。"

我没敢接这个话茬儿。

又走了不远,我们看到在国际会议中心的附近人山人海的很是热闹,我们加快了脚步。原来这里正在表演音乐喷泉。在气势磅礴的交响乐里,一个巨大的喷泉群落,喷射出无数的水柱,水柱伴随着音乐的节律或高或矮或急或缓或近或远,在变幻莫测的五彩缤纷的灯光里,演绎出如梦如幻如诗如画的奇特景象,把人们带入一个梦幻世界。

我被这音乐感动着,被这画面震撼着,在这里没有了烦恼。我心里奔流着一条大河,它荡击着我的灵魂,我突然想哭。

听默凡说我才知道,这里已经成为一个景观,每天都有成千上万的人前来驻足观赏。这周边宽敞的停车场早已停满了各地号牌的车辆。

音乐喷泉演出结束了。就像体育场里的一场足球比赛结束了一样,人们像潮水一样向四面八方涌去。

我们坐上了默凡的车,可是道路已经被车辆堵得连一只猫也跑不过去,默凡关上刚刚打开的车窗。这时默凡前面的车缓慢地向前动了几米,一辆车突然插了进来,默凡的车刚好也启动了,与那辆车的右前门发生了碰撞。

"我的妈,毁了。"我说着就下了车。默凡的车门被那辆车堵住了,她气得直骂。海月也说:"这一晚上的好心情,被破坏了。"

那辆车的司机也下了车,是个三十多岁的女子,个子高高的,很有气质。

"对不起,不要紧吧?"我说着走过去看着两辆车的事故点。

"麻烦大了,我才从4S店出来,又得进去,烦死了。"那个女子嘟囔着。

默凡从车窗里探出头来说:"都不是故意的,现在又这么堵,咱们拍个照片明天再解决吧,好不好?"

"好好好,我也是这么想。咱俩留个电话。"

海月下车了,她前前后后地拍了七八张照片。默凡和那个女子互相留了手机号码，这时她们前面的道路已经比较通畅了。我和海月都上了车，那个女子开着车先走了，我们的车也开动了。

默凡和海月约好，明天，她们一起去处理这起事故。

第二天中午，海月给我打电话，有些兴奋地说："哥，我为你又发展了一个干姐妹。"

"是吗？谁？"

"就是昨天和默凡发生事故的那个车主。"

"哦，这么巧，她是干什么的？"

"她是音乐学院的钢琴老师，很有故事。"

"我很感兴趣，你把她的电话告诉我。"

我马上就联系到了她。

那个钢琴老师叫秦琴，听了我的意思，她很想把她的故事讲给我听。我们约好见了面。

秦琴是个很漂亮很阳光的女人，那天晚上在东港灯光较暗，我没看清她的面容，她的直率、坦诚、爽朗，也让我们很快就没有了距离感。

我说："我首先要问你，你不怕你的故事曝光？"

她笑着说："我都这样了还有什么可怕的？我的故事也许对未婚的、已婚的、离婚的姐妹们会是一个很好的警示。我的故事写进了你的书里，说不定我也会青史留名呢。"

"好，我喜欢你的性格。我也喜欢钢琴，我家楼下就有一个弹钢琴的阿姨，她已经陪伴我五年了。钢琴本身就是一个大乐队，钢琴是我们人类最伟大的发明之一。"

"陈老师，这句话是谁说的？我第一次听说。"

"不瞒你说，是我。"

"好，我记住了，钢琴是我们人类最伟大的发明。来，跟我学钢琴吧，怎么样，广告词都出来了。"秦琴爽朗地大笑起来。

"我洗耳恭听你的故事，开始吧。"

秦琴是单亲家庭的孩子，五岁的时候父母就离婚了，从小心里就有一种阴影。妈妈是个知识女性，爸爸是个船员，妈妈和爸爸分多聚少，感情比较淡薄，又没有共同语言，生活中很不合拍。为了给刚出生的她起名，夫妻俩竟然吵得不可开交。妈妈说她喜欢钢琴，叫秦琴；爸爸说他喜欢船，叫秦帆更好，两个人互不相让，最后采取抓阄的办法。妈妈作了弊，她才有了这个名字。秦琴五岁的时候，妈妈趁着爸爸出海远洋了，自作主张给秦琴买了一架钢琴。可是爸爸回来后，看到了钢琴就恼羞成怒，不久他们离婚了，这台钢琴就成了他们婚姻失败的导火索。坚强的妈妈含辛茹苦地抚育秦琴，除了料理生活，还陪她弹钢琴，直到把她送进了音乐学院。

我大学毕业后没有正式工作，就教学生。这时有个学生家长，好心给我介绍了一个男朋友，比我大十岁。也许是小时候没有得到父爱，我挺喜欢年纪较大的男人，可是我妈坚决不同意。不知为什么，一直听妈妈的话、青春期都没有叛逆的我，突然变得叛逆。好像是走火入魔了，我和他的关系发展得很快，认识他十个月的时候我们就结婚了。我妈气得都没有参加我的婚礼。她说，不听老人言，吃亏在眼前。他是哈尔滨人，我跟他在哈尔滨稀里糊涂地举行了婚礼。可是还沉浸在新婚幸福中的我，发现了他与别的女人有神秘通话的迹象，渐渐地我感到了他对我不是百分百地投入了，女人的第六感觉很敏锐。我想也许我为他生个孩子就好了，很多朋友都说孩子是两个人的纽带。我怀孕了，我妈知道了又竭力让我堕胎。她说，不听老人言，吃亏在眼前。我已经走火入魔了，又不顾我妈的劝阻，把女儿生下来了。但是他对我的态度不但没有加温，反而对我们娘儿俩很冷淡，而且我发现他一直与别的女人有暧昧关系。我实在受不了了，就和他大吵大闹，我抱着孩子回到娘家。妈妈说，怎么样？后悔了吧？我只是流泪，不久我萌生一个想法，出国深造，我妈又反对。她说你不能给他空间，这样就毁了你自己。我执意要出国，一定学个名堂来。我妈说，不听老人言，吃亏在眼前。我又走火入魔了，把女儿搁在了我妈那里，赌气去了日本，一边打工一边在那里读了三年的研究生。回来时，我发现了他与一个更小的女孩儿相好了。有一天他出差了，晚上九点左右，我听见有人用钥匙开我家的门。我从猫眼里看到一个比较年轻的女人。我问她是谁，她竟然问我是谁，我说奇怪了，你说我是谁，我是这家的女主人。她哭着闹着说她才是这家的女主人。她还要报警。我说太好了，正好我也想报警呢。我们吵了半天，才明白了原委。原来在我留学期间，他和这个女孩儿一直在我家住。他最近甩了她，她很痛苦，今晚她喝了很多酒来找他打架的。我打开门让她进来。我们俩又喝了起来。她说他现在不知又和谁好了，打电话也不接，发微信也不回，还给这个门换了锁。我们俩都是受害者，同病相怜。我很痛苦，也很无奈。现在留给我的只有一条路——离婚。伤痕累累的我，离婚后搬到我妈家。

"后悔吧？"我问。

"那是追悔莫及啊，我周围有好几个朋友都是和我一样，因为当初父母不同意而结了婚，后来又离婚的。可见父母在这方面的确有一双慧眼。"

"后来呢？"

"我一直单身。"

"女儿多大了？"

"女儿现在都上中学了。"

"你妈她现在怎么样？"

"好极了，天天早晨去公园打太极，白天弹钢琴，晚上跳广场舞，阳光老太婆一个。"

"你现在有几个学生？"

"不多，二十多个。"

"我的妈，二十多个还不多？"

"不多，你不知道，还有的老师有四十多个学生，太累了，把自己绑得死死的，成了学生的奴隶。"

"我特别羡慕搞音乐的，弹钢琴的，语言的尽头是音乐。我们人类有两种语言，一个是用来互相对话的，一个是用来与上天对话的，音乐就是我们用来与上天对话的。"

"陈老师，这句话是哪儿来的？"

"这是一位文学大师说的。"

"说得真好，我记住了。"

"等我老了，无所事事的时候，我一定找你学钢琴。"

"好的，我免费。"我俩都哈哈大笑起来。

秦琴把我送到家。一路上，我和秦琴没说几句话，她和她妈妈的故事一直在我脑海里反复播放，我心里在流泪。

秦琴的故事编号是 U。

有一天，秦琴给我打电话，邀请我参加她的钢琴独奏音乐会，我很是激动，欣然应约。我和海月、默凡一起走进了东港大剧院这个令我神往的地方。

音乐会很成功，秦琴的弹琴水准明显比钢琴阿姨要高出一大截，这个我一听就明白了。这还要感谢钢琴阿姨，是她把我培养成了听琴专家。

弹琴的秦琴非常漂亮，她的十个手指在琴键上翻飞着，一串串优美的琴声就跳跃了出来。我想起了白居易的诗句，嘈嘈切切错杂弹，大珠小珠落玉盘。

演出结束时，秦琴的女儿上台给妈妈献了一束花，秦琴走下台把那束花献给了一个老太太，那一定是她的妈妈。

我的眼睛湿润了。

● 二十六

汪远发来微信，说他要搞一个大学同学聚会，让我参加，时间是周六下午两点。我说不行，我周六下午要参加干枝梅的活动。汪远火了，你真把自己当成单身女人了？他发了活动指南，我一看就高兴地表示一定参加。

他的活动指南是：

1. 下午三点：辩论会。由当年代表大陆参加央视华语辩论会的代表孙可心、汪远、武越对阵赵振海、孙诚、陈海星。

2. 下午四点，（1）滚子大赛。自由组队，胜者有奖。（2）K歌。

3. 晚上六点，酒会。

只要有孙可心在，我就在，我还想一睹孙可心作为第一辩手的风采。更何况我作为第三辩手，很可能会与孙可心刀枪相见，拼得你死我活。我的妈，这太刺激了，谁输谁赢无所谓，本来就是游戏。我方有赵振海和孙诚两员大将，别说是孙可心和汪远，就是和电视里的名嘴们比，也毫不逊色。

可是由于赵振海出差在外刚回来，我们一次也没有集训就仓促上阵。倒是对方延续了二十年前的默契，重现了当年的风光。

今天辩论的题目是：《如果一切可以重来》，孙可心、汪远他们是正方，我们是反方。表现最出彩的当然是孙可心，她根本就没有给我们机会，一口气把我们打得没有还手之力。赵振海本来还是有机会的，可是他的语速太慢，没有气势，像是在念文件。虽然我常年跟汪远在一起也耳濡目染地学了一些狡辩术，虽然在干枝梅也锻炼提高了演讲的能力，可是在孙可心面前我就像在家里一样，根本没有与她交战的信心，不战而败，博得了观战同学们的热烈嘘声。我输给孙可心，一点儿也没有沮丧和不服。裁判宣布比赛结束，孙可心等人获胜。有同学在朋友圈发了辩论会视频，引起了不小的反响。

到了第二项活动打滚子。由于我上次凑个数和海月一帮，被海月骂得狗血喷头，我就再也不敢打了。我坐在了K歌的沙发上，看着手机，了解干枝梅活动的情况。孙可心去了一趟洗手间回来了，她径直向我走来，坐在了我的身边。我的妈。是她主动走过来的。这一幕，赵振海等一些没有打滚子的同学都看到了。孙可心太给我面子了。虽然我输了第一场，可是我赢了第二场。我和孙可心坐在一起，尽管不是很亲密，但是那个感觉太美妙了，周围都是老同学熟悉的亲切的面孔，我突然感觉时光倒退了二十年。

孙可心带着指责的口气说："你怎么又胖了？腻歪人，我已经给你下了最后的通牒了，你不知道吗？"

"我已经制订了减肥计划，从明天开始。"

"你再这么胖，我再也不理你了。"

"好好好，一定减肥，一定。"

她又关切地问了海月的情况，我如实地向她说了，我们俩窃窃私语让很多同学都投来异样的眼神。

我发现我们都老了许多，岁月不饶人，就连最耀眼的孙可心也没有幸免，她的眼角也有了鱼尾纹，我和几个男同学的头上都有了白发。

有个男同学唱起了《同桌的你》，几个同学跟着一起唱了起来，更让我们回忆起了难忘的校园生活。

孙可心唱歌了，同学们都安静下来，她在学校时就是出名的歌星，同学们都想听听二十年后的孙可心。

> 如果没有遇见你
> 我将会是在哪里
> 日子过得怎么样
> 人生是否要珍惜
> 也许认识某一人
> 过着平凡的日子
> 不知道会不会
> 也有爱情甜如蜜
> 任时光匆匆流去
> 我只在乎你
> 心甘情愿感染你的气息

人生几何能够得到知己

失去生命的力量也不可惜

所以我求求你

别让我离开你

除了你

我不能感到一丝丝情意

孙可心唱得实在是好极了，她声音的控制比过去还要成熟了，情感也更加丰厚，音色也更像邓丽君了。赵振海在间奏时，给她献了一束塑料鲜花。孙可心多才多艺，唱歌很专业，这我是知道的，可是她在这么多同学面前选择唱这首歌，是什么意思？《我只在乎你》。她只在乎谁？是我吗？她的歌声就像春风，吹化了我心里的那一层薄冰，我的眼泪又在眼眶里打转。

音乐就是美好美妙，前几天在东港我就被气势宏大的交响乐感动得热泪盈眶，今天又被柔情似水的流行歌曲打动了心灵，脆弱的心灵最容易被打动。我现在真的是很脆弱。

晚上喝酒，汪远原打算男同学一桌、女同学一桌的，可是大家一致要求男女临时派对。孙可心被无情地派给了赵总编。她有些无奈地看了我一眼。我心想赵总编也是我大哥，肥水不流外人田，挺好。

今晚我吃得很少，我知道再胖下去，别说孙可心、海月这些亲人不愿搭理我，就是月牙、侯天真这些干姐妹也可能对我嗤之以鼻了。

减肥吧，从现在开始。

孙可心时不时地看我一眼，她看到了我不吃不喝，干坐着听着能讲的几个同学滔滔不绝地唾沫星子喷飞。

孙可心跟同学们打了招呼要提前退场。大家都站起来要送她。她说只要陈海星送就行了。

我晕圈了。

● 二十七

今天上午，钢琴声又没响，二胡声则很疯狂。楼上老王今天拉的是《赛马》，拉得很有动感、很有激情，就是感觉有些音符好像不太对。再是那些比较快的音符，都葫芦搅茄子地混过去了。我发现专业的乐器演奏者都有热身这一环节，而业余的就没有章法稀里糊涂地玩儿。钢琴阿姨也许又去医院了。冷不丁上午听不到钢琴声还真不得劲。

齐雅娟在干枝梅俱乐部的微信群里发了一个消息。

姐妹们大家好：

　　刚才我在央视新闻频道的法制栏目看到一则案例，有个男人，利用单身女人急于找对象的心理进行诈骗。他在网络里谎称自己是现役军官、单身男人，博得了许多单身姐妹的青睐，先后有十几个姐妹被骗财骗色。警察将那骗子逮捕后，仍有不少姐妹替他说情，不相信他是骗子。这个案例的教训很深刻、很惨痛，望姐妹们擦亮眼睛，提高警惕，防止受骗。如有姐妹上当受骗，请立即报案并上报给各区召集人，我们干枝梅将配合警方破案，不能让我们的旧伤口上再添新伤痕。

消息一发布，马上引来一片评论。姐妹们的观点几乎是一致的，也有几个姐妹把自己曾经受骗上当的经历简单地述说了一遍。

干枝梅俱乐部周末的活动我一直都参加，经常的健走使得我虚弱的身体有了一些好转。但是，走多了膝盖和脚脖子都疼，我问黄燕，她说最好不要走了，你这么胖，相当于扛着一个八十斤的面袋子在走，如果把膝盖的保护膜给走没了，你就瘫痪了。我一害怕就停止了跟干枝梅的活动。虽然不走了，但是我还是先后请了大连文化艺术界的名家为姐妹们作讲座，受到了大家的欢迎。

这周我请的是作曲家郑冰给大家讲怎样听交响乐，消息一传出一下来了两百多人。可以说座无虚席，站无虚位，大部分人都是站着听的。可见姐妹们对音乐艺术的兴趣。

我和月牙坐在第一排，月牙在我的劝说下已经戒了烟，改吃口香糖了。她的嘴一刻也不闲着，咀嚼着，让我听着也挺烦的。我能感觉到在很多姐妹的眼里，我俩已经谈恋爱了。

郑冰很会讲课，他说在很多人眼里，交响乐就像大连星海广场的城堡酒店，高高在上，富丽堂皇，让人们望而却步，望而生叹。其实交响乐和城堡酒店一样，大门一直是向所有人敞开的，你一走到它跟前，它的门就开了，你就会自由地走进去。我们欣赏交响乐不需要懂，只要听的音乐或优美或凄美或感动或震撼就可以了，不需要你知道太多的细节。就像我们看月亮，欣赏的是它的意境，而不需要知道月亮有多大，离我们有多远，是什么物质构成的一样。就像我们吃一道菜，觉得好吃就行了，不需要知道放了多少酱油、多少葱姜蒜、多少调料。

郑冰讲了很多，很生动，很有趣，他还放了几首经典作品的片段，大家都听得入神。我却溜号了。我在找侯天真，她没来。

侯天真一连两周都没参加活动了，令我很失望。我给齐雅娟发微信，齐雅娟回信说她请假了，她儿子生病了。

我的天，侯天真有儿子？她结过婚？有故事，有故事，一定又是一个令人心碎的故事。

我约了齐雅娟去看看侯天真的儿子，齐雅娟回话说侯天真不同意我们去看孩子，说孩子已经差不多好了。

好不容易盼到又一个周末，今天是在东港走步。齐雅娟要我一定参加，给大家鼓鼓劲，我也很喜欢东港的环境，就答应了她。

我终于看见了侯天真，我有意识地走到她的身旁。

"听说你的儿子病了？好了吗？"

"还没有好利索，让你们费心了，齐大姐还派人送来了钱。"

"是啊，这就是我们干枝梅的魅力，孩子是什么病？严重吗？"

"是肺炎，小孩子得了肺炎不太容易好。"

"你儿子多大了？"

"五岁了。"

"你结过婚?"

"结过。"

我心头微微一震。

月牙一直跟在我们俩的后面,她听到了我们的对话。

"侯天真,你就干脆讲你的故事吧,别磨磨叨叨的,我也听听。"

月牙说出了我的心里话:"对啊,我一直盼望能听到你的故事呢。"

"好吧,我讲,我愿意讲,我还想把我的故事写成一部小说呢。"

"那好。"月牙语速很快地说,"你就更要讲给陈老师听听,让他判断一下你的故事有没有写成小说的价值。"

我说:"肯定有,其实所有人的人生都是一部小说。"

侯天真咳嗽了几声:"陈老师说得对,不过我的生活的确很有戏剧性。你们知道吗?我是个弃婴。"

我和月牙都不由自主地停住了脚步,睁大了眼睛互相对视。后面的人踩了我的脚,我才加大了步伐继续前行。

"我出生几天后,父母把我遗弃在了儿童医院一楼大厅的椅子上。那天我爸爸,就是我二叔的哥哥,他刚出生十天的女儿得了肺炎,在儿童医院刚刚死去了。处理完孩子后事,还在悲痛中的爸爸看见了我,他就把他女儿的被子给我裹上,把我抱回了家。他告诉在悲痛中坐月子的妈妈说,孩子好了,回来了。其实妈妈当时一眼就看出来了,我不是她的女儿,她流着泪接过我,给我喂奶。就这样我来到了这个家。"

月牙已经抽泣了,我的眼里滚动着泪水,没想到侯天真的故事一开始就把我们吸引住了。

爸爸妈妈对我就像亲生女儿一样,爸爸给我起了侯天真这个名字,寓意是天上掉下来的,是真的。当时我还有个爷爷,对我就像亲爷爷一样。我五岁的时候,爷爷突然得了肺炎不久就离世了。我十岁的时候,爸爸又得了肺炎,危在旦夕。妈妈说,咱家邪了门了,为什么老少三代人都是肺炎?她找来了一个所谓大仙给看风水。这个大仙看了一圈后说,你们家有一种水仙草,它犯相,专门克家里人。我妈说我家从来没有水仙草。大仙说这个水仙草不一定就是真正的草，也许是人。不用说，我妈认为我家的水仙草就是我，我挤对走了她的亲生女儿，克死了爷爷，现在又要克死爸爸。她就骂我是丧门星，是诅囊（不吉利）。她问我，是谁派你来俺家祸祸人的？我这才知道了自己的身世。过去有人说过我是我爸捡来的，我问爸爸，他总是笑着说怎么可能呢？他们逗你玩呢，别听那些迂离寡外（节外生枝）的话。这次我到医院把大仙的事学给爸爸听，哭着问爸爸，我是捡来的吗？爸爸流着泪说，孩子，这是真的，是我把你抱回来的。我相信了，我哭了起来。爸爸说，你不是什么水仙草，我们这是遗传的病，和你没关系。打那以后妈妈对我就不好了。不久爸爸也死了，妈妈崩溃了，她拽着我的头发喊着要杀我。是二叔救了我，他把我领到了他家，从此我就在二叔家住了下来。二叔说这是爸爸临走前对二叔的嘱托。我那时也相信自己可能就是水仙草了。二叔家有个女儿，她叫侯天佳，我们本来就很亲。二婶流着泪对二叔说，这孩子太可怜了，我们要让这孩子得到真正的幸福。二叔和二婶都是很善良的人，他们对我都非常好。他们不信我是什么水仙草丧门星。我在二叔家又得到了幸福。最重要的是我有了一个天天和我玩儿的妹妹。

"我怎么就像看电视剧一样？真实的故事就是感动人，我们——"月牙还没说完，我打断月牙的话说："月牙，你不要插话，听天真讲。"

我高中是在女子职高上的，那时我们学校几乎每年都参加大连国际服装节开幕式的演出。记得在三年级时，我认识了一个当兵的，他是陆军学院的一个学员，他们也是参加服装节演出的团队。因为我们学校没有男生，他们学校没有女生，我们两个学校一搭配就解决了问题。恰好有一个动作是一个男生和一个女生配对完成的，和我搭档的就是他。排练了几次我们有点熟了，有一次排练完了从场地上跑下来，在跑道边上，他递给了我一瓶矿泉水，我正好满头大汗口干舌燥的，他的矿泉水是及时雨，我就喝了。这时我才注意到他个子不高，穿着一身迷彩服，皮肤被晒得像抹了一层巧克力。他有一双清澈透明的大眼睛，总是微笑着。

从那天起每天排练完了他都会给我送一瓶矿泉水。正式演出的那一天，他到我们的休息地找我，他递给我一个很精致的小笔记本，他说他已经大四了，来年就毕业了。我打开封页看到一行字：认识你真好，郝兵。

那天的演出很成功，大家都很开心。演出结束后，我们就要分手了，他含情脉脉地对我说，明天起我们就不能再见面了，那个本本里有我的联系电话，如果你愿意就给我打个电话，我们交个朋友。可是由于我面临毕业考试，还要找工作，一直过了两个多月，我才在整理书包的时候看到了那个精致的小笔记本。我打开看到了他的字，真是见字如面，我好像看见了他。他的字写得就像他人一样，大大方方。我犹豫了半天，还是拨通了他的电话。他约我吃饭，我说我要经过家里的同意才能去。他说，他等我的回话。我请示二婶，二婶说，你都十八九岁了，可以谈对象了，明天中午我陪你去。

就这样二婶陪我去见了他，他这时候的皮肤从巧克力色回到了肉皮色，更显得精神了。二婶一看见他就和我点头，我一看二婶的笑脸就知道她满意了，二婶坐了一会儿就走了。这是我第一次和男生单独在一起，有些拘谨，我没说几句话，都是他在说。郝兵告诉我他还不确定毕业后的去向，也可能留在大连，也可能去外地。我和郝兵一直坐到下午两点半。他把我送回了家。他们学校在金州，所以他急匆匆地回去了。

转年，我们都毕业了。由于他学习成绩非常优秀，还在全军院校比赛中获过奖，如愿以偿地被分配在了大连。我的工作不太合我的意，应聘在一个幼儿园当阿姨。我和郝兵谈了四年恋爱就结婚了。我们住在了他们部队机关的公寓里。他们机关在机场附近，我上班的幼儿园在海军广场附近，一个在最西边，一个在最东边，他心疼我早起晚归，就让我辞职做了专职太太。我们很想要孩子，可是总是要不上。我每天无所事事，就和几个他同事的老婆一起打麻将。在麻将桌上，从她们的说话中，我知道了很多事情。比如为了晋升，去讨好上司。我回家跟郝兵说了，他说他知道这些黑幕，他郝兵是好兵，不愿出卖良心，做自己厌恶的事。果然，那几个人都升官了，郝兵还在原地踏步走。那几个老婆天天晒着她们的奢侈品，什么名包、化妆品、貂皮大衣等等。唯有我最寒酸。后来郝兵看出来了，就也给我买。我问郝兵哪来的钱，他说你放心，绝不是有问题的钱。我们睡得着，吃得香，不怕纪委叫，不怕警车响，下对得起父母，上对得起党。我不愿闲着，又找了一份超市的工作。

现在算算，六年前，郝兵被查出得了肺癌，而且是晚期。我伤心极了，我又一次拷问自己，我到底是不是水仙草？郝兵在大连的一个表姐流着泪告诉我，他的病因是为了我。在我的强求下表姐终于说出了真情。原来郝兵为了给我买奢侈品和攒钱买房子，他每个月都要卖血，还利用节假日给人开车跑长途。我这才明白了他总是起早贪黑地工作，原来是为了我的虚荣。我问郝兵这是真的吗，他摇着头说不是。连续做了两次手术都没有挽回郝兵的命。他还是走了。那一年他才三十三岁，我的世界又一次坍塌了。我在他的遗体前哭得死去活来，我说，我从来都没向你要什么奢侈品，我只要咱俩在一起，哪怕喝凉水都行。

月牙又抽泣了，她一直和侯天真挽着手臂，侯天真又咳嗽了几声。

送走了郝兵，我对二叔说，也许我真的就是水仙草，为什么谁对我好谁就会出事呢？而且都是肺炎、肺癌的，和肺摽上劲儿了。二叔说别信这个，我也对你好，我不是好好的吗？没有了郝兵，我虽然消沉了几天，但马上就按照郝兵的嘱托从悲痛中爬起来，在金州的一个幼儿园找到了工作。这个幼儿园离郝兵原来就读的陆军学院一道之隔，我可以经常在操场上寻找他的身影。我干了不到一年就辞了职。因为这个幼儿园的老板对我有性骚扰，虽然他们是夫妻二人一起办园，可是那个男的是个色鬼，经常对我动手动脚，我实在无法容忍。我告诉了二叔，二叔很气愤，告诉我说咱不干了，回来。我辞职了。第二天我接到一个幼儿园同事的电话，她说刚才来了一个中年男的，把那个色鬼打得跪地求饶。太开心了。我知道肯定是二叔为我出了这口气。二叔心疼我，他说正好他在燕窝岭建了一个佛堂，把他几十年收藏的佛龛都集中摆放在这里，需要有专人打理，如果招聘人，还不如让我来做。我一看这个佛堂就喜欢上了。二叔请人给佛堂起了个名字叫天禅堂。我在这里除了招呼来客，有更多的时间可以用来看书和学习佛教经典。就这样我在燕窝岭扎下了根。

侯天真打开矿泉水瓶大口喝了一口水，我趁机发问："你儿子是怎么回事？"

是这样的，五年前，就是郝兵去世第二年的一天早晨，我听见天禅堂院子里有微弱哭声，开始我还以为是猫叫呢，我过去一看，原来是个婴儿。秋天的海风已经把他的小脸冻得通红。我在孩子的包裹里发现了一封信。

好人：

　　我是一个不到婚育年龄的女孩儿，吃了禁果犯了大错，生出了这个孩子。我奶奶信佛，我也与佛亲近，我知道这里的人都是好人，所以把孩子托付给你们。孩子的生日是：2012 年 9 月 1 号早晨五点。

　　阿弥陀佛，愿观音菩萨保佑你们，我会永远铭记你们的恩典。

我流着泪把孩子抱起来，就像当年我爸爸把我抱起来一样。我想也许这是一种缘分，一种轮回。二叔喜欢男孩儿，他一看高兴极了。可是二婶坚决不同意。她对我说，你单身的话还容易再找男人，如果有了个孩子谁还肯娶你？我说，我已经下决心不找了，单身一辈子，好好把孩子抚养大，好好给你们养老。二婶看我的态度很坚决，她也默许了。二叔给孩子取名叫侯玖依。寓意是九月一号和久久的依恋。他又托人好不容易才给玖依上了户口。收养一个孩子要经过医院、民政部门、公安部门的确认，非常麻烦。那时候天佳也结婚有了孩子，二婶帮她带孩子。玖依是我一点点带大的。

"他现在是什么病？"我插话问她。

"不会又是肺炎吧？"月牙问。

侯天真抬起头，眯着眼睛看着天空，一脸的无奈。

"是的，他得的就是肺炎，你们看我是不是水仙草？"

我和月牙互相看了一眼，我的眼神里有责备。

"今天下午二叔去看玖依了，二叔得知我们干姐妹有活动，就说他替我照看玖依，让我来参加活动，要不我还来不了呢。不过，大夫说玖依得的是急性肺炎，就是发烧造成的，现在已经好多了，不会有生命危险的。"

我和月牙几乎同时舒了一口气。

"这就是我的故事。"侯天真的口气里有一种如释重负的感觉。

"你真的不想再找男人了？"月牙问道。

"真的，我太害怕失去他们，太伤心了，我现在还生活在水仙草的阴影里。我最怕二叔有什么不测。二叔说他请了一大屋子的佛保佑他，他还能有事吗？"侯天真的脸上终于有了一丝微笑。

"可是你这么年轻就宣告自己终身守寡，是不是对自己太残酷绝情了？"我说出了自己的心里话。

"我已经看破红尘了，不再奢望，我早已经把天禅堂当作我的出家地了。"

侯天真视死如归般的语气令我心生敬佩。

侯天真跟我们道别，她说她要去儿童医院接替二叔，我恋恋不舍地回头望着她的身影。

侯天真的故事编号为 V。

她的谜底终于揭开了，我一连几天都在回味她的故事：弃婴、肺病、水仙草、郝兵、侯玖依、天禅堂。

● 二十八

十天以后，我接到孙诚打来的电话，说要跟我见面谈一件大事，是鞠梦楠的事。我一听就兴奋起来。前不久我把几个单身女人的故事讲给了他听，他被这些故事感动得热泪横流。他说这些故事太珍贵了，都是改编成电影、电视剧的好素材。我说那你要是感激我，就把鞠梦楠的信息告诉我。另外我说这些故事如果你想改编成电视剧的话，一定要经过我的许可，要跟故事的本人打个招呼，甚至要给一定数额的版权费。孙诚都同意了。

这几天夏华至少打来三次电话审问我，让我说出我昨天是和孙诚在一起吗？干什么了？是没有 Wi-Fi 信号吗？为什么总是去那个倒霉地方洗澡打牌？天天洗澡不洗秃噜皮了？

烦死了。

我足足等了有半个多钟头，孙诚才慢慢腾腾地进来。我骂道："你个彪子，我都急死了，你快说什么情况。"

孙诚不紧不慢地说："不急，不急，我要先喝口茶。"他咕咚咕咚一口气喝了一杯茶。

"说啊。"我说。

孙诚用纸巾擦了一下嘴，大喘了一口气。

"是这样，鞠梦楠的妈妈病情加重了，经常昏迷，昏迷中经常喊你的名字，醒来时就要见你，真的。"

我一听就乐了："我的妈，太好了。"

"可见老太太对你还是很上心的，她总是说鞠梦楠不结婚，她死不瞑目，要是跟陈老师结婚就好了。"

"是嘛，感动死我了，我的妈，我该怎么办？"

"我想写个剧本，让你们都按照剧本来演戏，让老人心理得到满足，也让你们有假戏真做、弄假成真的可能。"孙诚不愧是个编剧。

"这台戏怎么演呢？"我急切地问。

"你和鞠梦楠要成为一对情人，你们要大大方方地在老人面前有亲昵的表现，让老人感到你们在按照她的心愿做。"

"我们这样欺骗老人合适吗？"

"这是善意的谎言，说不定你真能弄假成真，把鞠梦楠搞到手。告诉你，看在你帮我挡枪的面子上，我感谢你的，咱俩打平了，互不相欠了啊，真的。"

"好好好，我的妈，扮演情人和丈夫是我的强项，过去我就给黄燕当过丈夫，这我没问题，只是鞠梦楠能不能接受呢？"这句话我是笑着说的，扮演我心仪已久的女人的情人，这太刺激了。

"放心，鞠梦楠的工作我和夏华来做。我估计为了挽救妈妈，让妈妈开心，她会委曲求全的。"

"哎，孙诚，这委曲求全是什么意思？我配不上她？告诉你，我现在身后有两三百个单身女人在追我。只要我愿意，那些女人随时会为我献身，不熊你。那些女人都不比鞠梦楠差，你千万别小看我。"我几乎是叫喊的。

"好好好，看把你激动的，一点儿亏都不吃，熊样吧。我就问你愿不愿意去？"孙诚一边倒水一边说。

"去是肯定去，但是我不乞求谁。"我还在装着。

"实话对你说，鞠梦楠那边的工作已经做好了，她随时恭候你的登台演出，真的。"孙诚的这句话，我可是真没想到。

"那就现在去，让老人尽早得到安抚。"我按捺不住地高兴，一下从座位上站起来，"孙诚你也该出点血了，你们有些编剧就是一些骗子，胡编乱造的一集电视剧剧本就能赚个几万，而我们编辑记者穷得连打车钱也付不起了，买单。"

孙诚买了单，我俩上了孙诚的车。一路上我不停督促他快点开，快点开。孙诚好像故意开得慢："看把你给急的，又不是赶飞机赶火车，放心，没有人和你争的。"

"我说孙诚，你不是说和那个女孩儿分手了吗？怎么夏华还给我打电话审讯我，她的那个说话方式我实在接受不了，好像是我做了什么大坏事，我冤不冤啊我？"

"已经基本上搞定了，给了她三十万，像买菜一样讨价还价啊，从五十万降到三十万。还有一个条件是下一部电视剧的编剧打我俩的名。真的。"

"你赶快了结吧，不然我也疯了。哎，我总想问你，夏华是做什么的？"

"啊，她开了一家养老院。"

"很赚钱吧？"

"别提了，是能赚点钱，可是都贴进去了。有好几个老人，是没有儿女、没有工作的，夏华一直养着他们，昨天又收留了一个。"

"这不是搞公益吗？没想到夏华还有这么高的境界。"

"其实夏华她人很善良，属于刀子嘴豆腐心。你不知道她对鞠梦楠多好，比她妈妈对她还好。我都嫉妒了，我说你俩同性恋啊？她就火冒三丈。"

"那你在外面拈花惹草对得起夏华吗？"

"这你不知道，她性冷漠，我又是性亢奋，她满足不了我，我才这样的，真的。"

"行了，这次跟这个女的分手后，你就金盆洗手改邪归正吧。"

孙诚眯着小眼睛笑着点点头。

终于又见到鞠梦楠了，她疲倦的脸上还飘着愁云，更像林黛玉了。她瘦了许多，整个人好像小了一圈。

孙诚说："你俩就不用对对台词？"

鞠梦楠苦笑了一下。

我说："没问题，我跟鞠大夫和阿姨也很熟，鞠大夫你是主角，我是配角，你大胆表演，我逢场作戏，咱们随机应变。"

"不对，你们俩都是主角，不分主次关系，都要主动。好了，没有彩排，直接开演，我就不进去了。"

"不行，孙诚哥，你一定要在场，给我们打个下手，万一接不上了，你还要给凑凑戏。"鞠梦楠有点哀求地说。

"好吧，请。"孙诚做了一个搞笑的动作。

鞠梦楠推开了病房的门，我俩挽着手臂一起走进去了。

"妈妈，你看谁来了？"鞠梦楠推了阿姨的身体几下。

"阿姨，阿姨。"我也轻声地叫着。

鞠梦楠妈妈睁开了眼睛，她先看看鞠梦楠，又看看我，她笑了。

"阿姨，我来晚了，我出差了两个多月，才回来。"

孙诚也问候着阿姨。

阿姨看着我说："你来了就好，我就一个心思，俺梦楠能和你在一起我就放心了。"

"阿姨，你放心吧，我会爱梦楠一辈子的。"我说得很有感情，孙诚在阿姨的身后向我直点头。

鞠梦楠妈妈笑了，然后她看了看鞠梦楠，她好像看出了破绽，她用微弱的声音对鞠梦楠说："是真的吗？"

鞠梦楠点点头。

阿姨笑了，笑得很开心。

"阿姨，你放心吧，我会让梦楠幸福的。"

阿姨一直笑着看着我。

"梦楠，这我就放心了，这是我的一块心病啊，妈妈比你还小的时候就离婚单身了，我不能再让妈妈的悲剧在你身上重演，你一定要对陈老师好，不要任性，听见了吗？"

鞠梦楠含着眼泪点点头。

鞠梦楠妈妈又昏睡了过去。

我们三个来到医院餐厅，在一个饭桌周围坐下。

孙诚像一个导演一样说："总的来说，今天演得还不错，我敢肯定阿姨已经确信你们俩的关系了。这样就达到我们的目的了。不过这戏还要继续演下去，而且要演得真、演得像。海星，依我看，这几天你就待在医院里，辛苦点儿，让阿姨随时都能看到你，我感到她看见你很高兴，真的。"

"我没问题，可是鞠大夫？"

"我还要上班，陈老师也有自己的事情，我想最好我俩替换着护理。因为白天有个护工，我们轮班晚上在这儿就可以了。"我第一次听鞠梦楠说这么多的话。

"好吧，今晚从我开始。鞠大夫，你们回去休息吧。我现在真的把鞠妈妈当作了亲妈。"

"陈老师，谢谢你。"鞠梦楠没有看着我说。

晚上，一切都安静了，整个医院仿佛也睡着了。阿姨仍在昏睡。我没有一丝的睡意。我还在回味着鞠梦楠那美好的脸庞和甜美的气息。我想也许鞠梦楠会圆了她妈妈的梦，成全我的心愿。那该多么美好啊。我憧憬着我美好的未来。有句话叫偷着乐，我现在就是这样。

阿姨醒了，她看见了我，就招呼我。我在她身边坐下，握着她的手。

"妈妈，你醒了。"我的一声妈妈差点儿把自己的眼泪叫下来。好多年没有叫妈了，当有一个老人可以被你叫作妈，这是多么幸福啊。

阿姨笑着说："你俩今天的戏演得挺好，不过我还是看出来了，你们在骗我。"

我赶忙说："阿姨，不，妈妈，我们没骗你，是真的。"

阿姨摇着头，微笑着："我就不明白，鞠梦楠为什么看不上你？她在哪儿？你让她来。"

我看了一下手机的时钟，已是晚上九点多了，我赶紧给鞠梦楠发了信息。过了二十分钟，鞠梦楠就匆匆地赶来了。

阿姨的状态突然好了起来，她示意要坐起来，鞠梦楠很惊讶："已经二十多天没有坐起来了。陈老师，看来是你带来了奇迹。"这是鞠梦楠第一次表扬我，好兆头。

阿姨坐着，让鞠梦楠给她梳理头发。她喝了一小口水，用左手拉着鞠梦楠的手，右手拉着我的手，并把我俩的手叠放在一起："你们俩是天生的一对儿，今天在一起就是缘分，今天你俩就要向我发誓，缘分已到，喜结良缘。"

我和鞠梦楠都含着泪看着老人，我俩重重地点点头。我难以相信这是真的。鞠梦楠就这样成了我的妻子？看来缘分真的到了，不可阻挡地不可避免地到了。我甚至想到了该怎样向孙可心传达这个消息？汪远和海月会有什么反应？

第二天阿姨就进了重症监护室，昏迷了七天后，老人家去世了。我当时真像她的女婿一样忙前跑后，医生护士都说我这个女婿真不错。当一个合格的女婿挺难的，当一个自己喜欢的女人的母亲的女婿真好。

今天的追悼会，我义不容辞地成了总管。尽管我很不擅长指指划划地领导别人，既然老人家认可了我这个女婿，我就尽力而为了。别忘了，二十多年前我给我爸爸和傅真阿姨送过行。这几天我几乎用尽了我的所有智慧和能量。前天，就是老人去世的那天，我请来了殡仪一条龙服务队，我给老人买了一套衣装（尽管鞠梦楠不太满意），我到医院住院部办理了出院手续，我给老人的单位打电话通报了信息，我接待了老人单位的工会主席和几个亲友。昨天我搞定了告别厅、管乐队、休息室、骨灰盒、花圈和车辆，按照鞠梦楠写的名单逐个给她家的亲朋好友打电话。今天早晨在殡仪馆，我更是忙到鸡飞狗跳。我招呼亲朋好友戴上白色的胸花。我把老人推到殡仪厅就位。我吩咐大家摆设鲜花和花圈。我召集亲朋好友来到告别厅。我引导大家一排排地站好就位。可是最后我竟然没地方站，鞠梦楠的旁边站了一排老人的侄男外女，我只好站在主持人的旁边。

告别仪式开始了。就在工会主席致悼词时，鞠梦楠突然晕倒了。我的妈。我一个飞步想冲过去抱住她，谁知用力过猛我也摔倒了，我和鞠梦楠倒在了一起，好多人把我和鞠梦楠给扶起来。会场马上骚动起来，工会主席停顿了有两分钟才接着念下去。我看到鞠梦楠的脸色简直就像一张白纸。前几天孙诚才告诉我，鞠梦楠患有贫血症，是因为妇科的问题，她的子宫还做过肿瘤切除。尽管我知道了鞠梦楠的诸多隐情，可是我不但没有放弃对她的爱恋，反而我觉得应该给她更多的关爱，让她幸福。我感觉到自己已经对鞠梦楠走火入魔了。

告别仪式后，夏华搀扶着鞠梦楠来到休息室等候老人的骨灰。鞠梦楠坐在长条木椅上，头枕着椅背，双眼紧闭着，眼泪还在成串地流淌。夏华安抚着她，给她擦拭泪水。鞠梦楠在夏华的衬托下显得更加凄美。我站在门口听着外面的信息，看着悲痛的鞠梦楠。大约十分钟后，鞠梦楠起身和夏华一起向门口走来，我赶忙让开路。夏华恶狠狠地看了我一眼。

我跟着她们也走了出去，夏华边走边回头对我说："我们去卫生间，你跟着我们干什么？"

"我也去卫生间啊。"我几乎是喊出来的。

我们刚走了不到二十步，鞠梦楠突然停住了脚步。她看见从刚才她妈妈的告别厅出来的一伙人，扛着的花圈上写着：鞠正林。她浑身抖动了一下，她张大了嘴，想喊什么，她捂着嘴，她抓住夏华的手臂，她终于轻轻地哭喊了一声："爸爸。"

我的妈，我完全明白了，接在鞠梦楠妈妈后面出殡的老人竟然是鞠梦楠的爸爸。就是说，鞠梦楠的妈妈爸爸是先后举行的告别仪式。

鞠梦楠几乎要瘫软下去，我一把搀扶住鞠梦楠的另一只胳膊。我的眼泪模糊了，人间竟有如此的巧合，太离奇了。

我看见了远处的孙诚，就招呼他过来，孙诚快步走过来，马上就看明白了。

鞠梦楠看见了她爸爸的老伴儿，她抓住那位老人的手说："阿姨，我是鞠梦楠啊。"那个阿姨也是白发苍苍，面容憔悴，有个姑娘扶着她。阿姨激动地说："啊！梦楠，我找你找得好苦啊。"

"阿姨，我妈妈也走了，我爸爸之前就是我妈妈的告别仪式。"

"这么巧？没想到他们还是有缘啊，有句话说不求同年同月同日生，但求同年同月同日死。"鞠梦楠哭得更厉害了。阿姨接着说："我和你爸刚认识时见到过你，你那时好像才六七岁。其实你爸他人挺好的，就是有点偏，适应了就好了。有件事可能你还不知道。你爸妈离婚时，你爸是坚决要你的，你妈也要你。他俩为了你互不相让，在法庭上打得不可开交。最后法庭把你判给了你妈。这些年你爸经常念叨你，他最挂念的就是你。他临死之前一直念叨你，想见你一面，我找了好几天都没找到。你结婚了吧？"阿姨下意识地看着我。我点了一下头，又马上摇了三下头。我也不知道说什么好，很尴尬地站在她们旁边。鞠梦楠还是流着泪，不说话。阿姨说："你恨你爸吗？"鞠梦楠摇摇头，还是不说话。这时一个很帅气的大个子男孩儿走过来了，他对阿姨说："妈，二姨让你过去休息。"阿姨拉着那个男孩儿的手说："晓楠，你记得你有个姐姐吗？"阿姨转身对鞠梦楠说："梦楠你看，这是你弟弟晓楠。"我惊呆了。我立马想到了我和妹妹海月，都是同父异母的关系。鞠梦楠的脸上终于有了一丝微微的笑意，但绝对谈不上笑容。晓楠倒是很激动："姐，你好，我早就想见见我姐了。"

孙诚和夏华在一旁看得也是很激动。孙诚说："这真是绝好的电视剧题材，绝啦，真的。"晓楠拉着姐姐的手，冲着他的亲朋好友们兴奋地说："你们看啊，我有姐姐啦！这是我亲姐鞠梦楠，亲姐啊。"鞠梦楠瞬间就被一群人给围了起来。

鞠梦楠终于笑了，脸上也泛起了红晕，这时的她很美。

◗二十九

黄燕来电话了，她一来电话我心里就敲起了大鼓，就是她们剧团排练时那只吓人的大鼓。

"哥，干吗呢？想不想我？你从来就没有主动给我打过电话，每次都是我给你打。"黄燕那边的火气挺大。

"啊黄燕，我在殡仪馆。"

"你去那儿干吗？没事别去那里，阴气太重。"

"是一个朋友的妈妈去世了。"

"肯定是女朋友吧？"

"啊，是是是，不过——"

"你不用解释啊，哥，像你这么优秀的单身男士，有女朋友是正常的。"

"不是，她是——"

"你别解释了，说真格的，你下午有空吗？来我这儿一趟，我有大事和你说。"黄燕说得不温不火，可把我吓了一跳。

"我的妈，怎么又有大事了？"我脑子又飞速地转着。

"是啊，是我一生中最大最大的事，也可能是我最后一次与你商量事。一定来啊，别害怕，和你没关系，是我自己的事。"

听她这么说，我才松了一口气。

大连地区有个惯例，处理完亲友的丧事，中午所有参加葬礼的亲朋好友都要在一起聚会吃个饭，是失去亲人的一方答谢大家的一种方式，喝了这次酒这个葬礼就圆满了。

鞠梦楠告诉我，夏华订了个酒店，中午要我一定过去。我虽然答应了她，可还是有些犹豫。我在一辆开往酒店的中巴车前和夏华碰面了，真是冤家路窄。她看了我一眼，冷冷地说："你也去？你要摆正自己的位置啊。"

我被夏华给堵得说不出话来。是啊，我是什么角色？女婿？男朋友？鞠梦楠都没法和别人介绍，万一夏华再当着这么多人的面损我几句，我真就没法活了。我这个人就是脸皮薄，汪远说我心眼小，孙可心说我爱面子。我转身就走，一路小跑，头也不回。

我溜得很坚决，我想该忘掉鞠梦楠了，有夏华在，她永远不会属于我，我一点儿也没有后悔为她所做的一切。

鞠梦楠的电话来了，我没有接，我在微信里用语音说："鞠大夫，我回去了，我的使命完成了，我知道我们没有缘分，祝你幸福。"说完我就把鞠梦楠的微信给拉黑了，虽然我很伤感，可是我没有流泪。我向鞠梦楠的妈妈请罪，原谅我吧，妈妈，我不能如您的愿了。

我想起孙楠唱过的一首歌：

> 不必烦恼　是你的想跑也跑不了
> 不必苦恼　不是你的想得也得不到

由于今天我起得很早，没来得及吃早饭，昨晚又减肥吃得特别少，肚子早就叽里咕噜地造反了。我就近找了一家面馆，吃了一碗面就往心满意足疗店赶去。

黄燕给我端上泡脚水，我懒洋洋地脱下了鞋子、袜子。

黄燕在我后背用力按着。

"哥，你最近瘦了。"

"是啊，我在减肥，你什么大事啊？"

黄燕过去总是快言快语，今天她很沉稳，我倒不适应了。

"我要离开大连，去追寻我的梦想。"黄燕一字一句像是朗诵诗歌。

"什么梦想？"我被黄燕按得有点龇牙咧嘴。

黄燕的手在我肩膀上停了，她趴在我的肩头，嘴贴在我的耳朵上神秘地说："去寻找我曾经的爱，我的梦中情人。"

我真的沉不住气了："我的妈，你能不能痛快一点，我这个慢性子都受不了了，快说。"

黄燕坐在了我的面前，她看着我，眼里充满光彩。

"哥，你今晚得请我吃饭，给我送行。"

"黄燕，你到底要干什么？"我的声音很大，黄燕赶忙把她的食指放在我的嘴上。

黄燕没有给我按摩足底，她坐得很直，表情很庄重。

"哥，我终于找到自己的位置了，我终于知道我该干什么了。"

我两眼发呆地看着她："你到底要干什么？"

"一个人来到这个世界上都是有自己的使命的，干什么，做什么，遇到谁，跟着谁，都是命里注定的。"黄燕细声细语地说着。

"我的妈，黄燕，几天不见你成了哲学家了。"

"哥，你知道我黄燕是什么级别的女人吧？我从此再也不做足疗了。你是我足疗职业生涯的第一个客人，也是最后一个客人。这绝不仅是巧合，这是一种缘分。明天我就离开大连，去追寻一个人，一个我小时候就崇拜的、曾经梦想嫁给他的人。"

我知道了，我的眼睛也亮了起来。

"哥，我知道我在你心里最多也就是个戏子或者按摩师，你这么高大上的人是不会娶我的。"我想争辩，黄燕示意我不要打断她。"所以，大连不是我的归属地。你也不是我的菜。我要听从命运的安排。他在千里之外的大山里等着我呢，呼唤我呢。"黄燕的眼睛里闪着泪晶。

我的眼神里似乎看见了那座大山。

"黄燕，你去吧，我支持你，他值得你去追寻。"

黄燕的眼泪终于流了下来。

"黄燕，你先别激动，现在流行两句名言：一个是冲动是魔鬼，一个是女人爱上一个男人时的智商是零。我问你，你想好了吗？"

"我想好了。"黄燕淡定得令我吃惊，"首先他是我少女时的梦中情人，他的才华，他的善良，他的相貌，他的修养，他的人品，他的性格，他的演讲，他的一切都有一种强大的魅力在吸引着我。他那时是团长，开会时他能讲一头午，我们都没有一个上厕所的。他从来没有整过人，就是那些骂他的人，在他背后开黑枪的人，他也能够包容他们。他把自己涨工资的指标给了要退休的老演员。他用自己的钱为我们剧团买乐器、置服装，为这个他老婆几次都要跟他离婚。后来，他顶着压力，把我们这些十六七岁的娃娃推到了舞台上，担起了主要角色。他能编剧，能作曲，能导演，能画舞美图，他一个人就能做一部戏。你到全国去找，像他这样全面的没有第二个。为了挽救我，他得罪了他的那个恶霸同学才挨整的。他现在被开除了公职，又被他老婆离了婚，一个人在大山里的学校给孩子们当老师，这不正是上天给我的机会吗？我还犹豫什么？"黄燕越说越来劲，眼泪也一串一串地往下落。我也被她感动得眼泪在眼眶里直打转。

"我现在不是冲动，是激动，我生怕他老婆反悔了，所以必须立即动身。"

"这是你的一厢情愿啊，你知道周天伦会不会接受你？"我又给黄燕泼冷水。

"我不管他接不接受，我只管一往无前，开弓没有回头箭。我想好了。他接受我更好，不接受，我就在那个学校扎下根，我也可以给孩子们上课，教他们演戏、唱歌、练武术，哪怕让我给孩子们做饭、洗衣服我也干。我天天软磨硬泡，我就不信他周天伦是木头人，我一个活生生的大美女攻不下他？我了解他，他是一个性情豪放、懂得浪漫的人。他今年四十九，我二十九，年龄也正好。"

我实在忍不住打断了黄燕："我的妈。什么叫年龄正好，都差了二十岁啊。"

"二十岁怎么了？我就喜欢大男人，又是爹，又是哥，又是丈夫，找了一个人就等于找了三个人，多够本啊，何乐而不为啊？"

"你想没想过以后怎么办？假如他接受了你，你们结了婚，一辈子就在大山里了？"我还是泼冷水。

"我想过了。"黄燕的眼睛里有了一种视死如归的神色，"不管结不结婚，我都会厮守他一辈子。如果能够结合，我就为他生个女儿，我知道他是喜欢女儿的。我们在大山里生活一辈子不是很好吗？现在都提倡健康生活，城市的污染、拥挤我很不喜欢。大山里空气好，吃的东西都是自己种的，我们教孩子们文化知识和豫剧，我们成立一个儿童豫剧团，专门演他自编自导的戏。想到这些我都激动得恨不得飞过去。"

她都想到了，我服了。

黄燕慢慢地站起身："当初我为了自由，狠下心放弃了我的儿子。现在我为了爱情，愿意放弃一切。"

我知道，女人一旦到了这种境界，那就是开弓的箭，不会回头的。

第二天上午，我和黄燕的弟弟黄山，把黄燕送到大连站。虽然她给我添了不少麻烦，有时候就像谈虎色变一样，一看到她的来电我心里就打鼓，可是现在要分手了，我还真的恋恋不舍。她弟弟拖着她的行李箱走在前面，我和她并肩走着，我们没有说话。我想起第一次见到她时，她那美丽的眼泪打动了我的心；我想起她站在属于她的舞台上，举手投足间尽显明星风采，让无数的人都对她膜拜；我想起她扮演我媳妇，陪着我在山东沂蒙山区漫无边际地寻找我妈妈。这个可爱的可怜的可敬的女人，她的前方是幸福还是苦难？她的未来是美好还是阴暗？我的鼻子又酸了。我强忍着没有让眼泪流出来。

到了检票口，就要分别了，黄燕突然扑到我的怀里哭了起来。

"哥，你是世界上最好的男人，我能认识你，是我三生有幸，我会永远记着你的。"

我替她擦着眼泪，我的喉咙里又像堵了一块地瓜，说不出话来，我不住地点着头。

"哥，谢谢你为我做的一切。"

248

我好不容易才说了一句:"黄燕,万一不行就回来啊,千万别任性。"

"放心吧哥,我黄燕认准的事是不会回头的。"

上车的旅客都进去了,检票的工作人员在叫喊着,黄燕从黄山手里接过行李箱,转身进了通道,很快就消失了。

黄燕就这样走了,从此她的故事就结束了吗?

我离开了鞠梦楠,黄燕离开了我,这就是傅真说的生活,我才懂。

● 三十

今天中午终于看见楼上老王了。

我吃完拉面回来,看见老王往外走,我就拦住了他。

"老王你二胡拉得不错啊。"

"一般一般,大连第三。小时候在学校宣传队拉过,这一扔就是四十多年,这不退休了,没事干,就想起了玩玩二胡。你是不是挺烦的?"

"不烦,就是你有些音符好像拉得不太对。"

"我不识谱,就是凭着印象拉着玩,你别当真啊。"

"我还想哪天你和楼下的钢琴阿姨来个合奏呢。"

"不行不行,老弟,我这个水平哪敢和她合奏。她是皇家礼炮,我是二锅头,要是混在一起能是什么味?"老王大笑起来,我也笑了。

烦心的事又来了。

汪远的老婆刘力坤一定要见我,要和我当面谈一些事,而且是和方元一起见我。我的妈,你说我见不见?烦不烦?

刘力坤和方元是表姐妹,当初就是刘力坤提供的方元的故事,让方元和体育老师、音乐老师一起走进了我的空间。方元现在也是我最好的朋友之一了,我也得给她一个面子。烦归烦,只好答应了。我猜就是她和汪远闹离婚的事。不怪人家赵总编说我破车多揽载,我想我现在怎么成了活菩萨了,好像所有人的难事烦事都来找我,我好像成了一个心理医生了。本来无所事事的我，现在竟成了全大连最忙的人了。可是我的难事烦事找谁呀？没办法，上了这条船就下不来了。为了善有善报，我也得把这个活菩萨做到底。

真没想到刘力坤说汪远已经正式提出离婚了。

"海星啊，你和汪远是好朋友，你一定知道内情。他是不是外面有人了？为什么这么坚决要离婚？"刘力坤说着眼泪就要出来了。

"是啊，陈老师。"方元接着说，"我看汪远哥这人挺好的，他有学识，有修养，通情达理，儒雅真诚；对家里也有责任心。我还挺羡慕的。他这是怎么了？一定有原因吧。"

"我的妈，我最近瞎忙一直没见到汪远，真没想到他能这样。我负责任地说，他外面肯定没有人，这个我可以向天发誓。"我的食指向天指了一下，"我找他谈谈，看看到底是怎么回事，你们也别太激动，毕竟离婚是两个人的事，你不同意他也没办法。"

"海星，都十多年了，他还记仇呢。你说他还算不算个男人？有没有出息？平时住家过日子，哪有夫妻不叮当拌嘴的？"刘力坤激动地说。

"刘力坤，你别激动，我最近净和单身女人接触，了解了一些情况，还给她们做了心理辅导，你们——"

"怎么，你已经把我划到单身女人堆里了？"

"我不是这个意思，我是说——"

"海星，我听方元说你为单身女人做了不少好事，可是我没想做个单身女人。我这个人要强，就是有那一天，我也认了，我可不会磨磨叽叽的。"

"你听我说好不好？我的意思是，家庭婚姻一定要细心呵护，夫妻双方除了要互敬互爱，最重要的是互相包容，互相——"

"我告诉你海星，我是最能包容汪远的。你看他一身臭毛病，从来不叠被，从来不洗裤衩袜子，从来不做饭收拾家，从来不陪孩子上特长班，孩子都十二岁了，你问他为孩子都做了什么？俺家的大事小事都是我干的。有一次家里坐便器坏了，我去买坐便器，卖东西的女老板都看不下去了。她对旁边的人说，你看单身女人就是能干。我一下就火了，我说，你说谁单身女人？说你单身你愿意？我有老公，他是教授，他没时间，你还说包容？不包容早就完蛋了，都是我给惯的。"

"汪远他做学问、写论文、带学生都很认真敬业，也很辛苦的。"我说，"汪远可不是等闲之辈啊，他的美学理论在全国都有名气，他是学校的教学骨干，将来可能做校长的，所以——"

"拉倒吧海星，就他那个熊样还做校长？他刺毛撅腚的整天装个灯（装模作样），小头梗梗地（傲慢）谁也不服，在学校不但不舔抹（溜须）领导还净和领导闹别扭顶牛。怎么样，比他小好几岁的都当上教授了，他还是个副的。外地来的人都当系主任了，他还是个什么教研室主任，血不会来事，累死也没有用，全都白干，这一点你应该了解他吧？"

"他就是这个脾气，眼里不能揉沙子，看不惯就说。系主任收了人家钱就把人留校了，更优秀的人没进来，你能不骂？校长的小舅子把学校的超市承包了，你能不骂？我佩服汪远。"

"是啊，你做了英雄，可是倒霉的还是你。你看历史上凡是这样的英雄都没有好下场，什么岳飞、袁崇焕，和他们比，他汪远算个屁。你逞什么强？就你厉害？"

"汪远的正义感在学校是出了名的，他走得正，做得正，不向权势低头，学校的老师学生对他都很敬重。"

"正义感？敬重？值几个钱？他挣钱不多毛病多。在学校不得志，在家里净向我们娘儿俩出气。有一次孩子的作业没完成，他把孩子好一顿打。有一次孩子说老师暗示要给她送礼，他又火了，到孩子学校把老师一顿骂。还有一次，我打扫卫生收拾家，把他的两麻袋书给卖了，结果他差一点儿没把我给吃了。"

"两麻袋书卖了多少钱？"我问。

"不少，卖了七十八块钱。"

"我的妈，这些书对于读书人来说都是宝贝啊，你给人家当废品卖了，换我我也受不了。"

"海星，你不要老是袒护他好不好？我知道你们俩穿一条裤子。话又说回来，书重要还是老婆重要？我辛辛苦苦为了这个家付出了全部，难道连两麻袋书都不如？你没看见他那个样，简直要吃了我。我说，就算我错了，你用得着这么凶吗？怎么我死了就好了？你一个人民教师就这点素质？动不动就火人。我要不是看着孩子可怜，我早就离婚了，你当我能受得了吗？海星你告诉他，想离婚，没门。他要赔我的青春损失费，他要付给孩子抚养费，我们家的房子他也别想要，他要是不给我，我就一把火给烧了。离了婚他也别想好，我要是看见他找后的了，就用硫酸给她毁容。他要是结婚，结婚那天我拿炸药包同归于尽。不信他就试试。"

"不，刘力坤，你不能，我是说，我——"我服了，我的妈，我的思路全都被打乱了。我无语了："方元，你劝劝刘力坤别太冲动。"

这句话惹得刘力坤更加恼火："我都被人家起诉离婚了，你还让我别太激动？我能睡着觉吃下饭吗？这个事处理不好，我就得加入干枝梅了，你还让我别太激动？我给他生孩子养孩子没有功劳也有苦劳。我为了这个家出了多少力？你们不知道，他汪远应该知道。他要是有良心就不能去起诉离婚。"

"可是，你这样激动能解决问题吗？"我有些激动了，"告诉你刘力坤，谈判也好，商量也好，双方都要做让步。总想得便宜，让别人顺从自己的意志，其结果是恰恰相反的。"

"好，海星，你说让我做什么让步？来，你说说。"

"依我看，第一，汪远纠结在准备买房子的三十万，你私自借给了你弟弟没有告诉他，结果你弟弟把钱给弄没了。那么你就应该柔软地巧妙地给个解释。但是，据我所知，你根本就没有个好的态度，这让汪远很生气。这就是火上浇油。"

"谁说我态度不好了？我——"

"你听我说完好不好？"我有些发火了。

"是啊，力坤姐，你听陈老师说完。"方元也对刘力坤不满意了。

"这第二嘛，你要承诺从今往后在家里不管遇到什么事，都要像对客人说话那样，温和、亲切。"我说。

"海星，你说这个我就不愿听，怎么？夫妻俩像对客人一样地说话，那叫夫妻吗？"

"叫啊，有句话说相敬如宾，就是说夫妻关系的。"

"我没听说谁家的夫妻俩相敬如宾，特别是咱们北方女人，说话直来直去的，打死我，我也做不到客客气气地说话，你少来那些余里寡外的。你就是向着他。"

"那也要有所收敛，不能拿起话就说，不顾别人的感受，这样就容易伤人感情，对不对？"我说。

"我就是这个性格，俗话说，江山易改，秉性难移，能好三天，三天以后就不好说了。海星，你也说了很多，可是你不知道，俺俩的底子就没打好。他大学毕业后才认识的我，第二次见面就要和我接吻，我当时心想大学生就是开化，就从了他，可是没想到第三次见面他就要和我上床。这次我没同意，这也太快了。再怎么开化也不能这么着急啊？对不对？后来他说都是因为给海星当灯泡，看你泡女孩又亲又上床的，给他急的。"刘力坤说。

"怎么把我也给扯上了？我的妈。"我说。

"和我上床了好几次，不知为什么突然不干了，要和我吹。我这脾气哪能受得了，我说我怀孕了，你的种，你要是敢和我吹，我就到你学校去闹去。你想接吻就接吻，你想上床就上床，你想分手就分手，你拿我当什么？他不见我，我就上他家哭闹。该怎么说就怎么说，他姐姐汪梅真不错，把汪远一顿收拾，就这么俺俩才结的婚。你知道吗？"

"当时我好像知道一些，就感觉他对你不太满意，说你没文化，婆婆妈妈的。""说我没文化？拉倒吧，没有我供着他，他能拿到研究生文凭？不要以为读了几本书就是有文化了。我前些天在微信里看了一个信息，什么叫文化？是一种自觉的什么？是一种善良，是一种责任什么的。根本就不是看书学习有文凭。说我婆婆妈妈，他好？小心眼，小肚鸡肠，一天到晚跟个老娘儿们似的为了块儿八毛的事没完没了。哪有点男人样？"

"我告诉你，刘力坤，你要是这个态度，我就没有办法了，你这个婚也就离定了，知道吗？"我压制住内心的火气平静地说，说着我就站起了身。

"你不要以为都是我的错，你老是替他说话、袒护他，他有你这样的朋友能好吗？我算看透了。"

方元推着刘力坤出去了。

我赶紧给汪远打电话让他过来，他好像一直在等我的这个电话。一会儿，汪远来了，就坐在刚才刘力坤的座位上。

我劈头就问："汪远，你干得挺绝啊，离婚这么大的事也不和我商量？"

汪远说："和你商量了，你不同意啊！我已经铁了心，不能改了。"

"我的妈，你单方提出离婚行吗？"

"婚姻法规定，因感情不合分居两年的可以视为自动解除婚约，这一条我已经够了，我们已经分居三四年了，实在没法过啊。刚才你肯定也见识了什么叫刘力坤，你对付得了吗？"

"你准备怎么办？孩子归谁？房子归谁？你以后怎么过？你都想好了吗？"

"想好了，我净身出户，孩子、房子都给她，每个月给孩子三千元的抚养费到十八岁。我搬到你家，咱俩一起过。"

"哎汪远，你想得美，我马上就要有女朋友了，你可别打我家的主意，我的妈。"我有点急眼了。

"怎么？你要断我的后路？"

"不是，我真的要有女朋友了，你是知道的。这个世界怎么了？离婚就像丢一件内裤那么简单。"我也自言自语地。

"社会发展快了，离婚率就是增高。"汪远说。

"你也这么说！我就不明白，社会发展了就要离婚？"我说。

"当然了，封建社会为什么一夫多妻？就是社会的腐朽和落后，现在一夫一妻制，不合适就散伙，对双方都是公平的。"

"不公平，一夫多妻制和一夫一妻制离婚后受伤的都是女人。你看看我们干枝梅俱乐部的姐妹们，哪个人心里不是伤痕累累的。"

"不对。"汪远又开始狡辩了,"就拿我们俩来说,你的离婚孙可心受伤了吗?我离婚刘力坤受伤了吗?不能一叶障目,一概而论。"

"不对,我的离婚,孙可心肯定很受伤,她现在幸福吗?她和姓郭的在一起会幸福吗?你们离婚最受伤的是刘力坤,她现在都快崩溃了,她一肚子的牢骚和怨气呢。"

"婚姻的失败是两败俱伤,没有赢家。你离婚后落魄得像个丧家犬。我离婚了连丧家犬都赶不上。你还有一个家,我真的是一无所有啊。"

"那就凑合着过呗。你明知道两败俱伤为什么偏要走这条路?"

"凑合过是对自己生命的不负责任。我宁可做个丧家犬,也不委曲求全。"

"你们俩这种态度,我真是没有办法。我本来就说不过你,更说不过刘力坤,你们好自为之吧,我无能为力啊。"

汪远的姐姐来电话了,汪远捂着电话出去了,看他那沮丧的表情我就知道又挨了一顿训。

不久,汪远真的离婚了,一个家庭就这样破碎了。

拿到判决书后当天下午,汪远把他的行李搬到了我家,除了被褥、衣物,主要是书籍。这些东西把海月的房间堆得满满的,只剩下海月的床了。

也许是传说中的轮回,我们兄弟二人好像又回到了二十年前的学生时代。

晚上,我俩喝酒聊天到下半夜。我最担心的是汪远以后怎么办,汪远倒是很乐观,他说他心里早就有谱了。他要去一家民营的大学,那个学校的校长很欣赏汪远,一年前就提出给年薪五十万,邀他去当副校长。他一直在犹豫,现在他觉得时候到了。

天快亮了,我困得睁不开眼,就催汪远早些睡。这个汪远真能熬夜,说是还在兴奋,又和我喝了一瓶啤酒才恋恋不舍地睡去。

● 三十一

长春一个同学给我发来了一则故事。

　　表姐今年四十五岁，婚后生了一个男孩儿，由于丈夫有外遇而离婚。母子相依为命，她含辛茹苦把儿子抚养成人。儿子爱唱歌，表姐就给人家打零工、看孩子，受尽苦难，赚到的钱都用在了儿子身上。儿子艺术学校毕业后，一心要去北京发展，表姐就变卖了房子陪儿子来到北京。儿子在一家洗浴中心唱歌，每天晚上八点去，十点回。这一天儿子一宿未回，急坏了表姐，四处找寻，不见踪影。洗浴中心的人说她儿子那天根本就没来上班，表姐一夜间愁白了头发。苦苦寻找了三个月仍没有音信，有一天接到洗浴中心的电话，说他们在储水池里发现一具男尸，让她来辨认。表姐晕倒在男尸旁。原来，儿子上班走错了门，掉入储水池。从此表姐精神失常。

这个故事我在央视一套的法制栏目上看过，的确很让人心碎，可怜的表姐，编号登记为 W。每一个故事都是一部电影。

海月微语约我打滚子，我说我可以去，但是不和你一帮，我受不了你发飙，她发来一个笑脸。

我如约来到万和祥茶楼的三楼，看到海月一脸的灿烂在迎接我，我很惊喜。

"人逢喜事精神爽，告诉我什么好事？"我最了解海月了，喜怒哀乐全都写在脸上。

"你猜，哥。"

"你给芙蓉服装做代言的钱给你了吗？"我现在就关心钱的事。

"给了十万，其余的二十万以后再给。"海月说。

"就三十万还分几次给，真狗（抠门）。现在赚钱不容易，别乱花钱，攒点钱买房子吧。"

"我才不攒钱呢,谁娶我谁买房子。哥,我要演电视剧了。"海月说话的样子有点像她十岁的时候。

"什么电视剧?是谁找的你?"

"是孙诚哥推荐的,就是前天,他让我去试镜,我一下就通过了,导演和制片对我都很满意。"海月眉飞色舞的。

"定了吗?"

"定了,我已经开始读剧本、做小品了。"海月兴高采烈的,很是可爱。

"我的妈,我怎么一点儿也不知道。"我有点怨气。

"试镜那天,我把几张剧照发给你了,你根本就没有回信。"海月有些撒娇地说。

"哦,想起来了,我以为是你在拍艺术照,没在意。是什么剧?"

"这个剧叫《模女时代》,是孙诚哥的编剧,讲的是一个女模特的故事,挺有意思的。他们本来想找一个一线的明星演,可是对方要价太高,几乎是整个预算的一半。另外那个明星的身高不够,气质也不行,孙诚哥就推荐了我,他们对我很满意。"

"我对你有信心。"我也兴奋起来,"咱姥爷是老毛子(白俄罗斯人)艺术家,咱姥姥是舞蹈家,咱妈是全国名模,咱爸是著名画家,看看咱这 DNA,每一根头发丝都很艺术,肯定能成。"

"孙诚哥给我找了个老师,现在我每天在跟他学表演,学普通话朗读,做小品,我现在可充实了。那个导演说,如果我小时候就学表演,现在说不定都去好莱坞了。哥,都怪你,当初让我学模特,我现在后悔死了,一看见 T 型台就想吐。"

"有什么后悔的,这都是命里注定的。"

"孙诚哥说,还是表演这一行好,一人演,万人迷;一剧红,管一生。我已经在看剧本了。孙诚哥给我讲解了人物的性格和剧情。哥,我才发现孙诚哥太有才了。那个情节让他设计得环环相扣,那个台词让他写得很好玩,我都怕到拍摄的时候会笑场。孙诚哥还好脾气,对我很有耐心。"

"你现在可成了孙诚的粉丝了？"我有点醋意。

"那是太崇拜了。这部戏还没开拍，又有一个影视公司找他，下一部戏又在写了。他说这部戏就是给我量身定做的，他要把我捧红。"

"你别听他忽悠，这部戏的合同签了吗？"

"还没签。"海月脸上的笑容消散了。

"你和制片人谈没谈片酬的事？"

"还没谈，我不好意思开口，给多少算多少。"

"那不行。"我来劲了，"起码也得是那个明星片酬的一半。"

"一半？那个明星要两千万啊哥。你妹难道值一千万？你别忘了，我是个半路出家、没有表演经历的模特老师。"

"那也得五百万吧？我去给你谈，我是你的经纪人。"我感到我们家的好运来了，我好像中了大奖。

我们正谈到关键时刻，房门开了，孙诚来了。

"孙诚哥。"海月跑了过去，拥抱了矮她半头的孙诚。

"孙诚，你小子这是隔着锅台上炕啊。"我半真半假的。

"海月也是我妹啊。不过海月真行，一试镜就通过了，这是帮了剧组的大忙啊。制片人为了这个女一号都愁死了，真的。"孙诚边说边坐在我的旁边，在海月的对面。这明显是他俩一帮。

海月开始洗牌了，三副扑克铺满了一桌子。

"哎孙诚，那海月的片酬是多少？"我就对这个问题感兴趣。

"片酬的问题，我和制片人商量了好几次，他说总的盘子还没定下来，等一等再说。你放心，有我在这儿，海月吃不了亏，真的。"孙诚也开始帮海月洗牌，他牌洗得挺麻溜，一大把牌在他手里呼啦一下就洗好了。

"我觉得至少也得五百万。"我说。

"海星啊海星，这是不可能的。我听说有两个大股东不干了，撤走了两千万，现在总共还有不到两千万，这两千万要拍四十集的戏，很难啊。"

"少了五百万我们不干，海月给那个芙蓉女装品牌做代言，就拍了几张照片就是五十万。"我平生第一次这么咄咄逼人。

"哥，你别乘人之危，下手太狠啊。"海月把扑克牌重重地放在桌子上。

"还缺一个人，是谁？"孙诚问。

"是默凡，马上到。"海月把牌码了一下，三副扑克牌唰地码在桌子上，像多米诺骨牌一样很是壮观。

"孙诚你这么忙，数钱都数不过来，还有空玩牌？"我看了孙诚一眼。我发现孙诚正在向海月传递一个眼神，我的妈。

"也不能老写啊？累死了，玩玩牌，换换脑子，放松一下。"孙诚说。

"这打滚子在大连已经成了一种非常普及的娱乐活动了。"我说，"在家里、机关里、公司里、公园里、酒吧里、饭店里到处都有人在打，电视台还有打滚子的栏目。我听赵总编说大连人养了两个南方的扑克牌工厂，如果大连人不打滚子了，那两个扑克牌工厂就黄了。"孙诚接着说："就像中国人养了德国的保时捷一样，如果中国人不买保时捷了，保时捷工厂就得黄了。"

大家都笑了。

"我有时就想，一项活动能得到普及，一定是有原因的。"我看着孙诚，"是什么原因让打滚子这么疯狂？有没有答案？"

"我听过几种答案，有一个最靠谱。"孙诚说，"这是作曲家郑冰说的。有一次滚子协会搞一个活动，有记者采访郑冰的时候，他说大连人喜欢打滚子是因为大连人喜欢足球。"

"这足球和打滚子风马牛不相及啊。"我说。

"是啊，足球怎么和打滚子搞到一起？郑冰说，踢足球三大要素：技术、配合、运气。打滚子三大要素：技术、配合、运气。技术就是出牌的技巧，准确的判断，记牌的能力等等；配合非常重要，没有紧密的配合，就是帮助对方打自己，结果是一败涂地；运气更是打滚子的重要因素，技术再好，配合再佳，就是抓不到好牌，也会输的。大部分大连人都有足球的情结，年轻时都玩过足球，年龄大了玩不动了，打滚子就是玩足球的一种延续。"

"靠谱，这个说法靠谱，起码我认为有道理。"我说。

默凡来了。

我们终于开始打滚子了，两个半小时打了两锅，以海月和孙诚的胜利而告终，海月高兴得几次与孙诚击掌庆贺。

然后，开始喝酒。孙诚打开一瓶茅台，说是为了庆贺海月成为电视剧《模女时代》的女一号。

我本想喝红酒的，孙诚硬是逼着我喝茅台。他说："这瓶茅台是2004年出厂的十年酒，我存放了有十多年了，一直不舍得打开，就等着一个大事才拿出来喝的，真的。这瓶茅台现在至少值两万，喝一口就得上千。"

既然这样，就喝茅台吧，我拿过茅台酒瓶仔细地看着上面的内容。

席间海月最为嗳瑟，挨个地敬酒，对孙诚更是崇敬加感谢，几次交杯。

最后，一瓶茅台我喝了不到二两，其余的都让孙诚给喝了。海月和默凡喝了一瓶红酒和十多瓶啤酒，酒瓶子摆了一地。

晚上十点多，我们要散伙了。默凡趴在桌子上呜呜地哭，我打电话给吴天奇，他一会儿就来把她接走了。海月和孙诚两个人摇摇晃晃互相搀扶着也出了门。我上了一趟厕所正要往外走，一个女服务员拦住了我的去路："先生，谁买单？"我一看海月和孙诚早就没有影了，只好硬着头皮刷了卡，一千三百多啊！刷了三个卡才搞定。心疼死我了，我心里在喊：海月、孙诚，你们两个混蛋，我要让你们加倍偿还。

我上了一辆出租车，可是刚走了不到两分钟，我突然发现我的手机不在了。我摸摸衣服兜，又摸摸裤兜，急出了一身汗。现代生活中，手机已经是不可或缺的东西，没有了它比没有老婆还难受。司机赶忙调转车头往回跑。还好在会所的门口，那个让我买单的女服务员，把手机还给了我。我有些颤抖的手，接过了失而复得的手机，上了出租车又往家返。

我给海月打电话，一连打了六次都没接，没办法，我给海月发微语：

> 海月，我看到了你和孙诚的暧昧。作为亲哥，我严肃地告诫你，千万不要与已婚男人交往，更不要与我们圈里的朋友有染，会有很大麻烦的。你一定要洁身自好，把握分寸，否则，后果很严重。

第二天快中午了，我才收到海月的回信：

　　哥　我昨晚喝多了　不知道发生了什么（鬼脸）

我打电话说："海月，你以为你哥是彪子是不是？告诉你，从你俩昨天一见面的感觉，我就看出来了，别以为我不知道。"

海月明显还没醒过酒："啊，哥，你看出什么了？不要神经过敏。"

我气愤地说："我是你哥，必须对你的一切负责任，如果出了事我没法向咱爸咱妈交代。你现在大小也算个名人了，一言一行都要自律。"

海月无语了。

我接着说："你现在还没有单身，还没有自由，所以绝不能肆无忌惮地胡来。再说了孙诚这么丑这么猥琐的男人，你也能接受？"

海月那边火了："哥，我告诉你，我就是喜欢孙诚哥，怎么了？女人看男人不是看他的外表的，而是更注重男人的修养、品格和品位。我就喜欢他。我的事你以后再也不要管。"

"海月。"我也火了，我几乎是叫喊着，"你疯了，你敢这样对我说话。你不是我妹，我才不稀得管你，死不死的，但是我是你唯一的亲人。"我的眼泪唰的一下流了出来，我的嗓子眼又被堵了一个地瓜，说不出话来。

海月趁机反攻："哥，你太损了，什么猥琐？你妹已经五年没有和男人接触了。这期间有多少男人打我的主意？有大领导，有大富豪，有艺术家，还有港商，我都拒绝了，我不是没有标准的。"

"我的妈，海月，你你你——"我又气又急。我突然想起了侯天真说的，当你想发火的时候，着急的时候，就默默地念南无阿弥陀佛。我闭上眼睛，放下手机，嘴边不停地念南无阿弥陀佛南无阿弥陀佛南无阿弥陀佛南无阿弥陀佛——

不知默念了多少遍。真的灵验了，我的心安静了，火气也消了。

我心平气和地说："海月，我的好妹妹，我们父母过世得早，我俩相依为命到今天，你的事就是我的事，你与男人交往的事必须要由我裁定。"

海月似乎也平静了："哥，你要包办婚姻啊？都什么年代了？我是人，不是动物，我要和我爱的人在一起。现在很多年轻人找对象都很自由，父母都管不了，我都三十多了，还要你来管？"

"我不是管，是帮你把把关。"我说，"一切真正的自由都是在一定的约束下的，否则这个世界就会完蛋。孙诚是有家的男人，他老婆叫夏华，是个母老虎，你知道吗？她不是一般的厉害，骂起人来两个小时都不重样。你敢惹她？难道你真要明知山有虎，偏向虎山行？"

"我知道夏华，孙诚哥说他们已经分居很长时间了，他会尽快和夏华离婚的。"

"那也不行，只要没离婚，你和孙诚好就是犯法，而且是背离道德标准。海月，你一定要冷静，女人在爱情面前的智商是零，希望你别做傻事。"

海月不作声了。

"再说孙诚，你了解他有多少？他一直在不停地换女朋友，比换衬衣还频。他刚刚用三十万现金和一个电视剧的联名编剧，打发走了一个二十几岁的女孩儿，还不到两天，现在又把你弄得五迷三道的找不到北了。他很会迷惑女人，玩弄女人，你怎么能这么轻易地就被他拿下了？你就这么浅薄吗？你还有自尊、自爱、自重吗？"

"哥，我向你发誓，我们俩现在什么事也没有，我只是对他感激和崇拜。"

"我的妈，你知道吗，世界上有两个毛病是永远改不了的，一个是偷东西，一个就是泡女人。偷东西的人，右手被剁掉了，就用左手去偷，看见东西就想偷，不偷手就痒痒。泡女人的男人，见了女人就想泡，不泡心里就痒痒。他孙诚是狗改不了吃屎。"

"哥，你别生气，我会好好处理这件事的，默凡也劝我要冷静些。"

"这都是亲人，真正爱护你的人，知道吗？"

我挂断了电话，一气之下又打电话给孙诚，一连打了三次，都没人接听。

下午孙诚把电话打过来了。

"海星，你找我？我——"

"孙诚，我告诉你，海月就是我的命。你个混蛋，刚和那个女孩儿拉倒，屁股上的屎还没擦干净，就又开始打海月的主意了，你累不累？你烦不烦？你想作死啊。告诉你，你自己作的祸自己承担，我再也不给你挡枪了。记住，你敢动海月一根汗毛，你就等着死吧。我没有本事，我让夏华弄死你。"

"哎呀海星，你误会了，我怎么能对海月有邪念呢？真的，我——"

"你个屁，你表面上人模狗样的，其实你内心就是个大粪坑，你还算什么文人、作家、记者。呸！一个大混蛋，大流氓，大无赖。"

孙诚还在解释着，我一句也没听，就挂断了。

我的妈，气死我了。

● 三十二

干枝梅俱乐部的会员已经发展到一千多人。按照齐雅娟的意见，以区为单位划分微信群和注册。我和齐雅娟两人存在于所有群里，能看到所有人的情况。

齐雅娟在和我及各区召集人沟通后，以干枝梅俱乐部的名义发了一个重要通知：

> 姐妹们大家好，今年的征婚大集"十一"期间在劳动公园举行，我们干枝梅俱乐部准备以集体板块的形式参加，望感兴趣的姐妹踊跃报名，并把个人信息上报给各区召集人。我和陈老师及各区召集人带头报名。大家不要放过任何一个机会。祝大家好运！

这下热闹了，我浏览了一下各个群，报名的、评论的、点赞的，好像一挂点燃的鞭炮一个接一个地燃放起来，两天里就有四百二十六个姐妹报了名。齐雅娟召集我们几个骨干，把这些信息按姓氏字头的拼音字母依次排名，并让秘书用统一的信息格式把所有人的情况罗列下来。然后，齐雅娟安排她公司的人去制作一个大的看板。四百多人的信息排了二十多个看板，浩浩荡荡的很有气势。

齐雅娟让我也参加征婚，起个带头作用，我死活没同意。

齐雅娟微语我说："陈老师，你注意一下西岗的那个群，有个叫冬雨的，她说她的故事很特别。她愿意讲给你听。"

西岗群里有二百一十多个姐妹，我一眼就看到了冬雨。我单独加了她，她很快就反馈说，非常渴望与我聊一聊她的故事。

在干枝梅俱乐部，我见到了冬雨。

"陈老师，我完全是因为您才加入干枝梅俱乐部的。"冬雨的开场白让我有点意外，"听说您是我们单身姐妹的好朋友，您在为我们写一个大文章。在当今社会还有这样的人，我太感叹了。所以我就想见见你。"

"我只是想为姐妹们做点事。没什么了不起的。你这么漂亮还单身，一定很有故事。"

"谈不上什么故事，都是事故。"

我今年三十六了，从二十四岁开始，一直在外面漂泊。最近我妈妈身体不太好，我才回来的。是一个好姐妹把我拉进这个群里的。我在大学期间就谈恋爱了，而且谈了好几个，但是没有一个是同学，都是社会上的男人。奇怪了，这些追求我的男人，都是有家室的。我那时候很轻浮，一般男人进不了我的法眼。我有个缺点，是我最近才总结出来的，我爱听哄我的好话。其实谁都爱听好话，可是我分不清好话里的玄机。有的好话是糖衣裹着的炮弹，有的好话是陷阱上的馅饼。所以那些会说好话哄我的人都会轻易地骗了我。

那段时间我的生活乱极了，今天有人家的老婆来找我闹事，明天有过去的情人找我叙旧。刚毕业我就结婚了，老公是为了我离婚的。可是没过多久，我就发现那个男人并不是我喜欢的男人。没有了哄我的好话，他揭下了他的假面具，忙工作，跑业务，他对我关心少了；他还总想着他的儿子，经常跟他离婚的老婆通电话，让我很生气。我被宠惯了，哪能受得了这样的男人，不到一年我们就离婚了。离婚后我一气之下远走高飞去了南方，在一个小城市，我投靠了一个同学，定居下来。

有一天我们俩参加一个聚会，席间一个姓邢的市领导看好了我。他虽然长得不算帅，但是很有风度和内涵，他还是复旦大学的博士。他说我应该去电视台做播音主持，他们电视台现有的女播音员他一个也没看上。我很快就到电视台上班做了主持人。电视台领导对我特别关照，我办了一个文化栏目，自己编导，自己主持，效果很不错。邢领导找了一家企业赞助了我的栏目。从此我在这个小城市里如日中天。当然，我也走进了邢领导的怀抱。邢领导在郊区给我买了一栋别墅，他很娇惯我。我知道他有家室，可是我从来不闻不问。他在官场上的事，我也不关心。我甚至希望他丢了官，天天来陪我。我的工作和生活都很美好，这是我最快乐的一段时光。

这期间邢领导鸿运高照已经连升了三级到了副省级。他说应该感谢我，是我给他带来的好运。官当大了，就越来越忙，但是，无论多忙，他每天都会给我发个微信问候我。他来我这儿的时间越来越少了，有时十天半月才来一次。有时来了待一会儿就要走。有一天，我刚要出门，来了一伙人，说是纪委的。他们二话没说就抄了我的家。没找到什么有价值的东西，他们就把我带走了。在一个审讯室里，他们让我说我和邢领导的关系，我一开始还嘴硬，但没过半小时我就崩溃了。好在我与邢领导没有经济方面的往来，就一栋别墅产权还不是我的，我在里面待了好几天才被放出来。全国的媒体都转发了邢领导被抓的事，其中有一条说是与多名女性保持不正当的关系。我这才感到我被玩弄了。我在电视台的栏目也被停播了。在台里待了一个多月，天天上班，可是没有人敢跟我说话，我苦闷极了。我反省自己，我想我现在的这个状况就是自己造成的，谁也赖不了，苍蝇不叮无缝蛋。刚好我妈来电话说她身体不好，我就辞职回来了。现在我最大的心愿就是找个靠谱的人赶紧结婚，好好生活。

　　冬雨的故事真的很特别，编号为 X。

　　送走了冬雨，齐雅娟来了。

　　"陈老师，通过我和一些姐妹的交流，我发现我们的姐妹大部分都受过男人或社会人员的欺负、欺骗。我们能否成立一个法律援助机构，专门为我们姐妹打官司，讨公道？我们的姐妹大都没有法律意识，被欺负被欺骗后不知道该怎样做，还有的是因为没有钱，打不起官司。"

　　我说："是啊，我也有过这个想法。"

　　"这样吧，等我们的食品工厂、培训学校、足道康健中心赚了钱，我们就成立一个法律援助中心，聘请几个律师专门为我们姐妹提供法律咨询和法律援助。下周末足疗店就要开业。食品工厂和培训学校比较麻烦，主要是没有合适的地方。便宜的地方不好，地方好的又很贵。哎，你那个叫黄燕的能不能来咱们足道康健中心？"

　　"别打黄燕的主意了，她走了，回河南老家了。"

　　"哦，陈老师，我现在就是没有懂管理会管理的姐妹。没有她们就是累死我也成不了事。我们已经在各个群里发了招聘启事，也有不少姐妹前来应聘，但是一接触就发现她们大部分人都没有管理经验，全凭一腔热血、一副身板和一身手艺。我们的姐妹是不少，但大多是战士，我需要独当一面的将军。我现在体会到了千军易得，一将难求的古训。总不能到社会上去招聘吧？"齐雅娟皱着眉头说。

　　"齐大姐，你不能灰心，应该尽量发挥姐妹们的能量。其实可能还有一部分单身姐妹根本就没露面，她们潜伏在社会各个阶层里，由于她们都很优秀，又都有个性，所以她们不愿袒露自己的身世，也有的不愿与单身姐妹为伍，或者说对干枝梅俱乐部不抱有信心。所以我们还要对外招贤纳士，对内挖掘潜力，比如月牙、方元。"

　　"月牙、方元当然好了，我早就打她们的主意了。可是人家有自己的

266

生意，哪有心思为咱们做事。"

"还有侯天真啊。"我说。

"侯天真也有自己的事，二叔的佛堂离不开她啊，而且她对名利看得很淡，这几个主力都不行，我都谈过了。"

我这才感到事情的严重，看到齐雅娟焦虑的眼神，我真的有些不安。

"这样，我们再和她们谈谈，干姐妹的事情，必须由干姐妹来做。我相信她们会顾全大局的。"

"这可不是顾全大局的事，这是后半生的工作或者说事业，每个人都有自己的特殊情况，我们总不能强人所难。"

"我想还是有可能的，我们一方面动之以情，晓之以理，向她们说明我们的意图，一方面许诺给她们一定的股份分成，也许会打动她们，比如说月牙。我们把她的小饭店也给收编了，让她做更大的事，体现自己的价值，我想她会答应的。还有方元的课外辅导，也可以做大。方元只是在一个学校做，那么全市那么多学校，我们都给包圆了，让更多的姐妹一起分头来做，不就成为了一个事业吗？方元来牵头做，给她空间和红利，我想她也会高兴的。"

"哎呀陈老师，你也成了策划大师了。我看行，我们再分别做些工作，但是一定要抓紧啊。"

转眼就到了"十一"，征婚大集的时间是十月二号上午九点。干枝梅的看板一大早就挂在了劳动公园荷花池的岸边，很是吸引眼球，招来了很多感兴趣的人围观。来参加征婚的大都是大龄男女的父母和朋友，也有儿女为父母择偶的。一个个一排排一群群络绎不绝，那个场面很是壮观。

我和齐雅娟几个人在我们干枝梅俱乐部的看板前站着，我趁机多看看也熟悉了一下一些姐妹的情况。

到了十点半的时候，劳动公园已是人山人海了，干枝梅俱乐部的看板前聚集了有三四百人。齐雅娟、方元、月牙等人带着几个工作人员负责接待有意者，我躲在一旁看热闹。

到下午结束，干枝梅俱乐部共收到八百多份有意结识的资料，工作人员将这些资料发送给了相关的姐妹和我。

齐雅娟就征婚大集的情况，在各个群里发表了总结报告：

姐妹们大家好，这次征婚大集圆满结束。我们干枝梅俱乐部取得了很大成就，有八百多个男士向我们发来爱情的召唤，已有三十六个姐妹开始与有意的男士进行交往。我们的目标是有一天因姐妹们都有了男友或结婚了，干枝梅俱乐部宣布解散。姐妹们加油啊！

又是一挂长长的鞭炮燃放了。

月牙给我发来一个微文：

陈老师，这次征婚，有个丹东的大老板看好了我，他说他原来是开发矿山的，现在大连投资做文化产业。那个人也信佛教，他的一个朋友也认识我，也给我打来电话。你说怎么办？

我回复：

这么好的条件不能回绝，这个机会不要放过。

月牙说：

陈老师，我不会的，我的心里只有你，不知我们俩还差什么？

我回复：

缘分。

月牙：

　　缘分是什么？我觉得我们是天生的一对，为了你我已经戒烟了，最近长了有十斤肉。

我：

　　那个丹东人很优秀，千万别放过。

月牙：

　　你以为我会为了钱和一个完全不认识的人交往吗？我们相识就是缘，我们都是单身就是缘，我们很合得来就是缘。

我：

　　祝你好运！

◯ 三十三

　　减肥有二十多天了，我感到了一些轻松，但是头疼的毛病好像加重了。过去是每天早晨和下午头疼，现在是不分时段经常头疼，烦死了。
　　我琢磨着哪天再找机会听听钢琴阿姨的故事，今天上午钢琴声又没响。楼上老王拉一个新曲子《小苹果》，叽叽嘎嘎，难听死了，我给耳朵里塞上耳机，打开手机里收藏的侯天真发给我的佛教音乐。
　　今天我要和海月办一件大事。

我们十点钟来到了海月居住的时晓菲爸妈家。

时晓菲爸妈家原来的房子建成了一个别墅区，老两口动迁到了植物园对面的一个小区里。这里的空气更好，很宜于居住养老。

海月带着孩子在门口的院里玩喷水枪。

时晓菲的父母已经在等候我了。

"大大，大妈，我是为了海月的事来的。"

两位老人几乎同时看了对方一眼。

"海月到你们家也有十多年了，我们没有父母，是你们二位像父母一样照料了她，我们俩非常感谢你们。你们的恩情，我们永远都不会忘记的。"这是我的开场白。

"不要客气了，海月也照料了我们，也给我们家生了一个好宝宝，都是一家人嘛。你们俩也不容易，父母不在，我们——"

"老潘。"时晓菲妈妈还想说，被时晓菲爸爸制止住了，"你听海星说，你先别插话。"

"时晓菲的情况你们都知道了，他已经上了通缉令，而且海之梦大酒店的股权也很乱。时晓菲的几个朋友都入了股投了钱，也被圈进去了，血本无归，我们没办法洗清时晓菲的罪责。"我刚说了几句话又被时晓菲妈妈打断了。

"是啊，我们眼泪都流干了，没想到是这么个结局，我们一直盼着他回来，我昨晚还做梦——"

"老潘！"时晓菲爸爸又制止住了，"你听海星说，你先别插话。"

我想起汪远的妈妈，也是爱插话，而且喻叨个没完。

我终于进入了主题。

"我今天来是和你们二老商量一下海月的事。海月都三十多岁了。她等了时晓菲五年，已经属于高尚贞德的女人。要知道这五年是一个女人一生中最美好的时段。海月每天都跟你们还有孩子在一起，伺候着你们二老，抚养了儿子。可以说无怨无悔，尽职尽责。我认为如果让海月再这样下去是对海月的不公。毕竟她还年轻，也懂得浪漫，也热爱生活。是不是？"我说得理直气壮。

老两口又几乎同时看了对方一眼，那眼神里有一种吃惊。

时晓菲妈妈又打断我的话说："那么你什么意思？告诉你海星，我们全家对海月那可是不薄，打她一搬进我们家，我们就——"

"老潘！"时晓菲爸爸又一次制止住了，"你听海星说，你先别插话。"这一次他的口气有点重。

"我的意思是，我们能不能讨论一下，让海月和时晓菲离婚。"

"离婚？"二位老人几乎异口同声。

"是的，离婚。时晓菲就是回到大连，等待他的也是牢狱之灾，海月再也不可能舒舒服服地跟他过日子了。"

"不行，我家的媳妇嫁到我家就永远是我家的人，只要时晓菲不死，她海月就——"

"老潘！"时晓菲爸爸再一次制止住了，"你听海星说，你先别插话。行不行？"这一次他的口气更重。

"大妈，现在都什么年月了，封建社会的那一套早就过时了。希望二老开恩，可怜可怜我家海月吧，她已经守了五年的活寡了，够了，她现在死的心都有，再这样下去我也不会认同的。"我的口气越来越重。

"海星，我告诉你，不行就是不行。我跟你大大都是老革命，解放战争的时候我就是部队的话务兵，你大大是连长，后来你大大还参加了抗美援朝，是营长。我们见识多了。你知道吗？我们有很多首长、战友现在都是大官。我们——"

"老潘！"时晓菲爸爸这一次几乎是喊出来的，"你少说几句行不行？你这样讲是解决不了问题的！我同意他们离婚。"

"老时！你糊涂啊。"时晓菲妈妈更是激动，"你这样做会毁了这个家，毁了我们俩。这儿子没有音信，不知死活，这儿媳又跑了，我们俩活着还有什么意思？"

"我们不是还有孙子吗？他就是我们的希望。时晓菲坑害了朋友，侵占了国家利益，就该得到惩罚，哪能让海月也跟着受罪？"

接着两个老人都站着指手画脚地叫喊起来，海月和天语也被吓得跑了进来。我怕再气坏了一个就更糟糕了，我站在他俩中间说：

"好好好，大大、大妈，今天咱就不谈这件事了，以后再说，你们消消气。"

"海星，"时晓菲妈妈哭了起来，"你也知道，我们俩结婚二十年一直没有孩子，我都四十多岁了才有了这个时晓菲。所以我和老时把所有的爱都给了他，对他有些溺爱，使得他有了些毛病，也犯了一些错。可是我们都是善良的好人啊。我们为了国家出生入死过。没想到我们的命都这么苦。"时晓菲妈妈哭得很伤心。

海月抱着已经吓得浑身发抖的天语说："妈妈、爸爸，我就怕伤害着你们才不敢说这件事，几次话到嘴边说不出口，可是已经五年了，人生有几个五年？我海月从小失去父母，没有幸福童年，青年时又摊上这么大的磨难。难道我的中年、老年也这么凄惨吗？开开恩吧，求你们了。"

海月哭着跪在了地上，时天语也大哭起来。

"妈妈、爸爸，即便我不是时家的儿媳了，我也是你们的女儿，我会尽力为你们养老送终的。"

时晓菲的爸爸妈妈伸手要扶起海月，没想到不但没扶起海月，他们俩也跪在了地上。老少四人在地上跪着哭作一团，看得让人心酸。

"大大、大妈，都起来，都起来，今天咱们就谈到这里，你们消消气。"

我好不容易才把四个人都扶起来，弄得我一身大汗。

从时家出来，我又迷茫了，可怜的海月什么时候才能获新生？

过了十多天，海月突然来家了，一辆搬家公司的车拉来了她的全部东西。她一边指挥搬家公司的人放东西，一边大声地告诉我说她已经办好了离婚手续，她是自由人了。

海月离婚了，我的妈。

海月提着她的一包衣服走到她房间的门口才发现，汪远已经侵占了她的地盘，她的东西根本没有地方摆放。

"哥，哪来的这么多破东西？"

"是汪远的。"

海月趴在窗口指挥着人马搬东西。她放在沙发的包里响起了手机声。我赶忙打开包拿出手机接听，就听一个男人的声音色眯眯地传来：

"哈啰，海月宝贝。"

是孙诚，我火冒三丈。

"孙诚，你个臭彪子，告诉你再不要骚扰海月。"

"哎呀海星，不要发火嘛，我要跟她说电视剧的事，真的。"

海月走了过来，一把抢过她的手机。

"哥，你不要干涉我的隐私，我是成年人，不是小孩子了，你自己的事都没整明白还来管我？"

海月的话像一把剑刺中了我的心，我感觉一股火冲到头顶，我头晕目眩，说不出话，我立马躺在沙发上。

海月看到了，她挂断手机扑到我身边，摇着我的肩膀喊："哥，怎么了？"

我知道自己的毛病，是颈椎病造成的脑供血不足和生气上火导致的脑血管痉挛。海月吓得跪在我面前非得要送我去医院。我有气无力地说："老毛病了，死不了人，静养几天就好了。那些东西是汪远的，他也离婚了，暂时借住在咱们家。"

"汪远哥离婚了？这么大的事，怎么不告诉我一声？"海月埋怨道。

"咱家成了离婚人员收容所了。"我苦笑了一下，"无奈啊，天要下雨，娘要嫁人，弟兄妹妹要离婚。这个世界要爆炸啦。"

海月拿出手机翻找着号码，这显然是个不经常打的号码。

海月与汪远沟通后，指挥着搬家公司的人轰轰烈烈地搬来搬去。大概是把汪远的东西搬上了车，把海月的东西搬进了家。

我躺在床上，头还在疼，眼睛也难受得不敢睁开，别说看手机，就是看天棚都天旋地转。

海月忙乎了大半天，总算搞利索了。她和傅真一样，眼里容不得杂乱，什么事都要做得喷喷齐齐。

海月伏在我身边。

"哥，对不起啊，现在感觉怎么样？"

我闭着眼摇摇头。

"要不要告诉齐雅娟大姐一声？"

"别麻烦人家了，她挺忙的，里里外外那么多的事。"

海月坐在了我的身边。她握着我的手。

"哥，真对不起啊。我这几天烦得要命。我下了五年的决心，今天才走出这一步。真难啊。时晓菲的父母就像我的父母一样，我就是怕伤害他们。本来儿子失联了就很痛苦，我这个媳妇又离婚了，等于雪上加霜，他们该多么痛苦啊。这是时晓菲的小姨做了好几天的工作，妈妈才松口的。我是流着泪从他们家搬出来的。没想到把你给气着了。要是把你气坏了，我可真后悔死了。

"孩子由他们老两口养护，我什么也不要，就要自由。爸爸陪我去的民政局，人家一看就明白了，马上就给开了离婚证。"

海月说着从皮包里拿出了红色的离婚证。我拿过来翻看了一下。比起十几年前我的离婚证，现在的离婚证高级了不少。我掂了掂它的分量，这个该死的离婚证害了多少人啊？

我点点头："好吧。总算有了结果。你满意了，我也了了一份心思。重新开始新的生活吧。"

海月收起了她的离婚证。

⚲ 三十四

这次病得挺重，两天了，除了上厕所、吃东西，我几乎都在床上躺着，来了几个骚扰电话，气得我把手机给关了。

齐雅娟带领干枝梅的几个姐妹来了，那赛过一河沟癞疥巴子的欢闹声把我从昏睡中惊醒。我晃晃悠悠地起来开的门，齐雅娟她们一看我这狼狈不堪的样子吓了一跳。

"陈老师，你这是怎么了？"齐雅娟问。

"没事儿，就是颈椎病闹的。"我想起大半年前我被她们灌大了，在家里休息，也是她们闯了进来，把我家翻了一个底朝天，弄得我很尴尬。我的妈。我才知道，她们在微信里呼唤了我有二十多次，都没有回应。

"上医院了吗？"月牙问。

"没去，这个病医院拿它没办法，我去了也没用，休息几天就好了。"

齐雅娟和月牙慢慢地把两个房间和厨房厕所巡视了一遍。月牙点点头说："这回家里还挺干净。一定是有女人了。"姐妹们的脸上都出现了惊讶的表情。

"没有女人，是我妹妹。"

"你妹妹不是女人？"月牙笑着说。

"是女人，是女人。"我有些紧张了。

"不是亲妹妹吧？"月牙的眼神里有些醋意。

"是亲妹妹，是海月。"我的语速很快。

姐妹们大笑起来："陈老师，别紧张，我们不是查户口的。"

齐雅娟说："月牙，看你把陈老师整得都出汗了，陈老师这人一看就是不会撒谎编故事的人。"

月牙说："对不起啊，陈老师，让你受惊了。"姐妹们哄的一声又大笑起来。

"你们笑什么？"月牙说着把我扶到沙发上坐下，"姐妹们，你们回去吧，我在这儿陪护陈老师。"

"你陪护陈老师，我们不放心。"顾艳说。

"不是我们不放心，是陈老师不放心，对不对？陈老师。"于琪说着大笑起来。

"不放心我？"月牙提高了嗓门说。

"我们不放心，怕你对陈老师性骚扰。"顾艳说。姐妹们都呼应着。

这时，门打开了，海月回来了。海月一看家里这一屋子的女人，愣在了门口。我分别介绍说："这是干枝梅的姐妹们。这是我妹妹海月。"

"是亲妹妹吗？"月牙走到海月跟前，海月的脸腾地就红了。

"是啊，姐。"

"你俩没有一点儿像的地方，肯定不是，陈老师金屋藏娇啊？"月牙就是这么烦人。

"这是海月。"齐雅娟说。海月上前拉住了齐雅娟的手："齐大姐，谢谢你们啊，又把你们给惊动了，我哥不让我告诉你们的。"

"陈老师的妹妹太漂亮了。"顾艳说。

"比大明星还漂亮。"于琪说。

"我说陈老师平时看都不看我们一眼，原来家里有颜值极高的妹妹啊。"月牙说着做了一个鬼脸。

姐妹们又坐了一会儿就离开了，家里瞬间就沉闷了，我的心也沉闷了。

侯天真没来。我不敢问，也不能看手机，不知道她是什么情况。

我站在窗前看着干姐妹们有说有笑地上了车。

海月给我带来了羊肉包子。看见羊肉包子让我想起了黄燕，在她家县城我们吃过一次。海月说等我吃完饭，她带我到社区卫生院打打点滴通通脉。

我第一次来到社区卫生院，我被打上了点滴。海月走了，说两个小时后来接我。挺大的一个房间，七八个床位座位就我和一个老太太。透过大玻璃窗我看见给我打针的护士在隔壁的小房间里看手机。我又陷入了孤独中。

什么是孤独？我想孤独有两种，一种是身体的，一种是心理的。一种是物质的，一种是精神的。身体的孤独就是你身边没有人在陪伴你，孤寂一人的孤独。而心理的孤独就是即便身边有人陪伴也会因为某种原因而感到孤独。有时候精神的孤独更可怕。

今天眼睛好多了，我特意带上了手机。打开关闭了三天的手机，传来了一连串叮叮咚咚的提示声。

我看到了侯天真发来的微信，这是让我最高兴的。

> 陈老师，因我家里有事不能脱身，没能去看望你。你怎么样了？

我回信：

没事的，谢谢你。

侯天真：

陈老师，你从现在开始一定要心平气和，所有的病都是从
急躁和上火开始的。还是我教你的妙招，你如果遇到生气上火
的事，就在心里默默地念南无阿弥陀佛，要不停地念。你会发
现你的火气很快就消散了。

善良的人都有一颗温暖的心，侯天真的心就可以融化冰雪，她温暖
着我，我的病就好多了。传说中的观音菩萨就有这样的奇妙神功，你心
里呼唤她，她就会显灵救助你。我感到侯天真的身上似乎有这种观音菩
萨般的气韵。

看着药水一滴一滴缓慢地进入了我的身体，我感到百般无聊。鞠梦
楠怎么样了，难道她真的要重蹈她母亲的覆辙？黄燕怎么样了，她的命
运牵动着我脆弱的心脏。我给她发微信她不回，打电话她关机。我给她
弟弟黄山打电话，他说他也没有姐姐的消息。我真的有点儿后怕。

海月把我接回了家，就匆匆忙忙地走了。临走她说会给我一个惊喜。
我怎么也猜不到在这么烦躁的现在，还有什么会让我惊喜？

有人敲门，孙可心来了，我的妈，惊喜。她从离婚后就没来过我家。
一看到我，她就没完没了地训斥我，好像我是一个惹了大祸的男孩儿。
我早就习惯了她的这种看似严厉、其实是关爱的做法，而且我还很享受
这种被训斥的感觉。孙可心刚要走，月牙来了，她给我带来了她家饭店
的拿手好菜，虾仁盖饭，她说这是她发明的一种口味极好的快餐。

我指着月牙对孙可心说："这是月牙。干枝梅俱乐部的姐妹。"孙可
心看了月牙一眼："啊，你好。"我又指着孙可心对月牙说："这是孙可

心，我——"我很讨厌说前妻或前夫人，我有些尴尬。

孙可心并没有停止对我的教育。

"我说你长不大，你还不愿听，你看你连自己的身体都管不好，还替别人操这么多的心。"

"我说这位大姐，我们陈老师都这样了，你能不能别火上浇油了，他现在是不能生气的。"月牙对孙可心很不满意。

孙可心上下打量了一下月牙，对我说："行啊，陈海星，现在关心你的人真不少啊。"

"我们就是要关心陈老师，怎么啦？"

我看着气氛不对劲，就打圆场："月牙，这是我的前妻，我们老夫老妻的就是这样，她是为我好的。"

"为你好就更不应该让你生气。"月牙的摞劲儿上来了。

"谁和你是老夫老妻？想得美，一身毛病，长不大。"

"你不能这样对陈老师说话，知道吗？陈老师是最好的男人，什么叫一身毛病？什么叫长不大？你会不会说话？"月牙的声音很大，眼睛也瞪得浑圆。

"哎呀，你是陈老师的保护伞啊。"孙可心又上下打量着月牙，"不错，不错，你们陈老师真有福气啊。"

孙可心转对我："你好好养病，别想三想四的给自己增加那么多的负担。一个人的能力是有限的，谁也拯救不了世界。"

还是孙可心最了解我了，临走用手机给我打了一万块钱。她一边点着手机屏，一边喃喃地说："是我欠你的，熊样儿。"

"月牙，替我送送孙可心。"

月牙不太情愿地把孙可心送到了门口。大门砰的一声关上了。月牙转头回来说："陈老师，这个孙可心太不像话了，你都这么优秀了她还批评你。不就是长得漂亮吗？我觉得她根本就配不上你，你和她离婚就对了。要不是看在你的面子上，我让她出不了这个门，非让她给你跪着道歉不可。"

"哎呀月牙，你总是爱较真儿，累不累啊？你应该向侯天真学习，平和一些啊。"

"好好好，不过这个孙可心的确很漂亮，你还有海月这么个美女妹妹，还让不让我们活了。我说嘛，我们干枝梅姐妹一个都没有入你陈老师的法眼，你的起点太高了。"

我没有回答月牙的话，径直走到窗前往窗下望去，只见孙可心一边打着手机，一边匆匆忙忙地走到了大街上。一辆红色的高级轿车停到了她的身边，她打开门上了车。汽车消失了，我的眼眶里噙满了泪水。月牙站在我身边看着，我想她能感觉到我的心思。

我对月牙说："她今天肯定是心情不好，所以说话有点冲，你别见怪啊。""她又结婚了吗？"月牙问。

"结了，不，没有。"

"这样的女人，撒手不落地，落地不沾灰，不过敢和她结婚的恐怕不多。"

"什么叫撒手不落地，落地不沾灰？"

"如果她是一个花瓶，你一撒手就有人接着了。假若没接着，落地了也会有人一把抄起来。"

"有意思。"

"陈老师，你也该考虑女朋友了，我是首选啊。"月牙望着我。

"我现在自己都养活不了，找女朋友不是害人家吗？"

"陈老师，你最近瘦了，男人还是胖点好，有气度，有风度。"月牙说。

我大笑起来："月牙，你真会开玩笑，我这身肉，孙可心和海月都烦死了，还有气度风度？我的妈，是有幅度。"

"也许是情人眼里出西施，反正我看着挺好。"

"还是瘦点好，胖子容易得病。我有两个朋友的儿子都是胖子，都在二三十岁的时候突然就犯了心脏病离世了，多可惜啊。"

楼下的钢琴声响起了。

月牙拿着空饭盒走了。

我睡了一觉醒来，发现海月坐在我的身边。她看到我醒了就拉我起身，让我半躺半坐地偎在床头。我喝了一口水。

她说："哥，实在对不起你，让你为我操心上火了。"我看到海月的眼睛里闪着晶莹的泪水。

"你上次骂我，我觉得骂得有道理。其实我和孙诚哥还没到谈婚论嫁的地步，也就是互有好感。"

"这就对了，你们俩真的不般配。你看你一米七六，他一米六几，矮你半头啊，你们走在马路上好看吗？"

"身高是次要的，世界上有很多妻子高丈夫矮的例子，比如拿破仑、列宁、希特勒等等，这不是什么荒唐的事。"

"那也不能偷偷摸摸地好。"

"所以我才离婚的。"

"那么你离婚了，孙诚呢？"

"他向我发誓一定会离婚，名正言顺地把我娶回家的。"

我又火了："他发誓？现在还有人相信海誓山盟吗？他那个母老虎老婆会同意吗？你知道他刚和一个女孩儿分手吗？"

"知道啊，优秀的男人总是会被女人喜欢的。这很正常。"

"这么频繁地换女朋友说明他孙诚道德品质败坏，这是玩弄女性。"

"哎呀哥，现在都什么年月了，你也太保守了。"

"那么孙诚现在是什么态度？"

"孙诚哥已经和他老婆摊牌了。"

"怎么样？挨揍了吧？"

海月沉默了片刻："离婚哪能这么痛快的，怎么也得闹半年。"

"闹半年？要是闹一年呢？闹一辈子呢？你都能等他？你刚从泥潭里出来，又要进粪坑里不是？"

海月没有回答我。

"海月，你太幼稚，太简单，生活是很复杂的。"

海月没有吱声，我接着说。

"你一定是被孙诚给洗脑了。我问你，你那个电视剧怎么样了？"

海月又沉默了片刻："制片人说资金出了问题，拍摄计划要拖后。"

我的火气又上来了："我从第一天知道这事就感到不靠谱。孙诚本身就不靠谱，还净和这些不靠谱的人在一起，能靠谱吗？"

"孙诚哥可是我通过你认识的，怎么不靠谱？"

"告诉你海月，咱妈咱爸都不在了，我是你唯一的亲人，你的事我必须管。从今天起，他孙诚一天不离婚，你就一天不能靠近他。我担心那个母老虎夏华对你做出过激的事。那我就更对不起咱妈咱爸了。"

咱妈咱爸，是我的撒手锏，一旦治不了海月，我就拿出来，只要一吐口就好使。这次也同样使得海月乖乖地顺从了我。

我接着说："再说了，爱情这个东西是个双刃剑，处理好了是幸福，处理不好是烦恼。爱情就像一壶水，烧开了它就沸腾，冷却了就恢复到原点。你现在好像还在沸腾，当你冷静下来就会发现你当时的冲动是多么幼稚可笑。知道吗？爱情是有阶段性的。在一个特定的环境、特定的时段，一对男女可能产生爱恋。这种爱恋是真诚的，但也是暂时的。所以你不要太痴迷于孙诚。我感觉他不是你最理想的爱人。你冷静以后才会发现他的很多致命弱点。"

海月喃喃地说："好吧，哥，我听你的，今晚我带你出去兜兜风。"

来到楼下，海月把我引到一辆丰田车前，熟练地打开门，把我送进车里。她坐到了驾驶员的座位上，发动了车子。

我好奇地问："哎，海月，这是谁的车？"

"我的。"

"你的？"

"你什么时候买的车？"

"是我们剧组的车，制片人把这辆车算作劳务费预付给我了。"

"哦，这车半新不旧的，能值几个钱？"

"我让人给估价了，小十万呢。"

"这车和你也不般配啊？"我看着海月。

"先凑合开着，等有钱了再换好的。"

"哎，孙诚也是丰田车吧？"

"可能是吧。"海月说话的声音有点小。

车子启动了。

"我记得你拿驾照有几年了，还行？"我继续问。

"开车没问题。"

车子开到了马路上，海月猛踩油门，发动机发出呼呼的响声，我的后背仿佛被人用力推了一下。车子飞快地跑着，一辆辆车子被甩在了身后。我捂着心脏喊了起来："慢点，慢点，我的妈，我受不了。"

海月一脸的得意："开慢车有什么意思？这车的设计时速是二百多公里。"

"你别忘了你哥心脏不好啊。"我颤巍巍地说。

海月把车速减慢了一点。

"哥，你没听说吗？这新司机都喜欢开快车，好像要告诉所有的人，我来了——"她叫了起来，车速又加快了。

"我告诉你海月，你这样开车很危险，对别人对自己都没有好处。停车，停车，我下车。我的妈。"我叫了起来，车速又慢了下来。

我看着海月的脸，本来想骂她的，在暗淡的光线里，她简直和俄罗斯网球明星莎拉波娃一模一样。她美得让我不忍心。

"放心吧哥，我有数。孙诚哥教给我说，该快就快，该慢必须慢。"

"孙诚、孙诚，你以后再不要提他了。"

● 三十五

我在家里又静养了几天，感觉好一些了，就出了门。

来到了干枝梅俱乐部，还没进门就听到有音乐的声音从门缝里钻了出来。我以为是播放的音乐，一进门看见有一支小乐队正在排练，有二胡、中阮、琵琶、扬琴、大提琴，还有一个架子鼓。她们演奏的是民乐合奏《花好月圆》。音乐停了，打架子鼓的姐妹用鼓槌指指画画地说着。

我想起了一个月前，干枝梅微信群里齐雅娟发过一个启事，让有演奏乐器专长的姐妹们报名，组织一个干枝梅乐队。没想到这个乐队组织起来了，不过演奏的水平实在不敢恭维。

姐妹们看见我来了就停止了排练，放下了乐器，每个人都捧着笑脸向我围拢过来。

"陈老师你好。""你的气色不错。""想死我们了。"大家七嘴八舌地向我问候。

"陈老师，我们演奏得不好，刚刚才组合起来，你给我们指点指点。"那个拿着鼓槌的姐妹对我说。

"你是孤帆独药吧？"

"是啊，陈老师。"

"你这毒药小心不要毒到人啊。"

大家哄的一声大笑起来。

"对音乐我是外行，可我有个朋友是作曲家，哪天我请他给你们指点指点。"

"是郑冰老师吧？太好了，他给我们讲过音乐欣赏课呢，讲得真好。"孤帆独药兴奋地说。

"对对对，就是他，我让他给咱们作一首干枝梅之歌怎么样？"我说。

大家又热闹起来。

"孤帆独药，你还欠我一个故事，对不对？什么时候讲讲。"

"好的，陈老师，不是我不想讲，是我排不上队啊，我的故事也没有什么意思，怕耽误你的时间。"

我看了一下手机："现在才五点多，如果你们不排练了，可以现在就讲，怎么样？"我现在听故事已经入迷了。

"好的。"孤帆独药转脸对姐妹们说，"今天就不排了，大家回家好好练练，下周我们再练。"

我和孤帆独药坐到了一个角落里。

陈老师，我叫杜瑶，我是七年前和我丈夫和平分手的。我丈夫叫荣培良。我们是小学和中学的同学。我们结婚后很幸福。大家知根知底互敬互爱。我们有个儿子叫荣光。荣培良本来在大粮库工作,他有个叫杨大庆的朋友开了个公司,是做粮油的,荣培良熟悉业务,杨大庆就让他去当副总,荣培良辞了职去那里上班了。他们合作得很好,业务开展得也不错。我们两家经常聚会。杨大庆有个女儿比我儿子小两岁,我们就给孩子们定了终身,结了娃娃亲。两个孩子开始不懂事天天在一起玩。后来懂事了,在一起也更亲热。八年前,也就是2008年北京奥运会开幕式那天,我记得非常清楚。我们两家一边吃饭一边看开幕式,完后荣培良和杨大庆一起开车去沈阳办事去了。半夜十二点左右,我在睡梦里就听到家里的电话响,我就知道是荣培良打来的。他在电话里哭唧唧地说,出车祸了,在鞍山。杨大庆死了。

我一听,脑子轰了一声。我赶紧起来穿衣服,让儿子陪我去找杨大庆的老婆倪秀。好不容易找到杨大庆家,我没敢说杨大庆死了,就说出车祸了受伤了。她娘儿俩和俺娘儿俩连夜往鞍山赶,到鞍山天都大亮了。在医院的停尸房,我们见到了杨大庆,那个惨啊,他老婆孩子哭得死去活来。荣培良哭着说,本来说好了是我开车的,可是过了营口杨大庆偏要开车,拦都拦不住。杨大庆开了不到半个小时就出事了。处理完杨大庆的事,公司暂时由荣培良负责。倪秀本来就在公司管财务。有段时间,一到半夜杨大庆的女儿就打电话给荣培良说她妈又哭了,叫我们过去陪陪。后来都是荣培良经常过去陪她。可是这三陪两陪,他俩就好上了。后来我感觉到了,我就问荣培良,他立马就承认了。他说杨大庆是为了他才死的,如果不是杨大庆开车,也许死的就是他。他特别感激杨大庆,所以就要好好照料杨大庆的妻子和女儿。我说,你照料可以,也不能照料到一块儿去吧?咱们家怎么办?我怎么办?荣培良说,我就是陪陪她,让她有安全感,不会和她结婚的。

突然有一天,倪秀找到我,非常严肃地说,她要和荣培良结婚。她每天睡觉都做噩梦,必须有荣培良陪着。我说,他陪你你不做噩梦了,我做噩梦怎么办?她说,要不咱俩都要荣培良陪,一人一天。我说这成了什么了?一夫多妻制?她哭着闹着求我让我可怜她。我死活不同意。

我问荣培良，他也是这个态度。我告诉他，这是犯法，不行我就去告你，给你美得是不是？两个老婆，你不要脸我还要脸。过了几个月，倪秀又来找我。说如果我和荣培良离婚，她给我三百万的赔偿。将来荣光和她女儿结了婚财产都是孩子的，说我还会享清福。我当时没同意。我就跟我的好姐妹齐雅娟谈了，她劝我该放下的就放下。我思考了几天就想通了。因为我看荣培良的心已经不在我这里了，我再闹下去也没什么意思，还不如成人之美，就跟他和平分手了。我们说好了不让两个孩子知道。还好，两个孩子已经正式成了对象。女孩儿在念研究生，儿子在美国读博士。荣培良和倪秀他俩很恩爱、很幸福。

"那么，荣培良现在和你还有没有来往？"我问。

有，现在我们还和原来一样，经常一起吃饭，表面上还是原来的样子。荣培良也经常回家帮我干活，家里的大事他也发表意见。我不高兴了就骂他几句，他也不生气。过年过节我们都在一起。荣光回来后，我和荣培良就住在一起。有时候想一想，别这么认真较真儿。现在这样我能接受。倪秀给的三百万，我帮助我家人了，给我哥哥买了一辆车，给我弟弟开了一个小超市。我儿子上学的钱都是荣培良和倪秀出的。

"你现在恨不恨倪秀？"

说不恨是假的，毕竟她让我单身了，可是想一想她也挺可怜，丈夫去世后，她得了忧郁症。她和荣培良结婚后，忧郁症就好了，也算我做了一件积德的善事。

倪秀一见我就想哭，好几次她拉着我的手说对不起你杜瑶。都是女人嘛，时间长了我们都淡忘了。他俩出国旅游也带着我。在旅行团，别人都看出来了，有的就问，你俩谁是他老婆。我指着倪秀说：她是。倪秀指着我说：她是。

"在我眼里你是一个比较乐观的人，没想到也有这样的辛酸故事。还好，我觉得你的心态不错。"我说。

"是啊，陈老师。"杜瑶兴奋起来，"一开始也是想不开，天天愁眉苦脸的。后来想，怎么都是活着，活着就要快乐。比起那些有凄惨故事的姐妹，我的命还算不错呢。"

杜瑶的故事很耐人寻味，就像一杯放了辣根的鸡尾酒，不知是苦是甜是酸是辣。编号是Y。

⦿ 三十六

加上今天，钢琴声已经三天没响了。我感觉不对劲，下楼来到301，轻轻地敲了几下门，把耳朵贴在门上，里面一点儿声音也没有，我又用力敲了几下，还是没有回音。满大楼就老王的《小苹果》在响，他现在已经拉得好听多了。

我爬到五楼，使劲敲501的门，二胡声停了，老王开门露出头来。

"老王，楼下钢琴阿姨已经三天没弹琴了，我刚才敲门也没有开门，我感觉不对劲，咱俩去看看？"

"好好好。"

老王穿上衣服，趿拉着鞋子跟着我来到301。

老王敲了有五分钟的门，还是没有回音。

"怎么办，老王？"

"依我看报警吧。"

打完110，我和老王在一楼大门口焦急地等着，老王抽着烟，我来来回回地走着，我们都没有说话。大约五分钟，一辆警车开来了。我和老王带着两个警察一起来到301。警察用力敲了几下门，还是没有回音。警察说把门撬开。老王说他有办法。只见他从家里拿来一把钻头，从我家接上电源，随着一阵轰鸣就把锁孔给钻透了。

这时很多邻居也都围观过来。

门打开了，警察示意我们不要进去，他俩轻轻地走进去了。我伸头看见客厅里没有人，那台钢琴还稳如泰山地立在那里。

突然一个警察在里屋叫道："在这里，有人。"

另一个警察也跑了过去。

"是个老太太，已经死了。"

我浑身的汗毛都立了起来，我冲了进去。我看见钢琴阿姨在床边的地上躺着。我的眼泪唰地下来了。

我大声喊着："阿姨，阿姨。"

我想去抱她，一个警察不让我动。另一个警察在打电话。

我们都退了出来。我浑身颤抖着，头疼头晕的毛病又一次袭来，顿时满头虚汗。老王让我回家休息，我哪有心思。我和老王坐在楼梯的台阶上。老王抽起了烟，把我呛得直咳嗽。

一会儿，又有一群警察来来往往上上下下地跑着。

一辆急救车来了，几个急救人员把钢琴阿姨给抬了出来，她从头到脚蒙了白布。我和老王都站了起来，和几个邻居站成一排，我们低头为阿姨送行。

中午我和老王一起在外面吃了拉面，老王还喝了一个小二。回到家里我刚想躺一会儿，就听楼下有女人和男人的争吵声。我就害怕打架，我的心里又打起鼓来。老王来敲门，说楼下来了钢琴阿姨的侄女和外甥，他们打起来了。

我赶忙下楼，看见301门口有个中年妇女（钢琴阿姨的侄女）和一个中年男人（钢琴阿姨的外甥）在争吵。争吵的内容就是钢琴阿姨在世的时候，谁照顾钢琴阿姨多。只见两个人嘴角上都挂着白沫，嘴唇都发紫，声调都很高，整座楼都被他们的叫喊声震得直摇晃，他们的头发都立着，眼里都冒着火，两个人的手也互相指着几乎要纠缠在了一起。

老王借着酒劲用力把他们拉开。

想到刚刚被拉走的钢琴阿姨，我的心都要碎了。

"你们都是什么东西？"我实在憋不住了，我流着泪说，"阿姨刚刚去世，尸骨未寒，你们不去琢磨怎么给阿姨送行，却在这里为了自己的利益大打出手。你们对得起你们的长辈吗？你们还有良心吗？都滚吧！"

两个打架的人都被我给镇住了。那个女的突然跪在门口大哭了起来：

"小姑啊——我的亲小姑。你怎么就走了，也不告诉我一声。小姑啊——"她哭得死去活来。

"别装了，别演戏了。小姨有病的时候你在哪儿？叫你来都不来。"那个男人说完，擦着眼泪走了。

钢琴阿姨走了，带着她的故事走了，从此我们楼里再也没有了钢琴声。

这个可怜的老女人，没有丈夫，没有孩子，一生与钢琴为伴。好在她教了很多学生，这些学生都是她的孩子。

追悼会那天，歌舞团的领导致的悼词，完后我找到他。

"你好，我是钢琴阿姨的邻居，我们处得不错。你知道阿姨的故事吗？我想了解一下。"

"对不起，我来团里才十多年，华老师退休得早，我们不太熟。"

"哦，那可不可以把那台琴卖给我？"

那个领导指了指阿姨的侄女说："看来比较难。他们还要打官司。阿姨除了留下了这所房子和钢琴，还有一百多万的存款。"

我本想找钢琴阿姨的侄女和外甥再聊聊，但想到他们那天的德行，我打消了这个念头。今天他们表现得还挺好，但平静的水面下是巨大的浪涌，一场无休止的争斗还在持续。

第二天，301 的门上贴了封条。

我每天都要数次路过 301，每当看见这封条，我的心就颤抖。

● 三十七

我手机的微信里出现一个叫黄河飞燕的邀我加她，我一眼就看出来了，那是黄燕，我赶紧加上她。我用语音问道："黄燕你好，你找到周天伦了吗？"

黄燕马上回复："终于在三天前找到了，他在一个叫牛头山的学校当老师，挺好的。我找得很辛苦，在深山里走了十多天，找了六所学校才找到。"

"太好了。"

"我们这里和你妈家差不多，山连着山，我雇了一辆电动三轮车拉着我跑，不然累死我也找不到。老天不负有心人。这是一所小学和中学一体的学校，总共有一百多个孩子。政府为了方便孩子们上学，几年前在这里修建了这所希望学校。我赶到那里的时候，周天伦正好在给小学的孩子们上体育课，我站在小操场的边上看着，心里别提多兴奋了。"

我也兴奋起来："他接受你了吗？"

"他一开始很意外，我告诉他，我是来陪伴你的。他蒙了。他严厉地拒绝了我。我说你有今天完全是因为我，我为了报恩才来到这里。再说了，你一个人在这里也需要有个人照顾你。我说我在这里也可以给孩子们上课，起码小学的语文课、体育课是没问题的。他还是不同意。我就找到校长。校长是个非常善良、非常能干的人。他跟周天伦曾是同学。他在这里已经干了二十多年，他的事迹还上过央视。他说他们这里就是缺老师，很多年轻人干不长时间就跑了。我说我是来应聘当老师的。他说这里太艰苦，你要做好思想准备。我说我早就想好了。他不知道我和周天伦的关系。他问我有什么特长，我说我会唱豫剧，他就乐了，太好了，你要教我们的孩子们唱豫剧。我说，中。就这样我留了下来，可以天天和周天伦在一起了。我怕你担心就赶紧和你联系。"

我长出了一口气："那么以后怎么办？"

黄燕说："慢慢来，我会用实际行动打动他的，他就是坚冰也会被融化，就是铁棒也能磨成针的。反正我是豁出去了，开弓没有回头箭。"

"好好好。那里生活怎么样？"

"挺艰苦的。喝水是他们自己收集的雨水，动不动就停电，吃的是自己种的菜，住的是非常简陋的泥瓦房。我和周天伦的宿舍就一墙之隔，我同屋还有两个女老师。加上校长和周天伦，一共有五个老师。还好，有周天伦在，我就铁了心了。我现在很舒心，我有了自己的追求，有了自己很满意的工作。"

"我感到你完全变了一个人，洗心革面了。"我说。

"是的，陈老师。在这种环境里，你会感到自己完全处在一种纯洁、高尚的境界中，再也没有了那些烦恼。看到一个个渴望文化知识的孩子，你会恨不得把所有的知识传给他们。"

我注意到，黄燕把对我称呼的哥，改为了陈老师。这使我们之间有了更恰当的关系。

"以后所有的体育课和音乐课都由我来上。"

"好好好，我支持你，有什么情况一定告诉我啊。"

"好了，有空再聊。"

我听到黄燕的河南普通话又加重了。我嘘了一口气，好像放下了一副很重的担子。

月牙每天早上都会在微信里给我发一个问候的图片，有转动的，有开花的，有笑脸的，我知道我在她心里很重。她也多次打电话或发微信约我吃饭、打高尔夫、唱歌，我都一一谢绝了。可是这一次，躲不过去了。

"陈老师，明晚我张罗一个聚会，你一定要来啊。齐雅娟大姐、方元、侯天真她们都来。你不来我翻脸啊。"

"好好好，一定去。"我一听侯天真去，我就高兴。我想也该腾出手做做她的文章了。

我早早就赶到了酒店。一个大包间里摆了两桌，我逐一和我认识的朋友握手问候。齐雅娟、方元还有十几个干姐妹也来了，唯独没有看到侯天真的身影。我问齐雅娟，她说侯天真的儿子又病了。

我给侯天真发微信："听说儿子病了？怎么样了？"

一直到宴会开始，我都没有收到侯天真的回信。

客人都到齐就座了，凉菜上齐了，酒水也倒在了每个酒杯里。

月牙红着脸站起身。

"诸位亲人，大家晚上好，此处有掌声。"

掌声响起来了。

"三十五年前的今天，妈妈生下了我，在妇产医院病房里的窗户上，挂着一弯月牙。妈妈就给我取了小名月牙，后来爸爸又取了大名岳雅。没想到，我的命运也和月牙一样，父母早亡，孤苦伶仃，孤身单影。"月牙哽咽得说不下去了。

齐雅娟喊了起来："别说这些了，今天是好日子，我们都是你的亲人。"

大家一起含着泪鼓起掌来。

"好的，我们的第一杯酒敬我父母的在天之灵，养育之恩永难相报。"

月牙把酒杯里的酒泼洒在地上。

"虽然不幸，但也万幸，有在座的亲朋好友的关怀和呵护，月牙我还是很开心的。特别是加入了干枝梅俱乐部以后，改变了我的人生观，使我焕发出了新的青春。所以，这第二杯酒敬齐雅娟大姐和干枝梅俱乐部。"

一片碰杯的声响和喝彩的喊声。

月牙倒上了第三杯酒，她看了我一眼。

"这第三杯酒，我敬陈海星老师。正是因为他的出现，改变了我对世界的看法、对生活的看法，以及对男人的看法。"整个包间突然安静得都能听到心跳。

"我年轻时的恋爱失败，父母早亡，让我对这个世界充满了怨恨，为什么苍天对我这么不公？我对生活失去了希望，甚至想一死了之。现在，通过和陈老师的接触，听了他的讲课，看了陈老师的所作所为，我眼前的世界充满了美好。更重要的是，我看到了我们的世界里还有陈老师这样的好男人。为了陈老师我也要好好活着。为了陈老师我们干杯！"

所有人都站了起来，所有的酒杯都端向了我。我呆呆地站着，我的脸一定比酒杯里的红酒还红。

站在我旁边的齐雅娟赶紧说："陈老师，干杯啊。"

我赶忙举起酒杯回应着大家扑面而来的热浪。

月牙走到我的身边，和我碰杯。我看到月牙的脸，今天格外好看，她的眼睛里一直闪着泪花。

可是我还是身在曹营心在汉，一直惦记着侯天真。

喝完这杯酒，大家都落座。我下意识地看了一下手机，屏幕上显示侯天真发来了微信：

> 陈老师您好，我刚才在路上没看到。我儿子病了，又住进
> 医院了，我一直在陪护，谢谢。

我回复：

> 严重吗？哪个病房？我明天去看看。

侯天真回复：

> 不严重，有点发烧，你不用过来，过几天就好了。

我好像感到有人在我身后，我转头一看，是月牙。月牙一脸的不高兴："陈老师，你的心思还真不少啊。"

"不是，我发现侯天真没来，就随便问问。"

"陈老师，你什么时候也关心一下我啊？"

"我对你不关心吗？"

"来，咱俩再干一杯，谢谢你的关心。"

不知道谁喊了一声喝交杯酒，马上得到了很多人的赞同。大连有一句俗话叫看眼儿的不怕乱子大。起哄的朋友们围拢了上来，把我和月牙围在了中间。齐雅娟也示意我喝。我知道只有情人、夫妻才可以这样喝的。我要是喝了下去会有什么后果？来不及想了。月牙的脾气我是知道的。我闭着眼和月牙喝了这杯交杯酒。

很快，我和月牙喝交杯酒的照片，就出现在了干枝梅的微信群里。

我的妈。大家议论纷纷，有的以为我和月牙定了终身，有的以为我们在举行婚礼，各种祝福的话语和图片充满了微信群，还有人发来了红包，令我心惊胆战。我在点赞和评论里没有看到侯天真的名字。我在想，如果她看到了会做何感想，我的妈。

月牙还没有放过我，我想了一个高招，就假装接电话走到外面去了。结果弄假成真，汪远打来了电话。他告诉我明天上午回来，让我在家等着他。接完了电话，我还在走廊上听着微信的音乐溜达。月牙拿着酒杯出来了，她眼睛里有一种责怪。我继续着接听手机的假戏，月牙无奈地回去了。

这一招数很灵验。今晚我既没喝多，更没吃多。

三十八

汪远到文艺学院上班已有两个月了，我们见面的机会越来越少。这次，他在俄罗斯做了十天的学术访问，今天他回来了。

汪远是去俄罗斯的圣彼得堡大学做学术交流的。他的著作《俄罗斯文学艺术对中国的影响》被一个俄罗斯学者翻译成俄文出版，在俄罗斯文艺界引起了较大的影响。汪远其实是学文学的，但是可能是由于他小时候拉过小提琴，还学过美术的缘故，他对文艺有一种特殊的喜好，在音乐、美术、戏剧、电影等方面都有比较深刻的研究。中国的所有艺术门类都与俄罗斯有不可分割的关联。他的研究成果让俄罗斯人特别感兴趣。

汪远有我家的钥匙。他打开门进来时，我正在刷牙。他刚要说话，我赶紧漱口告诉他，海月正在睡觉。

他惊讶地伸出舌头，眼睛睁得大大的。他脱下鞋子和外套，蹑手蹑脚地进到我的房间，在窗前的椅子上坐下。

"一会儿就睡在我的床上吧，你一定很困了。"我说。

"海星，给我来一杯咖啡。我可不愿睡觉，我要倒时差。"说着汪远打了一个哈欠。

"俄罗斯怎么样？圣彼得堡不错吧？"我问。

"太好了，什么叫艺术之都？每一个建筑都有传奇的故事，每一个景色都像列宾的画作，每一个夜晚都洋溢着艺术的气息，叹为观止啊。"

我把一杯咖啡送到了汪远的跟前。汪远用小勺搅拌着咖啡，然后喝了一小口。

突然，海月房间的门打开了，睡眼蒙眬的她穿着睡衣出现在我们的面前，犹如出水芙蓉般美艳。

"汪远哥回来了？"

"啊，海月，不好意思打扰你睡觉了。"

"是我不好意思，占了你的床。"海月的脸有点红了。

"那本来就是你的床，是我不好意思。我现在在开发区住，这大连站离咱们家近，我就来这里了。"汪远说着站起来，他走到他的旅行箱前，打开旅行箱拿出一个漂亮的棕色貂皮围巾，递到海月面前。

"拿着，海月，这是给你的礼物，礼薄情意重啊。"

"这还薄呀？太贵重了。"她把围巾围在了脖子上，照镜子去了。

"哎海星，这是给你的。"汪远转身递给我一个望远镜，"俄罗斯望远镜很厉害啊，他们的军工产品都是世界一流的。"

我接过望远镜，举着向窗外望去。果然，百十米外的景物都清晰地进入眼底，甚至连一辆轿车窗户上有一只苍蝇都能看得很清楚。

"望远镜，望远镜，汪远给的望远镜。"我说完我们都笑了。

汪远对海月说："海月，你去俄罗斯就好了，他们一定会把你当成俄罗斯人的，你长得太像他们了。"

"还是有差别的，前几年我去旅游过。"

"汪远哥，你要是不睡觉的话，我们中午一起出去吃个饭，为你接个风。"海月戴着貂皮围巾显得很美丽动人。

"好啊，我看行。"我说。

"不睡了，倒时差。"汪远把旅行箱立起来推到了墙边。

"汪远哥，你还坐班吗？"

"不坐班，我这个教授现在还没有一个学生，等着明年招生呢。"

"你说辞职就辞职了？你要知道一个体制内的指标值多少钱吗？"海月忽闪着一双大眼睛又问。

"我不喜欢这个体制，这个体制也不喜欢我，我也不适合在这个体制内工作，还是走了好。"汪远喝了一口咖啡。

"那么这个学校给你多少钱啊？"

"我现在的年薪是三十六万，另外还有二十四万的科研经费，合起来就是六十万。"

"哎呀汪远哥，你也太大款了。你那科研经费用来打滚子的话，咱们可以去俄罗斯打了。"海月自己大笑了起来。

"可以，可以，咱们组织一下，明年夏天去俄罗斯打滚子去。"汪远大笑起来。海月也笑了。我没笑。

"汪远，过来，给我按摩一下。最近老是头疼，眼眶疼，还有点恶心。"

汪远一边我按摩一边说："这是流行病，我的颈椎也不好，现在很多年轻人都有这样的毛病。"

"我真佩服你，你能作这么大的文章，把俄罗斯都给震动了。"我龇着牙说，"也拿给我看看，别墙里开花墙外香。"

汪远一边给我按摩一边把他的俄罗斯见闻讲给我们听。

"海星，你太应该去那里看看。圣彼得堡到处都有世界级文学家、音乐家、美术家的生活痕迹，太厉害了。"

快到中午了，海月开着车，拉着我们来到了一个新开业的大连风味海鲜菜馆。

我们落座以后，海月一边打着手机，一边去点菜了。

"海星，海月怎么回家住了？"汪远问我。

"你还不知道吧？海月离婚了。"我说。

"啊，我的妈。"汪远的身子震颤了一下，"这是什么时候的事？"

"就是搬家那天的事。"

"这离婚怎么就像丢一件内裤一样。"汪远喃喃自语。

"这是你离婚时，我说的话，你还记得？"

"记得，海月离婚我投赞成票，不然对海月太不公平了。"

"前些日子海月和孙诚走得很近，有点暧昧，让我给搅黄了。"

"哦，有这事？孙诚这小子也他妈太不讲究，拿海月当小三儿啊？"

"是啊。我就对海月严厉地说，他孙诚一天不离婚，你就不能靠近他。海月听我的话。"

"孙诚是玩弄女人的高手，你必须把海月看紧点。"

海月点完了菜回来了，后面跟着默凡。默凡消瘦了许多。

午餐很可口，汪远狼吞虎咽，我只吃了几口。

吃完了饭，海月对汪远说："汪远哥，你下午睡觉吗？"

"不睡，倒时差。"

"太好了，那我们换个地方打滚子怎么样？"

"好啊。"汪远高兴地说。

大家上了海月的车，来到一个咖啡屋。我和默凡一帮，海月和汪远一伙。我们大战三个回合。海月不停地表扬汪远，汪远是她见到的打得最好的，太给力了。汪远的记牌能力超级棒。他俩配合默契，手气也不错，直落三局把我和默凡打得稀里哗啦。每赢一局他们都击掌庆贺。海月就是这样，赢了就手舞足蹈地嘚瑟。汪远也不谦虚，他说这是因为倒时差脑子不太好使，要不更厉害。海月说："汪远哥，这回我可找到同伙了。依我看，咱俩这水平和默契，上《步步为赢》都能称霸。"（《步步为赢》是大连电视台的一档打滚子的栏目）

默凡说："我看行，我认识电视台的一个朋友，我推荐你们这对儿黄金搭档。"

汪远摆手说："上电视就算了，我不爱出风头。"

晚饭由输的一方买单。默凡抢着把四个炒菜、两个凉菜、一盘饺子、三瓶啤酒、一壶红茶的钱给结了。

在海月的车上，我看到下午四点多方元发来的微信。

方元在微信里说：

　　陈老师，我在一个洗浴中心洗澡时，遇到一位五十多岁的大姐让我帮她洗头，她说她的胳膊抬不起来。她说她明天要去化疗。我的心里一震。问她你家人为什么不陪你？她说她没有家人。我就帮她洗了头。出来后又帮她穿衣服。她挺感动的。我们互留了电话。我想她一定会有故事。如果你感兴趣，我可以帮你联系她。她真的很可怜。我们一起帮帮她吧。

　　这个大姐的故事还没开始就很令我心动，我回复方元一定要见见这位大姐。

　　上午我首先去了儿童医院看望侯天真的儿子。我买了一个大熊的玩具和一兜水果。我还记得侯天真的儿子叫侯玖依。在九楼的二十六号病房的门口，我见到了侯玖依的名字。透过窗户我看到了侯天真。我鼓了鼓勇气推门而入。侯天真看到我感到很惊奇。她半张着嘴，五秒后才说：

　　"陈老师，你怎么来了？"

　　我说："我来看看孩子啊。"

　　"没有什么大事，就是前几天有点感冒发烧，肺部有了感染，麻烦你了。"

　　"没什么，我也要感激你。"

　　"感激我什么？"

　　"你给我的灵丹妙药。"

　　"什么灵丹妙药？"

　　"南无阿弥陀佛。"

　　"你用过了？"

　　"太好了，特别管用，我还想在朋友圈里推广呢。"

　　"是啊，我们现在的社会太浮躁，遇到事情容易急躁、烦躁或者窝火。其实，南无阿弥陀佛不是什么宗教的咒语，但是它内涵却非常深厚。简单说，它是真、善、美的浓缩。俗话说，离地三尺有神明，有很多不能解释的事，其实都有其原因的。南无阿弥陀佛是一种意念，当你默念南无阿弥陀佛的时候，你会散发出一种信号，去寻找一种回应。那么离地三尺的神明就会应和你，他的磁场就会传播到你的身体，从而让你的血压平稳，血脉舒畅从而使你心气平和。"

"我的妈，还有科学道理，太神奇了。"我也跟随侯天真的语气在点着头。

侯天真接过我的礼品，让我坐下，我才发现她儿子是个很可爱的男孩儿，大大的眼睛，白白的皮肤。他向我笑了一下，小声小气地说："谢谢叔叔。"

侯天真说："让你破费了，陈老师。"

侯天真给我剥了一个橘子。她说："陈老师，不像话啊，你的大喜事也不提前告诉我一声。"

"什么大喜事？"我有点纳闷。

"你不是跟月牙登记了吗？"

我恍然大悟："我的妈。得得得，纯粹是胡闹的。就是那帮看眼儿不怕乱子大的人给闹腾的，根本没有那回事，真的。"我赶紧解释。我就怕这个，有时候误会，会耽误大事的。

"啊？原来是这样的啊。"

"这孩子有你这个妈妈多幸福啊。"我赶忙转移话题。

"是啊，为这个孩子真是操碎了心，我就是这个命了。没办法，这是一种缘分啊，但愿我不是什么倒霉的草。"

"怎么会呢？你是最善良的人，善良的人会散发一种令人愉悦的热能量，给人们带来温暖和愉悦的人，都是世界上的好人。"

"陈老师，我真愿意听你说话，和你在一起受益很多，你也很善良啊。"

"可是现在的社会，谁善良谁就是傻子，可能要受人欺负，也可能招惹是非。"

"没关系，善良是上天给善良的人最好的礼物，我们不要沮丧。"

"说得好，这是谁总结的？善良是上天给善良的人最好的礼物，我要把它写进我的书里。"

"所以善良人不要纠结自己的遭遇或遇到的不公。"

"是啊，无论什么时候，善良都是人间最珍贵的东西。"我转身对孩子说，"小玖依，你要坚强哟。小小男子汉也要顶天立地呀。"

小玖依点点头。

侯天真给我的橘子，我一直拿在手里。我有个毛病，不在医院吃东西。陪护鞠梦楠妈妈的那些日子里，我宁肯饿着肚子也不肯吃东西，那阿姨都看出来了。可是这个橘子我必须吃下去，否则，我就出不去这个门。我一狠心两口就把橘子给吃了。

"还有什么需要我帮忙的，就吩咐我，别客气。"我说着就站起身往外走。

不知从什么时候开始，侯天真走到了我的心里。虽然她没有孙可心的靓丽，也没有鞠梦楠的凄美，更没有月牙的魔鬼身材，可是她善良温存的性情、知书达理的品格，一直吸引着我，还有她那令人心碎的传奇身世，也令我心生怜悯。我想我如果能和她生活在一起的话，我和她都会感到幸福的。我喜欢上她了，不过这一次我绝不暗恋，我要开诚布公地追求她。这一次我肯定不用汪远帮忙。怎么追求？我有了一个计划，追侯天真从她儿子开始，侯天真她儿子会喜欢我的。从今天开始，我天天来看她儿子，明天我把汪远给我的望远镜送给她儿子；后天我再买一把喷水枪；大后天我带个足球来，我就不信她儿子侯玖依不管我叫爸。

从儿童医院出来，我赶往中心医院。十点十分我在医院门口看见了方元。方元看见我，脸上充满了笑容，她旁边站着一个人高马大的女人，她也向我笑着。我和她握手，她说她叫曲秋影。我看到她眼里善良的光泽和脸上的沧桑。凭我的直觉，从一个人的脸上可以看到她的内心世界。

我们一起走进医院的大门。她很熟悉这里，我们跟随她来到注射室。

"曲大姐，听说化疗很难受的。"我说。

"我已经是第三次来化疗了，习惯了，十年前第一次的时候，我的确受不了。五年前第二次的时候我就基本适应了，现在无所谓了。"

"大姐你真坚强，你是做什么工作？"方元问道。

"我吗？说来你们可能都不信，我的工作是找儿子。"

"找儿子？"我和方元几乎同时说。

我的妈，我长这么大第一次听说有找儿子这个工作。我意识到曲秋影的故事一定又是一个大悲剧。

"是啊，找儿子，从二十八岁到现在，我已经找了二十五年了。"

我和方元对视了一眼，谁都不敢再问下去，生怕触碰到她的痛点。我向方元摇了摇头，撇了一下嘴，方元点点头，我们默契不再问了。

护士推着车子走来了。她让我们退到外边去。我和方元对曲秋影说，"大姐加油，我们在外面等着你。"她笑着说："你们都回去吧。我没事的。别耽误你们的时间，回去吧。"

在走廊的座椅上，我和方元挨着坐下。

"陈老师，我看出来了。曲大姐之所以那么坚强，是因为找儿子的信念。哎呀妈呀，她的命怎么这么苦啊？我原以为我就够苦的了，没想到——咳。"

"这个大姐太坚强了，她的故事我都不敢听。"

下午两点多了，曲秋影走了出来。

"给你们添麻烦了。"她的气色很差，还是勉强地向我们笑着。

我说要去她家里看看，曲秋影不同意，说家里太小。在我再三请求下，她勉强同意了。

我们一同来到曲秋影的家。

"这是我单位一位同事的房子，是她借给我住的，小了点儿，也够住了。"

我的妈，屋里除了一张小床、一把椅子和一个破茶几，还有两个纸盒箱子。我的心和小屋昏暗的光线一样很压抑。曲秋影指着墙上的一幅照片说："看看，这就是二十五年前我们的全家福。"

我走到跟前。我看到了曲秋影和她儿子、父亲、丈夫。健康的大宝有一双明亮的眼睛，慈祥的姥爷抱着大宝一脸的幸福，曲秋影的丈夫长得很帅气，曲秋影更是青春飒爽。多么幸福美好的家庭！就这么妻离子散、家败人亡了？我的心里流泪了。

曲秋影让方元给她的胳膊贴膏药。

"大姐，你的胳膊怎么了？"我问道。

"咳，都是找孩子期间受凉了。那是在山西，天突然就冷了。"

这时我才看到曲秋影的头发几乎都白了，满脸的皱纹使得她很苍老。

一连两天我和方元都去医院陪曲秋影做化疗。方元给她带来了鲜花和水果。我还把我一个不用的笔记本电脑送给了她。

第四天，我们又陪同曲秋影做了化疗注射。恰好月牙邀我去她那里吃一种她新发明的海蜇面，化疗注射完后，我就带着曲秋影和方元一同去月牙的饭店。

在出租车上，曲秋影对我们说："陈老师，方元老师，其实我是个乐观的人、直爽的人、爱开玩笑的人。我们搞体育的人都是直肠子。可是，大宝让我的生活和性格都发生了很大的改变。我几乎不会笑了，也不会与人交往了，多亏你们，让我的心里有了阳光。"

这几天，我和方元一直在与她沟通，我们想通过交流打开她紧闭的心灵大门，特别是我们介绍了干枝梅俱乐部的情况，她很感兴趣。她表示愿意加入。

月牙的出现让曲秋影的笑容更多了。月牙这个活宝，满嘴的嘎嗒话（开玩笑），月牙和她比了身高，曲秋影比月牙高了一个手指。吃完饭我们一起来到齐雅娟的干枝梅会所。方元给曲秋影做完入会登记就回家了，有二十多个小学生等着她呢。我们一起用会所刚调试好的大屏幕，看了张艺谋的电影《归来》。曲秋影说她二十五年没看电影了。

月牙开车送我们回去。在车上曲秋影有些兴奋地说："有时候，好好想想我也是挺幸运的。其实我丈夫是个非常好的男人，除了烟瘾大，他几乎没什么毛病。我单位的领导和同事对我都挺好。现在又遇到了你们，我好像看到了光明。我一直坚信一定会找到大宝的。"

曲秋影越来越健谈了，这是令我高兴的事。

又过了几天，看到曲秋影的情绪渐渐好起来了，我就和方元商量是不是该听她的故事了，方元说我看行。

在干枝梅会所，阳光穿过玻璃投射出一道明亮的光线。我和方元、曲秋影三人坐在了一起，我们喝着茶，享受着阳光。曲秋影的脸色好看多了。人的脸色是人的心灵的晴雨表。

曲秋影讲述了她的故事。她原本有个幸福的家庭。二十五年前，她丈夫把儿子弄丢了，她父亲受刺激不久也离世了。愧疚的丈夫找儿子一去不复返。她便辞去了公职，变卖了房产，也踏上了找儿子的路。二十五个春夏秋冬，找过十几个省份、上百个城市、上千个村庄，历尽千辛万苦，甚至遭遇生死磨难，落下一身病痛，仍然没有找到儿子。

我和方元都流着泪听着曲秋影的故事。

"大姐，中央电视台有个寻找亲人的栏目，叫《等着你》，是倪萍主持的。你应该去那里找找。"方元含着眼泪说。

"我去了，上了节目，也做了 DNA 的采集，人家也帮我找了。可是没找到。倪萍老师和现场所有的人，听了我的故事都流泪了。他们说他们还会继续找，让我不要灰心，也不要太着急。"

我接过话题："是啊大姐，这不是着急能解决的事。另外我劝你，别把找孩子当成生命里唯一的事。我们来到这个世界不容易，除了亲情还有友情和爱情，除了痛苦还有喜悦。大宝既然人见人爱就不会受苦受难。也许他在一个和睦家庭里生活得非常好，也许都上完了大学工作了，也许已经结婚生了小宝宝了。即使你找不到他，他也很幸福。所以，你再也不要折磨自己，你应该开始新的生活。"

"陈老师，你这么一说我感觉心里更敞亮了，你的话句句都往我心里去。"曲秋影泪眼里充满了微笑。

"曲大姐，我想问问你，是什么给你了这么大的力量？"我问道。

"是一种母爱的信念。我是母亲，我必须保护我的孩子，让我的孩子平安幸福。我甚至想用我的生命换取我儿子的幸福。"

"伟大的母亲。"我说。

"我认识一个朋友。"曲大姐说，"她儿子二十岁的时候，到海上游泳被海水淹死了。这个母亲悲痛欲绝，就天天给儿子写信，十几年来，写了上千封信。她说得最多的一句话就是，儿子啊，妈妈愿用自己的生命换回你的生命。"

"伟大的母亲。"我含着泪说。

把曲秋影送回家，我和方元坐着公交车往回走。我闭着眼，却没有困意。我想着曲秋影坚毅的表情，想着她二十五年的风雨沧桑，想着那个给儿子写信的母亲，心里充满了苦楚，眼里一直湿润。我又开始多愁善感。伟大的母亲，她们是多么坚强的群体啊。我曾经听一位大师级人物讲，中华民族能有今天就是因为中国的女人太厉害。她们有强大的生命力，吃苦耐劳，忍辱负重，泰山压顶不弯腰；她们易怀孕、能生产，无怨无悔地养育了优秀的子子孙孙。中国历史上多少次大的几乎灭绝种族的天灾人祸，都因为我们伟大女人们的坚强意志力、超强生育力和她们的优秀品质以及聪明才智，才使得我们民族化险为夷，转危为安，重新崛起。我们所有的中国男人都应该深深地向她们致敬。

曲秋影的故事编号是 Z。

☻ 三十九

一连三天我都按照计划去看侯天真的儿子，望远镜、喷水枪、足球也都先后带去了。侯玖依高兴得不得了。小男孩儿喜欢什么，我是最知道的。这三次，有一次侯天真在，有两次她不在，是侯天真的二婶在照料侯玖依。侯天真不在也好，我更放得开，和侯玖依玩得更开心。第四天，侯玖依出院了。我接送他们回家。在侯天真的家门口，要分手了。侯玖依拉着我的手，一定让我到他家里坐坐。我看着侯天真的表情，她没有这个意思，我就告辞了。

一到月底我就囊中羞涩。我厚着脸皮给海月发微语说：

> 海月，方便的话，给我打五千块钱。快点儿啊。还有，我那个爱疯四的手机，动不动就死机，我都烦死了。

如果我是一辆费油的车，那么海月和孙可心就是我的两个加油站。

还好两个加油站免费给我提供高标准的油。有时候想想心里还美滋滋的。

这一天上午，老王的二胡声响了，哼哼呀呀，吱吱嘎嘎，没个曲调，听了让人心烦。这老王还用脚打着拍子，就在我的头顶上，好像在拍我的头。

我赶紧起床，简单洗漱完，就往外走。

来到编辑部，我推开赵总编办公室的门，那个门一直开着一个小缝。赵总编正在打电话，他示意我坐下。大约有两分钟，他挂断了电话。

"听说你最近工作有调动，是真的吗？"我说。

"都是空穴来风。"

"和我你也打官腔？有人说得有鼻子有眼。"我说。

"别听他们胡说八道，说说你吧，已经七个月了，从春天已经到了秋天了，你的这个调查报告也该出炉了吧？很多人包括一些领导、专家、媒体都抱有很大期望呢。"

我说："实在对不起，由于我的琐事太多，还有身体状况不太好，影响了正常的写作，可能还要几个月才能完成。"

赵总编有些不高兴了："我说海星啊，你要清醒地知道什么是你工作的重点。你的职责是调查和写作，而不是一个单身妇女的领袖和一个和事佬。你不要破车多揽载，不要事无巨细什么事都管。我看出来了，你现在婆婆妈妈的，有些感情用事。这样下去的话，别说几个月，再有几年你也写不完。你要把心收回来，学会拒绝，学会控制，摆正自己的位置。你明白吗？"

"不是，赵总编，我现在是身不由己啊。我每每调查一个人，就要和人家交心，否则人家也不会跟你说心里话。对不对？这一交心就容易惹上麻烦。我这个人的确有这个毛病，就是不会拒绝别人。可是我觉得这也是优点。世界需要热心肠。我们每个人都献出一点爱，这世界就是美好的春天。对不对？更何况单身女人这个群体是社会最委屈、最受伤的群体。所以她们的麻烦事也多。什么打官司的、忧郁症的、孤僻症的、生活窘迫的，还有找孩子什么的，她们信任我，和我讲她们的苦衷，我就应该给她们一个说法，能办到的就办，办不到的想办法办。我现在——"

"好了好了，你不要再辩驳了，我看你现在也成了狡辩专家了。"

"好好好，赵总编大哥，你永远是对的。我尽量早一些完成。"

回到家里，我打开电脑，看着我几个月前写的文稿。

当代中国社会单身女人现象的调查与启示

序言

人类社会是由男人和女人组成的。男人和女人是人类社会不可独立、不可分割的群体。男人和女人的相识、相爱、结合等是人类不可或缺的精神活动和生理需求。男人的雄性生物特性使得男人比女人的雌性生物特性更加强大。表现在男人的身高、体积、爆发力、持久力等方面，都比女人要强得多。因此，男人在人类发展和进化中，在人类社会的生活和实践中一直扮演着主要的角色，起到主宰和重要的作用。相反女人在与男人的比较中处于劣势、弱势，从而扮演配角的角色。

这个序言写得有毛病，这不像是有关单身女人的文章，倒像是一个男人与女人的研究报告。删去。

一个多小时过去了，我的定力也到了临界点。我站起身，走到窗前，看着马路上的过往车辆，我感叹写一个好的作品有多难啊。

微信里月牙发来一条邀请：

陈老师，不忙吧。我和几个干姐妹约好下周去新马泰旅游，特别邀请您与我们同行。我请客，也是表达我们干姐妹对您的谢意，请一定给个面子。（三个鬼脸，三颗红心，三个嘴唇）今天就得报名办手续。请抓紧把护照送给我。（三个抓狂的表情）

新马泰是我的一个心病。当初和孙可心结婚后要去新马泰度蜜月的，谁知孙可心的慢慢腾腾使得我们失去了这次机会，为此我还被孙可心骂得三天都没抬起头来，从此一提新马泰就心惊胆战。

　　谢谢你的邀请。抱歉，有公事缠身不能前往。祝玩得开心。

中国人不扛念叨，孙可心来电话啦。

"海星，你在哪儿？我想跟你谈个事。"

"什么事？"

"见面再说。"

在万和祥，我俩喝上了茶。我想点一杯咖啡，孙可心瞪着我说："这是茶楼，没有咖啡。你都胖成这样了还敢喝咖啡？你知道咖啡的热量有多高吗？"

我就怕孙可心教育我，又来了。

"喝一杯咖啡要走上六千步才能消耗掉，你一天能走几步？"

"我也想多走步减减肥，可是一走脚脖子、膝盖就疼，不敢多走。"

"是啊，不敢走，就不要多吃多喝。"

"我现在已经减了十多斤了，慢慢来。"

服务生来了，把红茶换成了红酒，还上了几盘菜。

"来，海星，干一杯，这是小拉菲，从香港带来的。"

我们对饮了几杯。我在想，孙可心今天唱的又是哪一出？

"怎么样？"

"好酒啊，这酒的味道就是不一样。"其实我真没喝出什么名堂。

孙可心酒量不大，喝了酒就会做出些难以预料的事。

"海星，我告诉你，我要离开大连了。"

"出差吗？去哪儿？"

"No no no。"孙可心摆摆手，"我交了一个男朋友，他给我在北京买了一栋大楼，我要去管理这栋大楼。"

"大楼，有多大？"

"你猜。"

"十层？"

孙可心摇头。

"二十层？"

"三十八层，四十万多平。"

我的身体抖动了好几下："我的妈。这么大，在哪个地段？"

"东三环。"

"东三环寸土寸金，那得多少钱啊？"

"你猜。"

"五个亿？"

孙可心摇头。

"十个亿？"

孙可心还摇头。

"二十亿？"

"五十亿。"

我吓得差点儿把酒杯扔了："我的妈，可心，你可要想好了，这靠谱吗？"

孙可心打开手机的相册。

"你看，这是产权证。产权人：孙可心。OK？"

我放大了后连连看了三遍。

"这是大楼的照片，你看。"

我的心突突地跳了起来。

"可心，咱可是老实巴交的公民，你父辈也是忠诚廉洁的军人。这么大的楼，你住得起吗？你镇得住吗？你可要想好了。"

"No。有什么住不起、镇不住的？"

"它到底怎么回事？啊？"

"我新交了一个男朋友，香港的大老板。这个大楼原来是一个大的企业集团的，由于这个集团的现金流出现了问题，着急用钱，就贱卖了。我男朋友就买过来送给我了，让我过去管理。其实也用不着管理，这个大楼的一半是原来那个集团的办公地，另一半是写字楼，都包出去了。我只管收钱，就这么简单。"

"怎么突然就蹦出一个男朋友来？什么情况你？"

"也不突然，我们认识了有十多年了，只是近期走得更近了。他一直都很崇拜我。"

"那个郭太峰呢？"

孙可心摊开双手，耸了一下肩："拜拜啦。"

"这是什么时候的事？我都不敢问。"

"有几个月啦。这很现实，我现在已经不相信爱情了，我只相信 coin。"

"钱？"

"Yes，因为我看破了爱情的红尘。"

我两眼直勾勾地看着她，就像第一次看见她那样。

"我曾经为了爱情而结婚；我曾经为了爱情在商海里左右逢源，出生入死；我曾经为了赚钱养护我的爱情而累得吐血。"

"可是我对你也是真心的爱呀。"我说。

"真心的爱？亏你说得出口。有一天我陪客户喝多了，让你接我，你说你有事接不了。我回来一看你竟然在打游戏，这就是你的爱？你把我辛辛苦苦用命换来的钱挥霍一空。这就是你的爱？骗子，都是骗子。"

孙可心真的火了，我吓得有点发抖。

"所以，我就相信钱，这个东西是真的，它不会骗我。那个大楼也是真的，也不会骗我。你懂了吗？你还没长大。"

"我长大了，现在我懂得爱了，我也知道用爱去帮助别人了。"

"Good，很高尚啊，你终于长大了。"

一瓶红酒我只喝了一点儿，孙可心喝完了红酒又喝了两瓶啤酒，她已经喝大了。

"Go，海星，我们嗨歌去。"

"卡拉 OK？"我本想回绝她的。

"Yes，去金钱柜。"

上了孙可心的车，我问："这个粪叉子的符号是什么车？"孙可心笑着说："我的新车。"

到了星海广场的金钱柜，我们下了车。孙可心对司机说："你回去吧，明天下午一点接我去机场。"

进了大堂，一个领班热情地把我们领进一个房间里。

孙可心拉着我坐在了沙发上。

服务生送来了红酒和果盘。

孙可心点了一首《我只在乎你》，喝多了酒的孙可心唱得更加投入。听着勾魂的歌声，看着这张美丽的脸，想着和她的那些事，我眼泪都要流出来了。

孙可心一定要我唱一首，我说："我唱歌跑调，从来不敢唱歌，你是知道的。"

她一脸严肃地说："不行，跑调也得唱，我看看你的调能跑到哪儿去。"

我知道她的脾气，这一关是躲不过去的。我就在点歌器上搜索，终于我看见了《摇篮曲》。对，就是我妈妈给我唱的那首，我会唱。

前奏响起来了，突然孙可心从我手里抢走了麦克风。

"我来唱，这是我的歌。"

> 月儿明　风儿静
> 树叶遮窗棂
> 蛐蛐儿叫铮铮
> 好比那琴弦声

孙可心唱得比我妈妈唱的好听多了。我在想，要是孙可心为我们生一个孩子该多好哇，也许我们就不会离婚了。我们一家三口该多么幸福啊。音乐太神奇了，看不见，摸不着，但能抓你的心，勾你的魂。音乐能让你回想、幻想、遐想、臆想、梦想、联想、狂想。在我心里，这首《摇篮曲》是最优美、最美妙的音乐。孙可心的歌声把我拉回到从前。我们全家都活灵活现了：妈妈给我剃头，姐姐在做作业，爸爸站在妈妈旁边指指画画。多么幸福啊。间奏音乐响起了，很悠扬。妈妈的面孔改成了傅真。姐姐的模样变成了海月。十岁的海月在客厅里走着模特步。我唱着歌。爸爸和傅真打着拍子笑着。多么幸福啊。这就是傅真说的生活。我懂了。我的眼泪真的流了出来。

孙可心唱完了，把麦克风一扔，大声说："不唱了。Go go go。"

我看到她已经泪流满面了，她趴在我的肩上哭出了声。记得我们结婚第二年，她姥姥去世了，她也没有哭得这么厉害。

我搀扶着她往外走。

在出租车上，孙可心的头靠在我的肩上。

出租车司机问："去哪儿？"

"去哪儿都行。"孙可心答道。

"去东港。"我说。

"去东港干什么？"

"我送你回家。"

"我没有家，我没有家。"孙可心又哭了起来。

我把她送到了她的一个住在儿童公园附近的姐妹家里，然后我往家走。

大连秋天的夜晚很惬意，我在七七街的人行道上走得很慢。七七街很安静，偶尔有出租车或私家车跑过，偶尔有夜猫跑过。七七街很洋气，有别墅，有梧桐，有星光般的灯光，在这里你会恍若觉得这是欧洲的一条街。

我的心里还在回放孙可心唱的《摇篮曲》。孙可心到底是变好了还是变坏了？我真的说不清楚。这世界的好与坏，善与恶，真与假，只一字之差，一念之差。这么一个坚强、好胜、乐观、任性的孙可心，今天终于显露出她女人的柔弱本性。我更喜欢这样的孙可心。今晚孙可心是向她爱过的我告别，向那个美丽善良的孙可心告别，向养育她的城市告别。她将走进一个陌生的天地，扮演一个新的角色，进入一个新的领域。

我抬头看见夜空里不太圆的月亮，想起我为她写过的一首诗。

你是我的月亮

在浩渺的夜空
你是高傲的女皇
你是我的月亮
即使云彩遮掩了你的面容
我也会把你眺望

我流着泪为她祈祷。

● 四十

今天是周六，天气预报今天有雨，干枝梅俱乐部的活动改为了明天下午。

海月从离婚后，在家里住了一段时间，最近她儿子病了，她回到了婆婆家。昨晚她喝多了怕影响儿子，就又回来了。海月说她愿意在这里住，比较自由，还可以晚点儿起床。

今天早晨我特意到楼上告诉老王上午就别拉二胡了，我要写东西。老王同意了。自从钢琴阿姨去世后，我和老王的关系更亲密了。

我打开电脑开始写作。没过十分钟，海月从她的房间跑了出来，吓了我一跳："毁了哥，今天上午要去少年宫当评委的，有一个少儿模特大赛，睡过头了，毁了。"她匆匆忙忙地洗漱化妆。

"锅里有鸡蛋水，桌子上有月饼。"

"不吃了，来不及了。"

海月一阵风似的跑出了家门。

我又开始写作。没过十分钟，手机响了，我一看是夏华打来的。我本来想拒绝的，可是想到夏华能给我打电话，一定有大事，我就接通了。

就听夏华在那边大声地说："我说陈海星啊，你有个妹妹叫陈海月吗？"

我说："是啊，怎么啦？"

她发起了飙来："你们家都是一些愣头青死丧门星，她开车差一点儿把我撞死，你快过来看看吧。"

我的妈，我一身的冷汗。

我出了门才发现下了一夜的雨。我打了一辆出租车就往南山隧道跑。我的小心脏又像敲鼓一样咚咚地响了起来。我坐的出租车刚进隧道几百米就被一片红色的车灯给堵住了。我给了司机十元钱，下车就往前跑去。这时的隧道里弥漫着浓重的尾气。我脱下外套捂着鼻子，迈开沉重的双腿缓慢地跑着。过了十多分钟，我终于跑出了隧道的出口。我老远就看见海月在和一个警察交谈着，她脸上有几道划痕血印，头发上净是杂物。夏华也是灰头土脸，额头上也有流血。只见她一手拿手机，一手在指指画画，她的头发丝都竖着，两眼冒着火，嘴里也喷着火。她看见我来了就挂断手机急匆匆地向我走来。

"啊，陈海星，你可来了。你过来看看来，你妹妹吃了兴奋剂了？那车开得要飞起来了，我差一点儿就报销了。你妈怎么生了你们这两个倒霉玩意儿，一个比一个能作。"

我的妈。真是这样，两辆车一个靠着中间隔离带，一个贴着外线的护栏；一个车头朝东，一个车头朝西；一个稀里哗啦，一个丢盔弃甲。

"海月，我说过你多少次，慢点开，慢点开，你就是不听。你在马路上逞什么能？这雨天路滑更要多加小心。"我朝着海月就是一顿骂。

海月满脸的沮丧，她指着夏华说："告诉你，说话要过脑子，我妈怎么了？生的孩子就是比你强。你别光说我，你会不会开车？有些老娘儿们开车就是这样，脑子串烟了，一锅糨子，在岔道口左顾右看，慢慢腾腾，还占了两个车道，让别人怎么开？"

"陈海月我告诉你，你脑子才进水了。我是老娘儿们，你是什么？你还赖着我了？你不开这么快能出事吗？死丧门星。"夏华大声嚷嚷道。

"你骂谁？你才丧门星呢。"

两个人吵翻了天。我呵斥海月闭嘴，并把她拉走。

这时我才看清楚，有三辆警车在这附近停着。五六个警察和辅警在疏导着交通。一个警察在处理海月的事。有两个辅警在海月的车里找行驶证。

那个警察看了我一眼。

"你是她什么人？"

"我是她哥哥。"

"她开得太快了，这里是限速六十啊。"

海月沮丧地说："我踩刹车了啊，可是刹不住啊。"

"车毁了不要紧，只要人没事就万幸。"我说。

两个辅警在海月的车里大声喊："找到了，找到了。"

警察打开行驶证看着说："谁是孙诚？"指着我说："是你吗？"

我摇摇头，但是瞬间我彻底明白了。

海月默不作声，倒是夏华瞪大眼睛举手说："孙诚？孙诚是我老公。"

警察蒙圈了："你看看，是这个人吗？"

夏华走过来看了一眼说："没错，是我老公。"

"这是你家车吗？"

夏华接过行驶证念着："辽BX7X7X，是啊，是我家的车"

警察还在蒙圈："那你家的车怎么把你给撞了？"

"我老公说他把车给卖了。"

"卖了的话就不应该是你老公的名字了，应该过户给别人了。"

夏华好像也想到了什么。她眼睛眯着，竖起一个食指："这里一定有事。我说我让他过来他不来，原来是心里有鬼啊。"夏华突然又嚷嚷开了："哎，陈海月，你给我解释一下，这是怎么回事？我家的车怎么在你手里？"

我一看海月要出丑，赶紧走到她的前面。

"夏华，警察同志，事情是这样的。两个月前，我妹妹被孙诚介绍进了一个电视剧摄制组，我妹妹是演女一号。制片人拿这辆车当预付款给了我妹妹。至于其他什么事，我妹妹一概不知道。"我一边说一边把海月挡在身后。谁欺负海月那是绝对不行的，尽管我现在头疼得厉害。

"不对啊？我老公两个月前说他把车给卖了，他又买了一辆新车。这里面一定有鬼。陈海月，我看出来了，你不是什么好东西。一看你就是个骚狐狸。你说，到底是怎么回事？"夏华在喊叫。惹得围观的人群发出了议论：有好戏看啦，这车撞出小三儿来啦，这是案中案啊。

我也不能示弱："告诉你夏华，你不能乱说瞎话，你要为你说的话负责的。"

警察好像明白过来了："你们都不要吵了。现在你们赶快把孙诚给找来。不然的话，保险公司也不干。"

"我打了电话，他说他有事不能来。"夏华指手画脚地说，"陈海月，你别站着没事，你打电话叫他过来。都是你惹的祸。"

"我也打电话了，孙诚哥说他在机场，一会儿飞北京去讨论剧本。"海月不太自信地说。

"你们都听听，一口一个孙诚哥，叫得多亲切啊。骚货，你们漂亮女人都是勾引男人的骚货，没有一个好东西。"

警察严厉地说："不要骂人，你理智一些。"夏华这才闭上了嘴。

我趁机给汪远打电话求援："海月遇到大麻烦，赶快过来增援，南山隧道西口，快点儿。"

这时保险公司的人也来了。他们对着两辆车一顿拍照，海月和夏华向他们讲述着事故的过程，又差一点儿打起来。

清障车来了，两辆受重伤的车，被缓缓地吊上清障车的车台。清障车开走了。

环卫的清扫车来了。较大的零件被人抬着、拿着送进了车内。这一地鸡毛的残渣被卷进了清扫车的肚子里。

急救车来了，一个医生给海月做了简单的处理，说没有大问题，不用去医院。一个护士说夏华必须去医院治疗，可是倔强的夏华死活不去医院，她一定要海月给她一个说法。那个护士就给夏华做了头部的处理，在她的额头上缠了一道纱布。这样一来夏华就更像一个斗士了。

胜利路和南山隧道恢复了通畅，我也长舒了一口气。

事故处理完了，可是故事还在延续，警察让海月和夏华明天再到交警大队去接受进一步的处理。

"同志，我们现在可以走了吗？"海月问。

"可以走了。"警察说。

海月挎上皮包就要和我一起走，突然皮包的包带被人拽住了。

"走？往哪儿走？站住。"是夏华。我的妈。她那张满脸血痕的脸很是吓人。

海月吓得脸都变色了。她使劲地挣脱着，可是夏华死死地抓着包带。两个人像拔河一样，你一下，我一下，亏了包带挺长的，要不两个人就搅在一起了。

我本想帮海月一把，可是再使劲的话，我担心那个皮包就散架了。那可是孙可心前年从法国回来送给海月的。

这时海月和夏华的拔河出现了新情况。海月的包盖被拽开了。手机、钱包、口红、钥匙等七零八落地撒在地上。夏华一使劲把海月给拽倒了，海月一条腿跪在了地上，两只手还是抓着包。我一看海月吃亏了就一个箭步冲上去，我一把拉起了海月，我们俩用力把夏华给拽倒了。

夏华跪在了地上，她一边哭一边喊："救命啊，大家看啊，欺负人啦。"

这时两个辅警过来了，把夏华扶了起来。

海月松开包带，在地上逐个捡着。这时的包带由我和夏华各执一头。夏华疯了一样突然踢着在地上捡东西的海月。我把包带一扔，保护着海月。夏华在我背后踢打着我。就在这千钧一发的时候，汪远赶到了。他大喊一声："住手。"

夏华吓了一跳，收住了手。警察和辅警也停住脚步回头看。

"干什么？有话好好说，有理不用吵。耍泼能解决问题吗？"汪远就是厉害，把夏华给镇住了。

夏华哭着说："你是汪远？对吧，我们喝过酒。她是我老公的小三儿，她用我家的车撞了我，她是个狐狸精，她是——"

夏华三句话就把事情说清楚了，汪远多聪明，他全都明白了。

"打住，胡说八道，你脑子有病啊？海月是我的女朋友，我们马上就要结婚了。她怎么可能做你老公的小三儿呢？就你老公那熊样？你想得美。"

汪远的话就像一缕阳光，从乌云密布的天空照射下来，把阴霾一扫而光。

警察和辅警的脸上出现了微笑，他们议论着走向了警车。

看热闹的人们也散去了。

夏华一脸的丑陋，怔怔地站在原地，死死拽着包带的手缓缓地松开了。

海月带着满脸泪水跑过去拥抱着汪远，她顺势亲吻了汪远。汪远轻轻拍着海月的背部："没事的。有我在。"

汪远看了夏华一眼，夏华气哼哼地转身走了。

我开心地笑了，两个好演员。

我的妈，我一身的汗。

天上又下起了小雨，汪远打开雨伞给海月遮着雨，他俩像一对情侣一样紧挨着身体向西边走去。

我捂着头快步走进隧道。

● 四十一

大连的秋天风很大。我站在窗口前往外看，树叶几乎落光了。那些树叶一会儿被风卷起在空中漫舞，一会儿又一片片地在地上翻滚着。

家里还没上暖气，我冻得穿上了羽绒服。这件银灰色的羽绒服是我的最爱，这是十年前孙可心从日本给我带回来的，穿着它能感到有孙可心的温度。

老王的二胡拉得越来越好了，今天他拉的是《江河水》，二胡那委婉凄凉的声音配合着秋风扫落叶的画面，很有悲情诗意。

月牙在微信朋友圈里不停地发着新马泰旅游的照片还配着讲解，很多姐妹都点赞。

方元来电话了。

"陈老师,我们群里有个姐妹,这两天情绪不好,要死要活的,我看不对劲。我寻思你要是有空,我们一起去开导开导她。"

我和方元来到星海广场的海宝小区。

"她叫马艺,今年三十多岁,原来是个楼盘的售楼员。"方元说。

这个小区离海边很近,今天的海风很是凛冽,我捂着头,生怕天上掉下一个什么东西砸着。方元用纱巾蒙住了脸。

方元气喘吁吁地说:"马艺跟一个有家室的男人好了有十年。现在那个男人抛弃她了,还让她还贷款,她就崩溃了。"

坐电梯到了二十四楼。方元敲了一家的门,门开了,一个六十多岁的男人把我们迎了进去。我看见了马艺,虽然她满脸的沮丧,没有洗漱化妆,但是天生丽质是不用装扮的。马艺站起来向我摆摆手笑了一下。

"陈老师,惊动你了,不好意思。"马艺说。

我握了一下马艺的手。我的妈,冰凉冰凉的,比我刚从外面进来的手还凉,我吓了一跳。

"听说你受了委屈,我们来看看你,给你鼓鼓劲。"我有意识把话语说得有力一些。

马艺的爸爸端上了两杯热茶。我们都坐下了,方元和马艺坐在一起,她紧紧地抱着马艺的肩。

方元说:"我们干枝梅俱乐部的领导得知了马艺的情况很重视。齐雅娟会长出差在外地,特意让我和陈老师来慰问一下马艺。上有妇联组织,下有干枝梅,我们绝不会让一个姐妹掉队,再也不允许任何人欺负我们的姐妹。"

马艺爸爸直点头,看得出他是个憨厚的人。

"是啊,方元是你们沙区分会的分会长,我是党代表,干枝梅里唯一的男性。"我的开场白,算自我介绍。

"陈老师是作家、诗人,我爸都知道。"马艺说。

"我都知道,陈老师是单身女人的好朋友、好老师。"马艺爸爸很兴奋地说，"马艺听了你的讲座回家就跟我说，她说在干枝梅里很快活，就是最近她的那个男朋友——"

"爸，你不要再提他了，什么男朋友，禽兽不如。"马艺突然大声地说。她胸脯大幅度地起伏着，眼里放射出一种犀利的光。

"马艺，你先别激动。"方元搂着马艺说，"让你爸说，这样陈老师才能有的放矢地帮助你的。既然陈老师都来了，你就让你爸讲一讲你的事吧。"

"反正我是不愿听。"马艺挣脱了方元的手，跑到她的房间去了。方元也跟着跑了过去。

客厅里只剩下我和马艺爸爸。

"马大哥，家里有几个人？"我问。

"你叫我老马就行。马艺她妈妈在马艺十二岁的时候就去世了，现在家里就我和马艺。"

"那你把马艺拉扯大，也不容易啊。"我说。

"是啊，又当爹又当妈，都二十多年了。"

"马艺这个孩子很善良，很直爽，头脑也很简单。大学毕业后，她应聘去了一个房地产的销售部门。部门经理对她很满意，说她长得漂亮，有人缘，会说话，业绩也不错。在那里工作了不到半年，就被人给挖走了。到了一个小的房地产公司，担任销售部门的经理，工资也比原来的高了一些。我还挺高兴。可是不久那个房地产的老板一个叫秦束的人看好了她，马艺稀里糊涂地成了人家的小三儿。秦束的女儿都和马艺差不多大。我后来知道了死活不同意。我说咱家祖祖辈辈没做过亏心事，你不能拆散人家的家庭。你要找就找个未婚的，哪怕结过婚的都行。可是马艺不听我的话，我也没有办法。有一天，她回来得很晚，一回来就扎进她自己的房间里。第二天早晨起来，我一看马艺的眼睛肿了，脸上还有乌青。我就追问。马艺说是秦束的女儿找人打了她。我就说，既然你俩分不开，那就应该名正言顺地结婚。应该说秦束对马艺还是挺好的，吃的、穿的、用的都不缺。他还给马艺买了一辆车和一处房子。马艺多次提出要跟他结婚，给个说法，秦束也的确回家闹离婚，但秦束的女儿厉害，她说你们离婚那天就是我死的那天，不信就试试，弄得秦束也没有办法。可是这几年东北的经济形势都不好，秦束的公司房子不好卖，业绩大幅下滑，面临倒闭。秦束就对马艺冷淡了。马艺受不了就和他闹分手。前些天银行来电话要马艺还贷款，说是用她的房产证办的贷款。马艺不服，说钱也不是她借的，谁借的谁还。银行就起诉了马艺。马艺就崩溃了。现在确诊是忧郁症。什么也干不了，整天在家哭哭唧唧、骂骂咧咧，我二十四小时不敢离开。刚在你们干枝梅那里给她疏导好了情绪，现在又坏了。我现在也快崩溃了。我就准备把房子卖了还贷款，了份心思。可是房子被冻结了想卖也卖不了。就这么个情况。陈老师，麻烦你多开导开导马艺。我就这么一个女儿，她要是有个三长两短我就全完了。我现在就是为她而活着的。"马艺爸爸流出了眼泪。

我的眼睛也湿润了，又是一个令人心碎的故事。

我和方元陪着马艺来到楼下的星海广场。这个亚洲最大的广场，在一阵大风过后，迎来了明媚的阳光。空旷的广场，人稀车少，显得很敞亮。我们慢慢地走了一个多小时。我和方元，一个是作家，一个是语文老师，我们绞尽脑汁把所有能够使她开心的舒心的话语词句都说尽了。马艺总算有了笑容。在城雕广场，我们沿着那浩浩荡荡的足迹向前走，在打开的那卷书的前面停留。面对着浩瀚的大海，我问马艺，世界上最宽阔的是大海，比大海还要宽阔的是天空，比天空还要宽阔的是什么？马艺说，我知道，是人的心灵。

方元说："人生没有过不去的坎儿。我们应该有勇气去接受挑战。我的故事你也知道，比你还艰难，可是我咬牙爬过了那道坎儿，马上就感到了阳光灿烂。"

"是啊，人生苦短，就是说人生苦，人生短。"我有些激动地说，"我们应该积极面对苦难，珍惜生命，用阳光的心态迎接阳光。"

马艺的脸色红润了起来，海风把她的头发吹得漫天飞舞。

我们三个人击掌为证。

方元和马艺在这个雕塑前留下了合影。马艺说："我要和陈老师单独照一个。"说完拉着我的手，我们站在了一起。

我们三人往回走，马艺的脸又沉了下来。

"陈老师，方元姐，我也想快乐地生活，我是一个很简单的人。现在我就想有个窝，和老爸平平淡淡地活着。他辛苦了一辈子，也该享清福了。可是，弄不好我们的房子就会被银行没收，我们就会露宿街头无家可归。我想到这儿，就很难过。我可以忍耐，但我老爸呢，他指着我给他养老呢。"

"这个房子到底是怎么回事？"我问。

"秦束这个禽兽，当初为了讨我喜欢，答应给我买一套房子。说把我们家原来在孙家沟的那套小房子卖了，其他的钱他出。我爸一开始不同意。我就做他的工作，我天天卖房子练就了一张能说会道的嘴。我爸就被我说服了。房子卖了三十五万。秦束出了一百万，买了这套房子，房主是我。现在这套房子能卖到四五百万。如果按照银行的说法，秦束贷了四百万，还不上的话，银行就会没收这套房子，我们就惨了。"马艺哭了起来。

"那么你和秦束有没有什么协议、说明一类的东西？"我问。

"什么也没有，都怪我头脑简单，我根本就没想到有今天。"

"那么贷款是谁签的字？"

"是我。"

我和方元都停住了脚步，我俩用惊悚的眼神看着马艺。

"你为什么要签呢？"方元问。

"那时候，完全被人家掌控了，就觉得秦束的事就是我的事。"马艺使劲地摇摇头。

我激动地说："你有没有把买房子、抵押贷款的事跟银行方面说清楚？"

"说了，都说了，可是他们说他们只相信证据，房产证和签名都是我的。"马艺说完快步地往家走了。

我和方元紧紧地跟着。

到了小区门口了，马艺喃喃地说："没有了这个房子，我就从这里跳下来。"她用手指着大楼的上空说。

站在这个三十多层大厦的底下抬头往上看，我和方元都情不自禁地打了个寒战。我的妈，这楼可真高啊。

马艺回了家。

"方元，我看马艺的工作不好做，根源就在房子，有没有什么办法？"

"找法官谈谈？人家听咱的吗？"方元眼里迷茫着，"当年体育老师打官司就是输在没钱。"

"依我看，马艺的确要承担责任。银行是对的，法院也是对的。马艺的败诉是必然的。"我无奈地说。

"你和齐雅娟大姐汇报一下，看看她有没有办法。"

我们站在马路边挥手打车，心情很沉重。

方元看着手机，突然高兴地喊了起来。

"好消息，好消息。"

把我吓了一跳，我多么渴望好消息啊。

"陈老师，顾艳要结婚了。"

"顾艳？我的妈，和谁结？"

"她前夫的三哥。"

"三哥？哦我想起来了，她前夫是老四，现在第七人民医院住院呢。我的妈，快说说什么时候结？"我兴奋起来，我太需要这样的好消息了。

"12月18号晚上。"

出租车来了，我们一前一后地上了车。我也打开了手机，马上就发现了顾艳给我发的邀请函，我一激动干脆就打电话过去了。

"喂，顾艳，祝贺你啊。"

"陈老师你好，婚礼你一定要来啊。你是最重要的嘉宾，我还要让你当证婚人呢。"

"好好好，一定去，你为我们干姐妹开了一个好头，让所有的姐妹都看到了希望，太好了，苦去甘来，云散花开。"

"谢谢陈老师。"顾艳在那边嘎嘎嘎地笑着。

"你们怎么走到一起去了？"

"是这样，我三嫂身体一直就不好，好几年了，是心脏病，去年去世了。我大嫂、二嫂就给我们撮合成了。本来就是一家人嘛。三哥人也非常好。我们也不用谈恋爱，都太熟了。"

"太有意思了，你的这个剧情终于有了一个圆满的结局。我一定把你的故事写成电视连续剧。好人有好报，好人有好命，祝贺啊。"

挂了电话，我对方元说："有合适的你也要考虑啊。"

方元没有说话，她看着车窗外的风景。

其实我早就感觉到方元对我有意。她信任我，我们之间几乎没有秘密。还记得那天她打扮得漂漂亮亮应邀陪我看电影，我们像情人一样走进电影厅；我们一起陪着找儿子的曲秋影大姐做化疗，在医院的大厅里我们相依相偎地坐了好几个上午。不知不觉我们已经是非常好的朋友了。方元是个矜持的女人，不像月牙那样善于表白。她的心思我是能够感知到的。可我真的拿她当作妹妹，没有丝毫的邪念。生活中的确有很多异性的好朋友，只能做兄妹或姐弟，不能做情人和爱人。

马艺的故事应该是Y。

还差一个，我就把英文的二十六个字母用完了。可是我确信单身女人的故事永远也不会完。

◖四十二

月牙在群里发了一个帖子。

　　姐妹们，你们遇没遇到过性骚扰？你们看看这是不是性骚扰。我的小饭店有一位吃客，天天来，每次只要一杯啤酒、一碟花生米，一坐就是半天。手里拿着一张《大连晚报》，装作看报纸，其实是来看我的。只要我一出现，他两只色眯眯的眼睛就直勾勾地盯着我。看完我的正面看背面。我家员工都看出来了。姐妹们你们说怎么办？

一个姐妹问：

　　长得帅不帅？

月牙：

　　什么帅不帅？六十多了。

又有一个姐妹：

　　那你是嫌乎人家老呗？要是年轻的、长得帅的你就不可能说人家性骚扰了。对不对？

方元加入了讨论：

　　我认为有人盯着看我们，是我们的荣幸，说明我们还有魅力。要是没人看了才是我们的悲哀。

月牙带着气说：

　　你不知道，他的那个看法，让人实在不能感到荣幸。他专门盯着你的胸和屁股看，那就是性骚扰，让我给撵出去了。我告诉保安，他再来就拦住他。

方元：

　　我觉得你这样做也不对，在他眼里你是他的女神，他崇拜你才天天去看你。

月牙：

我才不稀罕这样的粉丝，垃圾。

方元：

陈老师在不在？给评评理。

我实在无法回答，就潜着水。

一看到月牙，我就想到侯天真，月牙是我追求侯天真的动力。我再拿不下侯天真，就真的逃不过月牙对我的穷追猛打了。

我在美团里订了三张美国动漫电影《疯狂动物城》的电影票，在二七广场华臣电影城门口，我等着侯天真和侯玖依的到来。

我看到一个残疾的女人在卖花。她有四十多岁，不知什么原因，她的两条大腿长在了腰上。她卖的是长在一个小花盆里的花卉，有好几种，我只认得黄色的菊花。

我俯下身问："这花多少钱一盆？"

她看看我说："五块钱一盆。"

"这些花是你自己种的？"

"是啊，我干不了什么，就自己种花、养花，然后在这里卖。"

"一天能卖多少？"

"不一定。"

"现在你有多少盆？"

她快速地数了一下说："十九盆。"

"好了，我全要了。"我掏出了一百元钱，递给了她。她有些惊讶地看看我："谢谢你了。你有车吗？我帮你送到车上。"

"我没有车，这样吧，把这些花摆在电影院门口吧。"

"那么，你不拿回家？"

324

"不啦，摆在这里也挺好看的。"

她帮我把这十九盆花一字排开地摆在了电影院一楼门厅的墙边。我摆完最后一盆站起身的时候，突然眼前一黑晕倒了。卖花的姐妹把我扶了起来。她说上医院吧。我说没事，就是颈椎病造成的，医院也没办法。我拍打了几下衣服就来到街上。过了一会儿侯天真娘儿俩来了。侯玖依跑过来，扑到我怀里："陈叔叔好。"

侯天真笑着说："陈老师，我都十几年没看电影了，让你破费了。"

我高兴极了："我们都沾玖依光了，我也很少看电影，听说这个动画片特别好看。"

拿到电影票，我又买了一堆好吃的，我们像一家人一样走进了影院。玖依坐在我和侯天真的中间，他看得很高兴，动不动就大笑出来。我感到了久违的温馨。我时不时地看侯天真一眼，她戴着三D眼镜很美丽。

看完电影，我请他们一起吃了手切牛肉火锅。玖依吃得也很高兴。我趁机说："玖依，陈叔叔好不好？"

"好啊，陈叔叔太好了。"玖依大声说。我看着侯天真的脸。她的脸上好像写着她的名字——天真。

"玖依，你的名字太好了。玖依，玖依，久久归一；玖依，玖依，久久相依。"

"陈叔叔你的名字也好听，海星，海星，海上的星星。"玖依说。

"你妈的名字最好了。"我看着侯天真说，"天真，天真，天上的神真；天真，天真，天下的纯真。"

"陈叔叔真厉害，什么叫神真？"

玖依把我给问住了。我想了一下说："神真就是神秘的真实。"

"什么是神秘的真实？陈叔叔。"

"神秘的真实就是水中的月亮，你见过水中的月亮吗？"玖依点点头。"月亮是真的，可是你捞不到她，神秘吧？对不对？"侯天真也许听出了我的话里面的味道："玖依，不要问这么多，快吃。"

吃完饭，玖依拉着妈妈和我的手说："今天太开心了，要是今天过生日就好了。"

"好啊玖依，我们从现在开始每周来看一次电影，吃一次火锅，每周过一次生日怎么样？"

"太好了，太好了。"玖依欢呼起来。

"那不行，要花多少钱啊？怎么好意思呢？"侯天真说。

"没事，一周一次，我还是花得起。"

我打车把娘儿俩送到他们家门口，玖依还是拉着我的手往家里拽。我看着侯天真的脸色。她也笑着说："陈老师，进来坐坐吧。"

我终于进了侯天真的家门，家里的一切既简陋又整洁。

"郝兵留给我的房子在甘井子机场那边，是军产房，不能交易。让我给租出去了，又租了这个房子。主要是离我二叔家近。"

玖依拿着喷水枪比画着，嘴里发出哒哒哒的声音。

"玖依，叔叔下次来咱俩踢球怎么样？"我说。

"太好了，你明天能来吗？"

"玖依，"侯天真口气里有训斥，"陈叔叔那么忙，哪有空陪你踢球。你明天还要上学，早点儿睡觉吧。"

侯天真是发出了逐客令，我听明白了，我起身说："你们早点儿休息吧，我也该走了。"

第二天，我又来到华辰影城门口，在那个卖花的女人身旁蹲下。她看到我笑了："你今天还看电影？"

"不，大姐，我今天还买花，这些我全包了。"

"今天不卖给你。"

"为什么？"

"你不需要花，你是为了照顾我。我看出来了，我哪好意思，不行，我不卖给你。"

"大姐我问你，你为什么要卖花？"

"供孩子上学。"

我的心里一震。

"孩子多大了？"

"十七了，上高中，明年就要高考了。"

326

"你丈夫呢？"

"我十年前离婚了，我这个样没人看得上，当初她爸爸能和我结婚已经很不错了，他家里都反对。后来……就不说了。"她刚打开的门又关上了。

"大姐你贵姓？"那大姐又看了我一眼，也许她看出来了我的真诚。

"我姓潘，潘金莲的潘。"说完她笑了。

"潘大姐，我姓陈，陈世美的陈。"说完我俩都大笑起来。

"潘大姐，咱大连有个单身女人俱乐部你知道吗？"

"不知道，单身女人还有俱乐部？"潘大姐一脸的疑惑。

"是啊，全是些离婚的、未婚的姐妹。在一起开心地做点事，互相关心，互相帮助，是单身女人的家。"

"还有这么好的事？要加入的话收钱吗？"

"不收钱，但是必须讲出你的故事。"

"我没什么故事可讲，行不行？"

"也行，无所谓，你只要愿意加入就行。"

"那你是？"

"我是政委。你看过《红色娘子军》吧？都是女的，有个男的当政委。我就是那个政委。"

潘大姐笑了起来，"太有意思了。"

她这一笑倒使我不好意思了。

"大姐，你这个腿？"

"生下来就这样，是难产造成的。就是胎位不正，生不下来，接生的大夫又没有经验给拽巴坏了。没死就命大。现在看来还不如死了的好。活着遭了老罪了，还给别人添麻烦。有个大夫说可以做手术矫正，可是需要三十多万。妈呀，把我卖了也没有这些钱，再说我女儿还要上学。"

"那你丈夫怎么和你离婚了？"

"不提了，唉。"潘大姐叹了一口气。

这时有一对年轻的夫妇要买花，大姐应对着。他们买了两盆黄色的菊花走了。

"大姐，你天天来卖花也不是个事，过几天天冷了你怎么办？不如这样，我帮你想了个办法。"我说。

"什么办法？"

"我帮你卖花，你把家里所有的花都搬来，然后放在电影院的进门大厅里，让大家随便拿，随便给钱，好不好？赔了钱我给你。"

"这样好吗？行吗？"

"肯定行，大连现在已经有了无人报刊亭，报纸随便拿。我还看见一个早餐馆，随便吃，随意付款，生意很红火，收入比原来的还多。"

"那就试一试吧。"

两天后，花卉小超市开业了，无人看摊儿，无人收款，有个收款箱，有个牌子，牌子上面写着：

花卉超市　随便选取　随意付款

果然效果不错，很多人是按照一盆花十元交的钱。潘大姐每天只管早上带一些花卉来，晚上九点来取款就行了。

我在干枝梅的微信群里发了一则消息：

姐妹们，一个身体有严重残疾的姐妹潘大姐，她每天拖着残疾的身体卖花供女儿上学。女儿明年考大学。她自己的手术费三十多万也没有着落。在我们干枝梅俱乐部的帮助下，她的无人花卉小超市开业了。望姐妹们伸出温暖的手帮她渡过难关。地点：二七广场华辰影城门口。

干枝梅的姐妹们陆陆续续从四面八方来到影城，说是买花，不如说是捐款。潘大姐做梦也没想到，一周下来她收入了一万多。被买走的花大部分没有被拿走，它们仍然摆放在大厅里。在潘大姐花卉小超市的带动下，影城的门票和爆米花饮料也多卖了不少。

潘大姐告诉我："我原来以为单身女人很不幸，有残疾的单身女人更不幸。没想到，我这么幸运。"

侯天真来微信说，玖依想我了，这是我想看到的，也是我这么策划的目的。我说明天周六还看电影吃火锅，侯天真回信说好的，不过这一次一定要她买单。

这次见面除了看电影、吃火锅，我还做通了侯天真的思想工作，她愿意出山为齐雅娟的干枝梅培训项目做总经理。她说她早就想出来做点儿事，只是没有好的机会。

临分手时，玖依恋恋不舍，他说："陈叔叔，要是我们天天在一起就好了。"我看着侯天真，她摸着玖依的头笑着说："陈叔叔很忙，他哪有时间天天陪我们"

"我有时间，我一点儿也不忙。"我急忙说，"其实我也愿意和你们在一起。"

"陈叔叔，你要是我爸爸就好了。"

玖依噘着嘴问侯天真："妈妈，我爸爸什么时候回来啊？"

"你爸爸快回来了，他是军人，在执行任务。我不是跟你说了吗？"

"什么叫执行任务？"

"执行任务就是保卫国家，不让别的国家的人随随便便进到我们国家来。"

"他在哪里执行任务？为什么从来也不回家？"玖依小嘴嘟嘟着说。

"爸爸他在很远的地方。"侯天真脸上有些不自然。

"什么地方叫很远？"

"很远就是坐完了飞机坐火车，坐完了火车坐汽车，坐完了汽车还要走着走，知道了吧？"

"那也太远了，要是陈叔叔是我爸爸就好了。"玖依拉着我的手，仰着头看着我。

"你爸爸是你爸爸，陈叔叔是陈叔叔。"侯天真很难说服孩子。

"妈妈，我爸爸长得帅，还是陈叔叔长得帅？"

"你看看，你看看，你自己说。"侯天真拿出手机，打开影集，一张军人的照片出现了，"爸爸真帅。"

"我看一下可以吗？"我问。

侯天真把手机放在我面前。这就是郝兵，真是一个好兵，一双不大的眼睛，闪着善良和坚强。两道浓眉，粗大的鼻子，方方的脸庞，真的很帅。我的心里好像在流泪。我看了侯天真一眼，虽然光线很暗，我好像看出她的心里也在流泪。

回到家里，我给侯天真发了一条微信：

> 天真。和你们在一起我很快乐，很幸福。我真希望像玖依说的那样，我们天天在一起。我会真心地对你和玖依，使你们感到快乐和幸福。请你认真地考虑一下，让我们走得更近。

侯天真回信了：

> 陈老师，非常感谢你对我们的同情和关照。如果天天在一起，我们会给你增添很多很多的麻烦，会拖累你的。何况我还有一个需要照顾的妈妈。虽然她把我赶出了家门，可是她也曾像对亲生女儿一样哺育了我十三年。我上有老下有小，也许那时候你就不会感到快乐和幸福了。祝你快乐幸福！

我马上回复：

> 即使有麻烦我也无怨无悔，只要和我爱的人在一起，我就会快乐幸福。我会和你一起照料老人，抚养孩子。我是认真的。

第二天上午，侯天真才回复：

> 抱歉陈老师，昨天太晚了，怕影响玖依睡觉就没有回复。我认真地思考了一下，还是怕拖累你。我们会成为你的沉重负

担，影响你的生活。

我正想回复，突然，孙诚的微信插了进来：

　　海星，下午有空？请你喝茶。

我太想见孙诚了。他的车差点儿把我的海月给毁了。这个混蛋，我看他到底说什么：

　　有空。在哪儿？

孙诚：

　　万和祥。三点。

❡四十三

　　我来到万和祥，是坐 404 公交车来的，上次打车到这儿花了我二十块钱，心疼死我了。

　　孙诚早就来了，他微笑着向我招手，我没给他好脸。

　　"海星，我是想和你解释一下，真的。"孙诚给我倒茶。

　　"你真行，那天出了这么大的事，你小子竟然不露面。"我说。

　　"我不能露面啊，我一露面这事就更难办了，真的。"孙诚一边搅和着咖啡一边说。

　　"有什么难办的？你不露面，海月也说不清楚，那天要不是汪远急中生智，冒充海月的男朋友，我都不知道夏华还会做出什么事。"

　　"夏华本来就是无理搅三分的主，这下有理了，还会饶人吗？让海月受惊了，她没事吧？"

"有事，脸上被气囊划了几道血痕。让夏华连拖带打、连吼带骂的，例假都吓回去了。"我喝了一口茶。

"我的天，有这么严重。"孙诚的身体往后仰了一下。

"你老实交代这辆车到底是怎么回事。"

"是这样的海星，我把这辆车以入股的形式给了剧组，剧组以预付金的形式给了海月，就这么简单，真的。"

"真的？既然这么简单，你为什么不敢当面对夏华说？让她发疯一样地对海月，骂得可难听了，让别人怎么看海月？听说有人拍了照片，发了朋友圈说：看啊，情人又出丑啦。"

"你听我说。原因就在这辆车没有办过户。办过户还要花不少钱，我想反正都是朋友，没想到海月开车不长眼，偏偏撞了夏华。"

"以后你打算怎么办？"

"把那辆车修好了给卖了，烦死了，丧门星。"

"那么海月的预付金呢？"

"实际上这辆车已经是海月的了，卖车的钱还归海月。"

"能卖多少钱？"

"卖个十万八万不成问题，然后我再给海月添个十几万买辆新车。"

"你为什么给海月添钱买车？"

"实话对你说吧。"孙诚喝了一口咖啡，然后点了一根烟。他吐着烟圈慢慢地说："我是非常喜欢海月的，真的，我想我终有一天会把她娶回家的。"

"终有一天，是什么意思？"我看着孙诚的眼睛问。

"我正在和夏华闹离婚。其实我们俩根本就不和。感情不和，生活不和，趣味不和，就连性生活都不和。真的。要不是看在她父母的面子上，我早就离了。她父母对我有恩惠，我一直对他们怀有感恩之心。真的。"

我喝了一口茶说："我从来都秉持宁拆一座庙不破一桩婚的原则。可是对夏华这样的老婆，我真是同情你啊。我都不知道你跟她怎么过的。反正我是宁可单身也不找这样的老婆。"

"是啊，我也没有办法，我一提离婚她就发疯，连骂带摔的，还到咱们编辑部闹，简直就是个滚刀肉。"

"这一次，你能离得了？不怕她发疯？"我说。

"我现在采取不回家、不理她的战术，所以撞车那天我就没露面。她到处找我，打电话我也不接，她就在微信里骂我，烦死了。"

"海月离婚了，汪远离婚了，你也要离婚。现在离婚好像很时髦啊。"

"汪远也离了？"孙诚很吃惊。

"汪远的离婚我是坚决不同意的，毕竟他们有个孩子，离婚对孩子的影响是很大的。"

"汪远也离婚了，我的天，没想到。"孙诚自言自语的。

"告诉你孙诚，你不离婚就不要打海月的主意。我也不会让海月彪乎乎地等你。我也不会让海月接近你，她现在听我的。"

"别别别，海星，你给我点儿时间，我一定会离婚的，真的。你千万让海月等着我，我这辈子就爱海月一个人。真的。"

"你拉倒吧，你个花心混蛋。给你一点儿时间？这一点儿是多少？一个月？一年？十年？"

"很快，很快，我不会让海月旁落给别人的。要不，我交保证金，十万，不，二十万，三十万也行。一年内不离婚这些钱都归你，怎么样？"孙诚很是着急。

"亏你想得出，爱情保证金？我看这是一部电视剧的名字，你编剧吧，一定很火。你真是个好编剧。"

"不是编剧，是真的，怎么样？我现在就交给你。"孙诚拿出一张银行卡放在我面前的桌子上。

我把那张银行卡推到孙诚的一边："我告诉你，孙诚，就是你离了，海月也不一定跟你。"

"为什么？为什么？"孙诚有点急了。

"因为你太不靠谱，知道吗？"

"我怎么不靠谱了？"孙诚的小眼睛瞪得很大。

"据我所知，你至少跟五六个女人好过。对不对？上次的那个还没整利索，就又来打海月的主意了。你说你是什么东西？玩弄妇女的流氓。亏你还是什么编剧、记者、文化人。"

"啊，海星，我为什么拈花惹草？为什么婚外恋？不都是因为家里有一个我不喜欢的、不可爱的女人吗？我也是男人啊，我也有需求啊。你以为我愿意啊，整天跟间谍特务似的，躲躲藏藏，编故事，找人挡枪。"

"那你当初怎么找了这么个老婆？"

"没办法啊，当初毕业找工作，没有门路，夏华她爸帮了我很大的忙。我是农村户口，她爸先是把我的户口落到他家里，说我是他家女婿，这才落进了咱杂志社。这一弄就弄假成真了。再说结婚，从房子到家具，从婚宴到平时的吃穿用，几乎都是他家整的。我哪好意思提出离婚呢？还有就是夏华的脾气秉性，我哪敢提离婚两个字。我难啊我。"

"所以你就糟蹋别人家的女孩儿？你明知不能和人家结婚，就和人家上床，你不是玩弄女性是什么？"

"过去我的确有错，或者说是有罪，但是我对海月是真心的。我早就喜欢海月了，从十年前第一次见到她开始，真的。实话对你说，我的这个模特题材的剧本，就是为她量身定做的，真的，不骗你。"

我摇摇头，撇撇嘴。

"不信，撒谎，天打五雷轰。我还是那句话，交保证金，行不行？"

"好了孙诚，一切随缘吧，我也不收你的保证金，你也别想让海月等着你，你自己看着办吧。"

说着我就起身要走，孙诚拉住了我。

"海星，你听我说，我向你保证，将来我给海月买个大房子，再给海月买个一百万的车。我现在的稿费是五万一集，十集就是五十万，一部电视剧下来都是五十集左右，你算一下，我几年就是大款了。我把所有的钱都给海月，我要让她成为世界上最幸福的女人，真的。"

"孙诚，你也是个文化人，张嘴闭嘴的净是房子、车子、钱，你俗不俗啊。"我有些气愤地说，"你怎么不说，你们的情感能不能合得来，爱好是不是相投？"

孙诚激动地说："你知道我和海月已经好了一段时间了，我们非常合得来。别说要拍电视剧，就是吃东西我俩几乎都是一样的，真的。太合得来了，我爱死海月了。现在是物质社会，没有钱光谈爱情那是空话。对不对？"

"你别给自己画饼充饥了吧，你这部电视剧死定了，根本就拍不了。你自己画饼充饥，还给海月和我也画了一个饼，你以为我们都是彪子是不是？我们需要诚意和真诚，而不是什么保证金和誓言。"

"不是的，这部电视剧肯定死不了，我有百分之百的信心。另外我是有诚意的、真诚的。求求你海星，再给我一点时间，好不好？"孙诚做出哀求的作揖状。

"随缘吧，你懂的。其实，我什么都知道，那辆倒霉车不是你入股给剧组的，也不是剧组给海月当作预付金的。你们这个剧组早就已经名存实亡了，那几个所谓制片、导演，都是一些江湖骗子。所以我说你要真诚，就像你的名字，真诚比金钱更重要，真诚比金钱更金贵。"

我走了，孙诚怔怔地站在原地。

我不想打车，就徒步走在高尔基路上。走到一个公交车站，我突然看到广告牌上出现了海月的大幅照片。那是海月代言的芙蓉女装品牌和亲子教育的广告。我赶紧拍照发给了海月。

我用微语说："海月，你的广告牌出来了，挺好的，这一下你成了名人了。要知道做名人是有代价的。从今天起你的一言一行都要有约束，特别是与男人的交往更要小心。另外，代言费给结了吗？"

虽然我看不起老是谈钱的人，但是属于我和海月的钱，那我是一点儿也不会含糊的。

☻ 四十四

好几天没有看见侯天真他们娘儿俩了，真的很想念。下午三点多了，我给她发微信：

今晚请你们看电影。（三个笑脸）

我苦苦等了一个小时，侯天真愣是没有回信。其实这一个小时我的脚步就一直没有停歇地在向侯天真的家里靠近。现在我隔着马路就看见了她的家。我停住了脚步，我的心突然打起了鼓。我骂自己，没出息。

手机振动了一下，我一看是侯天真发来的微信。

好的，陈老师，我在幼儿园接玖依。我们五点电影院见。

我的心跳得更欢了，我笑了。我一看手机的时间才四点多一点。我上了公交车，在车上完成了选片、购票。今天的电影是《魔发精灵》。还差十分钟五点，我就赶到了影院门口。我晃晃悠悠地走着，突然一个男孩儿在我背后大喊一声："不许动！"把我吓得一哆嗦。"陈叔叔好。"是玖依。

"你好，宝贝，你妈呢？"我没看到侯天真。

"在那儿呢。"玖依指了一下那边。果然侯天真在一个广告牌后面出现了，她笑得挺开心。

我们三人先吃了一顿手切牛肉，然后就往电影院里走。在大厅里，我见到了卖花的潘大姐。

潘大姐一看见我，脸上笑得都放光："陈老师，来看电影了？"她指着侯天真和玖依说："你们一家人真幸福啊。"

我马上感到我脸在发烧，还是侯天真反应快："大姐，我们不是一家人，是碰巧遇到了。"

"不对吧？上一次我就看见你们一起看电影了。"潘大姐很实在。侯天真满脸通红地领着玖依先走了。

"潘大姐，今天花卉超市怎么样？"我赶紧转移话题。

"不错，每天都挺好的，都是托你的福啊。"

我们进到了放映厅。这一次玖依走在了前面，他找到了座位就坐下，侯天真跟在他的后面自然就坐在了我们中间。这是我梦寐以求的。我哪有心思看电影。我闻着她的气息，不时地看看她的脸。玖依还是时不时地说着，问着。侯天真小声安慰着他、回答他。我想握住她的手，可是又怕她拒绝我。已经开演半个多小时了，我终于使出全身的力气，伸出左手握住了她的右手。要知道这一握对我来说多么艰难，多么重要。侯天真没有拒绝我。我成功了。她的手没有我想象的那么柔软细腻，甚至有些粗糙。我握过的女人的手都是柔软细腻的。孙可心的手柔软细腻，鞠梦楠的手更是如棉似水，即便是方元、月牙的手也都有女人的魅力。手是女人的第二张脸。手长得漂亮的女人，一定有一张美丽的脸。手是女人的第二颗心脏。手柔软细腻的女人，心里都是柔情似水的。手热的女人心里也热。我慢慢地体味着这只手，这只神秘的手。我第一次见到她，就想和她握手，可是她一个合十，没有给我机会。现在我终于把这只手握在了手里。我就像抚摸她的脸，就像触摸她那纯洁的心灵。她没有拒绝我，始终没有拒绝。我感到她也在通过我的手在触摸我。

我突然想起我妈。我妈的手就像侯天真的手这样。我妈经常唠叨说，我整天伺候你们爷儿三个，我的手都长出茧子啦，人家都笑话我，说我的手是农村社员的手。哦，我明白了。侯天真和我妈一样，要伺候玖依和二叔、二婶及她妈妈四个人。做家务的女人都有一双比较粗糙的手。这跟她们的脸和心没有关系。她的手有些凉。我听黄燕说过，手凉的女人没有人爱。侯天真是不会没有人爱的，我就爱她，她的手一定会变热的。我试着摸摸她手上的纹路。人手上的纹路就是她的命运，这个苦命的女人，在襁褓里被父母抛弃；最爱她的爷爷、爸爸先后去世；跟她有着深厚感情的丈夫离世；和她一样命运的玖依又走进她的世界。多么可怜的女人。我是上天派来关爱她的，她太需要爱了。我的泪水一下涌了出来。还好电影里的情节正好有个可爱的精灵受到了磨难，她的遭遇感动了所有的人。

我看到侯天真和玖依也在为她流泪。我的流泪不是偶然的，是和剧情的发展一样，我无意中把侯天真当作了那个可爱无助的小精灵了。好像要安抚一下流泪的侯天真，我把闲着没事的右手也加入了抚摸侯天真的手。我的左手在下，右手在上，侯天真的右手在中间。我的两只手分工明确，左手负责抚摸她手的手心，右手负责抚摸她手的手背。她好像很享受我的抚摸。我实在憋不住了，在她的耳旁悄悄说："我爱你。"也许是声音太小她没听着，她没有什么反应。我趁着电影比较安静的时候，又说了一遍。她还是没有反应。我敢肯定她听到了。就在这时，玖依提出要尿尿。我赶紧把两只手缩了回来。侯天真陪着玖依去厕所了。她说小男孩不能憋尿，稍慢一点儿就会尿裤子的。

电影散场的时候，花卉超市已经下班。

"陈老师，我们走一段路好不好？今天的天气真好。"侯天真说。

"好好好，我也是这么想的。"我说。

"陈叔叔要是我爸爸就好了。"玖依上一次也说过这句话。这一次，侯天真没有纠正他，她好像认可了。

我们三个人就像幸福的一家人，走在路上。这一次和很多家庭一样，我走在中间，左手拉着侯天真，右手拉着玖依。我想起我小时候，有一次也是看完电影，我妈领着我，我爸领着我姐，我们一家人幸福地往家走。突然下雨了，我爸领着我姐在前面跑，我妈把她的外衣脱下来，披在我的身上拽着我跑。雨越下越大，我妈抱着我躲在了一个门洞里。我看到她浑身上下全都湿透了，头上一直在往下滴水。等了很长时间，雨停了，我们才走出来。第二天我妈就发烧病倒了。一想起我妈我就想哭。我太对不起她了。如果有一天我妈不行了，我让她死在我的怀里，她一定会很幸福；假如有一天我不行了，我也一定死在我妈的怀里，那会是多么幸福啊。

回到家里我才看到黄燕发来的微信语音：

陈老师你好。我要报告一个大喜事。彭大鹏被抓起来了。那个迫害周天伦的县委书记也被双规了。我们翻身解放了。我终于等到了这一天。我就相信老天爷是公平的。

我回复：

太好了，他接受你了吗？

黄燕：

还没有，不过我们今天已经拉手了。下一步，我要到市里
去上访，为周天伦申诉，让上级一定还他一个公道。

拉手了，我刚想说我们也拉手了，真是巧合，"太好了，加紧啊，争
取早些结婚。"其实也是说给我自己的。

今天真是个好日子，侯天真竟然让我舒舒服服地抚摸了她的手，这
就快了，她的第一道防线已经被我攻破。

我兴奋地打开一瓶啤酒，一口气喝了半瓶。我感觉我太像个男子汉
了，再也不用汪远给我出谋划策，给我旁敲侧击了。减肥让我好长时间
没喝啤酒了，喝啤酒还是很爽的。

我打开电视，拨到CCTV-6，这个时间一般播放大片。今天播放的是
俄罗斯电影《布谷鸟》。我被电影的情节紧紧地抓住。这是一个发生在
"二战"后期的故事。女主角是一位俄罗斯少妇叫布谷鸟。善良的布谷
鸟先后救了一位年轻厌战的德军大兵和一位身负重伤的苏军军官。布谷
鸟在德军大兵的协助下，挽救了苏军军官的性命。可是苏军军官康复后
天天欺负德军大兵。布谷鸟从中斡旋。布谷鸟给两个男人洗澡，两眼冒
火地说，我已经三年没碰男人了，今晚你俩有一个人要跟我睡觉。是谁
呢？最后她选中了年轻英俊的德军大兵。屋内布谷鸟的叫床声让苏军军
官妒火中烧，他想冲进去杀了德国大兵，却被布谷鸟的大狗堵在了门外。
从此布谷鸟几乎每天都要和德军大兵上床。有一天德军大兵受伤昏迷，
布谷鸟和苏军军官挽救了他的性命。苏军军官也得以跟布谷鸟做爱了。
战争结束了。两个男人同时离开了布谷鸟。电影最后一个镜头是，布谷

鸟对着她的双胞胎儿子说，就这样你们的爸爸离开了我们。电影故事很简单，却让我回味无穷。我没有为布谷鸟的性欲和做爱而感到淫荡或猥亵，反而为影片对人性的讴歌而感动。布谷鸟对性的追求和渴望恰恰是我们人类最高尚、最美好的精神境界。布谷鸟也是一位单身姐妹，她的故事令人久久难忘

我失眠了。

好不容易睡着了。做梦在跟侯天真亲昵，就在马上要进入重要环节的时候，突然来了一群狗狗把我的好事给冲散了。原来是楼上的二胡声冲进了我的梦里。今天老王不知道抽的什么风，拉的是《万马奔腾》。这哪是万马奔腾，分明是乱马折腾。这么难的曲子你老王也敢拉？但我可不敢听。

我很惋惜刚才的好梦被老王给破坏了。我这是第一次记恨老王，他半夜喝多了酒回来错敲了我家九次门，我都没恨他。

我记不清是哪一部小说里的话：追女人就要像烧开水，要一直烧，才能烧得开的。

我立马给侯天真发微信：

　　天真，你好。中午请你吃饭。可以吗？

过了半个小时侯天真回复道：

　　好的。

我这是第一次在白天约侯天真。

我坐在她的对面，仔细地端详着她，看得她都不好意思了。侯天真真的不算漂亮，一张比瓜子脸大一圈的脸上，有一双忧郁的眼睛。也许是命运的坎坷使得她很少有笑容。她的头发直直的，没有一丝的波纹。我看惯了波浪发型的女人，孙可心的波浪是烫夹出来的，傅真和海月的波浪是天生的，就连我妈妈这么土气的人，也有一点儿波浪勾。我还注

意到我们几次看电影，她都是穿着这套衣装。这套衣装一点儿也不华丽，款式、面料都很一般，只是色彩还不错。我在想，这个可怜的女人，我会让她幸福吗？

我给她盛了一碗鸡蛋海菜汤。

我说："昨晚我梦到你了。"

"是吗？"她露出一点笑意。

"是的，和你——"我想说和你亲昵，改口说，"和你一起游泳。"

"是吗？我可不会游泳。"她的眼睛里有了光彩。

"我也不会，做一个好梦，会让一天都有好心情。"

我喝了一口汤，鼓起勇气。

"我有一句心里话，昨天看电影时向你说了两次，你没有回答我。"

"什么？没听到。"她不再看我，而是把目光移到窗外。

突然，海月来电话了。

"哥啊，你下午有空吗？打牌啊？"

"下午我和一个朋友谈事。"

"好吧，拜拜。"

海月把我的美好意境给冲淡了。

"天真，咱们接着聊，你喜欢什么样的男朋友？你想过吗？"

侯天真没接我的话茬儿，她在喝汤，喝得有滋有味。其实我挺不喜欢和这样的女人聊天的。我喜欢黄燕、月牙、孙可心这样的，心里有话直来直去，要死要活痛痛快快。侯天真和鞠梦楠是一个类型，一脚踢不出屁，一眼看不透心。但是我喜欢她们的矜持和温存。

侯天真放下汤勺，擦了一下嘴。

"我喜欢能接受我儿子的男人，其他都无所谓，我不稀罕大富大贵，也不稀罕豪宅名车，有饭吃、有屋住、有事做就可以了。"

我有些激动地抢着说："哎，天真，你说的这些我都符合，我再合适不过了。"

"其实陈老师，我从收养玖依的那天起，就下决心再也不找男人了。但是，孩子也可怜，不知道生身父母是谁，又没有爸爸，和小朋友玩，人家问他你爸爸呢，玖依都哭了。我总是骗他。可是骗到什么时候是个头？玖依应该有个爸爸，这会使他的心理更加健康。那天晚上我们一起走在街上，我突然感觉到了一种久违的幸福感。身边有个男人挺好的，我的腰板都挺直了。平时单独领着玖依走，就怕别人知道我没男人，瞧不起我们。"

这是我认识侯天真以来，她说得最多的一次，也是最真挚的一次。

我又一次抓住了侯天真的手："天真，我爱你，也爱玖依，我们在一起吧。"我敢肯定这时候我的眼里一定有泪水在滚动，侯天真又没有拒绝我，她的手还是有些凉。

"有人说手凉的女人没人爱，你相信吗？"

侯天真眨了几下眼睛，微笑了一下，没有回答。

这时突然有个人从我们面前走过，然后他猛然回头。

"海星。"

我抬头一看是孙诚，我赶紧把手缩了回去。

"告诉你海星，我的那个模特的电视剧，被北京一家大的影视公司给买去了，他们愿意投拍这个剧。我下午就去北京签合同。我还是推荐海月演女一号。你等着好消息吧。签完合同回来我请客。真的。"孙诚指着侯天真说，"这位是？"

"这是我女朋友侯天真。"我说。侯天真的脸红了。

孙诚说了几句不走心的话就走了。

"谁呀这是？"侯天真问。

"我们单位的，号称编剧，就是一个大骗子。现在打我妹妹的主意。癞蛤蟆想吃天鹅肉，我不愿搭理他。"

"这个人可真的和海月不般配。陈老师，下午我要去佛堂，我二叔有客人来。"

"我也去可不可以？"

侯天真想了一下："可以，可以，让我二叔二婶也看看你。"

我跟着侯天真来到燕窝岭的佛堂。这里边有一种特殊的气场，第一次来的时候我就想，我一个人是不敢进来的。

侯天真打开门就开始打扫卫生。我一看，这正是我表现的机会，也脱了外衣撸起了袖子，在她的指挥下干了起来。她打开灯，我打开空调；她拖地，我擦桌子；她摆放香坛，我倒垃圾。我们俩配合默契。侯天真的脸上泛起了红晕。我看到她干活真麻溜，所以她就没有柔软细嫩的手。她看到我喘着粗气几次让我休息，我都没有停手。

二叔二婶来了，他们的说话声很大，佛堂里的气氛热闹了。

"二叔、二婶，这就是陈老师。"侯天真指了我一下。

"你们好，二叔、二婶，我是陈海星。"我向二位长辈鞠了躬。

"啊，陈老师，早就听天真说你了。她说你很善良，是单身女人的好朋友。说你是作家，专门坐在家里写文章。说你对玖依特别好。说你好脾气有耐心。反正说了你很多好话。"二婶也是直爽的人。

"哪里哪里，我没有那么好。"我脸又红了。

"听说你在写单身女人的故事？我们天真的故事你听了吧？"二叔插话说，"你要好好写，这都是真实的。真实的故事才能感动人。对不对？"

"对对对，二叔。做人也好，写书也好，越真实越有感染力。"我说，"不过二叔，我写的不是单身女人的故事，我写的是一个单身女人的调查报告。"

"这个我懂，小说是讲故事，调查报告是报告文学，它俩的形式不一样。"二叔说。

"你又吹上了，在作家面前也敢吹？"二婶对二叔说。

"不是我吹，你问陈老师我说得对不对，我虽然不是文化人，但是我也看过几本书。我这叫附庸风雅，靠近文化。对不对陈老师？"二叔笑着说。

二叔的手机响了，二叔看了一眼对侯天真说："客人到了，赶快去接。"

一会儿，进来了一群来自沈阳的善男信女，他们是慕名而来。侯天真为他们做讲解。我在人群中一边听着，一边看着侯天真。她的每一个动作，每一个表情，我都在欣赏。有句话说，工作着是美丽的。真是这样，讲解中的侯天真，真的很美丽，就像我第一次见到她。

送走了客人们，佛堂里已是烟雾缭绕，香气沁人。

二叔说，晚上还有一拨客人要来吃素食宴，侯天真也要做服务员。我只好离开了。

● 四十五

从燕窝岭的佛堂出来，我感到浑身没劲儿，头疼头晕。这里比较偏僻，我走了好长一段路，才打上一辆出租车。

打开家门，感到不对劲。我的妈，门口的垫子上除了海月的一双鞋子，还多了一双男人的皮鞋。这肯定不是我的鞋。我有些毛骨悚然。

"海月，你回来了？"我大声问。

没有人回答我，我紧张得都喘不上气来。我回头拿起一个两尺长的鞋拔子，紧紧地攥在手里。

门开了，海月倚在门框上看着我笑。

这时突然从厕所里传出打喷嚏的声音，是个男人。

我提着鞋拔子向厕所走去。厕所门开了，一个男人提着裤子走了出来。

"汪远你个臭彪子？你胆儿肥了是不是？你敢大白天的在我家？"

"在你家怎么了？"

我火了，将鞋拔子举起在空中："你们一对狗男女，大白天偷鸡摸狗，你们——"

"陈海星，什么叫狗男女？什么叫偷鸡摸狗？"海月的火气也不小。

"汪远啊，汪远，兔子还不吃窝边草，你想干什么？"我用鞋拔子重重地拍了一下厕所的门。汪远吓得捂着头，他顺势夺下了我手里的鞋拔子。

"我想肥水不流外人田。我俩都是单身，在一起怎么就不行？"汪远捂住嘴又打了一个喷嚏，"再说了，二十年前你就许诺说要把海月嫁给我，对不对？你忘了？我没忘。"

我的妈。我的火气消了，在狡辩大王面前甘拜下风。我想起汪远每一次在海月床上过夜，都说海月的气息真好闻。对，这就是一种暗恋，一种念想。

"坦白交代，你俩怎么好的？"我装作还有气。

海月语速很慢地说："就是那天在事故现场，汪远哥一句话给我解了围，我们俩拥抱了，还接吻了一下，我感觉这个男人很可靠，我就喜欢上他了。过去我一直把他当亲哥的，我俩一点儿距离感和陌生感都没有，只要把角色一转换就行了。"海月做了一个扭老电视开关的动作。

"那也不行，你俩差十岁呢。"我说。

"哎，哥，你讲的那个黄燕去追一个大她二十岁男人的时候，你也没说大啊。我俩差十岁还算大吗？"海月有些委屈。

汪远摆弄着鞋拔子说："海星，咱妹妹嫁给我不好吗？起码咱们知根知底，我也不二五眼吧？"

"就二五眼。"我说着又抢回了鞋拔子。

"是，我现在没有房子没有车子，是个穷光蛋，可是我以后都会有的。海月不嫁给我，也得嫁给别人。嫁谁都是嫁，何不嫁给自家兄弟呢？全世界最了解我的人就是你。你说我差哪儿啦？难道嫁给什么孙诚一类的你就放心了吗？"汪远慷慨陈词，简直就像在辩论会上发言，把我讲得是心服口服，特别是提到孙诚的时候令我浑身一震。

"对呀，哥，你看汪远哥多优秀，他的专业水平是国家级的，他是男子汉敢做敢当。哥，行啦，你就成全俺俩吧。"海月摇着我的肩膀耍娇地说，"再说了，哥，你不是不让我找已婚男人吗？这汪远哥是单身啊。他离婚和我一点儿关系都没有，这你最清楚。这是上天的旨意，天赐的姻缘。真的哥。咱仨小时候就在一起玩，汪远哥也总是护着我的。记得有一次我们一起去动物园玩，我走丢了，你俩找了我两个小时，最后还是汪远哥把我找到的。还有一次我们仨去老虎滩洗海澡，我的脚被礁石割伤了，是汪远哥把我背回家的。现在我们仨还在一起，多好啊。你将来找个嫂子回来，我们一起吃饭，一起看电影，一起出国旅游，太幸福了，好不好？哥？"

我被彻底说服了："好好好。我的妈。我服了。现在不许父母包办婚姻，你们是自由恋爱，受法律保护的，我一个当哥哥的无权干涉。把海月嫁给汪远，是我二十年前就说过的，不过那纯粹是说着玩的，不算数的。你们俩好，是一种缘分，我现在就相信缘分。缘分到了，什么都拦不住。我祝你们能一直好下去。今晚我请客，海月买单，我们庆贺一下。"海月高兴地拥抱我。

吃饭的时候，汪远对我说："我建议你从现在开始喝白酒。啤酒喝多了伤肾。好的红酒咱们喝不起。听说很多红酒都是假的。喝度数高的白酒对身体好。"

汪远一边倒白酒一边说："我就知道你能同意我俩的事。"

"来干一杯。"海月举起了酒杯。

"告诉你汪远，从今儿起，我是你大舅哥了，俺家没有老人，我就是老人。你以后要对我放尊重点。听见了吗？告诉你，海月现在还不是你的。你表现不好说不定是谁的呢。听见了吗？你还不赶快敬我一杯？"

汪远举起酒杯："来来来，敬你一杯，大舅哥。"他眨巴了几下眼说，"大舅哥？怎么这么别扭啊？"

喝了几杯后，海月在看手机。她收起了笑容说："孙诚今天给我发了好几条微信，说他那个模特的剧本被北京大地影视公司买下了，马上要开拍了，让我明天下午去见他。"

"你别听他的，净他妈满嘴跑火车胡嘞嘞，除了尻尻尿是真的，一句实话也没有。"我一提孙诚就来气。

"不过，这次好像是真的。他今天去北京签合同了。你看他把合同拍照片发给我了。他说除了换一个导演和摄像，其他人都不换。"

汪远的脸沉了下来。

"海月，这次你千万别主动，不见兔子不撒鹰，不签合同不露面，让他们先交百分之四十的首付再说。"

汪远问海月："拍这部电视剧给你多少钱？"

"还没定。"

我大声说："必须给五百万，否则不干。"

"五百万？"汪远唏嘘了一下，"可能吗？"

"怎么不可能，你让那些一线明星来拍试试？哪个不要他两千万？我们海月怎么啦？不比她们漂亮？就海月这一米七七的个头，你放眼全国的女演员，有吗？"

海月说："好啦哥，不说这些了，到时候咱们再说。我本想有钱先还可心姐，可是可心姐前几天非常郑重地告诉我，我欠她的一百多万她不要了。我很是感动，可心姐这人太好了。这一百多万，给我卸下一个大包袱。她已经去北京了。她想让我也去，当她的助理。我不想去。"

"是啊，我们就是喜欢大连。"汪远说，"除了故土情结，主要是大连太好了，生长在这里是我们的福分。"

"没有了负债的压力，我想买辆车，你们帮我参谋参谋。"海月转移了话题。

"你想买什么价位的？"汪远问。

"至少也得三十万吧。"海月说。

"三十万？"汪远眼睛睁得大大的。

"三十万都是少的。"海月说，"我同学苏香，长得也不怎么样，开个卡宴，默凡也开个宝马X6。我怎么也得开个像点样的车，否则人和车都不搭啊。"

"三十万能买什么车？"我问。

"我看了一下都挺寒酸的，好一点儿的都是国产的。"海月说。

海月有钱了，最高兴的是我。"海月，咱爸的抚恤金好几十万，我都给你搭进去救时晓菲了，你有了钱一定要还我啊，你哥也准备娶媳妇。"

"没问题，我哥娶媳妇那可是大事。这个电视剧要是真的拍了，我给你一百万，行不行？"

"一百万少了点，怎么也得再加上五万。"我也有点醉了。

"别说加五万，就是加十万也没问题。"海月也有点醉意。

汪远把酒杯在桌子上敲了一下："哎。我说你们俩怎么像是在做买卖，有没有点出息？"

"汪远,你就这样对你大舅哥说话吗?"我故意说。

"海月,你哥哪里都好,就是小心眼。"汪远举着酒杯,"在大学那会儿,他骂我没有事,我骂他,他就四五天都不和我说话,小心眼子。"

"汪远,你文明一点好不好。告诉你,国有国法,家有家规,我们家的家规就是说话不许带脏字,特别是在海月面前,不许骂人。否则一个脏字罚款一千。"

"你现在是穷疯了是不是?张口闭口提钱,在酒桌上一个脏字罚一杯酒行不行?"

"不行,就是罚钱。"我大声道。

"那就攒多了一起罚,一个月交一次。"汪远说。

我们三个喝了一瓶赖茅,汪远喝了有半斤,我和海月各有二两半。

结完账我们走到街上,汪远和海月要多走一会儿,我独自回到家。

酒精在我脑子里发酵,喝酒的确会给人壮胆,我给侯天真发微信:

> 亲爱的,睡了?有人说,男人喝多了酒想谁就是爱谁,女人睡不着觉想谁就是爱谁。我喝多了酒,也睡不着觉,满脑子里都是一个人。我敢肯定我爱她。

侯天真第一次很快就给我回复了:

> 陈老师,她不值得你去爱。她很任性,她不漂亮,她有个男孩儿,她会拖累你的。

我写道:

> 在我心里你最美丽,你为了这个素不相识的男孩儿牺牲了自己一生的幸福。这是人间大爱,是世界上最美丽的心灵,我会和你一起抚养照料玖依。我要做一个合格的父亲,请你给我这个机会吧。

侯天真：

　　陈老师，你要想好了再做决定。这关乎你的一生，你不要感情用事，一时兴起，将来后悔来不及。

我：

　　我是在茫茫人海中挑选了你，我不会后悔，我是认真的。

侯天真：

　　为什么是我？很多女人更优秀。比如月牙的漂亮，齐雅娟的有钱，方元的贤惠。哪个都比我好。

我：

　　我喜欢你的秀外慧中，我喜欢你的善良温柔，你前半生吃了很多的苦，我是菩萨派来帮助你的。

侯天真写道：

　　既然是菩萨派来的，我就给菩萨个面子。你要是和我好必须改正一些小毛病。

我高兴死了，看来还是菩萨的面子大：

　　好好好，你说什么毛病我都改，无条件地改。

过了十分钟，侯天真发来了微信：

第一，你要定期洗澡。你现在身上的异味太大，连玖依都闻到了。夏天一天一洗，冬天一周一洗。第二，内裤一天一换，袜子两天一换。衬衣三天一换。第三，每天刷两次牙。你现在有口臭，连玖依都嫌乎你。第四，每晚十点睡觉，早晨六点起床。你现在太没有规律，容易得病的。第五，少和女人走得太近，会有很大的麻烦。这些都是为了你好。

我的妈。我连续看了三遍，我回复：

亲爱的，这五点要求我一定做到。只是有些毛病根深蒂固，可能一时半会儿改不掉。我会慢慢改好，重新做人。

汪远和海月来了。

"你还不睡？一看就是有心思。来，说给我听听。"汪远说。

"我早就想和你说。你看你现在忙的，哪能顾上我？你现在是饱汉子不管饿汉子饥啊。"我有些埋怨地讲。

"饱汉子不管饿汉子饥？当年你管我了吗？你和孙可心在宿舍里面搞事，让我把着门，你搞完了出来连声谢谢都没有。我欠你的？有一次，一个同屋的同学非要进去，他着急拿东西，我拦着不让进，我俩就撕巴起来了。最后我的衬衫都被人家给撕破了。我欠你的？"汪远大声嚷嚷着。

海月大声说："你俩怎么到一起就掐？我从小到大就没听你俩好好说过话。将来一个是我哥，一个是我丈夫，要是你们总是掐，我可受不了。"

"海月，你哥就两个缺点。"汪远还没说完，海月抢着说："你下午说我哥就一个缺点，现在怎么成两个了？"

"两个缺点就算完人了。"汪远说。

"你说来，我听听。"我说，"说得不对我就给你们俩搅黄了，告诉你。"

汪远笑着说："你第一个缺点是小心眼，第二个缺点是抠门。"

我大声说："我把我妹妹都给你了，你还说我抠门？"

汪远指着海月说："海月是你给的吗？是我们自己好的，和你没关系，对不对海月？"

我几乎是喊着说："你个彪子净来气我，你气死我想占这个房子是不是？"

汪远眯着眼笑着说："又小心眼了，是不是？我们明年自己买房子，你这个破房子白给我，我都不要。"

海月实在看不下去了："你俩老是没有真格的，说真的，哥，你看好谁啦？"

"现在八字没一撇，我还不能说，等有了眉目再说。"我想糊弄过去，就在这个时候手机响了一下。海月抓过我的手机，看了一眼。她念道：

> 既然你一时半会儿改不了那些坏习惯，那就等你改好了我们再谈吧。

我一把抢过手机，又看了三遍。

海月气愤地说："哥，这是谁？敢跟我哥这样说话？"

汪远说："这里好像有节目。海星，你说啊怎么回事？"

我的妈。看来不说不行了。

"就是一个叫侯天真的女人。"

"多大？"海月问。

"三十多一点。"

"结过婚吗？"汪远问。

"结过婚。"

"有孩子吗？"海月问。

"有。"

"男孩儿女孩儿？"汪远问。

"男孩儿。"

"她自己带孩子吗？"海月问。

"是。"我突然火了，"你们俩这是审讯呢？审讯你哥？审讯你大舅哥？反了你们了。"

"不是，哥，我们俩是为你好，帮你把把关。"海月关切地说，"哥，你听你亲妹一句话，有孩子的女人千万不能要，后患无穷啊。"

"海月，这句话不应该从你嘴里说出来。你就是一个有孩子的单身母亲。"

"可是我没带孩子啊？孩子一点儿也没拖累我，现在没有，将来也没有，我非常自由啊。"海月站起来说。

"但是，恰恰是这样的单身母亲需要男人的呵护。"我说。

"哥，你以为你是观音菩萨？救济天下受苦受难的民众，普度众生？带孩子的单身母亲多了去了，你能娶几个？"

"能帮一个算一个，总不能让她们雪上加霜吧？！"

"海星，我的观点是，你应该找一个你爱的，然后是爱你的人。"汪远替我说话了，"只要两个人相爱，可以忽略其他任何条件。只要你爱她，就要爱屋及乌，哪怕吃糠咽菜也高兴。关键是你爱不爱她，她爱不爱你。你爱她吗？"

我点点头。

"她爱你吗？"海月问。

"现在还不确定。"我有些胆怯地说。

"所以，那个女人就敢要你改这改那，发号施令。"海月气愤地，"你还叫她给拿把住了？她是谁啊？比孙可心还优秀？当年孙可心是校花都主动追求你的。这样的女人，心理一定有问题。还没怎么的呢，就把你管得溜直，将来结婚后你就是妻管严。"

"不不不，海月，你不了解她，她特别善良，她的孩子是个弃婴，她收养了他。她特别贤惠，什么家务活都能干。她让我改正一些毛病是对我好。你们看看她要我改的这五个毛病，你们就清楚啦。"

我打开手机，两个人很快就看完了，互相点点头。

"你们看，是不是对我好？我不是傻子，我见过的女人太多了。干枝梅俱乐部有一千多单身女人，什么样的都有，都很优秀，真正能打动我心的只有她。她真的不算漂亮，可是漂亮女人我见多了，有很多都是花瓶。我妈说找媳妇是用来过日子的，不是给别人看的。"

汪远竖起大拇指："你妈的这句话太经典了。"

"哥，你说我是不是花瓶？"海月问。

"你不是花瓶，你又好看又中用。"汪远说。

"我没让你说，我让我哥说。"

"汪远说得对，你又好看又中用，真的。不过这样的女人属于极品，太少了。汪远，你小子有福啊，让你给搞到了，你要珍惜啊。"

这时突然传来敲门声。

我问："谁呀？"

门外的男人说："老弟，小点声，明天俺家孩子上学呢。"

我说："好好好，对不起啊。"

我看了一下手机："哎呀，都十二点了，咱们小声说话，就你汪远，总爱大声嚷嚷。"

"好好好。"汪远第一次这么痛快地接受批评。

"汪远，我原以为你搞学问行，搞女人不行，现在你小子进步了。"

海月制止了我："哥，别老是外国六了。你长点正经精神好不好？你准备怎么回答你爱的女人的五点要求？人家是不是在等你的回话呢？"

"海月，你说我怎么回答。"我看着海月。

"你要是非常爱她，而且是心情迫切，那就告诉她立即就改，无条件地改。"

"好好好，这个建议好。"

我立即给侯天真发信：

> 好的，亲爱的，我现在就改，请监督，否则罚款。（五个笑脸）

这时突然又传来敲门声，海月问："谁呀？"

门外的男人说："我，开门。"一听就是喝大了的。

海月紧张地看着我们俩，我把海月推到里面，走到门口说："老王，你走错门了吧？"

门外的男人发火了："没错，我家我还不知道。"

"这是楼上的老王，拉二胡的那位。他喝多了就走错门。这是第十次敲我家的门了。我打开门，老王一下扑在了我的身上，一个装着二胡的琴盒"咣"的一声掉在地上。我和汪远赶紧搀扶着老王，把他送到了楼上他家的门口。

我敲门，又敲门，敲门声越来越大。周围的邻居都开门张望询问。整整敲了十分钟就听里面有个女的大声说："你还知道回家？你死外面吧！"

我说："大嫂，我是楼下的，老王回来了，你开门吧。"

门开了。

"麻烦你了，兄弟，让这个死鬼丢老人了。谢谢你啊。"

我和汪远回到家里。

海月说："有些男人不管真不行，我宁可一辈子单身也不找这样的。"

"放心海月，我和你哥永远也做不到老王那样的。"

"这老王白天拉二胡还挺好的，这是怎么了？"海月说。

"拉二胡的就不许喝酒？谁规定的？你忘了咱姥爷不也是拉大提琴的喝酒吗？喝酒和搞音乐一定有关联。"

"好了，我要上网抢购了。"海月转身就往房间里走。

"我的妈，怎么又光棍节了？真快啊，海月。"我急切地说，"少买点啊，去年买的东西现在还没开封呢，净是些垃圾。"

侯天真没有回信，一定是睡着了。我头疼得厉害，躺下了但睡不着，我就想着她。

● 四十六

卖花的大姐潘金香的故事编号为 Z。至此我已经收录了二十六个人物故事，还有很多故事由于和已经入编的故事有些相似或缺少典型性而没有纳入。我的调查报告也断断续续地写了十多万字了，有了这么多的故事，我写得比较有底气。赵总编经常给我发个催稿通知，我回应他只有两个字：好的。

齐雅娟给月牙她们几个去新马泰旅游回来的姐妹接风的聚会，在干枝梅俱乐部举行。

我是和侯天真一起去的。我们俩一起下的出租车，一起走进大门，一起穿过大堂，一起上的电梯，一起下的电梯，一起走进俱乐部。我多么希望月牙一类对我有幻想的姐妹能看到，也算是一个信息的泄露。可是，不但月牙没见，齐雅娟没看见，连个服务员都没看见。真是太扫兴了。

月牙只比我们晚了一分钟到，她一见到我就眉飞色舞地给我了一个大拥抱。她给我的礼物是一对泰国牛角做的工艺品。我注意到侯天真的脸色不太好看。

人还没到齐，大家都在寒暄。齐雅娟来了，她一边脱大衣一边兴奋地对我们说："同志们啊，亲人们啊，我终于解脱了，太有意思了。"大家一听都把脸转向了齐雅娟。

"太有意思了，我妈妈今年都七十三了，还浪漫呢。今天下午我回家取东西，发现门反锁了。"

大家饶有兴趣地看着她。

"我就喊我妈，她也不回答。过了好一会儿，我妈从她的房间出来了，她满脸通红。我看着就不对劲儿。我说，你干啥呢？还反锁门？这时我在门口看见有一双男人的鞋子，进到厅里，看到有男人的皮夹克在沙发上。我就明白了，我怕里面的叔叔难堪，就拿了东西赶紧走了。你们说现在这些老人多浪漫啊。"

大家又是一片笑声。

"那个叔叔是谁？你知道吗？"有个姐妹问。

"我知道。他是后楼的邻居，退休的医生，我妈经常谈起他，我支持我妈，有个医生的后爸不是很好嘛。"

"你妈真有福气，老了来福了。"月牙说。

"咱们姐妹也要加油啊。"齐雅娟说，"上次参加征婚大集，已经有六个姐妹找到了心仪的伴侣。月牙，不是有个大老板看好你了吗？怎么样？有没有进展？"

月牙看了我一眼："我的心里只有陈老师，其他人一律免谈。"

大家都把目光放在我脸上，我瞟了侯天真一眼，侯天真很不高兴。

方元说："虽然有六个姐妹找到下家，但是咱们仔细看看，平均年龄比我们姐妹大了整整九岁。"

"大九岁就算是胜利，依我看十五岁以下都可考虑。"齐雅娟说。

"好像我们的征婚条件里都写了可以大十岁，现在比预想的还小了一岁，算是胜利。"我说。

齐雅娟说："人都来齐了，大家入座吧，陈老师坐在中间，月牙和方元你们一边一个，天真你挨着月牙。"

我注意到，除了旅游回来的六个姐妹，其他六个分会的负责人也都到了。大家都举着酒杯等着齐雅娟的祝词。

"今天是著名的光棍节，是我们姐妹和陈老师的共同节日。为了我们早日告别这个节日，我们大家干杯！"

一阵晃晃的响声后，一杯酒下肚。

"这第二杯酒，为从新马泰光荣归来的姐妹们干杯！她们六个人马不停蹄人不歇脚地走马观花地游览了新马泰，增进了人民友谊，增加了当地 GDP，开阔了自己的眼界，我代表新马泰的人民敬你们一杯。干！"

又一阵晃晃的响声后，又一杯酒下肚。

"这第三杯酒，敬我们姐妹们的共同男神陈老师。陈老师现在几乎全部的精力和时间都投放在我们干枝梅姐妹的身上。他除了写作调查报告，还为我们姐妹做了好多事。他无怨无悔，他浩然正气，他大德大爱。来，为陈老师干杯！"

所有的姐妹都汇拢在我的周围。我与她们一一干杯后，一饮而尽。我发现只有侯天真站在原地举着酒杯。她看着我，眼睛里闪着光彩。

"齐会长，我提个建议。"我说，"以后能不能干一杯，吃口菜，再干一杯，再吃口菜。好不好。这样连续地干杯对胃口不好。"

"好好好，陈老师的话，在干枝梅就是最高指示。这个主要怪我，我这个人性子急，我自罚一杯。"齐雅娟又喝了一杯。

"下面是自由敬酒时间，敬谁不限，敬几次不限。"齐雅娟高声说完，对我说，"陈老师，多吃菜啊。"

我又瞟了侯天真一眼。在这个欢乐的气氛里，她有些格格不入。在来的路上，我握起她的手，她没有拒绝。我真诚地说："你的五点要求一点儿也不过分，都是为了我好。我这个人需要有人管着，不然的话就一塌糊涂。"侯天真没有说话。我说："我是个自制能力很差的人，我需要你这样的人管教我。我今天早晨特意洗了澡，从里到外都换了衣服。还刷了五分钟的牙。我会一条一条地改的。"侯天真还是没有说话，不过她的表情有点沾沾自喜的样子。快下车时，我在她的脸颊上轻轻吻了一下，她没有拒绝。

月牙站在了我的身边，我把一块鱼肉赶紧放进嘴里站起身。我看到侯天真的眼睛睁得很亮，看着月牙。月牙说："陈老师，我知道你很忙、很累，可是拿出一点点空闲给我就好了。来，敬你一杯，为了你的才华。"

我们喝光了，月牙又给我俩的酒杯里倒满了酒。

"来，陈老师，好酒成双，再干一杯，为了你的健康。你的健康就是我们姐妹的幸福。"她说完一仰脖酒进了嘴里。我现在在汪远的培养下喝了白酒，再喝红酒真的不害怕，我也举杯仰脖下肚。

"来，陈老师，好事成三，再干一杯，为了你的爱情。"月牙的脸和眼睛都有点红了。有些女人喝完酒很可爱。她的气色，她的说话，她的神情完全超脱了原本的样子。月牙就属于这种。

这时，侯天真突然来到了我的面前，她拿起我的酒杯对月牙说："月牙，陈老师还没吃什么东西呢，喝这么多酒不好，容易伤了身体。来，我替陈老师喝一杯。"

"哎，我敬陈老师的酒，该你什么事？不行，这酒必须是陈老师喝。"月牙一脸的不高兴，"陈老师，你说你能不能喝？"

这酒桌的气氛骤然紧张起来，大家都把目光集中到我们三个人这里。

"大家说陈老师能不能喝？"侯天真拿着我的酒杯大声说，"陈老师没吃东西就一连干了七八杯了，大家要是真的爱护陈老师，就别让他喝了，我来替陈老师喝一杯。"说完侯天真一饮而尽。

"侯天真你是什么意思？就你知道心疼陈老师？"月牙真的火了。方元马上跑过去把她给拉到座位上，方元坐在了侯天真的位置上。齐雅娟把侯天真拉在方元的位置上。

齐雅娟说："我们姐妹都是一家人，一棵树上的花，一条河里的鱼，何必那么认真呢？我看天真说得对。从今往后咱们不能灌陈老师喝酒，陈老师是我们的珍稀动物。"

"那么说就是我的不好呗？"月牙不满地说。

"也不是说你不好。"齐雅娟抱着月牙的肩膀说，"有你在酒桌上就有意思。但是让陈老师喝多了酒，怕我们都会后悔的，是不是？"

月牙狠狠地看了侯天真一眼，再也不作声了。

"我敬大家一杯。"我站起来。有几个姐妹也跟着站起来。我说："大家都坐着听我的敬酒词。这个敬酒词很长，可能需要四十五分钟。"

除了月牙和侯天真，姐妹们都笑了。

"首先，我感谢齐雅娟会长和在座的姐妹们为干枝梅和单身姐妹所做的一切。我们的努力会载入史册，我们的工作会为政府和社会减轻很多压力，为姐妹们健康快乐地生活提供了一个园地。这是非常了不起的事业。我代表全社会向你们致敬！"我向大家深深鞠了一个躬。姐妹们回报我一阵掌声和呼叫声。

"第二点，我认为光棍节是对我们单身一族的一种侮辱。因为这个节不是让社会关注、关怀、关爱我们，反而是一种讥讽和羞辱。就像一个人是瞎子，有人说为瞎子过个节，让大家都把目光集中在瞎子身上。拿人家的丑陋给世界看，拿别人的痛苦寻乐开心。这是一种不道德的行为。可是既然有了这个节，我们也不能改变，只能随遇而安。我们把讥讽和羞辱当作动力，做好我们自己，改变我们自己。第三个意思是，我认为把光棍节当作网上购物节，也是非常荒唐和谬误的。为什么在光棍节里又加一个购物节？这是对单身一族的趁火打劫和落井下石。在他们眼里我们单身一族，孤苦伶仃无人问津，没人关爱我们，我们也没有可以关爱的人，手里有的是钱花不出去。何不把这些人的钱给搜刮过来呢？让这群傻子自暴自弃玩疯狂购物。于是就有了这个购物节。对不对？"

姐妹们有议论。

"这个光棍节和购物节是两把刺向我们单身一族的剑，一把羞辱了我们的心灵，一把搜刮尽我们的钱财。对不对？"

姐妹们有共鸣。

"首先说电商这个概念，这个说法就是很错误很荒谬的。我不知道是什么人发明了这个词。在网络上卖东西叫电商。那么在商店里卖东西的叫什么商？叫店商？叫商店商？很是奇怪。"

"陈老师，叫实体店。"方元说。

"叫实体店？把实体店叫店商，把电商叫网商不是更恰当吗？而且，它张牙舞爪，它横行霸道，它无法无天，它有恃无恐。它让实体店纷纷倒闭，它让几百万甚至几千万实体店的从业人员大量失业血本无归。要知道我们国家就是人多。几百万或几千万人失业了，就会对人们的生活和国家的稳定产生极大的危害。你们去看看大连的大商场，卖货的比买货的人还多，这些大商场早早晚晚都得倒闭。对不对？"

姐妹们有共鸣。

"没想到，陈老师还是个愤青。""看来陈老师也经常在网上买东西。"

"错，我不会在网上买东西的。"我大声说，"本来购物逛街是一种情趣、一种乐趣，是一种健身休闲活动，也是家庭和谐的体现。但是看看现在，年轻人天天龟缩在家里，买东西、吃东西一按手机或鼠标就完事。再看看电商卖的东西，有多少好东西？我妹妹去年购物节买了二十多样东西，有四五样有问题。不是型号有问题，就是质量有问题。还有几样东西根本就没打开箱子，一直堆放在角落里。还有送外卖和快递的电动车像耗子一样满地乱窜。所以，我们应该抵制这个光棍节、购物节。从我们做起，好不好？"

"好！"此时掌声、喊叫声很是热烈。月牙也被我点燃了："是啊。陈老师说得对。别说商店了，就是我那个小尼尼馆也受到了冲击。现在吃饭的大都是中老年人，年轻人很少。"

"好啦，四十五分钟到了。来，干杯！"我举起酒杯在空中擎了一下，然后我抿了一口，"大家随意啊。"我注意到坐在我旁边的侯天真，她也抿了一口。

"陈老师，还不到四十五分钟，也就五分钟，你再讲几句。"秦琴说道。

"到了，我的表跑得快。"我说完大家又哄笑起来。

"再说这红酒。其实，红酒不是这么喝的。"我举着红酒杯说，"人家西方人用的是大肚子小口的酒杯。倒酒时只倒一点儿，是有标准的。人家是一点一点地喝，喝完了还要品味酒的余香，哪像咱们一杯一杯地干，好酒都作索了，喝到肚子里稀里糊涂什么也不知道。"

齐雅娟发话："陈老师说得太好了，真是我们的好老师，有文化的人就是不一样，我们还要多多学习啊。"齐雅娟话锋一转说："下面讨论一下我们的多种经营问题。我们已经立项有半年多了，一直在推进。现在执照、地点都解决了，最大的问题就是人。我和陈老师主张我们自己的事情自己来做。所以我们就一直没有社会招聘。经过我们反复研究和做思想工作，主要负责人基本已经敲定了。"

姐妹们有些议论。

"干枝梅才艺培训中心由方元做主任；干枝梅食品和餐饮有限公司总经理由岳雅，就是月牙担任；干枝梅足道养生馆由侯天真负责。"

大家又有些议论。侯天真的气色好多了。

"让这三个人做负责人是经过了大家提议、民意测验、考核和多次交谈产生的。首先她们的人品和为人都非常好，她们本身都有相关业务方面的经验。像方元，她是大学毕业的，本身就是老师，对培训肯定有心得。月牙就不用说了，在深圳的五星级大酒店当过大堂副理，自己家也开了饭店。侯天真虽然没有做过按摩师，但是她对养生的理解是有佛家和禅的理念的。另外她们几个都有一定的领导能力。有些姐妹也很优秀，比如秦琴，人家是大学老师，比如范云，人家是政府的副处长，在我们这里大材小用了。我们这几个岗位必须是专职的。我相信她们几个会尽职尽责地把工作做好。我会给她们充分的空间和时间，让她们发挥自己的聪明才干。这三个项目的负责人敲定以后，由她们选定副手搭班子，并在姐妹们中挑选招聘管理、营销以及基层员工。以后我们还要不断开发新的项目，还要让有能力的姐妹们参加入股。我们要把干枝梅的企业做大、做好、做强，立足大连蔓延全国。好不好？"

太令人激动了，一幅美好的愿景，我相信绝不是画饼充饥的游戏。我和着大家的欢呼声站起来，举杯痛饮。

黄燕来电话了。跟原来不一样，我一看到她的名字就高兴。我拿着手机走到走廊里。

"陈老师，我告诉你啊，我现在在驻马店市上访呢。为了这个上访我特意在网上看了《秋菊打官司》和《我不是潘金莲》两个电影，也算是培训了。本来周天伦不让我上访来着，他说他当领导的时候，经常接到上级的指示，要防火、防盗、防上访。我不管那个。我今天去了市政府见了一个处长。我把周天伦的情况一说，他说他知道，这个事当时挺轰动的。我就说，你看看这张周天伦和一个女子的裸体照片，完全是摆着拍的。肯定是彭大鹏给周天伦下了药，完后找个女的摆好了姿势拍照的。周天伦说彭大鹏他家祖祖辈辈都是造蒙汗药的。听说在抗战时期，他爷爷把蒙汗药倒在一口井里，让日本人和伪军喝了后都迷糊了，八路军游击队趁机打了个大胜仗。他爷爷还立了大功。可是现在彭大鹏用蒙汗药干了多少缺德事？还有，如果他们把蒙汗药流散到社会上，那就可能为抢劫的、劫色的、抢小孩的提供了方便。"黄燕也不管我听没听就一个劲地讲，"那个处长认识周天伦，他们都觉得周天伦是个好人，是个艺术家。所以，他们很重视我的上访。听说彭大鹏是给县委书记送钱，被县委书记给咬出来了。他们一群畜生狗咬狗，都是他们罪有应得。"

侯天真出来了，她看见我在打电话，向我招招手。

"黄燕，这个事太好了。"我有些激动地说，"你不仅是挽救了周天伦，也是在挽救你自己。他们这些坏人不除天理不容。"

"是啊，我明天就回大山里去，我特意告诉你一声。到目前为止，你还是我最好的朋友，有什么心里话只能跟你说，你别烦啊？"

"我不会烦的。回去后，还要向周天伦发起猛烈的进攻。现在的情况下，他应该能够接受你了。我相信他一定能够获得平反，然后恢复工作。你要抓紧时间，名正言顺地跟他回城。"

"是啊，哥，我也是这么想的。别让周天伦他老婆回心转意了，那我就白忙乎了，谢谢哥。"

我注意到黄燕又叫我哥了。

侯天真一直站在门口等着我，我和她一起走进去。

月牙又喝大了，她偏要我送她回家。我的妈。我很为难，我看着侯天真，她在穿衣服。还是齐雅娟给我解围："月牙，咱俩住得近，我送你。"其实她俩住得并不近。月牙迷迷糊糊地说："不行，我就要陈老师送我。"齐雅娟说："那好，我送你们俩。"齐雅娟给月牙穿好大衣，方元搀扶着月牙一起往外走。

我们走到外面的时候，侯天真已经和一个姐妹上了一辆出租车，她在车里向我摆摆手。出租车跑了，我的魂儿好像也跟着那辆车跑了。

齐雅娟的车到了。齐雅娟和月牙坐在了后排，我坐在副驾驶的座位上。

"陈老师，告诉你，我就是为了你才喝大的。"月牙不停地说。

有的人喝多了爱说，有的人喝多了爱唱，有的人喝多了爱笑，还有的人喝多了爱睡觉。酒真是好东西，它能撕掉人们脸上的面具。

齐雅娟递给月牙一瓶矿泉水。

"陈老师，我月牙对你好不好？"

"好。"我回头看了月牙一眼。

"那你为什么不理我？我月牙差哪儿了？要什么有什么，怎么就吸引不了你？"

"月牙说话注意点，不要对陈老师无理啊。"齐雅娟有些责备。

月牙气愤地说："今晚我发现侯天真装灯（装模作样）。我敬陈老师，碍她什么事？"

我很是发窘，这个月牙。

可爱的月牙，可恨的月牙。

🎧 四十七

回到家我第一件事就是给侯天真发微信。

> 亲爱的，你没喝多吧。谢谢你的保护，到家了？

侯天真没有回复。月牙发来了断断续续的微语："陈老师，到家了吧？请你原谅我今天对你的不敬。其实我是打心眼里喜欢你的。今天灌你喝酒我是想让你酒后吐真言，表达你的内心世界，没想到搞得不愉快。我不会责怪侯天真，齐大姐也批评了我。我这个人二皮脸，知错就改。但是我不知道我怎样做才能得到你的喜欢。因为你在我心里就像阳光，没有阳光的世界多么没有意思啊。请你把你的阳光洒在我这个被阳光遗忘的角落吧。我今天喝多了，但是满脑子都是你。我酒后吐真言，我要告诉你，我爱你。"

侯天真发来了回复：

> 到家了，没喝多。那个月牙很会表演，离她远点。

我给月牙回了语音:"月牙,你今天的表现的确有点过分。不过我知道你的品行,不会怪你。你把我说是阳光,我真的不敢当。其实我是一个有很多很多缺点和毛病的人,接触时间长了你一定会讨厌我。"

我又打开侯天真的微信界面。

> 天真,我现在越来越感到你对于我是如何重要。你就是我的阳光,没有阳光的世界多么可怕啊。

月牙的语音:"陈老师,我爱你的全部,包括你的优点和缺点。我会包容你的,也会改变你的。就像你也会改变我,我为了你已经戒烟了四个多月,都胖了十多斤了。"

侯天真:

> 我也需要阳光,阳光对于我也很重要。

我给月牙回语音:"月牙,你现在看到的都是我的阳面,我还有阴面。我是个生活没有规律、难以掌控自己的人,我的生活一塌糊涂。"

我给侯天真回复:

> 但愿我能做你的阳光,我会把我的能量、温度都释放给你,让你幸福快乐。

月牙的语音:"陈老师,从第一次去你家,我就看到了另外一个你。可是我一点儿也没感到这是你的缺点,反而感到我应该帮助你,让你的世界变得美好和有序。而我的世界需要你,没有你我会感到很孤独。希望你能理解我的心情,我就想和你在一起。"

侯天真:

　　我是个认真的人，我会慢慢地体会、寻找，也许你就是我的阳光，也许你是水中的太阳。

　　我的头疼得厉害，脑子有点乱。这同时的一对二，让我有些招架不住了。我深深地吸了一口气，我对自己说不要着急，慢慢来。

　　我皱着眉头对月牙说："我这个人很邋遢。我很少刷牙，我有口臭。我很少洗澡，我有脚臭和身臭。我爱放屁，爱抠鼻子。我从不洗衣服，所有的裤头袜子都是一次性的，这你知道。我不会做饭，我不会心疼人，我是个书呆子。"

　　我带着笑容回复侯天真：

　　我就是你的太阳，你和玖依都会感到我的温暖的。我会把我的全部奉献给你们，让玖依有个合格的爸爸，让你有个称职的丈夫。

　　月牙说："说实在的陈老师，我就喜欢男人是个书呆子。我会把你的一切都收拾得有条不紊。我的生活能力特别强，这你是知道的。不行的话，我们将来雇一个保姆。你只管做你的学问，作你的诗写你的书。我特别喜欢坐在家里写东西的男人，我认为他们是与上天通灵的人。"

　　侯天真：

　　陈老师，我真的不敢奢望得到你的阳光，我是认命的。一定是我上辈子做了很多坏事，上天在惩罚我，我只能接受命运。我已经感受到了你的温暖，只是需要时间更多地彼此了解。

　　我又皱着眉头给月牙语音："月牙，你还是不了解我。我其实是个骨子里很坏的人。我曾经是赌徒，输光了所有家产，老婆离我而去。我曾经是嫖客，被劳教半年。我真的很坏。"

我又微笑着给侯天真发信：

> 在我眼里你是最善良最阳光的女人。虽然命运多舛，但是你像冬天的红梅傲然绽放。磨难没有击垮你，你用自己的能量温暖着周围的人。你很高尚，很圣洁。你是很多人的菩萨，我是你的菩萨，我来呵护你。

月牙说："拉倒吧陈老师，说谎也得会说，说你是赌徒、嫖客，别吹了，就你这个样，哈哈哈。"月牙大笑起来，"谁信啊，这个谎撒得有点大，就不可信了。你不要给自己抹黑了，太低级可笑了，哈哈哈……"月牙又大笑起来。

侯天真：

> 陈老师，我曾经想过也许你真是菩萨派来的，那我就太荣幸了。我就是怕拖累你，我不忍心让你跳进我的苦海，为了挽救我而使你蒙受苦难。

这时外面传来一声汽车的鸣笛声，这是我最讨厌的。又传来汽车的关门声，整个大楼都颤抖了一下，接着传来了女人和男人的说笑声。我知道这是海月和汪远回来了。我的妈。真烦人。

我给月牙语音："月牙，我说的都是真的，不信你去公安局查一查我的案底。我是个玩世不恭的混蛋，千万别让我破坏了你的美好生活。"

坏了，我错发给侯天真了，我赶紧删除，可是手机好像死机了，连按了一顿删除，都没有成功。这时候，海月和汪远进门了，他们带来了一阵凉风和酒气。

终于删除了，我看了一眼汪远和海月。海月说："哥，你穿错拖鞋了。你也不好好看看，我是红色的，你是灰色的。我说过多少次，你就是马虎。"我连忙脱下红色的拖鞋把它们踢到门口。

侯天真发信来了：

陈老师，什么情况？发的是什么？乱七八糟的。

我顿时浑身冒火，一身的汗就出来了。我心想完了完了完了，搞砸了。

"哥，别看手机了，看看我的新车，走。"海月没有换鞋，满脸灿烂地站在门口。汪远跑去上厕所了。

"哥，你今晚没少喝，我能闻出来。"

我懒洋洋地站起来，海月扶着我换上鞋。她又扶我来到楼下。我们走了二十多米，在一辆崭新的米黄色轿车前停下。

"怎么样哥？漂亮吧？"海月笑着说。

我前后左右地看了一遍。"嗯，还行，不错。"我说。

"什么叫还行？什么叫不错？"海月收起了笑容，"还行就是六十分，不错就是七十分，这也太扫兴了。"

"本来就是这样嘛。"我说，"要是这辆车九十分、一百分，那么保时捷怎么办？路虎怎么办？"

我的手机在我手里振动着并发出当当的声响，一定是侯天真和月牙在给我发信。我都不知道怎样收拾这个烂摊子，我后悔不应该一对二地回信。

"讨厌的月牙。"我随口说了出来。海月望着天空说："今晚的月牙真美啊，怎么会讨厌呢？"

我看到海月脸上有微红的酒色，立马板起脸对海月说：

"海月，你喝了酒，怎么能开车呢？"

"没事，哥，我喝得不多。"

"我的妈。喝一口也不行。喝酒不开车，开车不喝酒，这是一条铁律。你知道吗？"

"没事，哥，今晚没有警察大干。"

"你不要有侥幸心理，你是为警察开的车吗？找个代驾很方便，花不了几个钱。以后代驾的钱我给你报销。好不好？"

"好好好，亲哥，听你的。"海月一边说一边拉着我往家走。

回到家里，我不敢看侯天真和月牙发来的微信。我发现一条下午我们杂志社办公室小李发来的通知。

> 各位老师大家好：从明天到这个月底，我们杂志社一年一度的体检在付家庄医院进行，望大家早晨空腹去那里体检。体检很重要，大家要重视哟。

海月在我旁边看到了。她说："哥，你一定要去啊。你看你的脸色，都什么样了。肯定肝有问题。你整天坐着不爱动弹，饥一顿饱一顿的，胡吃海喝的，还总熬夜，还操这么多心，这些都容易得病的。你当回事，一定去检查一下，改天我带你去。"

"好好好，听你的。"我做了一个鬼脸。

"海月，过来，我想你了。"汪远在房间里喊。

"少他妈发嗲，你要吃奶啊？要不要穿上尿不湿？你个熊样。"我大声回应汪远。

"哎大舅哥，你说咱家有规矩不许说脏字不是吗？你怎么还说呢？罚款。"汪远说着走了出来。

"你俩怎么又掐上了？有没有点儿正经的？"海月一边看手机一边说，"都四十多岁了，一天到晚像个调皮孩子似的。"

"好好好。早点儿睡，我明天去北京出差，九点的飞机。"汪远打着哈欠说。

"哥，你看，孙诚又来微信了。"海月把手机拿到我的眼前。

> 海月宝贝，明天下午一点半在万和祥茶楼开会，制片人、导演等与你见面，一点我在楼下接你。

"哥，你看怎么办？"海月问我。

"去啊，去看看制片人、导演靠不靠谱。什么话也不说，签了合同再说。告诉孙诚不用他接，你自己去，别沾他的。"

海月忽闪着美丽的大眼睛点点头。

第二天早晨七点汪远就起来了，他很快就走了。我睡不着就起身看手机，我打开侯天真的界面。

我发微信：

> 亲爱的，起来了？昨晚我喝多了，发错了微信望谅解。
> （五个抓狂的表情）

侯天真没有回复，我知道这个点侯天真一定是送玖依去幼儿园了。我又打开月牙的界面，看到月牙发了五条语音，我没有心思听。

一个小时后侯天真给了我回复：

> 陈老师，我知道月牙一直爱着你。她比我更优秀，她单身一人，没有婚史；她长得也比我漂亮、性感；她还有收入不错的饭店。你应该答应她。

我：

> 我喜欢人的标准不是外表的美丽和金钱。我喜欢你这样的有内涵的女人。我曾经有过漂亮的妻子，我知道漂亮是不能当饭吃。我也曾经有钱，钱买不来幸福和快乐，真正的幸福是爱一个也爱我的人，并且和她一起到老。

侯天真：

> 陈老师，我服了你了。我相信你说的都是真心话。因为

从第一次见到你，我就和你有一种说不出的亲近感。我们佛教讲缘分。我想我俩应该有缘。我能把我的故事讲给你听，就是对你的信任。我感到了从你身上散发出的温暖，这正是我渴望的。玖侬也需要一个爸爸。

我：

太好了，天真，我们在一起一定会幸福的。中午我们吃个饭。

今天见面我发现侯天真穿了一件新买的羽绒服，一看就不是高价位的货色。我不再像上一次吃饭时那样直勾勾地看着她。我们没有谈情说爱，而彼此的眼睛里都充满了爱的神色。吃完饭，我和侯天真手挽手走在高尔基路的人行道上。这是一个单行道，设计得非常通畅。据说如果你开车只要通过一个绿灯，就会一口气跑到底。无数小汽车从我们身边飞奔而过，它们呼啸着，带着风和傲慢。我没有车，所以我总是感觉有车的男人会用一种蔑视的眼神看我。现在我有了侯天真，就像有了一个巨大的宝贝。我才不稀罕汽车呢。我感到所有开车的男人现在都以羡慕的目光看着我呢。

"陈老师，我想去你家，帮你收拾一下。我听月牙她们说过，你身边需要女人照顾。"侯天真的这个要求是我难以启齿的，也是梦寐以求的。

我和侯天真来到我家里。我知道这时候海月在万和祥开会呢。海月在家里住，家里表面上还是说得过去的。可是在我的床下，就不好说了。

楼上的二胡声响了。今天拉的是《二泉映月》。老王的演奏水平又有了很大的提高。一个是音拉得准了，一个是音色好听了。

我看了一下钟表，已是下午两点半。侯天真从包里拿出一本书："陈老师，我送你一本佛教的经典。"我接过一看，是《心经》。我翻了几页："《心经》就这么短？""是的，一共二百六十二个字。"

侯天真一边收拾家一边说："《心经》是观音菩萨作的，是玄奘和尚到印度取经带回来的。"

我一边浏览着，一边听着。

"陈老师，我帮你洗洗衣服吧。"侯天真说。

我指了一下床底："不好意思，都在这儿呢。"

我和侯天真从床底下拿出了七条内裤，四双半袜子，两套秋衣秋裤，一个床单，一床被套，还有几件秋天穿的衣服。侯天真抱着这些衣物放到了洗衣机里。

"真是不好意思啊。"我红着脸说。

"太多了，得分几次洗。"侯天真一边操作一边说。

"我最近总是头疼，这个颈椎病烦死了。"我说着就躺下了。

"陈老师，你睡一觉休息一下，我给你关上门。"侯天真出去了，一会儿洗衣机轰鸣了起来。

《二泉映月》的旋律还在悠荡。今天老王很配合，如果他再拉《万马奔腾》我就惨了。

我迷迷糊糊地睡了有二十分钟，就听有人开门进来了，我知道一定是海月。

"你是谁？"海月问侯天真。

"我是——"侯天真不知道怎么回答。

"小时工吧，好。我那儿还有几件衣服，一会儿你也给洗一下。我的内衣要用手搓的。"

"哦，好的。"侯天真小声地说。

"你们小时工怎么收费的？"海月问。

"不收费。"

"不收费？"

"海月，她不是小时工，她是你未来的嫂子侯天真。"这时我已经站在了门口。海月和侯天真都有些尴尬。

"对不起，大姐。"

手机铃响了。今天的铃声很是紧迫，是方元打来的。

"陈老师，你还记得那个叫马艺的女孩儿吗？"

"记得，在星海海宝小区住的那个。"

"对对对，她刚才跳楼了，二十四楼啊。"方元哇的一声大哭起来。

"方元你别哭，你冷静点，你在哪儿？"

"我在出租车上，去她家，你也赶快过去吧。我马上通知齐雅娟和其他姐妹。"

我擦了一把脸上的泪水。"海月赶快穿衣服，天真别干了，咱们一起去。"

海月穿上刚脱下的大衣说："怎么了哥？"

侯天真也从卫生间探出了头来："去哪儿呀？"我几乎是喊出来的："马艺跳楼了，二十四楼啊。"

《二泉映月》的旋律如泣如诉。

我的心在流血。

四十八

"海月开快点。"我一个劲地催。

海月的车开得飞快，有几次好像都闯了红灯。

我和侯天真坐在后排，我们的手紧紧地牵在一起，侯天真的泪水一直在流。

星海海宝小区是由五座三十多层的高楼组成的，沿着马栏河的入海口一字排开，远看像一艘奔向大海的超级游轮。

马艺的尸体已经被拉走了。一大摊血迹让我们好像看到了马艺的身影。一道警戒线把我们挡在外面。侯天真和海月看到血迹立即就放声哭了起来。我在不远的墙体下看到一只女式的拖鞋，我敢肯定是马艺的，我走过去捡了起来。虽然海风里的寒意很冷，我还是能感觉到马艺的温度和她的气息。

齐雅娟和几个姐妹来了，她们哭成了一团，我把那只拖鞋交给了齐雅娟。

"带回去，把它放在干枝梅俱乐部的一把椅子上，写上马艺。那把椅子永远属于马艺。"我哭了。

几个物业公司的工作人员提着水桶来了，他们把水泼在了马艺的血迹上。马艺的血迹和水一起混合成了一幅非常有视觉冲击力的抽象画。

马艺家来了很多人。除了马艺家的亲戚朋友，其他都是我们干枝梅俱乐部的姐妹。齐雅娟、侯天真、方元、月牙、温新、秦琴、顾艳等等。马艺的爸爸在他的卧室被他家亲戚朋友包围着。我们十几个人聚集在客厅里。

"马艺已经被送到大医二院的停尸房了。"方元说，"警察也来了，以为是凶杀案，马艺爸爸说是她抑郁症跳楼自杀，那些警察就走了。"

"怎么就突然崩溃了？前些日子还好好的。"我问。

"前天开庭了，我陪马艺去的法院。"方元一边流泪一边说，"那个法官明显偏向秦束。秦束用马艺的房产做抵押贷的款，拿去不知道干什么了，却让马艺还本息。马艺不干，就反驳银行和法官。"

"秦束露面了吗？"齐雅娟问。

"秦束没敢露面，他的律师在，还挺能讲。法官认定用马艺的房产贷的款，就必须由马艺还债。马艺不服，一开始马艺还挺冷静的，她哭着说，她一个单身女人没有工作，拿什么还债？法官说欠债还钱这是天理。马艺没有哭也没有喊，她两眼直勾勾地一直望着上空。我火了就大闹法庭又哭又骂，被法警给推了出去。从法院回来，马艺不吃不喝，两眼发呆。我找了几个姐妹陪了她两个晚上。她爸爸更是寸步不离，但还是出了事。"方元已经泣不成声。

"这帮混蛋，都是些禽兽不如的东西。"月牙气愤地说，"齐大姐，我建议我们成立一个锄奸队，对于欺压迫害我们姐妹的坏蛋严厉打击。轻则暴打一顿，重则挖眼睛、割耳朵、骟蛋子。看看他们谁还敢欺负我们姐妹。"

"那不行，现在是法治社会，一切必须按照法律办事。"齐雅娟说。

"那些贪官土豪怎么不按照法律办事？对他们这些混蛋不能用正常的

法律武器，就得用当年八路军的办法——锄奸。"月牙的声音很大，惊动了卧室里面的人。有个老太太出来了。

"你们是马艺的同事？"老太太问。

齐雅娟说："不，阿姨，我们是马艺的姐妹。"

"你知道马艺是怎么死的吗？"方元问。

老太太说："都怪我，都怪我，我是住对面的。我不知道马艺有问题。今天中午老马出去买药了，马艺敲我们家的门，我打开门马艺就进来了，她说她看看楼下她的一个朋友来没来，我还觉得奇怪，为什么不在你们家看，我想都是邻邻居居的就让她进来了。她径直向北边窗户走过去，她忽的一下把窗户打开，一下就跳下去了。我想拉都拉不住啊。"老太太也哭了起来。

"为什么上你家跳楼呢？"我问。

"老马把他家的窗户都给钉死了，她打不开。"老太太摇着头说，"都怪我，都怪我。我看到她好像不太正常了，都怪我，都怪我。"

齐雅娟在干枝梅的微信群里发布了通告：

姐妹们，我们的好妹妹马艺，今天跳楼自杀了。她是我们干枝梅俱乐部成立以来第一个离世的姐妹。她是被混蛋男人迫害而死的。我们无力去声讨和反击这个混蛋，可是我们可以用最美好的形式送马艺上路。我建议我们大家都参加后天在殡仪馆给马艺的送行仪式。1. 大家要穿着最美丽的服装，一定要戴红色的围巾。2. 全体合唱《好人一生平安》。3. 仪式由我主持，陈老师致悼词。4. 方元把马艺的死因编成微信，大家在各自的群里广泛转发。

我马上发了一条：

把马艺的死因编成微信，在各自的群里转发，这样做合适吗？我们可以讨论一下。

齐雅娟发信说：

我们一不游行，二不上访，三不骂大街，以合理合法的形式把马艺死因的事实真相在微信群里转发，有什么问题？

月牙发信说：

我们的姐妹含冤死去，我们用这个方式表达抗议已经便宜那些混蛋了。

秦琴发信说：

这个社会的确有些坏人应该受到惩罚。微信就是一个无形的道德法庭，我们所有的民众都是法官，我们大家都用良心和道德审判一下这些社会渣滓、人间魔鬼。

温新发信说：

不能让我们的姐妹白白死去，我们应该呼吁社会，要个说法。

侯天真说：

大家正在火头上，难免有些过激的话，希望大家冷静一下。我们是一个合法的民间组织，不要意气用事，坏了大事。我同意陈老师的建议。南无阿弥陀佛（六个合十的动作）

月牙说：

　　我们的姐妹都已经死了。死得太惨了。你还能冷静？你有没有同情心？

侯天真说：

　　如果我们去报复那个混蛋，我们当然很开心，可是后果是我们的组织会被取缔，杀手和雇佣杀手的人将会进监狱待上几年。

侯天真说得好，她的发言说明两个问题，一个是她现在有点夫唱妇随了，一个是她很有正义感和理智。

顾艳说：

　　气话归气话，我们单身女人是弱势群体，应该通过这个事的发酵，引起社会和政府的关注。

潘金香说：

　　一定要讨个说法。马艺死了，那个判决书还生效吗？

我的头疼病又犯了，心里很烦躁，再这么下去就是讨论三天也没有完。我单独给齐雅娟发信：

　　齐会长你一定要冷静。大家都在看你。我们一定要通过合理合法的手段为马艺讨回公道，千万不要做小不忍则乱了大谋的事。你是市政协委员，可以通过那个途径，还有妇联的途径解决，如果法官有贪赃枉法还可以向纪检部门举报。

齐雅娟回复：

好好好，你说得对。

齐雅娟在微信群里说：

大家安静，我们是一个阳光的组织，不能给政府添乱子，我们要通过合理合法的手段为马艺讨回公道。我相信我们的社会，会给我们公道。温新，待会儿你把《好人一生平安》的歌词发上来。

我说：

齐会长说得对。我们不是一群乌合之众，我们是一群健康快乐的喜鹊。虽然我们的身心遭受了磨难，虽然夜幕有些漫长，但是我们还有翅膀可以自由飞翔，我们还有梦想可以尽情歌唱。

月牙说：

陈老师太有才了。（五个笑脸）

很快就有一大长串的赞美词和图画像洗澡间喷头打开的水一样喷洒出来，令人眼花缭乱。

温新把《好人一生平安》的歌词发上来了。

有过多少往事
仿佛就在昨天
有过多少朋友

仿佛还在身边

也曾心意沉沉

相逢是苦是甜

如今举杯祝愿

好人一生平安

谁能与我同醉

相知年年岁岁

咫尺天涯皆有缘

此情温暖人间

　　马艺的告别仪式来了两百多姐妹，当大家一起吟唱《好人一生平安》的时候，上天被感动得飘下了雪花。那歌声比哀乐更悲悯更凄美。姐妹们穿着节日的盛装，戴着红色的围巾，每人手拿一朵黄色的菊花。殡仪馆大厅里人头攒动，所有来给亲人送行的人都恍若觉得这里是个演出的舞台，感叹这里竟然还会有这样感人心扉的演出。姐妹们浩浩荡荡地进入了告别厅，在马艺的灵柩前有序地站立。好多姐妹看到马艺的遗体已经泣不成声了。

　　马艺的父亲没有来。齐雅娟宣布由我致悼词时，我走到马艺身前给她鞠了一个躬。这时我才看到马艺的面容像熟睡了一样安详宁静。一米七的身材在灵柩里显得很高大。听医生说她是后背着地摔死的，所以她的面部和前身很完整。医生还说几乎所有跳楼自杀的都是前身落地的，只有马艺是个例外。我能想象到在马艺从二十四层楼到地面的六十多米空间，四五秒的时间里，马艺想到了要给家人、朋友和这个世界留下一个面部完美的马艺，所以在坠落的短暂过程中，马艺做了一个一百八十度的转身。

　　我站在马艺的身旁，宣读了悼词。

　　　一个宝贵的生命，一个蓬勃的青春，一个美丽的躯体，瞬
　　间消失在她和我们的世界。她的愤然一跃，不是去躲避，她是

以生命的代价呼唤人世间的公道；她的纵身一跳，不是去逃亡，她是去追寻一个美好的梦境。尽管无情的世俗泯灭了她的灵魂，她还是在生命的最后一秒把美丽留给了世界。这个世界从来就不缺美丽和完美，但是没有良知、真诚、爱心、慈悲的世界是昏暗的。我们为马艺送行，就是呼唤良知、真诚、爱心和慈悲。我们为马艺送行，就是让我们的良知、真诚、爱心和慈悲陪伴她远行。

我一再地嘱咐自己不要哭，否则会引来更大的哭声。但是马艺的亲属和我们的姐妹们还是哭声一片。《好人一生平安》又唱起来了。亲朋好友和姐妹们排着长队向马艺告别。告别仪式结束后，姐妹们在齐雅娟和方元的指挥下把所有的花圈、花环、花束搬到了外面，人们渐渐散去。几个工作人员推着马艺的灵柩车走了，我不舍得马艺就这样离去，就跟着她的灵柩车到了火化炉跟前。

火化炉的门打开了，就像魔鬼张开了大嘴。我大声说："马艺，再见了，好姑娘，去吧，勇敢些，那边没有烦恼。我们会照料好你的老父亲。去吧，马艺。"马艺腾地一下冲进了火海，火焰顿时被她的身躯压得失去了狰狞的面目。片刻，火焰又凶猛地从四面八方包围了马艺。那张魔鬼的嘴闭死了。透过一个小窗户，我还能看到马艺身上的火焰在疯狂地舞蹈着。

今天，我没有流泪，眼泪在心里流，嗓子里总像噎了一个烤地瓜。

我头疼得厉害。昨晚写马艺的悼词到很晚。今天一大早就起床来到这里。这时手机一个劲地振动。我知道肯定是齐雅娟和方元在找我。她们想不到我会在这里。马艺冲进火海的镜头，震撼着我的魂灵，撕裂了我的心扉，我永远不会忘记。每个人都会有这么一次历练，但是对马艺来说来得太早了。

一个多小时后，马艺的骨灰出来了，我代表马艺的爸爸捡起一块较大的颅骨把它放进马艺的新家。我再也控制不住眼泪。

一个宝贵的生命，一个蓬勃的青春，一个美丽的躯体，瞬间消失在她和我们的世界。

顾艳的婚礼是在马艺葬礼的第二天举行的。她本想改一下日期，可是所有的亲朋好友都通知到了，宴席也准备好了，酒店方面收了押金，如果改期不予退还。这下可难坏了顾艳。她找到我和齐雅娟，说明她的想法。

齐雅娟说："马艺虽然是我们的姐妹，但和你没有什么直接的关系。依我看用你的喜气冲淡一下马艺的丧事也挺好。没有什么不好的。"

我也表示赞同。

顾艳的一脸愁云这才散去。

12月18日中午，顾艳又做了一次新娘。本来说好了让我做证婚人的，我说我头晕眼花很难受就给推辞了。齐雅娟给做的证婚人。有三十多个姐妹参加了婚礼。

齐雅娟在干枝梅群里发文：

姐妹们，今天是我们干枝梅俱乐部的大喜日子。我们的姐妹顾艳，又一次做了新娘。我们一起祝福她吧！

顾艳为我们开了一个好头，我希望下一个新娘是你。

另外告诉大家，我们又有一个姐妹今天加入了我们干枝梅，热烈欢迎！

顾艳的喜事的确是向大家心里吹来的一股暖流。

一个姐妹走了，一个姐妹来了，就像干枝梅上脱落了一朵花，又有新的花蕾生发出来。

● 四十九

我就知道海月看不上侯天真。

今天早上六点半就被闹铃叫醒了，我是要到付家庄医院做体检的，海月非得陪我去。

在车上，海月对我说："哥，我真没想到，就凭你，找侯天真这样的女人？"

"侯天真怎么了？差哪儿了？"

"那可差了远去了。首先，长得不行，一脸苦相，还是自来旧。"

"什么叫自来旧？"

"自来旧就是天生的旧，要不我第一次见到她怎么能以为她是小时工呢？"

我刚想发火，想到侯天真教我的南无阿弥陀佛，我就控制住了火气。

"我现在看女人已经不看长相了。你嫂子孙可心漂亮吧？可她从来没给我洗一件衣裳，还净给我招惹是非，走哪儿都遭到极高的回头率，害得我整天提心吊胆，生怕哪天她被哪个大款给撬走。其实侯天真长得不难看，就是不打扮。她从来不化妆，不粘眼睫毛，不烫头发，也不穿高档衣服。你给她化妆试试，你给她穿高档衣服试试，肯定很漂亮的。另外我看中她的是知书达理和心地善良。"

"哥，你太幼稚了，现在哪还有人讲心地善良，善良的人就是彪子。"

"海月，不能这么说，善良是永远不会过时的。善良是一个人做人的底线，不善良的人不管有多少钱无论多漂亮也没有用。说她善良是因为她收养了一个孤儿。"

"对了，她还有个男孩儿，就更不能要了，将来还要上学、找工作、找对象、结婚、买房子。到那时候你就知道了。我看过一个微信说的，单身女人分为四档。第一档是未婚的；第二档是结过婚的；第三档是结过婚有女孩的；第四档是结过婚有男孩的。这侯天真就是第四档的。我怕你一时激动，将来买不到后悔药。"

"我不会后悔的，我爱乌及屋，我不管什么四档五档，只要我喜欢就行。我会是一个好丈夫、好父亲的。"

"拉倒吧哥，就你还好丈夫、好父亲？除了写文章，你还会干什么？会赚钱？会做饭？会洗衣服？会带孩子？"

"一切都可以会的，爱情会改变一个人。实在不行，我们三个人住到大山里去，我们自力更生丰衣足食。"

"一听就不靠谱，孩子上学怎么办？"

"我教啊，起码比私塾的先生强吧。一个孤儿，长大了又收养了一个孤儿。这本身就是一部人间大爱的戏剧。我要在里面担任一个角色，演好这个角色。"

"哥，我怎么说你好？你太幼稚了，太可笑了，太理想主义了。你注没注意到，侯天真她是低头走路的。"

"低头走路怎么了？"我问。

"低头走路的女人不好斗。"海月看了我一眼，"你看我和孙可心都是仰着脸走路。我们这种人心直口快，喜怒哀乐都写在脸上。侯天真这种女人你永远摸不透她，她们一边走路一边低头琢磨事。"

"不对，恰恰相反，我觉得孙可心和你这种人才难斗呢。整天仰着头，挺着胸，谁都看不起，傲慢不讲理，斗起嘴来不饶人。"

"再说了，咱们家祖祖辈辈都是贵族，咱爷爷奶奶是老革命，咱姥爷姥姥是艺术家，咱爸咱妈也是艺术家，侯天真家是什么？怎么也得门当户对吧？反正我不认可这个像小时工的嫂子，她配不上我哥。"

我实在按捺不住火气："海月，你胆肥了，你太放肆了，太功利了。你不是我妹妹，我没有你这个自私无耻的妹妹。你停车，我下去。"我头疼得厉害，不敢发火。我闭着眼，心里默念着南无阿弥陀佛。

海月不作声了。

化验血，化验尿，做心电图，做CT，一项一项地检查。海月给我拿着衣服，她看我生气了就不敢多说话。

做多普勒的时候，那个年轻的男大夫用一个东西在我抹了一层油的身上弄来弄去。他告诉在他旁边做记录的女士说，重度脂肪肝。肠道有五个息肉。肾有结石。完后他对我说，你是不是好长时间没做体检了？你的身体情况非常差。你现在的肝脏再发展一点就是肝硬化。建议你做个肠镜，进一步观察你肠道的息肉，因为这些息肉是可以发生病变的。还有就是你的脑部长了一个东西，我们再看看。等几天我们会把体检报告给你的。

我的妈。我吓得直哆嗦。

这个体检报告像是我的一个审判书，我等待着最后的判决。

海月给我穿上羽绒服，搀着我往外走，上了她的车。

"哥，现在去哪儿？"

"回家，我这些天头疼得厉害，回家躺着。"

海月说："上帝保佑我哥，没有事的。你就是颈椎病，千万别看手机了，书也不要看，电视也不要看，报告也不要写了。"

我大声说："这个不看那个不看，人活着还有什么意思？"

海月温情地说："有啊，找侯天真聊天啊。你不是喜欢她吗？她来了你头肯定就不疼了。"

"你不是反对我和她好吗？"

海月好像是自言自语："谁和谁好都是缘分，谁也左右不了爱情。"

"谁也左右不了爱情？哎，海月，你这句话是从哪儿学来的？经典，经典，谁也左右不了爱情。"

"这是我自己琢磨出来的。当初你反对我和孙诚好，我就有逆反心理，找一些道理想说服你。现在反倒说服了我自己。"

"你这个建议太好了，找侯天真玩，好主意。"

我立马给侯天真发微信。

亲爱的，在干吗？想你了。

我自己都感到肉麻。没办法，追女人还需要这样。侯天真很快就回复了。

在我妈家里，没事。

我太高兴了，顿时头就不疼了，海月这一招太灵了。

中午到我家吃饭。我请你吃葱花鸡蛋面。

侯天真回复：

好的，我给妈妈做好饭就去，尝尝你的手艺。

"海月，我的头真的不疼了。谢谢你，亲妹妹。"

"告诉你，哥，男女之间有一种特殊的电波，就像灵魂一样，难以解释。阴阳互补，阴阳共存，阴离不开阳，阳也离不开阴。这是几千年来我们的老祖宗们总结归纳的。你现在可能是阳气太重，堵了，就出现了头疼的现象。有了阴气，你的阳气就会贯通。就像电流，只有正极，没有负极，就不会产生电流。当正极遇到负极电流才会发生。"海月喋喋不休。

"行啊，海月，我妹妹越来越八卦了。哎，汪远什么时候回来？"

"他说是明天下午回来。"

"你现在开车的感觉就对了，不慌不忙，稳稳当当。孙诚有消息吗？"

"他还在北京，说是这两天就回来。"

"你觉得他这次靠谱吗？"我看着海月问。

"靠谱，绝对靠谱。因为他的剧本写得特别好，有独特的东西。中国还没有模特题材的电视剧，所以北京的大公司就会感兴趣。再是这次的导演是个大腕儿，导过好几部有名的电视剧，《大雪无痕》《没玩没乐》《夫唱妇随》等等都是他导的，挺厉害的。"

海月把我送到楼下就开车走了。

方元来电话说那个找了二十五年儿子的曲秋影，接到了央视《等着你》的通知，说她的儿子找到了。方元说她要陪曲秋影去北京见她的儿子。

　　大喜事，大喜事，我们的姐妹曲秋影终于找到了失散二十五年的儿子。

　　方元在微信群里发布了这个消息，微信群里一片欢腾。齐雅娟给了曲秋影一万元，用于做盘缠，曲秋影很是感动。

　　谢谢大家！谢谢齐雅娟会长！谢谢方元和陈老师！谢谢中央电视台！谢谢帮助我找到儿子的警察、志愿者！

　　好消息就像雨露滋润干渴的花木，让人心情愉悦。

　　一会儿侯天真就会来了，我是不是该发起更猛烈的进攻了。她会拒绝我吗？记得刚认识孙可心不久，汪远就经常问我发展到哪一步了，他用激将法激励我尽快拿下孙可心。我问什么叫拿下？他瞥我一眼说，拿下就是拿下，做了一个放倒的动作。他还说真正喜欢你的女人，会希望你拿下她的。可是对侯天真，我真的没有勇气拿下。侯天真在路上？什么时候到？

　　亲爱的，到哪儿了？

　　侯天真：

　　真对不起，二叔那边有事让我过去一下，今天就不去你家了。

　　我的头顿时就又疼了起来。

　　（抓狂和大哭的图片）

过了几分钟，传来了轻轻的敲门声。

"谁啊？"我问。

一个低沉的女人声音："我，小时工。"

我脑子一片空白，也许是海月找来的小时工？我打开了门，我惊喜万分，我疯狂地拥抱着她，我热烈地亲吻着她，我把她抱了起来，我把卧室的门踹开。我不顾她的鞋子还没脱，我把她扔在床上。我亲吻着她的嘴她的脸她的眼她的额头她的头发她的脖颈她的胸。我脱光了她的衣服，我脱光了我的衣服。我突然想起来一件大事，我停止了动作。

"我这里没有套套。"

"没事，我和郝兵结婚好几年，都没有怀孕，是我的问题。"

我们混为了一体。我确认现在不是在梦里，我好像就是在梦里。

侯天真闭着眼睛，像一只温顺的小猫任我摆布。

一阵疾风暴雨之后，我们松弛了下来。

"我发现你的手不凉了。"我握着侯天真的手。

"有人亲有人爱了呗。"

"天真，你还会幽默啊。你说不来了，我的心立马凉了半截，你知道我有多痛苦，你是治疗我头疼的灵丹妙药啊。"我说完亲吻了她一下，"如果你怀孕了怎么办？"

"那我就生下来啊。"侯天真看着天棚说。

"你喜欢男孩儿还是女孩儿？"

"不管男孩儿女孩儿，只要是我们的孩子我都喜欢。"

我又亲吻了她。

"如果发现怀孕了，我们就马上结婚。"

"如果没怀孕呢？"侯天真看着我。

"那也马上结婚。"

侯天真的脸上充满了幸福的光彩。

我们懒懒地躺了很长时间。

中午的阳光透过纱幔洒在房间的地上，这个世界安静得仿佛就我们两个人。

"饿了吧？"我问。

"哦，有点儿。"侯天真坐起身穿衣服，"还是我来做吧。"

"说好了，我请你的。"我也坐起来穿衣服，"我的这碗面可不是谁都能吃得到的。"

"好啊，那么说我有口福了。"

侯天真下了地，她把被子枕头叠得整整齐齐，把她的鞋子和大衣拿到了客厅门口。我走进了厨房。我烧了半锅水，从冰箱拿出了四个鸡蛋，又找出一根大葱。方便面在橱柜的里面，这里有至少五种，我选择了比较适合侯天真口味的鲜虾面。水开了，热气在升腾。我迅速地将两袋方便面打开投入水中。方便面入水的刹那，我突然想起了马艺投入到了熊熊烈焰中的景象。我告诉自己不要想不开心的事，南无阿弥陀佛，极力地把脑海中的画面换了频道。

侯天真在哼唱着，好像是《传奇》。唱得虽然不太好听，但可以表达她此时的心情了。我把四个鸡蛋先后在锅台上碰开一个口子，下入锅中。这时侯天真来到厨房在我身后看着我。

"瞧着吃吧，瞧着长吧。"我用二十年前对海月的口吻对侯天真说。我用筷子把方便面翻了一个身，然后我又把两袋方便面的六个调料小包撕开，撒到锅里。我拿出菜板，那棵大葱很快就粉身碎骨了。关了火，我拿出香油向锅里倒了一小圈。我拿出两个大腕，把葱花洒在碗底。侯天真想帮我。

"小心，离远点儿。"

我让侯天真退后。我用大汤勺加筷子，将面条和鸡蛋盛到了大碗里。这时的厨房里洋溢着喷香馋人的味道。

"味道好极了。"侯天真笑着说。

我端起一碗面放到客厅的桌子上，侯天真端来了那一碗。

"星星，这面不用尝，闻着就知道肯定好吃。"注意到了吧，侯天真开始叫我的爱称了。这个昵称我喜欢，星星。

侯天真一边吃着一边赞美着："没想到我的作家星星还会这一手？太好吃了。方便面还可以这么吃？应该推广。"

我沾沾自喜地说："这是几千袋方便面给练出来的。那时我父母刚去世，海月才十岁，我又不会做饭，就天天方便面，一点一点地总结提高，傻子也会。"

"那行了，我以后坐月子有人给我做饭了。"侯天真咯咯地笑起来。

吃完了饭我的头又疼起来，即使侯天真给我按摩也不行。侯天真说："你睡一觉吧，兴许就好了。孙思邈说睡觉是治病最好的药。"

我睡着了，睡得很香，好久没有睡得这么沉了。

该死的老王，又把我吵醒了。今天他拉的是首我不太熟的曲子，绊绊磕磕的很难听。我给老王发了个微信：大哥，求求你了，能不能换个好听的曲子。老王回复说，好的，马上换。一会儿，楼上传来了《月牙五更》的旋律。

我又睡了一会儿。老王的琴声停了，我也醒了。我发现侯天真就在我的身边侧身躺着。她看到我醒了，她笑了。

"星星，你睡觉的时候很可爱，像个大熊猫。"

"是不是打呼噜了？"

"嗯。"

"以后我们住在一起了，你能睡着吗？"

"太能了，这是我的催眠曲。"

说完她爬到我身上亲吻着我。

老王的《月牙五更》很优美。

"从现在起，我们永远在一起，再也不分离了。"我说。

"谢谢你，我的好星星，和你在一起，让我找回了失去多年的幸福感。从今天起玖依就可以叫你爸爸了。"侯天真有些激动地说。

"好好好，就这么定了，一会儿我们就去接他。"

"等海月搬走了，你们就搬过来住。现在也不是过去了，我爸爸和海月妈妈好的时候，不能住一起，什么时候结婚了什么时候才能住一起的。"

"你不怕别人议论？"

"明天我就发布我们的恋爱消息。"

"星星，你还是不要发布得这么早，不然的话，会有很多姐妹受不了，会羡慕嫉妒恨我的。"

"那好，听你的。"

真的很幸福，从今天起侯天真叫我星星、玖依叫我爸爸了。我又有了家的感觉。有人说单身女人是流浪狗，单身男人何尝不是？有了侯天真这条狗链子，我就是宠物了。

今天是我一生中最快乐的一天，完成了与侯天真心灵与身体的全部融合，从她的脸上看到了她的快乐和幸福。我们俩一起去幼儿园接上玖依，一起吃火锅，一起看电影。

火锅还没有上来，侯天真对玖依说："宝宝，从今天起你可以叫陈叔叔爸爸了，他就是你爸爸。"

玖依瞪大了眼睛，看了我半天，竟然叫不出爸爸。侯天真流泪了，玖依扑到侯天真怀里也哭了。

玖依问妈妈："你不是说我爸爸在很远那个地方吗？"

侯天真哭出了声："孩子，你爸爸他，他不能回来了，再也不回来了。你不是喜欢陈叔叔吗？你不是愿意让他做你爸爸吗？叫爸爸啊。"

玖依流着泪看着我，扑到我的怀里小声地叫了一声爸爸。

我也流泪了："玖依，从今天起，我就是你爸爸，咱们就是一家人。永远不分离。"

我们流着泪抱在了一起。

⦿ 五十

看完电影，把侯天真娘儿俩送回了家，我独自往家走。心情好极了，就像中了头彩。头不疼了，可是两条腿酸酸的。

已经晚上十点多了，我才回到家里。突然手机响了，我一看是海月，我赶紧接通了。

手机里是个男的声音，肯定不是汪远，是谁呢？

"你是陈海月的家人吗？"我的头疼病一下子就来了。

"是啊，我是她哥哥。你是？"

"我是鞍山交警支队的，今晚我们在大连执行任务查酒驾，陈海月酒驾被我们查到了，经检测为醉酒驾车。我们通知家属，她要被我们带回鞍山处理。"

我差一点儿晕过去，我强打起精神。

"我的妈。哎，同志，你说带走就带走，我怎么肯定你是警察？"

"你可以到大连交通支队网站查询。"

"不，同志，我想见一下我妹妹，也想见一下你们。好不好？"

"不行，我们马上就要收队回鞍山了。"

"那你叫我妹妹跟我说句话好不好？"

"好的，你等一下。"过了三秒钟，传来海月的哭声，"哥，我对不起你。哥，我对不起你。"海月哭着。

"我今天还嘱咐你喝酒不开车，你怎么就不听话呢？他们是警察吗？"我有气无力地问。

"是，他们是警察。"

"那好，你要好好配合警察，不许胡闹。我和汪远明后天去看你。"我的眼泪一下子就涌出来了。

我给汪远打电话："你个臭彪子，你赶紧回来，海月被抓进去了。你什么时候出差不行？偏偏现在你不在，你死了算了。"

"哎哎哎海星，你慢慢说，这是怎么了？海月她犯什么事了？"汪远在那边也急得够呛。

"是酒驾。"

"啊啊啊，什么？酒驾？"

"等你回来再说吧，你个彪子。"

我躺在床上。尽管头疼、腰酸、腿发软，还是睡不着。我想着我生命里最重要的三个女人，在今天都发生了巨大的事件。孙可心走了，等待她的那个大楼是福是祸？海月进去了，让我烦心和牵挂。侯天真进来了，从此她就是我的女人了。我敢向天起誓，她是我的最后一个女人，唯一的女人。她的气息就在我的周围弥漫着。汪远说女人的味道是催眠剂。我看有道理。

侯天真告诉我，除了生气上火，睡不着觉的时候也可以默念南无阿弥陀佛。南无阿弥陀佛，我要睡觉了。

第二天上午，我还在被窝里被五味杂陈搅和着。突然，手机的振动声急三火四地催促，我赶紧接通了电话。

"海星啊，我是孙诚，我要找海月，可她的手机一直关机。她在家吗？"

"她去鞍山了，这才几点你就打电话。"

"八点多了，她去鞍山干什么？什么时候回来？"孙诚的声音里有一种急迫感。

"去一个亲戚家看一个病人，一时半会儿回不来。"

"不行啊，我找她签合同，电视剧的合同，真的。"

"电视剧定了要拍？"

"是啊，导演前几天不是看到她了吗，不太满意，主要是海月不会表演。我说了很多好话，我说离开拍还有几个月呢，可以培训，来得及。而且这是一部模特生活的剧，一般的演员没有海月这样的身高和素质也演不了。导演就勉强同意了。真的。"

"给多少钱？"

"一集六万，四十集两百四十万，上完税估计在一百八十万左右。"

"不行，不行，太少了。我就是海月的经纪人，她的事我说了算，一集八万，而且必须是税后。"

"海星，不带这样的，好不容易谈好了，这还要推倒重来。制片人不能同意的，海月没有名气，不会演戏，这个价码已经够高的了。真的。"

我提高了嗓门说："不行，真的不行。"

"我去鞍山找海月亲自谈谈。"孙诚还是很焦急。

"你找不到她的。"

"不行，我一定要见到她，我还要给她一个更重要的东西看。真的。"

"什么东西？"

　　孙诚迟疑了一下："这个嘛，暂时还不能告诉你，是我和海月的事。"

　　"你又忘了，我除了是海月的经纪人，我还是海月她哥。海月没有父母，我就是她的法定监护人。"

　　"海星，海月到底怎么了？你实话对我说。"孙诚很急切地问。

　　我犹豫了一小会儿。

　　"好吧，纸里包不住火，你早晚也得知道。昨晚海月酒驾被带到鞍山去了。"

　　"酒驾？这个海月真任性啊。"孙诚吃惊不小。他沉默了有十秒，"要不，咱俩见个面。"

　　"好吧。"

　　"下午两点。老地方。"

　　侯天真发来了微信：

　　　　星星，我的天空永远闪亮的星星。我想你了。

　　我就喜欢会发嗲的女人。黄燕要是会发嗲，月牙要是会发嗲，可能今天就没有侯天真的事儿了。

　　老王今天升级了。有一个音响里放着伴奏录音，老王的二胡随着伴奏音乐拉得很带劲。曲子都是我很熟的，就是伴奏声有点儿大。我听了二十多分钟，实在受不了了。我拿起鞋拔子敲了三下暖气管子，老王马上就收敛了。

　　侯天真傍中午才来。她笑着说："今天早晨玖依一起床就喊，我有爸爸喽。妈妈，今天爸爸还和我们看电影吗？"

　　我太高兴了："可见爸爸对于玖依来说有多重要。"

　　"是啊，玖依五岁了还没喊过爸爸，我能跟你好有一半是因为他。"

　　"没有他你就不能跟我好？"

　　侯天真跑过来抱住了我。

　　我又亲吻了侯天真，可是这一亲就刹不住了，我又抱着她上了床。侯天真的父母一定是南方人，她小巧玲珑的，我不费劲就把她给抱了起来。

这时楼上老王拉起了《赛马》。

我看到侯天真脸上的红晕放着光彩，享受着我的吻和我的抚摸。在二胡独奏《赛马》的伴奏下，我们做爱的动作频率也很激烈。

说来也怪，侯天真一来我的头疼病就好了。

侯天真做了炸酱面，很好吃。

下午两点我带着侯天真准时到了万和祥，孙诚晚了六分钟。

"孙诚，这是我女朋友，侯天真。"

"见过，见过，你好。"孙诚和侯天真握了一下手。

"这个海月真是不省心啊。"孙诚说着从皮包里拿出一摞文件递到我的面前，"这是海月的合同，你看看。"

"天真，你也帮我看看。"我们俩浏览着合同。侯天真自言自语地说："这个合同对演员也太苛刻了。"

"没办法，这个合同不仅是对海月的，所有的演员还有舞音服化道等等都用这个范本。因为过去很多演员耍大牌，不好管理，老是耽误剧组的进度，投资人和制片人才用这种苛刻的要求约束他们。请你们理解。"

孙诚从昨天起改变了我对他的印象，有点靠谱了。

"那预付金什么时候能到位？"我就关心这个事。

"一切都按照合同走。该什么时候给，就什么时候给。一分一毫都不会差。我们是大老板的大公司，牛着哪——大地影视，你上网查一查。老板就是咱大连人。大连人办事就是痛快，他在圈里口碑绝啦。真的。"

"好好好，那我就放心了。"

"那什么时候签？"孙诚还是有些着急。

"我想还是让海月看完了再签。"

"能看到海月吗？为什么给弄到鞍山了？"

"能，明天我就去看海月。"我喝了一口茶说，"这次查酒驾是大连鞍山交警互换执勤，就是怕有干扰。我举双手赞同，都他妈喝完酒开车，这车不成了杀人机器了。这份合同我带着给她看看。"

孙诚的眼睛眨巴了几下。这小子鬼头蛤蟆眼，不知又在想什么。

"你不是还有一个文件吗？"我说。

"本来我是不想给你看的，可是你不看还真不行。"说着，孙诚从皮包里拿出第二份文件。

离婚判决书

我的心带动我的身体颤抖了几下。

"你离婚了？"我睁大眼睛看着孙诚。

孙诚点点头。

"为了海月，也为了我自己。"孙诚哽咽了一下。

孙诚喝了一口咖啡，他的眼睛里闪动着泪花。我呆呆地看着他。

"这样我就可以名正言顺地迎娶海月了。"孙诚断断续续地说。我能看得出他对海月是真诚的。

"可是，你知道，海月现在跟汪远好。"我说。

孙诚身体震动了一下。他把茶杯放到桌子上，歪着头口气强硬地说："那没关系，我可以给抢回来。你看海月愿意跟谁？"

瞬间我的头疼病又犯了，一上火就头疼。偏偏让我上火的事像拉肚子一样，一拨接一拨。孙诚拿着电视剧的合同，这就是他很自信的筹码，任何一个女人都难以拒绝这样的大好事。

"海星，我实话对你说吧。那个导演不同意海月演的原因不是海月不行，是他想潜规则。潜规则，你懂的。我告诉他海月是我的女朋友，我马上要跟她结婚了，他才同意的。真的。"

我慢慢地点点头。

孙诚一直在说。我只看见他的嘴在动，一句也没有听进去。我在纠结。我的妈。汪远怎么办？他将面临一场你死我活的肉搏。海月怎么办？她必须在两个都爱她爱得要死的男人中做出抉择。我怎么办？我怎样对汪远说，说什么？我怎样对海月说，说什么？一场暴风骤雨在所难免。可是我已经头疼欲裂，哪有把这一地鸡毛收拾干净的能力。

我挽着侯天真的胳膊往外走去。

"这个世界要坍塌了，这个世界要爆炸了。"我走得很快，好像在逃避一场天塌地陷的灾难。侯天真跟着我几乎要小跑了。

"天真，怎么办？"我把孙诚与海月、海月与汪远的来龙去脉跟侯天真说了一遍。我握着侯天真的手，我感觉到她听得手心都出汗了。

"太难了，这是世界上最难的难题。"侯天真喘着粗气说。

我们打车来到老虎滩渔人码头的最南端。这时的大海风平浪静。落潮了，很多礁石露出了水面，就像经过了漫长冬眠的乌龟在懒洋洋地晒着龟壳。

手机响了一下，是月牙发来的微信。

> 陈老师你好，今晚有几个朋友聚会，其中有几个你的粉丝，大家都想见见你。一定赏光啊。

我不知道怎样回答她。我给侯天真看了，她笑笑说："你去吧，她真的喜欢你。"

我说："可是我真的喜欢你。"

侯天真把头埋在了我的怀里，像只小猫咪。

我们看着大海，不远处有几个人在海滩上捡着贝壳。

"其实，我更喜欢落潮的感觉。"我感慨地说，"大海的潮汐就是呼吸，如果说涨潮是吸，那么落潮就是呼。落潮是又一次汹涌澎湃的涨潮的开始。"

侯天真挽着我的胳膊："是啊，看着大海，我们人类就显得格外渺小。看着天空，我们的生命就显得很短暂。《心经》说：色不异空，空不异色，色即是空，空即是色。"

"色和空是什么意思？"

"色是我们看得到的物质。空是我们看不到的物质。现在世界上很多顶级的科学家都在研究色和空。有的科学家发现了暗物质。"

"暗物质？对对对，是美国的科学家。他们说暗物质就是我们肉眼看不到的，手摸不着的，又存在的物质。暗物质是物质的很多倍。这个暗物质就是空。对不对？"

"对。"侯天真眼睛里闪动着一种奇异的光色说，"所以说佛教不是宗教迷信。它是一种科学，一种可以解释科学无法解释的科学。它是一种教育，它是一种给人智慧教人快乐的教育。"

"和你在一起真的很快乐，起码头疼病好了。"

"星星，你的头疼到底是怎么回事？要不要去好好检查一下。"

"刚刚做完体检，这几天就会出结果。"

"阿弥陀佛，佛祖保佑你安康。"

"谢谢佛祖。"我双手合十，作了几个揖。

侯天真大笑起来："佛祖不用谢。"

"谢谢天真。"我向侯天真作了几个揖。

侯天真笑得弯下腰。她笑了有两分钟，然后她挽着我的胳膊说："星星，《茶花女》和《简·爱》我看完了，你再给我一本吧。"

"怎么样，有收获吧？"

"当然啦，我原来看小说是纯看故事的，现在我开始注意作家对人物的刻画，有景物的描写了。"

"好啊，你已经上了一个台阶了。要想写小说就要多看小说。我再给你推荐《包法利夫人》。这是小说里最精致的一本。每个字，每句话，哪怕是一个标点符号都经过了深思熟虑，也是写一个女人的命运。"

"太好了，星星。我过去从来就没听说过这本书。"

"它是经典中的经典。"

"你知道经典一词从哪里来的吗？"侯天真转头问我。

"不知道。"

"佛教啊。佛教的经文典故，简称经典。后来有人把它广泛使用了。"

"明白了，原来是这样。"

侯天真提出要去卫生间。我们就来到一个酒吧。我站在门口给侯天真拿着包，她跑去卫生间了。突然，侯天真的手机响了一下。我拿出一看是月牙给她发的微信语音。我打开，里面传来了月牙火刺棱的语调：

侯天真啊侯天真，你真厉害。你平时装作天真，装作可怜，你竟然要阴招让陈老师中了你的邪。告诉你，买东西还要排队呢，上公交车还有个先来后到呢，我是干枝梅里第一个向陈老师表达喜爱的。大家都可以作证。对不对？陈老师也对我非常喜欢。我跟陈老师多次喝酒到深夜，促膝谈心，亲密无间，我们俩多次在人多的场合喝交杯酒，这些咱们干枝梅姐妹都知道。你个鬼头蛤蟆眼竟然暗地里迷惑了陈老师。告诉你陈老师是我的，谁也别想得到他。你凭什么和陈老师好？你也不尿泡尿照照自己，你配得上陈老师吗？咱俩比比看来，论长相、论身材、论身高、论家境，你哪一点敢和我比。对不对？你还带着个男孩儿，你不怕拖累陈老师吗？你太自私了，太无耻了。

侯天真出来了，灿烂的阳光使她睁不开眼。她看见了她的手机在我手里，她接过了手机和包。

汪远来电话了："海星，我刚下飞机，你在哪儿？"

"我在渔人码头，你过来吧。"

月牙又发来微信：

陈老师，我好没有面子，我在你心里没有位置呗。

我立即回信：

我家有要事，不能参加，望见谅。

月牙：

什么事？我能帮忙。说说看。

我：

谢了！你帮不了。

汪远通过大连交警的网站得知，海月和那天撞在枪口上的六个大连人，被关在了鞍山的一个收容所。明天上午七个人的家属都可以探视。

🔋 五十一

早晨六点，我手机的闹钟就把我叫醒了。

"汪远，快起来。"我一边穿衣服一边喊。

昨晚我们就定好了，今天早上六点半出发去鞍山探视海月。汪远的外甥来给我们当司机。

一路上，我们很少说话。昨天我没敢把孙诚拿着离婚判决书和电视剧合同找海月的事告诉汪远。我想今天在路上跟他说。我在找话题或时机。我脑袋昏昏沉沉，我感觉舌头有点不太利索，甚至连视力也发生了问题。东北快速路一点儿也不快，耗费了大约一个小时。汪远也眯着眼不知是睡了还是养神。这是我们俩交往二十多年以来最为陌生的一次。

八点半，我们杂志社办公室的小李来了电话。

"陈老师，你好，刚才接到体检报告，你的情况很不好。医生让我转告你，今天上午你一定要去医院一趟，他们会给你一些建议。"

"我正在去鞍山的路上，今天下午才能回来。我明天去，你替我转告一下。"

汪远听到了，也看到我的状况。他的沉默和我的身体情况有直接的关系："海星，要不你回去吧，我自己去也行。"

"不行，海月是我的命，我今天必须看到她。我没事。不差这一天。"

我嘴上说没事，心里真有些害怕。

"汪远，我告诉你一个情况，孙诚可能今天也去看海月。"

"他去干什么？"

"我告诉你，他手里有他的离婚判决书和海月的电视剧合同。"我说得很慢，让舌头尽量利索一些。

"哦，是这样。"汪远大吃一惊。

"你要做点准备。"

"准备什么？打架？他肯定打不过我。吵架？他更不是对手。我还怕什么？"汪远的眼里有一种傲慢。

"怕海月，你知道海月是什么态度吗？当初是我勒令海月离开孙诚的。我对孙诚说，要和海月好，先去离婚。现在孙诚离婚了，还有一个可能让海月一鸣惊人的合同。合同里有两百四十万现金。你要是海月怎么办？"

我们又沉默了。

到了鞍山收容所，我们见到了海月。隔着一张桌子，里边的海月流着泪说："两位哥哥，我对不起你们。"她想拥抱我们，被站在一边的女警察阻止了。我们说了很多鼓励的话。我没有再批评海月。海月还惦记着她的车子。我说，已经让汪远的外甥开来了。我告诉海月，孙诚会拿着合同来找你，你千万不要轻易跟他签。汪远一直含着眼泪看着海月。十分钟很快就过去了。临走汪远对海月说："在这里不要苦闷自己，要天天原地跑，多想一些快乐的事。我会等着你，把你接回家。"

告别了海月，我们俩刚走到门外，突然看见孙诚进来了。我们与孙诚擦肩而过。汪远恶狠狠地瞪着孙诚。孙诚歪着头大摇大摆地走进去了。

我拉着汪远上了车，可是汪远一定要在收容所的门口等着孙诚出来。我拽也拽不动，只好由他了。汪远气得用脚踹了两下车胎。汪远的外甥也在舅舅旁边摩拳擦掌。一次恶仗就要开始了。我知道汪远吃不了亏，但是我见不得打架，见不得流血，更见不得我的两个朋友为了我的妹妹而大打出手。我假装去厕所打了110。

孙诚出来了，歪着头，一脸的得意。

汪远冲了上去，一把揪住孙诚的衣领说："你个彪子，你来干什么？"我上前拉开了汪远的手。我想起动物世界里的镜头，为了母狮子，两头公狮子打得翻天覆地，有一只狮子竟然被活活咬死了。

"我来干什么关你什么事？你管得着吗？"孙诚也不示弱。

"告诉你，海月是我的，不许你勾引她。"

"海月是你的吗？你去问问她？我给她成为明星的机会，你有吗？我给她两百四十万的现金，你有吗？"孙诚不慌不忙。

"你个臭彪子，臭流氓，臭无赖，我整死你。"汪远又冲了上去。

这时红蓝两色的警灯闪着，几个警察吆喝着过来了。

"干什么呢？"一个警察把汪远给拉了过来，"大白天不要闹事啊，你们都是成年人，做事要理智啊。"

另一个警察说："你们俩把身份证都拿出来，快。"

孙诚笑呵呵地说："警察同志，这事和我没有关系。我来看我女朋友，是他吃醋了来打我的。我没动手，真的。"说着把身份证交给了警察。

"这个臭流氓欠揍。"汪远一脸的凶相。

"同志，这是我的两个朋友。"我说，"这个是教授，这个是作家，他们为了我的妹妹，哎呀……我的妈。"我头疼得厉害，舌头也不听使唤。

"你看你们丢不丢人，一个教授，一个作家，都是文人，怎么能为了一个女人就干上了呢？那个女的在哪儿？"

我指了指大铁门："在里边。"

"有意思。是酒驾吧？你们是想救人啊？没门儿。"警察摆摆手，"你们都是大连人吧？"

"是的是的。"我说。

"好了，你们保证不在鞍山的区域内打架，现在就可以走了。出了鞍山我们管不了，但是在哪儿打架都不好，打坏了谁也不好。看你们俩的样也不像打架的，还是用正当的方式去解决吧啊，回去吧。"这个警察素质不错。

我把汪远推上了车，孙诚也上了一辆车，两辆辽B牌照的车启动了。一上车，我就说："快点儿开，我头疼得厉害，我要去医院。"

我们的车开得很快，孙诚的车被远远地落在了后面。

我对汪远说："我还是那句话，这件事的关键是海月。不过孙诚手里的两个撒手锏对你很不利。你现在的任务是陪我上医院，生气上火都没有用。"

下午三点半，车子直接就开到了付家庄医院。

三个医生拿着我的 CT 片子看着，指指点点。他们说在我大脑的一个地方长了一个瘤子，而且怀疑是恶性的胶质瘤。如果是这样的话，最多能活三个月。汪远急切地问怎么办，他们说，现在就住院，而且要去最好的医院。他们建议去大连医科大学附属二院，说是那里有个张主任是大连脑外科最好的医生。赶快去吧，我们这里有救护车。

我本来就胆小，这几天就一直提心吊胆的。我想过几种结果，没想到竟然是最坏的。我接过我的死刑判决书，就像马上要被拉上刑场的囚徒。我刚想起身，眼前突然一片模糊，我晕倒了。隐隐约约我看到汪远和三个男人把我抬上了救护车。本来两个人抬的担架，我胖得两个人根本抬不动。

我躺在救护车上，警笛在呼啸着。

"我不能死啊，我不想死啊，我还有很多事没做呢。"我轻轻地说出了口，喊了出来。汪远一直攥着我的手。我们兄弟俩的手心都冒出了汗水。这两双手握了二十多年，它们在一起就拍拍打打，还分离不开。豆大的汗珠在汪远有些谢顶的额头上滚动着。他的眼睛里含着水珠，我从那晶莹的水珠里面看到了马路上逆向匆匆而过的汽车、行人、大树、电线杆、广告牌。

"没事，海星，坚强些。"汪远说，"有我在你怕什么？你想想咱俩认识二十多年了，什么事能难倒我？只要有我在，什么事都不是事。"

我有气无力地对汪远说："告诉齐雅娟一声。"汪远松开我的手，拿起了我的手机。

我怎么进的医院、怎么进的病房，全都不知道了。

我是被一群人的哭声惊醒的，我以为在举行我的追悼会，很多人在呼叫我的名字。我使出全身的劲让自己醒来，我睁开眼睛，看见了无数张亲切的脸。我笑了，她们也笑了，泪水在每一张脸上纵横流淌。

这个世界突然安静了。

她们是一群欢闹的喜鹊，只要有一个人叫，大家都会紧跟着叫起来。终于，月牙憋不住了："陈老师，你怎么了？"她趴在我的身上哭着，立马所有的姐妹又都哭了起来。

医生护士跑过来了，以为我死了。

我摇了几下头。

"我没死，还不到遗体告别的时候，不要哭。"

房门开了，进来了几个医生和护士，姐妹们这才恋恋不舍地走了出去。

张主任来到我的身边，他询问了我的病情，看了我的眼睛。

他问道："你在这之前有什么反应吗？"

"有，头疼头晕，视力不好，舌头发板。"

"为什么不去医院？"

"我以为是颈椎病造成的，就没太当回事。"

"哎呀，来得太晚了。"张主任直摇头，"好好休息，什么也不要想。我们会出一个治疗方案。"

医生和护士们走了，我的病房安静下来，只有月牙在我身边坐着。

"陈老师，你会没事的。你这么善良，为我们姐妹们做了这么多的好事，上天怎么会召唤你呢？"

月牙说了很多，就像催眠曲，我睡过去了。

傍晚，齐雅娟和方元来了。

"陈老师，我去找院长了。"齐雅娟的大衣在手臂上搁着，浑身散发着热气，"院长召集几个专家研究了你的病情。他说你的这个东西长的位置不太好，如果手术的话，成功率只有百分之十，很可能下不了手术台。到底做不做手术由我们决定。我们本来不想告诉你的，但是我们不得不告诉你。你是文化人，会有自己的判断，会调整自己的心态正确面对的。"

方元把手里核磁的片子放在了床头柜的里面。

"陈老师你要不要坐起来？"方元说。

"我想坐起来，躺了好长时间了。"我现在说话很困难。

"好的，陈老师。"方元说完一把就把我给拽了起来。我想起来了，这是她伺候体育老师侯大明练就的功夫。

齐雅娟惊讶地说："我的天，方元你也太厉害了。"

方元笑着说："这功夫好长时间没用了。"

齐雅娟对我说："陈老师，手术这件事关乎你的生命，我们几个也不敢决定，还是听听你的意见。最好海月能在。"

我使劲闭上眼睛，我也不知道怎么面对这百分之十。我头疼得要炸裂了，眼睛也感觉到肿胀得难受。

我摇摇头。

"这件事我们再研究一下，不着急下结论。我们走吧，让陈老师好好休息。"齐雅娟话音刚落，月牙举起右手：

"等一下。"

齐雅娟和方元都被她吓了一跳。

"齐大姐，方元姐，我请你们二人给我做个证。"

我使劲睁开眼睛看着月牙。

月牙握着我的手说："我明天要和陈老师结婚。"她哭了起来："我要做陈老师的新娘，哪怕只有一天，我也满足了。"

齐雅娟和方元互相看了一眼，她们的眼泪也流了出来。

"不行，不行，胡闹。"我又发火了。

"陈老师，我爱你。我感谢你把我从封闭狭隘的空间里，引到阳光灿烂的大地上。是你教给了我感恩，是你给了我第二个青春。我月牙就是这么个人，懂得感恩，一根筋。我知道你喜欢侯天真，不喜欢我。可是我不灰心。这是我最后的机会。齐大姐，方元姐，你们给我做个证。"月牙哭着跪在我的病床前。

齐雅娟拉起了月牙："月牙，你冷静点好不好？陈老师都这样了，你让他和你拜天地？怎么也得有个眉目了。再说，结婚可不是小孩儿过家家，还要到民政部门登记的。就算陈老师答应你了，也得给陈老师做一套像模像样的衣服吧？"

方元也说："是啊，月牙。现在我们的心都碎了，还是先不要考虑个人的事。齐会长拿了自己的钱交的住院费，如果做手术的话可能需要二十多万。齐会长也向医院表示只要能救治陈老师，多少钱都不是问题。我建议在干枝梅群里发布消息让大家捐款。"

"不行，不行，不行，姐妹们生活都不容易，千万别让她们出钱。"我的舌头很不给力。

三个女人几乎同时说话，一个比一个声高，我心烦得要死。

门打开了，侯天真和玖依进来了。玖依看见我就哭着跑了过来："爸爸，你怎么了？我刚有了爸爸啊。"

侯天真看见月牙在，有所收敛。她不说话，站在玖依的旁边，流着泪看着我。我摸着玖依的头说："没事，没事，爸爸很好。"

齐雅娟、月牙和方元听见了玖依叫我爸爸，我们又那么亲近，她们就明白了我和侯天真的事。月牙气哼哼地出去了，齐雅娟、方元和侯天真说了几句话也出去了。

侯天真坐在了我的面前，她含情脉脉地看着我，我们的手交合在一起，她的手很凉。

"我的星星，你不会有事的。我告诉了我二叔，他说，好人会有好报的。你这是一个坎儿，过去了就好了。我二叔还在佛堂里给你做了法事，给你念《地藏经》。他说他明天来看你。"

"不用来看我，我没事的。天真，海月不在，你就是我的亲人了，你说我做不做手术？"

"我说不做，保守治疗也有很多成功的案例。你出院了，我们就住在一起，我会把你伺候好的。"

"不行，不能给你再添麻烦了，你的负担已经很重了。"

"星星，从那天起，我就是你的人了，我要和你生死在一起。"

在侯天真眼睛里打转的眼泪流了下来。

我摇摇头："不要谈生死，你的使命是把玖依培养成人，不要太在意我。"

"我的小星星，你知道吗，那天我是故意不用套套的，我想为你生个孩子，我们的孩子。"

我使劲地摇着头："不行，不行，我的妈。一个玖依就够你喘的了，万一又有了一个，万一我不在了，你你——"

"我都想好了，我会把我们的孩子培养成为一个作家，一个善良的好人。"

我已经哭得无法说话，眼泪像泉水一样涌动，侯天真用毛巾为我擦拭着。

这时有个护士进来给我换药瓶，我们这才从生死离别中清醒过来。

侯天真擦干了泪水，她拿出三个深红色的帽子，一个给玖依戴上，一个给我戴上，她自己也戴了一个。

"来，玖依和爸爸照个相。"侯天真把手机递给刚为我换了药瓶的护士，"劳驾你，为我们照一个全家福。"

"用我的手机吧，新买的，像素高。"我说。

照了七八张，护士走了。我摘下帽子看着，这是一款很时尚的帽子，帽子是由粗棉线编织成的，我非常喜欢地捧在胸前。

汪远来了，他的嘴唇上明显有些伤痕。

"汪远，"我指着侯天真，"这是我的女朋友侯天真。"

汪远上下打量了侯天真："你就是传说中的侯天真？"

"这是我的好兄弟汪远，就是他把我送到这儿来的。"

"你好，谢谢你啊。"

他们又寒暄了几句，侯天真娘儿俩走了。

"你去哪儿了，又作祸了是不是？嘴唇让谁啃的？"我严厉道。

"孙诚那个彪子。"

"他打你了？"

"你没看我把他打得更惨，趴在地上遍地找牙。"

我突然感到一股怒火从头上点燃，我抱着头，打点滴的针管被带了起来。

"你说你都四十多了，还是个教授，怎么能跟个孩子似的打架呢？打架能解决问题吗？"

"这是我们俩的事，我们要用男人的方式解决问题。你忘了大诗人普希金就是为了女人决斗而死的吗？太高尚了，太男人了，太过瘾了。"

"臭彪子，还高尚呢？不要脸，为个女人你们值得吗？"

"太值了，这样得到的女人才更珍贵。今天的决斗是拳击，我们各打对方一拳，一直打到一方认输为止。我让他先打。他打了我的嘴，我嘴出血了。我打了他的鼻子，把他打倒了。我说接着打？他摆摆手认输了。现在我一比零领先。我们的第二场争斗是辩论。准备让赵总编当裁判。"

"我的妈。还辩论？你要气死我？"我嘴上这么说，还真想听听这两个文人才子为了个女人怎样唇枪舌剑、华山论剑的。

"海星，我是为了让你放心地走，才急急忙忙挑战孙诚的。我知道海月要二选一太难了，只能由我们来决定。我胜券在握，就是给你的定心丸，你的病就好了一半，是不是？"

"还有第三场争斗吗？"

"有，三战两胜，孙诚已经等不到第三场了。"

"第三场是我们每人给海月做一顿饭，看看海月更喜欢谁的手艺。"

"你们两个彪子，亏你们想得出来。说出去丢不丢人？海月值得你们这样吗？你以为这样的结果我就不上火了吗？我要告诉海月，我们俩出家当和尚当尼姑，也不和你们这帮彪子过。你们谁也别想得到她。"

"好好好，海星，别生气。这个侯天真很不错，是个靠谱的女人。"

"什么叫靠谱？"

"就是过日子的女人。我们这个岁数了，应该找会过日子的女人。就像你妈说的，老婆是用来过日子的，不是给别人看的。"

我笑了。

已经是晚上九点多了，汪远走了。

♀五十二

一宿没睡好觉，走廊里的各种声音都会惊醒我。

方元一大早就来了。月牙一夜也没睡好，她与方元交接后就回去了。

方元告诉我说："齐雅娟已经和其他几个分会长都说了，从今天起对陈老师的护理采取轮班制。今天是你们沙区的，明天是西岗区的，后天是中山区的，这样排班，一天两三个人，由分会长安排。上午我来了，下午温新和曲秋影过来。"

我摆摆手说："不用麻烦大家了，我还没到那一步。"方元笑着说："没关系的，陈老师。这是我们的长项，一个是人多，一个又都是女人。放心吧啊。"

中午时分，齐雅娟和月牙来了。

月牙一进门就大声说："陈老师怎么样？"说着她脱了大衣。

"你怎么又回来了？"我说。

月牙用手摸着我的手背。月牙的手很热。

"手热的女人有人亲有人爱。"方元说。

"都这么说，可是我怎么就没感觉到？"月牙看着我，有些激动，"陈老师，咱俩选个日子结婚吧。咱俩还用谈恋爱吗？"月牙把脸转向齐雅娟："齐大姐，你帮我说说情，陈老师听你的。"

"月牙。"我伸出一只手，月牙抓住我的手，"好姑娘，这样不行，我不能拖累你，你不要多想了。"

"陈老师，我是真心的。我只希望让你幸福快乐。"月牙的眼泪又流了出来。

我刚要说话，门开了，又有几个姐妹像一阵风一样进来了。月牙赶忙擦着眼泪走到窗口。

护士长来了，说我需要休息，齐雅娟把所有的人都赶了出去，让方元发微信到群里，告诉大家现在陈老师按照医嘱需要休息，不许大家来探视。我不知不觉睡着了，不知睡了多长时间，我被人推醒了。我睁眼一看，是侯天真，她二叔和二婶也来了。

二叔说："陈老师，躺在这里挺舒服啊。我也想来，躺在你旁边，咱俩做个伴，好不好？"

"一天到晚没有正经。"二婶推了二叔一把说，"没事的，海星，好人会有好报的。你二叔在佛堂给你摆了一个法事，肯定灵验。"

二叔说："是啊，海星。我给你算了一下，你现在的确有个坎儿，是个小坎儿。你会化险为夷的。不就是脑子长个包吗？多大点事？但你下一个坎儿要注意，是八十年后的。"

"有人要掘我的坟？"我说。

大家都笑了起来。

我想起侯天真对他二叔的评价，他肯定没有文化，但肯定是没有文化的人群里最有文化的。果然，二叔打开了话匣子。

"海星，你是文化人。你要积极面对病魔，勇于挑战，而不是任人宰割。你要掌控自己的命运，有必胜的信念。有很多人是被癌症两个字吓死的。再则，要有科学合理的治疗方法。比如食疗，把食物当药吃，尽量少吃或不吃西药。因为西药都是化学品。比如健身，每天走一万步的人，是不会得癌症和心脑血管病的。你知道作曲家郑冰吗？"我点点头。"他原来也是三高、脂肪肝、冠心病、失眠症什么的，也是病入膏肓的样子。但是他通过健走，彻底打败了这些病魔。他现在可以说是健身保健的专家了。他还影响了很多朋友迈开了双腿，走上了健康之路。所以有病不可怕，可怕的是你被病魔吓倒了。因为人的意念是会产生能量的，好的意念会产生正能量，而正能量会战胜病魔的。"

"二叔有水平，领教了。"我笑着说。侯天真也点头称赞。

二叔二婶回去了，二叔的话确是一针强心剂，让我看到了希望。我在咀嚼着几个关键词：信念、意念、地藏经、母亲。

下午四点多齐雅娟和月牙来了。月牙看到侯天真来了，她就出去了。

齐雅娟说："医院方面要我们来一下，有个重要的事要我们做。"

"什么重要事？"侯天真问。

这时门又打开了，进来了一位穿白大褂的大夫，她板着脸说："你们谁是家属？"齐雅娟、月牙、侯天真一起举起手说："我。"

大夫蒙了："谁是他妻子？"

"我是。"月牙和侯天真同时向前站了一小步。

"你们这是？"大夫更是发蒙。

"有什么事跟我说。"月牙指着她自己的鼻子语速很快地说。

"跟我说吧。"侯天真明显争不过月牙的速度。

月牙挡在侯天真身前说："别听她的，有事跟我说。"月牙人高马大的，把侯天真比得有点可怜。

"你不可能说了算，我才是陈老师的未婚妻。"侯天真说。这是我看到侯天真第一次激动地与人争辩。

"你是未婚妻？"月牙转过身来面对着侯天真，"你，你，就你这个样还是陈老师的未婚妻？你看看你哪一样比得上我，不害臊。"月牙做了个鬼脸。

"月牙，你不要这样说话。"齐雅娟拉了月牙一把。

"月牙，你要气死我。"我好不容易说出口。

月牙还在说，被齐雅娟给推到了一边："陈老师都这样了，你能不能消停些？"

"为什么总是我的错？齐大姐你不能总偏心啊。"月牙转过脸对我说，"陈老师，我就这么招人恨吗？"月牙哭着说。

"月牙，你很可爱。"我的舌头还算给力，"你还记得你妈吗？你还记得你怎样说你妈的吗？你现在就是你妈，你继承了她的一切。所以，你就不可爱了。"

月牙还想说什么，那个大夫急眼了，她大声说："我现在有个重要的事情要和你们家属商量，你们能不能配合我一下？"

"跟我说吧。"齐雅娟说。

大夫对齐雅娟说："张主任说，病人的情况非常不好，要立即做手术。可能是明天上午。你们家属要签一个字。你敢签吗？"

齐雅娟紧皱着眉头看了一下文件，摇摇头："不敢签。"

"我看看。"月牙咬着嘴唇也看了一下文件，然后撇着嘴摇摇头。

侯天真拿过文件看了后也摇摇头。

"大夫，我可以签吗？"我问。

"可以啊。只要你是在比较清醒的状态下，就可以签。"

"那你们考虑一下，明天手术前必须有人签字，否则就不能做手术。"大夫走了。

傍晚，张主任来了。他非常亲切地坐在我的病床前："陈老师，你的情况不太好，那个坏东西长得太快了，不做手术可能真的没有救了。做手术的话，成功率也不太高。但是做好了肯定就没有事了。这样的手术我做过几例了，我比较有数，所以我建议你还是做。你自己好好想想，还来得及。"

我点点头："死马当活马医，这个我懂。"

其实，我一直在犹豫不决。听了张主任的一席话，看到他诚恳的眼神，我终于下了决心。

我拿起笔颤颤巍巍地在这个关乎我命运的文件上签了字。

方元和曲秋影带着一股热流来了。

"陈老师，你还记得我吗？"

"记得，记得，祝贺你找到了儿子。"

"谢谢陈老师。"

"儿子在哪儿找到的？"

"在河南驻马店。"

我笑了："驻马店？我去过。"

方元说："央视那边让曲大姐去一下，母子相见，录一个视频。我今晚就陪曲大姐去北京。陈老师你多多保重，我过两天就回来看你。"

曲秋影说："陈老师，你是大好人，你积了大德，你会平安无事的。"

"谢谢你们，你现在气色很不错啊。"我说。

"是啊，陈老师你不要害怕。我动了手术还做了四次化疗，现在不也挺好的吗？因为我有一个信念，找儿子，所以我挺过来了。"

方元说："是啊陈老师，你千万不能恐惧，有个叫文怀沙的你知道吗？"

"我知道，是位国学大师。"

"我看过一个他的访谈。几年前他被查出得了肝癌，医生说他只能活三个月。他听了以后拍了一下大腿，大笑起来。医生护士都吓坏了，以为他疯了。他笑着说马上出院。出院后老先生游历祖国的天南海北山川江河。一年后他又到医院复查，肝脏里竟然没有了癌细胞。老先生现在一百零八岁，还很健康。所以我们每个人都可以创造奇迹，关键在于你怎么想、怎么做。"

我微笑着点点头。

护士长发火了："这是医院，不是菜市场。你们如果爱惜这个病人就不要打扰他的休息。从现在开始，只许一个人陪护。"

所有的人都出去了，病房里只留下了侯天真，病房瞬间就安静了。

"我的星星，你睡一觉吧，我给你念佛。"侯天真坐在我的身边，悄声地念着，那亲切的声音像一股电磁波在我的身上窜流。

死亡是人最大的恐惧，胆小的我更是难以自控。我望着洁白的天棚，恍惚看见了一片白云，那片白云悠悠荡荡地动了，我仿佛在白云里穿行。我知道我是幻觉，人死之前都会有幻觉的。这可能是思维错乱的表现，我努力想把我从幻觉中拔出来。我不能死啊，我不想死啊，我才在这个美好的世界上活了四十二年。我想我妈如果知道我这样该多么难过！有她在我身边就好了，我就不会躺在这里了。可惜十多年了我竟然没有见她一面，如果就这样和她永别我是不甘心的，可是她在哪里呢？死在她的怀里就好了。我不能死啊，我不想死啊，我最惦记的就是海月。她是我的骨肉兄妹，现在她身陷囹圄，又被两个男人拼死争抢，她该怎样走出泥潭？尽管我倾向她嫁给我的哥们儿汪远，可是孙诚开出的条件太诱人了，她抵挡得住吗？我不能死啊，我不想死啊。还有孙可心，我的可

心夫人，给了我家庭，给了我快乐，给了我自信，可是那个五十亿的大厦她镇得住吗？那是你的归宿吗？你的心太大了。我不能死啊，我不想死啊。更让我揪心的是侯天真娘儿俩，他们刚刚在这个世界上找到了幸福的感觉，这感觉就像黄粱美梦一样一夜就蒸发了。我不能死啊，我不想死啊。我已经离不开干枝梅俱乐部这个阳光的群体了。每一个熟悉的名字，每一张亲切的脸，都已经融入我的生命里，她们需要我，我也离不开她们。我不能死啊，我不想死啊。

我反复推敲那几个关键词：信念、意念、地藏经、母亲，还有方元说的文怀沙、创造奇迹。我的身体好像渐渐冲出了浓厚的云层，一道耀眼的阳光出现在我的脑际里。有了，我突然有了一个天大的主意，我有生以来最伟大的主意，我勇敢了起来。

我的手突然有力量地握着侯天真的手：

"天真，我的天真，你在吗？"

"星星，我在这里，你知道吗？我一直在为你祈祷，你会没事的。"

"天真，麻烦你为我做几件事。"

"好的，你说吧。"侯天真深情地看着我。

我拿着一把绑着红绳的钥匙递给了她："这是家里的钥匙，你帮我把我的笔记本电脑送给我们《妇女视界》的赵总编，里面有我没写完的调查报告。他明天就出差回来了。在我的写字台上，有那本《包法利夫人》，你拿去看。还有，明天来的时候，把我的剃须刀，还有你送给我的《心经》都拿来。再带一个口罩来。"

侯天真流着泪点点头。

"万一我不在了，如果你发现怀孕了，一定要把孩子打掉，把我忘掉。"

"不，不要说这些。"侯天真使劲摇摇头，她的泪水飞到了我脸上。

"如果有来生，我还会来找你，和你和玖依一起看电影，吃火锅。"我闭着眼，任凭眼泪流淌。我们的手握得很紧，生怕丢掉了对方。

这算是我对侯天真的最后遗言。

晚上，侯天真给我送来了烤鸡和牛肉饼，当然还有我需要的剃须刀、

《心经》和手机充电器、口罩等。因为有了那个伟大的主意，我的胃口好极了，半只烤鸡和两块牛肉饼我一会儿工夫就吃完了。侯天真乐坏了。

"星星，看你这吃相没有问题的。"

"天真，扶我出去走走。"

侯天真笑了："只要能吃、能走，就没有问题的。"

她扶着我在走廊里来来回回地走了有半个小时。

汪远来了，他手拿着一沓报纸和一包炒栗子。回到病房，汪远和侯天真轮流着给我念报纸。

我的手机响了一下。汪远拿起来看了一下说："有个姐妹要约你讲她姐姐的故事，她发来了故事梗概。"

"你念念给我听。"我还是很感兴趣。

侯天真说："陈老师，你都这样了，就不要听了。"

我闭着眼摆摆手："我要听。"

汪远打开手机，里面传来一个女人的语音。

　　我姐叫薛洁，今年五十岁。她儿子五岁的时候，因为丈夫有外遇，我姐跟他离了婚。好不容易把儿子抚养到大学毕业，可是儿子得了尿毒症，医生说最好的办法是换肾，但是要找到配型好的肾比较难，而且还需要三十多万的费用。我姐想就算有了好的肾，那三十多万的费用在哪儿呢？于是她想了一个好办法，把她的肾捐给儿子。做了配型后，医生说非常匹配，但是我姐因为有肝炎和轻度肝硬化，医生不给做。我姐一狠心就开始健身，一天跑二十公里，一年后体重降了四十多斤，肝炎和轻度肝硬化都没有了，一颗健康的肾移植给了她儿子，儿子得救了。医生说我姐是一个奇迹，很多媒体都介绍了我姐的事迹。

我们都被这位伟大的母亲感动得热泪盈眶。

汪远说："海星，我说你为什么热衷干枝梅，原来这里有这么多故事。我决定从今天开始，我改行了。"

"你要干什么？"我问。

"做编剧，写电视剧剧本，这么多真实感人的故事，这么多极好的题材，我就不信我干不过孙诚。"

"我支持你。"

护士来说，病房要闭灯了，汪远这才恋恋不舍地走出了房门。

今晚侯天真要陪护我。尽管我一再要她回去，她还是执意留下了。明天就要手术了，她心里一定比我还紧张。

"天真，麻烦你一件事，我的视力很糟糕，我想给孙可心发一个微信。"

"好的，你说。"

"亲爱的，请给我打两万块钱，求你了，一定还，最后一次。祝你好运！"

"这样写好吗？会不会让她很瞧不起你？"

"我们是老夫老妻，不会的。"

孙可心很快就回复了。

哎呀，我欠你的，小祖宗。

一会儿我的手机传来了提示声，我笑了，侯天真也笑了。

我安静地躺在床上，闭着眼睛，脑海里却是像一次战争前的指挥部，沙盘演兵，运筹帷幄。尽管侯天真一直握着我的手，尽管她低声跟我说话，我还是像一个真正的病人，一个病入膏肓的病人。后来我听出来了，侯天真在为我念《心经》。我没有说一句话。

很久很久，我睡着了。

五十三

第二天一大早我就起来了，比起第一天，我睡得好多了。

我催促侯天真赶快回家送玖依上幼儿园，侯天真听从了。我把她送到了电梯口。电梯门关上的一霎，我把手放在了嘴上，给了她一个飞吻，她也这样飞回了我。难道我们就这样永别了？现在我的心非常坚强，就像一个视死如归的勇士。

我用剃须刀把这两三天的胡茬一扫而光。我拔下了给手机充满了电的充电器。在卫生间的镜子前，我摘了眼镜，睁大了眼睛，尽管视力有些模糊，我还是看到了镜子里有些苍老和变异的我。我对我说，加油！小伙儿，你一定行。

秦琴来了。今天是西岗分会值班护理我。她给我带来了我喜欢吃的茶叶蛋、刚出炉的红豆沙面包和一大杯巧克力奶。我都吃下去了，连秦琴都感到很意外。

我意识到，现在到了实施我的计划的时候了。我对秦琴说："你去一下护士站，要一个体温计，顺便再打一暖瓶开水。我感觉有点发烧。"

秦琴被我调走了。我急急忙忙地穿上羽绒服，戴上口罩，踏上旅游鞋，戴上侯天真昨天给我的帽子，我拿起早已准备好的一个装着《心经》和其他书报，还有手机、剃须刀和一些水果的口袋快步走出房门。现在出入医院的人不多，我坐着电梯下到了一楼。出了电梯，我就径直往大门外跑去。我像一个正在执行重要任务的间谍一样，既紧张又激动。

清晨的阳光已经洒满了街道和朝南的楼房，二院大门口一棵大大的落地松里有一群麻雀在叽叽喳喳地叫嚷着。我笑着说："啊，世界真美好。"

上班、上学的人流和车流汇成了两条大的河流，一条向东一条向西慢慢地流淌着。有一个妈妈领着她儿子的手，在人行道上快速地走着，那个男孩儿大声地和她说着话。我想起了我妈妈和我，想起了侯天真和玖依。我笑着说："啊，世界真美好。"

尽管有些头晕目眩，尽管有些恶心，尽管有些气喘吁吁，我还是快步走着。我把口罩摘下，我深深地吸了一口新鲜的空气，闻到了大海的味道。我看着远方蓝天里的云彩，披着朝霞亦真亦幻地像赵无极的写意画。我笑着说："啊，世界真美好。"

手机振动了，我知道这一定是秦琴在找我。我迎面来了一位年轻女子，我认出来了，是护士长，我赶忙戴上口罩，并转过身用手挡住了眼睛。今天的腿脚很给力，我上了公交车。我身上没有现金，正在犹豫，后面有人推了我，我竟然混上了车。有贵人相助啊。手机在我手里不停地振动着。我看了一眼，齐雅娟、方元、月牙、侯天真、汪远、默凡、于琪、曲秋影、潘金香等的名字都排列在呼唤我的未接来电的名单里。

我心急如焚，好在公交车走的是公交专用道，还算顺利。我在青泥洼桥站下了车，颤颤巍巍地向大连站跑去。

这时天上竟然飘下了雪花，侯天真给我的帽子帮了我的大忙。有几片雪花落在了我的脸上，很清爽。雪花落在地上马上就融化了，我放慢了速度。

在九州饭店的一楼，我从柜员机里提出了三千块钱。

大连站那个巨大的钟表告诉我现在是八点整，我快步到了一楼售票处："买一张去北京的，越早越好。"

"只有一等座了。"

"太好了，就它了。"

我走出售票厅来到二楼外面楼道的最南端。

大连站曾经是亚洲最好最大的火车站，小的时候看到汽车开上了二楼就觉得很稀奇。

这时的雪下大了，铺天盖地遮天蔽日，好像在为我壮行。我看着这个生我养我的城市，这个演绎了我四十二年人生的城市。啊大连，我永远的家，你的不孝儿子向你告别了，感谢你给了我自豪的身份——大连人。我含着泪，微笑着向南面的广场、建筑、山峦、大海和形形色色的人们鞠了三个躬。再见了，我的大连。再见了，亲人们。再见了。

我想起了孙可心，那么刚强的女人在离别她的故乡时醉酒当歌，泪流满面。可见一个人在别离故土时，需要巨大的勇气，相当于视死如归。

来到检票口，我看到有个警察坐在那里审查每个旅客的身份证和车票。我紧张起来，头上冒出了汗。我摘下帽子，胆胆怯怯地走到了警察跟前。警察看了我一眼，他注意到我穿着住院的裤子。我才反应过来，我一时紧张忘记了换上自己的裤子。

"你去北京干什么？"

"去看病。"

警察点点头，把身份证和车票给了我，我的妈，我一身的冷汗。

高铁启动了。

这个点在家里的话，楼上老王的二胡声会把我叫醒的。我多么享受那个钢琴声和二胡声，包夹着我在温暖的被窝里的时光，可惜我再也听不到了。没有了钢琴阿姨的琴声，我们的生活依然继续，没有了知音的老王也还会继续拉琴。

我的座位靠近车窗，这是我最满意的。手机几乎一直在振动。我打开了手机，我的妈，上面显示有一百七十二个未接来电。我的视力已经模糊得几乎看不清屏幕了。

我大吐了一口气，我高兴起来，为我胜利大逃亡而窃喜。

我脱下了外衣，摘下了帽子。我打开了微信，打开了赵总编的界面。我思考了一下，用牙齿使劲捋了捋舌头。我按下说话键：

> 我尊敬的大哥、赵总编，你好。当你看到我的这条微信的时候，我已经踏上了寻梦的路。命运给我的时间不多了，你交给我的任务，我这辈子是无力完成了，如果有来生我一定会继续把它做好。虽然已经写了几万字，可是离你的要求相差很远。所有的资料都在我的笔记本里。我感谢你让我走进了单身女人的世界，她们的故事或境遇让我感到心碎、感动和震撼。我想起托尔斯泰的那句名言：幸福的家庭都是一样的，不幸的家庭各有各的不幸。我认为幸福的女人都是一样的，不幸的女人各有各的不幸。我希望你安排人前赴后继地完成这个伟大的使命，感谢你对我的信任和帮助。我欠你的太多，来生再还。

我的右手食指点了一下手机，这条语音已经出现在赵总编的手机上了，我好像卸下了一个沉沉的包袱。

我看了一眼窗外，大片的雪花扑打着车窗，外面的世界蒙上一层厚厚的纱幔。

接着发，下一个是侯天真。

天真，我走了，我是去追寻一个伟大的梦想。不要挂念我，不要为我哭泣，生活还在继续，太阳照常升起。我的书柜里和箱子里所有的书籍，大约有一万多册，都是我赠给玖侬的礼物。它们陪伴了我三十多年。现在让它们继续陪伴玖侬吧。我妈说，爱看书的孩子就会有出息，我把我妈的这句话也转赠给玖侬。感谢上天让你走进了我的生命，让我看到了人世间的温暖和善良，让我确信我们的世界里真善美永远是这支交响乐的主旋律。我相信好人有好报。如果你真的怀孕了，一定把孩子打掉，别让孩子一出生就没有父亲。在我的身边有你送给我的《心经》陪伴我，还有那顶帽子保护着我，就像有你陪伴我保护我一样。

要是在昨天发，我会流泪的。今天的我，已经脱胎换骨了。接着发，下一个是齐雅娟。

齐大姐你好。非常抱歉，我不辞而别。我是去完成一个伟大的梦想了，不再给你们添麻烦了，感谢你，感谢干枝梅的姐妹们为我所做的一切。希望我们干枝梅的产业像干枝梅一样，迎风绽放，节节开花，遍地芬芳。姐妹们为我集资的钱还给大家，或用于挽救其他需要帮助的姐妹。告诉方元，经常去看看马艺的爸爸，因为我承诺了马艺。如果我真的不在了，请把我的一只拖鞋放在干枝梅俱乐部的一把椅子上，跟放着马艺的那只拖鞋的椅子紧挨着。

手机还在不断地振动，我的手都被振得发麻了。突然我在一长串姓名中看到了黄燕，难道黄燕也知道我失踪了？不能，我打了过去。

"黄燕吗，你给我打电话啦？"

"是啊，哥。我告诉你，周天伦已经收到了上级给他平反的通知，让他到驻马店市文化局当副局长啦。"黄燕的说话声很大，把我的耳膜都震得嗞嗞发响。

"哎呀，太好了。"我大声说着。

"他老婆和儿子来找他了，他没有见他们。我们现在收拾东西下午就回驻马店了。来来来，周老师跟陈老师说几句。"

"陈老师你好啊。"

"你好，你好。"我的舌头很给力，"祝贺你啊。这说明魔高一尺道高一丈，好人必有好报。"

"是啊，陈老师。感谢你啊，一直关注着我，支持着我，特别是对黄燕的帮助太大了。没有你，黄燕可能都坚持不到今天。"

"应该的，不足挂齿。哎，黄燕怎么安排呢？"

"她嘛，好安排。可以去驻马店市的豫剧团。她的能力没问题，她现在正是演员最好的年龄。如果不想演戏了，也可以去戏校当老师。陈老师你怎么样？"

"我还好，我们以后再聊。"

高兴的事就是阳光。

到鲅鱼圈了，雪停了，这里的雪没有化，地上一片白茫茫的，直晃眼睛。

我看着车窗外的景色，心情就像这冬季里的阳光，暖洋洋的。接着发，下一个是汪远。

汪远，我的好兄弟，我去追寻一个梦想了，你会懂的，你会理解。我把海月交给你了，不管海月最后能不能成为你的新娘，我都希望你要关照她、呵护她。我会劝说她选择你的，我也相信你一定会走好自己的路。我感谢你为我做过的一切，有来生我还和你做兄弟。

我因为吃得太多，肚子里的分泌物在催促我去方便一下。我扶着一排排椅背慢慢地向卫生间走去。看着车厢里的每一张脸，都那么亲切。有一个很小很小的女孩儿在哭泣，我走到她面前说："谁惹乎你了，小宝宝？"她吓得扑在她妈妈怀里不敢哭了。她妈妈说："你看，你一哭就影响大家了，是不是？"

我从卫生间回来的时候，看见那个年轻的妈妈在为小女孩喂奶，我赶紧转过头去。我想，生活真美好啊。我走到了自己的座位上，从裤子口袋里拿出了还在振动的手机。

接着发，下一个是谁？是海月。

海月，等你三个月出来的时候，你会发现你的世界发生了巨大的变化。首先是你再也见不到我了。我去完成一个伟大使命，去追寻一个梦去了，你千万不要为我担心。你遇到的最大的麻烦是在汪远和孙诚之间做一个艰难的选择。这是个世纪难题，百分之九十九的女人都会选择那个诱人的合同。它几乎是天上掉下的馅饼，它能使你发一笔大财，它也可能使你扬名立万。但是，天上掉下馅饼的时候，也会为你挖一个陷阱。你如果稍有不慎就可能掉下去摔得粉身碎骨。你十五岁就当过明星了，记得吗？很风光很展样。现在你想想有意思吗？你今天的诸多麻烦不就是在为那个明星的光环还债吗？因此我希望你做那百分之一的人。踏踏实实做女人，安安稳稳过日子，不要追名逐利，一切名利都是烟云。汪远是个真诚憨厚的人，是个做学问的人，是个人粗心细的人。如果你跟了他，我死了就能闭上眼了。而孙诚是个非常聪明、非常势利的人。这样的人是靠不住的。我所有的书籍都赠给了侯天真的儿子玖依，你帮我整理一下，她家也没有地方存放这么多的书。如果你将来有了新房子，就把我们家的房子赠给侯天真。这所房子至少有一半是属于我的，那一半算是你送给你哥的最后礼物。侯天真是个非

420

常善良纯真的女人，她太可怜了。她应该有属于她的幸福，可
惜我不能给予她了。再见了我的好妹妹，有来生我还做你哥。

接着发。下一个是谁？没有谁了。

有，给《诗歌》编辑部发一首诗，我要用诗人的办法向这个美好的
世界告别。还有感恩，应该向我所有的亲朋好友道别感恩，向微信朋友
圈的朋友们道别感恩，向干枝梅的所有姐妹道别感恩。他们和她们是我
活在这个世界上的阳光和空气。

坐在我身边的是一个年轻女子，尽管我看不清她的容颜，但我能感
觉到她长得很清秀，她一直对我很是好奇，也许是我奇怪的着装，因为
只有住院的病人和入狱的犯人才穿这种长条蓝白相间的裤子；也许是我
一直在喋喋不休地发语音，语言里有那么多有关生死离别的词句。

我微笑着对她说：

"小妹，我想麻烦你帮我记录一个文件，可以吗？"

她转过身来："可以的，什么文件？"她接过我的手机。

"是一首诗。"

"哦，我太荣幸了。"她看了一眼手机惊奇地说，"有三位数的未接来
电和微信，你要不要看一看？"

我笑着说："不看了，我们还是写诗吧。"

安魂曲

陈海星

我带着我的灵魂
去叩响天堂的大门
我的脸
就是通行证
上面写着四个字
善良的人

大门紧闭

没有一丝的回音

我的灵魂告诉我

还不到

最后的时辰

我回眸

这个亲热的世界

我叩首

我感恩

感恩

给我生命的大地和母亲

感恩

给我魂灵的日月和星辰

感恩

与我分享苦乐的亲朋好友

感恩

所有我爱和爱我的人

我回眸

这个美好的世界

阳光

依旧灿烂吐新

生命

还在似火如金

我回眸

我看到了所有的灵魂

善良的

丑恶的

真诚的

虚伪的
林林总总
难辨难分
在这个
小小的地球村
真诚用真诚证明
真诚永葆纯真
善良以善良盟誓
善良难移善心
美丽的心
生长出美丽的灵魂
用美丽笑对世人

我抓住
我的灵魂
生怕它
游离了我的身躯
我把我的灵魂抓紧
我恐惧与它离分
我的灵魂
是一张逍遥的风筝
我用意念把它牵引
我的灵魂
是我的复制品
它有跟我一样的
情怀和身心
我的灵魂
是我漫长的脚印
一串串

一行行

记录了我的命运

我的灵魂

是我多情的眼神

用光泽

用泪水

坦陈了我的内心

可以飞了

我的灵魂

在这个平常的早晨

像一只小鸟

离开她的森林

可以飘了

我的灵魂

像一朵白云

载着我

去叩响

天堂的大门

这个小妹是流着眼泪记录下的，我看到她几次在擦拭手机屏，这一定是她的眼泪滴在了那上面。到了最后她竟然失声痛哭。

"大哥哥，难道你真的要去叩响天堂的大门吗？"

"不是我想不想，是命运的设定。"

那个小妹一双泪眼看着我。

我微笑着说："不要哭泣，小妹妹。生和死都是生活的一部分，生是开始和过程，死是终结。我相信生命有轮回，生是生存、生活，是真实的；命是命运、灵魂，是可知不可见的。人生就是一列开往远方的高铁，每一站都是一个节点，终点站就是死亡。这列高铁勇往直前，路边的绿树鲜花大河小溪山峦田野使它的旅途更加绚丽美好；路上的狂风暴雨冰雪雾霾尘土沙砾使它的经历更加丰富精彩。无论路途平坦径直还是崎岖陡峭，这列高铁歌唱着喘息着感叹着走出了一条自己的轨迹。每一列高铁都有自己的使命。到了终点然后又上了旅客，新的旅行又开始了，这就是生命轮回或重生。所以，我笑看人生，不惧死亡，向死而生。"

"大哥哥，你很伟大，能笑着面对生死的人都伟大。"

我笑着对她说："我原来也是怕死的，但是突然就开窍了。你知道吗？每一个伟大作曲家的最后一部作品都是他的安魂曲，还有很多大诗人也有这样的作品，我想这首诗就是我的安魂曲。"

"所有大作曲家和大诗人的安魂曲都是属于人类和世界的，你的诗也是一样，所有看过这首诗的人都会被感动的。"

"我不敢与大师们比肩，我只是发表我的最后感言、感慨，还有感恩。如果有一个人读懂了我的诗，我就满足了。"

"大哥哥，我读懂了，我感动了，我流泪了，你该心满意足了。"小妹看了一眼我的裤子说，"可是，你从医院跑出来，拒绝医治，你要去哪里？去做什么？"

"我还有一件大事没有完成，我死不瞑目，我现在是在追梦的路上。"

"大哥哥，我建议你一定要在微信朋友圈发一个，它会传遍全世界的。你写得那么精美那么崇高那么宿命，万一发表不了，不就可惜了吗？"

我寻思了好半天，望着车窗外的景物在飞速地逆行而去。北方冬季的天地是银白色的，一排排光秃秃的树干，笔直得像受阅的战士。田地里的雪，闪着银光，像晚霞中大海的浪涌，有一群乌鸦或者是喜鹊像海鸥戏浪一样在没有麦子的麦田里追逐着。远处山头上的高压线杆，像伸开铁臂的金刚在寒风中威武地挺立。这个世界多美好啊。如果我有来生，我希望做一回女人，也许是个单身女人，我一定会把握好自己的命运。

我把脸从车窗外转了过来，微笑地向她点点头。她兴奋的手指在手机屏上飞速地动着点着，顿时，我的《安魂曲》飞向了四面八方。

　　列车快到山海关站了，那个小妹要下车了。她站起身，从行李架上拿下她的行李箱站在过道上，她勉强地笑了一下，伸出了右手。我也站起身，我们的手有力地握在了一起。我感到她的手很热，很柔软。

　　"祝你梦想成真，早日康复。天堂里不缺诗人，什么李白杜甫李清照普希金海子都在那里，你还是在人间吧。"

　　我笑了："谢谢你的好建议，祝你好运。"

　　我穿上羽绒服，拿着手机，跟着她下了车。她走了十几步，回过头来看了我一眼，我没有看清她的脸，我一直目送着她消失了。

　　山海关以南是关里，山海关以北是关外。山海关东面是大海，山海关西面是大山。这时，关里关外的风都在这里咄咄逼人，海风和山风都在这里剑拔弩张，我禁不住打了几个寒战。我不停地在原地跑动着，有几个人也和我一样在原地跑动着，我和他们的嘴里都哈出了热气。

　　我手里的手机还在振动，屏幕上提示只有不到百分之十的电量了。尽管我很喜欢这部手机，但是我的行踪会被它出卖的。我在站台上看到了一个垃圾箱，我想这应该就是这部手机的归宿了。我跑了过去，我憋足了力量，举起这个崭新的还在振动着的手机，狠狠地砸向垃圾箱的硬处。砸到第三下的时候，屏幕碎了，奇怪的是手机还在振动，就像一条没有了头的蛇，身体还在蜷曲着，尾巴还在摇着。又砸了几下，手机变成了一堆碎片，散落在垃圾箱周围的地上，我的手也震得很疼。我把金色的芯片捡起来，扔进了污物杂乱的垃圾箱里，周围的人都在瞪大眼睛看着我。

　　广播里传来了一个女人温柔的声音，她提示列车就要开车了。车门口的那个女乘务员也呼喊着让我们上车。下车抽烟和活动的人都上了车，我一步跨进了车门，车门随即关闭了。

　　列车又开动了，我回头从车窗里看着那些手机的碎片，好像是我记忆的碎片，被我丢弃在了山海关。

● 尾声

五年后的春天。鲜花又开放了。

我现在已经是国际佛教学院的教授。

今天下午学校礼堂有一场佛教作品音乐会，我很感兴趣，我早早来到礼堂。我看过音乐会广告，这是第一支专业的佛教音乐演出团体的首场演出。

离演出时间还有十多分钟，整个礼堂已经坐满了观众。剃度了的大学生和信众们人头攒动，很是壮观。

音乐会就要开始了，舞台上是五六十人的民族乐团和一个近百人的合唱团，把本来就不太大的舞台装得满满当当。所有演出人员都穿着米黄色的袈裟，井然有序地坐着或站着，远看像一片沙丘，令人肃然起敬。

指挥家登场了，全体演奏员和合唱团起立，观众席里爆发出热烈的掌声。当指挥家面向观众合十致意时，我惊呆了：郑冰？是郑冰，没想到在这里遇到故乡人。原来长发飘飘的他，也剃度了，他饱满的前额在明亮的灯光下闪闪发光。

郑冰的左手在空中轻轻地滑动了一下，音乐奏响了。

弦乐演奏出高音区的长音，就像一条绵长的通向天边的虚线。一声钟鸣，在天地间回响，它那无限的延音把我带入了回忆。在大合唱《心经》的美妙人声中，我看到我跌跌撞撞地下了高铁。这是济南站，我搭上一辆长途客车奔向去长清的路上。长清是个县级市，是离济南最近的一个郊县。我的朝圣之路就从这里开始。我对《心经》已经很谙熟了，侯天真给我吟诵过好几次，在大连的最后一个晚上我就是听着她的吟诵入睡的。音乐的《心经》更加动人，它的旋律拨动了我的心弦。钟声又响起了，有钟声的地方一定是佛堂，我循着钟声看见了一座寺院。尽管我头晕目眩，尽管我口干舌燥，尽管我浑身乏力，我还是加快了脚步，大约还有一百米的时候，我真的走不动了。我坐在一块石头上，喘着粗气。这时有一个小和尚路过我身边，我拦住了他："小师父，这是什么地方？""莲花寺。""这里有个叫王桂云的尼姑吗？""不知道，我带你去问问我师父吧，走。"可是我已经站不起来了，小和尚赶忙扶起我。

音乐会的第二首作品是合唱《莲花》，钟鼓齐鸣把人们引入一个圣洁美好的空间，笛箫和筝琴奏出曼妙优美的旋音。我在小和尚的引导下走进莲花寺。一进寺院我就看见一朵巨大的莲花，一尊观音菩萨的雕像屹立在莲花的中间。我的眼泪不知不觉地流了出来，我不由自主地跪倒在地上，给观音菩萨磕头，但当磕第三个的时候我昏了过去。

不知过了多长时间，我被一阵敲木鱼的声响给惊醒。这是音乐会的第三首曲目《涅槃》。在一个低音的绵绵长音中，木鱼声声，经音寥寥。我睁开眼睛，看见那个小和尚在敲木鱼，他嘴里念念有词："你醒了？太好了。我师父让我给你念《地藏经》，每念一遍是三个小时，我马上就要念完第三遍了。""哦，有九个钟头了？""是啊，你睡得真香。""谢谢你，小师父。你这么小，为什么不去上学而在这里呢？""我爸爸和妈妈离婚了，妈妈出家来到了这里。我本来在奶奶家的，可是我就是想妈妈，天天哭喊着找妈妈。奶奶没办法，就把我送到这里来了。我喜欢这里。"我的心里一震，又是一个令人心碎的单身女人的故事。唉，这时候，有个老和尚走进了门："阿弥陀佛，施主你从哪里来？""我从大连来。""你到哪里去？""去找我妈妈，我妈妈是我的信仰，找妈妈是我的朝圣。""哦，但是你身上有恶魔缠身，最好在这里住上几天，我来帮你驱赶恶魔。""谢谢师父。""这位施主，你知道什么叫涅槃吗？""涅槃就是重生，我知道凤凰涅槃的故事。""我想你也应该来一个涅槃，你身上的恶魔除掉了，你就会获得重生。"

在莲花寺待了三天，小和尚每天给我吟诵三遍《地藏经》，老和尚给我吃了他配制的灵丹妙药，我真的感到好多了。临行时，老和尚把一本《地藏经》赠送给我，他让我每天都看一看、读一读。

这时的音乐在历经一段天崩地裂般激烈浴火燃烧后达到高潮，仿佛一个崭新的生命诞生了。

音乐会在继续，一曲《朝圣》把我拉到我的朝圣路上。低音乐器拨弹出沉重而缓慢的音符，就像我艰难的步履在山路小道上跋涉。

　　我在山东的山山水水里走着，每一座寺院我都会进去打听王桂云，每一座寺院里都没有王桂云。开始我很沮丧，但到第七个的时候，我觉得"没有王桂云"反倒是我最希望得到的回音，因为我希望我走下去，走得更远。我在第九个寺院里剃了光头，走到第二十六个寺院的时候，春天已经到来了。山野上开满了五颜六色的花，我恋恋不舍地扔掉了羽绒服。我在第四十八个寺院里，向方丈要了一件袈裟。这样一来，我就更像一个朝圣的和尚了。

　　音乐会在继续，《禅意》的禅意很浓，使我想到了侯天真二叔的天禅堂，也想起了侯天真。我赶紧换频道，去掉杂念，我又回到朝圣的路上，我的身体一天天在好转。在第六十二个寺院里，有个老方丈竟然说我没有什么病魔缠身。这时的我，体重已经降到了一百四十斤，我的视力也恢复了正常，头疼头晕的顽疾也好多了。

　　音乐会在继续，钟声又响起来了。这是最后一首大合唱《善缘》。这是一首著名的佛教歌曲，几乎所有信众都会唱，周围的人们都在哼唱着，我的朝圣之路终于走到了终点。在第九十九个寺院，我看见了我妈妈王桂云，她在打扫庭院。我没有哭，也没有和她拥抱，我走过去夺下她手里的扫帚，我用力地扫了起来。妈妈认出了我，她看到我穿着袈裟，剃了光头，生龙活虎的样子，她笑了。音乐的高潮部分是所有演出人员和观众共同高唱。这个朴素的旋律、简单的音调，在郑冰的指挥下演绎成一曲动人心弦的感人肺腑的振聋发聩的交响大曲。所有人都激动万分，很多人流着泪。我没有唱，我的心还在找到妈妈的喜悦里，我感到我回到了小时候，这是人生轨迹的轮回，我涅槃了。

　　郑冰的双手在空中轻轻地一划，最后一丝乐音像燃尽的蜡烛一样熄灭了，音乐会结束了。音乐声袅袅飘延，人们仿佛进入一个超凡的境界。所有的人，演奏员、合唱团的团员、观众都还沉浸在禅意之中。当郑冰转过身来，带领全体演奏员和合唱团向观众致意时，所有的观众都用最热烈的掌声和欢呼声向音乐家们报以祝贺和感激。掌声持续了足足有五分钟，观众丝毫没有离场的意思。看到观众这样激动，郑冰拿起一个话筒。

"南无阿弥陀佛，大家好，非常感谢大家光临我们的音乐会。我们的乐团、合唱团才成立几个月，大家都怀着一颗充满禅意的心走到了一起。佛教是世界三大宗教之一，佛教文化源远流长。可是由于种种原因，我们的佛教音乐远远滞后于我们的佛学经典。我们听到的知道的佛教音乐大都是民间小调、流行歌曲等。我一直认为佛教文化应该有属于自己的大型音乐作品，而不应让交响乐打上基督教独有的标签。今天大家听到了民族管弦乐演奏的大型佛教文化作品，标志着我们佛教音乐步入一个新的阶段。我们刚刚起步，山高水长，来日可期。我们希望得到诸位领导、长老和信众的加持，让我们的佛教音乐走向世界，惠及更多的人们。南无阿弥陀佛。"

在热烈的掌声中，郑冰缓缓走下了舞台。

散场了，我随着人流往外走，从一个侧门上了后台。在一个合唱团佛友的带领下，我见到了郑冰。

郑冰明显比我见到他还惊奇。

"你，你，你是陈海星？我不是活见鬼吧？你没死？"

"我没死，我很好，你怎么会在这里？"我问。

"我一直对佛教很敬仰，早在十多年前我就萌生了创作佛教音乐作品的意念，也断断续续写了一些作品，苦于没有演出的机会。我看到了佛教学院的招聘就应聘来了。你这些年都去哪儿了？你说你去追寻梦想了，你的梦想到底是什么？"郑冰还是一脸的问号。他边说着边带着我走出了礼堂。

"说来话长，我的梦想是死在我妈妈的怀里，那时我带着顽疾跑了出来，去山东找我妈妈去了。"我说得很轻松。

郑冰还在纠结："那么你的顽疾是在哪儿治好的呢？"

"我根本就没治。"我笑着说。

"没治？没治怎么就好了？"

"是啊，我在山东寻找妈妈的时候，走进一个寺院，一个老方丈看我气色不好，就断定我有顽疾。我吃了他的药，读着他送给我的《地藏经》，上了路。在山东的山山水水里走了大半年，呼吸着新鲜的空气，吃着时令的蔬菜和山果，每天走十几个小时的山路，一个信念就是找妈妈。我后来总结，就是这种信念，加上大量的有氧运动和很好的空气、食品，还有《地藏经》的神力，使得我身体里的癌细胞、毒素和多余的脂肪都统统被排除掉了。我才得到了一个健康的身体。"

"是啊，真是个奇迹，好的心情，有氧健身和好的空气、食品都是最好的药物，我也一直在做这样的健身活动。你找到妈妈了吗？"

"找到了。在山东与河南交界的一个大山里，有一个不大的寺院，我妈妈在那里出家。本想死在她的怀里，可是身体又奇迹般地好了，我就效仿我妈妈也出家当了和尚。去年，我应聘来这里做了教授，在这里教外籍学生中文。"

"原来是这样，大连的亲朋好友都为你担心呢，各种猜测都有，但是谁也想不到你还活着，你的户口可能都注销了。你真神啊。"

郑冰的脸上露出了笑容。

"你知道我妹妹海月的情况吗？"我有些急切地问。

"海月啊，我当然知道，她和汪远结婚的时候，我还到了场。"

"啊，海月和汪远结婚了？"我几乎是要喊出来了。

"是啊，听说也是你的遗愿。"郑冰笑了起来，我也笑了。

"后来，海月生了一个女儿。"

"海月生了女儿？太好了。这也是我的意愿。"

"你知道吗？汪远火了，他编剧的电视连续剧《干枝梅俱乐部》，第一部五十集，轰动全国，第二部也已经投入拍摄。他正在写第三部，火得一塌糊涂。"

"啊呀，我的妈，太好了，这等于踩着我的肩膀一步登天了。"

"是啊，你还想知道什么？"郑冰喝了一口水。

"干枝梅俱乐部怎么样了？"

"干枝梅俱乐部发展得很好，现在已经在全国遍地开花了，总部已经搬到了北京，现在已经在香港上市了。齐雅娟也成为了全国的名人，到处作报告。"

"你怎么知道这么多?"

"干枝梅俱乐部有个民族乐团,我退休后经常去给她们排练指导,所以对她们特别熟。"

"有个叫侯天真的你知道吗?"我迫不及待地问。这才是我最关心的。

"知道,知道,培训中心的主任。"

"她怎么样了?"我的心突突地跳了起来。

"她去年写了一部小说叫《星星点灯》,听说北京的一家公司要拍电影。"

"星星点灯?"

"齐雅娟说,星星点灯的星星就是你陈海星。"

"是我?侯天真她现在怎么样?"

"她挺艰难的,听说又领养了两个孩子。"

"两个孩子?"

"是啊,是一对双胞胎姐妹,一个叫陈因,一个叫陈果,我们还议论为什么姓陈?"

"姓陈?孩子多大了?"

"现在有四岁多了。"

"四岁多了?"我心里有一股潮流在涌动,我脑子飞快地转着。我突然叫了起来:

"她们是我的孩子,我的孩子。"

"你的孩子?"郑冰脸上的问号又出现了。

"我的孩子,我的孩子。"我自言自语。

"海星,海星,你没事吧?"

我心里那股涌动的潮流使得我热血沸腾,我看着天边彩色的晚霞,好像看到了燕窝岭的佛堂,那个美丽善良的女人抱起一个弃婴,把他捧在怀里。妇产医院里,那个女人生下了两个女孩儿。二叔二婶问这是谁的孩子,她笑着说,是陈海星的孩子。二婶说你一个玖依还不够你忙活的，又添了俩，你受得了吗？再说了，陈海星已经不在了，你还有必要养乎她们吗？那个女人说，我承诺陈海星了，不管男孩儿女孩儿都是我们的孩子，我一定会把她们养大成人的。

平静了五年的心，就像一座休眠的火山，今天爆发了。

我瞬间作了一个决定，这是我有生以来最伟大的决定。

我激动地说："我要去找她们。"

"找谁？"

"那两个女孩儿。我要告诉她们，我是她们的爸爸。"

我没跟郑冰道别就跑开了。

郑冰在我身后喊：

"哎——海星——海星——"

一稿 2017.10.12

二稿 2018.3.25

三稿 2018.8.20

四稿 2019.4.27

五稿 2019.10.27

六稿 2020.3.9

七稿 2021.2.9

北京朗琴苑 大连老虎滩

后记

2015 年我写完《涨潮》时，在后记里说《涨潮》是我的第一部也是最后一部小说作品。可是只沉寂了两年，我就打破了自己的诺言。原因很简单，就是我脑海里的有关单身女人的故事太多、太精彩、太震撼，是她们呼唤着我拿起写字的笔，写她们的故事，好像这是我的使命。

其实我并没有生活在单身女人的世界里。我老婆不单身、我姐姐不单身、我女儿不单身、我弟媳不单身，我身边的亲人几乎都不单身，可是我周围却有很多很多的单身女人。她们都非常优秀，就像小说里讲的。所以，我认为幸福的女人都是一样的，不幸的女人各有各的不幸。

我才得知文学创作中有非虚构一词，非虚构是小说创作的一种方式，这给了我很大的鼓励。我的这部小说中的人物基本上都有原型，小说中的故事大部分都是真实的，我只是做了嫁接，有时是把几个人的故事凝聚在一个人物身上，有时是把一个人的故事拆分开，移花接木到别人身上。比如书中的孙可心、海月、黄燕、顾艳、潘金香、秦琴、方元、鞠梦楠、马艺、钢琴阿姨等等，还有用英语字母编号的二十六个人物故事也基本是真实的。但是还有许多更加精彩的故事和人物我没有写到里边去，原因是她们不愿意让我公开她们的境遇。有个姐妹的故事非常奇异，即使我写了进去，大家看了也会感觉不真实。我一般都会尊重姐妹们的意愿。还有一个姐妹的故事也非常特别，我不舍得把她的故事公之于众，生怕她心灵的创伤被再一次触碰。如果故事有雷同或与真实故事有出入，还请大家见谅海涵。

比起第一次写作，这一次我写得很沉稳，就像一个老练的司机开车，心很静。这一次也写得更认真，每一个字、每一句话都反复推敲，有三分之一的部分是第二稿时重新写的；这一次也写得更充盈，因为我做了大量的功课，就像陈海星一样，我结交了很多单身女人朋友，听她们的故事，体察她们的生活。我还模拟书中的干枝梅俱乐部，在我的微信里建了一个"干枝梅俱乐部"的群，在群里与她们互动。为了使这部小说与《涨潮》有关联，我给这部小说起名为《落潮》，我曾经就小说的名字征求大家的意见。有的姐妹说，落潮有点太低落了，能不能让我们再高昂一点。有的姐妹说，郑老师千万不要把我们写得太惨，要让我们看到希望，这些建议都对我的写作有帮助。经过一番苦思冥想，终于我把这部小说叫《漫潮》。

说实在的，写这部小说，我是全身心投入的，尽管我的主业是作曲。我的作曲稿约也不少，在创作《漫潮》期间，我应邀创作了交响合唱《敦煌》、舞剧《夕照》、音舞诗画《追梦》、民族管弦乐《鸿雁》《富富有渔》《草原节日》《惊蛰》《追浪》、中阮协奏曲《红山羽灵》、舞蹈诗《月颂》、交响组歌《北京》、舞剧《嫦娥》、大提琴协奏曲《痴情的儿女》、打击乐协奏曲《奔潮》、交响序曲《我和我的祖国》、管弦乐合奏《赛马》、交响诗《海滨音诗》《我的中国心》、交响音画《春江花月夜》、芭蕾舞剧《壮丽的云》、音乐剧《国之韶华》等音乐作品。但是写作《漫潮》才是我最大的乐趣。我利用一切可以利用的时间来写作《漫潮》。我经常生活在《漫潮》里面，和那些姐妹一起哭，一起笑，一起喝酒，一起欢闹，很有意思。更不可思议的是，在我写陈海星被查出得了顽疾的时候，竟然出现了类似量子纠缠的现象。小说中的"我"和现实中的我，都头疼欲裂，视力模糊（我换了几个眼镜都不行）。我吓得一身汗，赶紧躺了一会儿，又出去走了半个小时才缓过来。还有那首《安魂曲》，和小说中的情节一样，也是在去北京的高铁上写作的，也是在山海关写完的。我的确到站台上吸了很冷的冷气，不过站台上没有可以砸碎手机的垃圾箱。

我和陈海星一样都患有严重的颈椎病，这导致我经常头疼头晕，心烦意乱。但是我跟陈海星不一样，他是宅男，我是潮男，我每天要健走一万步。每天健走的时候就是我构思细节的时候，有了好的想法，就通过手机的语音功能给记录下来。我很怕熟悉我的读者总以为陈海星就是我。我有意识地把陈海星写得和我不一样。他胖我瘦，他高我矮；他心眼小，我心胸宽；他抠门，我大方。但是有一点都是一样的，那就是善良和纯真。甘肃歌剧院有一个叫张程的导演，他在我的背后议论我说：从郑老师的左眼里看到了善良，右眼里看到了纯真。我感觉这是对我的最高褒奖。

我没有学过小说创作的基本理论和技法。在结构这部小说时，我还是借用了音乐创作的一些结构原则。在大型音乐作品中，有一个回旋奏鸣曲式，它是主题——插部1——主题——插部2——主题——插部3——主题等等，可以有很多的插部，可以把主题任意地展开。我深知交响乐的结构和长篇小说的结构有异曲同工之妙。有音乐理论家说交响乐的美就是结构的美。我同样看到有的文学评论家说小说的美是小说的结构美。所以我在打腹稿时就特别注重小说的结构。结构是一个大的概念，它是宏观的，也是细微的，宏观的是骨架，细微的是血肉。

我感觉无论是创作音乐作品还是创作文学作品，作者心里都要有一团火和一条河。一团火是创作的痴情、热情、激情，它是完成一部作品的精神动力。一条河是创作的技法、经验和生活积淀，没有这条河，那一团火烧得再旺也不会使作品获得成功。只有一团火是旺盛不熄的、一条河是畅流不断的，你才能写出像样的作品。

我在书中写道，"我"写单身女人调查报告的初衷是要将这些姐妹的"可歌可泣可悲可怜的故事让更多的人知道，让你们这可敬可爱可亲可信的群体得到全社会关切。我要让所有的人都知道，单身女人是一种社会现象。有人说单身女人现象是社会进步的表现，我说这是胡说八道。难道我们社会发展了，就应该让一些女人单身？让她们的身心受到伤害？"

就在我已经写完，准备定稿的时候，又有几个姐妹讲了她们的故事，和小说中的故事一样，情节不同却同样令人心碎、震撼。

有一个姐妹，她在事业上非常成功，年近六旬的她，因为暗恋一个比她小很多的同行，为了每天能看到他，退休后屈尊到他居住的城市，在他家附近租了房子，她每天还替他接送他的孙子去幼儿园。

还有一个姐妹，二十九岁的时候，当兵的丈夫在外地去世，她含辛茹苦地把他们的孩子抚养成人，她自己的事业也获得了成功，在经历了近三十年的单身生活后，去年她终于又成了新娘。结婚后六十岁的新郎到他前任的坟上去祭奠，他对他说，大哥，你真没有福气，这么好的媳妇你给扔了。放心吧大哥，我会让她幸福的。我是含着泪听完这个故事的。

还有一个姐妹四十五岁时，丈夫有了情人与她离了婚。这个要强的姐妹一气之下得了癌症，可是她没有被病魔吓倒，她天天参加健身和歌唱活动，现在身体非常健康。而她的前夫不慎摔坏腰椎，瘫痪在床，情人离他而去。

还有一个姐妹，结婚后刚生完孩子就被离婚了，现在近五十岁的她，动过三次大手术，手术前连个给她签字的人都没有，是她在外地的弟弟跑回来给她签的字，手术后没有人护理，她也雇不起人。最近她又做了一次手术，是在她弟弟居住的城市做的。

还有一个令我肃然起敬的故事，是书中一位姐妹的原型，一位有着非常坎坷经历的美丽可爱的女人。一次我见到她，问她现在做什么，她说她现在是一名代驾司机，她要赚钱养活一个男孩儿和还丈夫留下的债。我敢肯定她是全国最美丽的代驾司机。

可惜《漫潮》的篇幅有限，而且已经基本定稿，不然的话这些故事也会写到里面去。

　　就在我完稿做修改的时候，我的大姨姐成了寡妇，她的丈夫，一个非常优秀的电影导演去世了。一个月后，困难重重的大姨姐哭着对我说，做一个寡妇为什么这么难？

　　就在《漫潮》马上要出版的时候，我又结识了一位单身姐妹。她美丽得就像好莱坞明星奥黛丽·赫本。22年前因为家暴她成了单亲妈妈，她含辛茹苦把儿子抚养培养到大学毕业。几年前她被诊断出乳腺癌，可是她没有倒下。在她身上我看到了自强、自立、自尊、自爱、自由、自信、自律、自主。她每天除了打理两个小生意，还学英语、写书法、看小说、做瑜伽，每天健走一万步，还要做腹肌轮。她用善良、开朗、阳光、乐观、积极的心态，影响着鼓舞着周围的姐妹和朋友。

　　这一次创作，我想尽量写得短一些、精练一些，不要让大家感到絮烦。我记得莫言说过，长篇小说就要长，想看的无论多长他都会看，不想看的，你写得再短他也不会看。我感觉长篇小说不在长短，而在于它的品质。

　　我还记得一位西方的文学教授对他的学生说，现在世界上已经有上万部伟大的小说了，难道还缺你这一部？如果你认为缺你这一部你就写。我感觉真的缺我这一部，我就厚着脸皮写下来了。

　　我是一名非常勤奋的作曲家，我写了几百部各种类型的音乐作品，包括京剧、歌剧、舞剧、音乐剧、交响乐、协奏曲、民族管弦乐等等，有的作品演出了上万场，有的作品获得了国内外顶级的音乐大奖，但是我可以肯定地说《漫潮》这部长篇小说是我最好的作品，是我最喜欢的作品。

　　这部小说中用了很多大连的地名，以使得大连的朋友会感到亲切。大连的一些文化名人也被我胁迫出现在小说中，如有冒犯敬请海涵。大连的土话方言在小说中频繁出现，一是向它们致敬；再是把这些逐渐消失的东西记录下来，让我们的后代知道这些话语曾经是他们的祖先父辈生活旋律中的重要音符。

昨天顺路到燕窝岭想看一看"侯天真"她二叔的千佛洞。走近一看傻了眼，往日美观肃穆的建筑现在已是一片废墟，我给她二叔（我叫二哥）打电话得知，这里属于违章建筑已被拆除了，那上千尊佛龛临时寄存在一个地方。

感谢《大连晚报》的总编赵振江先生，正是在他的鼓励和点拨下，我才有信心写完了这部作品（他是书中赵振海的原型）。感谢大连作家协会主席素素女士，她给予了我很大的鼓励并提出了修改的意见。感谢心然女士，她是第一个看完这部小说的干姐妹，她看完后激动地给我点了一万个赞，给予了很高的评价。还必须感谢张鸣钟叔叔，他是一位非常有学识的老人，他仔细审阅了这部小说，指出了许多错别字和修辞的问题，他甚至提出了修改完善的建议，令我非常感动。

还要感谢所有看过《涨潮》的朋友，尽管加印了一次，还是不能满足朋友们的热情。《涨潮》没有上架、上网发行，除了首发式卖了三四百本（卖书的一万元钱捐赠给了大连爱乐民族乐团，购置了一台笙），所有的书都是我赠送给朋友们的。我经常能收到亲朋好友的微信和电话，他们告诉我他们看了《涨潮》的感受。有朋友建议成立一个《涨潮》粉丝会，我不敢苟同。还要特别感谢大连广播电台的林杨先生，他录制的有声版《涨潮》，也使得更多的人听到了《涨潮》（喜马拉雅显示有十几万听众）。

特别感谢我的妈妈，我真的很崇拜她。我妈能歌善舞，很多民歌和戏曲我是跟她学会的。我妈会讲故事，一件小事让她一讲就成了故事。我妈善良纯真，宽宏大量，乐观大方。我妈就像陈海星的妈妈一样伟大

（其实所有的母亲都伟大），陈海星他妈会的一切我妈都会。不同的是我妈有一个爱她的好丈夫和两个为她送终的好儿子。

我把这部作品献给她，她是中国伟大母亲的代表。

今天恰巧是她老人家离世十七周年的日子，她的在天之灵会感到欣喜的。

郑冰

2020 年 3 月 9 日于大连老虎滩

2023 年 8 月 31 日于大连中南路中南府

图书在版编目（CIP）数据

漫潮 / 郑冰著 . -- 北京：作家出版社，2025.7
ISBN 978 – 7 – 5212 – 2327 – 9

Ⅰ . ①漫…　Ⅱ . ①郑…　Ⅲ . ①长篇小说 – 中国 – 当代
Ⅳ . ①I247.5

中国国家版本馆 CIP 数据核字（2023）第 097816 号

漫潮

作　　者：郑　冰
责任编辑：田小爽
封面设计：百丰艺术
出版发行：作家出版社有限公司
社　　址：北京农展馆南里 10 号　　　邮　　编：100125
电话传真：86 – 10 – 65067186（发行中心及邮购部）
　　　　　86 – 10 – 65004079（总编室）
E – mail: zuojia@zuojia. net. cn
http: // www. zuojiachubanshe. com
印　　刷：北京华联印刷有限公司
成品尺寸：152 × 230
字　　数：385 千
印　　张：27.75
版　　次：2025 年 7 月第 1 版
印　　次：2025 年 7 月第 1 次印刷
ISBN 978 – 7 – 5212 – 2327 – 9
定　　价：58.00 元